百年广西多民族文学大系

BAINIAN GUANGXI DUOMINZU WENXUE DAXI

（1919—2019）

中篇小说卷

（1949—2019）

（中）

总　主　编 ◎ 黄伟林　刘铁群

本卷主编 ◎ 黄伟林　曾攀

④

GUANGXI NORMAL UNIVERSITY PRESS

广西师范大学出版社

·桂林·

没有语言的生活

东西

王老炳和他的聋儿子王家宽在坡地上除草，玉米已高过人头，他们弯腰除草的时候谁也看不见谁。只有在王老炳停下来吸烟的瞬间，他才能听到王家宽刮草的声音。王家宽在玉米林里刮草的声音响亮而且富于节奏，王老炳以此判断出儿子很勤劳。

那些生机勃勃的杂草，被王老炳锋利的刮子斩首，老鼠和虫子窜出它们的巢四处流浪。王老炳看见一团黑色的东西向他头部扑来，当他意识到撞了蜂巢的时候，他的头部、脸蛋以及颈部全被马蜂包围。他在疼痛中倒下，叫喊，在玉米地里滚动。大约滚了二十多米，他看见蜂团仍然盘

作者简介

东西（1966—），原名田代琳，出生于广西天峨县谷里村。1972 年，东西进入邻村的洞里小学读书，1985 年毕业于河池师专中文系，分配到家乡天峨县中学执教。现为广西民族大学驻校作家、中国作家协会会员、广西作家协会主席。出版有《东西作品集》（4 卷本）（深圳报业集团 2005 年 10 月出版）、《东西作品系列》（6 卷本）（江苏文艺出版社 2011 年 12 月出版）、《东西作品系列》（8 卷本）（上海文艺出版社 2016 年 7 月出版）。中篇小说《没有语言的生活》获中国首届鲁迅文学奖中篇小说奖，根据该小说改编的电影《天上的恋人》获第十五届东京国际电影节"最佳艺术贡献奖"。

迄今为止，东西作品在国外传播的译本主要有：《把嘴角挂在耳边》（法文版短篇小说集），法国黎明出版社 2007 年 1 月出版；《没有语言的生活》（法文版），法国黎明出版社 2010 年 2 月出版；《救命》（法文版），法国黎明出版社 2013 年 2 月出版；《你不知道她有多美》（法文版），法国黎明出版社 2013 年 2 月出版；《没有语言的生活》（韩文版中篇小说集），韩国银杏树出版社 2008 年 8 月出版；《后悔录》（韩文版），韩国银杏树出版社 2008 年 12 月出版；《后悔录》（英文版），美国俄克拉荷马大学出版社 2018 年出版；《篡改的命》（俄文版），俄罗斯圣彼得堡里昂出版社 2018 年出版。

作品信息

原载《收获》1996 年第 1 期，《小说选刊》1996 年第 5 期选载，收入《鲁迅文学获奖作品丛书·中篇小说卷》（华文出版社 1998 年 4 月出版）、《九十年代中国乡村小说精编》（华夏出版社 1999 年 1 月出版）、《1996 中篇小说选》（漓江出版社与小说选刊合编），获首届鲁迅文学奖中篇小说奖、1996 年《小说选刊》优秀作品奖。

旋在他的头顶，蜂团像一朵阴云紧追不舍。王老炳开始呼喊王家宽的名字。但是王老炳的儿子王家宽是个聋子，王家宽这个名字对于王家宽形同虚设。

王老炳抓起地上的泥土与蜂群做最后的抵抗，当泥土撒向天空时，蜂群散开了，当泥土落下来的时候，马蜂也落下来。它们落在王老炳的眼睛、鼻子和嘴巴上。王老炳感到眼睛快要被蜇瞎了。王老炳喊家宽，快来救我。家宽妈，我快完啦。

王老炳的叫喊像水上的波澜归于平静之后，王家宽刮草的声音显得愈来愈响亮。刮了好长一段时间，王家宽感到有点口渴，便丢下刮子朝他父亲王老炳那边走去。王家宽看见一大片肥壮的玉米被压断了，父亲王老炳仰天躺在被压断的玉米秆上，头部肿得像一个南瓜，瓜的表面光亮如镜照得见天上的太阳。

王家宽抱起王老炳的头，然后朝对面的山上喊狗子、山羊、老黑——快来救命啊。喊声在两山之间盘旋，久久不肯离去。有人听到王家宽尖利的叫喊，以为他是在喊他身边的动物，所以并不理会。当王家宽的喊声和哭声一同响起来时，老黑感到事情不妙。老黑对着王家宽的玉米地喊道：家宽——出什么事了？老黑连连喊了三声，没有听到对方的回音，便继续他的劳动。老黑突然意识到家宽是个聋子，于是老黑静静地立在地里，听王家宽那边的动静。老黑听到王家宽的哭声掺和在风声里，我爹他快死了，我爹捅了马蜂窝快被蜇死了。

王家宽和老黑把王老炳背回家里，请中医刘顺昌为王老炳治疗。刘顺昌指使王家宽脱掉王老炳的衣裤，王老炳像一头褪了毛的肥猪躺在床上，许多人站在床边围观刘顺昌治疗。刘顺昌把药水涂在王老炳的头部、颈部、手臂、胸口、肚脐、大腿等处，人们的目光跟随刘顺昌的手游动。王家宽发现众人的目光落在他爹的大腿上，他们交头接耳像是说他爹的什么隐私。王家宽突然感到不适，觉得躺在床上的不是他爹而是他自己。王家宽从床头拉出一条毛巾，搭在他爹的大腿上。

刘顺昌被王家宽的这个动作蜇了一下，他把手停在病人的身上，对着围观的人们大笑。他说家宽是个聪明的孩子，他虽然是个聋子，但他已猜到我们在说他爹，他从你们的眼睛里脸蛋上猜出了你们说话的内容。

刘顺昌递给王家宽一把钳子，暗示他把王老炳的嘴巴撬开。王家宽用一根布条，在钳口处缠了几圈，然后才把钳口小心翼翼地伸进他爹的嘴巴，撬开他爹紧闭的牙关。刘顺昌从王老炳微张的牙缝往他嘴里灌药，刘顺昌一边灌药一边说家宽是个细心人，我没想到在钳口上缠布条，他却想到了，他是怕他爹痛呢。如果他不是个聋子，我真愿意收他做我的徒弟。

药汤灌毕，王家宽从他爹嘴里抽出钳子，大声叫了刘顺昌一声师傅。刘顺昌被叫声惊住，片刻之后才回过神来。刘顺昌说家宽你的耳朵不聋了，刚才我说的你都听见了，你是真聋还是假聋？王家宽对刘顺昌的质问未做任何反应，依然一副聋子模样。尽管如此，围观者的身上还是起了一层鸡皮疙瘩，他们感到害怕，害怕刚才他们的嘲笑已被王家宽听到了。

十天之后，王老炳的身体才基本康复，但是他的眼睛什么也看不见了，他成了一个货真价实的瞎子。不知情的人问他，好端端的一双眼睛怎么就瞎了？他总是不厌其烦地回答：是马蜂蜇瞎的。由于他不是天生的瞎子，他的听觉器官和嗅觉器官并不特别发达，他的行动受到了局限，没有儿子王家宽，他几乎寸步难行。

老黑养的鸡东一只西一只地死掉。起先老黑还有工夫把死掉的鸡捡回来拔毛，弄得鸡毛满天飞。但是一连吃了三天死鸡肉之后，老黑开始感到腻味。老黑把那些死鸡埋在地里，丢在坡地。王家宽看见老黑提着一只死鸡往草地走，王家宽知道鸡瘟从老黑家开始蔓延了。王家宽拦住老黑，说你真缺德，鸡瘟来了为什么不告诉大家。老黑嘴皮动了动，像是辩解。王家宽什么也没听到。

第二天，王家宽整理好担子，准备把家里的鸡挑到街上去卖。临行前王老炳拉住王家宽，说家宽，卖了鸡后给老子买一块肥皂回来。王家宽知道爹想买东西，但是不知道爹要买什么东西。王家宽说爹，你要买什么？王老炳用手在胸前画出一个方框。王家宽说是要买香烟吗？王老炳摇头。王家宽说那是要买一把菜刀？王老炳仍然摇头。王老炳用手在头上、耳朵、衣服上搓来搓去，做进一步的提醒。

王家宽愣了片刻，终于啊了一声。王家宽说爹，我知道了，你是要我给你买一条毛巾。王老炳拼命地摇头，大声说不是毛巾，是肥皂。

王家宽像是完全彻底地领会了他爹的意图，掉转身走了，空留下王老炳徒劳无益的叫喊。

王老炳摸出家门，坐在太阳光里，他嗅到太阳炙烤下衣服冒出的汗臭，青草和牛屎的气味弥漫在他的周围。他的身上出了一层细孩童在大路上唱的一首歌曲，那声音很快就干干净净地消逝了。

热力渐渐从王老炳的身上减退，他知道这一天已接近尾声。他听到收音机里的声音向他走来，收音机的声音淹没了王家宽的脚步声。王老炳不知道王家宽已回到家门口。

王家宽把一条毛巾和一百元钱塞到王老炳手中咿咿呀呀地唱，王老炳感到一阵悲凉。他的手里捏着毛巾、钞票和收音机，唯独没有他想买的肥皂。他想肥皂不是非买不可的，但是家宽怎么就把肥皂理解成毛巾了呢？家宽不领会我的意图，这日子怎么过下去？如果家宽妈还活着，事情就好办了。

几天之后，王家宽把收音机据为己有。他把收音机吊在脖子上，音量调到最大，然后走家串户。王家宽走到哪里，哪里的狗就对着他狂叫不息。即便是很深很浓的夜晚，有人从梦中醒来，也能听到收音机里不知疲劳的声音。伴随着收音机号叫的，是王老炳的责骂。王老炳说你这个聋子，连半个字都听不清楚，为什么把收音机开得那么响，你这不是白费电池白费你老子的钱吗？

吃罢晚饭，王家宽最爱去谢西烛家看他们打麻将。谢西烛看见王家宽把收音机紧紧抱在胸前，像抱一个宝贝，双手不停地在收音机的壳套上摩挲。谢西烛指了指收音机，对于家宽说，你听得到里面的声音吗？王家宽说我听不到但我摸得到声音。谢西烛说这就奇怪了，你听不到里面的声音，为什么又能听到刚才我的声音？王家宽没有回答，只是嘿嘿地笑，笑过数声后，他说他们总是问我，听不听得到收音机里在说什么。嘿嘿。

慢慢地王家宽成了一些人的中心，他们跨进谢西烛家的大门，围坐在王家宽的周围。一次收音机里正在说相声，王家宽看见人们前仰后合地咧嘴大笑，也跟着笑。谢西烛说你笑什么？王家宽摇头。谢西烛把嘴巴靠近王家宽的耳朵，炸雷似的喊：你笑什么？王家宽像被什么击昏了头，木然地望着谢西烛。好久了王家宽才说，他们笑，我也笑。谢西烛说我要是你，才不在这里呆坐，在这里呆坐不如去这个。谢西烛用右手的食指和左手的拇指与食指，做了一个淫秽的动作。

　　谢西烛看见王家宽脸上红了一下，谢西烛想他也知道羞耻。王家宽悻悻地站起来，朝大门外的黑夜走去，从此他再也不踏进谢家的大门。

　　王家宽从谢家走出来时，心头像爬着个虫子不是滋味。他闷头闷脑在路上走了十几步，突然碰倒了一个人。那个人身上带着浓香，只轻轻一碰就像一捆稻草倒在了地上。王家宽伸手去拉，拉起来的竟然是朱大爷的女儿朱灵。王家宽想绕过朱灵往前走，但是路被朱灵挡住了。

　　王家宽把手搭在朱灵的膀子上，朱灵没有反感。王家宽的手慢慢上移，他终于触摸到了朱灵温暖细嫩的脖子。王家宽说朱灵，你的脖子像一块绸布。说完，王家宽在朱灵的脖子上啃了一口。朱灵听到王家宽的嘴巴啧啧啧响个不停，像是吃上了什么可口的食物，余香还残在嘴里。朱灵想我从来没有听到过这么贪婪动听的咂嘴声。她被这种声音迷惑，整个身躯似乎飘离地面，她快要倒下去了。王家宽把她搂住，王家宽的脸碰到了她嘴里呼出的热气。

　　他们像两个落水的人，现在攀肩搭背朝夜的深处走去。黑夜显得公正平等，声音成为多余。朱灵伸手去关收音机，王家宽又把它打开。朱灵觉得收音机对于王家宽，仅仅是一个四四方方的匣子，吊在他的脖子上，他能感受到重量并不能感受到声音。朱灵再次把收音机夺过来，贴到耳边，然后把声音慢慢地推远，整个世界突然变得沉静安宁。王家宽显得很高兴，他用手不停地扭动朱灵胸前的扣子，说你开我的收音机，我开你的收音机。村里的灯一盏一盏地熄灭，王家宽和朱灵在草堆里迷迷糊糊地睡去。朱灵像做了一场梦，在空上夜晚之前，她一直被父母严加看管。母亲安排她做那些做也做不完的针线活。母亲还努力营造一种温暖的气氛。比如说炒一盘热气腾腾的瓜子，放在灯下慢慢地剥，然后把瓜子丢进朱灵的嘴里。母亲还马不停蹄地说男人怎么怎么地坏，大了的姑娘到外面去野如何如何地不好。

朱灵在朱大爷的呼唤声中醒来。朱灵醒来时发觉有一双男人的手按在自己的胸前，便朝男人的脸上狠狠地扇了一巴掌。王家宽松开双手，感到脸上一阵阵辣。王家宽看见朱灵独自走了，王家宽说你这个没良心的。朱灵从骂声里觉出一丝痛快，她想今夜我造反了，我不仅造了父母的反，也造了王家宽的反，我这巴掌算是把王家宽占的便宜赚回来了。

次日清晨，王家宽还没起床便被朱大爷从床上拉起来。王家宽看见朱大爷唾沫横飞捞袖握拳，似乎是要大打出手才解心中之恨。在看到这一切的同时，王家宽还看到了朱灵。朱灵双手垂落胸前，肩膀一抽一抽地哭。她的头发像一团零乱的鸡窝，上面还沾着一丝茅草。

朱大爷说家宽，昨夜朱灵是不是和你在一起。如果是的，我就把她嫁给你做老婆算了。她既然喜欢你，喜欢一个聋子，我就不为她瞎操心了。朱灵抬起头，用一双哭红的眼睛望着王家宽。朱灵说你说，你要说实话。

王家宽以为朱大爷问他昨夜是不是睡了朱灵。他被这个问题吓怕了，两条腿像站在雪地里微微地颤抖起来。王家宽拼命地摇头，说没有没有……

朱灵垂立的右手像一根树干突然举过头顶，然后重重地落在王家宽的左脸上。朱灵听到鞭炮炸响的声音，她的手掌震麻了。她看见王家宽身子一歪，几乎跌倒下去。王家宽捂住火辣的左脸，感到朱灵的这一掌比昨夜的那一掌重了十倍，看来我真的把朱灵得罪了，大祸就要临头了。但是我在哪里得罪了朱灵？我为什么平白无故地遭打？

朱灵捂着脸返身跑开，她的头发从头顶散落下来。王家宽进屋找他爹王老炳，他说她为什么打我？王家宽话音未落，又被王老炳扇了一记耳光。王老炳说谁叫你是聋子？谁叫你不会回答？好端端一个媳妇，你却没有福分享受。

王家宽开始哭，哭过一阵之后，他找出一把尖刀，跑出家门，他想杀人，但他跑过的地方没有任何人阻拦他，他就这样朝着村外跑去，鸡狗从他脚边逃命，树枝被他砍断。他想干脆自己把自己干掉算了，免得硌痛别人的手。想想家里还有个瞎子爹，他的脚步放慢下来。

凡是夜晚，王家宽闭门不出。他按王老炳的旨意，在灯下破篾准备为他爹编一床席子。王老炳认为男人编篾货就像女人织毛线或者纳鞋底，只要他们手上有活，他们就不会出去惹是生非。

破了三晚的篾条，又编了三天，王家宽手下的席子开始有了席子的模样。王老炳在席子上摸了一把，很失望地摇头。王家宽看见爹不停地摇手，爹好像是要我编席子，而是要我编一个背篓，并且要我马上把席子拆掉，王家宽说我马上拆。爹的手立即安静下来，王家宽想我猜对爹的意思了。

就在王家宽专心拆席子的这个晚上，王老炳听到楼上有人走动。王老炳想是不是家宽在楼上翻东西。王老炳叫了一声家宽，是你在楼上吗？王老炳没有听到回音，楼上的翻动声愈来愈响，王老炳想这不像是家宽弄出来的声音，何况堂屋里还有人在抽动篾条，家宽只顾拆席子，他还不知道楼上有人。

王老炳从床上爬起来，估摸着朝堂屋走去。他先是被尿桶绊倒，那些陈年老尿洒满一地，他的裤子湿了，衣服湿了，屋子里飘荡腐臭的气味。他试图重新站起来，但是他的头撞到了木板，他想我已经爬到了床下。他试探着朝四个不同的方向爬去，四面似乎都有木板，他的额头上撞起五个小包。

王家宽闻到一股浓烈的尿臭，以为是他爹起床小解。尿臭持续好长一段时间，并且愈来愈浓重，他于是提灯来看他爹。他看见他爹湿淋淋地趴在床底，嘴张着，手不停地往楼上指。

王家宽提灯上楼，看见楼门已被人撬开，十多块腊肉不见了，剩下那根吊腊肉的竹竿在风中晃来晃去，像空荡荡的秋千架。王家宽对着楼下喊：腊肉被人偷走啦。

第五天傍晚，刘挺梁被他父亲刘顺昌绑住双手，押进王老炳家大门。刘挺梁的脖子上挂着两块被火烟熏黑的腊肉，那是他偷去的腊肉中剩下的最后两块。刘顺昌朝刘挺梁的小腿踹了一脚，刘挺梁双膝落地，跪在王老炳的面前。

刘顺昌说老炳，我医好过无数人的病，就是医不好我这个仔的手。一连几天我发现他都不回家吃饭，我觉得有些奇怪，我就跟踪他。原来他们在后山的林子里煮你的腊肉吃，他们一共四人，还配备了锅头和油盐酱醋，别的我管不着，刘挺梁我绑来了，任由你处置。

王老炳说挺梁，除了你还有哪些人？刘挺梁说狗子、光旺、陈平金。

王老炳的双手顺着刘挺梁的头发往下摸，他摸到了腊肉，然后摸到了刘挺梁反剪的双手。他把绳子松开，说今后你们别再偷我的了，你走吧。刘挺梁起身走了。刘顺昌说你怎么这样轻轻松松地打发他？王老炳说顺昌，我是瞎子，家宽耳朵又聋，他们要偷我的东西就像拿自家的东西，易如反掌，我得罪不起他们。

刘顺昌长长地嘘了一口气，说你的这种状况非改变不可，你给家宽娶个老婆吧。也许，那样会好一点。王老炳说谁愿意嫁他呀。

刘顺昌在为人治病的同时，也在暗暗为王家宽物色对象。第一次，他为王家宽带来一个寡妇。寡妇手里牵着一个大约五岁的女孩，怀中还抱着一个不满周岁的婴儿。寡妇面带愁容，她的丈夫刚刚病死不久，她急需一个男劳力为她耙田犁地。

寡妇的女孩十分乖巧，她一看见王家宽便双膝落地，给王家宽磕头。她甚至还朝王家宽连连叫了三声爹。刘顺昌想可惜王家宽听不到女孩的叫声，否则这桩婚姻十拿九稳了。

王家宽摸摸女孩的头，把她从地上拉起来，为她拍净膝盖上的尘土。拍完尘土之后，王家宽的手无处可放。他犹豫了片刻，终于想起去抱寡妇怀中的婴儿。婴儿张嘴啼哭，王家宽伸手去掰婴儿的大腿，他看见婴儿腿间鼓胀的鸟仔。他一边用右中指在上面抖动，一边笑嘻嘻地望着寡妇。一线尿从婴儿的腿中间射出来，婴儿止住哭声，王家宽的手上沾满了热尿。

趁着寡妇和小女孩吃饭的空隙，王家宽用他破篾时剩余的细竹筒，做了一支简简单单的箫。王家宽把箫斗在嘴上狠劲地吹了几口，估计是有声音了，他才把它递给小女孩。他对小女孩说等吃完饭了，你就吹着这个回家，你们不用再来找我啦。

刘顺昌看着那个小女孩一路吹着箫，一路跳着朝她们的来路走去。箫声粗糙断断续续，虽然不成曲调，但听起来有一丝凄凉。刘顺昌摇着头，说王家宽真是没有福分。

后来刘顺昌又为王家宽介绍了几个单身女人，王家宽不是嫌她们老就是嫌她们丑，没有哪个女人能打动他的心，他似乎天生地仇恨那些试图与他一起生活的女人。刘顺昌找到王老炳，说老炳呀，他一个聋子挑来挑去的，什么时候才有个结果，干脆你做主算啦，王老炳说你再想想办法。

刘顺昌把第五个女人带进王家时，太阳已经西落。这个来自外乡的女人，名叫张桂兰。为了把她带进王家，刘顺昌整整走了一天的路程。刘顺昌在灯下不停地拍打他身上的尘土，也不停地痛饮王家宽给他的米酒。随着一杯又一杯米酒的灌入，刘顺昌的脸面变红脖子变粗。刘顺昌说老炳，这个女人什么都好，就是左手不太中用，其实也没什么，就是伸不直。今夜，她就住在你家啦。

自从那次腊肉被盗之后，王家宽和王老炳就开始合床而睡，这样做的目的，是为了防止再有小偷进入时，他们好联合行动。张桂兰到达的这个夜晚，王家宽仍然睡在王老炳的床上。王老炳用手不断地掐王家宽的大腿、手臂，示意他过去跟张桂兰。但是王家宽赖在床上死活不从。渐渐地王家宽抵挡不住他爹的攻击，从床上爬了起来。

从床上爬起来的王家宽没有去找张桂兰，他在门外的晒楼上独坐，多日不用的收音机又挂到他的脖子上。大约到了下半夜，王家宽在晒楼上睡去，收音机彻夜不眠。如此三个晚上，张桂兰逃出王家。

小学老师张复宝姚育萍夫妇，还未起床便听到有人敲门。张复宝拉开门，看见王家宽挑着一担水站在门外。张复宝揉揉眼睛伸伸懒腰，说你敲门，有什么事？王家宽不管允不允许，径直把水挑进大门，倒入张复宝家的水缸。王家宽说今后，你们家的水我包了。

每天早晨，王家宽准时把水挑进张复宝家的大门。张复宝和姚育萍都猜不透王家宽的用意。挑完水后的王家宽站在教室的窗口，看学生们早读，有时他直看到张复宝或者姚育萍上第一节课。张复宝想他是想跟我学识字吗？他的耳朵有问题，我怎么教他？

张复宝试图阻止王家宽的这种行动，但王家宽不听。挑了大约半个月，王家宽悄悄对姚育萍说，姚老师，我求你帮我写一封信给朱灵，你说我爱她。姚育萍当即用手比画起来，王家宽猜测姚老师的手势，姚老师大意是说信不用写，由她去找朱灵当面说就可以了。王家宽说我给你挑了差不多五十挑水，你就给我写五十个字吧，要以我的口气写，不要给朱灵知道是谁写的，求你姚老师帮个忙。

姚育萍取出纸笔，帮王家宽写了满满一页纸的字。王家宽揣着那页纸，像揣一件宝贝，等待时机交给朱灵。

王家宽把纸条揣在怀里三天，仍然没有机会交给朱灵。独自一人的时候，王家宽偷偷掏出纸条来左看右看，似乎是能看得懂上面的内容。

第四天晚上，王家宽趁朱灵的父母外出串门的时机，把纸条从窗口递给朱灵。朱灵看过纸条后，在窗口朝王家宽笑，她还把手伸出窗外摇动。

朱灵刚要出门，被串门回来的母亲堵在门内。王家宽痴痴地站在窗外等候，他等到了朱大爷的两只鞋子。那两只鞋子从窗口飞出来，正好砸在王家宽的头上。

姚育萍发觉自己写的情书，未起作用，便把这件差事推给张复宝。王家宽把张复宝写的信交给朱灵后，不仅看不到朱灵的笑脸，连那只窗口挥动的手也看不到了。

一开始朱灵就知道王家宽的信是别人代写的，她猜遍了村上能写字的人，仍然没有猜出那信的出处，当姚育萍的字换成张复宝的字之后，朱灵的心情变得复杂起来。她看见信后的落款，由王家宽变成了张复宝，她不知道这是有意的错误或是无意的。如果是有意的，王家宽被这封求爱信改变了身份，他由求爱者变成了邮递员。

　　在朱灵家窗外徘徊的人不只是王家宽一个，他们包括狗子、刘挺梁、老黑以及杨光，当然还包括一些不便公开姓名的人（有的已经结婚有的是国家干部）。狗子们和朱灵一起长大一起上小学读初中，他们百分之百地有意或无意地抚摸过朱灵那根粗黑的辫子，狗子说他抚摸那根辫子就像抚摸新学期的课本，就像抚摸他家那只小鸡的绒毛。现在朱灵已剪掉了那根辫子，狗子们面对的是一个待嫁的美丽的姑娘。狗子说我想摸她的脸蛋。

　　但是在王家宽向朱灵求爱的这年夏天，狗子们意识到他们的失败。他们开始朝朱家的窗口扔石子、泥巴，在朱家的大门上写淫秽的句词，画零乱的人的某些器官。王家宽同样是一个失败者，只不过他没有意识到。

　　狗子看见王家宽站在朱家高高的屋顶上，顶着烈日为朱大爷盖瓦。狗子想朱大爷又在剥削那个聋子的劳动力。狗子用手把王家宽从屋顶上招下来，拉着他往老黑家走。王家宽惦记没有盖好的屋顶，一边走一边回头求狗子不要添乱。王家宽拼命挣扎，最终还是被狗子推进了老黑家的大门。

　　狗子问老黑准备好了没有？老黑说准备好了。狗子于是勒住王家宽的双手，杨光按下王家宽的头。王家宽的头被浸泡进一盆热水里，就像一只即将扒毛的鸡浸入热水里。王家宽说你们要干什么？

　　王家宽顶着湿漉漉的头发，被狗子和杨光强行按坐在一张木椅上。老黑拿着一把锋利的剃刀走向木椅，老黑说我们给你剃头，剃一个光亮光亮的头，像十五瓦的电灯泡，可以照亮朱家的堂屋和朱灵的房间。王家宽看见狗子和杨光哈哈大笑，他的头发一团一团地落下来。

　　老黑把王家宽的头剃了一半，示意狗子和杨光松手。王家宽伸手往头上一摸，摸到半边头发，王家宽说老黑，求你帮我剃完。老黑摇头。王家宽说狗子，你帮我剃。狗子拿着剃刀在王家宽的头上刮，刮出一声惊叫，王家宽说痛死我了。狗子把剃刀递给杨光，说你帮他剃，王家宽见杨光嬉皮笑脸地走过来，接过剃刀准备给他剃头。王家宽害怕他像狗子那样剃，便从椅子上闪开，夺过杨光手里的剃刀，冲进老黑家大门，找出一面镜子。王家宽照着镜子，自己给自己剃了半个脑袋的头发。

做完这一切，太阳已经下山了。王家宽顶着锃亮的脑袋，再次爬上朱家的屋顶盖瓦。狗子和杨光从朱家门前经过，对着屋顶上的王家宽大声喊：电灯泡——天都快黑啦，还不收工，王家宽没有听到下面的叫喊，但是朱大爷听得一清二楚。朱大爷从屋顶丢下一块断瓦，断瓦擦着狗子的头发飞过，狗子仓皇而逃。

朱大爷在后半夜被雨淋醒，雨水从没有盖好的屋顶漏下来，像黑夜中的潜行者，钻入朱家那些阴暗的角落。朱大爷担心的事情终于发生了，他抬头望天，天上黑得像锅底。雨水如天上扑下来的蝗虫，在他抬头的一瞬间爬满他的脸。他听到屋顶传来一个声音：塑料布。声音在雨水中含混不清，仿佛来自天国。

朱大爷指使全家搜集能够遮雨挡风的塑料布，递给屋顶上那个说话的人，所有的手电光聚集在那个人身上。闻风而动的人们，送来各色塑料布，塑料布像衣服上的补丁，被那个人打在屋顶。

雨水被那个人堵住，那个被雨水淋透的人是聋子王家宽。他顺着楼梯退下来，被朱大爷拉到火堆边，很快他的全身冒出热气，热气如烟，仿佛从他的毛孔里钻出来。

王家宽在送塑料布的人群中，发现了张复宝。老黑在王家宽头上很随便地摸一把，然后用手比画说张复宝跟朱灵好。王家宽摇摇头，说我不信。

人群从朱家一一退出，只有王家宽还坐在火堆边，他想借那堆大火烤干他的衣裤。他看见朱灵的右眼发红，仿佛刚刚哭过。她的眼皮不停要眨，像是给人某种暗示。

朱灵眨了一会儿眼皮，起身走出家门。王家宽紧跟其后，他听不到朱灵在说什么，他以为朱灵在暗示他。朱灵说妈，我刚才递塑料皮时，眼睛里落进了灰尘，我去找圆圆看看。我的床铺被雨水淋湿了，我今夜就跟圆圆睡觉。

王家宽看见有一个人站在屋角等朱灵，随着手电光的一闪，他看清那个人是张复宝。他们在雨水中走了一程，然后躲到牛棚里。张复宝一只手拿电筒，一只手翻开朱灵的右眼皮，并鼓着腮帮子往朱灵的眼皮上吹。王家宽看见张复宝的嘴唇几乎贴到了朱灵的眼睛上，只一瞬间那嘴唇真的贴到了眼睛上。手电像一个老人突然断气，王家宽眼前一团黑。王家宽想朱灵眨眼皮叫我出来，她是存心让我看她的好戏。

雨过天晴，王家宽的光头像一只倒扣的瓢瓜，在暴烈的太阳下晃动。他开始憎恨自己，特别憎恨自己的耳朵。别人的耳朵是耳朵，我的耳朵不是耳朵，王家宽这么想着的时候，一把锋利的剃头刀已被他的左手高高举起，手起刀落，他割下了他的右耳。他想我的耳朵是一种摆设，现在我把它割下来喂狗。

到了秋天，那些巴掌大的树叶从树上飘落，它们像人的手掌拍向大地，乡村到处都是噼噼啪啪的拍打声。无数的手掌紧贴在地面，它们再也回不到原来的地方，要等到第二年春天，树枝上又才长出新的手掌。王家宽想树叶落了明年还会长，我的耳朵割了却不会再长出来。

王家宽开始迷恋那些树叶，一大早他就蹲在村头的那棵枫树下。淡红色的落叶散布在他的周围，他的手像鸡的爪子，在树叶间扒来扒去，目光跟着双手游动。他在找什么呢？张复宝想。

从村外过来一个人，近了张复宝才看清楚是邻村的王桂林。王桂林走到枫树下，问王家宽在找什么？王家宽说耳朵。王桂林笑了一声，说你怎么在这里找你的耳朵，你的耳朵早被狗吃了，找不到了。

王桂林朝村里走来，张复宝躲进路边的树丛，避过他的目光。张复宝想干脆在这树林里方便方便，等方便完了王家宽也许会走开了。张复宝提着裤带从树林里走出来，王家宽仍然勾着头在寻找着什么，丝毫没有离去的意思。张复宝轻轻地骂道：一只可恶的母鸡。

　　张复宝回望村庄，他看到朱灵远去的背影。他想事情办糟了，一定是在我方便的时候，朱灵来过枫树边，她看见枫树下的那个人是王家宽而不是我，她就转身回去了。如果朱灵再耽误半个小时，就赶不上去县城的班车了。

　　大约过去五分钟，张复宝看见他的学生刘国芳从大路上狂奔而来。刘国芳在枫树下站了片刻，捡起三片枫叶后，又跑回村庄。刘国芳咚咚的跑步声，敲打在张复宝的心尖上，他紧张得有些支持不住了。

　　朱灵听刘国芳说树下只有王家宽时，她当即改变了主意。她跟张复宝约好早晨九点在枫树下见面，然后一同上县城的医院。但她刚刚出村，就看见王桂林从路上走过来。她想王桂林一定在树下看见了张复宝，我和张复宝的事已经被人传得够热闹了，我还是避他一避，否则他看见张复宝又看见我出村会怎么想。朱灵这么想着，又走回家中。

　　为了郑重其事，朱灵把路经家门口的刘国芳拉过来。她叫刘国芳跑出村去为她捡三张枫叶。刘国芳捡回三片淡红的枫叶，刘国芳说我看见聋子王家宽在树下找什么。朱灵说你还看见别人了吗？刘国芳摇摇头，说没有。

　　去不了县城，朱灵变得狂躁不安，细心的母亲杨凤池突然记起好久没有看见朱灵洗月经带了。杨凤池把手伸向女儿朱灵的腹部，她的手被一个声音刺得跳起来。朱灵怀孕的秘密，被她母亲的手最先摸到。

　　每一天人们都看见王家宽出村去寻找他的耳朵，但是每一天人们都看见他空手而归。如此半月，人们看见王家宽领着一个漂亮的姑娘走向村庄。

　　姑娘的右肩吊着一个黑色的皮包，皮包里装满大大小小的毛笔。快要进村时，王家宽把皮包从姑娘的肩上夺过来，挎在自己的肩上。姑娘会心一笑，双手不停要比画。王家宽猜想她是说感谢他。

　　村头站满参差不齐的村人，他们像土里突然冒出的竹笋，一根一根又一根。有那么多人看着，王家宽多少有了一点得意。然而王家宽最得意的，是姑娘的表达方式。她怎么知道我是一个聋子？我给她背皮包时，她一边说话一边用手比画，不停地感谢。她刚刚碰到我就知道我是聋子，她是怎么知道的？

王老炳从外面的喧闹声中，判断有一个哑巴姑娘正跟着王家宽朝自家走来。他听到大门被推开的响声，在大门破烂的响声里还有王家宽的声音，王家宽说爹，我带来一个卖毛笔的姑娘，她长得很漂亮，比朱灵漂亮。王老炳双手摸索着想站起来，但他被王家宽按回到板凳上。王老炳说姑娘你从哪里来？王老炳没有听到回答。

姑娘从包里取出一张纸，抖开。王家宽看见那张纸的边角已经磨破，上面布满大小不一的黑字。王家宽说爹，你看，她找开了一张纸，上面写满了字，你快看看写的是什么？王家宽一抬头，看见他爹没有动静，才想起他爹的眼睛已经瞎了。王家宽说可惜你看不见，那些字像春天的树长满了树叶，很好看。

王家宽朝门外招手，竹笋一样立着的围观者，全部东倒西歪挤进大门。王老炳听到杂乱无章的声音，声音有高有低，有大人的也有小孩的。王老炳听他们念道：

我叫蔡玉珍，专门推销毛笔，大支的五元，小支的二元五，中号三元五角。现在城市里的人都不用毛笔写字，他们用电脑、钢笔写，所以我到农村来推销毛笔。我是哑巴，伯伯叔叔们行行好，买一两支给你的儿子练字，也算是帮我的忙。

有人问这字是你写的吗？姑娘摇头。姑娘把毛笔递给那些围着她的人，围观者面对毛笔仿佛面对凶器，他们慢慢地后退，姑娘一步一步地紧逼。王老炳听到人群稀里哗啦地散开。王老炳想他们像被拍打的苍蝇，轰的一声散了。

蔡玉珍以王家为据点，开始在附近的村庄推销她的毛笔，所到之处，人们望风而逃。只有色胆包天的男人和一些半大不小的孩童，对她和她的毛笔感兴趣。男人们一手捏毛笔，一手去摸蔡玉珍红扑扑的脸蛋，他们根本不把站在蔡玉珍旁边的王家宽放在眼里。他们一边摸一边说他算什么，他是一个聋子是跟随蔡玉珍的一条狗。他们摸了蔡玉珍的脸蛋之后，就像吃饱喝足一样，从蔡玉珍的身边走开。他们不买毛笔。王家宽想如果我不跟着这个姑娘，他们不仅摸她的脸蛋，还会摸她的胸口，强行跟她睡觉。

王家宽陪着蔡玉珍走了七天，他们一共卖去十支毛笔。那些油腻的零碎的票子，现在就揣在蔡玉珍的怀里。

秋天的太阳微微斜了，王家宽让蔡玉珍走在他的前面，他闻到女人身上散发的汗香。阳光追着他们的屁股，他的影子叠到了她的影子上。他看见她的裤子上沾了几粒黄泥，黄泥随着身体摆动。那些摆动的地方迷乱了王家宽的眼睛，他发誓一定要在那上面捏一把，别人捏得为什么我不能捏？这样漫无边际地想着的时刻，王家宽突然听到几声紧锣密鼓的声响。他朝四周张望，原野上不见人影。他听到声音愈响愈急，快要撞破他的胸口。他终于明白那声响来自他的胸部，是他心跳的声音。

王家宽勇敢地伸出右手，姑娘跳起来，身体朝前冲去。王家宽说你像一条鱼滑掉了。姑娘的脚步就迈得更密更快。他们在路上小心地跑着，嘴里发出零零星星的笑声。

路边两只做爱的狗，打断了他们的笑容，他们放慢脚步生怕惊动那一对牲畜。蔡玉珍突然感到累，她的腿怎么也迈不动了，她坐在地上津津有味地看着狗。牲畜像他们的导师，从容不迫地教导他们。太阳的余光洒落在两只黄狗的皮毛上，草坡无边无际地安静。狗们睁着警觉的双眼，八只脚配合慢慢移动，树叶在狗的脚下发出轻微的沙沙声。蔡玉珍听到狗们呜呜地唱，她被这种特别的唱词感动。她在呜咽声中被王家宽抱进了树林。

枯枝败叶被蔡玉珍的身体压断，树叶腐烂的气味从她身下飘起来，王家宽觉得好气息如酒，可以醉人。王家宽看见蔡玉珍张开嘴，像是不断地说什么。蔡玉珍说你杀死我吧。蔡玉珍被她自己说出来的话吓了一跳，她不断地说我会说话了，我怎么会说话了呢。

那两只黄狗已经完事，此刻正蹒跚着步子朝王家宽和蔡玉珍走来。蔡玉珍看见两只狗用舌头舔着它们的嘴皮，目光冷漠。它们站在不远的地方，朝着他们张望。王家宽似乎是被狗的目光所鼓励，变得越来越英雄。王家宽看见蔡玉珍的眼不是眼，鼻子不是鼻子，它们全都扭曲了，有两串哭声从扭曲的眼眶里冒出来。

这个夜晚，王家宽没有回到他爹王老炳的床上，王老炳知道他和那个哑巴姑娘睡在一起了。

朱灵上厕所，她母亲杨凤池也会紧紧跟着。杨凤池的声音无孔不入，她问朱灵怀上了谁的孩子？这个声音像在朱灵头顶盘旋的蜜蜂，挥之不去避之不及，它仿佛一条细细的竹鞭，不断抽在朱灵的手上、背上和小腿上。朱灵感到全身紧绷绷的没有一处轻松自在。

朱灵害怕讲话，她想如果像蔡玉珍一样是个哑巴，母亲就不会反复地追问了。哑巴可以顺其自然，没有说话的负担。

杨凤池把一件小孩衣物举起来，问朱灵好不好看。朱灵不答。杨凤池说好端端一个孙子，你怎么忍心打掉，我用手一摸就摸到了他的鼻子、嘴巴和他的小腿，还摸到了他的鸟仔。你只要说出那个男人，我们就逼他成亲。杨凤池采取了和朱灵截然相反的策略。

就连小孩都能看出来朱灵怀孕，朱灵轻易不敢出门。放午学时有几个学生路经朱家，他们扒着朱家门板的缝隙处，窥视门里的朱灵，他们看见朱灵像一只被关在笼子里的笨熊，狂躁不安走来走去。从门缝里窥视人的生活，他们感到新奇，他们忘记回家吃午饭。直到王家宽和蔡玉珍从朱家门前走过，他们才回过头来。

学生们有一丝兴奋，他们想做点什么事情。当他们看见王家宽时，他们一齐朝王家宽围过来，他们喊道：

王家宽大流氓，搞了女人不认账——

蔡玉珍看见那些学生一边喊一边跳，污浊的声音像石头、破鞋砸在王家宽的身上。王家宽对学生们露出笑容，他也和着学生们的节拍跳起来。因为他听不见，所以那些侮辱的话对他没有造成丝毫的伤害。学生们愈喊愈起劲，王家宽越跳越精神，他的脸上已渗出了粒粒汗珠。蔡玉珍忍无可忍，朝那些学生挥舞拳头。学生被他赶远了，王家宽跟着她往家里走。他们刚走几步，学生们又聚集起来，学生们喊道：蔡玉珍是哑巴，跟个聋子成一家，生个孩子聋又哑。

蔡玉珍回身去追那个领头的学生，追了几步她就被一块石头绊倒在地上。她的鼻子被石头碰伤，流出几滴浓稠的血。她趴在地上对着那些学生咿里哇啦地喊，但是没有发出声音。

王家宽伸手去拉她，王家宽笑她多管闲事。蔡玉珍想还是王家宽好，他听不见，什么也没伤着，我听见了不仅伤心还伤了鼻子。

在那几个学生的带领下，更多的学生加入了窥视朱灵的行列。学校离朱家只有三百多米，老师下课的哨声一响，学生们便朝朱家飞奔而来。张复宝站在路上拦截那些奔跑的学生，结果自己反被学生撞倒在路上。一气之下，张复宝把带头的四个学生开除了。张复宝对他们说，你们不准再踏进学校半步。

到了冬天，朱灵自己把自己从门里解放出来，她穿着鲜艳的冬装，比原先显得更为臃肿。她走东家串西家，逢人便说我要结婚了。人们问她跟谁结？她说跟王家宽，有人说王家宽不是跟蔡玉珍结了吗？朱灵说那是同居，不叫结婚。他们没有爱情基础，那不叫结婚。

许多人暗地里说朱灵不知道羞耻，幸好王家宽是聋子，任由她作践，换了别人她的戏就没法往下演了。

村庄的桃花在一夜之间开放。桃花红得像血，看到那种颜色，就似乎闻到血的气味。王老炳坐在家门口，说我闻到桃花的味道了，今年的桃花怎么开得这么早？还没有过年就开了。

那个长年在山区照相的赵开应，走到王老炳面前，问他照不照相。王老炳说听你的口音，是赵师傅吧，你又来啦？你总是年前这几天来我们村，那么准时。你问我照不照相，现在我照相还有什么用。去年冬天我还看得见你，今年冬天我就看不见你了。照也白照，你去找那些年轻人照吧，老黑、狗子、朱灵他们每年都要照几张。赵师傅，你坐。我只顾说话，忘记喊你坐啦。赵师傅，你走啦？你怎么不坐一坐。

王老炳还在不停地说话时，赵开应已走出去老远。他的身后跟着一群孩子和换了新衣准备照相的人们。

桃花似乎专为朱灵而开放。她带着赵开应在桃林里转来转去，那些红色的花瓣像雪，撒落在她的头发上和棉衣上。她的脸因为兴奋变得红扑扑的，像是被桃花染红一般。赵开应说朱灵你站好，这相机能把你喘出来的热气都照进去。朱灵说赵师傅，你尽管照，我要照三十几张，把你的胶卷照完。

朱灵特别的笑声和红扑扑的脸蛋，就留在这一年的桃树上，以致后来人们看见桃树就想起朱灵。

朱灵是照完相之后，走进王家宽的家的。从她家遭大雨袭击的那个晚上到现在，她是第一次踏进王家大门。朱灵显得有些疲惫，她一进门之后就躺到王家宽的床上。她睡王家宽的床，像睡她自己的床那么随便。她只躺下去片刻，蔡玉珍就听到了她的鼾声。

蔡玉珍不堪朱灵鼾声的折磨，她把朱灵摇醒了。她朝朱灵挥手。朱灵看见她的手从床边挥向门外，朱灵想她的意思是让我从这里滚出去。朱灵说这是我的床，你从哪里为就往哪里去。蔡玉珍没有被朱灵的话吓倒，她很用力地坐在床沿。床板在她坐下来时摇晃不止，并且发出吱吱呀呀的响声。她想用这种声音，把朱灵赶跑。

朱灵想要打败蔡玉珍必须不停地说话，因为她听得见说不出。朱灵说我怀了王家宽的小孩，两年以前我就跟王家宽睡过了。你从哪里来我们不知道，你不能在这里长期地住下去。

蔡玉珍从床边站起来，哭着跑开。朱灵看见蔡玉珍把王家宽推入房门。朱灵说你是个好人，家宽，你明知道我怀了谁的孩子，但是你没有出卖我。我今天是给你磕头来啦。

王家宽看见朱灵的头磕在床方上，以为她想住下来。朱灵想不到她美好的幻想，会在这一刻灰飞烟灭。王家宽说你怀了张复宝的孩子，怎么来找我？你走吧，你不走我就向大家张扬啦。朱灵说求你，别说，千万别让我妈知道，我这就去死，让你们大家都轻松。

朱灵把她的双脚从被窝里伸到床下，她的脚在地上找了好久才找到她的鞋子。王家宽的话像一剂灵丹妙药，在朱灵的身上发生作用。朱灵试探着站起来，试了几次都未能把臃肿的身体挺直，王家宽顺手扶了她一把，朱灵说我是聋子，我什么也没听到，我谁也不害怕。

朱灵在王家宽面前轻描淡写说的那句话，被蔡玉珍认真地记住了。朱灵说我这就去死，让你们大家都轻松。

蔡玉珍看见朱灵提着一根绳索走进村后的桃林，暮色正从四面收拢，余霞的尾巴还留在山尖。蔡玉珍发觉朱灵手里的绳索泛着红光，绳索好像是下山的太阳染红的也好像是桃花染红的。蔡玉珍想她白天还在这里照相，晚上却想在这里寻死。

朱灵突然回头，发现了跟踪她的蔡玉珍，朱灵从地上捡起一块石头，朝蔡玉珍砸过去，朱灵说你像一只狗，紧跟着我干什么？你想吃大便吗？蔡玉珍在辱骂声中退缩，她犹豫片刻之后，快步跑向朱家。

朱大爷正在扫地，灰尘从地上扬起来，把朱大爷罩在尘土的笼子里。蔡玉珍双手往颈脖处绕一圈，再把双手指向屋梁。朱大爷不理解她的意思，觉得她影响了他的工作，流露明显的不耐烦。蔡玉珍的胸口像被爪子狠狠地抓了几把，她拉过墙壁上的绳索，套住自己的脖子，脚跟离地，身体在一瞬间拉长。朱大爷说你想吊颈吗？要吊颈回你家去吊。朱大爷的扫把拍打在蔡玉珍的屁股上，蔡玉珍被扫出朱家大门。

过了一袋烟的时间，杨凤池开始挨家挨户呼唤朱灵。蔡玉珍在杨凤池焦急的喊声里焦急，她的手朝村后的桃林指，还不断地画着圆圈。朱大爷把这些杂乱的动作和刚才的动作联系起来，感到情况不妙。

星星点点的火把游向后山，人们呼喊朱灵的名字。

第五天清晨，张复宝一如既往来到学校旁的水井边打水。他的水桶碰到了一件浮动的物体，井口隐约传来腐烂的气味。他回家拿来手电，往井底照射，他看到了朱灵的尸体。张复宝当即呕吐不止。村里的人不辞劳苦，他们宁愿多走几脚路，去挑小河里的水来吃。而这口学校旁的水井，只有张复宝一家人享用。朱灵死了五天，他家就喝了五天的脏水。

那天早上学校没有开课。在以后的几天里，张复宝仍然被尸体缠绕着，学生们看见他一边上课一边呕吐。而姚育萍差不多把胆汁都吐出来了，她已经虚弱得没法走上讲台。

到了春天，赵开应才把他年前照的那些相片，送到村子里来。他拿着朱灵的照片，去找杨凤池收钱。杨凤池说朱灵死了，你去找她要钱吧。赵开应碰了钉子，正准备把朱灵的照片丢进火炕。王家宽抢过照片，说给我，我出钱，我把这些照片全买下来。

一种特别的声音，在屋顶上滚来滚去，它像风的呼叫，又像是一群老鼠在瓦片上奔跑。声音总是在夜深人静的时候，准时地降落，蔡玉珍被这种声音包围了好些日子。她很想架一把梯子，爬到屋顶上去看个究竟，但是在睁着眼和闭着眼都一样黑的夜晚，她害怕那些折磨她的声音。

白天她爬到屋后的一棵桃树上，认真地观察她家的屋顶，她只看到灰色的歪歪斜斜的瓦片，瓦片上除了阳光什么也没有。看过之后，她想那声音今夜不会有了。但是那声音还是如期而来，总是在她即将入睡的时刻，把她唤醒。她于是不甘心，睁着眼睛等到天明，再次爬上桃树。一次又一次，她几乎数遍了屋顶上的瓦片，还是没有发现问题。她想是不是我的耳朵出了什么毛病。

王老炳同时被这种声音纠缠着，他对干扰他睡眠的声音，做出适当的反应。他坐在床沿整夜整夜地抽烟，不断地往尿桶里屙尿。他觉得那声音像一把锯子，现在正往他脑子里锯进去。他想如果我再不能入睡，我就要发疯啦。他一边想着一边平心静气地躺到床上。只躺了一小会儿，他又爬起来，他的手摸到床头的油灯，他把油灯砸到地上。油灯碎裂的声音，把那个奇怪的声音赶跑了，但是它游了一圈后马上又回到王老炳的耳边。王老炳开始制造声音来驱赶声音。他把烟斗当作鼓槌，不停地磕他的床板。他像一只勤劳的啄木鸟，使同样无法入睡的蔡玉珍雪上加霜。

啄木鸟的声音停了，王老炳改变策略，他开始不停地说话，无话找话说。蔡玉珍听到他在胡话里睡去，鼾声接替话声。听到鼾声，蔡玉珍像饥饿的人，突然闻到了饭香。

屋顶的声音没有消失，蔡玉珍拿着手电往上照，她看见那些支撑瓦片的柱头、木板，没有看到声音。她听到声音从屋顶转移到地下，仿佛躲在那些箱柜里。她把箱柜的门一一打开，里面什么也没有。她翻箱倒柜的声音，惊醒了刚刚入睡的王老炳。王老炳说你找死吗？我好不容易睡着又被你搞醒了。说完，屋子里变得出奇地静。蔡玉珍缩手缩脚，再也不敢弄出声响来。

蔡玉珍听到王老炳叫她，王老炳说你过来扶我出去，我们去找找那个声音，看它藏在哪里。蔡玉珍用手推王家宽，王家宽翻了个身又继续睡。蔡玉珍冒着胆走到王老炳床前，拉住王老炳走出大门，黑夜里风很大。

他们在门前仔细听，那个奇怪的声音像是来自屋后，他们朝屋后走去，走进后山那片桃林。蔡玉珍看见杨凤池跪在一株桃树下，用一根木棍敲打一只倒扣的瓷盆，瓷盆发出空阔的声音。手电光照到杨凤池的身上，她毫无知觉，她双目紧闭口中念念有词。蔡玉珍和王老炳听到她在诅咒王家宽。她说是王家宽害死了朱灵，王家宽不得好死，王家宽全家死绝……

蔡玉珍朝瓷盆狠狠地踢，瓷盆飞出去好远。杨凤池睁眼看见光亮，吓得爬着滚着出了桃林。王老炳说她疯啦。现在死无对证，她把屎呀尿呀全往家宽身上泼。我们穷不死饿不死，但我们会被脏水淹死。我们还是搬家吧，离她们远远的。

王家宽扶着王老炳过了小河，爬上对岸，蔡玉珍扛着锄头，铲子跟在他们的身后，村庄的对面，也就是小河的那一边是坟场，除了清明节，很少有人走到河的那边去。王老炳过河之后，几乎是凭着多年的记忆，走到了他祖父王文章的墓前。他走这段路走得平稳，准确无误，根本不像个瞎子。王家宽不知道王老炳带他来这里干什么。

王家宽说爹，你要做什么？王老炳说把你曾祖的坟挖了，我们在这里起新房。蔡玉珍向王家宽比了一个挖土的动作。王家宽想爹是想给曾祖修坟。

王家宽在王文章的坟墓旁挖沟除草，蔡玉珍的锄头却指向坟墓。王家宽抬头看见他曾祖的坟。在蔡玉珍的锄头下土崩瓦解，转眼就塌了半边，他感到惊奇。他神色庄重地夺过蔡玉珍手里的锄头，然后用铲子把泥巴一铲一铲地填到缺口里。

王老炳没有听到挖土的声音，他说蔡玉珍，你怎么不挖了。这是个好地盘，我们的新家就建在这里。我祖父死的时候，我已经懂事了。我看见我祖父是装着两件瓷器入土的，那是值钱的古董，你把它挖出来。你挖呀，是不是家宽不让你挖，你叫他看我。王老炳说着比了一个挖土的动作。他的动作坚决果断，甚至是命令。

王家宽说爹，你是叫我挖坟吗？王老炳直点头。王家宽说为什么？王老炳说挖。蔡玉珍捡起横在地面的锄头，递给王家宽。王家宽不接，他蹲在河沿看河对面的村庄，以及他家的瓦檐。他看见炊烟从各家各户的屋顶升起，早晨的天空被清澈的烟染成蓝色。有人赶着牛群出村。谁家的鸡飞上刘顺昌家的屋顶，昂首阔步、来来回回地走。

王家宽回头，看见坟墓又缺了一只角，新土覆盖旧土，蔡玉珍像一只蚂蚁正艰难地啃食一块大饼。王老炳摸到了地上的锄头，他慢慢地把锄头举起来，慢慢地放下去，锄头砸在石块上，偏离目标，差一点锄到王老炳的脚，王家宽想他们是下决心要挖这座坟了。王家宽从他爹手上接过锄头，紧闭双眼把锄头锄向坟墓。他在干一件他不愿意干的事情，他渴望闭上双眼。他想爹的眼睛如果不瞎，他就不会向他烧香磕头的地方动锄头。

挖坟的工作持续了半天，他们总算整出了一块平地，他们没有看见棺材和尸骨。王家宽说这坟里什么也没有。王老炳听到王家宽这么说，感到十分惊诧。他摸到刚整好的平地上，抓起一把泥土，放到鼻尖前嗅了又嗅。他想我是亲眼看着祖父下葬的，棺材里装着两件精美的瓷器，现在怎么连一根尸骨都没有呢？

　　时间到了夏末，王家宽和蔡玉珍在对岸垒起两间不大不小的泥房。他们把原来的房屋一点一点地拆掉，屋顶上的瓦也全都挑到了河那边。他们原先的家，完全暴露在光天化日之下。

　　搬家的那天，王家宽甩掉许多旧东西。他砸烂那些油腻的坛子，劈开几个沉重的木箱，他对过去留下来的东西，带着一种天然的仇恨。他像一个即将远行的人，轻装上路，只带上他必须携带的物品。

　　整理他爹的床铺时，他在床下发现了两只精美的花瓶。他扬手准备把它扔掉，被蔡玉珍及时拦住。蔡玉珍用毛巾把花瓶擦亮，递给王老炳。王老炳用手一摸，脸色霎时变了。他说就是它，我找的就是它。我明明看见它埋到了祖父的棺材里，现在又从哪里跑出来了呢？帮忙搬家的人说是王家宽从你床铺下面翻出来的，王老炳说不可能。

　　王老炳端坐在阳光里，抱着花瓶不放，搬家的人像搬粮的蚂蚁，走了一趟又一趟。他们看见王老炳面对从他身边走过的脚步声笑，面对空荡荡的房子笑，笑得合不拢嘴。

　　王老炳一家完全彻底地离开老屋，是在这一天的傍晚。搬家的人们都散了，王家宽从老屋的火炕里，点燃火把，举在手上。他突然想哭，鼻子一阵一阵地酸，眼泪随即掉下来。他和火把在前，王老炳和蔡玉珍断后。王老炳怀抱两只花瓶，蔡玉珍小心地搀扶着他。

　　过了小木桥，王老炳叫蔡玉珍拉住前面的王家宽，他要大家都在河边把脚洗干净。他说你们都来洗一洗，把脏东西洗掉，把坏运气洗掉，把过去的那些全部洗掉。三个人六只脚板在火光照耀下，全部泡进水里。蔡玉珍看见王家宽用手搓他的脚板，搓得一丝不苟，像有老茧和鳞甲从他脚下一层层脱下来。

　　村庄里的人全部站在自家门口，目送王家宽一家人上岸。他们觉得王家宽手上的火把，像一簇鬼火，无声地孤单地游向对岸。那簇火只要把新屋的火引燃，整个搬迁的仪式也就结束了。一同生活了几十年的邻居们，就这样看着一个邻居从村庄消失。

　　一个秋天的中午，刘顺昌从山上采回满满一背篓草药。他把草药倒到河边，然后慢慢地清洗它们。河水像赶路的人，从他手指间快速流过，他看到浅黄的树叶和几丝衰草，在水上漂浮。他的目光越过河面，落到对岸王老炳家的泥墙上。

　　他看见王老炳一家人正在盖瓦。王老炳家搬过去的时候，房子只盖了三分之二。那时刘顺昌劝他等房子全盖好了，再搬走不迟。但王老炳像逃债似的，急急忙忙地赶过那边去住，现在他们利用他们的空余时间，补盖房子。

　　蔡玉珍站在屋檐下捡瓦，王老炳站在梯子上接，王家宽在房子上盖。瓦片从一个人的手，传到另一个人的手里，最后堆在房子上。他们配合默契，远远地看过去看不出他们的残疾。王家宽不时从他爹递上去的瓦片中，选出一些断瓦扔下来，有的瓦片还扔到了河中。

　　刘顺昌只看到小河里的水花飞扬，听不到瓦片砸入河中的声音。这是一个没有声音的中午，太阳在小河里静静地走动。王老炳一家人不断地弯腰举手，没有发出丝毫的声响。刘顺昌看着他们，像看无声的电影。他们似乎是阴间里的人，或者是画在纸上的人。他们只在光线里动作，轻飘、单薄，虚幻得不像人似的。

　　刘顺昌看见房上的一块瓦片飞落，碰到蔡玉珍的头上，破成四五块碎片。蔡玉珍双手捧头，弯腰蹲在地上。刘顺昌想蔡玉珍的头一定被砸破了。刘顺昌朝那边喊话：老炳，蔡玉珍的头伤得重不重？需不需要我过去看一看，给她敷点草药？那边没有回音，他们像没有听到刘顺昌的喊话。

　　王家宽从房子上走下来，把蔡玉珍背到河边，用河水为她洗脸上的血。刘顺昌喊蔡玉珍，你怎么啦？王家宽和蔡玉珍仍然没有反应。刘顺昌捡起脚边的一颗石子，往河那边砸过去。王家宽朝飞起的水花匆匆一瞥，便走进草丛为蔡玉珍采药。他把他采到的药放进嘴里嚼烂，再用右手抠出嚼烂的药，敷到蔡玉珍的伤口上。

　　蔡玉珍再次趴在王家宽的背上。王家宽背着她往回走。尽管小路有一点坡度，王家宽还能在路上一边跳一边走，像从某处背回新娘一样快乐惬意。蔡玉珍被王家宽从背上颠到地面，她在王家宽的背膀上擂了几拳，想设法绕过王家宽往前跑。但是王家宽张开他的双手，把路拦住。蔡玉珍只得用双手搭在王家宽的双肩上，跟着他走跟着他跳。

　　跳了几步，王家宽突然返身抱住蔡玉珍。蔡玉珍像一张纸片，轻轻地离开地面，落入王家宽的怀中。王家宽把蔡玉珍抱进家门，王老炳摸索着进入家门。刘顺昌看见王家的大门无声地合拢。刘顺昌想他们一天的生活结束了，他们很幸福。

　　秋风像夜行人的脚步，在河的两岸在屋外沙沙地走着。王老炳和王家宽都已踏踏实实地睡去。蔡玉珍听到屋外响了一声，像是风把挂在墙壁上的什么东西吹落了。蔡玉珍本来不想理睬屋外的声音，她想瓦已盖好了，家已经像个家了，应该安安稳稳地睡个好觉。但她怕她晾在竹竿上的衣服被风吹落，于是她又从床上爬起来。

　　她拉开大门，一股风灌进她的脖子。她把手电摁亮，她看见手电光像一根无限伸长的棍子，一头在她的手上，另一头搁在黑夜里。她拿着这根白晃晃的棍子，走出家门，转到屋角看晾在竹竿上的衣服。衣服还晾在原先的位置，风甩动那些垂直的衣袖，像一个人的手臂被另一个人强行地扭来扭去。蔡玉珍想收那些衣服，她把手电筒叼在嘴里，双手伸向竹竿。她的手还没有够着竹竿，便被一双粗壮的手臂搂住了。那双手搂住她飞越一条沟，跨过两道坎，最后一起倒在河边的草堆里。蔡玉珍嘴里的手电筒在奔跑中跌落，玻璃电珠破碎，照明工具成了瞎子，河两岸乱糟糟地黑。

　　那人撕开她的衣服，像一只吃奶的狗崽用嘴在她胸口乱拱。蔡玉珍想喊，但她喊不出来。她的奶子被啃得火辣辣地痛。她记住那个人有胡须。那人想脱她的裤子，蔡玉珍双手攥紧裤头，在草堆里打滚。那人似乎是急了，他腾出一只手来摸他的口袋，他摸出一把冰凉的刀。他把刀贴在蔡玉珍的脸上，蔡玉珍安静下来。

蔡玉珍听到裤子破裂的声音，她知道她的裤裆被小刀割破了。

蔡玉珍像一匹马，被那人强行骑了上去，挣扎中，她的裤裆完全彻底地撕开。她想现在攥着裤头，已经没有用处。她张开双手，十个手指朝那人的脸上抓。她想明天，我就去找脸皮被抓破的人。

强迫和挣扎持续了好久，蔡玉珍的嘴里突然吐出几个字：我要杀死你。她把这几个字，劈头盖脸吐向那人。那人从蔡玉珍的身上弹起来，转身便跑。蔡玉珍听到那人说我撞上鬼啦，哑巴怎么也能说话。声音含糊不清，蔡玉珍分辨不出那声音是谁的。

当她回到床前，点燃油灯时，王家宽看到了她受伤的胸口和裂开的裤裆。王家宽摇醒他爹，王家宽说爹，蔡玉珍刚才被人搞了，她的裤裆被刀子划破，衣服也被撕烂了。王老炳说你问问她，是谁干的好事？王老炳想：说也是白说，王家宽他听不到。王老炳叹了一口气，对着隔壁喊玉珍，你过来，我问问你，你不用怕，爹什么也看不见。

蔡玉珍走到王老炳床前，王老炳说你看清是谁了吗？蔡玉珍摇头。王家宽说爹，她摇头，她摇头做什么？王老炳说你没看清楚他是谁，那么你在他身上留下什么伤口了吗？蔡玉珍点头。王家宽说爹，她又点头了。王老炳说伤口留在什么地方？蔡玉珍用双手抓脸，然后又用手摸下巴。王家宽说爹，她用手抓脸还用手摸下巴。王老炳说你用手抓了他的脸还有下巴？蔡玉珍点头又摇头。王家宽说现在她点了一下头又摇了一下头。王老炳说你抓了他脸？蔡玉珍点头。王家宽说她点头。王老炳说你抓了他下巴？蔡玉珍摇头。王家宽说她摇头。蔡玉珍想说那人有胡须，她嘴巴张了一下，但什么也没有说出来。她急得想哭。她看到王老炳的嘴巴上下，长满了浓密粗壮的胡须，她伸手在上面摸了一把。王家宽说她摸你的胡须。王老炳说玉珍，你是想说那人长有胡须吗？蔡玉珍点头。王家宽说她点头。王老炳说家宽他听不到我说话，即使我懂得那人的脸被抓破，嘴上长满胡须，这仇也没法报啊。如果我的眼睛不瞎，那人哪怕跑到天边，我也会把他抓出来。孩子，你委屈啦。

蔡玉珍哇的一声哭了，她的哭声十分响亮。她看见王老炳瞎了的眼窝里，冒出两行泪。泪水滚过他皱纹纵横的脸，挂在胡须上。

无论是白天或者黑夜，王家宽始终留意过往的行人。他手里捏着一根木棒，对着那些窥视他家的人晃动。他怀疑所有的男人，甚至怀疑那个天天到河边洗草药的刘顺昌。谁要是在河那边朝他家多看几眼，他也会不高兴也会怀疑。

王老炳叫蔡玉珍把小河上的木板桥拆掉，王家宽不允。他朝准备拆桥的蔡玉珍晃动他手里的木棒，他坚信那只饿嘴的猫，一定还会过桥来。王家宽对蔡玉珍说我等着。

王家宽耐心地等了将近半个月，他终于等到了报仇的时机。他看见一个人跑过独木桥，朝他家摸来。王家宽还暂时看不清那个人的面孔，但月亮已把来人身上白色的衬衣照得闪闪发光。王家宽用木棒在窗口敲了三下，这是通知蔡玉珍的暗号。

那个穿白衬衣的人，来到王家门前，他四下望一眼后，便从门缝往里望。大约是什么也没看见，他慢慢地靠近王家宽卧室的窗口，踮起脚尖伸长肚子，窥视窗里。王家宽从暗处冲出来，木棒横扫那人的小腿。那人像秋天的蚂蚱，从窗口跳开，还没有站稳就跪到了地下。那人试图逃跑，他刚跑到屋角，王家宽就喊了一声：爹，快打。屋角伸出一根木棒，正好砸在那人的头上。那人抱头在地下滚了几滚，又重新站起来。他的手里已经抓住了一块石头，他举起石头正要砸向王家宽时，蔡玉珍从柴堆里冲出，举起一根木棒朝那只拿石头的手扫过去。那人的手迅疾缩回，石头掉在地上。

那个人被他们打趴在地上，再也不能动弹了，他们才拿手电照那个人的脸。王家宽说原来是你，谢西烛。你不打麻将啦？你跑到这里来干什么？谢西烛的嘴巴动了动，说出一句含糊不清的话。王老炳和蔡玉珍谁也没听清楚。

蔡玉珍看见谢西烛的下巴留着几根胡须，但那胡须很稀很软，他的脸上似乎也没有被抓破的印痕。蔡玉珍想是不是他的伤口，已经全部愈合了。王家宽问蔡玉珍，是不是他？蔡玉珍摇头，意思是说我也搞不清楚。王家宽的眼睛突然睁大，蔡玉珍看见他的眼球快要蹦出来似的。蔡玉珍又点了点头。

蔡玉珍和王家宽把谢西烛抬过河，丢弃在河滩。他们面对谢西烛往后退，他们一边退一边拆木板桥，那些木头和板子被他们丢进水里。蔡玉珍听到木板咕咚咕咚地沉入水中，木板像溺水的人。

自从蔡玉珍被强奸的那个夜晚之后，王老炳觉得他和家宽、玉珍仿佛变成了一个人。特别是那晚上床前对话给他留下怎么也抹不去的记忆。他想我发问，玉珍点头或摇头，家宽再把他看见的说出来，三个人就这么交流和沟通了。昨夜，我们又一同对付谢西烛，尽管家宽听不到我看不见玉珍说不出，我们还是把谢西烛打败了。我们就像一个健康的人。如果我们是一个人，那么我打王家宽就是打我自己，我摸蔡玉珍就是摸我自己。现在，木板已经被家宽他们拆除，我们再也不跟那边的人来往。

在一些无聊的日子里，王老炳坐在自家门口无边无际地狂想。他有许多想法，但他无法去实现。他恐怕要这么想着坐着终其一生。他对蔡玉珍说如果再没有人来干扰我们，我能这么平平安安地坐在自家的门口，我就知足了。

村上没有人跟他们往来，王家宽和蔡玉珍也不愿到河那边去。蔡玉珍觉得他们虽然跟那边只隔一条河，但是心隔得很远。她想我们算是彻底地摆脱他们了。

只有王家宽不时有思凡之心，夏天到来时，他会挽起裤脚涉过河水，去摘桃子吃。一般他都是晚上出动，没有人看见他。他最爱吃的桃子，是朱灵照相时，曾经靠过的那棵桃树结出来的桃子。他说那棵桃树结的特别甜。

大约一年之后，蔡玉珍生下了一个活蹦乱跳的男孩。孩童嘹亮的啼哭，使王老炳坐立不安。王老炳问蔡玉珍，是男的还是女的？蔡玉珍抬起王老炳布满老茧的右手，小心地放在孩童的鸟仔上。王老炳捏着那团稚嫩的软乎乎肉体，像捏着他爱不释手的烟杆嘴。他说我要为他取一个天底下最响亮的名字。

王老炳为孙子的名字，整整想了三天。三天里他茶饭不思，像变了个人似的。

最先他想把孙子叫作王振国或者王国庆，后来他又想到王天下、王泽东什么的，他甚至连王八蛋都想到了。左想右想，前想后想，王老炳想还是叫王胜利好。家宽、玉珍和我终于有了一个健康的后代，他耳聪目明口齿伶俐，将来他长大了，再也不会有什么难处，他能战胜一切他能打败这个世界。

在早晨、中午或者黄昏，在天气好的日子里。人们会看见王老炳把孙子王胜利举过头顶，对着河那边喊王胜利。有时候小孩把尿撒在他的头顶他也不顾，他只管逗着孙儿喊着孙儿。王家开始有了零零星星的自给自足的笑声。

不过王家宽仍然不知道他爹，已给他的儿子取了一个响亮的名字。他基本上是靠他的眼睛来跟儿子交流。对于他来说，笑声是一种永远也无法企及的奢侈品。当他看到儿子咧开嘴角，露出幸福的神情时，他就想那嘴里一定吐出了一些声音。如果听到那声音就像口袋里兜着大把钱一样的愉快和美妙。但是，王家宽自个儿给儿子取了个名字，叫王有钱。王老炳多次阻止王家宽这样叫，但王家宽不知道怎么个叫法，他听不到王胜利这名字的发音，他仍然叫儿子王有钱。

王胜利渐渐长大了，每天他要接受两个不同的呼喊。王老炳叫他王胜利，他干脆利落地答应了。王家宽叫他王有钱，他也得答应。有一天，王胜利问王老炳说，爷爷你干吗叫我王胜利，而我爹却叫我王有钱，好像我是两个人似的。王老炳说你有两个名字，王胜利和王有钱都是你。王胜利说我不要两个名字，你叫爹他不要再叫我王有钱，我不喜欢有钱这个名字。王胜利说完，朝他爹王家宽挥挥拳头，说你不要叫我王有钱了，我不喜欢你这样叫我。王家宽神色茫然，不知发生了什么事。王家宽说有钱，你朝我挥拳头做什么？你是想打你爹吗？

王胜利扑到王家宽的身上，开始用嘴咬他爹的手臂。王胜利一边咬一边说，叫你不要叫我有钱了，你还要叫，我咬死你。

王老炳听到叭的一声响，他知道是王家宽打王胜利发出的声音。王老炳说胜利，你爹他是聋子。王胜利说什么叫聋子？王老炳说聋子就是听不到你说的话。王胜利说那我妈呢？她为什么总不叫我名字。王老炳说你妈她是哑巴。王胜利说什么是哑巴？王老炳说哑巴就是说不出话，想说也说不出。你妈很想跟你说话，但是她说不出。

这时，王胜利看见他妈用手在爹的面前比画了几下，他爹点了点头，对爷爷说爹，有钱快到入学的年龄了。爷爷闭着嘴巴叹了一口气说，玉珍你给胜利缝一个书包吧。到了夏天，就送他入学。王胜利看着围住他的爷爷、爹和妈，像一只受惊的小鸟，头一次被他们古怪的声音和动作吓怕了。他的身子开始发抖，随之呜呜地哭起来。

到了夏天，蔡玉珍高高兴兴地带着王胜利进了学堂。第一天放学归来，王老炳和蔡玉珍就听到王胜利吊着嗓子唱：蔡玉珍是哑巴，跟个聋子成一家，生个孩子又聋又哑……蔡玉珍胸口像被钢针猛猛地扎了几百下，她失望地背过脸去，像一匹伤心的老马大声地嘶鸣。她想不到她儿子，最先学到的居然是这首破烂的歌谣，这种学校不如不上了。她一个劲儿地想，我以为我们已经逃脱了他们，但是我们没有。

王老炳举起手中的烟杆，朝王胜利扫去。他一连打了五下，才扫着王胜利。王胜利说，爷爷，你干吗打我？王老炳说，我们白养你了，你还不如瞎了、聋了、哑了的好，你不应该叫王胜利，你应该叫王八蛋。王胜利说，你才是王八蛋。王老炳说，你知道蔡玉珍是谁吗？王胜利说，不知道。她是你妈，王老炳说，还有王家宽是你爹。王胜利说，那这歌是在骂我，骂我们全家。爷爷，我怎么办？王老炳说，你看着办吧。

从此，王胜利变得沉默寡言，他跟瞎子、聋子和哑巴没什么两样。

| 文学史评论 |

东西的小说大多与"痛苦""困难"有关。对于生存的沉重、乖谬，他擅长运用变形、荒诞的方式来讲述，这包括情节、人物性格设计，以及叙述的语言。这为他的作品增加了反讽的力量。

——洪子诚：《中国当代文学史》，北京大学出版社，2007，第 360 页东西与鬼子、李冯等是受到较多关注的广西作家。他们在 90 年代中后期的写作，较好地处理了审美接受与物质欲望之间的张力，与朱文、韩东、刁斗等人一样，体现了 90 年代汉语写作新的审美追求。广西独特的边陲与民族文化氛围在 90 年代以来商品经济文化中存在的美学及精神价值，在这些作家的写作中得以体现。东西的长篇小说《后悔录》和《耳光响亮》是受到较多关注的作品。《耳光响亮》讲述了从"文革"到当下的中国现实生活。小说以牛红梅姐弟与金大印、杨春光、刘小奇等人物在不同时代中的关系变迁和人生遭遇，编织了一幅中国自"文革"以来的社会生活场景和精神文化图景，讲述了在不同力量的挤压下，个体存在不断丧失尊严并且逐渐走向灵魂扭曲的过程。自始至终，人们所服从的生存逻辑不是道德伦理的规范和个人的操守，而是在历史语境中不断变幻的荒谬的权力游戏规则和欲望动机。

东西写得最好的作品，并不是这些长篇小说，他的诸多中短篇小说，如《没有语言的生活》《原始坑洞》等作品在艺术上更加成熟，在小说的隐喻义和美学元素的发掘显得境界更高。东西认为："写内心秘密，写人物和对命运的预测是他写小说的三个兴奋点"（东西：《寻找小说的兴奋点》，载《当代作家评论》2007 年第 5 期），这使他的小说有较多的神秘主义成分。

——丁帆主编《中国新文学史》，下册，高等教育出版社，2013，第 364— 365 页

| 创作评论 |

长期以来，东西小说于我而言有一种难度。一方面，我觉得东西小说具有某种离奇性，不合现实逻辑；另一方面，东西小说的现实性似乎又是有目共睹的事实。这种相悖的感觉使我对自己的审美能力产生怀疑。经过反复研读东西的小说，我发现，我的这种感觉悖论是存在于东西小说中的，是真实的。只是过去我没有找到表述这种感觉悖论的语言。直到在阅读了东西《秘密地带》这部小说之后，

我才意识到，东西小说的情节推进和人物感觉遵循的确实不是现实逻辑，而是梦幻逻辑。换言之，东西小说中的人物，眼中所见并非现实之景，而是幻觉之象，简言之：幻象。结合现实主义、现代主义和后现代主义三种小说原理，我认为，东西小说中的人物不是现实主义思维状态中的社会人，甚至也不是现代主义思维状态中的灵魂人，而是后现代主义思维状态中的身体人。

  ——黄伟林：《人：小说的聚焦——论新时期三种小说形态中的人》，中国社会科学出版社，2010，第185—186页

  东西为什么如此着迷于书写这样一个非理性非常态的边缘世界，为什么如此着迷于书写这样一群非理性非常态的边缘人？

  只有将东西笔下的主流世界与边缘世界、理性正常的人与非理性非正常的人两相对照，才可能发现东西的创作意图：他试图通过这个边缘世界的描述，照见我们这个主流世界存在的各种缺陷；他试图通过这些边缘人物的塑造，反思我们这些理性正常的人的种种痼疾。

  ——黄伟林：《听到、说出并看见我们的世界——解读东西小说中的两个世界两种人》，《中国作家》2012年第19期

  自发表《没有语言的生活》以来，东西一直是60年代出生作家群中极为重要的一位，但很少有人指出，他是一位真正的先锋作家。很多的先锋作家早已转型，或者只是在做一种比较表面的形式探索，可东西不同，他的先锋是内在的、骨子里的。他的写作，从一开始就持续探索个人命运的痛苦、孤独和荒谬，并赋予这种荒谬感以轻松、幽默、反讽的品质。读东西的小说，能从中体验到悲哀和欢乐合而为一的复杂心情。他的小说形式是现代的，叙事语言也是有速度感的。他的先锋品质，有必要重新强调和确认。

  ——谢有顺：《东西是真正的先锋作家》，《南方文坛》2018年第3期

有思想的骨架，有反讽的语调，有对荒谬世界指证，有悲哀与绝望的力量，东西的小说追求明显高人一筹。我并非说他的小说没有细节的漏洞、语言的粗疏，没有逻辑铺陈不够而略显生硬的地方（这方面，《篡改的命》里较为明显），但作为一个有现实感和现代意识的作家，东西的先锋性和独异性还远没有被我们充分认识。

——谢有顺：《东西是真正的先锋作家》，《南方文坛》2018 年第 3 期

| **作品点评** |

首先，《没有语言的生活》的具象价值在于写出了一个由瞎子、聋子和哑巴组成的残疾人的世界。这些残疾人无法像健康人一样交流，但他们终于创造出一种交流的方式，实现他们自己的交流。东西引领我们走进了这样一个残疾人的世界，让读者领略了瞎子、聋子和哑巴交流的风景。

其次，《没有语言的生活》的抽象价值在于写出了一个与主流世界与相对应的边缘世界。这个世界表面看没有语言，实际上并非没有语言。东西听到、说出并看见了这个边缘世界的语言，这个边缘世界自有其奇异的风景。

第三，《没有语言的生活》的表层价值在于写出了主流与边缘两个世界的疏离。边缘世界努力进入主流世界，终于不得其门而入。两个世界渐行渐远，不能融合。就像是王家宽祖孙三代一家人，虽然努力进入村庄主流世界，但始终不被接纳，最终只好从村庄消失，迁移到小河对岸，定居在村庄坟场，过自我放逐且自给自足的生活。

第四，《没有语言的生活》的深层价值在于以边缘世界比照出了主流世界的缺陷。表面看是王家宽祖孙三代一家人所代表的边缘世界过着没有语言的生活，其实，是与王家比邻而居的村庄主流世界过着没有语言的生活。用东西的话说就是："我们主要是在提醒那些看得见、听得到、说得出的人，也就是观众，当这个世界已经没有爱情的时候，当我们觉得这个世界上可能已经没有语言的时候，我们却看到了这三个稍微残疾的、在器官上有障碍的人告诉我们，什么是有语言的

生活，什么是真正的爱情，什么叫爱。其实他们是反过来在提醒我们，什么叫健康……"

　　——黄伟林：《听到、说出并看见我们的世界——解读东西小说中的两个世界
　　　　两种人》,《中国作家》2012 年第 19 期

被雨淋湿的河

鬼子

我从城里离婚回家的那一天，阳光好得无可挑剔，但陈村的妻子却在那天去世了。他的妻子是病死的，死前她的眼睛一直是迷迷糊糊的，在医院和家里来往地躺了半年，但临死前的最后一刻，她的眼睛却突然地亮了一下，然后紧紧抓住陈村的双手。她说你能答应我两件事吗？陈村说什么事你说。她说，我那几亩田地你就别再留了，免得光缴税粮就是一个负担。陈村点了点头，说了一声好的。她接着说那两个孩子就丢给你了。陈村说你放心吧，再说他们也都长大了。他们的两个孩一个叫晓雷，一个晓雨，正在远处的小镇

作者简介

鬼子（1958—），原名廖润柏，仫佬族，出生于广西罗城仫佬族自治县天河镇金城村，1989 年毕业于西北大学中文系，中国作家协会会员，一级作家，与东西、李冯并称"广西三剑客"，曾任大型文学丛刊《漓江》执行副主编，广西文学院副院长，《广西文学》副主编，曾任广西作家协会副主席。1984 年在《青春》第 9 期发表小说处女作《妈妈和她的衣袖》。有长篇小说《一根水做的绳子》，小说集《谁开的门》《苏通之死》《遭遇深夜》《中国小说 50 强：被雨淋湿的河》《上午打瞌睡的女孩》，小说随笔集《艰难的行走》，电影小说《幸福时光》等。中篇小说《被雨淋湿的河》获第二届鲁迅文学奖优秀中篇小说奖、第七届全国少数民族文学奖、《小说选刊》优秀中篇小说奖、中国十佳小说奖、第四届广西文艺创作铜鼓奖，中篇小说《上午打瞌睡的女孩》获 1999 年《人民文学》优秀中篇小说奖，中篇小说《瓦城上空的麦田》获 2001—2002 双年度《小说选刊》优秀中篇小说奖，中篇小说《农村弟弟》获第三届广西文艺创作铜鼓奖，长篇小说《一根水做的绳子》获《小说月报》百花奖原创长篇小说奖，第六届广西文艺创作铜鼓奖等。

作品信息

原载《人民文学》1997 年第 5 期，《中华文学选刊》1997 年第 4 期转载，《小说选刊》1997 年第 5 期转载，收入《中国当代文学作品精选·中篇小说卷》（北京十月文艺出版社 1999 年 9 月出版）、《中国小说 50 强：被雨淋湿的河》（时代文艺出版社 2001 年 10 月出版）、《鲁迅文学奖获奖作家丛书·鬼子小说》（中国社会出版社 2006 年 9 月出版）、《中国当代文学经典必读·1997 中篇小说卷》（百花洲文艺出版社 2016 年 3 月出版），获第二届鲁迅文学奖优秀中篇小说奖、第七届全国少数民族文学创作奖、《小说选刊》优秀中篇小说奖、中国十佳小说奖、第四届广西文艺创作铜鼓奖，入选首届中国纯文学当代作品排行榜中篇第三。

上极不负责地读着他们的中学。她说，你把他们的户口也都转了算了，好吗？陈村又说了一声好的你放心吧。她于是异常幽长地嗨了一声，然后把眼光慢慢地爬到一旁的窗户上，像是要极力地透过窗户，再看一眼那窗外的天空。但她似乎什么也看不清楚。

她说，天是不是就要黑了。

当时的时间只是临近黄昏。

陈村说那我给你把灯点上吧。她说好吧，你给我把灯点上。谁知陈村刚一脱手，她就随后闭上了眼睛。陈村把灯点回来的时候，她已经石头一般沉静无声了。

陈村在妻子死去的第十个晚上找到我的家里。那是一个漆黑的夜晚，当时我不在屋，等到我回来的时候，只看见门前的泥地上蜷缩着一团黑色的物体。我当即吓了一跳。那团黑物状似一只在呻吟中不断抽搐的动物，谁也不会想到那就是陈村。

我赶紧把他扶起，然后搀进我的家中，让他躺在床上。

我的家那时空空荡荡的。作为一个刚刚离婚的女人，我无心在十天里把家整好。

蜷缩在地上的陈村是因为心疼。他的心每每疼痛起来，身子就禁不住收缩成一团，然后像渔夫手里收拢的一张破网，无情地甩在泥地上。我说你到医院看过吗？他说看过，可医生说他没有什么病，医生的诊断是他的身体太虚太弱，所以承受不了一些太大的压力而造成的心绞痛。我说这不就是病吗？我骂了一句现在的有些医生就是心眼坏，他们就想着如何多拿些奖金。陈村说，那他们就该把我当作大病，那样他们就可以多收一些钱了。我说你这是死心眼，你们是公费医疗你以为他们不知道？但陈村坚持说医生的说法是对的。

他说他的心他自己清楚。

陈村问我，你还回城里去吗？

我说我已经离完婚了，我不去了。

他说那你要不要田，还有地？如果要就全都送你，如果不要，我就另外找人。

他说，他的妻子活着的时候很苦，她死了，他得给她落实一点心愿。我对他深表同情，为了他，也为了我，我说好的，那你就给我吧。他说那就谢谢你了。我说该说谢谢的是我。他说不，应该是我。他说我妻子病后，那几块田地一直荒着，已经长出半人高的野草了。我说那我明天先把那些野草给割了。

我在他妻子的田地里忙了没有多久，他的晓雷就回家里来了。

我问陈村，你打算给他找个什么事做呢？

陈村说一时没有想好。他说我慢慢想吧。

我说，要不你就把哪块好点的田或者地，拿回去种吧。

他的晓雷却坚决地甩着头，他说不要，我不种。

陈村也说不要，他说他在给他想办法，他在慢慢地想。那一想，陈村竟想了半年多都没有想好。

这天，村里突然发生了一起血案。一个随身带着尖刀的小子，把一个也是村里的青年给活活地杀死了。出刀的缘故是因为赌钱的时候对一张人民币的真假引起了争吵。赢钱的那个小子就是不肯收下，他让他换一张。输钱的小子却就是不换，他说你说是假的可我说是真的，你要就要，不要就拉倒，反正老子已经给了你了。那把吓人的尖刀就在这时亮了出来。他说这一张老子就是不要，你得给我换一张，不换就对你不客气。一旁边站着很多人，陈村的晓雷就在其中，所有的眼睛都看到了那把杀气腾腾的尖刀，所有的耳朵都被那句同样杀气腾腾的话语所震颤。可是，没有人上去阻拦，都像买了票在认真地看着一场惊心动魄的录像，眼睛眨都不眨。输钱的小子也不眨眼，而且面对尖刀昂扬着无所畏惧的胸膛。他说，有本事你就捅进来！敢吗？不敢就把这把烂刀收起！那当然不是一把烂刀，他这么说只是表现他的情绪。那把尖刀却因此而激动了起来，卟的一声就捅了进去，只听到一声糊里糊涂的闷响，鲜血便从对方的心胸里飞泻出来。

血案是下午三点左右发生的。傍晚的时候，站在门边的陈村突然发现归来的晓雷两只眼睛竟像不是肉长的，而像一种空无一物的泥丸。陈村的心思因此突然地紧张了起来，他觉得那样的一种眼睛，也是一种随时都会出事的眼睛。这种眼睛看上去虽然空空洞洞的，好像什么都不在乎，可一旦碰着什么异物，就会当即电闪雷鸣，烈火熊熊，最后把生命匆匆地了结成一段悔恨的故事。

那天晚上的陈村，被儿子的眼睛活活地折磨着，久久无法入眠。

屋外的落叶在夜风中鸟一样的鸣叫不停。

晓雷也是久久地没有入睡，他在床上不时地翻动着，弄出许多刺耳的怪响。

难以入眠的陈村最后从床上坐起。他问了一声你睡了吗？他的晓雷没有回话。他说我想跟你说个事，你看怎样？他的晓雷又响亮地翻了个身，然后应了一句什么事？陈村说，明天我上城里一趟，我想让你到师范去插个班。晓雷却没有吭声。师范的校长是陈村的老同学，他决定求他帮忙。

那个落叶如鸟的晚上是一个周末的晚上。

那时候的周末是旧日的星期六，而不是现在的星期五。第二天是星期天，天亮起来，陈村就摸进了城里。

但他的晓雷却不喜欢读书。于是，两人冲突在了几天后的路上。

那是送他晓雷上路的那一天。

那一天的天气相当地不好，浑浑噩噩的毛毛细雨飘飘扬扬的满天都是。冲突的起因是晓雷的行李上没有任何遮挡。陈村说雨厚着呢，淋湿了晚上你怎么盖？晓雷却不理他。陈村找来了一块塑料布，晓雷也坚决不要。他刚披上去，他就扯了下来。陈村摇着头，只好拿在手上，跟在儿子的身后走。

路上的毛毛雨越走越厚，晓雷的头发上转眼结了白毛毛的一层。陈村的心便又忍不住了，他说你这孩子真是，你拗什么呢，淋湿了晚上你怎么睡？

晓雷说那是我的事。

陈村说你就是拗。

晓雷说这也叫拗吗？告诉你，真正的拗还在后头呢！

陈村知道儿子话里有话。他说我知道你不喜欢读书，可是我们这样的家没有别的办法。晓雷说反正你等着吧，我不会帮你读下去的。陈村对儿子的话当然不满，他说让你去读是为你自己，怎么说是帮我呢？就算是帮我吧，那又有什么不好呢？晓雷说反正我没有兴趣。陈村说你对什么有兴趣呢？晓雷说那是我自己的事。陈村的心里越听越难受，他说我是你父亲，你怎么能这样跟我说话呢？

可他的晓雷并没有因此而停止对他的伤害。他说那你想让我对你说些什么呢？说罢猛然停下了脚步，两只空空洞洞的眼睛猴子一样盯着父亲。

他说我不想再听你啰里啰唆的，你让我一个人走好不好？我知道怎么找到你的那个师范。

陈村的伤心达到了绝对的无奈。他说好吧，那你就自己走吧。说完把一直拿在手中的塑料布又递到了晓雷的面前，他说你还是披上的好。晓雷没有伸手，他转身朝着雨雾的远处独自走去。

望着渐走渐远的孩子，陈村的眼里漫下了泪来。

那个晚上的陈村又心疼了一个晚上。

时间不到两个月，晓雷那双好像不是肉长的眼睛，便看不下黑板上的那些东西了。一个星期六的黄昏，他突然跑回了家里，他问陈村有没有三百块钱？陈村当即吓了一跳。陈村的身上真的没有那么多钱。他说你要这么多钱干什么？晓雷说不干什么。他说你只管给我就是了。陈村说我一个月的工资是多少？你要，你妹妹要，你说我还剩下多少？我在家里还用不用吃？

晓雷没有跟他的父亲多说什么，晚上独自响亮地敲开了我的房门。

当时，我正倚着窗户遥望着西落的月亮。那西落的月亮只是一弯半边的月牙，所以那个时候的夜还不是太晚。那月落的去处就是瓦城的方向，那里有我因为离婚而失去的儿子。也许是我在思念儿子的情绪中还没有冷静下来，我对他的借钱没有产生任何的疑问。我觉得这些当孩子的也不容易！

拿到钱后的晓雷却突然地问了一声，说他父亲把田地给我的时候，是否拿了一些钱？

　　我告诉他，你父亲当时没有说到要钱。

　　他说你其实应该给一点的。

　　我说你现在的意思是什么？

　　他说也没有什么意思。

　　我说，你是不是想说这三百块钱就当是你们家那几亩田地的钱？

　　他沉吟了好久，好像拿不定这个主意。

　　我说这三百块钱算不了什么，就当是我送你的吧，好吗？

　　他便圆着眼睛望我。他说这样吧，哪一天我有了钱，我就还你，如果没有，如果一直的还不起，你就当是买了我们家的地吧。这样的孩子确实叫人不可思议。但我仍然答应了他，我不情愿给以打击。

　　临走时他又嘱咐了一句，让我千万不能告诉他的父亲。

　　我说你放心吧，我干吗要告诉他呢？

　　我心里说不就三百块钱吗？我用不着为这么一点钱出卖一个刚刚成年的小伙子。

　　三个月后的一个晚上，陈村才问起我，说是晓雷是不是跟我借过钱？我说没有。陈村当时站在我的窗户外边。那是一个没有月亮的晚上，夜已经很深，窗外黑乎乎的。他说他睡不着，就敲开我的窗户来了。

　　陈村说你跟我说的是实话吗？

　　我说他真的没有跟我借钱。

　　陈村就思疑着这三个多月里他哪来的钱作生活费呢？

　　我安慰他，说晓雷也许是一边读书一边给人打工。

　　黑暗中的陈村没有答话，我也看不出他的脸色。

　　那个晚上的陈村，还为着另一件事情无法入睡。他的晓雨也读完了回到了家里。他问我，像晓雨这样的女孩，如果到城里去可以找些什么工作？他说她一个女孩子，总不能让她整天的浪荡。

从城里离婚回来的我，对城里自然没有多少好感。我觉得城市就像那蜜蜂窝，里边有着许多可口的蜜糖，但也时常叫人被蜇得满身是伤。尤其像晓雨那样的漂亮女孩。但我没有这样告诉陈村，我替他想了想，建议他让晓雨到城里的发廊或美容店做些小工。

陈村说好的，那我明天带她去看一看，顺便去看看晓雷那小子。

窗上仍然十分地黑暗，我始终看不到陈村的脸色。

城里的师范却早就没有了晓雷的影子。等着他的只有那床曾经被雨淋得精湿的被子。他的晓雷把那床被子叠得倒是整整齐齐的，陈村抱起的时候，被子的深处已经发出了一股浓烈的霉味。

当时的陈村不知儿子的去向。

陈村的老同学，那个师范的校长，也不知道晓雷去了哪里。

陈村说，他都没有跟你说过吗？

他的同学说没有。

他的同学也问他，那他也没跟你说过什么吗？

陈村说没有。

陈村的伤心阴黑了整个脸面，他想跟他的老同学说些什么，他觉得对不起他，他给他添了麻烦。可他说不出来。他那瘦弱的心又一阵阵地绞痛了起来，他极力地忍受着，最终没能忍住，身子一缩，烂网似的蜷缩在了那床晓雷的被子上。

后来晓雷告诉我，说他拿着我给的三百块钱，第二天就跑到广东那边打工去了。我严厉地指责他，我说你怎么能这样呢？你父亲为了你和你的妹妹晓雨，你知道他是如何的劳心劳血吗？

晓雷的回答却令人伤心透顶。

他说我干吗要管他呢？

我说你是他的儿子，他是你的父亲，你不管他可他得管你，你知道吗？

晓雷的嘴里便放出一声冷笑。他说照你的意思，我应该给他把那师范读下去？我说是的，你应该读下去。他说我要是真的读下去，读完了，我做什么呢？我说代课呀。那代完了课呢？我说只要好好的代课下去，总有一天会跟你父亲一样成为真正的教师的。他的眼睛便眯成了一条细线，目光尖锐地打量着我。他说你的意思是我的一生也应该像我父亲一样？

我说像你父亲一样有什么不好呢？

他就连连地说了好几声好好好。很好！

我只好无奈地问他，那你的想法是干什么呢？

他说我自己出去打工赚我自己的血汗钱，我不用他再养我，他不应该有意见。

我说，可你是否想到过，当你父亲在师范里抱着你留下的那一床被子时，他的心里承受了多大的痛苦吗？

晓雷的眼光便长长地伸向远远的天边，然后猛地回过头来，他问那一天是哪一天？

我说，我哪知道那一天是哪一天呢？你想知道可以去问你的父亲。

他说还是你替我想想吧，那一天到底是哪一天？

我不知道他是什么意思。我说你问那一天是哪一天干什么呢？我知道那一天你的父亲为了你并不好受这就已经够了。

于是他告诉我，他在广东那边曾经杀了一个人。

他说，他杀人的那一天可能就是那一天，也可能不是。也可能是杀人之后，正在逃往另一个地方，正在大街上到处慌里慌张地流浪。

我当时吓了一跳，我说你说什么？你说你杀了人？

他说是呀，我杀了一个人。一个坏人。

我说，你说的是真的还是在跟我说故事？

他说什么叫真的什么叫故事？

我说真的就是真的，故事可是编的。

他的脸色便放松下来，然后笑了笑。他说，我说的是真的。

晓雷说，他杀人的最初原因，是在火车上遇到一个重庆的小子。

那是一趟重庆开往广州的火车。晓雷坐火车还是头一次。他没有想到火车上的人竟然那么多，所有的车厢都挤满了前往广东打工的农民。挤着上车的时候，外边的人死命叫喊着前边的人往里边挤呀挤呀挤呀！晓雷被挤在人群的中间。他觉得那个时候的人已经不再像人，而是一群被人驱赶着的牛群。一直到火车摇摇晃晃地开走了，这才摇出一点松动的空间，可那空间很快又被下一站的人给塞紧了。晓雷说，直到那时，他才想到了国家为何要搞计划生育。

晓雷是因为一包香烟与那重庆小子相识的。

那重庆小子也没有座位，晓雷就站在他的身边。大约站了一个多两个小时的时候，发现身旁有双眼睛在注视着自己，晓雷朝他笑了笑，慷慨地把烟递了过去。那重庆小子朝他笑了笑，扯下了一支，随口问了一声也是到广东打工的吗？晓雷没有回答他，晓雷问他你呢？重庆小子点了点头，说他在广东已经打了两年工了，这一次是回家帮老板招工去的。晓雷心里不由一动，趁机将那包香烟塞到了重庆小子的手上。晓雷说我身上还有，这包你拿着吧。重庆小子笑了笑就收下了。晓雷告诉他，说自己是头一次出门的，可不可以跟着他们一起去。重庆小子望了望晓雷，又低头望了望手里的那包香烟，最后对晓雷说，给老板找的人已经够了。但他告诉晓雷，另一个地方有个老板也需要工人，只是工资稍微少了一些。晓雷问他多少？他说一个月六百左右，你要愿意我可以带你去。听说一个月有六百块钱，晓雷的心里当即感动了起来，他不仅说了同意，还随后连连地说了好几声谢谢。晓雷的脑子里突然就想念起了中学课文里的一句什么唐诗，却说不上来，只感到心里暖烘烘的，仿佛照进了一片阳光。可他没有想到，这个重庆小子原来是为了得到三百块钱，而把他卖给了一个地处荒野的采石场。

被晓雷杀死的那个人，就是那个采石场的老板。

临走近那个采石场的时候，重庆小子告诉晓雷，他曾在这个采石场打过五个多月的采石工。他说那采石场的老板是一个很有钱的家伙，但在采石工的身上，他的用钱却不是十分的大方，只要找得到理由，他总要千方百计地压住你的工钱，他叫晓雷自己小心自己。临走时，又悄悄地告诉晓雷，说是千万不要把身份证交给老板，说完他朝晓雷挥了挥手。晓雷知道他那是再见的意思，也朝他挥了挥手。那重庆小子转过身，慢慢就走得没有了身影。

　　那采石场的老板是一个身材矮黑的广东人，怎么看上去都是一个粗人。那老板姓杨，采石工们都叫他杨老板。杨老板也没有问过有关身份证的话，晓雷说也许就因为这一点，所以他被他杀死之后，警察一直找不着凶手。那个重庆小子带着他与杨老板见面的时候，没有多余的旁人，没有人知道他晓雷是从哪里来后来又到哪里去了。杨老板只跟他吩咐了一些如何采石的事情，别的也丝毫没有多说，好像他需要的只是一头劳动的牛，他不需要与牛进行多余的对话。

　　晓雷是因为工钱的事而怒火中烧的。

　　头一个月发工钱的时候，杨老板没有给他一分钱。晓雷觉得有些不可理解。他问杨老板不是说好六百块一个月吗？杨老板说是么，是一个月六百块呀，他说那你自己不会算吗？晓雷不知道怎么算，他只好回头问另外几个采石工。他首先想到的是伙食费。他们告诉他，菜里有肉的话，扣三百五左右。没有肉呢？没有肉就三百。晓雷把一个月里的菜食回忆了一遍。回忆的结果，是没有过肉的影子。他说那这个月应该是三百块。他们说是的，这个月是三百块。晓雷转身就又找到了杨老板。杨老板的眼睛却牛眼一样在晓雷的脸上不停地滚动。他说你知道我是用了多少钱把你买到这里吗？那一个买字，晓雷觉得太伤人心。他嘴里暗暗地骂着你他妈的老子又不是牛，我被谁卖给你啦？但他只愣愣地望着杨老板说不出话来。杨老板说，我给了那个小子整整三百块钱你知道吗？晓雷说我不知道。杨老板说你当然不知道啦你怎么能知道呢？晓雷说，那这个月我是杨白劳啦？杨老板说应该是吧。晓雷只好阴着脸，在心里暗暗地自认倒霉。

　　可第二个月发钱的时候，还是没有他的！

杨老板说，这是惯例。晓雷问他什么惯例？杨老板说你不知道？晓雷说我没有听你说过。杨老板便呵了一声，他说那你就去问问他们吧。他说他们知道。他自己不告诉晓雷。他觉得他无须告诉他。没等晓雷再问下去，他就转身走人了。

采石工们说，第二个月是得不到工钱的。第三个月也得不到。一直到第四个月，才能得到第二个月的工钱，跟着是第五个月拿第三个月的。

晓雷不由一阵慌乱。他说那你们为什么还给他这么干下去呢？他们说不干下去那两个月的工钱不就白白地送给他了？那你们永远这么干下去也永远得不到那两个月的工钱呀？他们说，等得到的钱多一点了再走人，到时，前边的那两个月就当是什么也没做。他们说前边的人就是这样走的。晓雷说那你们为什么不早告诉我呢？你要是一走他就知道一定是我们有人告诉了你，我们的工钱就会被他往下再扣一个月，你以为我们是傻瓜吗？

晓雷心里说是的，你们都不是傻瓜，可你们哪一个是聪明人呢？

发完了工钱的杨老板，转身就离开了采石场，回他的城里忙他别的事情包括吃喝嫖赌去了。杨老板总是这样。他不担心有人在背后走开，任何一个采石工都有两个月的工钱在他的手中，真要有人走了他也毫不在乎，他可以从他们留下的钱里再买回一个补上。

晓雷那双如同不是肉长的眼睛，一直干燥地等待着杨老板的再现。

杨老板建有一个小房子在采石场上。那房子看上去是一个简易的木板屋，里边却布置得相当温馨。有时在城里住腻了，就带上一个外来的卖身女，用摩托车拉到采石场来。

时间就这样过去了十来天。

这一天的杨老板又带来了一个卖身的女子。晓雷说那是一个四川妹。看着杨老板的摩托车从面前飞奔而过的时候，晓雷气愤得就要冲上去，那几个采石工却把他拖住了。他们说他身上有枪。晓雷只好又忍了一天。但晚上无论如何也睡不着觉。他想无论如何也要把工钱拿到手！给钱就往下干，不给钱就揍他一顿，然后走人。就这样，晓雷被愤怒活活地折磨到了第二天的下午。他想不能再等了，他担心他玩腻了那个女子一转身又会走人。站在采石场上的晓雷，不时地看着头上的太阳，阳光白花花地把人烤得半死。他不住地抹着汗水，抚摸着激动而紧张的胸口，他想让它平静一些，但他做不到。他突然觉得应该找个地方解解手，他觉得憋得难受，于是从人们的眼里一步一步地迈出了采石场，往不远处的一块大石后走去。就那一去，采石工们就再也看不到他的影子了。

晓雷已经朝着杨老板的木板房大踏步地走去。

杨老板的房门只是虚掩着。这个地方是他的地方，没有哪一个民工敢不吭一声推开他的房门。当时的杨老板正在床上忙得热火朝天。最先看到晓雷的是那四川妹，但她没有发出惊叫。她只是突然间停止了自己的动作。晓雷站在门内看着他们不动。杨老板又忙了一阵之后才发现了问题。他抓了一条毯子包在腰上，朝晓雷暴跳如雷地吼着。他让晓雷马上给他滚出去！

晓雷却不怕。晓雷说我是来要钱的，你把那两个月的工钱给我，我马上就出去。

杨老板没想到有人竟敢顶他。他说你滚不滚？不滚你就找死！

晓雷站在那里就是不滚。他说你不把钱给我，老子今天也不好惹！

杨老板说想要钱你就接着干。他从床上滑了下来，然后去拿椅子上的衣服。他没有想到晓雷已经朝他逼了过来。

晓雷说你不给我钱我就不干了！

杨老板说不干你就马上滚蛋。

晓雷说你先把我的工钱给我！

杨老板说老子就是不给。

晓雷说你再说一遍给还是不给！

杨老板说不给就是不给，你想找死？

杨老板的裤子里还空着半条腿，晓雷已经操起了桌面上的一个酒瓶，闪电般砸在了他的后脑壳上。晓雷说那是一只又长又大的酒瓶，但没有发出什么惊人的响声。被打着的杨老板，也没有发出任何非凡的叫喊，他的身子只是默默地往旁一歪，就栽到了地上。床上的四川妹眼睁睁地望着晓雷和那倒在地上的杨老板，竟也没有一声惊恐的喊叫。直到晓雷从杨老板的衣服里摸出一沓厚厚的钱来，她的声音才亮丽地飞越了起来，说你把钱留一点给我。她说他把我弄到这里来还没给我钱呢。晓雷朝她过了一眼，她的身子一丝不挂地坐在床上。晓雷的眼睛没有多看，他低下头去看了看手里的那沓钱，抽了一撮往床上丢去。那一撮晓雷估计最少有一千。

我问了一声晓雷，那一沓钱一共多少？

晓雷说，后来逃到树林中的时候，我数了数，一共是五千八百六十七元。那八百六十七元，后来我又给了那个四川的妓女。

我说你不是逃到山上的树林去了吗？

他说是呀，她也跟我一起去了。我们俩人在山上的树林里躲到了天黑，然后由她带着我，逃出了那片荒野，最后乘火车离开了那个可恶的地方。

我没有怀疑晓雷的叙述。如今的青年人什么事都干得出来，而且常常干得叫人不敢想象。但我仍然再一次地问他，我说你说的都是真的吗？

他说你以为我是在给你说故事吗？

我说那你怎么没有想到该去投案自首呢？

他说想到过。

我说那你为什么不去？

他说想到这个问题的时候，我已经躺在了旅店的床上。最初的三个晚上他根本睡不着觉。他躺在床上不停地想着该怎么办呢？最后，他在第四个深夜里爬了起来，他撕了两片纸，用旅店里的笔，在其中一片纸上慢慢地打了一个钩，像老师打在学生的作业本上一样，不同的只是那个钩不是红色的。那是一支蓝色的圆珠笔。他把那两个纸片揉成很小的纸团，散在桌子上。他心里想，如果抓起的那一团是空白的，他就前去自首。如果是打钩的，就不去。

抓起的第一片却是打了钩的。

但他的心中又不敢落实。他又接连地摸了两次，得到的竟然都是打了钩的。但他仍然没有因此而睡下。他突然觉得那打了钩的不就是布告上枪毙人的那种钩吗？那应该就是自首的意思。于是他决定重来。这次他把旅店里留下的那一张便笺全都撕成了数不清的纸片，然后在纸片上分别地写着自首、不自首两种字样。他觉得不能再用符号代替。他觉得符号这个东西，可以这样解释也可以那样解释，叫人心里依靠不住。每一个字他都写得十分的用心，一笔一画不敢有半点的潦草。先写了自首，跟着再写不自首；写完了不自首，就又接着写下一张的自首。不让哪一种多，也不让哪一种少。写完了，再一张一张，慢慢地揉好。

一直忙到快凌晨的时候，晓雷才闭上眼睛，让两只手指在自首与不自首的海洋中，听天由命地捞出了五颗来。

结果是：两张自首，三张不自首。他的心因此而安定了。

为了他这杀人的事，我失眠了好几个晚上，我想我该不该告诉他的父亲陈村呢？

后来我没有告诉陈村。

我想，他也许是想到过我不会告诉他的父亲才告诉我的，那些天里如果我把晓雷杀人的事告诉了陈村，他的痛苦会是什么样子呢？他会不会在地上突然一蹲，转眼就又收缩成一堆可怜的烂渔网，然后昏死在地上？或是连夜摸到警察那里，让警察在一个黑色的夜里偷偷摸到晓雷的床边，最后把晓雷带走？

我没有告诉他。

我没有告诉陈村的另外一个原因，是晓雷同时叙述了另一件事情。

杀死了杨老板的晓雷，并没有随后回到村上。他想，死了的那个杨老板不大会惊动警察的愤怒，因为死在地上的杨老板仍然是一副淫荡未酣的状态，那些采石工也会异口同声地告诉警察，说那是个坏人，说他从外边带回了一个妓女。他们还会齐声地告诉警察，他如何榨取了他们的工钱，而且骂他真他妈的该死！不管怎么说，死了的那个杨老板是一个绝对的坏人，他想不会激起任何一个好人的同情。在警察的手中，一些应该破获以平民愤的案件多如牛毛。杨老板的死顶多只是闪现在他们后脑壳上的一条细微的黑影，只要时间过去了，也就无影无踪了。

晓雷与那四川妓女分手的时候，他不知道她叫什么名字，她也不知道他是哪里的人。他曾问过她，你不会把我告给警察吧？那妓女说怎么会呢？她说她也不想回到原来的地方去了，她说如果有一天警察找到了我，我就说，我不认识你。晓雷连连谢了她两句。他说，我真是没有想到你们这种人竟然是人坏心不坏，好吧，那我们就再见吧。那妓女也说好的再见吧。说完朝他扬起了一只轻飘飘的小手，在空中慢慢地挥动着，就像一只受伤的小鸟慢慢地摇晃。晓雷的心中泛起了一阵少有的凄楚，也朝她扬起了自己的手来。两只手在空中相对着晃了几晃，转眼就各奔东西了。

晓雷的脑子里，后来时常浮现着那个妓女。他说那是一个长得确实让人心疼的女孩。她的年龄顶多十七，比他的妹妹晓雨大不了多少。

晓雷没有想到，几天后他竟然与那重庆的小子不期而遇。

那是在另一个城市的大街上。当时的晓雷正在大街上浪荡着想找个工作。在城市里找工作并不太难，难的是找到一个好的工种。所有的大街小巷都隔不远就能看到一个招工的事务所，门前贴满了五花八门的招工消息，看上去就像那些同样贴满了街头巷尾的专治性病的广告。晓雷想不明白，莫非得了性病的人与寻找工作的人一样的众多？

与那重庆小子相遇的时候，大街上的阳光格外的灿烂。双方在强烈的阳光里，都有点不肯相信地眯细着眼睛，都很吃惊的样子。重庆小子问他，你不在那里干了？晓雷没有回答他的话。晓雷只冷冷地骂了一声他妈的！那重庆小子便说，我知道你为什么不干，那小子的确太黑了。晓雷说，知道黑你就不该把我卖到那里。就那一个卖字，一丝急匆匆的羞色在重庆小子的脸上水一样流过。他抓了抓额门上的头发说，要不我带你到我们厂里试试？他说厂里刚刚开除了两个人。

那重庆小子得意于一家日本老板的服装厂。

那老板大约三十岁，可怎么看上去都不像那些有了钱的外国老板，脸上的肉本来就不是太多，却又紧绷绷地拉着，好像他办的不是一个赚钱的服装厂，而是一家犯人收容所。晓雷跟着重庆小子刚走进他的办公室，他右手一挥，就把重庆小子给赶出了门外，就像驱赶一只苍蝇。

他没有叫晓雷坐下。他眯细着眼睛，尖锐地打扫着晓雷。他问他坐过牢吗？

晓雷没想到老板会这么问话。他愣了愣，回答没有。

老板说，我要的是实话，你不要以为坐过牢就丢脸就不想说。

晓雷说真的没有坐过。

老板说没坐过牢做过什么坏事没有？

晓雷说没有。

老板说真的没有？

晓雷说真的。

老板说什么坏事也都没有做过？

晓雷说没有做过。

老板说，比如打过什么群架，耍过什么流氓的？

晓雷说没有。

老板说你是光知道说没有，还是真的什么也没有？

晓雷说是真的没有。

老板便像有一点失望的样子，一直眯缝着的眼睛也悄悄地睁大了开来。

他突然问他，难道你是共产党员吗？

晓雷说不是。

老板说你父亲是吗？

晓雷说也不是。

老板又问那你是共青团员吗？

晓雷说也不是。

老板便说，那你怎么没做过坏事呢？

晓雷的心里便暗暗地骂了一句他妈的什么老板。心想，我要是说我杀过人，你肯要我吗？他想不明白这个老板为什么这样考核他要招收的工人。

走出门外的时候，重庆小子才悄悄地告诉他，说那老板并不是真正的日本人，他是从国内到日本去的。在国内的时候坐过几年牢，不知怎么后来就到日本去了，而且与日本一家服装厂的老板的女儿弄成了夫妻。后来，夫妻俩就带着他岳父佬的钱跑回来办下了这个厂。晓雷说那你为什么不告诉我呢？重庆小子说不知怎么给忘了。他告诉晓雷，如果你告诉他坐过牢，他马上就会重用你。因为他有他的理论，说是坐过牢的人绝大多数胆子大而且聪明。

晓雷便大着眼睛盯着那位重庆小子，他说那你坐过牢吗？在他看来，那重庆小子是受了重用的。

重庆小子的回答是坐过。晓雷说真的吗？重庆小子说什么真的假的？老子犯的是流氓罪，整整蹲了三年！晓雷因此便大起了胆子，他说，要知道是这样，我他妈的就该对他说，老子杀过人！重庆小子笑了笑，他说算了，反正他收下就算了。

晓雷却低声说了一句，这样的工厂，我不一定干得下去。

重庆小子说，你管他那么多干什么呢，怎么管那是他的事，反正他给的工钱高我们就替他卖命，不就为了钱吗？晓雷问他，一个月正常可以拿多少？重庆小子说最少也有一千多差不多两千吧。

晓雷往咽喉的深处暗暗地吞下一些什么，不再作声。

事情出在三个多月后的一天下午。

那几天可能一直都是阴天，晓雷无法确切地回忆。他们已经好几天没有看到白天的天是什么样的天了。为了抢时间按时交货，老板没日没夜地让他们加班。老板把饭菜都送到他们的身边，任他们吃任他们喝，那些饭菜也做得比任何时候都好，但工人们全都吃得味同嚼蜡，他们需要的并不只是那些好饭好菜，而且希望能尽快把身子骨放松下来，但老板总是绷着脸，让他们吃完了接着干，碗也不用他们洗。能够偷闲的只是饭后上厕所的时间。于是吃过饭的人都想在那个时候往里挤。但卫生间里，每次只能进一个人。唯一的希望还是尽快地干活。干完活天色早已黑了四五个小时了。走出厂门前往宿舍去的路上，一个个迷迷糊糊的，就像漂泊在没有方向的湖水之中。

出事的那个时间大约是差五分钟四点，当时的车间突然陷入了一种从未有过的寂静。寂静的前边是老板猛然三声穷凶极恶的怒吼，他叫民工们站起来！统统地给我站起来！你们！没命般忙碌着的工人们，都不知道出了什么事了，都朝着发出怒吼的地方望了过去。老板那副瘦猴样的身子已经站在了车间的中央，他的身边分别站立着两个目光铁锈的保安。晓雷说，那是老板手下两条喂得毛光闪亮的狼狗！晓雷正想着出了什么事了，老板吼声又爆发了，他说统统给我站到中间来！

人们慌乱地挤到过道上，站成了一条畸形的队伍。

就在这时，高挂在墙上的挂钟当当地敲响了四下。

老板扫视着眼前的民工们，目光恶毒如狼，接着久久地不发声音。那样的寂静是十分伤人的。两三分钟过后，老板才咧嘴吼了起来。他说谁偷了我的衣服自己站出来！谁？谁偷了我的衣服？民工们都像没有听懂老板的话，都以为是谁暗里偷了老板脱下的衣服。都觉得与己无关，没有人给老板站出队来。

老板转个眼又连连吼了两遍。

但受惊的人们只是绷着紧张的情绪，仍然无人站出队来。

老板显然等不下去了。他朝身边的两个保安甩了一个眼色。两个保安朝人群中扑了过来。

遭受劫难的竟是一位怀孕将近五个月的女工。所有的民工全都震惊了！那女工当时正低头拉扯着身上胀鼓鼓的衣服，两个扑上来的保安呼一声把她的两条胳膊架了起来。随着她嘴里的一声尖叫，受惊的队伍河流一般乱成了一个空洞的旋涡，人们从两头哗地卷了上来。

那女工叫到第三声的时候，两个保安已将她架到了不远的一根水泥柱下。灾祸从天而降，把她吓得早已魂不附体，一阵阵直钻人心的号叫，从她那张抽搐的脸上不停地飞扬而起。

她说我没有偷，我没有偷，我没有偷……

两个保安全然不顾她的哀号，他们揪住她的裤子，然后往下猛拉。那女工本来是背靠柱子站着的，随着一声更为刺耳的惨叫，她与跌落的裤子同时坐在了地上。两个保安刚要把手伸进她的裤子深处，却被她本能而飞快地提了起来。可是，没有等她顺着柱子爬起，那两个保安又把她的裤子给扯脱了。

四周的民工全都骇呆了。谁也没有见过这等的情景。谁也不知如何是好。

只有晓雷突然一步抢了上去，左右猛力一推，把那两个保安推倒在地上。

与此同时，人们都吃惊地看到了那女工裤子里藏着的东西。那不是老板身上穿的衣服，而是一件还没有车好的衬衣。

晓雷问她这是怎么回事？

那女工早已泣不成声。她说她这不是偷的，是她把衬衣上的一根线给车坏了，她要拿回宿舍去偷偷地把线拆了，然后再拿回来重新车好。晓雷心想她是被这没日没夜的劳累给弄迷糊了，所以把衬衣给车坏了。晓雷觉得他应该帮她跟老板解释解释。可晓雷拿着那件衬衣刚要站起，身后的不远处突然炸起了一声巨大的声响。

老板愤怒地推翻了一台机子！

民工们在机器倒地的声音里更加惨白了脸色。

老板像头张狂的野兽，朝混乱的人群凶猛地扑了过来，他一边推着他们，一边不停地吼叫着站好！站好！统统地给我站好！

像一群左冲右突的牛群，民工们又给老板站成了一支奇形怪状的队伍。

老板随后跳到了一台机车上，他顺着一脚又踢翻了旁边的一台机子。就在这时，他朝民工们吼出了跪下，统统地给我跪下！

民工们一时都愣了，所有的人都惊慌失措地转动着，你望望我，我望望你。

老板随后又踢翻了一台机子。他的嗓门里像在冒血，他不停地吼叫着跪下！统统地给我跪下！谁不跪下谁就从我这里滚出去！

惊慌的情绪以狂风的姿态在人们的脸上变幻着。但仍然没人跪下。

老板突然将手指向身旁的两个保安。

跪下，你们也给我跪下！

那两个保安一下呆住了，但他们无须等到老板的第二声吼叫，就老老实实地把身子弯曲了下去。

转眼间，那条畸形的队伍像一堵挡不住黑风的破墙，纷纷牵连地倒了下去。

只有晓雷依然地站立着。

晓雷身旁的那名女工刚要跪下的时候，被他猛地提了起来。他朝她吼着，跪什么跪！大不了不赚他那几个臭钱。但他刚一放手，那名女工又软了下去，而且响亮地号啕了起来。随着，她的号啕将车间感染成了一场瓢泼的大雨。

老板没有想到竟然有人没有给他跪下。他指着晓雷厉声地问道，你为什么不跪？

晓雷圆睁着那双好像不是肉长的眼睛凝望着老板，他说我为什么下跪？

老板那张无肉的瘦脸乱抽乱扭了起来，他说你还想在我这里赚钱，你就得给我跪下！

晓雷不跪。他说我就是不跪。

老板说不跪你就马上给我滚出去！说完朝两个保安说你们给我把他轰出去！

那两个保安顺势哇啦站了起来。晓雷却从腰后猛地抽出了一把尖刀。那是一把寒光逼人的尖刀，刀把上到处镶满了红红绿绿的宝石。那是晓雷在那个杨老板的裤带上取下来的。当时，如果不是他手中的酒瓶及时地敲打下去，杨老板要是穿好了另一根裤脚，晓雷也许难逃那把尖刀的伤害。

晓雷严厉地晃着那把尖刀，他说我告诉你们，老子杀过人，你们要敢靠近一步，我就把你们当成野狗，一刀一个！

天黑前，晓雷和那名女工离开了那个服装厂。

那名女工的工钱是那重庆小子替她拿来的，但被老板扣去了好几百。晓雷问了一声我的呢？重庆小子说，你的钱在老板那里，让你自己去拿。晓雷骂了一声，他说，他现在在哪？重庆小子说在他的办公室里。晓雷问，他是不是想耍什么花招？重庆小子说我不知道。而且学着外国人的模样耸了耸他那矮小的肩膀。晓雷的嘴上就又骂了一句，他想我要是不去，就证明我晓雷怕他。我为什么要怕他？钱是我的，那是我的血汗，他就是咬在牙根上，我也要把它敲下来。

老板独自坐在办公室里。晓雷想，他一定两脚高傲地架在办公桌上等着他的进入。可是没有。他很平常地坐着。看见晓雷进来连忙迎了上去，他让晓雷坐在沙发上。他的手里拿着晓雷的那一沓工钱。可晓雷不坐。晓雷说你把我的钱给我。老板没有递给他。老板说，我想跟你说个事。

晓雷瞪着那双仿佛不是肉长的眼睛，盯着老板。

老板说我刚才想了很久，我觉得你是一个少有的人才。

晓雷随之敷衍一笑，他说你是不是想留下我，而且给我加薪？

老板点了点头。他说像你这样的人是可以做大事情的，我需要你这样的人。

晓雷把脸色一沉，他说，我要是答应了你，那不证明我最终还是给你跪下了吗？

老板说这是两码事，我让你留下是为了重用你，对你来说这是一个难得的机会。

晓雷说我不干！再说我也不能这样干。

老板希望他想一想。他说我一个月可以给你四千。

晓雷说四千是不少，可问题是，给你这样的老板干活却是做人的一种羞辱。

老板惨然地笑了笑，他说，问题是过着没有钱的日子也是一种羞辱，这你应该知道。老板说你知道我刚到日本的时候是怎么混的吗？为了找到活路，我就曾不止一次地给日本人跪过。

晓雷说那是因为你没有人格。

老板说，人格那东西有时并不值钱，值钱的是你如何生存下去，而且生存得像个人样，就像那些妓女，你说她们有没有人格？你没有钱你日子都过不好，你整天被别人小看，你说你有人格吗？

晓雷说反正我不会当妓女。

老板说我那是给你打个比方。我的意思是你不要以为我刚才叫他们跪下是对他们人格上侮辱。我要管理好我的工厂我就得这样，再说你知道，他们那些工人都是些什么样的人？他们跟你不一样，他们不需要什么人格，他们只知道如何在我的工厂里多赚一些钱，你说，我要是不给他们来这么一下，他们如何才能老老实实地给我做事呢？

晓雷说我告诉你，像你这样的人，我不管你是外国人还是中国人，如果现在我们是站在一条独木桥上，我一定杀了你！可话刚说完，那名刚刚被开除的女工突然推门扑进来，她哭丧着脸直直奔往老板的面前，然后扑一声就跪在了老板的脚下。她并不是为了老板扣下的那几百块工钱，她是要求老板给她再做一个月的工。当时的晓雷气愤到了极点，他往前抢了一步，将她愤怒地提了起来。晓雷想不明白是因为他的愤怒还是因为这名女工本来就那么轻飘飘的，只像是一只没有骨肉的布娃娃。晓雷骂她，我都没有给他跪下，你还给他跪下？你求他什么呢？你的脸就这么不值钱？说完，从老板的手里抢过自己的钱，拖着她愤怒地走出了门外。

那女工却一路哭得凄然惨然，嘴里不断地呢喃着一大串怎么也听不清楚的话。走出工厂没有多远，她就突然昏倒在了地上。

晓雷架着她艰难地走了一段，最后招了一辆过路的板车，送进了医院。

晓雷说，当他架着那位女工走在工厂外边的路上时，他是真真地哭了，他哭的并没有声音，但眼泪一串一串的，一直流了很久。

我问晓雷，那名女工后来是你送她回家的吗？

他说没有。住院的第二天早上，医院里的好人就把电报发到了她的家里。她的弟弟和她的哥哥，带着两张惊恐的脸面，在第四天的晚上赶到了医院。

晓雷问我，想不想看看她那可怜的模样？说着从腰后拿出了一张折叠得只有巴掌大的报纸，然后指着图片上的一个女子，他说这就是她。

而我却最先看到了他晓雷。

他瞪着那双好像不是肉长的眼睛，正在报纸上激怒无比地对谁说话。图片的顶上，是一行充满力量的大字：

又一个不跪的打工仔

我说，这么说你可是出了大名啦！

他说出什么大名啦，要不是因为这个，我还可以再到别的工厂找找活路。可是一上了这个报纸，我就不得不离开那城市了。

我觉得不可理解。我说为什么呢？

他说有什么不可理解的呢？你想想，那个采石场的杨老板如果没有被我打死，他要是看到了这张照片，你说他难道不会去找警察吗？

我说那你不是说他被你给打死了吗？

他说如果不死呢？

他说也许是死了也许又不死。他心里不知怎么突然有了点怀疑。于是就在大街边上买了几张有他照片的报纸，悄悄地离开了那个城市。

我说这报纸是怎么回事？他说，那女工住进医院的当天晚上，他们的故事震撼了整个医院。第二天早上，记者们就蜂拥而至，把他和那名躺在床上的女工，围得熊猫一般喘不过气来。

晓雷回到家里的那个黄昏，他的父亲陈村却被吓掉了半颗门牙。

晓雷到家的时候，外面的天还不是太黑，但屋里早已昏暗了下来。那一天是陈村到镇上领回工资的日子。当时的陈村正在残灯的下边往一个本子上记着当月没有领到的数目。那个本子如今我还替他完好地收藏着，那些数目也一直歪歪斜斜地曲蜷在上面，就像记忆中一串一串被风干在野地上的红薯片，但瘦弱的陈村却永远也吃不上了。陈村活着的时候，一直压在他的枕头底下。那个晚上的陈村没想到他的晓雷会突然地回到家里，而且已经悄悄地站立在了他的身后。他刚要把本子放回原处，身后的晓雷猛然地叫了一声爸爸！那声音像一根突如其来的棍子，响亮地敲击在陈村的脑后，陈村吓得往前一磕，嘴巴便撞在了桌子的边上。那是一张苍老而坚硬的铁木桌。陈村的牙根一阵疼痛，那半颗门牙便不知了去向。

落到地上的还有陈村手中的那一个本子。当时的晓雷并没有看到，因为屋里已经突然间黑暗了下来。那盏可怜的残灯，在陈村磕下的时候猛地跳了一下，那火苗便在震惊中逃亡了。

那灯原来是有着一个灯通罩着的，虽然顶上长年破烂着一个拇指大的缺口，但埋下妻子的那个晚上，人们出出进进的，不知被谁突然地碰了一下，便飞身落到了地上，清脆地摔成了无数的碎片。

晓雷看到那一个本子的时候，时间已是回家第五天的晚上。

那个晚上的陈村先是到了一趟我的家里，他问我晓雷回来后是不是到过我家。我知道我不能瞒着他。我说他来过。陈村便问他都跟你聊了一些什么？我说没聊什么。我心想陈村是认真的。但我又不能把晓雷杀人的事告诉他。于是我说，他拿回来了一张报纸，你看了吗？他说看见过。我说他就说了那个事，别的没说什么。陈村便枯坐在那里，情绪忧伤得无可救药的样子。我想，我得找些话安慰安慰他，于是我告诉陈村，说晓雷是因为不喜欢当老师才悄悄离开师范的。我说，他没有告诉你是怕你会与他吵架，他不愿伤你的心。

陈村说，我心里负担的已经不是这个问题，我是在想，他出去也才六七个月，他哪里来的那么多的钱呢？我无法回答陈村的猜疑。晓雷到底带回了多少钱，我当时不知道，晓雷也没跟我说过。晓雷敲开我房门的头一个晚上，一进门就朝我递上了三百块钱。我说你这是什么意思？他说还你的。我说，我没说让你还呀。他说，我说过，没钱就不还。从他的话里可以知道，他是赚了几个钱的。但我们后来的话里，再没提起钱的事情。

晓雷把带回的钱收藏在床脚下的一个空罐里，这是陈村无意中发现的。我问他一共有多少？陈村说一共一万多。这个数目对于陈村来说，当然不是小数。他说他哪来的这么多钱呢？我说我不知道。陈村坐了不到半个小时，就忧心忡忡地回去了。

晓雷正在那盏可怜的残灯之下，偷看他父亲收藏在枕头下的那个可怜的本子。他没有想到父亲出门没有多久就又突然回到了家里。

陈村的情绪因此被破坏得发起了火来。他说你怎么乱翻我的东西呢？就把本子夺到了手上，塞回了枕头下的席子底。但随之又拿了起来。他一时想不出应该换个什么地方收藏才好。他说你怎么乱翻我的东西呢？

晓雷却毫不在乎，他问父亲，他们为什么欠了你们这么多的工资不发？

陈村知道为什么。

但那个时候的陈村不愿回答他的晓雷。他说这关你什么事呢？

晓雷说你们可以到上边告他们去。

陈村的内心便越加地不满。他为晓雷随口而出的话感到十分的惊讶。他觉得他太轻狂了。

他说你知道什么呢？告谁？你说告谁？

晓雷说谁扣留了你们的工资就告谁呗！你管他是谁呢！

陈村说你知道是谁吗？

晓雷说我怎么知道他是谁呢，反正工资是不能克扣的。谁扣了就可以告谁。人家电视台和报纸就是这样告诉我们的。

陈村说我们？你的那些我们都是谁？你们是谁？

晓雷奇怪地问，什么我们是谁？

陈村说是呀，你们是谁？

晓雷被父亲问住了。他不知道如何回答他的父亲。

陈村说，你们不就是出卖劳力给人家打工的吗？你们的目的就是赚钱，可我们呢？我们是谁？

你们是谁？晓雷朝父亲反问了一句。

陈村说，我们是国家干部，我们是给我们的政府干活。你们呢？你们那是给外国老板打工，知道吗？陈村不知道那个外国老板本来是中国人。晓雷没有告诉他。那张报纸也没有告诉他。记者的用意许是对的，那样更能激起国民的极度的愤慨，更能宣扬晓雷作为英雄的民族气节。

晓雷说给政府干活又怎么样？给外国老板干活又怎么样？我没觉得有什么不同。

陈村猛然地骂出了一句，他说我白白养了你这么大！一个是自己的政府一个是外国的老板，你说怎么相同呢？相同在哪里？

晓雷也朝父亲板起了面孔，他说，那你说有什么相同呢？

陈村说不同就是不同。你给外国的老板打工他是要克扣了你们的工资他那是对你们的剥削你们当然要告他，你们要是不告他，他就会不停地剥削你们。可我们呢？

晓雷说我知道，你们是国家干部对不对？可国家干部又怎么样？国家干部就可以像老黄牛一样挤的是牛奶吃的是草吗？问题是你连该吃的草都吃不到，你不觉得你们可怜吗？晓雷觉得他没有办法与父亲再争论下去，他觉得他父亲的脑子太老实太傻了。他恨恨地骂了一句他父亲是一个傻蛋。他说我没看见哪里还有像你们这样的傻蛋。然后站起身往外边的黑暗里走去。

那个晚上的陈村又因此整整心疼了一夜。第二天早上，上不到两节课，就又烂网似的收缩在教室的讲台一角。而当晓雷把他弄到担架上，要把他抬到医院去的时候，他却死活不去。

他说我没有钱。

晓雷想说你不是国家干部吗？上医院治病还用得着你自己掏钱？但晓雷没有说。晓雷从腰里掏出自己的钱来。他说我给你出钱好了吗，一千？两千？全都由我来出，好了吧？

但陈村还是坚决不去。

他一看到晓雷手上的那些钱就心里发怵，他说你哪来的这么多钱？

晓雷说你管我哪来的，能治好你的病就是好东西。

陈村说，你不把你那些钱的来历说清楚，我不会用你的钱。用了我心里也得不到安宁。

因为本子上的那些数字，晓雷时常当着我的面，骂他的父亲是个傻蛋。我有些于心不忍，却又找不到更能说服晓雷的话，最后把真相告诉了他。我说你父亲他们的工资不是被人克扣的，而是城里的教育局搞了一个教育勤俭服务公司，因为缺乏投资的资金，就把老师的部分工资先拿去当作投资了，说是到年底的时候再还给他们，还同时付予投资的分红。

晓雷听完却又大骂了一声傻蛋！

晓雷说这样的事我听过多了，几乎每天都可以听到。他说工资是肯定会还给他们的，但分红肯定得不到。

我说，说好了的事，不会有人想反悔就敢反悔的。我说他们不敢。

他说怎么不敢？是我我都敢！到时我就说没有赚到钱，你们能把我怎么样？而实际上，他们自己早就肥得流油了。

我说什么事情都不能想得那么黑暗，要相信世界上还是有着好人的。

他说这年月你以为是哪年月？话说得最好听的人往往是最坏的人，你信不信？

我说我承认有坏人，但也不是那么绝对。

他说绝对当然不能绝对，但这年月坏人已经越来越多而不是越来越少，你不能随便相信谁是好人。

我对这样的晓雷感到不可思议，觉得无法跟他对话。

几天后一个月色模糊的晚上，晓雷拿着两千块钱突然敲开了我的房门。

他说他想出去一些日子。我问他去哪？他不肯马上告诉。他只连连地说了几次我想出去一下。

我问他你拿这钱是什么意思，是不是想让我转给你父亲？

晓雷点点头，他说如果他需要钱的时候，你就帮我给他，只是别说是我的就行了，好吗？他的眼光当时异常地纯净而感人。

我心里为此一热。我说好的。但他仍然站着不走。我知道他心里还有话要说。但不知道他想说什么。我说还有什么事你就说吧，我不会随便告诉你父亲和别的什么人的，你完全可以信任我。

沉默了半刻之后，他抬起了眼睛，静静地凝望着我。他说有个事我想跟你说说，你看行不行。我说你说吧。他说，我想到城里去摸摸底。我没听懂他的话。我说摸什么底呢？他说就是我父亲他们的工资问题。我说你是担心他们有蒙骗的行为？他很肯定地点了点头。他问我你说呢？我为他的提问埋下了头去。我不敢冒然地回答。而当我抬起头来的时候，他的眼光还一直十分企盼地望着我。我不由又迟疑了一下。我说这事怎么说呢？他说你怎么想就怎么说吧，我想听听你的看法。我觉得这事情有点过于尖锐，而且容易叫人为之胆寒。可他却一直那样地望着我，等着我的回答，那模样就像秋天里守候在地坎上的小男孩。

我说这事最好是别管。

他的声音便突然地飞越而起，他说你怎么这样说呢？

我说，如果他们的行为真的带有某种蒙骗的性质，到时候总会有人去管理他们的，用不着我们去操这份心思。他问我，你说谁会去管呢？我说这我不知道，但我想总会有人去管的。他为此低头沉默不语。我说，再说了，如果他们是真的为着老师们的利益着想的呢？他说我不相信。他说那些人首先想到的一定是他们自己，绝对不会是别人。我说你也是凭空想象的，你有什么理由吗？他说我是凭空想象，但我相信我的直觉。我说直觉这东西有时不一定就对。可他说，在这个事上，他的直觉一定是对的。我说为什么？他说道理很简单，因为老师们是最善良的，也是最怕事的。他说你别看他们都嘴巴顶硬的，真要是吃了什么亏了，往往只是嘴巴上说了一通，后就死了一样吞往肚里，接着便不了了之。我说反正这个事情不好弄。

我说你是真的要去了吗？

他说当然是真的。

我说那你有什么打算呢？

他没有告诉我。

也许，他本来是想告诉我的，而且想从我的嘴上得到一些鼓励性的东西，但是没有得到我的支持。

他说反正我有我的手段。

我一定让他们这些傻蛋开开眼界，他说。

我知道他那说的是他的父亲他们。

第二天早上，他一声不吭地离开了家，往城里闯去。

一个星期后的晓雷，在城里请人用电脑打了一份致乡下全体教师的公开信，然后买了一大扎的信封，蹲在旅馆里一封一封地装进去，然后一封一封地寄给乡下各地的中小学校的负责人。晓雷以一个乡村小学教师儿子的身份，措辞激烈地告诉所有的老师叔叔伯伯阿姨，他说你们的工资都到哪里去了？他把教育局的一些头头们的新建的房屋地址，详尽地描写在给他们的公开信上。他说你只要前来看一看，你们就什么都清楚了。因为那些房屋全都是漂亮崭新的楼房，有的两三层，有的竟达四层五层。他给他们留了一个聚集在城里的时间，那是一个星期天的中午一点，他说到时他负责带着他们到实地去参观参观，看一看他们的血汗是不是流失在了那些高楼的红墙白砖之中，看一看那些高楼里，有没有他们的工资伤心出没的影子。

晓雷的年纪毕竟与成熟还有着一段的距离，他竟然将那样的信同样地寄给了他的父亲陈村。信封上的收信人当然不是他父亲的名字，他写的是学校的负责人收，可他父亲的那一个学校就他父亲一人负责。也许，他曾事先想到应该回避他的父亲，后来却因激动便忘了所有的禁忌了。可以想象，他埋头抄写信封的时候，情绪是何等地激愤。

那封信到达村里的时候，却最先落在了我的手上。

是一个阳光极好的中午，我从地里出来正走在回家的路上，迎面就碰着了送信下来的乡邮员。那是一个与我十分相熟的小伙子，因为每一个星期都有一封我儿子寄自瓦城的信。但那一天没有我的信。他递给我的只有陈村的那一封。他说你帮我把这信转给陈老师好吗？我说好的。他说那我就不到学校去了。其实那里距离学校已经没有多远。但他不愿多走。我说你放心吧。他笑了笑，说了一声辛苦你啦，转身就往回走了。

年轻的乡邮员在前边的大树后刚一消失，我就在阳光下把信拆开了。我并非事先想到信的内容。我只是猜测着那可能是晓雷寄给全县教师的什么信，因为那是一种普通的信封，任何来自官方的公函是绝对不会那样随意的，而且信封上没有任何具体的落款，只是潦潦草草地歪着"内详"两个小字。我想如果不是来自晓雷的信，陈村也不会怪我。因为那些日子里的陈村几乎都在我屋里吃饭。

看完信后我当即恐慌在了路上。一种说不出的胆寒周身流窜。我想这小子看来要惹事了！但我想不出我该怎么办。我把那信收藏了起来。我不敢交给陈村。我担心陈村的那颗心承受不了，担心他看不到一半，就又烂网似的收缩在地上。

晓雷写在信上的那一天当是四天之后。那四天在我的脑子里异常地漫长。

等到第四天早上的时候，我却突然地受不了了。我的脑子乱哄哄的鸣响个不停。我想还是把信给他为好，否则，那晓雷真要出了什么事来，我无法对他解释。当时的时间是十点左右，陈村正要出门到山上弄回一些柴禾。我说有封信你先看一下。他问什么信？我说看了你就知道。他便把信接了过去。我在旁边惊恐地望着他，我担心他会倒在地上。可是，看完信后的陈村竟然没有倒下。我只发现他的眼睛像在冒火。他闷闷地说了两句完了完了，这小子要完蛋了！然后丢下东西往门外飞奔。

陈村出门的时候，我仍愣愣地站在屋里，像置身于一场没有结束的噩梦中无法醒来，等到我随后追去的时候，陈村在前边的山路上早就没有了影子。我担心怒气冲冲的陈村没有走到搭车的大路口，就把身子收缩在路边的野草丛里。可那天的陈村却跑得飞快。我追到大路口时，他已经抢先上车去了。我迟疑了半刻，也搭上了一辆小面包，紧张地往城里追去。

下了车，我直直地奔往晓雷指定的地点。那是城里广场一角的大榕树下。那棵大榕树早已阅尽人间沧桑，少说有好几百年的历史了，上了年纪的人，都能说出下边发生过的无数惊天动地的事情。

但后来的情景不在大榕树下。

可怜的陈村，双膝单薄地跪在大街中央，死死地拦住了晓雷和他身后的那群来自四下乡里的教师。

最初跪下是什么样的情形，我不清楚。我在大街上急促地疾走着，前边的大街上突然被涌动的人群黑麻麻地堵住了。我心里捉摸可能是晓雷在前边出事了，就拼命地从街边钻了进去。当时的陈村，早已经结束了任何话语的表达，他只是瞪着两只血红的眼睛，伤心地凝视着眼前的人群和他的儿子。我的心里当时害怕得一塌糊涂，我朝着跪着的陈村就扑了上去。我想把陈村扶将起来，却怎么也扶他不动。我因此狠狠地瞪了晓雷一眼。晓雷没有说话，然后猛地转过头去，愤愤地丢开身后的人群，朝大街的另一个方向独自走了，就像一头在丛林里穿越远去的黑熊。

跪在地上的陈村，就那么望着他的晓雷慢慢地走远，随后，他的筋骨里像是突然地被人抽掉了什么东西，整个身子猛然脆弱无比地颤抖了起来，就像废弃在荒地里的稻草人。

扶着陈村在大街上站立之后，我们找了一个僻静的酒家坐了下来。除了我和陈村，酒店里没有任何吃饭的人。但陈村什么也吃不下，他只浅浅地喝了几口清凉的柠檬茶，然后说，他想去看一看他的晓雨。我说应该去的。他说你能陪我一起去吗？我说可以，先吃一点东西吧。但他仍然什么也不吃，摆在面前的筷条动也不动，好像我点在桌面的那些菜，全是摆在坟墓前的一堆供品。他吃不下，我又如何能吃呢？人心都是肉长的。就那么默默地坐了大约半个小时，只好离开了那个冷落而凄清的酒家。

那是一家很有档次的美容店，店名是请了城里有名望的书法家写的，一笔一画都漂流着金黄金黄的光彩。

门是陈村推进去的。我跟着陈村的身后，但陈村没有开口问话。他的眼光只是长长地四下横飞着，找寻着他的晓雨。

美容店里却没有他晓雨的影子。

一个中年的女人从里边漂亮地走了出来。她的亮丽确实让人吃惊，怎么看上去都知道她的年纪已经不小，但她的脸色鲜嫩得像要滴水。她看了看陈村，然后把眼光停在我的脸上。她问你们找谁？陈村说我找晓雨。说完又添了一句陈晓雨。那女人立即呵了一声，眼光如水地流到了陈村的脸上。她说我忘了，你就是晓雨的父亲吧？陈村点了点头，他说是的我是她的父亲，她人呢？那女人说她没有告诉你吧，她已经不在这里了。陈村的脸面当即泛出了一层惊疑，他说她到哪里去了？那女人思忖了一下，然后回答说，她到别的地方去了。陈村说，是不是在你这里出了什么事了？那女人说那倒没有。陈村说那她为什么要到别的地方去呢？她说这个我就不太清楚了。她说她是有她的想法吧。陈村问那你知道她去了哪里吗？那女人又思忖了一下，然后说这个我也不知道。陈村便示意着里边的那些女孩，他说她们知道吗？那些女孩的双手正在别人的头上或脸上各种各样地忙碌着。那女人便象征性地问了一声，谁知道晓雨去了哪个店吗？他的父亲来找她。女孩们都相继地摇着头，说她们不知道。陈村便长长地叹了一口气，然后低声地呢喃着这孩子这孩子，到哪里去了呢？看着陈村的那副样子，我觉得不好在里边多待，就低声地对他说，那我们出去吧。陈村木然地转过身子，就悻悻地走了出来。

刚跨出门，里边的那个女人就又追了出来。她说你们先等一等。随后，一个女孩从里边抱出一个大包。那女人对陈村说，这是你晓雨的东西，你给拿走吧。

那是用席子包着的一床棉被。陈村后来告诉我，那就是他的晓雷离开师范时丢下的那床东西，他从师范扛出来后就把它给了晓雨，可他没有想到，他的晓雨也把它丢下了。

当时的陈村，心酸和气愤全都达到了极端。他看着那床东西迟疑了一下，没有上前接往。他对那女人说，我要她留下的这床东西干什么？他说我不要。

那女人说你不要我也不要呀，我要来干什么呢？

陈村说那你就给她丢了算了。

那女人说，要丢也是你拿去丢吧，我要是丢了，她有一天突然来找我，我怎么给她回答？不知道的还会说我欺负了小工。

那是一个异常精明的女人，而现实对于陈村自然也是一个难处，我只好上去替他接住。我问陈村你到底还要不要？不要我就丢进垃圾桶里算了。捧着那一床沉甸甸的棉席，我有一种捧着晓雨的感觉，我的心里也是无比地愤慨。

陈村却望也没有多望，他说丢吧丢吧！你帮我丢了吧。然后伤心地走了。

从城里回到家中，陈村突然之间像是变得无脸见人。他的头上，仿佛有什么沉重的东西死死地压迫着，走路的时候总是抬不起头来，眼见就要碰着前边的人时，才呵呵呵地亮出几声莫名其妙的歉意，抬起的半张脸转眼就又埋没了下去。直到有一天，他又突然烂网似的收缩在教室的一角，我才突然想起，在城里的那一天，应该到医院给他买些药物。第二天正碰着是个好天气，我就进城给他买药去了。

医生问我是什么样的心病。我说我说不清楚。我说，反正一旦受到了什么打击，他的心只要想不过去他就会随即感到心疼，就会像一张烂渔网似的收缩在地上，跟着就要随时死去的样子。我极力把他的病情说得重一点，我担心没有替他拿到好药。医生说这样的病需要检查，你应该叫他自己来。我说，我是因为他自己来不了我才替他来的。医生说没有看到病人，我知道怎么给你开药呢？我说你就给他开一些吃进去马上止痛的药吧。医生见我磨着不走，就说那就开一些西药吧。我说西药容易止痛吗？医生点了点头。他说好吧，那我给你开一些吧。我说要开就多开一些，到城里一次不容易。医生说那你看开多少钱合适呢？我说只要是治心痛的药你都开一些吧，这样吃不好再换一样吃。医生说那要花不少钱的。我说六七百七八百够不够？医生就很奇怪地望了我一眼，那医生的心思当时十分好懂，既然有钱就给你多开一些吧。他说那就给你开八百块左右吧。说完低下头去，乱七八糟地写了好几张药单。取药的时候，捡药的姑娘也禁不住瞪大了双眼，她说你是开药店的吗？

我没有回答她的话。

看着一大堆的药物，我心里却是十分地清楚，我知道陈村最最需要的，其实并不是那堆东西。这些东西除了给他暂时性的止疼，不会带来任何根本性的希望。

也就是那天，我替陈村又跑了一趟那家美容店，一个二十出头模样的女孩，看着我把晓雨的父亲说得十分可怜，就好心地把我带到了门外的一棵大树下。她告诉我，说是晓雨早已经给别人当包身女去了。

晓雨所当的包身女，不同那种蝙蝠一般出没在娱乐场所里的色情女郎，她是一次性地投进了一个男人的怀中。那男人是一个外来的老板。他给她在湖心别墅里租了一套商品房住着。出门的时候就把她带上，不出门时就让她留在屋里，然后时不时地往她的床头拨回一个电话。听那女孩叙述的时候，我的脑子里当即闪过一种花花狗，狗的脖子上紧紧地系着一串不时发出响声的铃铛。那女孩说，其实那样的日子比在美容店里好不了多少，但晓雨情愿那样。人的所有的问题都在于情愿二字。

我谢过那位姑娘，叫了一辆三轮，就独自摸到湖心别墅去了。

那里并不是什么湖，而是一个很大的水库，在城郊一个不到四里路的地方。那水库是毛主席活着的时候号召修的，当年的老百姓们整天高举着红旗，学着愚公的精神，为毛主席的号召日夜奋战，他们为的是子孙后代不为水的问题而诅咒他们无能。但他们没有想到，他们给后人解决的不仅仅只是水的问题，同时也给了后来的人们开发了些新的生活提供了许多的方便。水库里浮着几个永远不被淹没的山坡，山坡上，被聪明的人们建下了好几个大小不等的酒家、旅馆和别墅。但谁都知道，那样的地方没有钱的人是进不去的，只有有钱的人才能在那样的地方，玩出一些别人做梦都玩不出的故事。

可是我没有找到晓雨。

一位牵着小狗正在溜达的姑娘，也许是心里正郁闷着没有人跟她说话，远远地就把我拦在了别墅前边的卵石道上。她问我你是在找人吗？我说找一个叫作晓雨的姑娘，知道她住在哪吗？她便轻轻地呵了一声，然后告诉我两三天前晓雨已经退掉了房子了。那是一个长得比晓雨还要漂亮一些的女孩。无须猜测，也是被人养在那里的。我说这不是好好的吗，又清静又有风景，而且空气这么新鲜，还有哪里比这里更好的呢？她说好是一回事，晓雨退掉房子是另一回事。我问她是因为什么呢？那姑娘说，她被她哥哥发现了，他哥哥追到了这里来，所以她只好悄悄地走了，到别的地方去了。我说既然情愿做了这种事了还怕什么呢？那女孩的眼光就十分地奇怪起来。她说瞧你说得轻巧，谁活在世上不是要脸的呢？她说不管做什么，只要还是人，就都是要脸的。最后，她还说了我一句，她说这种事你不会懂的。她说我不懂，于是就悻悻地往前遛她的小狗去了，一副后悔跟我说话的样子。

回来后，我没有告诉陈村。

我不敢告诉陈村。

买回的药就堆在床头的桌面上，可陈村吃不到多少，遭遇就又随风来到了头上。

那是一个飘着细雨的星期天，我正在地里忙着活路，陈村抱着一大堆的作业本和课本，突然朝我跟跟跄跄地奔来。我猜不出他那是因为什么，他还远远地没有走近，我就朝他走出了地里。他没有马上对我说话。他把身上的塑料布拿下来，包着捧来的一大堆作业和课本，放在我的地头上。

我说出了什么事啦？

他说晓雷这孩子，出事了。

那些日子里，我已经很久没有听到他把晓雷称为这孩子了，他每次说起他的时候，总是把他骂作那小子或者这小子。

我说出了什么事啦？

他说，这孩子跑到一家煤场打工，在煤井下让瓦斯给烧了。

陈村的身后跟着一个煤场的来人。那人说，昨天吃过晚饭，他和晓雷两人要到一个小窑井下弄一个小水泵上来，井是晓雷先下的，他还在上边撒尿，晓雷就在下边出事了。他说，他没有想到晓雷的身上竟然带着火机和香烟。陈村的嘴里便不停地哝着他的晓雷，他说这孩子就是不听话，说是晓雷从广东打工回来的那些日子里，晚上也是时常地躺上床上烧烟。他曾担心地劝过他，要烧你到外边烧，你别在床上烧，要是烧了蚊帐，烧了房子你怎么办？可你知道他是怎么说的？他对我说，烧了就烧了，你喊什么喊！这孩子这孩子，他就是这样！

话是这么说，陈村的脸上却是忧伤遍地，泪水一片模糊。

我说那我跟你一起去吧。

他说你就别去了，你在家里代我上一两天课吧，好吗？

我给他点点头，从头上摘下帽来，戴到他的头上。他却不要。他就那么光着头，跟着那个煤场的来人走了。

躺在医院的晓雷却用断断续续的话语不断地告诉他的父亲，说他是被人谋害的。他说，他并没有带着火机和香烟。陈村说那瓦斯怎么会爆炸呢？晓雷说瓦斯爆炸是因为火机的事，但他身上的火机和香烟不是他的。父亲说你身上的火机不是你的是谁的呢？晓雷说，我说的你不明白吗？我是被人谋害的。陈村说你别乱说话，谁会害你？害你干什么呢？晓雷告诉他的父亲，说是那个煤场的老板是教育局局长的一个远房外孙，那是一个外乡人，他的那个煤场，用的就是教育勤俭服务公司的名义。晓雷说，你们的工资当初就是跑到那里去的。

那是一个很大的煤场，在城外二三十里远的一个野坡上。陈村为着晓雷留下的一些东西，第二天往那里去了一趟。临走的时候晓雷告诉他，说是他的火机和香烟就放在枕头下边的干草里。另外，他还在下边藏着一个小本子，里边记着许多有关煤场和局长们的事情，他让父亲一定好好地寻找。他说，等你拿到了你就什么都明白了。

晓雷的床铺下垫着厚厚的一堆干草，可是陈村几乎翻遍了每一根干草，却丝毫不见任何晓雷说过的东西。

直到他守候着晓雷的第三个晚上，才突然收到了一包东西。

那是值班的护士转给他的。护士说，是一个中年人送来的，说是煤场来的一位民工。而当陈村追出去的时候，那人早已经没有了影子。

当时的时间已是深夜临近两点。

那一包东西里，藏着有一张字条、一个火机、一包烧了一半的红塔山香烟，还有，就是一个写字本。写字本上的字迹告诉陈村，那就是他晓雷的本子。

但那字条是别人写的。

字条上的字歪歪扭扭地告诉陈村，说那些东西是他在晓雷刚被抬上煤井的时候，抢先在枕头下拿到手，然后收藏起来的，因为晓雷的每一次下井，他都发现他把身上的火机和香烟收在枕头的下边。他想晓雷的被烧肯定不是他自己的事情。

陈村的眼睛，在那一个后半夜里被愤怒烧得血红！

晓雷死于第四天临近黄昏的时分，煤老板请了医院的车子，要把晓雷拉去火葬场火化，可陈村死活不给。他坐在太平房一旁的石头上，给教育局局长写了一张十分简单的字条。他希望局长能到他儿子躺着的太平房来一下，他有话要对他说。他想那个煤场老板之所以有着那么大的胆子逞凶作恶，全都是因为有他这么一个局长在后边傍着。他在太平房的旁边，找好了一块尖利的石头，放在他晓雷的身边，他想等到局长来到他晓雷身旁的时候，就猛地砸死他。

那张字条，是求了一个年老的女护士给他送去的。

但谁也不会想到，没有等到局长的到来，陈村却把那一个本子给烧掉了，原因是他突然地想起了一件有关一千多块钱的事情。

那是他妻子要出院的那一天。他妻子的住院，一共花了三千多，可他把屋里能卖的都卖了，还不到两千。他没有办法，只好去找局长，请局长让局里帮点钱算是照顾照顾。可局长告诉他，你缺钱我们可以想办法帮你，但局里不能出这个钱，也没有这个先例，要是给了你陈村，以后别的人也有了这样的困难，局里就不好做事了。局长说完就从自己的钱包里掏出了所有的钱来。局长的钱包里当时只有八百多，而陈村的妻子欠下的医疗费则是一千六百三十八块八毛。陈村说，医疗费医院一分也不让少。局长便带着他一个办公室一个办公室地走，让办公楼里的干部们，能帮多少就帮多少，有的给一百，有的给两百，有的只有不到十块，也整整齐齐地塞到陈村的手中。陈村便一个一个地给他们不停地叩头道谢，满眼的泪水不停地跌落着，从这个办公室的门口一直滴到另一个办公室的角落。

我对陈村说这可是两码事。

陈村说，事是两码事，可是人的心却就那么一颗。

我说你儿子都被别人害死了，你怎么还有那么多的良心留着干什么呢？我说你想告他们谋害了你的晓雷，你不留下那一个本子你怎么告他们呢？陈村说谋害晓雷肯定是煤场老板，留着那一个本子也告不倒他局长的。大不了因为那煤场老板是他的外孙，而把他的局长给撤了，又怎么样呢？他原来就是在别的地方犯了错误才调到教育局来的。

陈村他们的局长确也不是平庸之辈，他也许早就看透了陈村的这一点，依照平常的想象，看了一张纸条之后，他是不会来的，可他偏偏来了，而且就他一个人。他在太平房里看了一眼死去的晓雷后，便回头问了一声陈村，你不是说有事要跟我说吗？陈村苦着脸指着刚刚烧在地上的那一个本子，对局长说，那是我晓雷在煤场上记下的，我已经把它给烧了。

局长眨了眨眼，当即就明白了陈村的意思，但他仍然蹲了下去，捡起地上的一根树枝，十分认真地翻看了一遍那个已经烧成了一团黑灰的本子。

陈村最后对他说，还有一个事我想让你给帮个忙。

局长说，说吧，什么事？

陈村说，我晓雷告诉我，说是他的妹妹晓雨跟了一个不知哪个外地来的老板，租了房子住在湖心别墅里，那地方不是我能随便去的地方，我也不想去，可我想你一定是时常去的，你就当是我求你帮的，你抽个时间帮我去问问，看看她那跟的是个什么样的人，帮我劝她回家去，你就说她的哥哥已经不在人世了，家里如今就剩了我和她两人，希望她回到家里，你就说我不能没有她。

局长点头答应了他。他说你还有什么需要我帮忙的吗？

陈村说没有了。

局长说，车子他们帮你联系好了没有？

陈村知道局长说的什么，他回答说联系好了。他说天黑后车子就过来。

局长说了一声那你多保重身体。说完就转身回家去了。

陈村根本没有叫过车子。他也不想把自己的晓雷送去火化。局长走后，他独自蹲在晓雷的身边，再次无声地痛哭了一场。天黑之后，就背起了他的晓雷，跟跟跄跄地走回了往山里的路上。

死人是比什么东西都要沉重的，何况那是他自己的儿子！

那夜的月亮却是十分地明亮，但夜里的路，却是十分的遥远。陈村就那么背着，或者说是拖着，一步一步地走着。

走累了，他放下他的晓雷，自己坐在路边歇歇，但他总是让他的晓雷把头冰凉地枕在他的膝盖上，好像他的晓雷也仅仅是累了然后枕着父亲的身子歇下。那个晚上，他说不清在路上歇了多少次。他离开太平房的时候，月亮就圆圆地升了起来。在陈村的脑子里，那月亮就总是静静停在他的头上，像是在等着他，好像它知道天亮前他是回不到村上的，它得慢慢地陪着他走。

然而，没有等到陈村把晓雷拖回到村上，两个不知冒自何处的歹徒，就在半路上把他给劫了。那是从前边的路上走来的两个黑影，当时的陈村正靠着路边的一块行头歇着，正点燃着一支他的晓雷没有烧完的那一包香烟。那是一包红塔山的香烟。也许那两个黑影一下就闻着了烟的味道非同寻常，他们在几步外的地方停了下来。

在明朗的月光下，歹徒的眼里当然不是一个人。所以他们喝道你们是干什么的？

但陈村没有回答他们的话，他的心当时已经完全地麻木，他望了他们一眼，依旧不停地烧着他的香烟。那样的香烟他从来没有烧过，就连摸都没有摸过。他只知道那样的香烟在乡厂是卖十四块钱一包的。

歹徒在他的面前早已摆出了架势。他们的手里都分别拿着铲子，陈村想，他们也许是要上哪里盗墓的，或者是从哪里盗墓已经回来。或者，是从哪里干活回家去的山民？他们接着问他身上有没有钱？有钱就快点拿出来，要不就对你们不客气了！陈村的身上当时有钱，但他没有想到要交给他们。他只是麻木地望着他们一味地烧着他的香烟。那两个歹徒便不再说话了，挥着铲子就朝他扑了上来。陈村的头部被飞来的铲子像是掮着了一下，当即就昏了过去。

等他醒来的时候，月亮竟然还在头上，他的脸上流着血，他的晓雷被推翻到了一旁的地上。陈村努力把他的儿子从地上扶起来，但如何也背不动了。刚要站起的身子，晃了晃就无情又倒了下去。

最后，他只好把晓雷埋在了石头后边的一个窝坑里。那两个歹徒把他身上的钱全部掳走了，他们只给他丢下了那两把铁铲。陈村说，那两个歹徒肯定是文盲，不是文盲是不会将那铁铲丢下的。

陈村倚靠着一把歹徒的铁铲，一步一撑地回到了山里，他每经过一个村头，都把看到的人吓得大惊失色。他们的目光全部惊讶无比地落在他的头发上。在他们的记忆里，他们的陈老师，头发可是黑的，但他们看到的却是白花花的一丛！他们都纷纷地走到路上来，都像是在怀疑那不是他们的老师陈村。但谁都没有作声。谁都没有挡住陈村的路。当陈村走到面前的时候，他们又悄悄地站到了一旁，一动不动地看着陈村摇晃着那一头白花花的头发，从他们的眼里一步一步地往前走去。

陈村不知道他们的眼睛盯着的是他的头发。他想人们那是在同情他，可怜他。因为他没有办法站直身子，他每往前迈出一步，都得倚靠铁铲的帮忙。

当时的时间已是下午，吃过午饭的学生正走在回学校的路上。一个很容易流泪的女学生禁不住哇哇地叫喊了起来。

她说陈老师，你的头发怎么全白了呢？

陈村这才猛然地站住了。他惊奇地看着那位女同学。他说你说什么？

那女学生又重复了一句说是你的头发。

陈村问你说我的头发怎么啦？

她说你的头发全白了。

陈村赶忙丢掉了手中的铁铲。他双手深深地插进了头发的深处，他只是轻轻地一抓，那指缝间的头发就像长在沙地里的野草，毫无疼痛地离开了他的脑壳。被他抓下来的头发，他说不清有多少根，但很少有几根保留着原有的黑色。

陈村的眼睛不肯相信。

陈村的心也不肯相信。

那头发是在哪一天的夜里突然变白的，还是一夜一夜慢慢地变白的？陈村一点也说不上来。他只知道，前前后后仅仅是五个晚上！

就在那天晚上，陈村说他的心已经完全地干枯了，干枯得就像一片被太阳烘干了的树叶。

后来的每一个晚上，陈村都被同情的人们围得喘不过气来。所有的人都用自己的声音反复地给他壮胆，都苦苦地求着他一定要给晓雷告状，这样的状不告，就永远也对不起冤死而去的儿子。

本来，我也是有些看透了陈村的，我觉得让他去给他的晓雷告状，无意于是叫他双手捧着他的心，就像捧着一片树叶去接受火炉的烧烤。陈村有生以来就不是那样的人。陈村经不起那种折磨。但最后，我还是不得不劝劝他了，我说有这么多的村人帮你说话，你就去吧。有一位都快走不动路的大爷，从家里牵来了一头大水牛，说是拿去卖了，然后用钱陪着陈村一同前去。我把晓雷给他留下的两千块钱拿出来。还另外给他添了三千，我说你还是去吧，不去你的心将永远无法安宁。

陈村迟疑了几天几夜之后，最终在一个满天飘扬着细雨的早上迈出了家门。那一天是一个星期天，四下村里的孩子们，全都拉着他们的家长，一大清早就纷纷地跑到了陈村的家门口，拥护着陈村一步一步地走出村头。人们想把他一直送到搭车的那个大路口，但陈村坚决不让。刚刚走出村头，陈村就把人们给拦住了。

他说你们别送了，别送了好吗？

陈村的眼神就像那迷茫而凄楚的天空。

人们只好战战兢兢地停下了脚步。

就连我，他也不让送。

他闪着那双迷迷蒙蒙的泪眼对我说，孩子们上课的事就让你辛苦了。

我没有说话，我只是替他拉了拉披在身上的塑料布。

他转过身就慢慢地往前走去。

村头上那是一个高高突出的土台，人们拥挤在那个高高的土台上，目光聚集成一片，随着陈村的身影，慢慢地往前移着，呈现着一种少有的庄严和凄楚。

走去的陈村没有多远就迎面碰上了几个人。

那是在一条干涸了的河床上边。

迎面走来的人里，有几个是穿着绿衣绿帽的警察。他们与陈村面对面地站在河床上，不走了。

村头的人们想不出是怎么回事，声音乱七八糟地猜测着。可是，没有等到猜出结果，陈村在人们的眼里突然晃了晃，像一根枯朽的树桩倒在了脚下的河床上。

村头的人们哗的一声轰动，牛群似的朝着陈村跑去。

那几个警察是前来抓晓雷的。说的就是他在广东打工的时候，打死了那名姓杨的采石场的老板。

倒身在河床上的陈村就那样再也起不来了！

那是一条曾经在岁月里流水汹涌的河，可是这几年，河里的水渐小渐小，最后竟没有了。警察们都觉得很是奇怪。都以为陈村是脚下没有站好而滑倒的。因为河床上的卵石们，早被细碎的雨水淋得湿滋滋的。

| 文学史评论 |

鬼子、东西、李冯被称为"广西三剑客"。鬼子90年代中期才开始小说写作，他的最主要作品是"瓦城三部曲"——《瓦城上空的麦田》《上午打瞌睡的女孩》《被雨淋湿的河》。他和东西在90年代后期的创作，都表现了关注底层民众艰难处境，探索超越个人体验，重新表现历史化现实的道路。

　　——洪子诚：《中国当代文学史》（修订版），北京大学出版社，2007，第

　　　　360页

| 创作评论 |

这个叫"鬼子"的人有点奇。20世纪90年代中期，爱、性、欲，已经成为文学写作的最大亮点。而鬼子不靠爱情、不靠性，却能把故事写得十分有吸引力，写得精彩得让人放不下。这在五六十年代容易做到，在今天，却太难了。因为今天的读者不好侍候。人们都忙，你不能一下子抓住他，他早就把你的作品丢到一边去了。但鬼子做到了。他是如何做到的？这是我对鬼子产生兴趣的原因之一。

鬼子的故事，都有一个强大的叙事推动力。它推动着故事不断地走向高潮，也吸引着读者不由自主攥紧着杂志或者书本。

大凡好作品，都会有较好的叙事动力。鬼子作品并不因为它有叙事动力就成了值得一说的佳作。重要的在于，他的叙事动力有其极具个人色彩的特色：它往往由一个小事件演变而成，或一小块脏肉，或一个未过成的生日。开始，你对这个小事件也许并不太在意，或者，你并不知道这个小事件，将来在故事中会发生那么大的作用，你会把它当作一般地事件去读。但读着读着，你会发现，就是这个小事件，不断地推动着故事发展，滚雪球一般把故事扩大，最后竟把故事推到你完全意想不到的、惊心动魄的程度！

　　——程文超：《鬼子的"鬼"——说说鬼子三部中篇的叙事》，《当代作家评

　　　　论》2004年第1期

鬼子的小说有一种难得的愤怒，但要把这种愤怒上升为小说美学境界上表达出来，我觉得《学生作文》则是一个很成功的例子。

——陈思和：《不可一世论文学》，人民文学出版社，2003，第259页

| **作品点评** |

《被雨淋湿的河》这个题目带有某种象征意义，在这里"雨"或许就象征那"欲望"，而小说中的人物晓雷和其他人物就是那条干涸的河，晓雷们无疑是被这些"欲望之雨"淋湿、浸透了，结果也被"雨"毁灭了。在小说中曾有一段关于晓雷眼睛的描述，或许就是这种"欲望"的外化，"傍晚的时候，站在门外的陈村突然发现归来的晓雷两只眼睛竟像不是肉长的，而像一种空洞无物的泥丸。陈村的心思因此紧张了起来，他觉得那样的一种眼神，也是一种随时都会出事的眼睛。这种眼睛看上去虽然空空洞洞，好像什么都不在乎，可一旦碰到什么异物，就会当即电闪雷鸣，烈火熊熊，最后把生命匆匆了结成一段悔恨的故事"。这个"异物"就是"雨"，就是那个把人淋湿的"雨"——欲望。晓雷的眼睛出现如此的空洞，是因为他看到实实在在的杀人场面，而杀人动机就因为一张人民币（鬼子在小说里没有写这张人民币票额多少，它显然只是一个符号），而晓雷得到的"启迪"是激发了双重欲望——金钱的欲望和施暴的欲望，更可怕的是他找到了一个公式，就是为了挣到钱可以运用暴力杀人。可以说他找到这一公式时，也就为他的死亡做好了铺垫。杀人者必须偿命，虽然晓雷的杀人甚至带有某种为民除恶的性质（后来还出现了"又一个不跪的打工仔"这样的仗义事件），但他的内心里仍是为了他的金钱欲望。杨老板想私吞他的工钱不还，晓雷只好用屠刀来索取。晓雷后来的死亡也就是死得其所，虽然他是为了民办教师的工资去抗争的，但对方同样为了钱将他谋杀了。

——王干：《叙述之外的叙述——评鬼子的小说》，《南方文坛》1997年第6期

鬼子在叙述上的一大特色是吸取了现代小说故事套故事的结构方式，这也是一般写实小说不大能见到的，鬼子目前的主要写作体裁是中短篇，即使中篇，篇幅也不长，但他从容地运用了复调结构，《被雨淋湿的河》实际上有好几个叙事层面，"我"是有故事的，"我"的故事除了对作品主题色调的烘托外，基本上是结构功能大于叙述功能，是为了将"我"引入作品，再有就是晓雷的故事、晓雨的故事及其父亲陈村的故事，这三故事应该是相对独立的，但又因为"我"的穿插，故事的自然延伸和三者的亲缘关系而相互交织，从表层叙述笔墨的分配上看，好像"晓雷"的故事占据了作品醒目的位置，但实际上陈村才是作家着力刻画的人物，作品主要的意味是通过陈村对晓雷、晓雨的故事的应对来对陈村进行剖析的，晓雷、晓雨的故事既是第一性的，即他们的故事本身是本体性的，有意味的，同时又是第二性的，它们充当了陈村故事的动因，陈村的故事实际上既是实的，但更是虚的。

——汪政、晓华：《疼痛的写作——有关鬼子作品的讨论》，《南方文坛》
　　1997 年第 6 期

但鬼子却看到了多种不同的欲望，看到了欲望与欲望之间的争斗。底层人们一点小小的欲望都得不到满足。而另外一些人却灯红酒绿、醉生梦死。他们可以像《被雨淋湿的河》里的采石场老板、教育局局长等人一样，随意夺取别人的利益，以满足自己永不餍足的欲望。财富给社会带来了繁荣，也给社会带来了异化。于是这个社会就出现了不公、不义，出现了种种令人发指的罪恶，就出现了诸多苦难。鬼子的小说，始终关注着现实的社会苦难和人生的灵魂苦难，始终揭示着人间的不公，呼唤着人间正义。鬼子充分表现了今天时代的作家的良知。

——程文超：《鬼子的"鬼"——说说鬼子三部中篇的叙事》，《当代作家评
　　论》2004 年第 1 期

目光愈拉愈长

东西

刘井推了一把马男方的膀子，说你怎么还不起床，太阳已经照到你的屁股上了。马男方像一根木头在床上滚了一下，说你的手怎么这么冰凉？刘井说我能不冰凉吗？我从起床到现在已经挑了三挑水，煮了一锅猪潲，熬了一锑锅稀饭，我的手能不冰凉吗？我的手不冰凉才怪呢！这时太阳正穿过屋顶破烂的瓦片，照到马男方的屁股上，他像河马一样张开宽大的嘴巴，然后扬起宽大的手掌重重地拍打屁股。他像是拍打蚊虫又像是拍打阳光，噼噼啪啪的声音比放炮仗还响亮，似有一颗打不到蚊虫誓不下战场的决心。尽管他这么拍打着，已经在屁股上拍出了好几根香肠，但是他还没有醒来，好像那只巴掌不是他的巴掌，那个屁股也不是他的屁股，好像是一个屠夫正在拍打案板上的猪肉。

刘井说今天太阳这么好，我们去把南山上的稻谷收了，如果再不收回来，它们就会全烂在地里，明年我们就没吃的。马男方好像没有听见，他的鼾声竟然在大清早响亮起来。刘井想这哪里是农民的鼾声，这明明是干部的鼾声。马男方啊马男方，你打出了干部的鼾声，却没有干部的命

作品信息

原载《人民文学》1998 年第 1 期，《小说选刊》1998 年第 2 期转载，收入《1998 年中国最佳中短篇小说》（辽宁人民出版社 1999 年 7 月出版）、《1998 中国年度最佳小说选》（漓江出版社）、《新生代作家小说精品》（北京十月文艺出版社 1999 年 1 月出版）、《中国中篇小说精选》（长江文艺出版社 1999 年 12 月出版）。

运。马男方在床上又滚了一下，说我喝醉了。听他这么一说，刘井真的闻到了一股浓浓的酒味。刘井说你总是说喝醉了，好像喝醉了就可以不劳动，就可以睡大觉，就可以心安理得地剥削我。你就不能不喝吗？马男方扬手在耳朵边不停地扇着，仿佛要把刘井的声音赶跑。刘井知道现在要马男方起床，除非是太阳从西边出来。这么些年为了叫马男方起床，她差不多把嘴巴都说烂了。但是我不得不说，我要生活，我们全家都要生活。刘井嘟囔着。我先去南山的田里割稻子，中午你送饭给我，顺便跟朱正家借打谷机，叫上几个人把谷子全收了。马男方说好的。这一声马男方说得十分清脆响亮，有一点男人的样子。等刘井准备好镰刀背篓快出门时，马男方突然在床上叫了起来。刘井说你叫什么，有话你出来跟我说。马男方说现在我还不想起床，我喝醉了，我只是想问你一定怎么办？谁负责带一定？刘井说我带，现在我就把一定带上，这样我也有一个伴。

刘井站在门口喊一定，马一定——她的喊声刚刚落地，马一定就站在她的面前，手里捏着一团黄泥。他的脸上屁股上手上到处都是黄泥，整个人像是用泥巴捏出来的，而不是她从肚子里生下来的。刘井在马一定的屁股上拍了一巴掌，许多灰尘朝着她的鼻子冲上来，落在她的头发上。她本来是想把马一定身上的灰尘拍掉，但是现在她只不过是把马一定身上的灰尘转移到了自己的身上。她说一定我们走吧。马一定于是跟着他的母亲往南山的方向走去。他的手里仍然捏着那团泥巴，这团泥巴是他最喜欢的玩具。

八岁的马一定只有刘井的腰部高，他的头正好碰到母亲的背篓底。他们每向前走一步，背篓就敲打一下马一定的头。刘井说一定，你走前面吧，你的头又不是铁做的，怎么经得起背篓的敲打。马一定说不。马一定不愿走在他母亲的前面，他一手捏着泥巴，一手拉着他母亲的裤子。

南山的稻田在五里地之外，路愈走愈长愈走愈小，山坡上除了虫子的叫声之外，没有一点多余的声音，太阳照着茅草和树木的顶部，肥大厚实的叶片像打破的玻璃，反射出细碎的光芒，那些被太阳照着的地方，很快就要烧起来了，并且发出奇怪的吱吱声。这种声音比虫子的声音更响，比人的声音更亲。刘井感到自己的裤子被什么咬了一下，脖子很快地扭了回去。她看见一定倒在地上。一定说妈，我走不动了。刘井蹲下来，说一定，你爬到我的背篓里来。马一定爬进他妈的背篓里，咿咿呀呀地叫喊着，不停地伸手去抓路边的树叶。他的手里除了那一团泥巴外，现在又多了一把树叶。他说妈，我要撒尿。刘井说撒你就撒。马一定站在背篓里，对着后面撒尿。他母亲一边往前走，他一边往后面撒尿，路上便留下一道淋湿的水痕。

刘井在稻田里割了一个上午，山路上仍然不见马男方送饭的身影，打谷子的人也没有来。她想马男方一定是睡过头了，或者又喝醉了。她的肚子里堆满气，并且发出一串古怪的叫声。她感到从来没有过的饿，像有一只长着长长的指甲的人，在她的肚子里不停地抓。她伸长脖子在田野里找一定，没有一定的身影。她叫一定——声音小得连她自己都听不见。她又叫了一声一定，一定从别人家已经收获过的稻草堆里钻出来，头上沾着几丝稻草。刘井说一定你饿了吗？马一定说我已经饿了很久了。刘井说饿了你先喝几口水，田角那里有一窝水，你先喝喝，一会儿你爸爸就给我们送饭来了。一定说我已经喝过好几次了，现在我的肚子里全是水，再喝肚子就会胀破。刘井说那你给我用树叶包一点水过来。马一定从稻田边摘了几张树叶，从水洼里给刘井包水。他刚把树叶从水洼里提起来，水就全漏光了。他又重新把树叶放入水中，这次他手里的树叶包住了一点水，他小心地拿着水走向刘井。刚走几步水又全漏光了，他把树叶扔在地上，说你自己过来喝吧。刘井说你怎么能这样，你没看见我忙吗。既然你不给我包水，那你就来割稻谷。刘井把镰刀丢在田里，朝田角的那个水洼走去，她伏下身体看见自己额头上除了汗就是稻草皮。她把嘴巴放到水洼上，拼命地喝了几口，感到肚子一片冰凉，喝水之后，她感觉有了一点精神，她说一定，你怎么还不去割稻谷，你不要和你爸爸一样懒。你们都懒了，我怎么养活你们？

马一定拿着镰刀依然站在那里。刘井说你实在割不了，就过来给我捶捶背。马一定跑来给刘井捶背。刘井闭着眼睛说你猜猜看你爸爸会给我们做什么菜。

马一定说酸菜，除了酸菜还是酸菜。刘井说那不一定，也许我们家的鸡正好下蛋了，你爸爸会给你做个煎鸡蛋。

刘井和马一定到水洼边的次数越来越多，他们喝过之后便不断撒尿。刘井已经没有力气割稻谷了。刘井说马一定你回去叫你爸爸送饭来，你告诉你爸爸如果他今天不来收稻谷，明天我就跟他离婚。这已经不是第一次了，他太欺负人了。一个大男人整天躺在床上，靠一个女人养着，这算怎么一回事？

马一定提着裤子往家里跑。刘井说你要快一点回去，不要在路上玩，要快去快回。马一定嘴里哎哎地答应着。

刘井继续割着稻谷，她一边割一边想一定现在应该到枫木坳了，现在已经到紫竹林了，现在肯定进家了。马男方或许还睡在床上，我就算他还睡在床上。但是马男方还睡在床上并不要紧，他本来就是一个靠不住的人，而一定是个聪明的孩子，他会把我的话转告马男方。一听到离婚，马男方会从床上跳起来。跳起来之后他就会记住要给我送饭，就会到南山来收谷子。即使马男方不跳起来，他喝醉了仍然睡在床上，一定也会从锅头里装好饭送给我。

刘井这么想了一次又一次，她故意放慢马一定行走的速度，在脑海里为马一定制造几个困难，甚至想象马一定刚刚出发，以便自己能够耐心地等待。但是等啊等，马一定还没有送饭来，马男方也没有来。她想我不能再这样等下去了，再这样等下去我就会饿死。她捆好一捆割倒的稻谷，放在背篓里。她用双手试了试重量，看了看回家的路程，然后又多捆了几把。她想回家的路程很远，而我的力气又只能背这一点。她看着那些割倒的稻谷，心里痛了一下。

刘井背着稻谷来到枫木坳，她看见马一定睡在一块石板上，马一定的脸上爬着几只蚂蚁。听着马一定均匀的鼾声，刘井心里一下就硬了，她大声吼道你原来在这里睡觉，你差不多把我饿死了。她扬手打了马一定一巴掌，马一定从石板上爬起来，摸摸被刘井打过的头部，好像突然记起了自己的任务。他摸着头说妈妈，我实在是走不动了，其实我和你一样饿。刘井的肚里一阵乱叫，她刚才喝下去的水，现在直往外涌。她往地上吐了一口水，说我现在不想见你，你和你爸爸一个样，你们快把我气死了。马一定的眼睛里含着泪水，他很想哭但最终没有哭。

刘井背着稻谷往前走，马一定跟在她的身后。他们谁也不说话，默默地走着。走了好长一段路，刘井没有听到脚步声。她回头一看，灰色细小的土路上，没有马一定的身影。她放下背篓往回走，走了大约半里路，才发现马一定又倒在路边的石板上睡着了。她背着熟睡的马一定往前走，走到背篓边，她把马一定放下来，说走吧，现在你走在前面。马一定一边打瞌睡一边往前走，有好几次他差不多走到路坎下。走着走着，刘井突然听到马一定喊痛，刘井说哪里痛？马一定说脚。刘井现在才看见在马一定走过的路上，有几滴血迹。马一定的脚板磨破了。马一定站在说痛的地方，血还在流着。刘井说你为什么不穿鞋子？你出门的时候为什么不穿鞋子？马一定说我没有鞋子，从天气热之后，我就没有穿过鞋子。刘井说我不是不想给你买，只是家里没钱，现在你坐到我的背篓上来。刘井把背篓靠到土坎边，等待马一定坐到稻谷上。马一定看看刘井背篓里那捆大大的稻谷，摇晃着头说不。刘井说那怎么办呢？你又不上来，你又不能走。马一定说我能走。刘井说真的能走？马一定说真的能走。马一定像一只受伤的狗，提着左脚一歪一倒地走着。刘井看着他走出去好远，才跟了上去。

回到家里，大门敞开着，天上已经没有太阳了，几只鸡在屋子里走来走去。刘井看见马男方还躺在床上没有起来，屋子里的酒气比早上出门时还重。马男方好像醉得很厉害，连刘井回来他都不知道。刘井故意把声音弄得很响，马男方仍然不知道。刘井想现在我没有力气跟你吵架，等我吃饱了再收拾你。刘井揭开锅头，早上她煮的稀饭一粒不剩。炉子自她离开后没有人动过，猪潲也没有人动过。看到猪潲刘井才听到猪的号叫，现在猪的叫声比有人用刀杀它还难听。这么说马男方除了起来喝稀饭喝酒之外，一直躺在床上。刘井想。

刘井煮了一锅雪白的米饭，它把马一定的眼睛都雪白得痛了。刘井说一定，今晚我们比赛吃饭，能吃多少吃多少，别亏待了自己。刘井还没把话说完，马一定已经把头埋到了碗里。刘井说你也别吃得太猛了，如果自己噎着自己，那才亏上加亏。刘井慢慢地吃下三碗米饭，感到力气又回到自己的身体。她想现在要吵要打我都不会怕谁。她走进卧室，在马男方的膀子上狠狠地拍了一巴掌。马男方的身子抽搐一下，说你要干什么，是不是欠打了？刘井说打吧打吧，再不打你就没有机会了。马男方从来没有看见刘井这么坚硬过，他睁开眼睛，有点不相信地看着刘井，说你要干什么？马男方的口气明显疲软了。刘井说我要跟你离婚。马男方说不就是离婚吗，我以为是什么大不了的事，离就离。马男方说完，又继续睡觉。

一个小时之后，马男方突然从床上爬起来。他说你为什么要离婚？你得找出个理由。刘井说还要找什么理由，你最清楚我的理由。马男方说我冤枉啊我冤枉。马男方叫喊着跳动着，好像有天大的冤枉无处申冤，一点也没有醉酒的痕迹。马男方说你的理由是不是因为我今天没有给你送饭？可是我告诉你，今天我病了，只要是人都会有病，你敢保证你没有病吗？敢不敢保证？打仗的时候抓到俘虏，如果俘虏有病都要关心他，何况我不是俘虏，而是你的丈夫。在你丈夫有病的时候，你不仅不关心你丈夫的病，而且还要提出跟他离婚，你有没有一点良心，你以为我不想给你们送饭吗，我不给你送也得给我的儿子送，当时我躺在床上想到你们还没有吃饭，心里比谁都急。只是我怎么也爬不起来，我当时一点力气都没有，真的，一点力气都没有，如果有的话我就爬起来给你们送饭了。我不仅会给你们送饭，还会给你们杀鸡、煎鸡蛋。你想想天底下哪里还有这么好的丈夫？刘井说你的病我怎么不知道，除了懒病还是懒病。你得这个病有好几年了。

第二天早上，刘井认真地梳了一回头，用香皂抹过脸，从柜子里找出一套平时舍不得穿的衣服穿在身上，然后对着床上的马男方说我先走啦。马男方说你去哪里？刘井说去乡政府离婚。马男方说你真的要离？刘井说我说话算话，你是大丈夫说话更要算话。

刘井朝乡政府的方向走去，她的脑子里现在全是那些她昨天割倒的稻谷。她看见那些稻谷随着时间的推移正在腐烂。但是一想到马上就要跟马男方离婚，她浑身是劲，稻谷算什么明年算什么饥饿算什么？她离乡政府愈来愈近，离稻谷愈来愈远。在快要进入乡政府的时候，她回头看了一眼她走过的地方，没有看见马男方。她想他是不是不来了？她站在街头等马男方，街市上基本没什么人，只有几个卖菜的和几个干部在街上走来走去。她从衣兜里掏出一面小圆镜，偷偷照了一下自己，没有发现不满意的地方。她看着自己满意的脸蛋想马男方现在你知道我的厉害了，现在你要后悔了。她把镜子偏了一下，她身后的土路也照到了镜子里，马男方提着一只酒壶正从镜子里朝她走来。她张大嘴巴，吐了一下舌头。她想我为什么要吐舌头呢？难道我害怕了吗？我一点都不害怕。

他们在乡政府二楼找到民政干事谢光明。谢光明大约有四十岁，头发已秃顶。在刘井的印象中，他们结婚也是他给登的记。谢光明说你们要干什么？离婚。离婚干什么？是不是吃饱了没事干？是不是认为离婚好玩？是不是觉得乡里的事情太少了？首先我问你们，你们晚上在不在一起睡？在一起睡。在一起睡为什么还要离？你们还睡在一起这说明你们的感情还很好，感情不好的人会睡在一起吗？你们见过没有感情的人睡在同一张床上吗？没有。对吧，没有，绝对没有。所以你们不能离婚。还有你们有没有小孩？你们考虑过没有，离婚对小孩子有多么大的伤害。小孩是跟爸爸呢或是跟妈妈，你们考虑过没有？没有考虑。没有考虑怎么来离婚？还有家产什么的都得考虑，你们把这些都考虑好了再来找我。刘井说谢干事，你说一张床是怎么回事？谢光明说就是说你们要离婚的话，两年之内不能睡在一张床上。刘井说我们家只有一张床。我们的儿子也跟我们一起睡。谢光明把手一挥说那就别离了。

他们从乡政府的二楼走下来，马男方竟然吹起了口哨。刘井说你别太得意了，离是迟早的问题，不就是两年吗，谢干事说只要两年不睡在一起，我们就可以离婚。从今天起，你睡你的我睡我的。马男方说想离，没那么容易，谢干事不同意我们离，你就别想离，还有孩子，我要他永远姓马不姓刘。刘井说你连自己都养不活，还有什么资格提孩子。刘井想还有两年时间，我还要被他剥削两年时间，还要为他种两季水稻、四次玉米。刘井突然想起田里没有收割的稻谷，那是他们的稻谷，既然没有离婚那就是他们一家人的稻谷，是全家明年的口粮。如果我知道是白跑一趟乡政府，还不如叫人去把稻谷收了。刘井挽起裤脚，开始往家里跑步前进。马男方站在小卖部打酒，他对着奔跑的刘井说马一定是属于我的，如果你愿意把马一定让给我，我就跟你离婚。刘井说君子报仇，两年不晚。

刘井手里提着镰刀，站在朱正家的门口。朱正坐在堂屋抽烟，烟雾像一团乱麻缠着他的脑袋，而且愈缠愈大，好像他的脑袋正在生长。但是他的眼睛是明亮的，他能透过烟雾看见刘井的脸。他说刘井你的眼睛红得快出血了，你的镰刀磨得那么锋利，你是不是想把谁杀了？我们朱家可没有人得罪你。刘井举起镰刀说我想把马男方杀了。朱正说杀不得杀不得，他是你的丈夫。朱正从烟雾里走出来，夺下刘井的镰刀。

刘井借了朱正和朱正的弟弟朱木朗两个劳力，还借了朱家的打谷机，他们一行三人朝南山的稻田走去。朱家的兄弟抬着打谷机走在前面，刘井背着背篓提着镰刀走在后面，许多碰上他们的人都问马男方呢？马男方怎么不去收谷子？刘井说马男方已经死了。

等马男方从乡里回到村里，人们告诉他朱家的兄弟为他收谷子去了。马男方说去就去了，有什么大惊小怪的。中午，朱木朗送回来一担谷子，顺便回来拿午饭。马男方问朱木朗现在田里还有些什么人？朱木朗抹着汗水，张大着嘴巴很久说不出话来。终于他的嘴在张了很久以后合到了一起，他说你让我喘一口气，你先让我喘一口气再问我。马男方看着朱木朗的这副模样，竟然笑了起来。马男方说你真不中用，我像你的年纪的时候，一天来回跑六趟也没有累成你这副模样，现在的年轻人愈来愈不像劳动人民了。朱木朗正在喝一大瓢冷水，他的脸和头发全被瓢瓜盖住。当他听到马男方说他不像劳动人民的时候，他被水呛了一下，瓢瓜里没有喝完的水从他的两个嘴角流出，就像瀑布一样飞流直下。朱木朗说你像劳动人民你为什么不去收你家的谷子？为什么还要我们帮你收？要说不像你才不像。

马男方突然记起了刚才的话题，他再次问道田里还有些什么人？朱木朗说我哥，还有你老婆。马男方双手拍着屁股，像被人捅了刀子，原地跳起一尺多高。他在跳跃中张大嘴巴，做出一副要哭的样子，说你怎么能把他们两个留在田里？你这不是害我吗？你不是成心要使我们夫妻关系破裂吗？他们两个在田里不知道要闹出些什么名堂，你难道还不知道他们的关系吗？他们一直在找这样的机会，现在你把机会白白地送给他们，这种机会用钱都买不来，打着灯笼都找不到。如果你给我这样的机会，我愿意出钱收买你。你为什么不让朱正回来，你留在田里？朱木朗说你不放心，现在你就到田里去。马男方说现在去还有什么用？那只不过是几分钟的事情，该做的他们已经做了，我去还有什么用？为了他们的几分钟，我要跑五里路。马男方看看天上的太阳，好像是在计算一下为了这几分钟，跑五里路划不划算。马男方甚至站到阳光之下，朝南山的方向张望。他说现在一切都晚了，都没有办法补救了，你快一点回到田里去，最好是跑着回去，愈快愈好，否则他们会来好几个几分钟，那样田里的稻谷今天收不完，明天也收不完，后天也收不完，子子孙孙都收不完。

马男方对着朱木朗的背影喊朱木朗，你走快一点，你怎么有气无力的像一头瘟猪。你走快一点，我求你了。朱木朗带着刘井和他哥的午饭，往南山方向走去。他故意放慢脚步，让马男方着急。他想要跑你自己跑，刘井又不是我的老婆，为什么要我跑步前进。

朱木朗走了大约半个小时，王桂林迈进马男方家的门槛。王桂林的身上冒着热汗，他用一把树叶充当扇子，不停地给自己扇着风。王桂林说这鬼天气，怎么这么热？马男方问王桂林刚才去了什么地方？王桂林说去南山看了一下我的稻田。马男方说你看见刘井和朱正了吗？王桂林不阴不阳地笑了一下，说怎么会不看见？马男方说你看见他们怎么了？王桂林又笑了一下。马男方好像被这一笑刺痛了，说他们是不是那个了？王桂林说我不知道，你自己去看一看吧，你一去什么都知道了。马男方说他们肯定那个了，你这么一说我就知道了。王桂林说我可没有告诉你什么。马男方说不用你告诉，我要宰了他们。马男方说宰了他们的时候，已经从墙壁上拉下一把刀子，并在空中做了一个劈的动作，好像已经把他要劈的人劈成了几截。王桂林说你现在就去劈他们？马男方说不，让他们把稻谷收回来了我才劈他们。

王桂林走后，马男方站在门口朝南山的方向张望，其实他什么也望不见，南山太遥远了，他只是这么望着心里才感到舒服。望着望着，他感到自己的脖子不够用了，脖子上的皮肤把他的咽喉勒得生痛，连出气都十分困难。这时他看见李民兵拿着一根长长的竹竿，从南山方向走来。他把竹竿举在手里，就像举旗杆那样举着，于是他手里的竹竿高出路旁的树木好一大截。有时竹竿会碰着树木横生的枝叶，李民兵照样坚强地直挺地举着，把挡住他的树枝扫断，许多树叶落到他走过的路上。李民兵渐渐地走近马男方，马男方看见李民兵举着的竹竿上刻着尺寸。马男方说你去了南山是吗？李民兵说去了，我去丈量我的稻田。马男方说你看见什么了？李民兵说我看见他们，唉，太不像话了。李民兵摇晃着脑袋，一直往前走。马男方想拦住他了解一些情况，但李民兵没有停下来交谈的意思，他说我还要去北坡量我的地。李民兵手里的竹竿仍然高高地举着，在走过屋角时，碰落了马男方屋檐上的一片瓦。

又过了一个多小时，马男方看见赵凡骑着一匹枣红色大马，走过他的门口。拴马的绳索稍长，所以赵凡就着绳索的长度骑到了马屁股上。赵凡说我刚买了一匹好马。马男方说你路过南山时看见什么了吗？赵凡撇撇嘴，什么也没说就晃了过去。整个下午南山的消息源源不断地到来，马男方想他们由暗示到不说话，事情已发展到不必说话的地步。赵凡连话都不想说了，可见事情是多么的严重。马男方爬上屋顶，站在瓦梁上，他的脖子愈伸愈长，他想我就不相信看不见你们。他的目光越过山梁，看见朱正和刘井钻进稻草堆里，看见刘井肥大的臀部，听到刘井发出被捅了刀子似的号叫，他还闻到了禾秆和新谷的气味。马男方终于看到了这么一个答案，他的眼睛一黑，双腿一软，跌坐在瓦梁上，差一点就从屋顶上摔了下来。

马男方从火坑里钳出一块烧红的铁块，在刘井的眼前晃动着，说你跟朱正到底那没那个？铁块由红色变为暗色，这已是马男方第三次举起铁块了。刘井说我已经说过了不知多少遍，没有就是没有，你难道要我睁着眼睛说瞎话吗。马男方把铁块往前靠近一步，刘井已感觉到铁块的热气，正烙着她的某个地方。马男方说你再不说我就下手了。刘井的脸往前动了一下，说来吧，你下手吧，即使你杀了我，我也没和朱正那个。马男方想你是不见棺材不掉泪，不被火烧不承认。马男方把铁块朝刘井的大腿按下去，一股焦味自下而上，刘井发出一声号叫，像一只流尽鲜血的鸡倒在地上，被铁块烙过的那条腿抽搐着。马男方说现在你还说没有吗？刘井的眼睛和嘴巴紧紧地闭着，马上就要死了。马男方把一盆冷水泼到刘井的身上，刘井慢慢地睁开眼睛，说没有就是没有。说完她又闭上眼睛，她已经没有力气让眼睛多睁一会儿。

夜已经很深了，刘井还没有从地上爬起来。马男方坐在一旁看她，他看得上眼皮叠下眼皮，最后他睡了过去。到了后半夜，马男方被刘井的哼哼声吵醒，他问她你们到底那个没有？只要你告诉我实话，我就会放过你。刘井的嘴巴尽管动着，但发不出一点声音。马男方把她的手和脚捆住，把她的头发悬在梁上。他说你什么时候招了，你什么时候叫我。你不招我也知道，只有你们两个在田里，就像干柴和烈火，岂有不那个之理，是我，我都忍不住那个，何况是你们。马男方扔下刘井，跑到床上睡觉去了。

马男方和马一定几乎是同时醒来的，他们听到刘井喊一定，快来救我。马一定翻身下床，被马男方抓了回去。刘井听到马一定在卧室里哭，马一定哭着说爸爸你为什么要捆我，你为什么要捆我？马一定被马男方用绳子捆到床上，他不知道刘井出了什么事。马男方说你是我的儿子，现在你不要浪费你的眼泪，现在我不准你哭。听见了吗？不要哭，你的每一滴眼泪都是马家的。她早已不是你的妈妈了，她的儿子姓朱不姓马。马一定的哭泣声渐渐消失，他在哭泣声中睡了过去。

马男方听到刘井说，姓马的你给我松绑吧。马男方说我为什么要给你松绑？

刘井说我招，我都快要死了，我想我还是全招了。马男方给刘井松绑。刘井晃动着脖子，说你把我扶到椅子上去。马男方哎了一声，把刘井扶到椅子上。刘井说你去找药来敷一敷伤口，现在我的伤口仍然像被烧着那样难受，连说一句话都痛。马男方说痛是没得说的，不说是你，就是我们大男人也会受不住。马男方一边说着一边在柜子里找草药，他把找出来的草药捶细，敷到刘井的伤口上。他说如果你早一点招，你就不会受这么多苦。刘井说如果我知道你对我这么好，我早就招了。马男方说那么说你们那个啦？刘井说那个了。马男方右手握成拳头，打了一下自己的左手掌。他说你终于招了，嘿嘿，你还是招了，嘿嘿。

马男方从地上跳起来，他突然意识到问题的严重。他说这不公平，这一点都不公平，你们都可以那个，我为什么不可以那个？你们这是欺负我。从明天起我也和你们一样，跟别人那个。刘井说你只管那个，我没有意见，我绝对不会像你这样用烧红的铁块，去烙你的大腿。马男方说真的？刘井说真的。

马男方从床上爬起来的时候，天还没有完全明亮。马男方伸头看看窗外，门前的那条土路已经灰得像一条带子，飘动着召唤他上路。他带着一本算命书和他的酒壶拉开了大门。刘井被大门的呀呀声吵醒，她说马男方，你要去哪里？马男方说我要去找女人，去做你和朱正做的事情。刘井说你能不能晚两天再去？马男方说我为什么要晚两天再去？刘井说我不是不让你去，我绝对没有这个意思，只是我的伤口还没有好，我还不能下床行走。你能不能等我的伤口好了再去，这种事情也不在乎一天两天。马男方说我一天也不能等了，我恨不得现在就那个。我如果把你服侍好了再去，那你不是太幸福了吗？你做了这么好的事情，还不想付出一点代价，那是不可能的。我如果现在不走，那就太便宜你了。

马男方就这么简单地走了，他没有洗脸没有关上大门，刘井感到他走的时候门口特别明亮，等他的脚步声消失之后，灰蒙蒙的天空又合拢起来，恢复了原来的麻麻亮，挡住了马男方远去的背影。刘井不知道他要去什么地方。

这天中午，刘井想爬下床做饭，但是她那条被烙伤的腿，像不是她的腿，一点也不听她的使唤。她只好用嘴巴指挥马一定干活。她说一定你先把水烧开。马一定说什么叫把水烧开？刘井说就是用火把锅头里的水烧得滚动。马一定说妈，现在水已经烧开了。刘井说你往锅头里倒上一碗米。马一定说我已经倒了。刘井说现在你不停地用铲子搅拌锅子里的米。马一定说现在我已经搅拌米了。刘井说现在你把锅头盖好，等锅子里的水再滚了，你就把水舀出来，舀到锅子里只剩下一点水。马一定说你说让锅子里剩一点水，一点是多少？刘井说一点就是指让水高出米一筷条那么一点。马一定说然后呢？刘井说然后你把火弄小一点，让火慢慢地把饭烤熟。

厨房里没有一点声音，马一定坐在火炉旁看那些明亮的火子，静静地烤着锅底，锅底被火子烤红了。马一定说妈现在饭已经熟了。刘井说你从坛子里掏出几颗酸辣椒。马一定说我已经掏出来了，它们都是红的。刘井说你这么一说，我就想吃饭了，现在我的口水都流出来了。马一定说我马上把饭送到你的床头去。刘井说你送进来吧。马一定舀好一碗饭，准备送进卧室。刘井突然叫道一定，你先把饭放下，给我送一只尿盆进来，我的尿胀得很厉害。马一定送了一只尿盆进去。刘井说不行，你还是帮我拿一根拐杖来。马一定说你要拐杖干什么？刘井说我要上厕所。马一定说我不是给你拿盆了吗。刘井说我不习惯，我非上厕所不可。马一定找来一根拐杖，刘井慢慢挪到床边，差一点就从床上跌了下来。

刘井拄着拐杖往前挪动着，她那只烫伤的右腿一点都不敢用劲。只要那只脚触到地面，她的嘴角就像被什么刺了一下，很夸张地咧开露出两排牙齿。她的拐杖摇晃几下，她站在原地一步也不敢往前走。她丢掉拐杖把手扶到马一定的肩膀上，这让她多少有了一点安全感。现在马一定成了她的拐杖，成了她的右脚。她每向前迈出一步，马一定就要咧一下嘴角，嘴里发出咝咝声。刘井不知道马一定摇摇晃晃的肩膀能够支撑多久，但是她又不得不上厕所，她想还是走一步算一步吧。刘井说一定，你的肩膀受得了吗？马一定说受得了。马一定说受得了的时候，双腿晃动着像是被风吹得快要倒下去的禾草。他们就这么摇晃着，朝厕所走去。刘井一边走一边说都是你爸爸作的孽，你爸爸不是人，他连禽兽都不如。怪只怪我没有给你找到一个好爸爸。

一个时期内，马一定成了刘井形影不离的拐杖。刘井常常让这根拐杖带着她来到大门口乘凉，他们望着门前灰白的土路和那些远处的山，一句话也说不出来或者一句话也不想说，而且这样一望就是一个下午。刘井说马一定你玩一玩泥巴吧。马一定说我不玩。刘井说你不玩泥巴干什么？马一定说不干什么，就陪你这么坐着。刘井说你的爸爸不知道到哪里去了，你猜你爸爸现在在干什么？马一定望一眼山那边的村庄，村庄传来一阵孩子们的喊叫，像是送给他们一个模模糊糊的消息。马一定说我怎么知道他在干什么？刘井说如果我嫁的不是现在你这个爸爸，而是一个勤劳的爸爸，那么我们的生活说不定和现在不一样，说不定会和皇帝差不了多少。那样你可以读书，我也不用下地劳动，你是少爷我是太太，一定，你说那样的生活会有多好。马一定说我想读书，我做梦都想读书。但是我们没有钱。刘井说这事都怪你的外公，因为你的外公喜欢喝酒，所以他把我嫁给了酒鬼。

一提到外公，马一定就朝村外跑去。刘井看见他跑的时候，那件没有扣好的黑衣服往身后飞了起来。他像一只鸟那样飞了起来，双脚几乎离开了地面。刘井只看到他在跑，却看不清他是怎么样跑。刘井对着他的影子说一定，你要到什么地方去？从土路上吹过来一阵风和一片尘土，风和尘土把马一定的声音灌进刘井的耳朵。刘井听到马一定说我要去找外公。刘井的目光跟随马一定的背影跑了一里多路，马一定站在外公的面前，说外公你是一个坏人，我和妈妈恨死你了。你为什么把我妈妈嫁给一个喜欢喝酒的，你为什么不给我找一个好爸爸？如果你不把妈妈嫁给我爸爸，我们就会过上皇帝一样的生活，我就会有钱读书，我现在就不用光着脚板走路，你就会有好多酒喝。外公，我们现在后悔都来不及了，我们现在无比地恨你，恨得我都不想喊你外公。马一定看见外公墓上的青草，像老人们长长的胡须在风中摆来摆去。外公只不过是一堆泥巴，他在几年前就变成泥巴了，现在他根本听不到马一定的声音。

渐渐地刘井看见出村的道路上，有几个稀稀拉拉的人在走动，他们肩扛农具背着水壶，脸上涂满黄色的泥巴，从劳动的地方归来。只有极少数人穿着崭新的衣服，迈着平时不迈的细小步伐，由这里向外走去。一天又一天，一天又一天，在这个迷迷糊糊的秋天下午，刘井看见一个人来到门口，他放下肩上的担子，说刘嫂借一口水喝。他的担子里装着斧头、刨刀、凿子、铅笔、磨刀石、圆规、木尺等用具，刘井由这些用具想起木匠，由木匠想起聂文广这个名字。刘井说文广，你去哪里做木工回来？聂文广的嘴里含着瓢瓜，他听到了刘井的询问，却不能回答。他的喉结上下移动着，把水快速地送进食道，像是好几天没喝水的人。喝饱水后，他长长地出一口气，说水还是家乡的甜。刘井说你尽管喝吧，这些水都是一定用盆一点一点地端回来的，我有好几天都不能干活了。聂文广抹了一把湿漉漉的嘴皮，说对啦，我在太阳村做木工时，看见你们家的马大哥了。刘井问他，马男方在那里干什么？聂文广说好像也没干什么，好像在给别人算命。我不太清楚他在那里干什么，他只待了三四天就离开那个地方了。他说如果我回家的话就向你们问好，就说他过得很好。刘井说他还说了些什么？聂文广说他再也没对我说什么了。

　　第二天，兽医苟日给刘井带来了关于马男方的更确切的消息。苟日说马男方的身边多了一个女人，好像是老凤山王恩情的大女儿王美兰。他们手挽手从这个村走到那个村，给别人算命，其实哪里是给别人算命，分明是在骗人家的吃。我在好几个村子里与他们相遇，转来转去总碰在一起。世界真是太小了。我看见他们时，我都有点不好意思了，我都不敢认他做老乡了，但是他们无所谓，照样手拉手从这个村庄走到那个村庄。有时他们就在路边……简直太不像话了。我都不忍心说给你听。刘井说说吧，我不会怎么样的。苟日说还是不说的好。刘井说你既然说了一半，为什么不把情况说完？要不说，你就应该一点也不要说。现在我听了一半，就像饥饿的人只吃了半碗饭，你却突然把他的碗抢走了，这还不如当初不给他吃，还不如当初一点也不说。苟日闭紧嘴巴，生怕嘴里再漏出点什么。刘井说你难道要我给你磕头吗？

　　刘井真的想伏在地上给苟日磕头，但是她那只受伤的腿仅仅能让她身子动一下，就再也不理睬她了，她的腿无法实现她的想法。苟日被刘井的举动吓得从地上跳起来，他转身想走。刘井说一定，你抱住苟叔叔的大腿，千万别让他走了，除非他把他知道的全部说出来。马一定追上苟日，双手像铁夹子一样抱住苟日的大腿。苟日每想前进一步，就必须用马一定抱住的那条腿把马一定从地上抬起来，这样走了三步，马一定愈来愈重，他的腿愈来愈沉，苟日再也走不动了。苟日说马男方要我告诉你，他回来后就跟你离婚。这也不是什么好消息，为什么一定要我告诉你？刘井呜的一声哭了，眼泪从两个眼角涌出，像是天空突然被划破了口子，雨水大颗大颗地掉下来，就像血脉被刀片割断，再厚的棉花也要湿透。苟日说这不能怪我，是你自己要我告诉你的，这不能怪我。马一定，你把手松开，去看看你妈妈，她怎么哭了？马一定现在才把抱住苟日的手松开，他听到他的妈妈哭着说，他不配，他不配做爸爸，也不配做丈夫。苟日回头看了一眼，撒腿便跑，好像有谁用刀子抵住他的腰部，他愈跑愈快。在他跑过的地方，扬起一片尘土。

　　刘井常常坐在门口往远处看，有时天边白得像纸，那些飞过的雁或鸟就像是写在纸上的消息，让她的眼睛愉快心情愉快。有一天下午她终于睡过去了，她用手撑住脑袋，口水从她的嘴角不自觉地流出，舌头在嘴唇上舔来舔去，好像是在梦中吃到了什么好东西。这时有一个人走到她面前，叫了她一声嫂子。她没有听见。来人再叫了一声嫂子。刘井睁开眼睛，看见马红英站在她的面前，她弯着腰，身上挂着三个旅行包，头发上全是汽油的味道。刘井想站起来牵住她的手，但是刘井的腿晃荡着，怎么也站不起来。马红英说嫂子你怎么了？刘井挽起她的裤管，露出受伤的大腿。在马红英看到她伤口的一瞬间，她的眼泪哗哗地流了出来。红英呀，她说你终于回来了。马红英说这是怎么搞的？伤口都化脓了，也不去医一医。是谁把你搞成这副模样？刘井说还有谁，除了你哥哥，还会有谁。

　　马红英从衣兜里掏出两张大钱递给刘井，说你快到医院去治治你的伤口吧。刘井把钱推回来，说怎么能要你的钱呢，这是你打工的钱，是你用汗水换来的，我怎么能要呢。伤口烂了还会长出肉来，但是钱花出去就再也回不来了。马红英和刘井把钱推来推去，像是在较量她们的手劲，那两张钱差不多被她们的手扯烂。

马红英的手最终软下来，她手上捏着皱巴巴的钱，从张家走到赵家，从赵家走到李家，从李家走到朱家，她要请人把她的嫂子抬到乡医院去。人们的目光被她手里的钱吸引着，好像她手里的钱不是钱，而是人们身上的肉，人们感到自己的肉被谁揉疼了。

朱家兄弟做了一副担架，跟着马红英来到刘井家。刘井看见担架，问是谁叫你们做的担架？朱正说马红英。刘井说她给你们多少钱？朱正说二十元。刘井说你们回去吧，医院我不去了。马红英说为什么不去？刘井说我的药费都用不到二十元，何必要坐担架呢。马红英说那你怎么去医院？刘井说让一定扶着我去。马一定像一根拐杖，被刘井捏在手里，他们都拒绝坐担架，开始往乡医院的方向走。朱木朗扛着担架跟在刘井和马一定的身后。朱木朗说钱已经付过了，我们是不会退的，你不坐白不坐。刘井他们走得很慢，她每向前迈进一步，马一定的牙齿就会发出一声响，走了大约一百米，马一定快支持不住了，他像一根即将折断的拐杖，在刘井的手里晃动着。刘井坐在路边的草地上伸伸腿，说朱木朗，你为什么跟着我们？朱木朗说我们已经拿了别人的钱，就得为别人办事，即使扛着空担架，我们也要走到乡医院再走回来。我们答应过马红英要把你送到乡医院。刘井说我不坐你们的担架，你把钱还给她。朱木朗说那是不可能的，我们编了差不多一个小时的担架，我们并不是不抬你，而是你自己不愿坐。不坐担架的责任在你，而不是我们，如果你怕吃亏的话，就赶快坐上来。刘井说早知道你们不退钱，我就不走这么远了。朱木朗把担架放到地上，说现在你后悔了吧，后悔还来得及，快坐上去吧。刘井坐到担架上，说你们让一定也爬上担架来，这孩子为我受了不少苦，你们给他享受享受。朱木朗说两个太重了，我们抬不起，除非你叫马红英加钱。刘井望着担架下的马一定说，一定，等我有钱了，我专门请人给你做一副担架，把你抬来抬去。

朱正在前，朱木朗在后，他们把刘井抬了起来。马一定没有担架高，他走在担架的下面，远远地看过去，好像是三人抬着一副担架往前走。刘井说一定，你一定要记住，马家没有一个好人，只有你的姑姑马红英对我们好。你一定要记住，是谁给我们请担架哎，是姑姑马红英，是谁给我医伤口哎，是姑姑马红英。你一定要记住，这个世上没有几个好人，有的人他占了你的便宜还要收你的钱。

　　一个星期后刘井出院了，马红英和马一定到山坡上采了一大堆野花到乡医院去接她，他们抱着野花往乡医院走。野花撑着马一定的下巴，他一只手抱着野花，一只手提着下滑的裤子。

　　马红英说嫂子，不给一定读书实在是可惜。刘井说我们没有办法，我们真的拿不出一点钱来。你又不是不知道你哥哥，他好吃懒做，没有办法找出一分钱给一定读书。一定摊上这么样一个爸爸真是倒霉。我恨不得跟你哥哥离了。马红英和刘井现在正由乡医院往家里走，马一定走在她们的前面。马一定的一只手仍然抱着鲜花，另一只手提着裤子。

　　晚上，马红英给刘井一个信封。刘井说这是什么？是谁写来的信吗？马红英说不是信，是钱。刘井说你为什么要拿钱给我？马红英说我要把一定带走。刘井说你要带他到什么地方去？马红英说带他到城里，让他读书，我不能眼睁睁地看着你们把一定的前途给毁了。刘井说带你就带，干吗要给我钱？我又不是卖儿卖女。马红英说钱也不多，你收下吧，我知道你现在很困难。你拿这钱去买一条裤子，你的裤子已经破了好几个洞，它已经不能为你遮羞。刘井拍拍自己的裤子，说这有什么可羞的，脱了衣服人和人都一样。马红英把信封留在桌子上，说不一样，绝对不一样，你还是去买一条裤子吧。我明天就走，再拖一天就超假了，只要一超假就不能在厂里打工。

　　刘井打开信封，看见信封里装着五十元钱。她把这钱缝在马一定的衣兜里。她一边缝一边说，一定，你的姑姑真是个好人，像她这样的人，现在打着灯笼也难找。你跟着她将来有吃有穿有文化，说不定还会当上大官。如果你有钱了，你就给妈妈做一幢房子；如果你当官了，你就让妈妈到你的单位去扫地。这五十元钱我把它缝在你的衣兜里，不到关键的时候不能用，不能因为嘴馋而用了，不能因为玩具而用了。除非是生病或者是姑姑不理你的时候才能用。尽管她是你的姑姑,但她毕竟不比妈妈亲,久了她也会讨厌你,会生你的气,会打你。但是无论怎么样她都是为了你好,你不要惹她生气,听她的话,跟她走。她指到哪里你走到哪里,她叫干什么你就干什么。马一定说我走了你怎么办?谁跟你讲话谁扶你走路谁跟你去南山收谷子?我不跟姑姑走,我宁可不读书也不跟她走。

第二天早晨天还没亮,刘井就被马红英叫醒了。刘井伸手去摸马一定,床上空空荡荡,马一定已经不见了。刘井想天都还没有亮,一定会去什么地方呢?刘井一边穿衣服一边叫马一定,等她穿好衣服时,仍然没听到马一定的声音。于是来不及洗脸的刘井,站在门口大声喊,一定,你在哪里呀,你在哪里呀?你别错过了这样的好机会,你会后悔一辈子的。你难道不想发财吗?你难道不想升官吗?如果不是你姑姑这么好心,你会有这样的机会吗?其实我也舍不得你,但是为了将来,为了你好,我不得不这样。你快出来吧,再不出来就误了你姑姑的时间,她就去不成广州了。早晨的村庄静悄悄地,只有刘井的声音被夸大了好几十倍,在村庄的上空响着。等她的声音一停下来,什么声音也没有了。马红英说他再不出来,我就要走了。刘井说你再等一等,我去把他找出来,他一定躲到牛棚里去了。

刘井发现马一定睡在牛棚的稻草堆里。她把他从牛棚里抱出来,马一定仍然在熟睡中。他试图睁开眼睛,但是像有什么东西粘住了他的眼皮,无论他怎么努力也睁不开。马红英说嫂子,你把他放到我背上来,我背着他走。刘井说这怎么行?你还要拿行李。这个仔好像一夜没睡,现在刚刚睡着,还是我背着他送你一程吧。马红英说等会他醒来看见你,又不走了,还是我背着他走。刘井把马一定放到马红英的背上,马一定的脑袋在马红英的背上晃来晃去。天愈来愈亮,他们的脑袋愈晃愈远,他们的脑袋愈远刘井看得愈清晰。渐渐地他们的脑袋变成了一个脑袋,马红英的行李包再也不飞起来落下去,刘井看不见他们了。刘井踮起脚后跟,才又看见他们的背影。他们继续往前走,他们愈来愈小,刘井向前跑了几步,站在一个土坡上,他们的背影又清楚起来。现在她可以看着他们走很长的一段路。终于,他们转了一个弯,从刘井的眼睛里彻底消失。刘井说一定,你就这么走了，你连一句话都没有跟我说就走了。

突然刘井看见路的尽头出现了一个小黑点，在小黑点的后面出现了一个大黑点，两个黑点都朝着她飞跑过来。她知道那个小黑点是马一定，那个大黑点是马红英。刘井手里捏着一根细小的鞭子，站在大路的中间，凉风穿过她破开的裤洞和头发，她的手上一片冰凉。马一定的面孔愈来愈清楚了，刘井听到他叫了一声妈——看见他正扑向自己。刘井闭上眼睛举起鞭子狠狠地刷下去，马一定发出一声叫喊倒在地上。刘井举着鞭子追赶马一定，马一定从地上爬起来，往他跑过来的方向跑。他一边跑一边回头望，脚后跟被鞭子抽得一跳一跳的，像是被电触了一样。刘井说你为什么要回来？你的爸爸是一个懒汉，是一个酒鬼，我都不想跟他过一辈子，你还想跟他过一辈子吗？你爸爸从来不下地劳动，你回来喝西北风吗？你不是我的儿子你给我滚。如果你是我的儿子的话，你就不要回来，你就去过好生活，你就去读书去发财。刘井在说这一连串的话时，始终没有睁开眼睛，她的鞭子上下横飞。马一定站在路上再也不跑了，他像承受雨点一样承受着刘井的鞭子。终于刘井听到了哭声，她的鞭子刷到了马一定的眼角上。马一定用手掌捧着眼角，离开刘井往前走，紧追而来的马红英拉住马一定再一次离开。刘井说你滚吧，你给我滚得越远越好。刘井听着哭声慢慢地变小变细，以至消失，但她始终不敢睁开眼睛，她像瞎子一样捏着鞭子一动不动地站在那里，站了差不多一个早晨。

刘井对着这个早上从她身边走过的每一个人说，如果你们碰上马男方，那么你们给我告诉他，他的孩子跟他的姑姑到城市去了。

第二年春天，当山上的树叶和青草全都长起来的时候，刘井的脸上也开始有了红色。她在另一间屋子里铺了一张小床，跟马男方过着分居的生活。她相信只要分居两年，就能跟马男方离婚。一天中午，她看见屋角的那棵李树上挂了许多青色细小的李果。她的嘴里突然冒出好多口水。她想吃那些没有成熟的李子。她爬上李子树去采摘它们。她只吃了一颗，就被李子酸得咧开了嘴巴，她感到李子已酸到她的牙根。她正准备从树上下来的时候，看见一个警察朝村子里走来。警察的手里拿着手铐，他一边往村子里走一边吹着口哨一边摇晃着手铐，警察警察你拿着手枪，口哨口哨你吹得嘹亮，我没有偷也没有抢，我不怕你的手铐也不怕你的枪。

刘井站在树杈上忘记了下来，她被人民警察的身材口哨大盖帽吸引。她折断眼睛前面的树叶，看清了警察的步伐和他身上摆来摆去的挎包。警察来到她家的门口，眼睛往四周望了望，像是观察地形。他看见刘井站在树上，说这是马男方家吗？刘井的身子突然抖动起来，像是被警察的声音吓怕了。警察又问了一句，这是马男方的家吗？刘井说是的，你找他干什么？他犯了什么错误？警察说你是谁？刘井的身子抖得更加厉害。刘井说我是他的老婆。警察说叫什么名字？刘井说叫刘井。警察说我告诉你，不过你先下来。刘井往树上缩了一下，说我不下来，你要干什么？你要抓我吗？如果是马男方犯错误，你可不能抓我。警察说我怎么会抓你呢，我只是要告诉你一个消息。刘井说什么消息？是好消息或是坏消息？警察说你先下来，我才告诉你。刘井说我不下来，你不先告诉我我就不下来。你别骗我了，你肯定是想抓我。警察笑了一下，说我骗你又没有什么好处，我干吗要骗你，下来吧，刘井同志，下来吧。警察甚至向刘井伸出了一只手。

说不下来就是不下来，我说话算话，刘井抱住树枝看着警察说。警察说那么好吧，你们是不是有一个儿子，叫——警察翻了一下笔记本，咳了一声嗽接着说，你们是不是有一个儿子叫马一定的？刘井说他怎么了？警察说他被一个名叫马红英的拐卖了。刘井眼睛一黑，从树上栽了下来。

从邻村赶回来的马男方冲进家门，说什么什么，一定被谁拐卖了？你为什么让他被拐卖了？你是不是故意让他被拐卖的？马男方在屋子里走来走去，想找点事情干干，他想我应该惩罚一下刘井，她怎么敢把我的儿子卖掉？他从屋角拿起一根棍子，来到刘井的床前，他说我要把你的身子戳烂。刘井张开大腿躺在床上说，戳吧戳吧，我早就希望有人戳了，有人戳了我会好受一些，我早就希望有人戳了。是我卖了一定，他本来不想跟他的姑姑走，是我用鞭子把他赶走的。我打伤了他的眼角，还叫他滚，滚得越远越好。可是谁会想到他的姑姑会卖掉他。

马男方丢下棍子朝乡政府跑去。他的屁股上晃动着一只酒壶，他跑得越快，酒壶飞得越高。很快他就坐到了乡派出所的门口。他对着所里唯一的汪警察说，你把马红英给我抓回来，我要拿她下油锅，要拿她来点天灯，要拿她来喂狗，要拿她来给所有的男人强奸。汪警察说她已经被关到笼子里去了。但是她毕竟是你妹妹，你真的舍得给别人强奸？马男方说可是她把我的儿子卖了，她做得初一，我做得十五。汪警察笑了笑，说你先回去吧，有什么消息我会及时告诉你。马男方说你不把我的儿子找回来，我就不走。马男方干脆睡到了地上，他说你快点给我找啊。警察说我去哪里找去？马男方说你不去找你不是白拿国家的工资了吗？我们每年都要上缴公粮，你吃了我的公粮，为什么不去给我找孩子？马男方说着说着慢慢闭上眼睛，他不知不觉在地上睡着了。

马男方醒来时，天已经完全地黑了，街上除了有两只狗走动外，已没有其他动物。他拍拍派出所的门板，里面没有任何反应，汪警察不知道到哪里去了。马男方骂了一声，便开始摸黑回家。还没有进村他就对着村子喊刘井，我回来了，现在我一点都看不见，我的眼睛黑黢黢的什么也看不见，你快点拿手电筒来接我，听见没有，快点来接我。他的喊声不仅刘井听见了，村子里的人都听见了。刘井以为马男方找到了马一定，立即跟赵凡家借了电筒去接马男方。好多人从自己家钻出来，站在村头观看。马男方从人群中穿过，好像是一位刚从战场上归来的英雄，还对着大家挥了挥手。找到了吗？找到了吗？周围全是找到了吗的声音。马男方只挥手一句话也没说，脸上挂着十分生动的悲伤。

刘井说怎么样了，有消息吗？马男方说有，但我不会告诉你，除非你给我煎一个鸡蛋。刘井说现在我就给你煎鸡蛋，我知道你忙了一天也该喝一杯了。一阵油的尖叫之后，屋子里飘扬着鸡蛋的味道。马男方开始用煎鸡蛋下着酒喝起来，他一边喝一边说我已经跟汪警察说过了，要他把马红英找回来，我要拿她来下油锅，要拿她来点天灯。他说一句话就狠狠地喝一口酒，仿佛已把马红英下了油锅。刘井说那一定呢，有没有一定的消息？马男方说我已经跟汪警察说了，一有一定的消息就立即跟我们联系，他现在正在跟外面联系，说不定明天就联系上了。

第二天，第三天，一天又一天，马男方从不下地干活，每天都到乡派出所门口睡觉。汪警察进出的时候总会用脚轻轻地踢他一下，说喂，起床啰。马男方睁开一条眼缝，接着又睡。汪警察说你总这样睡也不是个办法，你先回去吧。马男方说不，我不回去，我要等我的儿子。每次说到这里，他总会用力地哭几声，并流下几滴眼泪。就这样马男方不停地给刘井带来消息。马男方说睡到我的床上来。刘井说我们还是各睡各的好，我们已经分睡了那么久，现在睡到一起，前面的分睡不是没有用了吗？早知道今晚要睡在一起，又何必当初呢？刘井这么说着的时候，已经来到马男方的床前。马男方说上来吧。刘井说你先告诉我消息，我才上来。马男方说不，你先上来我再告诉你。刘井说上来就上来，这床本来就是我的，我又不是没上来过。马男方说汪警察说了，只要能找到的，他们都会设法找到，万一找不到他也没有办法。

马男方说汪警察今天打了三次电话，都是说一定的事情。

马男方说汪警察是个好人，他今天给我喝了一杯酒。

马男方说那些干部都很同情我，他们下班的时候总问我找到了吗？就像问我吃过了吗一样。

刘井从床上爬起来，说这些消息都没有用，我跟你白睡了好几个晚上，明天晚上我要回到我的床上去。我的一定，你的消息怎么一点都没有？刘井坐在床上又哭了起来，她哭的时候没有眼泪。她已经没有眼泪了。

刘井睡到自己的床上，马男方每晚回来看到的是刘井紧闭的房门。马男方拍打刘井的门板，说开开门吧，刘井，你给我煎鸡蛋，你睡到我的床上来，我有重要的事情告诉你。刘井说你不会有什么重要的事情告诉我，你每天只不过是去派出所门口睡觉，他们已经全都告诉我了。马男方说不过今天确实有重要的消息。刘井说那你说吧，说出来看是不是重要。马男方说你得先打开你的房门。刘井说我不会打开。马男方说你真的不打开？刘井说真不打开。马男方说那我可要说了。刘井说你说吧。马男方说汪警察说那伙人已经把一定的眼珠挖出来卖掉了。刘井的身子像是被谁用刀子戳了一下，从床上滚到地上。马男方似乎已听到刘井跌到地上的声音。马男方说他们还砍断了一定的一只手。刘井感到有一把刀子在她的心脏剜了一下，她试图站起来，但只站起半条腿又跌倒了。马男方又一次听到刘井跌倒的声音，而且这次比上次跌得更响亮，好像是脑袋撞击木板发出的声音。马男方说然后他们每天把他放在城市最显眼的地方，让他讨钱。讨得钱以后，他们把钱全装进他们的口袋，一定吃不饱穿不暖，一天一天地瘦了，现在瘦得比猴子还瘦。房门无声地打开，刘井像一根木头从屋子里跌出，像一根木头横躺在地上。刘井躺了好长一段时间才醒过来，她说马男方你不要说了，我的气已经出不来了，我的胸口快要裂开了。

刘井从地上爬起来，朝乡政府跑去。她没有借电筒也没打火把，只跑出村庄几百米就跌下路坎。她感到头被什么敲了一下，然后什么也不知道了。等她知道了的时候，她觉得额头冰凉，伸手一摸是湿漉漉的血。休息一会儿，她又开始往前跑。她不停地跑不停地跌倒，在两公里长的路上，一共跌倒六次。当她扑到汪警察的门上时，她已经没有了拍门的力气。刘井倒在汪警察的门口。刘井没能说一句话，就昏倒了。

第二天早上，汪警察开门时被刘井吓得往后退了一步。汪警察说怎么了，你怎么了？谁打破了你的额头？刘井说汪警察我问你，马一定是不是被别人挖了眼睛？是不是被别人砍断了一只手？是一只还是两只？是不是在为别人讨钱？汪警察说是谁告诉你这些？刘井说是马男方。汪警察说真是岂有此理，我对他说在国外，有的坏人简直不是人，他们买到儿童后就像你刚才说的这么干。我们是社会主义国家，怎么会有这样的事？何况我们还没有马一定的消息。刘井说你说的都是真的？汪警察说看在你跌破额头的分上，我会跟你开玩笑吗？刘井啊了一声，说原来没有，原来是这样。刘井出了一口长长的气，出了一口像公路那么长的气。她的双腿由硬变软，身体由站着变为坐着。

坐着的刘井突然听到远处传来救命的喊声。喊声像从发出喊声的地方伸过来的一条路，她沿着这条时断时续的路往前走，看见一个水库，水库上有几个人撑着竹排正在打捞什么。有几个人脱光衣服，在水面上浮起来又沉下去。他们说有一个小孩掉进水库了。刘井问他们是不是一个八到九岁的孩子？他们说是的。刘井说他是不是有这么高？刘井用手比画一下。他们说是的。刘井说那一定是我家的一定，一定哎，我来救你来了。刘井喊着准备往水库里跳，一个陌生的男人一把抱住她说，她不是你的孩子，她是我的女儿。你来凑什么热闹。刘井说掉下去的是你的女儿？抱住她的人点了点头，眼睛红得像出了血。刘井说你的女儿掉进去了，你为什么不往里面跳？那个人好像是被刘井问得不好意思了，低着头看自己的裤裆，两只手抱住他的后颈。

刘井坐到水库边，太阳正好出来。水面被太阳照得红红的，一个波浪就像一面镜子。刘井想太阳出来得真不是时候。那个抱过她的男人说我不知道她来这里干什么？这么早她来这里干什么？她如果不是专门来跳水库，她来这里干什么？在男人哭泣的伴奏下，刘井看见他们从红彤彤的水面捞起一个女孩。她的目光在这个女孩的脸上抹来抹去，一直抹了九遍，才把目光从女孩的脸上拿开。

汪警察踢了一下睡在门口的马男方，说我真的不想踢你，我一踢你我的皮鞋就像喝了酒一样。现在踢你，不，严格地说这不是踢，而是碰，现在碰你是因为不得不碰你。你带个口信给你老婆，前几天县公安局从外地解救了几个被拐卖的儿童，但是没有马一定。加速村一农户的儿子被拐卖后，自己出去寻找，也在前几天把儿子找了回来。可见你们的儿子并不是没有回到你们身边的可能，只是我们在寻找的同时，你们也想办法找一找。

刘井望了一眼天边，说可是我们去哪里找他？我们去哪里找到找他的钱呢？坐在门口已两个多小时的刘井，坐在一块冷冰冰的石头上。她的皱纹像众多的蚂蚁瞬间爬满她的脸皮，那些皱纹又像是裂开的土地，现在正一点一点地裂着，并且发出喊喊喳喳的坼裂声。她感到皮肤绷得像快要扯断的橡皮筋，皮肤已经不够用了。她像一只破裂的瓷碗，在碎片分开之前的几万万分之一秒内，勉强地凑合着。她的眼睛从她的眼眶里飞出，看见前面山梁上一排高矮不齐的树，那些树叶以及树叶上的纹路都像摆在眼前一样清清楚楚。她不太相信自己有这么好的眼力，于是用手揉揉眼睛。揉过之后，她的眼睛看得更远了，她看见山那边的一个村落，看见一条大河波浪宽，风吹稻花香两岸。那个村落就是加速村，她曾经到过那里，听马男方说那里的一个小孩失踪之后又找了回来。她想如果我的眼睛一直能看到城市，看到一定那该多好。

她绷紧眼皮，拼命地想往更远的地方看，但是她的目光像一支飞箭的末尾，被一排瓦檐挡住了去路，再也无法翻越那道屋梁。她的目光在屋梁上挣扎一阵，就倒下了，就像一个累坏了的长跑运动员倒在跑道上，心里不停地想跑，身体却没有力气让他再跑下去。那个屋顶是被拐卖的孩子家的屋顶，现在他们全家把孩子锁在卧室里，不让他乱说乱动，以免再次走失。刘井把目光收回来，放到她自己的脚尖上。她的目光就像一团火，烤着她的脚尖，她看见左脚的鞋子开了一个破洞，大脚趾伸出头来，它的指甲慢慢地变大，就像晒场那么大。

这时木匠聂文广挑着他的工具往村外走，他又要外出做木工去了。聂文广走过刘井的身旁时说刘嫂，我听说城市里的人吃的都是黑色的馒头，他们没有肉吃，像狗一样天天啃食骨头。啃过一次的骨头他们舍不得丢，他们把骨头再次放到锅里熬，熬啊熬，他们一共熬了三次啃过三次，才舍得把骨头丢掉。他们个个脸色发黄，瘦得皮子贴着骨头，眼窝深得像酒杯，走起路来像苇草，风一吹就会倒。他们没有土地，所以他们比农村困难一百倍。他们每天要用一半的时间来睡觉，比你们家的马大哥还要懒惰。他们从来不洗澡不梳头，最可怕的是他们只有四个脚趾。聂文广也不管刘井听不听，相信不相信，他低着头一边说一边往前走，好像他刚从城市回来，他的说法千真万确不容置疑。

等聂文广走远了，刘井想马一定现在是不是坐在一座天桥上，正在捡地上的骨头啃食着？那些被别人丢掉的骨头，就像是被剥光树皮的树，已经没有什么东西可啃了，马一定捡起来又丢下去，不知道内情的人又把它捡起来。马一定明知道骨头没啃头，但还是啃着，这说明他实在是饿得不行了。马一定的眼睛还是眼睛，马一定的手还是手，它们都完整地保留在马一定的身上，只是比原先小了一圈。刘井想谣言不可信。刘井刚把谣言不可信想完，就出了一身冷汗，她没有看见马一定膝盖以下的两只脚，马一定的脚被剁掉了，现在他坐在天桥上讨钱。他的面前放着一个纸盒，钱已经堆到了纸盒口，纸盒再也装不下了，钱就落到桥面上。刘井一辈子都没见过那么多钱。有一个肥胖的女人，这是城市中唯一肥胖的女人，她躲在人群中监视马一定的工作。每当纸盒里的钱满得不能再满的时候，她就提着包跑过来把钱收走。马一定说我饿，你给我吃一个黑馒头吧。胖女人说少啰唆。马一定的眼睛就跟随胖女人走，他的舌头舔着干裂的嘴唇。一定，她怎么连一个馒头都不给你吃，你给她挣了那么多钱，她怎么连一个馒头都不给你？刘井闭上眼睛大喊一声，呜呜地哭了。刘井说马男方，我们还是把我们的牛卖了。马男方从屋子里冲出来，手里捏着一件湿衣服，他冲过来的地面上洒满水。他说为什么要把牛卖了？刘井说我们需要钱。

刘井把卖牛所得的钱和跟别人借的钱堆在一起，推到兽医苟日的面前，说苟大哥，马一定就全拜托你了。刘井感到这一沓钱是那么地重，那么地真实可信，那么地可亲。它使拥有它的人一下子有了富裕的感觉。苟日用衣袖抹一抹沾满油花的嘴角，那个嘴角是刘井家的鸡肉给涂油的，它现在闪闪发光，比他身体的任何一个部位都光彩夺目，嘴角简直不是嘴角而是招牌。苟日用衣袖又抹了抹嘴角，说放心吧刘井，还有马男方，你们放心吧，马一定的事情就包在我的身上。你们的事也是我的事。你们也知道我在外边有熟人，你们只管放心地睡觉，放心地喝酒，等着我把马一定带回来吧。苟日把钱揣进衣兜里，马男方的嘴角咧开了一下，好像是得了牙痛。苟日揣好钱，按紧衣兜倒退着往外走，他的头不停地点着，小心得像是他求刘井和马男方办事，而不是刘井和马男方求他办事。

等苟日退出大门，马男方就用手在刘井的大腿上狠狠地拧了一下，刘井发出一声尖叫。尖叫未毕，马男方又扇了刘井一个耳光。刘井说你怎么了？马男方竖起两个指头说，两千，那可是两千元啦，我一分都没有花，他就把它全拿走了。刘井说是你叫我拿给他的，你怎么打我？

马男方紧跟着苟日出了大门，他一直跟着他。苟日说你跟着我干什么？马男方只是笑。苟日走他就走，苟日停他也停。苟日说你到底要干什么？你说出来，你不要光笑，你一笑我的心里就没底。马男方说也没什么，只是，只是……苟日说只是什么，你说呀。苟日急得双脚在地上跺来跺去。马男方说只是，你一下子就拿走我们那么多钱，能不能还给我一点？我曾经割草喂过那头牛，卖牛的钱我也是有份的。但是为了找马一定，我一分钱都舍不得花，就全给了你。你把钱拿走的时候，你猜我怎么样了？苟日摇摇头。马男方说你刚把它揣在怀里，我的心就痛了一下。我想那么多钱被你拿走了，还不知道你找不找得到一定。我没留下几十元钱给自己，实在是亏了。你能不能给我一点打酒喝，只一点点？苟日从口袋里抽出二十元递给马男方，说你要留钱为什么不在给我之前留下来？马男方说当时只想到要你去帮我们找儿子，没想到喝酒，能不能再给一点？苟日说你还找不找你的马一定？马男方说找，找。马男方拿着二十元钱走回家里。他进门之后，又扇了刘井一个耳光。刘井说扇吧扇吧，现在不扇将来你就没机会了。只要一定一找回来，我就跟你离婚。

第二天早上，苟日出发了，他的肩上挎着兽医药箱。马男方说你是去找马一定，又不是去出诊，干吗挎着药箱？苟日打开药箱让马男方检查，马男方看见他的药箱里装满衣服和洗漱用具以及钱。在药箱的一角藏着一包避孕药，它使药箱成为名副其实的药箱。

苟日每到一个地方就给汪警察打一个电话，汪警察把他的电话内容告诉马男方，马男方再转告刘井。苟日的电话内容如下：

我已到县城，你们放心。

我已到达柳州。

我已到广州，正在托亲戚熟人设法寻找马一定，估计不要几天就会有好消息告诉你们。

根据别人提供的线索，今天我到一所学校去看了一个被拐卖来的孩子。刚一看有点像马一定，但仔细一看……汪警察说苟日的电话突然断了。

但仔细一看，他长得一点也不像马一定。我很失望。

我不得不求别人，我送他们烟酒，请他们吃喝，钱已经全部花光了。但他们告诉了我一个好消息。

我已经知道马一定的下落。

马一定被拐卖到一个工人家庭。昨天我已悄悄观察了他们的家。估计要把马一定领走得花几万块钱。你们赶快筹钱，过两天我再告诉你们把钱汇到哪里。

这个晚上马男方没有回家，消息到此突然中断。刘井想他会回来的，说不定他得到了好消息，多喝了几杯。说不定一定已经找到，他去接他们去了。他总是很晚才回来，他会回来的。刘井觉得这个晚上过得很慢，村庄也比往日安静了几百倍，安静得连狗都不发出叫声。屋子外没有脚步走动，会走的似乎都死了。他会不会因为喝多了，栽倒在什么地方？他是不是已经栽死了？刘井愈想愈感到不对，好像哪里出了差错，不是一定就是马男方。她从床上爬起来，打着火把沿着通往乡政府的路找马男方。她一路喊着马男方的名字。她这样喊道：马男方你死了吗？你躲在什么地方？你快点出来。你别吓唬我。你是不是去别的村睡女人去了？你要死也等我们离婚之后再死，现在死了我可说不清楚。而且我们还要找一定，我需要你帮忙。刘井用这些喊声壮胆，一直喊到乡政府门口，也没发现马男方。刘井拍拍汪警察的门板，拍了很久都没有反应。隔壁的人被刘井的拍门声弄烦了，他们隔着玻璃大声喊道，拍，拍，你拍什么？死人了吗，你拍得那么响？姓汪的去县城了，你拍得再响也没有人给你开门。

刘井又打着火把往家走，回到家时，天已经大亮。她坐在门口歇了一会儿，看着早起的人们下地的下地，干活的干活。她对着那些走过她面前的男人们说，你们谁给我找到一定，我就嫁给谁。有的年轻人对着她发笑，说你都结过婚了，谁还会要你。刘井说我和马男方很快就要离婚了。马男方不是一个好丈夫，你们看看他，一点也不关心一定，在这么关键的时刻，在一定就要找到的时刻，他不仅不把消息告诉我，而且还跑了，跑得连人影子都不见了。年轻人说你年纪太大，不适合我们。刘井说不结婚也可以，只要你们给我找到一定，你们爱怎么样就怎么样。有人说又能怎么样了？说完大家就约好似的大笑。笑声一下从刘井的耳边消失，人们已经离开刘井。刘井想一定现在会怎么样呢？苟日和马男方他们都在什么地方？他们为什么不把消息告诉我？刘井从石凳上站起来，她突然发觉自己的眼睛又能往远处看了。她看见山梁上的树，看见加速村的屋顶，看见乡政府看见长长的公路，看见县城旅馆里的一个房间。房间的窗口上遮着一张窗帘，窗帘之后隐约可见两个不穿衣服的男女。那个男的像是苟日。

刘井想进一步看清楚里面的情况，但她目光有限，没办法穿透那一层薄薄的窗帘。她踮起脚跟，发现里面的情况清楚了许多。于是她搬来一张椅子。她站到椅子上，里面的情况全部袒露在她的眼前。她简直不想看，简直不忍看，简直愤怒到了极点。她说好个苟日的，你竟敢拿我的钱来包女人，你竟然没有去找一定，你竟然骗了我们。刘井紧紧地闭上眼睛，恨不得把苟日夹死在眼睛里，她闭了很久，估计苟日被夹死在眼睛里了才睁开眼睛。苟日消失了，县城消失了，她的目光正一点一点地缩回来。刘井想再往远处看，但是她什么也看不见，她只看见自己的脚尖。

两天之后的一个中午，马男方跑回家里。他没有看见刘井，于是向邻居打听刘井的去向。邻居告诉他刘井到南山的稻田干活去了。马男方又跑了五里多路，来到南山的稻田里。他看见刘井站在稻田的中央耘田，秧苗遮住了她的下半身。刘井说马男方你跑到什么地方去了，现在才回来？马男方没有回答刘井，他跑到田角伏下身子喝了几分钟的水，他喝水时发出咕咚咕咚的声音，十分响亮。响亮之后，他从田角站起来，嘴巴张着，舌头吊着，像是大热天里的一只狗那样吊着舌头。站了一会儿，他说刘井，我们被苟日骗了。刘井说我已经知道。马男方说你怎么知道？刘井说我看见了。马男方抹一把脸上的汗，发出一声冷笑，说不管你是怎么知道的，苟日骗我们是真的。我去了一趟县城，在街上碰见他了。他一看见我就跑，他根本没有去广州，去帮我们找一定。刘井说他不仅没有去广州，还用我们的钱养了一个女人。马男方说我们不能就这样被他骗了。我们要找他算账。刘井说怎么个算法？马男方说我们去把他家值钱的东西全搬了。

第二天上午，马男方和刘井来到苟日家，苟日的老婆杨花坐在家门口，说你们谁想搬我家的东西，得先把我搬掉。说着她从身后举起一把斧头，斧头磨得十分锋利，上面可以照见人物和树木的影子。马男方和刘井谁也不敢靠前，他们和杨花对骂着，说一些陈谷子烂芝麻的往事，说你家又怎么怎么了，杨花你跟谁谁睡觉了。杨花说刘井你也不是好货，你想一想你的腿是怎么被你的丈夫烫伤的。架越吵越没有意思，他们只是为吵而吵。他们把太阳从东边吵到西边，谁也没有吃喝拉撒。

几个爬在树上看热闹的小孩，突然大叫道马一定回来了。小孩全都从树上滑到地面，然后朝村头跑去。刘井说什么？他们说什么？杨花说马一定回来了，我们家的苟日帮你把马一定找回来了，现在我看你们还有什么话说。你们用你们的手掌打你们自己的嘴巴吧。刘井和马男方呆呆地站在那里。杨花说打呀，快打呀。

汪警察把马一定送到家门口，全村的人都围了上来。他们像一个句号围着汪警察、马一定、刘井和马男方。刘井说这是真的吗？这是真的吗？刘井不停地用衣袖抹着眼泪，同时也腾出手来把马一定从头到脚摸了一遍。当她的手摸到马一定那双厚厚的鞋子的时候，就把手停在了那双鞋子上。许多人都望着马一定的那双鞋子，它是那样地白，那样地厚实。刘井说一定，他们没有打你吧。他们是怎么找到你的？你想妈妈吗？他们没有从你的身上拿走什么吧。

这是真的吧？刘井用她的右手掐了一下她的左手，她的嘴巴歪了一下，好像是感到痛了。她说这是真的。说完她又捡起一块石头，狠狠地砸在自己的脚背上。石头刚一落下，她便惊叫一声，双手捧着被砸的脚背，用另一只没有受伤的脚在地上跳着，像是金鸡独立。她跳了一会，把脚放下来，说这是真的，这是真的。哈哈，这是真的。哈哈哈哈……刘井笑得喘不过气来了。

马男方问汪警察，马一定是苟日帮找回来的吗？汪警察说什么苟日，是公安局找回来的，你在这上面签个字，说明我们已经把马一定送到家了。马男方说我不会写字。汪警察说按一个手印也行。马男方在汪警察的本子上按了一个手印。马男方按完手印，对着人群喊杨花，你听到了吗，马一定是公安局找回来的，不是苟日找回来的。苟日他骗了我们几千块钱。

马一定回来的这个下午，刘井高兴得搓着手走进走出，不知道要干点什么。她见人就笑，笑过之后就说一定回来了。光这样说一说她还不过瘾，她说一定，我们到村子里走一走吧。她牵着一定的手，从张家走到李家，从李家走到赵家，从赵家走到聂家。她问一定，城市里的人是不是只有四个脚趾？没有，他们和我们一样，每一只脚都有五个脚趾，五个，知道吗？马一定举起五个手指说。刘井说我也不相信，是聂文广放的屁。

从在村子里串门开始，刘井的手一刻也没有离开马一定的手，她生怕马一定再走丢了。马一定说妈，我要拉尿。刘井说妈妈跟你去。马一定说我要玩泥巴。刘井说妈妈跟你玩。马一定说我想吃鸡肉。刘井说爸爸正在杀鸡。这一切都做过之后，刘井还是觉得没有高兴够。她说一定，今晚我们应该高兴，你最想做的事是什么？什么样的事能使你高兴？马一定说我想捉迷藏。刘井说那就捉迷藏吧。马一定和刘井开始在家里捉迷藏，他们躲在门角、藏在床铺下、被子中、水缸旁……到处是他们的声音和跑动的身影。有一次，刘井怎么也找不到马一定。她说一定，你在哪里？你发出一点声音，要不然我不找你了。马一定叫了一声。刘井听到声音是从卧室里传出来的。但是她在卧室里转来转去，始终找不到马一定。她说马一定你躲在什么地方，你无论躲到什么地方，你都逃不过我的眼睛，你给我出来，我看见你了，你在楼上，你在床铺底，你在尿桶边。不管刘井怎么喊叫马一定总是不出来，刘井也没有真的看见他，她只是虚张了一下声势。匆忙中刘井碰翻了一个酒瓶，马男方听到酒瓶破碎的声音，像刀子割他的心脏一样难受。他说你们别躲了，你们把我的酒瓶全碰烂了，你们再躲下去我的酒都会被你们打烂的。一定，你再不出来，我就用鞭子抽你。马一定哇地大叫一声，从米桶里跳出来，吓得刘井跌倒在地上。刘井说原来你躲在米桶里，我怎么没有想到呢。你赢了，一定，妈妈输了。

刘井和马一定从卧室走出来，看见马男方黑着脸，好像要下雨的天气。刘井说一定刚回来，今晚谁也不准生气，我们高兴过了，你也应该高兴高兴。马男方说一定你去给我拿酒来。马一定从卧室里拿出一瓶酒。马男方说一定过来，今晚我要跟你喝一杯。马男方真的灌了一小杯酒进马一定的嘴里。马一定不停地咳着，又把酒吐出来。马男方说可惜呀可惜，你怎么吐了出来，我有时想喝都没有。

马一定的那双鞋子慢慢地变黑了，刘井带着马一定去南山耘第二次田。快走到南山时，马一定的鞋裂开一个大大的口子，他的脚从口子里钻出来。他把裂开的鞋提在手里，一只脚穿着鞋一只脚光着，一只脚高一只脚低地往南山走。他看着那只破鞋想哭。刘井说晚上我给你补一补就又可以穿了。马一定说补了就不好看了。马一定终于哭了起来。刘井说要不我再给你买一双，再穷也不能穷了你的这双鞋子。马一定说这种鞋这里根本没有卖。

马一定赤脚站在稻田里，秧苗遮住了他的身子。他只有秧苗那么高，他的裤子上沾满了稀泥。天上的太阳像火一样烤着他们，马一定站在稻田里打瞌睡。刘井说一定你困了就到树荫下去睡一睡。马一定把腿从稀泥里拔出来，他的腿上沾满厚厚的泥巴，像是一层脱不掉的铠甲。看着田坎上张开大口的鞋，马一定说妈妈，你还我的鞋子，我要我的鞋子。刘井说不是有一只鞋子还是好的吗？马一定说我又不能只穿一只鞋，我要两只一样新的鞋子。刘井说你不是说我们这里没有这样的鞋卖吗。马一定说我要我原来的那双，如果你不叫我来南山，我的鞋子就不会走烂。刘井说一双鞋子不可能穿一辈子，它总会被穿烂。马一定说我不管你穿不穿烂，我只要你还我的鞋子。说完他就开始往家里跑。刘井说你要去哪里？马一定说我要去找我的鞋子，我要和你再见了。马一定愈跑愈快，一种不祥之兆涌上刘井的心头，刘井想马一定又要离开我了。她从田里冲出来，追赶马一定。他们像是两个在小路上赛跑的运动员，拼命地往前面跑着。但是刘井很快就被马一定甩到了身后。刘井脚下绊着了一块石头，摔倒在路上。刘井说一定你给我回来。马一定站在远处回过头看刘井，看了一会儿，他扭头又跑开了，他的脚上、腿上带着稻田里的泥巴，就像带着铠甲。刘井的嘴里发出老马一样的嘶鸣。

一定出走之后，刘井就躺到了床上。她已经这样躺了半个多月。夏天正在悄悄地过去，最后一场暴雨现在落在瓦片上，雨点穿过屋顶上的空隙，滴下来，滴到刘井的下巴上、眼睛上。刘井怎么也想不到马一定会离开她。她的脑袋已经想痛了，她还是想不清楚。她的目光透过瓦片上的大洞，看着雨水落下来的天上，怎么也想不清楚。她想屋顶上开了那么多的洞，好多地方已无法挡住雨水了，等身体好的时候，要到屋顶上去整一整那些滑落的瓦片。

刘井不知道现在是什么时候，一束阳光从屋顶的漏洞跑进来，打着她的脸，天不知道什么时候放晴了。刘井说马男方，现在天晴了，你爬上屋顶去整整那些瓦片，免得再下雨时，雨水淋坏我们的衣服和粮食。刘井没有听到马男方的声音，她想他也许已经跑到什么地方喝酒去了。刘井从床上爬起来，来到门口，太阳很明亮。她想天气怎么这么好，一点灰尘都没有，这么好的天气，我能不能看到一定？

她伸长脖子，没有看见马一定。她踮起脚尖也没看到马一定。她站到椅子上，仍然是看不见马一定。她找了一把梯子架到屋檐上，她想屋顶那么高，如果站在屋顶上，肯定能够看得更远一些，说不定能看到一定。她沿着梯子爬上去，站在屋顶上，由于阳光太猛烈，她的眼睛还不太适应。她歪着头看了一下太阳，觉得好了一些。现在她站在自家的屋顶上，感到自己特别高大。她伸长脖子，拼命地往远处望，她看见山梁上的树，看见加速村，看见乡政府、县城，看见长长的铁路，看见高高的楼房。她的目光愈拉愈长，她看见马一定坐在一张好看的餐桌旁吃午饭，餐桌上摆着鱼虾和白白的米饭。马一定的身上穿着一件白得像纸一样的衣服。刘井用手在额头上搭了一个凉棚，再认真地看了看，说真是一定，他妈的，他比我还吃得好，穿得好。

刘井刚一说完，她就感到她的脚下开始打飘。她脚下的瓦片现在正一点一点地往下滑，她还没有反应过来，就从屋顶上摔了下来，她身子碰到的瓦片争先恐后地往下掉，砸在她的头上、身上，她一下子就掩埋在瓦片之中。她从瓦片里拱出头，头上鼓着一个大包。她说他竟然比我还吃得好，比我还穿得好。他竟然过着比我还好的生活。

| 作品点评 |

《目光愈拉愈长》中有几个代表性的细节。在马男方急于了解刘井与朱正的当前情状之时，一个一个的消息源源不断地从南山传来，这些消息的意义模糊不清，马男方根本无法获得真正有用的信息，内心焦虑不安。当马一定被拐卖之后，也有许多杂乱无章的信息到达刘井的耳朵。面对这些源源不断的信息，刘井无从下手。信息就像风或者气候，干扰着刘井的生活。正如我们所处的时代，是一个信息爆炸的时代，各种传播方式对人的侵蚀无所不在，人被经验性的东西冲击得无所适从，失去了判断力，失去了对世界的真切体验，这是现代人的悲哀。

《目光愈拉愈长》中马一定被拐是一重大事件。马一定被拐之后，刘井马男方精诚团结，耗尽心力。马一定终于回到他们身边，而从外面周游回来的马一定，朦胧感觉到外面世界很精彩，至少他有鞋穿，他挣脱母亲的手跑了。刘井在失而复得后又永远地失去了她的儿子。刘井的目光愈拉愈长，追随儿子而去。但当刘井发现马一定实际上比他们过得都要好时，她的一切寻找完全失去了意义，幻想的大厦轰然倒塌，脚下的现实也开始摇晃起来。现象学家梅洛·庞蒂认为，事物的真相由于模糊晦涩而保有一种神圣的状态，艺术就应当通过自己独特的手段使不可见的东西显现为可见的东西。手段之一就是想象，想象通过虚构把丰富的意义注入虚构的情境中，从而使艺术作品获得丰富的意义，这是艺术家的使命。

——杨映川：《在想象中到达》，收入杨映川《广西当代作家丛书·杨映川卷》，漓江出版社，2004，第267页

《目光愈拉愈长》里，农夫刘井完全活在绝望的世界，丈夫在家时装病懒惰，同村人帮忙干活，却被丈夫怀疑与之有染，还因此被火红的铁烙下伤疤差点死去。为改变儿子的命运，刘井把儿子亲自送给了人贩子。好不容易攒下的钱，又被兽医骗走。儿子最终被警察找回来，却不再是之前的儿子。但在这样一种令人绝望的生活里，东西让刘井能够看到远方，目光可以愈拉愈长，她看到儿子过着比自

己吃得好、穿得好的更好生活，这丝绝望中的光亮，何尝不是许多底层人的救命稻草？

　　　　——谢有顺：《东西是真正的先锋作家》，《南方文坛》2018 年第 3 期

上午打瞌睡的女孩

鬼 子

我的遭遇是我的父母造成的。

首先是我的母亲，因为她偷了别人的一块脏肉。

那块脏肉并没有多大，听说也就三两多四两的样子。那是一个早上。那个早上下过一点小雨，地面有些脏。那块脏肉是怎么掉地的，那卖肉的大婶自己也不清楚，听说她还来来去去地踩过好几脚，捡起来的时候，她曾吹了几次，可怎么也吹不干净，于是就丢在了桌子的一角，那是一个不太干净的地方。在她想来，那样的一块脏肉，谁还会掏钱呢？

我母亲也是这么想的。

所以她看到那块脏肉的时候，心里怦地跳了一下，就站住了。

母亲想，只要把水龙头的水开大一点，或许是可以洗干净的，就是洗不干净也没关系，下锅的时候少放点盐，多淋一点酱油就什么也看不见了。

母亲的手里当时拿着一把菜花。她看了一眼那位卖肉的大婶，她发现她没有注意她，就把那

作品信息

原载《人民文学》1999 年第 6 期，《中华文学选刊》1999 年第 4 期转载，《小说选刊》1999 年第 8 期转载，收入曹文轩主编《20 世纪末中国文学作品选·小说卷》（北京大学出版社 2001 年 1 月出版）、《'99 中国年度最佳小说·中篇卷》（漓江出版社 2000 年 1 月出版）、《中国小说 50 强——被雨淋湿的河》（时代文艺出版社 2001 年 10 月出版）、《上午打瞌睡的女孩》（北岳文艺出版社 2002 年 5 月出版）、《艰难的行走》（昆仑出版社 2002 年 9 月出版）、《鬼子悲悯三部曲·瓦城上空的麦田》（春风文艺出版社 2004 年 1 月出版），获《人民文学》1999 年度优秀中篇小说奖。

把菜花悄悄地放在了那块脏肉的上边，然后挤在别人的身后，装着也要买肉的样子。她当然装不了多久，她的心当时也相当地紧张，等到那位卖肉的大婶忙着给别人割肉的时候，她马上把那块脏肉抓进了她的菜花里。可她没有想到，有一个人早就把她看在了眼里。那个人就在她的身后，也是一个卖肉的，但他没有把她喊住。如果他当场喊了一声，也许就没有了后边的事了，因为母亲可以说，她是无意的，她只需要把那块脏肉放回桌面上，就了事了。可是那人没有吭声，他让我母亲把肉偷走，他说他最恨的就是偷肉的人，所以他让她把肉偷走，他要等着她的好看。我母亲走出五六步的时候，他才抓起了自己桌面上的一根腿骨，朝那位大婶的桌面上丢了过去。那是一根很大的腿骨，落下的地方就是那块脏肉被抓走的地方。骨头落下的声音惊动了那位大婶，她跟着就尖叫了起来，她说谁要你的骨头啦，拿你的走！她以为他在跟她耍闹。听说没人买肉的时候，他们也时常无聊地闹些那样的事情。那位大婶抓起那根骨头就要朝他扔回来。就这样，她发现她的那块脏肉不见了。

随后发生的事情，谁都可以想象。

那位大婶举着那把割肉的尖刀，从桌里愤怒地跳了出来，朝我的母亲扑了过去。

母亲出事的当天，我很丢脸，也很气愤。

我曾气冲冲地走到她的床前，我说妈，你是不是吃错了什么药了？

母亲居然没有明白我的意思。她两眼傻傻地望着我，她说，她没有吃错什么药，她什么药也没有吃过。

我说，没吃错药你为什么要偷别人的肉呢？

母亲这才把脸塞到了枕头的下边，背着我呜呜地哭了起来。

我当时也哭了。

我说哭有什么用呢？

我说，我父亲知道了你怎么办呢？

那些日子里，父亲的脾气本来就不是太好。他总是天亮出去，天黑才回来，脸色总是灰突突的，像是整天到处碰壁的样子。母亲曾不止一次地问过他，他整天都在忙些什么呢？父亲一听就两眼冒火，他说干什么关你屁事。你以为事情就那么好找吗？母亲听了当然难受。母亲觉得，不管事情好不好找，你总要尽快地找到才是道理，因为你是这个家的主子。母亲说，家里要过日子，不能老是没有钱呀。就为着这样的话题，他们时常吵到深更半夜，吵得我也常常睡不好觉。

可怕的事情就这样跟着来了。

那是母亲偷肉后的第五个晚上。父亲可能是那天才听到的。那天晚上，我们家吃的是麻辣豆腐，那是我买的，也是我烧的。我一共买了三块，一人一块，每块五毛，母亲给了我两块钱，我把五毛还给了母亲。父亲却望都不望我煮的那碗麻辣豆腐，他一口也不吃，他只埋头扒着他的饭。父亲的饭量原来是每餐一两碗的，但那些日子里，已经改成每餐三四碗了，也许是因为没有肉，也许是因为整天的在外奔波。但那天晚上，他只扒了两碗就停住了。我知道情况不对了，就悄悄地也放下了碗来。望着父亲那只空空的饭碗，我心里也空空荡荡的，我那是心里发慌。

母亲跟着也停了下来。

都知道父亲要愤怒了！

但谁也不会想到，父亲竟会拿碗当作发泄的对象。

父亲突然站了起来，咣的一声，把自己的饭碗砸在了地上。那些破碎的碗片在灯光下到处乱飞，吓得我们赶忙往后站了起来。

我看见母亲的身子不停地哆嗦着，样子异常可怕。

父亲随后又摔烂了两个。一个是菜碗，一个是母亲的饭碗。随着咣咣咣的震响，地上到处都是破碎的碗片，还有饭，还有那些我烧的豆腐。奇怪的是父亲没有一句骂人的话。父亲当时还想摔。剩下的那个碗是我的，可我没有给他，我把碗首先抢到了手上。

我的饭还没有吃完。吃完了我也不会给他。

父亲在桌上扑了个空。但父亲的愤怒却没有完，他猛地飞起了一脚，把饭桌踢翻在了地上。

那个晚上，除了母亲呜呜的哭声，屋里没有人说过一句话，就连轻轻的一声咳嗽也没有。一切都默默地发生着，又默默地承受着，直到凌晨五点左右的时候。父亲可能是一夜都没有睡着，他早早地就爬起了床来，把屋里的灯开得通亮。我是被灯光惊醒的。我的眼睛刚一睁开，就看见父亲背着一个很大的行李包，走到我的床前。父亲像是要跟我说句什么，我耸着耳朵听着，却什么也没有听到。父亲站了一下，伸手在我的头上摸了摸，就转过了身去。就在这时，母亲出现了，她咚的一声跪在我的房门口上，把父亲的路给堵住了。

母亲的情景让人心碎！

我在床上坐了起来。

母亲跪在地上呜呜地哭着，哭得比晚上更加要命。

母亲说你想丢下我们不管了吗？你能告诉我们，你要去哪吗？

父亲没有回答。

父亲只是恶狠狠地吼了一句，你给我滚开！

母亲没有滚开。母亲跪着不动。

母亲说，你就这样丢下我们，我们怎么办呢？

父亲说怎么办你还用得着问我吗？

父亲说你可以去偷呀！

父亲说你不是会偷吗？

父亲说，你不是工程师吗？你脸都不要了你还不知道怎么办吗？

说完，父亲抬起了他的长腿，从母亲的头上突然跨了过去。

看着父亲的那两条长腿，我一时惊呆了。

父亲怎么能从母亲头上跨过去呢？我觉得父亲不可以这样的。跪在那里的母亲又不是路上的一堆粪便，怎么可以这样跨过去呢？母亲只是偷了别人的一块肉，那是她的不对，可她不是粪便呀，她偷了肉你可以愤怒，你可以把她推往一边，可你怎么能从她的头上跨过去呢？

我心里说，父亲是不是也吃错了什么药了？

我的眼里呼地流下了一串串的泪水。

母亲也被吓傻了，她就那样一直地跪着，哭着，她没有想到就因为那三两多不到四两的脏肉，竟然要付出这么伤心的代价。直到我父亲的脚步声在楼道里完全消失的时候，她才突然地站了起来，把我从床上愤怒地拉下。

她说你还坐在床上干什么，还不快去把他追回来。

她说，你不想要父亲啦？

我的脑子轰的一声，头皮都炸了。我光着脚就往楼下追去。那时，天还没亮，长长的楼道里，被我跑得咚咚地震响。也许有人以为是不是谁家闹了歹徒了。有时我就想，真是有歹徒进了我们家里，结果也许都不会那么让人伤心。我后来没有追上我的父亲。父亲早已经不知了去向。我不知道他到底去了哪里。我在楼脚下孤零零地站着，一直站到了天亮。

那天早上，我的脑子里全都是父亲的那两条长腿。

我的家从此变得阴沉沉的。

母亲动不动就问我，有你父亲的消息吗？

我说没有。事实上也没有。

母亲说，碰上认识的就问问。

我不敢问。你说我怎么敢问呢？

我说问了又能怎么样呢？

母亲就愣在那里，似乎被我的话给问住了。

但她总是告诉我，我们不能没有你的父亲，他要是死不回来，我们怎么办呢？

母亲说完总是呆呆地坐在沙发上，觉得自己真是该死，她说我为什么要偷那一块脏肉呢？你说我为什么要偷呢？我真是该死呀！

说多了有时我也不想听，我只好求她，我说妈，你别说了好吗？

她只好默默地闭上了嘴巴。

母亲的身子本来就不是太好，这样一来，就一天一天地蔫了下去。有时，我已经放学回家，她还半死不死地躺在床上。她说饭我还没煮呢。我只好直直走进了厨房。

菜可以没有，饭总是要吃的呀！我们哪能因为没有了父亲就不吃饭了呢？

不久，也许是一个月吧，也许不到，母亲终于听到了父亲的消息。

母亲是去买菜回来在路上听到的。母亲那天去的是南门菜市。她买的不是青菜，也不是豆腐，而是一小袋的萝卜干。那萝卜干其实也是挺不错的，只要多放一些辣椒粉，吃起来还是很下饭的。她提着那小袋萝卜干正往回走，突然碰着了一个人，那是他们原单位的老李。老李已经好几次看到她买萝卜干了，但往时他没有作声，只是对她点点头就过去了，这次却突然尖叫了起来。他说你怎么还整天的就买这个呀？母亲想把萝卜干收到身后，但已经来不及了。母亲的脸色一下就红了起来，她把那袋萝卜干紧紧地捏在手心。她对老李说，有什么办法呢？老李就又尖叫了起来，他说他不是回来了吗？我母亲一愣，她知道老李说的是我的父亲。本来，她是想尽快走过去的，这下就突然站住了。她说你说什么？老李说寒露她爸爸不是回来了吗？我母亲惊奇地摇摇头。她说什么时候回来啦？连影子都没有回来过。老李就说回来了，他早就回来了！

我母亲说是你看到的？

老李还是不肯相信，他说他真的没有回过家？

我母亲又摇了摇头。

老李连忙把我母亲拉到了路的一边。他说我告诉你吧，他现在有钱啦！他就住在瓦城饭店的老楼里，跟四川来的一个妓女住在一起，已经住了五六天了。

听他这么一说，我母亲眼睛一黑，差点倒在了地上。

母亲说是你看到的？

老李说当然是我看见啦，他还给我烧了他的烟呢，你知道他现在烧的什么烟吗？他发了财啦！我母亲说，你不要骗我。老李说我骗你干什么呢？你说我骗你干什么？我母亲还是有点不敢相信，她说他怎么会发财呢？老李就说，他不发财他怎么敢跟那些妓女住在一起呢？你知道那些妓女一天要收多少钱吗？我母亲不知道，我母亲好像从来没有听别人说过。老李便告诉我的母亲，他说每一天最少三百块，没有三百块她只给你摸一摸，她不会给你包房的。

母亲像被重重地敲了几棒，呆呆地站在马路上，半天走不动路。她想马上跑到瓦城饭店的老楼，去看看我的父亲是不是真的回来了，可她不敢。晚上炒萝卜干的时候，她也忘了放上辣椒粉了，我还以为是没钱买了，也没有作声，慢慢地咽完了两碗饭，就忙我的家庭作业去了。母亲吃完饭便一直坐在饭桌的旁边，碗也不收。我问她妈你怎么啦？她说快点做你的作业吧，做完了我告诉你。我说什么事你说吧。她却坚决不说。

偏偏那个晚上的作业又是特别地多。

我们来到瓦城饭店的时候，都深夜十二点了。

瓦城饭店的总台却没有我父亲的住宿登记。

瓦城饭店的老楼一共四层，哪一层的楼道上都是空空荡荡的，就连各个楼层的服务员都不见踪影。我们上了一层是空的，再上一层，还是空的，我们上去了又下来，下来了又上去，就是碰不上一个人。我想喊一声父亲你在哪里，母亲却说别喊。她怕别人骂，怕别人把我们赶走。

望着空荡荡的楼道，我说那我们怎么找呢？

母亲便拉着我，将耳朵紧紧地贴在房门上。她说看不到人我们就找他的声音。她说我父亲的呼噜声，她到死都能听得出来，她不信我父亲跟了那些女的睡在一起就没有了呼噜了。第一个房没有，我们便听第二个房；第二个房没有，我们就听第三个房，一个房一个房地听了下去。有的房间有呼噜的声音，有的房间却没有；有的房间里有人还在说话，有的房间连说话的声音都没有，只有一种很奇怪的响声。

没有哪一个呼噜像是我父亲的呼噜。

母亲说不可能。她说只要他打呼噜，我不可能听不出来。

母亲说，他可能还没睡。

她说你有没有听到他还在说话？

我摇着头。我当时有些困了。我说听不出来的，我们回去吧。

母亲却不动，她的眼睛突然盯着房门上的天窗。她说我们从上边往里看一看吧。

望着那些高高的天窗，我说怎么看呢？

母亲扫了一眼空荡荡的楼道，我知道她想寻找能够垫高的东西。但空荡荡的楼道里空空荡荡的。我说算了，我们先回家吧。母亲却突然拉我一下，她说回什么回！然后把身子蹲在门边，她说，我在下边你在上边，你从天窗往里看一看。

我心说这样怎么行呢？看着母亲那瘦弱的身子，我就感到害怕。我怕一脚就把母亲的腰骨给踩断了，就像咔的一声踩断一块脆弱的玻璃。

我连忙说，不行的妈。她却将手扫过来，把我的腿拖了过去。

她说别啰唆，上来吧。

可我的脚刚刚踩上去，第二只脚在空中还没有落下，母亲的身子便猛然往前一倾，咚的一声，脑门撞在了前边的门板上。

我们俩当时都吓慌了。我们收缩着身子，谁都不敢作声。我们怕惊动了屋里的人。但屋里却没有任何的反应。

过了一会儿，母亲又把身子蹲到了门边。

我说不行的妈。

她的脸便突然要愤怒的样子，她瞪着我，连话都没有再说。

我只好又慢慢地踩到了她的肩头上。

这一次她先紧紧地抓住了门框。为了减轻母亲身上的重量，我也紧紧地抓着头上的门框，把身子极力地往上托，但母亲的身子总是往下沉，沉得我心慌慌的。

好像好久好久，她才顶住了，然后很吃力地把我往上顶着。大约只顶了十个天窗，母亲就顶不住了。她突然地哼了一声什么，我还来不及问她怎么回事，我们就一起重重地倒在了地上。

楼道上的灯光不是很亮，也不是很弱。

我们坐在地板上像两个可怜的小偷。

我说妈，我们还是回家吧？

母亲却没有回我的话，她眼睁睁地看着我，然后突然地对我说，露露，你蹲在下边可以吗？

我当时一愣，我的心好像咚的一声，落进了一个可怕的深渊。

我望着母亲说不出话来。

母亲说试一试吧，好吗？

她说你不用站起来，你就蹲着就行了，妈比你高，妈就站在你的肩膀上，好不好？

不好又有什么办法呢？

我想不出母亲还能有别的什么办法。

我没有作声，我咬了咬下唇，就朝门框边蹲下了身子。刚开始我没有多少吃力的感觉，我紧紧地抓着前边的门框，蹲到第五个第六个的时候，腰骨里就有了一些不同了，开始好像只是有一些难受，慢慢地，就发热起来了，就像有一条毛毛虫钻在腰上的肌肉里，又热又辣。我发现只是咬住下唇已经没有用了，我就暗暗地咬起了牙来，咬得咯咯地响，但心里却对自己说，踩吧踩吧，只要能找到父亲，母亲就是把我的腰踩断了，我也会忍住的。

但泪水却怎么也忍不住。

我的泪水在暗中悄悄地流着，流了一个房门又一个房门，但母亲却一点都没有发觉。

那天晚上，我们当然没有找到。

回到家的时候，差不多凌晨两点了。上床后我对母亲说，天亮的时候别忘了叫我。我担心我起不来。但第二天早上，没有等到母亲的提醒，我就自己爬起来了。

我怕迟到。

就是那个早上开始，我的脑子里出现了一种昏昏沉沉的东西，因为那种昏昏沉沉的东西，我的眼睛老是不太听话，老是有点黏黏糊糊的，第一节课也还顶得住，第二节课顶到一半就不行了，眼皮越来越沉重了起来，怎么支撑也支撑不住了。

我只好从座位上站了起来。

那节课是语文课，黄老师以为我有问题要问，连忙停下了手中的课本，他指着我问，有什么要问吗？我说没有。黄老师的心里可能说，没有你站起来干什么？你没吃错药吧？于是黄老师叫我坐下。我刚想坐下，腰又挺直了，我怕坐下去就站不起来了。

我于是撒了一个谎，说有点不太舒服，站一下就好了。

那一站，我便一直站到了下课。

下课就是课间操，我不去参加，教室的门都没有出去。黄老师以为我是真的病了，课间操还没有结束，他就找到了教室里。他问我要不要到他屋里找点药吃吃？我没有站起来。我只是侧着头，我说没事，就是有点头昏而已，我说歇一歇会好的。黄老师有点不肯相信我的话，他用手在我的额门上摸了摸，我自己也摸了摸，额门上好好的，没有发冷，也没有发烫。黄老师就说，那你就歇歇吧，注意别影响了上课。他说下一节课是数学吧。我就对他嗯了一声。他刚一转身，我又一头匐在了桌面上。

中午回到家里，一进门，我就告诉了母亲打瞌睡的事情。

母亲的回答却是，打一点就打一点呗，打一点瞌睡要什么紧呢？

我两眼傻傻地看着母亲，我知道我无法对她再说些什么。

母亲说，今天晚上我们去早一点。

我说那我的家庭作业怎么做？

母亲却不再理我。她想的只是我的父亲，还有那个四川来的妓女。

晚上，我们刚刚放碗，她就叫我快把课本拿上。我说做完了作业再去不可以吗？她就朝我瞪起了眼睛，她说叫你拿上你就拿上，你啰唆什么呢！我心里想，母亲看来要发疯了。早知道这样，你干吗要偷别人的那一块脏肉呢？

瓦城饭店的老楼与新楼之间有一块空地，那是一个不大不小的花圃。花圃里摆放着几张不大不小的水泥桌，最中间的那一张有一盏路灯。母亲指着那盏路灯对我说，你就在那做你的作业吧。我说那你呢？她说我坐在楼脚下等他，我不信他不上楼也不下楼。她说的那是老楼的楼脚。看着那张冰冷的水泥桌，我的心打了一个寒战，可除了那张冷冰冰的水泥桌，还有别的什么办法呢？我刚要往水泥桌走去，母亲却又把我扯住了。

母亲说做作业的时候别做得太死，耳朵要清醒一点，知道吗？

我说知道了。

母亲还是不让我走。

母亲说，你要是看到了他们你知道怎么办吗？

我不知道怎么办。我没有回答母亲的话。

母亲说你马上给我把作业扔了，你要马上飞过去把他们死死地搂住。

我说他们要是踢我我怎么办？

母亲说他们怎么敢踢你呢？

她说他们不敢。

我说他们为什么不敢，他们肯定会踢我的。

母亲说他们真要踢就让他们踢吧，踢不死你就紧紧地搂住他们。

我说那你呢？

母亲说我也搂呀！她说搂住了你就大声地喊叫，让整个饭店里的人都跑过来，我看他们还敢不敢踢！

母亲的话，让我全身都感到冷飕飕的，弄得我做作业的时候脑子里老是晃晃悠悠的，一会儿是父亲的那两条长腿，一会儿又是那个女的那两条小腿，我想真要是看见了父亲他们，我应该上去搂住哪一个呢？我是搂住父亲的还是搂住她的呢？我想也许哪一个我都搂不住。

好在那天晚上，我们没有看到他们的腿。

一连两个多星期都没有看到。

每天晚上，我们都吃完饭就骑上我们的烂单车，咣当咣当地奔往那栋瓦城饭店的老楼，然后，我坐在我的那盏昏黄的路灯下，做着我的作业；母亲坐在她的那个楼脚下，等着我的父亲。等我做完了作业了再朝母亲走去，然后，两个人坐在一起，可怜兮兮地等待着。

我曾怀疑父亲没有住在那里，或许根本就没有回到过我们瓦城，或许回来了，但转身已经离开了。

有一天，我偷偷地跑到那个老李的家中，我说你是真的看到我爸爸回到瓦城的吗？他说当然是真的啦。我说是真的住在瓦城饭店的老楼里吗？他又说了一句当然是真的。我说那我们天天晚上都在那里守着，为什么影子都没有见过呢？老李说这个我就不知道了。我说你可不要骗我们。他说我怎么会骗你们呢？他说他是真的看到了我的父亲。他说我跟你说实话吧，前天我还碰到他呢。我说你在哪里碰到他的？他说就在八里街的一个赌馆里。我说他在那里干什么？他说在赌馆里还有什么干呢？我说那你不帮我们告诉他，说我们在找他吗？他说我当然说啦，我怎么会不说呢？我说你怎么跟他说呢？他说我说你们找他找得好苦，我让他回家去看一看你们，让他给你们拿一些钱回去，我告诉他，说你们相当地需要钱。

我连忙对他说，我们需要的不仅仅是钱。

老李便说，我知道我知道。他说这一点他知道。

我说你要是再见到他，你帮我们拉他回家好吗？老李却突然一愣，笑了笑，然后连连地说了几声好的好的，他说我要是再见到他，我一定给你拉他回家去，好吗？老李的话说得相当好听，但他的那种笑，却让我无法相信。我心里捉摸着，发出那种笑声的人，一般只是嘴上说话而已，事实上他是不肯帮你的。几天后，我又去找过他一次，刚一开口，他就说见了见了，他说昨天晚上我还见到他呢。这一次不知怎么，我竟忘了问他在什么地方看到的。我说你不是答应我帮我拉他回家的吗？

他说我怎么拉呢？他说那个女的也跟我父亲在一起。

我说那这样好吗，哪一天我跟你一起上街，你要是看见了，你把她指给我看。

他的脸色马上沉了下去，然后冷冷地笑了一声。

他说那不好的，那怎么好呢？

我说怎么不好呢？

他就又连连地说了几声不好。

他说这种事我怎么跟你说呢？反正说了你也不懂。

听他那么一说，我的眼泪都快流出来了，我转过身就走了。

从那以后，我再没有去找他。

那样的人，我去找他干什么呢？

我又不是傻子。

事实上，父亲真的回到了瓦城。

不久后的一天晚上，我和母亲推着我们的烂单车，刚要前去瓦城饭店，突然，一辆黑色的摩托车呼啸着停在了我的身旁。摩托车上坐着一个漂亮的女子。她就是跟我父亲在一起鬼混的那个女人。可当时我不知道，我母亲也不知道。我当时只是觉得奇怪，我想这摩托怎么突然停在我的身边呢？差一点就把我给撞着了。我惊慌地看着她。她的身上，上边穿着黑色的皮衣，下边穿着黑色的皮裤，头上戴着的也是黑色的头盔，那一种样子，是用心打扮过的。我承认，她长得真是迷人。

她先是对我笑了笑，然后摘下黑色的头盔，她说你就是寒露吧？

我当时一愣，心想我又不认识她，她怎么知道我的名字呢？我吃惊地跟她点了点头。

她把脑后的头发甩了甩，从皮衣里掏出了一沓钱来，递到我的手上。

看着那样的一沓钱，我的眼睛当时呆了，我的手也傻了，嘴里也忘了说话了。

她说，这是你爸爸让我送给你的。她的声音很轻，像是生怕我母亲在前边听到。

我一时不知道如何是好，我把那沓钱朝母亲亮了亮，然后回头想问她一声我父亲住在哪里。可我还没有张嘴，她就抢先丢下了一句话，然后骑着她的摩托往我的身后飞走了，只留下了一阵叫人难受的轰鸣声。

她说，你爸让我告诉你，别再整夜整夜地到饭店去找他了。

望着她那飞去的方向，我傻呆了。

母亲已经回到我的身旁。母亲问她是谁？

我说她没说她是谁。

母亲说那这钱，是怎么回事？

我说是我爸爸让她送来的。

母亲突然就惊叫起来，她说是你爸爸叫她送来的吗？

我说我没有听错，她是这么说的。

母亲的惊叫马上就成了号叫。她说那她就是勾引你爸爸的那个妓女了，你怎么不把她抓住呢？你怎么就知道收她的钱，却不知道把她抓住呢？你为什么不抓住她呢？母亲一边说一边朝我拼命地跺着她的两只脚，跺得咚咚地乱响。

我说我怎么知道她是那个妓女呢？

母亲说她不是那个妓女她是谁呢？你说她是谁呢？

我哑口无言。我真的没有想到她就是那个女的。

母亲马上从我的手里把钱夺了过去，嘴里恨恨地重复着，你就知道拿她的钱，你为什么不知道抓住她呢？

我担心母亲把钱撕了，可她没有。她把那沓钱紧紧地攥在手里，嘴里乱七八糟地又说了一大堆话，但我一句都没有听清，说着说着，她就落下了泪来。

那天晚上，我们就坐在家里，母亲把那沓钱摆在被父亲踢烂了的那张饭桌上，然后傻傻地看着。

那沓钱一共两千。

母亲也没有多数。她只眼睁睁地看着，一直到睡去。

那天晚上我也睡得很早，而且睡得很甜。我没有去替母亲想得太多，我倒是庆幸那个晚上不用再去熬夜。

第二天上午，也是那段时间里我唯一没有打瞌睡的一个上午。

但是，母亲却在家里出事了。

母亲去买菜的时候，又想起了那个黑衣黑裤的妓女，一想起那个妓女，她就觉得不想活了。她说我不想活了我还买什么菜呢？她在街上拐了一个弯，就拿买菜的钱买农药去了。

放学后，如果我马上回家，也许能看到母亲喝下农药的情景，那样，或许我能从她的嘴边夺下。可是，我偏偏没有马上回家，我也在大街上突然地拐了一个弯，就弯到瓦城饭店去了。我也想起了那个黑衣黑裤的妓女。我想我应该到那里去看看，我想看看那辆摩托在不在那里，只要认出了那辆摩托车，那就证实父亲是真的住在了瓦城饭店。

但我没有看到那辆摩托。

所有能够停车的地方，我都找遍了，就是没有那辆摩托的影子。

从瓦城饭店回来，母亲已经喝完了农药了。一进门，一股难闻的农药味，就朝我扑来。谁都知道农药是杀虫用的，但我丝毫没有想到母亲正在屋里杀虫，一闻到那个味，我就感到全身发冷。我往屋里大叫了一声妈！我没有听到回音。我连连地大叫了几声，然后朝她的屋里扑去。母亲的屋里是农药味最浓的地方。我看到一个农药瓶烂在了地上。药瓶的四周，还湿淋淋的都是药水。我往床上一看，我没有看到母亲，只看到一团隆起的被子。我知道情况不好，我被那情景吓得声音都没有了。我好像拼命地喊了一声什么，但声音却卡在喉咙里，怎么也喊不出来。我的脸麻木了，我的头皮麻木了，就连我的手我的脚，也都麻木起来了。好久，我才扑上去使劲地撩开了被子。

被子里的农药味更加浓烈，冲天的气味让我睁不开眼睛，但我还是看到了我的母亲，她蜷缩着，就像一只已经死去了的小猫。

我的眼泪哗地飞了出来。我知道母亲是喝了农药了。我一边哭一边喊着，一边摇着她的身子。最后我摸了摸她的鼻尖，我发现她好像还有救，我转身就冲出了门外。几位听到呼救的邻居，马上好心地跑了过来，然后叫了一辆出租车，把我母亲送到了医院。

后来，医生告诉我，他说要是再晚一点点，你母亲的命就没有了。医生边说边比画着他的拇指和食指，那两个手指的距离，只有小指头那么一点点，我知道，那就是我母亲与死亡的距离。

医生问我，你母亲她为什么要这样呢？

我不知道怎么告诉他。我说她是吃错了药了。

医生竟也没有听懂我的意思，他竟然对我严肃起脸来，两眼大大地瞪着我，好像在瞪着一个无知的小孩。然后，他一本正经地告诉我，他说你不懂，你妈喝的那可是真正的农药啊，你知道吗？

我白了他一眼。我心里说，是谁不懂呀？

但我没有跟他多嘴。

母亲的命是留下来了，但那个女的送来的两千块钱，却转眼之间，全都跑进了医院。我心里感到困惑。我想，父亲让那个妓女送来那两千块钱到底是干什么用的？是为了让我和我的母亲能够改善一点生活呢？或是为了谋杀我的母亲？

我时常白天黑夜地想着这两个问号。

但我总是想了开头，想不到结尾，有时想到了结尾，却又好像不对。

从医院回来以后，母亲经常拿着那些医药费，在床上来回地看，看着看着，眼泪就流到了床上。有时，她看着看着突然眼睛一闭，就把那些医药发票盖在眼上，我想那样她怎么看得见呢？但慢慢地，我就看到了两个小小的湿点出现在发票的背后。我知道那是什么，于是就转过了脸去，我不想让自己看到太多。因为随后的情景，便是那些发票会慢慢地湿开，最后湿成软软的一片。

一天，母亲把我叫到她的床前，把那些发票递给我。

她说你拿着，你拿着它们去找找我们的厂长，看能不能给报销一点。

我把发票接到手上，我说我该怎么说呢？

母亲也不知道怎么说，她反而问我，你说怎么说好呢？

我的脑子一愣，心想你怎么反而问我呢？但我还是告诉了她，我说，就说这医药费都是跟别人借的吧。

母亲说好的，那你就这么说吧。说完自己又伤心起来。她说他们要是不给报销呢？这么多的钱，可就全都扔到了水里了。

我心里说你知道了吧？知道了为什么还自杀呢？

我心想，你如果不去买那个农药，而是去买你的菜，你知道两千块钱够我们吃多久吗？

我拿着那些医药费就找他们厂长去了。

我去的不是工厂，而是厂长的家里。厂长的家我去过一次，那是我母亲下岗前带我去的。母亲拿着一大箱不知从哪里弄来的罗汉果，说是让厂长泡茶喝。母亲说厂长呀厂长，你烧烟烧得太厉害了，你应该喝一点罗汉果润润你的肺。她说罗汉果茶是润肺的你知道吗？厂长听了很高兴。其实我也知道，母亲的目的不是为了给厂长润肺，而是另有目的。那些时候，他们厂里刚刚传说要准备有人下岗，母亲希望自己的名字不在那些人中。母亲的理由是父亲的工厂听说就要破产，她说我们不能两个人全都下岗。厂长连连说了几声好的好的。厂长的声音相当清晰，每个字都来自绝对健康的肺腑，他根本就不需要母亲的罗汉果茶去给他滋润。他说我们会替你考虑这个问题的。他说上边已经有了文件，说是不允许夫妻两人全都下岗。可母亲后来还是下岗了，因为母亲下岗的时候，父亲的工厂还没有宣布完蛋，也就是说，父亲那时还在厂里待着，所以，厂长说过的话是不需要负任何良心责任的。所以母亲只好悲哀地摇着头，说是这个年月里的人太聪明了，太聪明了，聪明得让人无话可说。当然，做厂长的，他也许有他的难处，一箱罗汉果与一个厂长的难处相比起来，那算得了什么呢？如果我是厂长，或许，我也会这样。

我拿着母亲的医药费去找厂长的那天，我也没有空手而去。我怕进屋的头一句说不出来。我拿的当然不再是罗汉果，罗汉果一个就是一块多两块钱，我哪里有那个钱呢？我提的是一小袋苹果，那是在路边买的。我一手提着那袋不大的苹果，一手紧紧地攥着那些医药发票，走进厂长家门的时候，我没想到还有两个副厂长也坐在那里。我不知道他们在谈些什么，可能是谈厂里的事，也可能是谈他们自己的什么私事，很难说。他们都知道我母亲自杀的事。我还没开口，他们就七嘴八舌地问我，你妈现在怎么样？她出院了没有？

我只知道，我不能对他们太说真话，我说医院要我妈还住些日子的，但我妈说没有钱了，不住了，就出院了。说着，我把手里的医药费亮了出来，我说我就是为了这个来的。

厂长从我手里拿了过去，翻了几翻，又看了几看，没有说话就递给了身边的一个副厂长。看他的样子，他想由别人先说。那副厂长看过之后却也没有说话，他把那些发票往旁边一递，传到了另一个副厂长的手上。

最后还是厂长说话。

他说的先是一堆客套话，什么可怜啦，同情啦，还骂了我父亲七八句，每一句都把我父亲骂得狗屁一样，接着便说了一大堆厂里的困难。我知道那是说给我母亲听的，说完嘴巴一歪，语气慢了下来，他说你妈这医药费不好报，因为你妈她不是得了什么病，她是自己喝了农药自杀；再说了，厂里现在也没钱，我们一年前的医药费如今都自己锁在箱里呢。

我傻傻地站了一下，我知道这事不能多费口舌，免得回家后不停地喝水还自己心里难受。再说了，我对母亲也有意见，我心想你既然是自杀进的医院，你还报什么销呢？哪里有自杀可以报销的道理呢？我拿起他们放在茶几上的那些发票，我说那我走了。我刚一转身，厂长就站起来把我拉住了。他说你等一等，然后让那两位副厂长把放在茶几上的几个大苹果抓起来，塞进我提去的苹果袋里，让我拿回家里给我的母亲。厂长家的楼脚下有一个很漂亮的垃圾桶。我站在垃圾桶旁，想把他们的苹果一个一个地扔进去。

最后我没有扔。我觉得没有那个必要。

我觉得拿回去对母亲多少还是有点好处的。

再说，那么大个的一个苹果，我想买还买不起呢！

看着那些回来的发票，母亲并没有开口骂人，她只是睁大着眼睛，默默地凝视着头上的天花板，默默地往心里吞着什么。

那一摞发票，我没有丢掉。我把它们整理好，收藏在一个烂了的文具盒里，外边用一根橡皮筋一道一道地扎紧，然后放在我床头的窗台上。我想，总有一天我会找到我的父亲的，那时候，我要一张一张地递给他，然后告诉他，这就是你让那个妓女给我们送来的两千块钱。

去瓦城饭店熬夜的事，母亲却没有让我停下，天一黑，她就大声地催我快点上路。有时，出门前我想先屙掉一泡小尿，因为在那里我找不到厕所。她在床上就急了起来，一副很恨人的样子，嘴里哝哝呱呱的。她说你还没走呀？你还没走呀？你现在还没走你要磨到什么时候？好像就在我没有到达瓦城饭店的这一段时间里，父亲他们刚好从楼脚经过。

有天深夜，我从瓦城饭店回来，刚一进门，她就在床上问我，又没看到是不是？

每天晚上，不管回得多么晚，她总是躺在床上这样问我。

我心想你知道了你还问什么问呢？

那夜我就没有回答她。

她就吼着把我叫到了她的床前。

她说，你听说过水滴石穿吗？

然而，后来被我滴穿的却不是我的父亲，而是一个贵州女。

那贵州女也是专门做那种事的，她也住在瓦城饭店的老楼里。她是被我感动的，那种感动也许只能算是一种小小的感动，但对我来说，还是很感动的，所以我一直都牢牢地记着她。她叫小夏，头一次见她的时候，她穿的也是黑衣黑裤，弄得我曾怀疑她会不会就是跟我父亲的那一个。我觉得她有点像，但刘阿姨告诉我不是。她说她们只是衣服相同。我不明白她们为什么总是穿着黑色的裤子。刘阿姨说她们喜欢她们就穿呗，这有什么呢？冷天的时候她们穿黑衣黑裤，热天的时候，她们就会穿一身黑色的乔其纱。刘阿姨说，就像医生穿着医生的衣服，犯人穿着犯人的衣服，这有什么呢？

刘阿姨是玫瑰美容屋的老板，她的美容屋就在瓦城饭店的楼脚，但不是我父亲他们住的那一栋，是前边的那一栋，那是新楼，我父亲他们住的那是旧楼。刘阿姨的美容屋与我在花圃里坐着的地方，是斜对面。她的美容屋生意十分地红火，住在瓦城饭店里的人，不管是什么人，都喜欢在她那里洗头洗脸，尤其是在老楼里包房的那些小姐。

小夏长得相当漂亮，听说在包房的那些小姐中，就她一个不是四川来的。听说她们也是有帮派的，四川来的那些不愿跟她在一起玩，所以她总是一个人东游西荡的，所以刘阿姨的美容屋便成了她最常到的地方，除了她自己到那里洗头洗脸，她还帮着刘阿姨她们给客人洗头洗脸。她也不用刘阿姨给她付辛苦钱，她愿意给刘阿姨帮忙，一来是为了自己解闷，二来也是她拉客的一种手段。一旦碰着适合的男人，洗完了头或者洗完了脸，她就把他们带到她包的房里。

这些都是刘阿姨告诉我的。

刘阿姨对我说，有一天晚上，小夏也是去给她帮忙，她一边给客人洗头一边就跟刘阿姨说起了我。她问刘阿姨，有一个女孩每天晚上都坐在花圃里，你注意到了没有。刘阿姨说她注意到了，但她以为可能是饭店里哪位职工的女儿，是跟母亲或者父亲上夜班来的。小夏就告诉她不是。她告诉她，说我是一个很可怜的女孩，然后把我的事情告诉了刘阿姨。完了她对刘阿姨说，如果你这个玫瑰美容屋是我的，我就会照顾照顾她。刘阿姨问她怎么照顾呢？小夏说，我就让她晚上到我的美容屋来，让她一边帮忙，一边等着她的父亲。刘阿姨就问她，人长得怎么样？小夏说人长得不错的，绝对可以让你的客人喜欢。就这样，刘阿姨把我请到了她的美容屋里，我说我不会洗，刘阿姨说不难的，教一教你就什么都会了。说真话，我心里当时不太愿意，但她答应每天可以给我几块钱，我就答应了。

我们家需要钱。

钱在我们家里，跟命是一样重要的。

开始给刘阿姨干活的那几天，我曾出现过一些很反常的现象。每天，我都时不时地一会儿抚摸着自己的耳朵，一会儿又抚摸着自己的鼻子。那是刘阿姨教的。

刘阿姨让我给客人洗脸的时候，多抚摸一下客人的鼻子和客人的耳珠，她说客人们喜欢那样。她所说的客人，指的当然是那些男人。他们为什么喜欢那样，我不知道，也没有问过，我只是暗中时常地抚摸着自己的鼻子和自己的耳朵，边抚摸边慢慢地感觉着。但我很快就明白了。因为那样的抚摸，只要摸得合适，会让人感到特别地舒服。当然，有的客人是很坏的，他们在你的抚摸下感到舒服的时候，他们有时也会伸过手来，想摸摸你的手，或者摸摸你的脸。开始我不让，但刘阿姨说，他们想摸你就让他们摸吧，你不让他们摸他们会不高兴的。没有办法，我也只好忍受着。好在那些想摸你的客人，他们都出手大方，比如洗一个脸本来只是二十块钱，他们往往会多给五块十块，还会小小声声地告诉你，这点钱是给你的，别交给老板。除此外，别的事我没有做过，也不会去做。我还是个小女孩，我怎么会去做别的那些事呢？

我不会的。

绝对不会。

至于后来的事，那是后来的事，跟美容屋里的那些客人没有关系。

其实，我父亲早就离开瓦城了。

621

这是那个四川女告诉我的。那个四川女就是和我父亲在一起的那个妓女。那一天，是她自己突然出现在刘阿姨的门口。美容屋里的人，都有一个习惯，不管进门的人是谁，我们都会笑着脸，朝门口看过去。我就是这样看到她的。她穿的还是那身黑色的衣服，还是那条黑色的裤子。她站在美容屋的门口上也只望着我，但她的脸上并没有惊奇的样子。我却不同。一看到她，我的心就怦地跳了一下，我的手就停了下来了。

那时，我正给一个男人洗头。

小夏也在给一个男人洗头。小夏的嘴巴比谁的都快，她立即尖叫了一声小云，然后说哎呀你到哪去啦，这么久连个影子都不见，有人一直在等你呢。那个叫小云的四川女便指着我对小夏说，不就是她吗？说着走了进来。小夏说对呀，人家一直在找你们呢。她说找我干什么？想跟我吵架呀？小夏说谁想跟你吵架啦，人家是想找到人家的爸爸。她便死死地盯着我，脸上突然出现了一种我怎么也看不懂的表情，那种表情也许只是她们那些女人才有。反正我说不清楚。

她说，我不是告诉过你吗？别再找你的父亲了。

我望着她没有说话。一看见她，我的心就莫名其妙地紧张，就难受。我真的不知道怎么说。尽管我整天都想着能找到我的父亲和找到她。

她说你父亲早就走了。

我问她什么时候？

她说，就是我给你送钱的那个晚上呀。

我说他去哪啦？

她说可能是去海南了，说是要到那边开一个店。

小夏问，开什么店？

她说，他还会开什么店呢？除了想赚我们这些女人的钱，他还会开什么店呢？

小夏说，那他干吗不把你带上？

那是个不知羞耻的妓女，她突然指着我说，他要是让我去，还不如让他的女儿去，他女儿也许比我还能赚钱。

小夏马上推了她一掌。

小夏说，你他妈的，吃错了药了？

我当然也愤怒了，我的手上正捧着一大把的泡沫，我呼地朝她的脸上摔了过去，然后转身跑出了门。

那天晚上，我没有再回到刘阿姨的美容屋里，因为那是一个星期天的晚上，我是空着手去的。我在街上胡乱地走着，也胡乱地流着眼泪。我相信那个女的说的是真的。我想我父亲真的会在海南的某一个地方，已经开了一个妓女店了。

但我想不明白，父亲为什么要这样呢？

最后，我感到十分地失落。

我的失落不是因为父亲又离开了瓦城，不是的，我担心刘阿姨的美容屋还要不要我。说真心话，我已经离不开她每天晚上给我悄悄塞进口袋里的那三块五块了。

第二天晚上，我慢慢地来到了刘阿姨的门前，但我没有进去。刘阿姨正在里边坐着跟别人说话。见我站着，刘阿姨便自己站了起来。我没有说话，就转身走到了门外。我知道刘阿姨会跟出来的。

我说我爸爸已经走了，你还要我吗？

刘阿姨看着我想了想，她说你不觉得对你有影响吗？

我说有什么影响呢？我说没有。

她说不可能的，怎么会没有影响呢？

我说除了上午上课的时候有一点点瞌睡，别的没有什么。

她说打瞌睡不就是影响了吗？

我说那不要紧的。

她说怎么还说不要紧呢？

我说真的不要紧的。我说瞌睡的时候我总会站起来的，我一站起来，我就不打瞌睡了。

她就默默地站着，好久不再说话。

我心里当时很急，也很难受。

我说由你说吧。

刘阿姨就说，你是为了每晚的几块钱，是吗？

我低着头，默认着。

她便长长地嗨了一声，然后说那就随你吧。说着她伸过一只手来，摸了摸我的肩膀，摸得我心里暖烘烘的，我的眼睛都湿润了。

我赶忙说了一声，刘阿姨，谢谢你了。

美容屋的日子就这样又混了下去。

谁会想到呢，谁会想到马达也会跑到刘阿姨的美容屋里洗头呢？

马达是我的邻居。他的家就在我家的对面楼，而且住的也是一楼。他还读书的时候，我们俩经常同时地走在路上。我常常叫他马达哥哥。他大我三到四岁。他的父母早就没有了，反正我没有见过。他是跟他的奶奶一起过的日子。

那天晚上，马达说，他是陪一个北京来的朋友到瓦城饭店来玩的，他当时觉得有些头痒，就跑到刘阿姨的美容屋里来了。看见我的时候，他觉得很奇怪，他说你怎么在这里呢？我没有告诉他，我说来吧，我来给你洗吧。他就坐到了我的面前。那时的时间已经是深夜十一点多了，我问他洗完头你回家吗？他说回。我说那你就等等我，回家的路上我告诉你吧。他就真的坐在那里，等着我一起回家。

刘阿姨的美容屋一般在十二点左右关门，那时候来的人已经很少了，就是还有人来，刘阿姨也会叫我，你先回家去吧。听说，夜里一两点钟之后，还会有人走进她的美容屋里，那都不是为了来洗头的，但我早就不在了。

我让马达等我一起回家，不是为了告诉他，我为什么在那里打工，不是的，我为的是要封住他的嘴。我怕他回去后跟他的奶奶乱说，那样要不了两天，他的奶奶肯定又会对我的母亲乱说，事情就糟糕了。我在前边说过，我喜欢的并不是给别人洗头洗脸，不是的，我喜欢的是刘阿姨每天晚上往我口袋里悄悄塞进的那三块五块。

马达却说，我怎么会告诉我的奶奶呢？你以为我奶奶是谁呀？

他说不会的。

他让我放心。

我说，我也是没有办法才这样的。

马达便问我，你每天晚上都这个时候回家吗？

我说是的，有什么办法呢？

他说总是你一个人吗？

我说那还会有谁呢？

他说那你不觉得离家太远了吗？

我说离近了我还不敢做呢。

他说为什么？

我说这你都不懂吗？

他啊了一声说，我知道了，你怕你妈知道。

我说我妈知道了我就完了。

就在这时，马达提出了一个让我十分激动的建议。他说那我从此以后每天晚上都来送你回家好吗？

我嘴里却说，不用的。

马达便说，你不会以为我有什么坏心眼吧？

我说哪会呢？我说我们是邻居，我怎么会那样看你呢？

他说那你就让我来送你吧。

他说反正我现在晚上也没有什么事，你也不用在那里等我。我要是来送你的话，我会提前到的。如果我没有提前来，那就说明我有别的事去了，你也可以不再等我，你就走你的。

第二天晚上，他果真就提前到了那里。

那时候，他给我的印象是真的好。我觉得他是我生活中遇到的，第一个最好心的男孩子。

当然，我也曾问过他，我说你为什么要送我呢？

他说受感动呀！

我说你别瞎编，你跟我说真心话好吗？

他说，我说的是真的，我是真的被你的精神所打动的。

他说别说是我，就是再换了一个男孩子，哪怕是一个坏男孩，他也会被你的这一种精神所感动的。

他说你的这种精神太伟大了，真的太伟大了。

从他嘴里说出来的那些词语，让我当时感动得脸红。我说你别这样说，我说我可是被迫的，我是无可奈何你知道吗？

我说你愿意像我这样吗？

他便笑着没有回答。

他不回答是对的。有谁愿意像我这样呢？除非他吃错了药了。

谁想到呢，就是这个马达，他其实坏到了顶点。可是，在他送我的那些晚上，你又一点都看不出来。他碰都没有碰过我，就连我的手他都没有摸过，他的眼里，从来都没有流露过他有什么坏的想法。每天晚上，快到家的时候，他总会自己停了下来，然后告诉我，你先走吧。我知道他那是为我着想，他怕别人看见了会乱说话的，毕竟我是一个还在读书的女孩子。他总是远远地看着我往楼里走去，就连举手在空中晃一晃，表示再见一下也没有过。直到看不见我了，他才从远处慢慢地往家里走。

我曾细细地想过，那个晚上的事情都是怎么发生的。但我没有想出我在哪个地方可以提防他。因为我根本就没有想到过要提防。他也是早早地就来等我了，还让我好好地给他洗了一个头。他洗头也是照样付钱的，他没有因为是来送我的，就没有付钱，如果那样，他洗头的钱就得从我的工钱里扣出，但他没有。他洗完头，时间已经不早，除了正在洗头洗脸的客人，当时没有人进来了。刘阿姨看了看墙上的钟，然后对我说，你可以走了。我看了看门外，门外没有人。我便站了起来，马达也跟着站了起来，而且，他还抢在了我的前边，对刘阿姨说了一声再见。

一路上我们照样有说有笑。

可走到解放西路的时候，他突然把单车停了下来。

他说我们吃一点夜宵好不好？

解放西路的街道两旁，到处都是吃夜宵的地摊。其实，每天晚上从那里经过的时候，我都被那种很好闻很好闻的味道刺激得迷迷糊糊的，但我从来没有停下，从来没有想到要吃点什么。我知道那些地摊开销不是很贵，但对我来说，却是贵的，贵得我除了想还是想，我不能停下来。

他说他下午三点钟的时候吃了一餐，他还没有吃晚饭呢。

我说那你就吃吧。

他说那你呢？你是陪我一起吃，还是你先回去？

我想了想，我说吃完了你还回去吗？

他笑了笑，他说不回去我在哪过夜呢？

我便也笑了笑，我说那就陪你一起吃吧。

我心里当时想，人家夜夜都来送你，你怎么能让人家一个人坐在这里吃，你一个人先回去了呢？反正早上都是要打瞌睡的，莫非丢下他早一点回家，第二天早上就不打瞌睡了？

他便带着我往一个狗肉地摊走去。他说那个狗肉地摊弄得相当好吃，他在那里吃过好几次。而且他很神秘地告诉我，说那个狗肉摊的狗肉之所以好吃，是因为用了罂粟壳来炖的。

我说那不是明摆着叫人吸毒吗？

他说这叫什么吸毒呢？吸毒是叫人吸鸦片吸海洛因。

我说那罂粟壳不会害人吗？

他说害什么害呢？一点都不害。

说真话，那天晚上的狗肉是真的好吃，但我说不清是因为用了罂粟壳，还是因为我好久没有那样吃过肉了。反正我吃得很香，本来说是陪他吃的，后来反倒成了是他陪我了。他还要了两瓶椰子汁。那两瓶椰子汁是他跑到一个小卖店里买的，那狗肉摊没有，他们有的只是啤酒和白酒。后来我想，可能就是他跑去买那两瓶椰子汁的时候，他的心突然变坏了。他肯定是在给我的那瓶椰子汁里下了什么药物，喝着的时候倒也没有什么感觉，可是喝完了，他付了钱，我们站了起来的时候，我突然觉得有些不对了，我觉着怎么有些迷迷糊糊的。

我突然想起了马达说的罂粟壳来。

我问了一声马达，我说你有没有觉得头昏？

他说什么头昏？没有。

我们推着车子，走着走着，正要骑上车的时候，我突然觉得不行了，连扶车的力气也没有了。

我说马达，我可能是吃着了罂粟了。

他说怎么回事？

我说我全身软软的，我走不了了。

他说那我们就打个的回去吧。

他停下了单车。我没有回他的话。我只记得他招了一辆的士过来的时候，他把我先扶进了车里，让我先好好地躺着，他到车后放单车去了。他回到车里的时候，我只感觉身子随着车子在空中飞了一下，就什么也记不住了。

等到我醒来的时候，简直把我给慌死了。

我已经不在的士里。

也不在我的家。

也不在马达的家。

我竟然一个人躺在一张很软很软的床上。房里有电话，还有空调，还有好大好大的沙发。我以为我是在做梦，当我低下头看到我的身子时，我才知道完全不是梦，而是真的！

我的上身赤裸裸的。

我把被子掀开。

我的下身也是赤裸裸的。

我心里大叫了一声妈呀！这是怎么回事呢？

一种从来没有过的恐惧，把我折磨得全身发抖。

我想大声地喊叫，但我不敢。我知道我躺着的地方是宾馆或者是饭店。

我突然想起了吃狗肉的事来。

我想到了马达。

我以为马达也在房里。因为房里的灯亮着。于是我轻轻地叫了两声马达。但我听不到马达的回话。我又不敢大声叫他。我知道那时天还没亮。我怕惊醒了宾馆或者饭店里的人。我想他会不会在卫生间里？我连忙捡起了衣服和裤子，迅速穿上，然后朝厕所摸去。厕所里却空空的，根本没有马达的影子。

但我看到了一样东西，那东西把我吓死了。

我看到洗手盆的旁边放着一条白色的毛巾。白色的毛巾上面，沾染着许多血，虽然已经变了颜色。但我知道，那就是血！我想这是怎么回事呢？但我很快就知道是怎么回事了。我身子的下边，这时突然感到了一阵阵的疼痛。

我的泪水哗地就流了下来。

我想大声哭泣，但我不敢。

我心里乱七八糟地骂起了马达来，从他的祖宗一直骂到他的母亲和他的父亲，以及他的奶奶，还有他自己。

我从窗户往外看了看，外边的天还是夜晚的天。我想我该怎么办呢？

最后，我在床头边的柜子上，看到了一张字条，字条上压着一把钥匙。那是我的单车钥匙。那字条是马达留下的。

那字条对我说：寒露，对不起，我有事，我先走了。你的单车放在宾馆门前的单车停放处那里。

我把那张纸撕了个粉碎，然后慌里慌张地摸出了宾馆。

我回到家里的时间可能是凌晨三点左右。我开门的声音相当地小，但母亲却一直地醒着。她说干什么这时才回来？

对付母亲的话我是在路上想好的。我说，我要回来的时候，碰着了一个人，他说他看见了我爸爸。他让我就在楼脚下等着，他说等到后半夜的时候可能会看到我的爸爸。我就一直地等着，就等到了现在。

母亲说那你见到了没有？

我说没有。

母亲说那人是什么人？

我说我不知道。我说我以为他说的是真的，所以我就等了。

第二天早上，天一亮我就敲开了马达的家门。

开门的是马达的奶奶。

我问她，你的马达呢？

她看着我觉得奇怪，她一定在想，天刚亮，这女孩怎么啦？

她问我，你找他干什么？

我说我要找他！我的语气很硬。我想轻声一点可就是轻不下来。

她说是不是你妈又出事了？

我没有回她的话。我只是对她说，你给我叫他起来。

她一听更觉得奇怪了。

她说你以为他睡在床上呀？他现在在火车上呢！

我的脑子轰的一声。我说他去哪啦？

她说他到广州那边去了，是昨天夜里去的。

我说夜里？夜里什么时候？

她说是夜里一点半的车票。

我当时突然想哭，可我转过了脸去。

我抬头望了望高楼上的天空。

天空上什么也没有，就连一只放飞的鸽子都没有。

那天晚上，我不想再到刘阿姨的美容屋去，可最后还是去了。

不去我怎么跟母亲说呢？

我不愿告诉她，我父亲已经到海南那边去了。我要是告诉她，她一定会问我你是怎么知道的？我怎么说呢？我告诉她是听别人说的，跟着，她就会不断地问下去，那样我该怎么说呢？我怎么能告诉她，说我的父亲在海南那边开了一个妓女店？

我怕。

我怕母亲会因此再一次自杀。

思来想去，还是觉得只有到刘阿姨的美容屋里。

就这样又过了好一段日子。

在那段日子，打瞌睡的事情照常发生，但我时常不用站起身来。我只需要在一张纸上恨恨地写下马达两个大字，瞌睡的事情就又悄悄地溜走了。一看到马达那两个大字，我就感到身上的那个地方隐隐发疼，我的仇恨就会跟着从心底里呼呼地往上冒。仇恨就是力量。这话是谁说的？我也记不住了。不知道是一个很普通的老百姓说的，还是哪一个名人说的，反正也是我们书上时常有的。就是那股力量帮着我，把一个早上又一个早上的瞌睡顶了过去。

但是，一个更为可怕的事实，最后还是把我打垮了。

一个好心的医生告诉我说，孩子，你怀孕了！

我是有意上医院找医生的。不是有意，我是不到医院去的。一般的什么小病，我哪里敢上医院呢？别人的感冒都是左一瓶右一瓶的什么药，我却只有拼命地喝开水。宾馆的事情发生之后，整整两个月，我每天都有一种害怕，我害怕我要是怀孕了我怎么办？我虽然不停地安慰着自己，我说不会怀孕的不会怀孕的，我心里说老天爷总会保护无辜的孩子的，但我又时不时地在梦中因为怀孕醒来。那些日子里，我真正地尝到了提心吊胆的滋味。因为我听别人说过，说怀孕不怀孕，两个月左右就知道了，也就是说，如果例假不来了，那就是怀孕了。所以，我一边在心里对老天苦苦地祈祷，一边一天一天地数着时间。我把那天晚上的日子和我上一次来例假的日子，用钢笔写在语文课本的生字表的顶上，然后每一天早读的时候，在它们的后边细细地画上两笔，每个日期的后边各添一笔。

有一天早晨，我正准备往一个日期的后边添上一笔，冷不防黄老师突然站在了我的身旁，把我吓了一大跳。

看着我的那两排"正"字，黄老师觉得莫名其妙。

他说你画这个干什么？

我的脸色当时干巴巴的，好久才说出话来。

我说画着玩的。

他就斜着眼睛审视着那两排"正"字，然后把眼光停在"正"字前边的那两个日期的上边。

他说你这记的不会是你打瞌睡的次数吧？

我没有回答他。

他又看了看，最后又自己否定了。他说打瞌睡怎么又记两个日期呢？什么意思？

我又说了一声是记着玩的。

他却笑了笑，然后晃了晃脑袋。

他说你在说谎。

就那一个"谎"字，吓得我全身冒着虚汗。我当时好怕，我怕他什么都知道了。好在他说完就往前走去了。

最早画够了六个"正"字的，是例假日期的后边。也就是说，离上次来例假的时间已经一个月了。那几天我买了纸等着，可是哪一天都用不上。我偷偷地跑到厕所，久久地待在那里，我想看看是怎么回事。我想看看怎么不来了呢。难道真的怀了孕吗？那时我就想上医院了，但我告诉自己再等一等。

就这样。我又苦苦地等了一个月。

最后，便偷偷地上医院了。

上医院的那一天是一个星期天。那一天的情景我真不想多说，因为我什么都不懂。我拿着一张四毛钱的挂号单，竟然摸进了儿科门诊里，结果我被骂了出来。那是一个女医生，她说你怎么跑到我儿科来呢？你要看的什么病你不懂？

我怎么会懂呢？

我的年纪才多大，我怎么会懂呢？

我知道，她是把我当成了那种人了。因为她曾问过我，你是做什么的？我不敢说我是学生。我迟疑了片刻，然后说了在发廊里打工。

我当时想哭，我只好转身悻悻地走了。

那张四毛钱的挂号单我也不要了。后来我又重新买了一张，是八毛钱的。卖挂号的人在窗子里边瞪着眼睛问我，看哪个科？这回我记住了。我说看妇科。他说八毛。我说不是四毛吗？他说今天的妇产科是专家，八毛！看不看？不看明天再来。我问他明天多少？他说明天是四毛的。我迟疑着离开了那个窗口。

最后，我还是回来买了那张八毛的挂号单。

那一天，我的感觉就像被谁又奸污了一次。

真的。那种心疼的感觉，那种有头却没有脸的感觉，叫人想哭都哭不出来。

确认是怀孕之后，我就不去刘阿姨那里了。那几天正好已经是期末了，于是我最后去了一趟刘阿姨的美容屋，找借口对她说，过两天就要期末考试了，我得好好地复习些功课，我说我不能再到你这里来了。她说好的，那你就别再来了。那夜，我也不再帮她给客人洗头洗脸了。我一转身就走到了门外。后来刘阿姨还好心地追了出来，她说，放假后你要是愿意你就来我这里吧，好不好？我说好的，到时我看情况吧。然后我就到街上浪荡去了，一直浪荡到了深夜。

那时，我觉得我的头好大，整天都像要炸开了一样。我想我该怎么办呢？思来想去，只好大胆地摸进了马达的家中。

我决定找他的奶奶说说。

我想不管怎么样，马达总是她的孙子吧？她的孙子做下的坏事，她不能一点良心都没有吧？

我对她说，你还记得有一天早上，天刚刚亮的时候我来过你家吗？

她说记得，你是来找我马达的。

我说你知道我为什么来找他吗？

她说不知道。

我就把医生开的诊条递到她的面前。我不知道马达的奶奶能不能全都认出那上边的文字，但她把条子拿了过去，而且竟然看懂了。

她扬了扬那张单子。她说那怎么办呢？

我说你说我该怎么办呢？

她当时也显得十分愤怒和苦恼，脸上的皱纹一条叠着一条，嘴里不停地骂着她的马达，左一个该死的，右一个挨刀的。但我觉得那种骂法一点都没有意义。

我的嘴里只是不停地问她，你看怎么办吧？

她最后长长地嗨了一声，她说，如果你是一个十八九岁的孩子就好了，你就可以把孩子留下来，到时候由我来照料。

这个老太婆，你说她是不是吃错了药了？

我说我不留。

她说你就是想留也不行呀！你还是一个小女孩，你哪知道怎么生呢？

我说就是知道怎么生，我也不留。

她说那就只有去打胎啦。

我说我没有钱。

她说打胎要多少钱呢？

我说不知道。

她就低下头去想了想，最后抬起头来对我说，那你明天再来吧，好吗？后天也可以，后天你来，我拿钱给你。

等着拿钱的那两天，我几乎彻夜难眠。我不知道打胎是怎么回事。我想不出打胎是怎么打的，会不会要了我的命。

那两天，马达那两个字怎么写也不管用了，一看到那两个字，我就想到了怀在身上的孩子来，一想到那个孩子，我就感到我怀的就是他，就是那个该死的马达。这么一想，就什么力量都上不来了，连站起来的想法也没有了，我只想匍在桌上睡觉，直到黄老师的粉笔突然地砸在了我的头上，我才猛地跳了起来，然后听到的，就是同学们的哈哈大笑。

其实，打胎的事情我应该留到放假后的，因为只有两天就考试了，考完试就没有事了，我就可以在家好好休息了。

可我一点都没有这样想过。

我在马达奶奶的手里拿到钱的时候，时间是中午。是她叫我过去拿的。拿到钱后，她问了我一声，你想什么时候去？我说我现在就去。她说要不要我陪你一起去？我说不用。我说我自己去。一转身，就自己到医院去了。那时，我恨不得把身上的孩子马上打掉，打得越快越好，别的就什么都没有多想了。

可是，我碰着的却是一个很年轻的医生。

她问我是吃药还是做手术？

我说我不懂。

她说那你就想好了再来吧。

可我没走。我站在那里，我想等一等那天给我检查的那一个好心的医生，那个医生年纪稍大一些。但她却久久不来。

我问她还有别的人吗？

她说什么别的人？

我说别的医生。

正说着，里边的房里出来好几个，但没有一个是那天的那一个。

她说你到底是吃药还是做手术？

我想了想，问她你说我应该怎么样好呢？

她就上上下下地又把我打量了一番。

635

她说吃药当然好一些，但吃药就贵多了。

我说贵多少？

她说贵一百多两百吧。

一听那么多的钱，我的头就大了。

我说那我就做手术吧。

她说做手术就有点难受啵。

我心想，我没有钱，我不肯难受我还能怎么样呢？

她转身就把我领到里边的一个房里，然后给我动起了手术来。

说真话，我要是知道动手术会那么难受，我会去跟刘阿姨借钱的，可我怎么知道会那样难受呢？我没有见过别人是怎么杀猪的，但我想我当时的喊叫跟杀猪是没有什么区别的。

那位医生觉得我的喊叫太难听，太刺耳，就抓了一个塑料药瓶递给我。

她说你把这个给我咬住。

我说咬住这个就不难受了吗？

她说不是不难受，而是你的喊叫就没有那么难听了。

做完手术，我没有回家，而是直直往学校去了。下午的课，我一点都听不进去，我简直难受得想死。我动不动就用手往脸上摸摸，摸着的总是一张冷冷的脸，就连那两个很好摸的耳珠，也是冷冷的。

我知道，我那其实是心冷。

夜里睡在床上，我想明天我是不是别去学校算了。我想在家里好好地待一天，因为再过一天就要考语文了。我想好好地歇一歇，好好地在家里喘几口气。我还想过，如果母亲问我为什么不去学校，我就对她说我有病，我头昏，然后就像她一样躺在床上。可天亮的时候我却自己爬下了床来，然后慢慢地往学校走去。

我以为打完胎了，遭遇也就慢慢走远了，谁知道就在这个早上，又出事了！而且是连连出事！

第二节课下课之后，黄老师不知因为什么一直待在教室里忙着。他没有想到他的女朋友到学校来找他。他女朋友找不到他，就找到教室里来了。

黄老师的那个女朋友，竟然就是给我做手术的那一个女医生。

她一进门，我就认出她来了。我心里猛地一跳，简直被吓得半死。我正想如何躲避她，可她却发现我了。其实，就是那一个时候，我也还是可以躲避她的，我可以装着不认识她，然后溜出教室，但我却坐着不动。她走到黄老师的身边后轻声地说了一句什么，黄老师的眼光马上朝我横扫了过来。

黄老师说对呀，她就叫寒露，怎么，你们认识？

我慌得全身发抖。我没有回黄老师的话。我把脸收得低低的。

我的耳朵那时很尖，我听到她嘴巴不停地跟黄老师说了一句又一句，她的嘴巴刚一停下，黄老师马上从讲台上猛地站了起来，他指着我，恶狠狠地说，你听着，放学的时候你到我的办公室去，你不能马上回家，你听到没有？

我被吓得汗都出来了。我心里连连地苦叫着，妈呀妈呀，她怎么会是黄老师的女朋友？如果我早一点认得她，我哪会让她给我做手术呢？就连那个门我都不会进去。我们瓦城有那么多的医院，我为什么一定要让她给我做手术呢？你以为我是吃错了药吗？

人就是这样，倒霉起来想躲都躲不开。

第三节课的时候，我有几次想逃跑回家，但总是站不起身来。

我怕黄老师，我怕第二天他不让我考试。

放学后，同学们都蹦蹦跳跳地回去了。我呢？没有办法，只好揣着一颗慌慌的心，往黄老师的办公室走去。

就在这个时候，肯定就在这个时候，我的母亲又在家里喝起了农药了。

都是因为马达的奶奶。

大约是上到第二节或者第三节课的时候，她从屋里提着一篮鸡蛋摸到了我的家里。她那么大的年纪了，她怎么还那么蠢呢？她为何就不想想，我的母亲知道了我怀孕的事情，怎么受得了呢？

这个老太婆，肯定是吃错了药了。

可以想象，母亲知道我怀孕的事后是多么悲痛。虽然她知道我已经到医院里打了胎了，可是这一切全都是因为她偷肉后一步一步造成的呀！她怎么会不觉得她是该死的呢？我后来曾恨恨地责怪过马达的奶奶，我说你怎么可以对我的母亲乱说呢？她说，我本来也是不想告诉她的，我只想送点鸡蛋给你补补身子，可你不在家，我就拿到她的床前去了。我说你放在客厅里然后走你的不行吗？你为什么要送到她床前去呢？你是不是吃错了药了？她说我哪吃了什么药呢？我什么药也没吃。我说你就是吃错了药了。她说吃什么吃呢，没吃。我说你没吃错药你干什么告诉她。她说我哪知道你没有告诉过她呢？我以为你早就告诉她了，你为什么没有告诉她呢？我说，我为什么要告诉她呢？她说她是你的母亲呀，你不告诉就是你的不对了。

那个老太婆，她反倒责怪我？

我说我母亲她怎么说呢？她说你母亲什么都没说，她只是马上愤怒了起来，她抓着床头边上的东西就朝我乱砸，骂我没有管好我的马达，她叫我滚出去，滚出你们家去。我想跟她好好说，她就是不让，我就只好放下鸡蛋走了。

完全可以想象，马达的奶奶也许刚一出门，我母亲就从床上爬起来了，她首先想到的就是不活了，怎么也不再活了。她的脑子里首先浮起来的，就是她曾喝过的那一种农药。于是，就朝那个曾卖给她农药的商店摸去了。

你们说，我该恨谁呢？

如果黄老师没有让我到他的办公室去，如果黄老师的女朋友不来找他，如果放学后我马上就回到家里，我母亲或许还是可以得救的。可是，我在黄老师的办公室说呀说呀，一直说到了墙上的挂钟差几分就一点半了，他才放我。

他说我肚子饿了，你先回去吧。

走在路上的时候，我也曾想到死去算了。直到回到家里，我的脑子还是晃晃荡荡的。看着母亲床边上的那瓶农药，我拿起来曾想把剩下的半瓶也喝下算了。看着躺在地上的母亲，我也没有了上次那种大哭大喊大叫了。我不知道我为什么没有那样。我不知道。我最后摸了摸母亲身上的肉，我发现她的肉还没有冷。我就自己跑到街上喊了一架三轮，把母亲送到了医院。母亲在医院里不到半个小时，医生就告诉我，说是没有救了。这时，我才哇哇地大哭了起来。

那天下午，我不去学校了。

我拿着母亲的死亡证明，就像拿着母亲丢下的灵魂，哑巴一样蹲在太平房里看着母亲死去了的模样。我觉得我比死去的母亲还要可怜。

最后，我便想到了父亲。

我突然想起了母亲对父亲说过的话。母亲说，我们不能没有你，没有你，我们怎么办呢？可母亲现在死了，父亲在哪里呢？没有父亲，我怎么办呢？最后我想，父亲会不会就在瓦城呢？他也许又回到了瓦城，我该怎么让他知道我母亲的死呢？

最后，我就想起了电视台来。

电视台的大院门前边有一个小房子，房子里有人从窗户朝我大声地吼着，他说你进来干什么？我说我找电视台。他说这就是电视台，你找谁？我说我不知道找谁。他说不知道找谁你进来干什么？出去！

我那个时候的那个样子，可能很容易让人觉得讨厌，怎么看上去都让人觉得不像一个正常的女孩子。我那个时候的模样哪里还能正常呢？我母亲死了，我父亲又不知道在什么地方，我就那样孤零零的一个人，我怎么还能有正常的模样呢？

但我站在他的窗口边没有离开。我红着泪眼看着他。

我把一直捏在手里的死亡证明递给他，还有一张我写的字条。

我说我想在今晚的电视上打一行字。

那行字我是这样写的：父亲，母亲死了，你女儿寒露在找你。

那人一看，脸上的颜色马上变得像人了。

他说你爸爸去哪啦？

我说他离开家已经很久了，可能在我们瓦城也可能不在。

他又问你们家现在就你一个？

我说就我一个。

他说那你妈现在在哪？

我说在医院的太平房里。

他的眼睛就突然也湿润了起来。

他说那你身上有钱吗？

我问他什么钱？

他说你不是要登这句话吗？

我说是呀。

他说登这句话是要交钱的。

我一听头又大了。我心里说登这种怎么也要钱呢？

我问他要多少钱？

他说像你这样的一行字，可能两百左右吧。

我摸了摸口袋里的钱，我没有掏出来。我心想我要是花了钱，我父亲又没有回来呢？我不是吃错了药吗？

我说那我不登了。我从他的手里拿过死亡证明和那张字条，我转身就走。

他却突然把我喊住。他说那你就把那张条给我吧，我帮你跟他们说说，看能不能给你免费登登。

我那时差点要给他跪下，刚要跪下去，我又把腰挺起了。我怕给他造成压力，我心想人家同情你是一回事，电视台给不给你免费还是另一回事呢，你要是给他跪下了，电视台又不允许免费呢？你不是给人家添难题，让别人替你心里难受吗？

我说了两声谢谢后，就走了。

离开电视台的时候，天已经慢慢地黑下来了。

后来，我在路边差点要偷走一辆脚踏的三轮车。

那辆三轮车就停在离医院不远处的一棵树下。我是东张西望的时候突然看到它的，我的心里当时好像怦地跳了一下，我就站住了。我想我得弄一辆车子把母亲拉到火葬场去。我朝四周望了望，我发现没有人是那一辆车的主人。我一边注意着四周，一边就朝那辆车走去。我以为可能是被人锁在树下的，可竟然没有锁。我想这车会不会是烂了？我推了推，却也没有烂。我的胆子就大了起来了。我想我除了偷到一辆这样的车子，我没有别的办法把我母亲拉到火葬场去。但我没有马上偷走，我推着车子在树下来回地走了几圈，我想因此引起别人的注意。我想如果车的主人就在附近，他会跑过来的，他还会大声地喊叫着干什么，你干什么动我的车子。但没有人理睬我。好像我玩的那是我自己的车子。

但我决定推走的时候，心里突然害怕了起来。

我突然想起了母亲偷肉的事情。

我怕！

我在树下站了没有多久，车的主人就过来了。他是一个老人家，姓李，是他后来告诉我的。他是买吃的去了。走过来的时候，他手里还拿着一个大馒头，一边啃一边走来，身子沉沉的。走到车子旁边的时候，他看了看我，却没有理睬我，他一边继续嚼着他的馒头，一边推走了他的车子。我不知道他为什么不把我放在眼里。莫非也是因为我的模样已经不太正常？

但我自己却急了起来。

我说你没有看见我吗？

我不知道我为什么这样问他。我应该好好跟他说句什么的，可是我没有。

好在他停下了车来。他回头看着我，嘴里还在鼓鼓地嚼着他的馒头。我发现他吃得很香。我看着他，自己也深深地往咽喉里咽下了一点什么。其实，我咽喉里什么也没有。我已经一整天没有吃过东西了。

我说刚才我想偷你的车。

他说你为什么不偷？

我说我想偷，可我不敢偷。

他说好，那你就说说，你为什么想偷我的车。

我说我妈死了，我想偷你的车把她拉到火葬场去。

他嘴里的馒头一下就噎住了。

他说你妈为什么死的？

我说自杀。

他说现在在哪里？

我说在医院的太平房里。

他说你家里还有别的人吗？

我说我爸爸离家出走已经很久了，不知道他现在在哪里。

他说你说的是真话吗？

我说是真的。

他说那我去帮你拉吧。

听他这么一说，我眼泪哗地就流了下来。我是真的感动。我没想到我要偷他的车，他却是一个好人。

去火葬场的路挺远的。

路上，我告诉李大爷，我母亲就是那个偷肉的女人，我说你听说过吗？他说他听说过。他说那时候整个瓦城都在传说着你母亲的事情，我怎么会没听说呢？他说你妈不是工程师吧？我说不是。我说那是人们瞎传的。他说我就知道不是。我说你怎么知道呢？他说你妈若是工程师那就好了。我说为什么？他说你想想吧，如果你妈是工程师，她偷肉的事情流传得那么厉害，你说我们瓦城的市长会不会跑到你们家去？我说我不知道。他说肯定去。他说他要是一去，你妈的事不就变成了好事了。我好像没有听懂。我说怎么会变成好事了呢？他说，他要是去了你们家，你妈就肯定又有工作啦。我说那他为什么又不去我们家？不是都传说我妈是工程师了吗？他说这你就又不懂了吧。我说我是不懂。他说你以为当市长的都是草包吗？他只要派一个人随便去问问，他不就知道了吗？他知道后就没有必要再到你们家去啦。

我说为什么？

他说没什么为什么。

我说你说的这种我不懂。

他说你是小孩你还可以不懂。

我就不再作声。

随后他便问我，那你妈为什么还自杀呢？事情都过了这么久了。

我就把我怀孕的事情说了出来。我还没有说完，他就慢慢地把车停了下来。我以为他是累了，我以为他要停下来歇一歇，可他却长长地嗨了一声，然后说，你妈是一个没有脑子的人。

我说你说得对，她是一个没有脑子的人。

他接着说，你爸呢，是一个混蛋！

这一句我不再吭声。

见我没有说话，他便问了一声，你说是吗？

我还是没有回话。我不知道怎么回他的话。

他便跟着默默地不再说话。

重新上路的时候，我不再坐在车上了。我觉得他拉一个死人已经够重的了，再拉我，那就更重了。我跟在车子的后边慢慢地跑着。不管他怎么叫我，我就是不坐。

火葬场需要钱，这一点我是想到了的，我把该交的钱全都交完之后，身上还剩了十来块钱，我就把那十几块钱全都塞进了一个工人的口袋里。我听别人说过，好像给的还要多得多，但我身上没有了。我说我身上只有这么多了，辛苦你了。那工人也没看钱，也没说话，他只是看了看我，转身忙他的事情去了。

回来的路上，我坐到了李大爷的车上，但我没说一句话。李大爷也没有说话，他也许是太累了，直到快要进城的时候，他才开口突然问我。

他说你身上还有多少钱？

我以为他是问我要拉车的钱。

我说没有了。我说全都给了火葬场了。

他就突然地停下车来。

我不知道他停车干什么。我想他可能是想跟我要点拉车的钱。我觉得我很对不起他，我赶忙从车上走下来，然后走到他的身边。

我说对不起了李大爷，你告诉我你住在哪里好吗？找个时间我借点钱给你送去。

我说我一定给你的。

李大爷没有下车，他坐在他的车上，只朝我回过了脸来。

他说几毛钱有吗？

我说一分也没有了。

他说你先摸摸看，要是有，几毛钱也可以。

我就在口袋里到处乱摸了摸。我知道我身上是一分都没有了的，但我还是乱摸了一通。我说没有，一分也没有了。我说我全都给了火葬场了。

他从身上掏出了一支烟，慢慢地烧着，烧着烧着，他从他的口袋里摸出了一沓零乱的钱来，然后，打开他的打火机，抽出了一张十块的钱，递到我的面前。

我当时一愣，我说我怎么能要你的钱呢？我说我不要。

他说这钱不是给你的。

我心想不是给我的你递给我干什么呢？

他便告诉我，他说他的三轮车是做拉客生意的，今天拉了我的母亲，他得给它挂点红，也就是避灾的意思。说完这一句的时候他说，这是迷信，你小你还不懂。他说不挂红其实也可以，但心里总会有点过意不去。

他说，这年月做生意不容易，你现在还小，你还不懂。

他说，你就当这十块是你的吧，你可以把这十块转送给我，算是给我的车挂红用的。可这十块是刚刚从我身上出去的。这样吧，你到前边的哪一个店里随便乱买点什么，也就是把这十块钱换掉，换成是你的钱，然后你拿五块钱回来给我挂红就可以了。去吧，我在这里等你。

我说好的，那我就先用你的钱吧，反正哪天我会还你的。然后朝前边走去了。

那十块钱后来我买了一瓶酒，刚好是五块钱的，剩下的五块我还有意让那个店主换了三回，我让他给我换一张新一点的，弄得那个店主都烦起了我来。那瓶酒我当然也是给李大爷买的。我想总有一天，我要还他这十块钱的。在还这十块的时候我还得多给他一些，因为这十块本来就是他的，我得另外给他付挂红的钱，还有拉车的钱。那瓶酒就当是今天晚上我送给他喝的。我觉得我那么想是对的，我想我给他买喝的也是对的。可是，当我拿着那瓶酒和那五块钱往回走的时候，我走呀走呀，好像都走过了他停车的地方了，却就是看不到李大爷和他的三轮车。

他到哪里去了呢？

我大声地喊着，李大爷，李大爷你在哪里呢？

我的泪水都飞了出来了。

我说李大爷你在哪呢？路的两旁全都是黑乎乎的菜地，哪里都没有李大爷的回音。我就那么站着，站了好久好久，最后只好拿着那瓶酒和那五块钱，慢慢地走回城里。

回到家的时候，全身早就软耷耷的。我躺在床上怎么也睡不着。最后我到处寻找，终于找到了母亲的一张照片。我把母亲的那张照片拿出来，从锅里拿了几粒旧饭，把照片贴在一块小小的木板上，然后又找了一块黑布绑在木板的上边。我想我得给她烧点香，让她的魂灵随着升腾的烟雾尽快地升天。

我怕她一直待在家里不走。我怕我会时常地在梦中被惊醒。

可我到哪里去找香呢？没有。我也不想再到街上去寻找。我从书包里把所有的书全都拿了出来，然后放在一个脸盆里，一页一页地撕下来，当着母亲的面，一页一页地烧掉。

我一边烧一边不停地掉着眼泪。

我想我还读什么书呢？我怎么还读得下去呢？我不读了。我烧了几乎一夜。我睡下好像没有多久天就亮了。天亮后我就睡不着了，但我不想从床上起来，我想就那样继续躺在床上。我想我已经把书都烧掉了，我也不用再去学校了，我还去学校干什么呢？可是躺了没有多久，我又突然地爬起床来。

我突然想起了早上是考试。而且考的是语文。

我想我还是去吧。都学了一个学期了，就只剩下了考试了，我还是去吧。

最后，我在厨房的菜篮里捡了两颗红色的辣椒，拿了一支钢笔，就跑到学校去了。那两颗红辣椒是为了打瞌睡的时候用的，我在前边好像没有说过，我有很多早上靠的都是一颗颗的红辣椒，我一打瞌睡，我就悄悄地把红辣椒拿出来，悄悄地咬上一口。因为我不能老是从座位上站立起来，有时老师也不允许，说我影响别人的学习。

那天早上我迟到了。可我没有想到，全班的同学竟然都在静静地等着我。我刚跑到教室的门口，我还没有来得及喊一声报告，我迟到了，同学们便都直刷刷地朝我站立了起来。

我惊呆了。

他们好像也惊呆了。

这时黄老师朝我走了过来。

他说我们都在等你呢，我们以为你不会来了。

说着黄老师把我拉到座位上坐下。

黄老师说，你家的事同学们都知道了，大家都是晚上看电视看到的。当时我马上就到你家里去了，可你不在家，有很多的同学也都到你家里去了。我们在那里等到了半夜还看不到你回来。你去哪里啦？

我的眼泪哗哗地流了下来。

黄老师的眼泪也在悄悄地流淌。

同学们也在流泪。

我没有想到，我的那一张字条后来上了电视了。

我真的没有想到。

我把那张字条递给那个门卫后，我就再没有去想过它了。再说，我们家早就没有电视看了。我们家的电视，早在我母亲头一次自杀后不久就卖掉了，是我到街边找了一个收破烂的人来买走的。那人原来和我父亲是一个单位的，下岗后就当起了收破烂的了。我家的那一台电视是十八英寸的那一种，他问我买了几年了？我说好像是我很小的时候就有了。他说那可能有十年以上了。我说可能有吧。他说现在这种电视，新的都好便宜好便宜了。我说多少？他说一千块钱就能买到了。我说那我这台电视还能卖多少？他说也就三百块吧。我说我们家的电视从来都没有坏过，一直好好的，三百块太少了。我说你多给一点吧。他说顶多只能给到四百。我说四百也太少了。他说就四百，别说那么多了，四百你卖不卖？你卖我就拿走，你要不卖，那就算了。我母亲这时也从床上爬了下来，站在门边看着我们。我说妈，四百卖不卖？我母亲说，卖吧卖吧。四百就四百，卖了算了。可是数钱的时候，他却只给了我两百。他说，你父亲曾借过我两百块钱一直没有还呢。我当时就哑了。我回头看了看我的母亲。我说妈，是不是？我母亲靠着门没有回答，他说是真的，我不会骗你的，我骗你们干什么呢？不信哪一天你爸爸回来了你问问他。说完他就抱着电视走了。他抱着电视刚一出门，母亲在门边一软，就倒在了地上。

黄老师说，我们相信你会来考试的，所以我们就一直地等着你。

黄老师刚一说完，同学们就呼啦啦地朝我围了过来。他们这个拿着两块，那个拿着五块，然后一张一张地放在我的面前，放得一桌都是。

同学们的那些钱不是很多，但已经够我充当寻找父亲的路费了。

学校准备放假的前一天，我突然收到了一封信。信是广东那边寄来的，拿到信的时候，我第一个念头就是以为是父亲写的。可是不是。我打开信封一看，竟然是那个该死的马达写的。但他只字不提宾馆里的事，好像根本就没有发生过似的。那封信他写得很短，他很简单地告诉我，说是他刚刚去过海南一趟，而且在那边看到了我的父亲了。他说我的父亲真的在那边与别人合伙开了一个那种店。马达叫我放假后马上到广东那边去找他，他说他可以带我去找到我的父亲。

信的末尾，是马达在广东那边的地址。

那封信，我是在门外的一棵树下看的，看完后我靠在树的身上，遥望着前边的天空，茫茫地揣想了大半天。

我想，也许他说的是真的。

我又想，也许他说的是假的。

也许，他只是想在我的身上又打什么主意。

但我又不敢不相信他说的可能是真的。

最后，我想我只有去了那里，只有找到了马达我才能知道了。

如果是真的，不管怎么样，我也要把我的父亲拉回来。

如果是假的，那么我该怎么办呢？

我想不出我该怎么办。

但我想，我不能不去！

我想，如果是真的，如果我不去我就失去了一次找回父亲的机会。

就这样，我把门牢牢地锁上了。我出门的时候，大约是七点多一点，我想这个时候我是不会碰上什么老师或者什么同学的，我不愿别人知道我去了哪里。但我在大街上经过的时候，还是被一位同学发现了，她正跟着她的父亲，要去前边的一家大饭店吃早茶。她的父亲是我们瓦城的一个什么官，她以前跟我说过的，可我忘记了。

她问我，你去哪呢？

我说我去火车站。

她说你去火车站干什么？

我没有告诉她实话。

我说为了下一个学期的学费和生活费，我想利用假期的时间，到外边打工。

她说你会打工吗？

我说怎么不会呢？

她就一副不可思议的样子，然后拉着她父亲的手，往前走了，去吃她的早茶去了。那些早茶都吃的什么东西，我不知道。我只是曾经听她说过，说是有很多很多好吃的，并不仅仅是喝什么茶水。我站在大街上看着他们的背影，想了一会儿他们就要吃上的早茶，最后，我突然想我也应该买点什么吃的。于是，我掏出了几张碎钱，在路边的地摊上买了两个又白又大的馒头，一边啃着，一边赶往车站。

| 作品点评 |

　　《上午打瞌睡的女孩》中，物质对人的压迫达到了前所未有的程度。母亲为了生活可以去偷一块脏肉，为了阻拦父亲出走可以下跪；寒露为了把母亲送往火葬场只能去偷车。"偷肉""偷车"与"下跪"成了一种以人格为代价的与残酷命运奋力抗争的姿势。生命受到了威胁，尊严被无情地践踏。这篇小说中母女俩对父亲的执意追寻，不仅仅是因为物质生活，还因为父亲就是她们的精神支柱。底层人陷入物质与精神的困境里，无论向哪边都无法泅渡过去，挣扎了但最后溺水。这是鬼子看到的又一无望的挣扎。至此，鬼子的观照和思考从生存性苦难自觉过渡到了存在性苦难。

　　　——韩春萍：《"苦难主题"与仫佬族文学的悲剧意识——从鬼子的"悲悯三部曲"谈起》，《当代文坛》2006 年第 3 期

　　《上午打瞌睡的女孩》里"我"母亲因为失业、贫穷，偷了卖肉者的一小块脏肉，被人发现。这事儿一般来说，母亲当时受点辱骂也就过去了，没想到却导致了父亲的离家出走，家里出现了生计问题。当母亲听说父亲已经回来，并和一个妓女住在瓦城饭店的老楼里后，叙事就把母亲推向了一个更大的苦难之中：寻找父亲。终于，母亲的希望破灭。母亲第一次的希望破灭导致母亲的第一次自杀。母亲被救活后，生计出现更大的问题，逼着"我"天天去饭店守候父亲。在好心人的帮助下，"我"在饭店的美容屋里找了一份工作，这样既能守候父亲，又能

有点收入。不想，"我"又被假意关心我的邻居马达诱奸怀孕。这件事导致母亲的第二次自杀。这次她成功了。第二次自杀是因为母亲的希望完全破灭。如果说，找不到父亲，女儿还能成为她将来的希望的话，那现在，连将来的希望也无望了。希望——破灭，再希望——再破灭，使母亲走完了她悲惨的一生。

  ——程文超：《鬼子的"鬼"——说说鬼子三部中篇的叙事》，《当代作家评论》2004 年第 1 期

寻枪记

凡一平

马山醒后起床，发现枪不见了。平日睡觉，他都习惯把枪放在枕头底下，起身穿戴或临出门时把枪佩起。但今天马山在枕头下摸不着枪。他掀开枕头，像银行的出纳打开保险箱盖后看不到钱一样，不禁心里发毛。

枪呢？我的枪哪里去了？马山一面在卧室里翻衣抖被地寻找一面想。我平日都是放在枕头底下的，现在枕头底下是肯定没有了。棉被下也没有，床头柜里外也没有。床底下？也没有。都没有。枪能到哪去呢？

马山把搜寻范围从卧室扩大到客厅，又从客厅进展到女儿英英的房间。他左翻右翻，东张西望，最终也找不到想要的东西，像一个虽胆大心细却误入穷人家里的窃贼。

妻子韩芸从厨房里把早点端进客厅，见马山慌慌忙忙地翻这翻那，说你找什么？马山便想说枪，但枪字到了嘴里，又用牙齿咬住，像一个内向的男人，不敢对心爱的女人说爱一样。韩芸说说呀，找什么？马山说没找什么。韩芸说是不是找存折？存折夹在书里，《毛泽东选集》第三卷。不过你要存折干什么？马山说我想看看里面还有多少。韩芸说还有多少钱？昨天给了你妹妹两

作品信息

原载《十月》1999 年第 4 期。2002 年，根据凡一平小说《寻枪记》改编，陆川编剧导演，姜文、宁静主演的电影《寻枪》公映。

千，还有多少你心中有数。马山说那就不看了。

马山吃着妻子煮的面条，看见面碗里比往日多了许多肉，而且味色别致，不像是妻子做的，就说哪来的这些肉？韩芸说哪来？饭店里吃剩的呗。你妹妹叫人打包，全给了我们。冰箱里塞满了，洗衣机里还有，不抓紧吃，只有请老鼠帮忙了。马山愣头愣脑地说这到底是怎么回事？

韩芸用筷子近距离指着丈夫，说看把你喝得醉的，到现在还醒不过来。你妹妹昨天结婚请酒，摆了四十桌，知不知道？

马山停止进食，说昨天我是不是喝醉了？

趴在酒桌上不省人事，你说醉了没有？韩芸说。

那……我是怎么回家的？马山说。

送回来的，你以为你自己还能走？

谁送？

我哪知道是谁送？当时我忙着侍候你妹妹，哪顾得上你？反正有人送。

那是我先回家，还是你先回家？

当然是你先回家。我回家的时候你已睡得像头猪一样。

那我怎么进得了家？

你身上没有钥匙呀？别人摸你身上要钥匙开门不就得了？

那英英呢？

英英跟我。哦，你还想她会跟你呀？看你那样子像个鬼。我头一次见你醉成那种样子。

高兴吧，马山说，妹妹结婚。

韩芸说，你和我结婚的时候为什么不醉成那种样子？不高兴是吧？马山说好了。他急躁地将筷子顶着掌心，筷子朝上掌心朝下，像裁判做暂停动作一样。然后他把筷子搁下。说我得赶紧到派出所去，今天英英你送。

韩芸瞄了一眼墙上的挂钟，说去那么早干吗？

有要紧事。马山说。

马山到派出所的时候，除了值班的两名警察，其他的人都不在。

两名警察一个叫黄恩一个叫何炳军，见了马山异口同声地说人头马，早。马山说早。人头马是马山的外号，由来是前几年他岳父在省城治病，手术之前妻子韩芸叫他把手术费送去。马山凑够手术费到了省城。韩芸说得给主持手术的医生送红包，还得请他吃饭，不然万一出差错怎么办？妻子的意思是只要请医生吃饭和送了红包，手术就不会出问题或没有万一。马山想这事关系到对妻子和岳父的感情，不同意也得同意。他盘点了身上的经费后，认为可以匀出一千元钱，五百元钱作为红包，五百元请吃饭。他把医生请了出来，还请医生选定酒店。医生带着他进了一家西餐厅，因为医生说他在国外留学多年，习惯了吃西餐。两人坐下后，马山请医生点菜，但医生说客随主便。马山就拿过菜单来点。菜单上的菜都标明价格，但马山把价格的小数点全看错了！比如他看见人头马（瓶）1888.8元（人民币），误以为是188.88元。他想久闻人头马名贵，其实也贵不到哪去，不就一百八十八吗？比国酒茅台还便宜。既然医生习惯吃西餐，肯定也习惯了喝洋酒。既然有心请人家吃饭，就要让人吃得满意，喝得满意。另外，我也从未喝过洋酒，今天借这个机会或托眼前这位医生乃至岳父的福，开开洋荤。人头马就人头马，来它一瓶何妨！酒两百块，菜三百块，反正不突破预算就成。于是就点。吃喝的过程中，满面红光的医生对马山佩服之至。他说其实呀，我从国外回来后，很少能吃到西餐，平时病人亲属请吃饭，我是不忍心叫到西餐馆来的。今天也就见你是个警察，请得起，才心狠这么一回。马山说这没什么，请得起请得起。医生说还是你们当警察的好哇，能耐大，收入又高。马山说哪里哪里，比不上你们当医生的，拿手术刀救人，这才叫有能耐。医生说不，还是拿手枪的比拿手术刀厉害，了不得。他端起酒杯，说来，借花献佛，敬你一杯。马山说干杯！名酒入腹，再加上医生的由衷褒扬，马山不禁有些飘飘然。那时刻他还不知道他将为此付出沉重的代价——饭罢结账，一看账单，五千元，马山傻了眼。他先是以为店家算错了，一复核才知道起先是自己看错了小数点。事到如今争执是无用的，再说有即将给岳父大人做手术的医生在场，不好闹呀。只有认了，交钱。打九折，九五四千五，还是看在医生的面子上。本来打算吃饭后送给医生的红包也不能送了，吃饭都花了五千，红包还不得一样是五千呀?! 出了餐馆，还得毕恭毕敬地嘱托医生，我岳父的病全靠你的神刀妙手了。医生说你放心，你岳父肺癌早期，手术后保证活十年八年没问题。有了医生的保证，可岳父的这一期手术费挪用了三分之一，而且明天就交，不够了怎么办? 把情况如实告诉妻子，可这时候能告诉她吗? 那比告诉岳父患了癌症打击还大。只有自己再想办法。于是打电话给派出所领导，又借。所长韦解放说现在下班了，我一下子去哪里搞得到五千块钱? 马山说我临来前刚探明学荣街13号是个赌窝，还来不及去捣。今晚你叫人去捣吧，罚没款先借五千元给我。所长韦解放说好吧。成功了我派人连夜给你送去。第二天中午，马山在医院门口焦急地等来了送钱的人，就是黄恩。黄恩说所长交代了，你得把借钱的原因理由讲清楚，因为这是罚没款，动用是违法的。马山就把事实经过告诉黄恩，还写了欠条给他带回去。黄恩回去一讲，听到的人全笑。马山人尚在省城，外号就已经给他安好叫开了。人头马不仅是西门镇派出所的人叫，连县公安局的人也叫。公安局局长樊家智有一次见了马山，说好样的，有种，我们县这些当公安的，谁喝过人头马? 只有你一个。叫你人头马当之无愧! 后来这事让县纪委的人知道了，下来调查，当查明马山一餐饭吃掉五千元是属于挨宰、上当而不是公款挥霍时，对马山不仅不予追究，反而深表同情。而现在，枪不见，性质可不同丢失四五千元，这可不是玩笑。

马山和值班的黄恩、何炳军打声招呼后直走到大立柜的跟前。大立柜是保管派出所干警物品用的，分成十几个方格，像澡堂里衣柜的样式，每名干警都有一个，用来保存各自的便衣、警服和枪械等物品。马山取出钥匙打开属于自己那一格柜桶的门锁，他想说不定枪就锁在柜桶里，或许昨天去赴宴的时候压根儿就没带枪。他先看见警服，昨天临离开时换下的，因为他觉得穿着警服去参加婚宴不太适宜，显得严肃了些，容易使人紧张和反感，何况是去参加妹妹的婚宴，还是穿便衣的好。既然警服在柜桶里，枪可能就埋在警服下面。他撩开警服，看见一顶帽子，撩开帽子，看见一副手铐，但就是看不见枪。他的心头发毛，那感觉就像早晨掀开枕头时一样，而且还要加重。

马山换上警服，然后跟黄恩说黄恩，等一会儿所长来了，你跟他说我请一个上午的假。黄恩说他要问原因我怎么说？马山说你就说，我妹妹马华刚落夫家，我过去看看。摩托车我开走了。

马山看见妹夫梁青天家的六层高楼，突出在一片普遍三层的楼群中，像一名超级巨人站在常人的队列里。然后他看见梁青天家的狼狗，朝他吠叫。他妈的，这条狗连警察都不怕，马山想。接着，在狗吠声中，老镇长梁仁贵从楼门内出来，看见马山，就对狗说梁卫，是自家人。狗一听，就不吠了。马山从摩托车上下来，说梁镇长，你好。梁仁贵说哎，都是自家人，叫什么镇长，再说我已不是镇长了。马山笑，看着正对他昂头摇尾的狗说它真可爱，名字也蛮有意思，梁卫，梁家卫士，是不是这意思？梁仁贵说看看门而已，紧要关头，还得依靠你们当警察的呀。

马山说好说好说。

马山看见妹妹马华从楼上下来，边下楼梯边梳头，一脸的慵懒疲倦，像林黛玉似的，一看就知道纵欲过度了。要不是我来了，公公上楼去叫，肯定现在还睡，马山想。

马华见了哥哥，高兴地说哥，昨晚你没事吧？马山说没事。马华说我看见你醉了。谁敬你都喝，像青天一样。马山说梁家这边的人老灌我，不喝不行呀。马华说谁让你当马家的代表了，又是我哥。马山说青天没事吧？马华说他拿的酒瓶里装的全是冷开水，哪里会醉？马山说我真笨，不会装。马华说你这么早来，有事？马山说我想问问，昨晚我喝醉了，没掉什么东西让人捡起吧？马华说没有呀。我不知道。马山说那你知道是谁把我送回家吗？马华说我也不知道，我问青天。正说着，梁青天下楼来，说哥，你来了。马山说哎，青天。马华说青天，哥昨晚没掉什么东西有人捡起交给你吧？梁青天说没有呀。马华说那你知道是谁把他送回家吗？梁青天说知道，我叫我的两个哥们送的。马山说谁？梁青天说周长江。

马山说知道了，还有谁？梁青天说还有一个县里来的，叫田肖人。他有车，我叫他开车送你。马山说哦，是长得像葛优的那个？梁青天说有什么问题吗？马山说没有。梁青天说看你的神色肯定有，说吧。马山说不过……只是丢了一块手表。青天说我哥们会要你的手表？他接着转头对马华说你上楼把我的手表拿下来。马华就上楼把手表拿下来，交给梁青天，梁青天又把表递给马山，说给你，劳力士。马山说这不是我的表。梁青天说送给你的。马山说不，这么贵重的东西我不要。梁青天说谁跟谁呀？兄弟之间送礼不算行贿受贿吧？马华说哥，给你你就拿吧。马山说好，我先拿，等我的手表找到了，再还给你。

离开妹夫梁青天的家，马山骑着摩托车，像骑着马一样在宽广兴旺的西门镇跑动。他穿街入巷，耳聪目明，像一个搜寻目标的猎手。最后他在建和街 7 号李小萌住处找到了周长江。

李小萌是镇文化站的干部，俏丽风骚，除了她在县中学当总务的丈夫蒙在鼓里之外，大多数人都知道她外号叫潘金莲，那么凡是和她有染的男人则被称为西门庆。为了区别，男人姓刘，就叫刘西门庆，姓廖，就叫廖西门庆，依此类推，可想而知周长江不可能不是周西门庆——他可是西门镇第一个拿大哥大的人。

李小萌的房门居然是周长江来开，因为周长江听到敲门以为是去上班的李小萌又回来了。但开门却见是马山。双方都吃一惊。周长江说马哥你也来找李小萌呀？马山说不是。周长江说人都来了还说不是？是就是呗，我不在乎。不过李小萌不在。马山说我是来找你的。周长江说找我？你到李小萌这里来找我？马山说因为我估计你在这。周长江说找我有什么事？马山关上门，说昨晚是不是你送我回家？周长江说是呀。马山说还有谁？周长江说我和你妹夫的一个哥们，在县里面，叫田肖人。马山说我有一样东西是不是你们帮保管了？周长江说没有呀，什么东西？马山说什么东西不用我说，你们拿了你们就懂。周长江说我不懂，我真的没拿。马山说别开玩笑，这可开不得玩笑。周长江说我不开玩笑。马山说不是你拿，就是田肖人拿。周长江说我不知道，反正我没拿。马山说长江，看在你哥哥是我的战友而你是我妹夫的哥们这层关系上，我先把好话说在前头，我的东西你们拿了就拿了，马上还给我，我当是你们做好事，我谢谢你们。但如果你们拿了不交出来，不还我，那……马山欲言又止，因为他觉得下面想说的话不用说周长江也明白。但周长江说马哥，你说来说去，到底是什么东西呀？马山瞠目结舌，像一个被无耻之徒惹怒而引起血压升高或心绞痛的好人，他指着周长江说你，你，你……马山连说了三个你，也讲不下去，像一个结巴。刚才是能把话讲完不讲，现在是想讲讲不出。

我什么？周长江说，我送你回家到头来反而被你诬陷拿你东西，我拿你什么东西了？你有什么东西好拿的？你有钱吗？或者你有文物、金元宝？

周长江口气很硬，像一个没有被抓住把柄而又被纪委叫去问话的党政干部。他点了钱、金元宝等几样东西，那都是马山没有或缺乏的，而马山具备并且关心的，他就是不点。他为什么不提手枪？马山想，他知道一个警察身上最重要的东西就是手枪。马山还记得两年前有一次执行任务，为了与指挥部联络方便，他去跟周长江借手机。那时候西门镇刚开通程控移动电话，有手机的人寥寥无几，只有镇长、书记和最早阔起来的生意人才有。那么作为财富或权力象征的（大哥大）手机，号称西门镇最年轻的阔爷周长江不可能不买，而且是第一个买——邮电所放出几个吉祥的号码来拍卖，引人注目的一个号是9018018，最终被周长江以两万元（不含入网费和机身费）的标价获得。这让当时已露富摆阔的周长江更显尊贵。马山那时想，我战友的弟弟真有出息。周黄河，你在天之灵如果知道你弟弟这么出息，可以含笑于九泉了。周黄河与马山同于1983年入伍，又同在一个班。1984年5月16日，周黄河牺牲于法卡山。1986年马山退伍复员回到西门镇时，周长江高中还未毕业。马山考试被录用为警察那年，周长江高考落榜，在街上摆起了小烟摊。马山见了还说长江，再考一次吧，经济上我可以支持你了。周长江说马哥，谢谢你，你要支持我的话就跟我买烟，而且这是最好的支持。马山无奈，掏钱买烟，而且一买就是两条。马山习惯抽烟就是从那时开始。转眼几年过去，马山在周长江面前，已不敢再说关心体贴的话了。周长江已俨然是老板派头，有随从，有摩托车。现在又有大哥大……

长江，有一件事求你支持。马山记得当时这么说。把你的大哥大借给我用一个晚上。

周长江说不行。

就一个晚上，明天早上一定还你。

周长江说不行。借钱可以，我宁可借钱给你，一年两年不还都无所谓。但手机不能借。

为什么不能借？马山说，我不是乱借你的手机，有急用才借。

周长江说我问你，你的手枪能借吗？不能吧？我是做生意的，手机就像你当警察的手枪一样，离不了身的。

马山哑口无言，悻悻地走开。回到派出所，从腰后拔出手枪，摆在掌上，像把商品放在秤盘上。他把手掌高高举起，手臂像失重的秤杆一样下斜。我操，他想，原来是拿手枪的人最威风，现在是拿手机的人牛×！现在的人拿手机，就像或相当于过去的人拿手枪一样。

马山想起以前跟周长江借手机受到的冷遇，现在又被奚落，更是怨中添恨，像是雪上加霜，或像火上添油。

周长江，你听着。没有我要找而找不到的东西。我的东西我一定能找到，非找到不可！

下午，马山到派出所，准备把丢枪的事向所长报告，因为他已经找了一个上午和中午，询问了与婚宴有关的主要人员，都没有他要找的失物——离开周长江后，他还去了大壮饭店，那是昨天举行婚宴的地方。饭店老板常建军把所有服务员集中到大厅，像士兵一样排好队，然后说有谁捡到东西没有？拾金不昧者重重有赏！服务员中有的说捡到打火机，有的说捡到半包香烟，还有的说捡到手套一只，就是没有说捡到手枪的。马山听了直摇头。老板常建军说你们捡到的这些东西，全是该雷锋和小学生捡的，不算，不能得奖！然后宣布解散。马山便又以饭店作为起点，沿着回家的路线走。他在每一个可疑的地点都停下来，下车走一走，环顾一番，借以勾起对昨天晚上的一些记忆。临近西门镇中学的时候，在一块已经被卖掉但还没有兴建楼宅的水田边，马山忽然想起昨晚上他中途下过一次车，因为他要撒尿。他记得撒尿的地方黑黢黢的没有灯火，并且尿着陆的声音特别，那是水浇到水里的反响，像雨点敲打河的表面。这一带没有河，像河的地方无疑是这块灌满了水的水田。另外，马山记得他似乎还大便了。那么，枪是不是在大便的时候掉进水田里了呢？马山想到这里，毫不犹豫地脱掉鞋袜，赤脚走进水田里。水田里的水浸到马山的膝盖以下，但刺骨的感觉却遍及全身。这是元月的水。马山弯着腰，两只手像犁铧一样插在水里泥里，然后一步一步地移动。他的姿势动作像是插秧，但更像是摸鱼。摸索的时候，不断地有人路过，大都认识马山，几乎都问马公安，摸什么呢？马山就说摸几条泥鳅，给老人煮汤补身。

后来西门镇中学放学了，成百上千的学生像无缰的马群飞奔而过，但也有不少停下来。他们大多是韩芸的学生，好奇地观看他们的班主任或任课老师的丈夫，在没有秧苗的水田里干什么。

当一无所获而浑身泥污的马山回到家里，妻子韩芸说你怎么啦？又喝醉了摔进田里是不是？马山说不是。

派出所所长韦解放一见马山，说马山，我们谈一谈。马山看所长一本正经，并且不叫他人头马而叫大名，心想我的枪是不是已经被人捡到交到派出所了？我正要跟他谈手枪的事哩。所长韦解放把马山带进所长办公室坐下后，拉开抽屉，从抽屉里拿出一份表。马山看见是一份表，心里既遗憾又紧张，怎么是一份表呢？他想。他希望所长拿出的是一把枪，他的编号为00247的五四手枪。所长韦解放先把表放在桌上，说马山，局里1997年度先进个人，今天上午经过所领导讨论研究，认为你在去年的工作中，积极努力，不怕困难，勇于斗争，破案率高，所以决定报你。你把表填一下，交给我，然后上报。马山听了摆手，说不不不，我不要先进，我当不了先进。韦解放说你当不了先进谁当先进？去年好几起特大杀人抢劫案都是你主力告破的，功劳不先归你归谁？马山说归派出所，归领导。韦解放说那是集体。先进集体局里也让我们所报材料。先进集体我们所有希望得，先进个人我们报你把握最大。马山说不行，我不行。韦解放说这次评上先进是有奖金的，你以为跟以前一样？据说先进集体拿三万，先进个人是三千。有这份奖金，我们不是好过年吗？你不是更好过吗？马山说我不是这个意思，我的意思是……韦解放打断说我懂你的意思。你的意思是你也有不少的缺点毛病，比如说爱喝酒呀，不爱参加理论学习呀，爱破大案不爱抓赌抓嫖呀，但这没有什么大不了的。告诉你，这次评先进比的是谁破的案多。你不仅破的案多，而且都是大案要案，局里口头表扬了你几次，只有推你当了先进我们所才有希望拿到先进集体。就像……就像一个运动队，只有有人拿了冠军，运动队才有荣誉一样，而你是夺冠军的最佳人选。

所长韦解放一席话，像一块香嫩而发烫的豆腐，含在马山的喉咙，既不便出来，又难以消受。哎哟所长，这可难为我了，马山说。

第二天，马山填好表格，交给所长韦解放，然后说所长，我想请几天假。韦解放说好的。马山说我岳父的病最近恶化，西医是没治了，我想跑一跑，找些民间的中草药试一试。韦解放说我看你对你岳父比对自己亲生老子还好。马山说哪里，因为我老头子现在身体还硬朗，所以你看不到我的孝心。韦解放说也是，都说久病床前无孝子，但你肯定是个例外。

马山回到家里对妻子说韩芸，领导刚布置给我一个秘密任务，这几天回得了家回不了家都说不定。韩芸说有任务你就去呗。她言外之意，是我什么时候拖过你的后腿？马山说这次任务要花销，因为是秘密，所以不便借公款，开支将由个人先垫，完成任务了再报销。他言外之意是请妻子给钱。

韩芸当然不会听不懂。她说存折在书里，《毛泽东选集》第三卷，我告诉过你，用钱你就拿去取呗。马山从书架上找到《毛泽东选集》，取下第三卷，翻出存折，见还剩一千元存款。韩芸说够不够？不够我去跟学校借点？马山说够了。他有些感动地看着妻子，觉得妻子刀子嘴，其实豆腐心，跟他结婚八年，没攒下几个钱。当然攒不了钱的原因之一是前几年岳父患癌症做手术，补贴了不少，再加上挨宰那几千块，欠款前年才还完。终于又有了几千元存款，马山的妹妹又结婚。妹妹马华虽然嫁的是个富户人家，但做哥哥的礼金不能轻薄。马山原打算送一千，但妻子韩芸提高到两千。马山觉得妻子在家境拮据的情况下能做到这点，难能可贵。妻子韩芸是西门镇中学的语文教师，十年前从师范学院毕业，工作第二年力排众议和众多追求者，嫁给了连中专文凭也没有的马山，让许多人喟叹和嫉羡不已，更让马山觉得自己三生有幸。

马山说等一下你没有课吧？韩芸说没有。马山就用手揽过妻子，发出亲热的信号。韩芸埋怨说你想一想，多久没碰我了？但身体非常温顺和情愿地跟从丈夫。在床上，马山任凭自己怎么努力和妻子怎么帮助，都不能行事。他的心老是被一把枪逼着，脑子里凉飕飕的，根本兴奋不起来。韩芸说我叫你戒酒你不戒，现在见了吧？马山说我戒，从今往后我一定戒。韩芸说你能戒得了吗？马山说我保证我能，不信过几天我回来你看。韩芸说我看你这把枪是对别人雄头而对自己老婆发蔫。马山说冤枉，它可是对你忠心耿耿，从一不二！韩芸不禁发笑。

远远地，马山看见周长江住宅的门开了，一道亮光像水一样从门口泻出来，然后是周长江走出来，身着黑色的皮衣，像一头熊。他边戴手套边顾看左右。有人在住宅里把门关上。住宅外有一辆"铃木王"摩托车，马山认识是周长江自己的，它表明周长江在住宅里，所以马山据此在偏僻处守望，从上午到现在，他已经蹲坑近十个小时。另一辆铃木王摩托车也像他一样蹲着，那是他跟"自强"摩托车修理店老板何树强借用的。何树强是马山的战友，十三年前周长江的哥哥周黄河刚牺牲不到一个月，他踩中敌方埋设的一颗地雷，战争给他留下了一条性命，却要走了他男人的根。他痛不欲生或生不如死地回到镇上，在人们的同情、耻笑和遗忘中苦难地活着。后来是马山的鼓励和支持，帮助他筹措开起了摩托车修理店。修理店开张后，门前冷落，马山几乎拜见了西门镇所有的摩托车主，动员和奉劝他们一旦摩托车坏了，就拿到"自强"摩托车修理店去修，以至于人人认为

"自强"其实是马山开的车店，何树强不过是代理而已，真正的主子是马山。也正因为如此认识，人们才把摩托车送来"自强"修理，就像不看僧面看佛面。然而只有何树强最清楚，马山从来没有从店里拿过一分钱。在这个镇上，唯独他对马山知根知底。所以当马山第一次有求于他借一辆摩托车的时候，他把最好的车推出来。"铃木王"，西门镇为数不多的名车之一。何树强说这是他自己新买的车，请马山尽管使用。

现在，周长江跨上他的"铃木王"，与此同时，马山也跨上何树强的"铃木王"。两辆名车像两匹骏马，分别承载着西门镇两名勇敢的男人，具体地说是一名敢赚钱的男人和一名敢不要命的男人。两个男人一前一后，或者说一个在明，一个在暗，在同一条道和同一方向相距甚远地行动着。

这是刮着寒风的晚上。

出了西门镇，马山只见一道车灯，像鬼火一样在前方摇曳。他虽然看不见周长江，但是他知道周长江就在车灯的后面，像幕后的导演。他也听不见前方摩托车发动机的声音，那么后面摩托车发动机的声音也不可能被前方听到，况且现在是逆风。但是马山无论如何是不能开灯的，他怕周长江知道有人跟踪。他只能摸黑行驶，这是他当警察锻炼出来的一门绝技。

后来，车灯熄灭了，或者说消失了，因为前方出现了更明亮的灯光，将其淹没，像河水纳入溪水。马山被前方明亮的灯光吸引，或感到诧异。此地已远离城镇，也不靠近村庄，竟然也有像村庄准确地说是像营房和学校一样的亮光?! 这是哪里？马山在黑暗里观望光明前景，像在荒漠里看海市蜃楼。

一股浓烈的卷烟的味道在这时候扑入马山的鼻孔和肺腑，像刺骨的风。敏锐的马山立刻警觉，这是一个生产名优假烟的地方！他把摩托车推到一个土坎或一个坟墓边放倒，然后蹑手蹑脚地向灯亮的地方靠近。

这原来是部队的一个营地，很多年以前部队撤走了，改为干校，又改为农校。农校办不下去了，又改为养猪场。1975 年大旱，颗粒无收，猪场破产，木瓦门梁全被拆卖，只剩下墙。想不到许多年后，有人把这里重新修缮，办起了工厂。马山没有来过这里，但清楚这里的变迁，除了现在变成生产假烟的工厂。他之所以没到过这里，是因为这已经超出西门镇的地界。它的西边是西门镇，东边是东门镇，北边是北山乡，用线一画或心领神会，就是"金三角"——马山立即联想到位于中国、缅甸和泰国边境上那块长满罂粟的土地，并仿佛身临其境。

他潜进工厂，像猫入林莽、官上贼船。他躲在一箱又一箱堆砌如山的"红塔山""阿诗玛""红梅"等烟的后面，不敢使身体暴露。但是他的目光可以透过烟箱的隙缝，投落在卷烟的机器和操纵机器的人身上。

他看见三个他认识的人：周长江、梁青天和田肖人。他们在厂房里巡视，对操作的工人指指点点，像下基层或视察企业和指导工作的官员。三个人里田肖人的职权似乎最高，因为他居中，周长江和梁青天在其左右，还时不时对他言语，像是做汇报。

梁青天呀梁青天，你怎么能跟这些家伙搞在一起！马山在心里对妹夫埋怨说，你知不知道搞假烟是犯法的，是要坐牢的？你坐牢不要紧，但是把我妹妹给坑了。我早知道你是这样子，绝不同意我妹妹嫁给你。现在这两个家伙拉你下水不算，还把我的枪给偷了。我的枪肯定是这两个家伙中的一个拿的，或者是合谋拿的。梁青天梁青天，如果你把我当是你内兄，就帮我把枪要回来，至少帮探明枪是不是在他们身上，在谁身上。如果你能做到这一点，你搞假烟的事我可以想办法放过你。马山藏在烟山里意念妹夫，同时想办法和等待时机使妹夫从周长江和田肖人的身边走开。

机会终于有了。梁青天出了厂房去野地里拉屎。马山从钻进来的破洞里退出去。他迅雷不及掩耳地摁住了光屁股的妹夫，并捂住妹夫的嘴。是我，马山轻轻说，然后松开手。梁青天说哥？黑黝黝的野地里谁也看不清谁，但声音是清楚的。马山说我们是来打假的，想不到你也有份。梁青天说哥，我不是主要的，主要的不是我。马山说但是你脱不掉，我们来了很多人，就埋伏在厂房四周。梁青天说哥，放过我这回。马山说我可以放过你，但你必须做一件事，你要老实，否则别怪我帮不了你。梁青天说一定一定。马山说你先擦干屁股把裤子穿好。梁青天擦干屁股穿好裤子。马山说我问你，周长江和田肖人身上有没有枪？梁青天说没有。马山说真没有？梁青天说反正我知道没有，我从没见过他们有枪。马山说他们以前没有，说不定现在就有了呢？梁青天说那我搞不清楚。马山说你进去搞清楚，他们有没有枪。你搞清楚了，算你立功，搞不清楚，发生意外你罪加一等。梁青天说你告诉我怎么办吧？马山就告诉梁青天怎么办。

梁青天走进厂房，对田肖人和周长江说我拉屎的时候，听到有咚咚咚很多人跑步的声音，向这边围过来，好像还有拉枪栓的声音，你们快去看看。周长江一听，慌忙说道他们对我们动手了。田肖人说他妈的，拿了我们多少钱也没放过我们。梁青天说怎么办？跟他们干了？田肖人说拿什么跟他们干？人家人多，又有枪，我们一支枪也没有，人手又少。耗子舔猫×，不是找死吗？周长江说想办法，跑吧。

田肖人吩咐周长江、梁青天先躲在杂物里，说等他们冲进来的时候，趁乱逃走。

三人立即就找地方躲起来，可躲了很久，也没见什么动静。田肖人示意梁青天出去看看。梁青天硬着头皮出了厂房，摸到原来拉屎的地方，对马山说没枪。马山说你保证没有？梁青天说我保证。马山说好，你回去稳住他们，就说原来是一群野狗在互相追赶，还有刮风。梁青天说那我被抓了你怎么帮我解脱？马山说我就说你是派出所的线人、卧底。

马山骑着摩托车返回西门镇。但他没有回家，而是让何树强赶紧给他弄吃的，因为他已经饿扁了。然后他就在何树强那里睡了。

韦解放见了马山，说这么快就上班啦？搞到什么灵丹妙药了没有？马山说还没有。我去寻访民间医生的途中，偶然发现一个造假烟的地方，所以返回来，向领导报告。韦解放说是吗？好。马山说就在西门镇和东门镇、北山乡交界的地方，原来部队的驻地。韦解放说知道了。

马山说把行动的任务交给我吧，那里情况我熟。韦解放说你先抓药去吧，这个事不是说行动就能行动。两镇一乡交界的地方，哪能是光我们一个派出所动得了？要行动的话，需要几个乡镇统一，还要协同工商、技术监督等部门。这个事不仅我指挥不动，镇长也指挥不动，要县长至少副县长才行。马山一听，说我太不自量力了。韦解放说总之我会向上级汇报，我会说线索是你查获的。马山说这个不必。韦解放说你赶紧抓药去吧，假烟多造几箱不死人，你岳父的病可延误不得。

从派出所出来，马山还真去看了岳父。他提着一包东西，不过不是药，而是两斤羊肉。岳父是退休的粮所干部，或者说是停薪留职的干部更准确些，因为粮所早就名存实亡了，工资很久没有领到了，他原来治病的医药费还是粮所卖了路边的晒坪给报销的。这已很让岳父感激不尽。他现在住在旧街的祖宅里，由小儿子照顾。马山来的时候，他正在家门口全神贯注地和别人下棋。马山把羊肉拿进家里。岳母去世了，小舅子不见在家。马山把羊肉洗好切好，放到锅里去炖。然后到门口看岳父下棋。岳父的棋下得很臭，马山忍不住出声并动手去纠正，岳父才知道女婿来了。马山帮岳父把对手打败了，对手不服气，要求和马山下。岳父让位。马山和对手连杀几盘，尽是输。他原以为下棋可以暂时忘却一切，就像岳父只有下棋的时候才忘却自己是个病人一样。殊不知棋局上杀气腾腾，扑朔迷离，尤其棋子吃掉棋子的叭叭声，像恐怖的枪响。每当一个棋子被吃掉，他觉得就像是一个人被打死了一样。

棋下到最后，羊肉炖烂了，还有锅头。

县公安局发来通知，西门镇派出所和马山分别评上了先进集体和先进个人，请派出所一名领导和马山到县里领奖。所长韦解放收到通知，像一名实现目标的教练员或领队如释重负和欣慰。他当所长快五年，西门镇派出所还是第一次评上先进集体。在以往的几年里，每年离先进总是差那么一点，不是办案经费超支，就是某干警对涉案嫌疑人动作言语粗暴被状告等等。阿弥陀佛，去年一年安然无恙地度过了，韦解放扬眉吐气，像农民脱贫翻身一样。他把通知通知马山。马山说这么快就评出来了？韦解放说快过年了嘛，当然快。马山说我看我就不去了。

韦解放说去，你怎么能不去呢？马山看着情绪高涨的所长，有苦难言。

表彰大会是下午举行，所以韦解放和马山上午才出发。车是跟镇政府借的，桑塔纳。派出所有一辆吉普，但韦解放说领奖怎么能坐吉普去？他跟镇长一说，镇长李勇宁愉快地借出自己的专车，还说回来后要设宴祝贺。

西门镇离县城三十公里，路不是很好走，但不到一个小时就到了。韦解放把车开进县政府招待所，说今晚我们不回去了。一年到头，痛饮一次。局里喝酒有几个高手，但我们要收拾他们，联合其他派出所，主要看你。马山连忙说我不行，我不喝。

因为还有时间，韦解放要去看在县中读书的儿子。马山说你去吧。

韦解放走后，马山也离开房间，又走出招待所，像散步一样来到街上。春节临近，街市上人头攒动，像大雨降临前的蚂蚁。密集的摊位占道摆设，堆满各种各样的年货。马山无心购买，但又不撤离，像是当班的巡警。然而他还是在一个摊位前停了下来，因为摊位上各式仿真手枪，像磁铁一样把他吸住。他拿起一把五四式手枪，端详着。这把五四真像我那把五四，他心想，真像，太像了，连我当警察的肉眼看，都看不出来。如果不是摆在摊位上而是拿在歹徒手里，我肯定以为是真的。

多少钱一把？他说。

十块。摊主说。

买一把。马山说。他付出十元钱。

一转身，马山便把手枪插在裤腰上，那放空了好几天的枪套，重新插进手枪，像剑放在剑鞘里或像珠宝放在珠宝盒里。警服上装没有完全把枪盖住，露出一小截枪管，像脚拇指从破鞋里露出一样。

下午，颁完先进集体的奖后，马山被叫上台领奖。全局先进个人一共十个，比先进集体多五个。马山排在第六，站队正好在中间，所以给他发奖的是公安局局长樊家智。樊局长与他握手后先把荣誉证书给他，再递过写着三千元的红包。马山把这两件东西拿在手上，像其他人一样转身面向观众。有九个人把荣誉证书和红包扬起来，像夺标的运动员挥举鲜花和金杯一样，只有马山没扬。他显得不高兴，看上去他给人的感觉是嫌三千元奖金太少。

回到座位上，韦解放说马山，你怎么啦？马山说没什么。韦解放说没事吧？马山说没事。

会餐的时候，马山看有一桌坐妇女最多，就坐到那一桌去，目的是少喝酒。韦解放则相反，他很想把马山调过去，以壮酒力，但又怕马山不高兴，只好决心孤军作战。

会餐持续了四个小时，到晚上十点才散光。马山搀扶着醉得一塌糊涂的韦解放回到招待所的房间，一放倒，还来不及替他洗脸脱鞋，就听到了呼噜声。马山给韦解放脱鞋后，卸下韦解放的手枪，连同集体个人共三万三千元奖金，放在自己的枕头底下。他呆呆地看着不省人事的韦解放，心想我妹妹结婚那天，我就像他这样。

半夜，忽然有人敲门。马山坐起来问谁呀？门外的人说是我。马山下床把灯打开，再把门打开，看见是公安局刑侦队的黄杰。他的弟弟就是黄恩，和马山一个派出所的。

黄杰说，你们所打电话来，李小萌被杀了。

马山一惊，开口就问是枪杀，还是刀杀？

李小萌躺在她住所的地板上，或者说倒在自己的血泊里，当然血已经凝结，颜色也不鲜红了。她穿着睡裙，但床上的棉被枕头还叠放得整整齐齐的。伤口在胸前，只有一处，有一寸大，但是非常深刻。裤衩还穿着。屋里没有翻箱倒柜的痕迹。而墙上多了一行血书：

杀人者武松！

血书是手指写的，墙根丢着一根断指，拾起一验，是李小萌的右手食指。蘸的当然也是李小萌的血。

是刀杀。马山说。他看公安局刑侦队的黄杰，又看所长韦解放。黄杰点头。韦解放说说下去。他的酒此时已经醒了，从县城回西门镇的路上，马山不断地揉他的太阳穴和掐他的人中。开车的是黄杰。

凶手既不是想行奸，也不是想行窃，目的只有一个，就是杀人！马山又说。

杀人的动机是什么？杀手是什么人？

那要等抓到凶手以后才知道，马山说，不过我推断，杀人的动机是锄奸，杀人者是对李小萌的淫荡刻骨仇视的人。他留言杀人者武松，意思就很明显，而李小萌的称号是潘金莲。那么凶手很可能是李小萌的丈夫或她丈夫的弟弟。黄杰说，李小萌的丈夫是谁？有没有兄弟？

黄杰的弟弟黄恩回答说，唐松庆，县中学的总务，好像没有兄弟。不过昨晚唐松庆没有回西门镇，他恐怕现在还不知道李小萌被杀。

黄杰说赶快派人先把他监视起来。

韦解放对黄恩说黄恩，你去吧。

黄恩说是。然后立即驱车去县城。

黄杰说是谁报的案？

派出所民警何炳军说一个匿名男人，通过电话只说李小萌死了，去收尸吧，就把电话挂断了。

马山说毫无疑问，报案人就是凶手。

杀人者武松？黄杰一边说一边琢磨，有意思，《水浒传》前几天刚播到武松杀嫂，现在就有人出来效仿了。

马山一听，猛然说不好！他还要杀人！

黄杰说为什么？

马山说凶手自称武松，杀了公认是潘金莲的李小萌，那么他肯定还要杀西门庆！

谁是西门庆？黄杰说。

凡是和她通奸的男人，都是。除了她丈夫。

黄杰说那么有多少个西门庆？

马山不语。韦解放也不语。在场的人都不语。大家面面相觑，仿佛一无所知，又仿佛心照不宣。

黄杰说那要把西门庆都保护起来才是，否则又要出人命。

黄恩从县城打来电话，说李小萌的丈夫唐松庆现在在公安局，不过这两天他都没有离开县城，并有无数证人证明。另外他没有兄弟。

韦解放说叫局里把他放了吧，让他回来处理后事。

这时候是上午十点，大部分干警已撤回派出所。韦解放见大部分人都在，就决定把三万元奖金分了。派出所有十五名干警，正好一人两千。马山说把我那三千元也充进去吧。韦解放说这哪成，三千元是你的，集体的你一样有份。马山说要不三千元充进去，要不两千元我不要了。韦解放说你有这个意思就行了，该要的你全部都要要。

马山怀揣着一共五千元的奖金，觉得是个负担，便想先拿回家去放，最主要的还是想让妻子尽早高兴。

但是他在路上被周长江拦住了。

周长江将摩托车横在马山的自行车前，两腿蹭地，像支架一样撑着摩托车。他说马哥，到我家去坐一坐吧。马山说不坐，我没空。周长江说马哥，求你了，帮帮我。马山说帮你什么？周长江说我现在很危险。有人开始杀人了。马山说你知道有人被杀了？周长江说这么小的地方，能不知道吗？何况……马山说何况是李小萌。周长江苦笑说我和李小萌的事你是知道的，很多人都知道。那人杀了李小萌，下一个肯定想杀我。马山说你挺敏感的。周长江说人命关天，不提防不行。马山说你想要我怎么样？周长江说我想请你保护我，专门跟着我，每天一百元，直到抓到凶手为止。马山说就是说你想请我做你保镖？周长江说可以这么说。马山说每天一百元，凶手要是十年抓不到呢，你怎么办？周长江说不会的。马山说不会？这个案子是我负责的，我爱办多久就多久。周长江双手抱拳，说哎哟马哥，求你了。以前我有什么对不起你的地方，请你原谅。马山说好吧，我尽能力帮你，但是你不要用钱请我。有钱你留着给那个要杀你的人，他用刀抵着你心口的时候，当面给他，求他不要杀你。只怕他不稀罕钱，像我一样。周长江说好马哥，我服了你了。

这个时候，马山的 BP 机响了。周长江迅速递上大哥大，马山想起以前跟周长江借大哥大借不到，现在正好相反，不由一笑。但他还是接过大哥大。是所长韦解放呼他。韦解放说你赶紧回派出所，有事。

马山转身回走，周长江紧跟着。马山说你跟我干什么？周长江说从现在起我哪也不敢去，你到哪我到哪。马山说好吧，我还有些事要问你。

到派出所，韦解放说中午镇长请我们吃饭。

周长江说我也参加。我买单。

派出所干警除了值班人员之外，全都赴宴，加上黄杰、周长江。镇长李勇宁订了两桌酒席，全部坐满。他指定马山和他坐一桌。马山说领导坐领导坐。李镇长说你是功臣呀。韦解放说坐吧，没有几个领导，坐得下。马山就依了。周长江从另一桌过来，对李镇长耳语说由我买单。李镇长点头，说那你也坐这吧。周长江便坐下不走了。李镇长端起酒杯，还站起来，说同志们，我代表镇党委和政府，祝贺我们西门镇派出所光荣评上县公安局先进集体，祝贺马山同志评上先进个人，为了荣誉，干杯！

干杯！

马山喝了一杯酒后，又敬了李镇长一杯，就不喝了，谁敬都不喝。他说我正在办案，不能喝，敬酒的人就不勉强他，都说你随意，我喝完。因为他们都知道马山说的案指的是李小萌被杀事件。

但酒桌上谁也不提李小萌，仿佛李小萌之死不足为奇，可事实上这起杀人案非常新奇，它的特别之处在于凶手的留言——杀人者武松！尽管这是对一千多年前英雄武松或当下火爆的电视连续剧《水浒传》里演员的模仿。有人把李小萌杀了，居然以英雄自居，你说奇不奇？李小萌是漂亮风骚的女人，这是有目共睹的事实，可人家舞跳得好，歌唱得更好，西门镇每年组织节目搞晚会和到县里参加会演，哪一次不是李小萌一手操办？这也是事实。她是西门镇的美人、名人，她活着的时候人们经常在背后议论她以及和她相关的男人，捕捉她的风流韵事并加以传播。但如今这位美人、名人死了，人们的反应竟十分淡漠，就好像死了一个普通的老太婆一样。也许是因为周长江在场，他是明目张胆和李小萌通奸的人，是第一号西门庆。凶手如果继续杀人的话，下一个目标肯定是周长江。所以周长江一反常态像跟屁虫一样跟着马山，聪明的警察们的言谈非常聪明和谨慎，连镇长也保持沉默。再说这顿宴席虽然是以镇政府的名义请客，但买单的是周长江，谁还会提李小萌呢？

宴席到下午快上班的时间才结束。人疏散的时候，所长韦解放单独把马山叫到僻静处，说马山，有人想跟我们派出所借把枪。

马山说谁？

李镇长，韦解放说，你知道就行了。

他为什么要借枪？

这还不明白？韦解放说，防身呗。

马山说他知道有人要杀他？

韦解放说这还不是你推理的吗？你说凶手杀了李小萌，肯定还要再杀人。所以镇长才不得不借枪以防万一。

马山说可是枪是不能借的呀。

韦解放说他是镇长。暂时借给他，等凶手抓到了就要回来。

马山说我们派个警察跟着他不是更好吗？再说李镇长不一定很危险，因为他不像周长江那么明目张胆，连我都不知道，现在你说了我才知道。最危险的是周长江。

有备无患，韦解放说。正因为知道李小萌和李镇长的关系的人少，所以派个警察保护他不是此地无银三百两吗？还是借把枪妥当些。

马山说既然是领导说借就借吧。

韦解放说那你把你的枪借给他。因为这事知道的人越少越好。

马山断然说不行！

韦解放说借枪这件事我负责，你放心。

马山说不行呀，所长。

为什么不行？韦解放说。

马山这时候就想说我的枪已经丢了好多天了，因为我以为我能把枪找回来，主要因为要评先进，我怕影响集体评先进才没有说。但是马山又想如果这时候这么说，事情不是搞乱了吗？李小萌的案子还没破，又再添一起事件，一时扯不清楚，不要说李小萌的案子破不了，恐怕枪也找不回来。丢枪的事还是等李小萌的案子破了再说吧。

韦解放见马山缄口不语，不知道他在想事，以为是用沉默的方式坚定地拒绝，就说那好吧，我把我的枪借给他。韦解放显得很不高兴。

马山想我的枪如果不丢的话，我肯定只得借出去，借给镇长了。

那几天里，周长江和马山可谓是形影不离。马山走到哪，周长江果然跟到哪，像一条奴颜婢膝的狗。有一次去饭店吃饭，马山上厕所，周长江也跟着去。两人站在那里，马山酣畅淋漓，而周长江引而不发，像患了性病，事实上他没有尿。马山说你怕死怕到这个地步？周长江说生活好了，当然怕死。马山说你坏事做得太多，所以有人才要杀你。周长江说通奸又不犯法。马山说除了通奸，你还干别的坏事没有？周长江说没有。马山盯着周长江，说你敢说没有？周长江说你说我干什么嘛？马山说造假烟你承认不承认？他拉上裤子拉链，说你不承认我撒开你不管，让你送死。周长江连忙说马哥，你圣明。可造假烟实在不能算是什么坏事，相反是对地方经济的一种贡献。你想想，县里镇里号召农民大量种烟，可烟叶种出来又卖不出去，如果我们不收买的话。我们卷的烟不假，只是牌子是假的。但如果我们不冒牌，生产的卷烟如何销得出去？马山说立刻停手吧，否则马上就捣毁你们的假烟加工厂。周长江惊疑地说不会吧？马山说不会？为什么不会？周长江说我们可是照章纳税的，西门镇、东门镇、北山乡都来跟我们收钱，没有哪一次我们不给。把我们收拾了，对农民利益有什么好处？对地方财政有什么好处？马山说我妹夫梁青天跟你们干什么？周长江说他主要负责生产，我负责销售。马山说田肖人呢？周长江说他负责联络、保护。马山说田肖人是什么人？周长江说你不懂呀？他是田副县长的儿子。马山说你相信田副县长的儿子就能一手遮天吗？周长江说我不知道，反正天塌下来由他顶着，我们只是小工头而已。马山说你们要干你们干，别拉拢我妹夫了。周长江说这可由不得我，马哥，他不是小孩。马山说你不想早死、找死就听我的话，都别干了。周长江说过了这难再说吧。

两人在厕所里待了半天，像同时吃了什么馊菜拉痢疾不止一样。

到了晚上，马山回家，周长江也跟着。马山只好把女儿叫过来同床，腾出房间给周长江睡。妻子韩芸见西门镇的富翁跟丈夫这么亲密，觉得荣幸又觉得奇怪。掩门睡觉的时候，她问丈夫说马山，你和他合伙在做什么生意？马山就把实情告诉妻子。韩芸说这种人你保护他做什么？死了可以净化社会风气。马山说有什么办法，只要法律不规定通奸像贩毒一样触犯刑律，我还得保护他。

第二天早上，临出门时周长江把一千元钱送给英英，说这是叔叔给你的压岁钱。英英说还没过年呢。韩芸说英英说得对，不过年这钱不能要。周长江说没关系，迟早一样。韩芸说你不图吉利我们还想图吉利呢，好像你不打算过年了似的。周长江一听，赶紧把钱收回，说过了年再给，再给。

终于马山忍不住说长江，你这样跟我太紧不行。凶手不会出现的。你要跟我保持距离，单独活动，把凶手引出来。我暗中保护你。

周长江一听，说马哥，我给你跪下了，求你千万别让我这样。你想别的办法吧。

马山说除了这样，没别的办法。我还有更重要的事要办。凶手不出来，案子不破，我就做不了别的事。冒一次险吧，离我远点，我保证你死不了。

周长江坚决不答应。他咬住马山不放，像一只蚂蟥。

这样到了农历十二月二十七。

下午快下班的时候，马山坐在派出所里，听黄杰诉苦。他说我原定明天跟老婆回她家过年的。老婆是省城的人哪，下嫁给我这个在县里当警察的。大年三十要是不陪她回去跟她父母过，真对不起她。其实这个案子有你马山老弟就够了。你破案的水平是拔尖的，用不着我留在这里督什么查。你破不了的案，我也破不了。马山说哪里的话，你是县局的，我是协助你。黄杰说其实如果不是考虑你妻子难调动的话，你早已是县局的人了。马山说不不，我在这里挺好。黄杰说这样守株待兔不是办法啊，我要过年。马山瞥了一眼在派出所围墙内踱步的周长江，巴不得把他推出去。狼什么时候开始对猎人有恃无恐的？他想。

这时，有电话来，找马山。

马山说是我。

我是何树强。对方说。

树强，有什么事？马山问战友。

请你放开周长江，让他离你远点！何树强说。

为什么？

我要让他死。

为什么？

难道你觉得这种人不该死吗？你那么寸步不离地保护他做什么？

李小萌是不是你杀的？马山忽然警觉或醒悟地说。

是的，那淫妇是我杀的。何树强说。

为什么？

李小萌是什么货色，还用问我为什么？

树强你好糊涂，马山说，自首吧。

我会自首的，何树强说，但要杀了周长江以后。

马山说不行，你不能再杀人。

我要杀，何树强说，杀一个是杀，杀两个也是杀。你放开他，杀了他我就自首。

不行，我不会让你得手的。

你为什么要保护他，他给了你什么好处？

这不是给不给好处的问题，马山说，他是公民，而我是警察。

何树强说我再问你，你放不放？

马山说不放，你自首吧。

何树强说那我只好当你的面，把他打死。除非他不再跟你在一起，否则我让他吃子弹。

马山说你有枪？

何树强说是的，而且是你的枪。

马山如雷轰顶，说想不到竟然是你？

何树强说马山对不起，我并不愿这么做，但我确实需要。

马山说告诉我是怎么回事？

何树强说你妹妹婚宴那天，我趁你喝醉的时候摸走的。

说下去。

我想杀李小萌和周长江，怕刀杀不死，就用枪干掉他们，然后不自首的话就用枪自杀。

难道你不考虑这么做把我给坑害了吗？

对不起，马山，因为要枪的话只有从你身上才能搞到。

因为我是你的战友？

是的，因为你对我不设防。

我现在对你同样不设防，你来自首吧，带着枪来。

不，你带人来抓我吧，何树强说，我现在就在你附近，派出所对面的粉摊边。不，我回修理店等你吧。

放下电话，马山看着在一旁拭目以待的黄杰，说你看好周长江，别让他离开派出所半步，我出去就回。

黄杰说不行，你不能一个人去！

马山说我是去带他来自首的，去的人多，就不是自首了。我的战友本质上不是恶人，他曾经为国奉献出了一个男人身上最宝贵的东西，是地雷把它炸掉的，独独炸掉他那个东西。所以他最恨有的人荒淫无度并耻笑他，这便是他要杀掉李小萌和周长江的原因。给他个机会自首，兴许能判个死缓也好。

黄杰说那你去吧，请千万要小心。

马山来到"自强"摩托车修理店，何树强果然敞开店门等着。战友见了战友，两眼泪汪汪。何树强说你为什么只一个人来？马山说难道我应该带很多人来吗？我一个人来，可以说你是自首。何树强说说我自首，我就死不了了。马山说是的。何树强说你以为我还想活是不是？马山一惊，说我这么做不对吗？何树强说你说我这种人活着还有什么意义？你宁可不让我死，而让我在监狱里煎熬下去？！马山说在监狱里，至少你再也看不到外面的人花天酒地和荒淫无度，这样你反而心静神宁，像寺庙里的和尚，将来死后灵魂可以超度。永生的其实是你。何树强说别安慰我！他忽然掏出枪来，指着马山的额头。马山瞪眼一看，果然是自己丢失的手枪。我抢了你的枪，把你当人质，何树强说，这样死有余辜了吧？马山说可以，如果原来谁也不知道这把枪丢了的话。可是枪丢的第二天，我就跟上级机关报告了。何树强立即掉转枪口指着自己的太阳穴，说这是最好的解决办法。马山说可是你用这把枪自杀，你死了，我一样会受连累，因为这是我丢失的那把枪。何树强说这我就管不了那么多了。他欲扣动扳机。马山说你等等！我有个办法。何树强说说吧。马山说我现在身上带着一把，不如换你手上这把吧，算是你抢的，拿我当人质也行，自杀也行，都很可信。何树强一听，想想有道理，说你先拿来。马山就拔出身上的枪给何树强。何树强左手拿过手枪顶着自己的左太阳穴，才把顶着右太阳穴的右手手枪轻轻屈身放在地上。马山说现在你开枪吧，或者用枪指着我。

何树强选择了开枪。他闭上眼睛的同时，扣动了扳机。

然后，马山说树强，别琢磨枪为什么打不响了，因为这是仿真的玩具手枪，是我在年货市场花十块钱买来的。

此时，马山已把何树强弃在地上的枪捡到手上，并插入枪套里。整整丢失了二十五天的五四手枪物归原主，像一名失踪多日的亲生骨肉，又回到望眼欲穿的亲人怀抱和温馨幸福的家中。

何树强说我现在明白了，为什么在战场上我们这些战友死的死，伤的伤，而子弹偏偏打不中你，地雷偏偏炸不着你，这都是因为你太机灵了，比谁都机灵。

这也是我当了十一年警察，依然还是警察的原因。马山说。

何树强说我认为主要的原因是，他环顾即将离开的摩托车修理店，说是因为这个店。你帮助我搞起这个店，很多人都以为真正的老板是你，而我不过是店小二。

马山说也许吧。

何树强说现在就让它既成事实吧，我坐牢了，这个店全归你。

马山说那我要不当警察才行。

春节一过，马山丢枪的报告呈送到县公安局。报告详尽地交代了丢枪的原因和经过以及又是如何失而复得，并包括了对这起事件的深刻认识和检讨。它摆在头一天上班的公安局局长樊家智的案头。局长看完，然后在上面批示道：鉴于枪已找回，未造成恶果（何树强并未用此枪杀人），因此，建议对西门镇派出所领导和当事人马山不做党纪政纪处分，但是分别取消西门镇派出所和马山1997年度县公安局先进集体和先进个人称号，收回牌匾、证书和奖金！报政法委书记潘宏益审决。

县政法委书记潘宏益批示：同意。

政令一下，西门镇派出所群警大哗，像被宣布高考成绩作废的班级和学生。收回牌匾、证书不要紧，但收回奖金真要命，因为奖金已经分光，最主要是已经花光。多年来极少有的一次高额（两千元）奖金分配，哪个干警不是在春节前或买了大件，或效敬了妻子呢？这样出去的，又如何能要得回来？

所长韦解放又打报告又打电话。他在电话里对局长樊家智说樊局长，你开除我的党籍或者免了我的所长职务吧，但是别把奖金收回去！樊的回答斩钉截铁：不行！

于是，马山在干警中无地自容，像水缸里的一只青蛙。

终于他跳了出去，把周长江连请带拖带到"自强"摩托车修理店，说你把它买下来。

周长江说不买，仇人的东西我不买。

马山说我是你仇人吗？

周长江说你不是，何树强是。

马山说这个店是我的。

周长江说是你的？我不信。

马山说你买不买？

买怎么样？不买又怎么样？周长江说，他的意思是要杀他的人已经抓到了，他还怕谁？

马山说你买，何树强会老实和永远在牢里待着。不买，何树强会马上越狱，你知不知道警察看管犯人并不都是万无一失，尤其何树强现在还关押在离西门镇不远的某个地方，那里的门窗并不太稳固。

周长江一听，说我买，我买。

马山说这个店值三万三千元。

当马山把三万三千元钱拿到派出所，像交一个班级的答卷交给所长韦解放时，韦解放说你是怎么弄到这笔钱的？

马山说我把摩托车修理店卖了。

韦解放说我就说嘛，那个店其实是你开的，有人还不信。

马山说现在卖了，谁还说那个店是我的？

韦解放说马山，想不到这件事让你付出这么高昂的代价。

就等于去饭店吃饭，图一时痛快，点上熊掌和人头马而又看错了小数点，被狠狠又宰了一次。马山说。

凡一平给壮族小说带来的影响是较为复杂的。一方面，他开始大量解构现代主义的偏激以及现代性中的偏颇，使壮族小说现代性的观念得到某些匡正，从而也使壮族小说在某些方面不仅赶上中国当代文学的前列，而且走上后新时期的潮头。凡一平小说诗化和许多尝试，使壮族小说为现代读者提供了新的审美内容，这对壮族小说的现代性进程是有益的。

——雷锐主编《壮族文学的现代化历程》，民族出版社，2008，第 226 页

1992 年以后凡一平的小说出现了四个特点：1. 明显倾向叙事，小说的情节变得曲折丰富，可读性大大增强；2. 大量使用第一人称叙事角度，叙事者成为小说中的一个人物，人物的内心世界在一定程度向外敞开，心理表现的成分大大加强；3. 小说中的人物在善与恶、是与非、正义与邪恶、贞洁与淫荡的道德边界游走，价值判断遭遇悬隔抑或莫衷一是；4. 小说中的人物具有两种特殊的内涵特质，即身份焦虑和角色多元，身份焦虑是其人物的心理状态，角色多元是其人物的外在形象。现代社会个人的身份往往是以这种他者确认而非自我确认的方式完成，身份的不确定性导致了现代人的身份焦虑意识。为了谋求他者的确认，现代人不得不进行各种各样的妥协和交易并造成严重的心理滑坡。凡一平挖掘出了一种潜伏在现代人心中的身份焦虑意识并赋予其人物一种浑身是戏的"变性"技法，这种身份焦虑和"变性"技法与当下中国人的集体无意识和社会文化语境有着内在的深刻的沟通，正是这种深刻的沟通，使凡一平的小说产生了奇特的魅力。

——黄伟林：《边缘崛起》，收入刘硕良主编《广西现代文化史》，第三卷，
广西师范大学出版社，2016，第 61—62 页

| 创作评论 |

　　在二十世纪汉语叙事的丛林中，凡一平从头到脚穿着传统的装束招摇过市。在西方叙事学已将当代汉语叙事者打扮得花枝招展的文学时代，凡一平不依靠叙事视角、语言，以及其他层面的小说修辞，来增加自己文本的可读性或审美内涵，而是依靠故事、情节本身取胜。刘勰曾谓"因情立体，即体成势"，描述主情、主智类文学作品普遍存在的情感势能。凡一平的"因情立体"，则是依靠"情节"实现其小说的叙述势能，以形成文本贯彻始终的对阅读的摄取力。对凡一平来说，把一个故事讲得清楚通晓、引人入胜，已经是一贯的，甚至是最高的美学追求。他写得最好的小说，是故事最曲折、最紧张动人的那些，是依靠亚里士多德的情节理论，遵循他的"情节""性格""思想""语言"按照文体重要性递减的序列，是一种传统意义上的"精致小说"。尽管他在书写现实的过程中，加入了一些马可·波罗式的叙事气息，但最终未能抛弃故事的叙事核心，写出一篇完全的寓意小说。

　　——傅元峰：《"山鲁佐德"的文学启示——论凡一平小说兼及当代小说叙事
　　　倾向》，《当代作家评论》2011 年第 3 期

　　综合来讲，讲述一个悬念叠生的故事和犯罪型人物、冲突性事件是凡一平写作中的重要主题或者说是叙事动力。早期《寻枪记》中的警察配枪丢失与小镇杀人案，《上岭村的谋杀》中村民韦三得因长期欺男霸女被人杀害，嫌疑者层出不穷，究竟谁才是真正凶手成为牵引着故事前行的重要动力；《天等山》中著名企业家、慈善家，前来广西投资的福建富商林伟文突发心脏病猝死，死者手机内几条内容暧昧的短信将自然死亡事件指向蓄意谋杀。凡一平多数小说都是这种突发事件阻断日常生活，从而引导读者跟随叙事者一起去寻找真相，或者被意外事件改变了原来的生活秩序，一环接着一环推演情节，直到秩序恢复如前。这是一种颇见编剧基本功力的写作方式，具有强力戏剧黏力，又有一种侦探文学的特质，

严密的逻辑推理和简洁明了的悬念主导性。

  ——项静：《灯火的彼岸：原乡叙事与新的症候——凡一平近期作品读札》，

  《南方文坛》2018 年第 3 期

| 作品点评 |

  我想用不久前上映的电影《寻枪》与其小说原著一个关键情节上的差异解释社会道德与历史文化两种视角在文学作品中的运用。《寻枪记》的作者是我们广西河池籍的凡一平。小说的偷枪者是警察的战友，在战场上被地雷炸没了男根，他渴望着像正常男人一样活着，拥有尊严的武器，但是他永远都无法做到。他痛恨淫荡而且耻笑他的男女，所以他杀了李小萌，还要杀和李小萌通奸的周长江，还有镇长。所以他在杀人现场留话：杀人者武松。周长江与镇长自然能理解这句话的含义。于是乎周长江拼命寻求保护，镇长跟派出所借枪。这是小说最具震撼力的地方，但是电影没有这样的表现。电影里的偷枪者是一个卖羊肉粉的市民，他的家人因为被造假酒的周小刚所害，所以他才偷枪要杀周小刚，误杀了李小萌。这两个情节表面上看差异不大，实质上差异很大。可以说，小说中的杀人者是有文化信仰支持的，中国历史上"万恶淫为首"的文化观念成了他的杀人动机的一个组成部分，因此他可以很自豪地自比武松。我们还应该注意到小说专门将故事发生的地点命名为西门镇。电影中的杀人者则依靠社会道德的支持，他的杀人有复仇的因素，而杀李小萌则成了误杀。显而易见，小说的文化情节比电影的道德情节更有深度，含义更为丰富，因为文化包含了道德，文化心理比道德心理更丰富也更复杂。

  ——黄伟林：《超越单面文化——漫谈中学语文课堂中的文化教育》，《广西

  教育》2002 年第 35 期

  以凡一平早期作品《寻枪记》为例，现在重读依然能够感受到作品中粗粝和丰富的社会内容。小说显性故事是主角马山在妹妹的喜宴后醒来发现警枪丢失，

这个重大的差错让他陷入巨大的焦虑不安之中，像一颗定时炸弹，他在短暂的缓冲时间里自己去秘密调查和寻找警枪。在这个寻枪的过程中，广西小镇生活的切面展现在我们面前：赌窝横行，假货生产秘密进行，公共权力跟灰色犯罪之间维持着一种难以简单廓清的关系；经济发展让一部分人获得了为所欲为的能力，各种欲望释放出来，文化站干部漂亮妖冶的李小萌就是一个欲望化的符号，突破了原有的道德秩序约束。这种小镇生活中有藏污纳垢部分，又潜藏着无限的生机活力，有潜在的暴力犯罪因子（财富不均、欲望化、不公），又有着坚定的制衡因素（法制、信仰、亲情、友情）。小说中另一个重要人物杀人者何树强，在战争中失去了男根，他是上一个时代的无法愈合的伤口和遗留物，为了让他在小镇上正常生存，马山替他张罗了一间摩托车修理店。何树强接受了马山的帮助，由于马山的身份，二人的友谊在小镇上获得了公众空间中一种租约关系的外在形式。马山的友谊和公正只是给予何树强一种个人意义上的扶助，在身体和心灵生存空间中，他依然是一个缺失者，尤其是在小镇越来越走向欲望化的过程中，各种新的社会问题和潜流纷纷出土的空间中。何树强的孤独感、焦虑不安、不平走向极致化，他以个人的本能需求去审判社会，去杀死李小萌和她的男人们。

杀人案件被破解后，枪完好无损地回到了马山手中，马山如实向上级汇报丢枪事件，上级机关依法罚没派出所获得的奖金，马山按照潜规则，以半强迫半胁迫的方式出让何树强的修车店，从商人周长江手中拿到属于他们的奖金，主人公马山和小镇的生活仿佛一下子又回归到初始的轨道上。在这个突然的插曲背后潜藏着丰富而复杂的社会内容，这些生活无法简单给予一种解释，而是被一个突发事件撕扯牵连而渐渐具备模糊的轮廓。从根本上来讲，今天的社会生活与《寻枪记》可能并无太大差异，那些曾经控制了西门镇人心灵的问题依然交织在上岭村人们的生活中。

  ——项静：《灯火的彼岸：原乡叙事与新的症候——凡一平近期作品读札》，

  《南方文坛》2018 年第 3 期

2000 年代

理发师

凡一平

理发师陆平给一个连的士兵剃了光头，只剩下一个人没剃——他软磨硬拖，死活就是不肯。连长谢东恼了，一声令下，几个光头朝一个有毛发的包抄过去，像抓一头猪似的把人擒住，绑架过来，将头摁进水桶，把毛发弄湿，然后摁在凳子上。

凳子上的士兵手脚被紧紧按住，动弹不得，嘴却像扣了扳机的枪口骂开了："我看谁敢动我的头？谁敢把我的头发剃了我就把谁阉了！"

陆平被一声臭骂吓住了，同时也被一头美发惊得发呆。虽然毛发是湿的，但依然夺目耀眼。那是陆平难得一见的发型，剪工精细得无可挑剔，就像浸过墨水的狼毫做的毛笔一样，严密得没有丝毫的零乱。陆平从后面绕到前面，又从前面绕到后面，他被眼前的奇发弄得团团转。

"你这头发是在哪做的？谁给你做的？"陆平禁不住打听。他想不明白，这方圆几百里，还有技艺精湛得和他不分高低的理发师？

"跟你说有什么用？你懂什么？你除了剃剃剃你懂个屁！"凳子上的士兵继续破口大骂。

陆平想跟凳子上的士兵表明自己的本意，连长催促他别磨蹭，赶快剃。他同时警告凳子上的士兵再骂师傅的话，就把他的嘴巴封起来。

作品信息

原载《青年文学》2001 年第 11 期，收入《广西当代作家丛书·凡一平卷》（漓江出版社 2002 年 10 月出版）、《理发师》（当代世界出版社 2003 年 2 月出版），由陈逸飞改编为同名电影《理发师》。

凳子上的士兵忽然软了下来，他的口吻由恶骂变成求饶。他说连长，我不剃行不？我求你。连长说不行，凡是打仗都要剃，敢死队员个个都要剃！

凳子上的士兵两眼一闭，嘴也没有再张开。他像一名手术前被麻醉的伤病员，安静下来。四名摁着他的士兵渐渐松开了手。陆平将一块白布罩在他脖子以下的地方。

陆平拿着剃刀的手停滞在头颅的上方，没有像先前一样手起刀落。那把锐利的剃刀对着一头漂亮的毛发畏缩起来，它仿佛感觉到一种罪过——这样出色的头发是不该杀害的，刀不能做它的刽子手，因为它就像是花卉，而不像是稗草。陆平的心思一下子绕不过弯来，他的迟疑使头发的生命得以延长。

倒是凳子上的士兵竟然等得不耐烦，他张开嘴："剃呀！快点剃！让你剃你怎么不剃？你不就是干这行的吗？"

陆平的手因这句话而有了冲动，他把剃刀架在凳子上的士兵的额头上，从额头开始，就像水稻的收割从田头开始一样，陆平从头到尾把凳子上的士兵的头发干净利落地剃掉了。

凳子上的士兵的哭泣是在士兵们的笑声中产生的，他从衣袋里掏出一枚小圆镜，这是士兵们发笑的原因。一个爷们的身上竟然带着女人的玩意，怎能不让士兵们笑掉牙齿？凳子上的士兵还坐在凳子上，他在士兵们的笑声中照着镜子，然后他就哭了。被剃掉的头发都抖落在他的脚下，和其他士兵们的全部头发掺杂在一起，像一堆草垛。

连长谢东背过身去把脸上的笑灭掉以后转过身来，严令士兵们不要笑了。他走到凳子上的士兵前，说："李文斌，别哭。头发剃了，还会长出来，只要脑袋在。但是打起仗来，可不许怕掉脑袋。"他转而面对全体士兵，"我们这个连是打前锋，见了日本鬼子，谁的脑袋要是往后缩，我崩谁的脑袋！"

现在陆平知道了凳子上的士兵叫李文斌。李文斌把镜子收进衣袋里，站起来，仇视着陆平，然后扭头走开。他像一把梭子似的穿过士兵们中间，扎进营房里。

司务长给了陆平十元大洋，这是剃一个连人头的酬劳。司务长一再表示歉意，说八路军穷。

陆平谢绝士兵的护送，离开了营房。他闷着头往县城的方向走，看上去他的沉重并不是来自他提着的剃头的箱子。

和顺理发店在和顺县城家喻户晓，他的声名来自两个人：店老板宋丰年和理发师陆平。宋丰年是和顺县的大户，也可以说是大富，光在和顺县城的店铺就有十家，理发店只是其中之一。他当然不会给人理发，但他的理发店生意好，人气旺，全靠理发师陆平撑的门面。这名理发师来自上海。他为什么会从上海来到和顺？没有人知道。人们只知道这个上海人是理发店的招牌，是远来的和尚或深巷里的酒香、签筒里的上上签。所有进理发店的顾客几乎都是为他而来。当然能找陆平理发的肯定都不是一般的顾客，因为陆平给一个人理发收费的额度是5—10元，因发型和工序而异，并且是明码标价，能承受这样费用的顾客自然不是等闲之辈。这样一个阶层的人在商业繁荣的和顺县不乏其人，因为每天找陆平理发的顾客络绎不绝。

宋家二小姐宋颖仪是理发店的常客，她隔三岔五便来洗头护发，这段日子几乎是天天都来。她当然是无须付费的，因为她特殊的身份可以使她做到这一点。

宋家二小姐这天的光顾非同寻常，正如陆平这天给她做头发也非同寻常一样。从宋颖仪把"营业暂停"的牌子挂到理发店门口的时刻起，陆平便感觉到他和宋家二小姐之间的关系已无法保持微妙。

"我要嫁人了，你知道吗？"宋颖仪坐在转椅上看着镜子里的陆平说。

"知道。"陆平说。他把茶籽做的洗发水倒在手上，然后揉搓在宋颖仪的头发上。

"嫁给谁知道吗？"

"知道。"

"嫁给谁？"

"一个师长。"

"师长什么样知道吗?"

"我哪知道?"陆平说。宋颖仪的头发被他揉搓起了泡沫。

"昨天你给八路军剃头去了?"

"是。"

"昨天我来了没见你。"

"哦。"

"我要嫁的人不是八路军。"

"哦。"

"八路军不准讨姨太太。"

"哦。"

"你怎么不说话?我要嫁去做别人的二姨太了,你就没话跟我说吗?"宋颖仪身子椅子一同扭过来,仰脸瞪着陆平,她显然不想看镜子里的那个陆平。

"别动,洗发水会把你的衣服弄湿的。"陆平边收拢宋颖仪头发上的泡沫边说。

宋颖仪不动了。陆平转到她的身后。两个人都背对墙上的镜子,谁也看不见谁的脸。

接下来的沉默究竟有多长,店里的挂钟显示得很清楚,但谁也不去看那挂钟。在沉默不语的这段时间里,陆平为宋颖仪洗好了头发,又擦干了头发。

在准备给头发定型的时候,宋颖仪说话了。她要陆平把她的头发给剪了。

"剪了不好,还是留长发好看。"陆平梳着宋颖仪的长发说。

"我不想好看!"宋颖仪直率地说,但陆平听得出那是假话。他继续梳理宋颖仪的头发。那黑缎似的松软的长发经过梳理变得妥帖滑亮。

"你剪不剪?"宋颖仪的口气不容置疑,像是强的一方给弱的一方下的最后通牒。

陆平放下了梳子,但他也没有立即拿起剪子。他端详着宋颖仪的脸,思量着把头发剪短后整个头部或容貌所要起的变化。虽然面相是固定的,留着短发的宋颖仪容颜依旧好看，但那变化也将是很大的——那是整个人的气质的改变，是静与动的反差，是保守和浪漫的对立，是陆平心仪的文淑女孩的另类。

但是陆平没有办法，他别无选择。他拿起了剪子。

两三个时辰之后，宋颖仪果然变成了陆平担心或预想的那类女子——她因了短发而显得活泼开朗起来，"谁说我留短发不好看？"她说，"我觉得就是好看。不喜欢我的人才觉得不好看。"陆平尴尬地说是好看。宋颖仪说你知道我为什么要留短发吗？陆平说不知道。宋颖仪说我就想试试我的胆量。我想我敢把头发剪了，就一定敢把我喜欢你的话说出口。我已经说出口了！

宋颖仪猛扎向陆平，把他抱住。"我喜欢你，可我就要嫁人了。你是理发师，你为什么不是师长？"

陆平不吭声，他需要用吻来回答，这也是宋颖仪所期待的。

他们吻得比洗发剪发的时间还要长。

国民革命军第 34 军 71 师师长叶江川的婚礼盛况空前，主要还不是因为酒宴盛大，而是因为请来了第二战区司令长官阎锡山。

阎锡山的莅临令叶江川受宠若惊，他原以为请柬发出，能得到阎长官的贺电也就不错了，没想到阎长官亲自光临，还送了一份特别的礼物——一只活鹿。阎长官送活鹿的意思简单明了，那就是祝愿 40 岁的新郎官在 20 岁的新娘那里保持足够的阳气，而鹿血和鹿鞭是强有力的帮助。阎长官还以自己为例，证明是屡试不爽。但仅过了一分钟，阎长官便为送新郎官活鹿感到了后悔，因为他看上了新娘宋颖仪。

阎长官头一眼看见宋颖仪就开始魂不守舍。他接过新娘敬上的茶，让茶水泼到了裤子和地上。新娘给他点烟，吸了一口后，因间隔的时间太长，吸第二口时烟已经熄了。

无数的人都看明白阎长官的失态与新娘有关，叶江川恐怕也不是傻子。在接下来的一系列活动中，新娘便很少出现。为了转移阎长官的兴趣，叶江川动员了戏班子当家花旦袁凤兰全方位陪侍，这当然会有效果。但见惯了戏子的阎长官很快情绪低落，或者说心猿意马。他对袁凤兰一头披散的长发忽然生厌，这是他思念新娘的表现，因为新娘留着一头超乎寻常的短发，让阎长官赏心悦目、想入非非。

"我走啰。"阎长官动身摆出离开的架势，这是他再见到新娘的机会，因为他要走，新娘不可能不出来送。叶江川虽然嘴里说着挽留的话，但举手投足尽是欢送的姿态。他把新娘叫了出来。

"阎司令，再见，好走。"宋颖仪说着与阎锡山握手。

阎锡山与宋颖仪的握手有点特别，除了握住的时间比别人稍长，还动用了另一只手。用双手与送别的人相握，是除新娘外其他的人所得不到的荣幸。

阎锡山附加的手按在宋颖仪的手背上，像一只青蛙。宋颖仪希望这只青蛙很快跳开，因为这只青蛙在用肢体撩拨她，让她不自在。

"你这头发？你的头发？"拥兵百万的阎长官竟拼凑不出一句完整的措辞。

"我的头发太难看了，"宋颖仪说，"丑得不敢见人。"

"不，不，好看好看，"阎长官说，"真好看。"

"丑死了。"宋颖仪找到了难过的借口或理由，把自己的手抽了回来。

但那只青蛙趁机一跃，跳到了宋颖仪的头上。"谁给你剪的？"阎长官抚摩新娘的头发说。

"我自己要剪的。"宋颖仪说。

"剪得真好。"阎长官说。他终于把手抬开，顺势向送别的人们挥了挥，"再见各位，炕上日好啰，也别忘了抗日！"

阎长官在一片开怀的欢笑声中乘车离去。

和顺县城的陷落就像一场地震，之所以像一场地震是因为人们来不及逃跑和无路可逃。只一支烟的工夫，或者说一个头没理完，日本人就来了。

陆平正在给胜哥理发。手动的发剪，像被夹了脚的螃蟹，在胜哥的头部慢慢推动。被理掉的头发像断落的海藻，散开在遮布上。

猛烈的枪炮声应该是胜哥先听见的，因为他没有陆平专注。枪炮声把胜哥吓了一跳，或者说引起胜哥的高度警惕。他坐不住，立马起来，出到店外。

胜哥和陆平看见一队国军官兵正在街道上跑，毫无疑问那是被洪水猛兽追击的一种跑法。但也有不跑的，在街道上随便拉过什么东西做掩体，架起枪支。陆平注意到不跑的全是跑不动的伤员，他们与其说在做抵抗的准备，不如说是在等死。

胜哥也注意到了这一现象，他破口骂道，这些孙子！然后他把遮布一扯，扔给陆平就走。

"胜哥，头发还没理完呢。才一半，胜哥回来！"

胜哥没有回头。胜哥毛发参差的头部分成阴阳，像一个太极。

戏场上拥挤着人，很多人都极力往中间钻，因为那似乎比较安全，可以躲过机枪的扫射，如果日本人大开杀戒的话。

肥前大佐出现在戏台上，他当然不是要唱戏。吃奶的孩子都看出他不是演员。翻译官高元也在上面，既不像日本人，也不像中国人。

胜哥五花大绑被日本兵大力推出，出乎和顺市民的意料——和顺县最浪的公子哥，怎么会成了鬼子的敌人？

胜哥站在戏台上，被上千民众注目。他被注目的原因除了被鬼子绑架，还有他怪异的头发——那不是阴阳头吗？他可真敢。但对了解胜哥的人来说，胜哥没有不敢的。你看他文在身上的女人，就觉得他留一个阴阳头算什么。女人自然是漂亮的女人，文在胜哥的胸前，但现在看不见，因为胜哥穿着衣服被绑。或许胜哥希望裸露自己，因为文在他身上的是他深爱而又唯一得不到的女人，熟识的人能看出那是宋家的大小姐。他为什么要把宋大小姐文在身上？就是因为得不到，越得不到胜哥越是刻骨铭心、出格离谱。不敢作敢为，就不是胜哥。那么，胜哥到底做了什么，让日本人要把他斩了示众呢？

人们从翻译官高元的嘴里知道了原因：胜哥把国军伤员藏在家里，被搜了出来。鬼子怎么知道胜哥家里藏有伤员？那是因为有人告发。谁出卖了胜哥？日本人自然不会公布举报者的姓名。

胜哥瞪着眼睛朝台下大骂："谁他妈的把我卖了？谁？老子做了鬼，回来操他老婆、小老婆，操他姨子、女儿！"胜哥眼红脖子粗，像一只大叫的公鸡。

陆平就站在戏台下离胜哥不远，他感觉到胜哥的目光直对着自己，在怀疑他。陆平在心里对胜哥说不是我，胜哥！我知道是谁告了你，但我不做告密者。胜哥，只对不起你那头发，我还没有帮你理完，你就要走了。

胜哥之死是和顺县的一大惊奇，原因是他死在不是他该死的地方。他是个混蛋，却死在日本人的手里，到使他成了一名英雄，至少是一名壮士或一条汉子。

日本人把胜哥的头砍了，用铁丝穿过胜哥的头皮，又把头发绕紧，然后吊挂在幕杆上。

一连好多天，胜哥的头颅在露天暴晒，炎热引起了腐败，腐败生出虫蛆，还招来苍蝇。成千上万的虫瘿昼夜不停围解胜哥的头颅，使胜哥的头颅落了下来，得以入土。

但胜哥的头发依然挂在幕杆上，任凭日晒雨淋，永不腐烂。

宋丰年指着陆平，对翻译官高元说这是最好的理发师，我把他带来了。

高元把陆平带到肥前大佐那里，对肥前重复宋丰年说过的话，当然是翻译过的。肥前看都不看来人一眼，因为他正在练字，具体地说在临摹中文的"虎"字，或许日文的"虎"字也是这样写法，因为陆平听说日文是从中文变过去的。

肥前大佐并没有理发的表示，因为他拿着毛笔还在不断地写。宣纸上已经有无数的"虎"字，但每个"虎"的写法都不一样。

陆平跟随翻译官来到庭院里，摆上椅子。

翻译官高元脱下帽子，坐到椅子上，说太君说了，你先给我理。理好了再给他理。

陆平看着翻译官的脑袋，没有动剪。高元留着时兴的分头，与他扁平的头和椭圆的脸不相协调。他提出理平头的建议，得到高元的许可。他说好吧，日本皇军留的都是平头，我也留平头试试。理好了，是个样板。理不好，拿你的脑袋来换。

宋丰年在一旁鼓励说理吧，照常理，会理好的。他协助陆平给翻译官罩上遮布。

陆平开始动手。他一面用梳子度好分寸，一面用发剪推掉冒在梳子上的毛发，理出平头发型的轮廓。

庭院里巡逻的日本兵，都停下来看理发。

两个时辰之后，日本兵看见翻译官像换了一个人，仿佛是看见自己的同类或同胞，因为翻译官已和日本人一模一样，如果有区别的话，那就是翻译官比真正的日本人还要精神。这无疑是头发的效果和作用。

高元从日本兵赞赏的目光和口吻中感知到头上发型的美观和质量，因此对理发师的技艺表示了首肯。但是否那么高超，还得看肥前大佐的态度。

肥前大佐走到庭院里，高元啪一个立正，光着脑袋敬礼。肥前端详着高元的脑袋，他其实刚才从窗口已经观察了一会，只不过不像现在这么靠近和仔细。

"哟西。"这是陆平唯一能听懂的日语，出自肥前大佐之口。

宋丰年如释重负，仿佛是自己受到好评。

接下来陆平将给肥前大佐理发。准备妥当后，他先摸了摸肥前的头发，测试发质的软硬度。摸日本人的头，这是他生平第一次。这是一颗地雷，陆平想，确实是地雷。他不切实际的想象使手产生了哆嗦。

"不要紧张，放松。"肥前通过翻译官劝慰理发师，很显然他感觉到了理发师的手在哆嗦。

为了让理发师彻底放松，翻译官搬出唱机放起了音乐。富含日本情调的歌曲洋溢在庭院里，首先使日本人陶醉，他们的面目因沉浸在乡愁中而变得柔善温和，这才使得陆平紧张的心理得到舒缓。

整个理发过程大概花了一个小时，其中包括了剪发、刮胡须和头颈部的按摩。一个侵略者让敌国的理发师用剃刀刮胡子，是需要一定胆略的，就好像鲨鱼在布着渔网的海域捕食是很危险的一样，但肥前却不怕这样的危险。他放心地让理发师给他刮胡子，让剃刀自由地刮过他的腮帮、上颌、下颌和颈子。那把锋利的剃刀刮颈子的时候来回翻动，能听见"噼噼"的声音，像暗处点燃的火索或响尾蛇爬动。

除了肥前，所有的人都冒一身冷汗。

但虚惊过后，等待理发的人需要排队。休闲的日本兵纷纷脱下帽子，无数需要修剪和清洁的脑袋让维持会会长宋丰年感到踏实。

光顾和顺理发店的客人越来越少，可以说门庭寥落。那些平时固定回头的大小爷们基本不来了，很显然来自上海的理发师这块招牌已掉了油漆，不再招人。

状况反映在账上，宋丰年来到店里，与理发师检讨生意不好的原因。宋丰年认为收费价目需要调整，现在是非常时期，收费过高是顾客减少的原因。陆平则认为顾客之所以不来和顺理发，是因为他们为日本人做事，"人们把我们当作汉奸。"陆平直言不讳。

宋丰年忌讳陆平的说法，他们为此争吵。员工和老板吵架，占上风的肯定是老板。宋丰年说这个店是你开的还是我的？那么究竟是我听你的还是你听我的？陆平说我听你的，总有一天我会被人的唾沫啐死。我不干了，你另外请人吧。

理发师的辞职简直是撒手锏，立马让老板软了下来。他求陆平不要走。"你走了我上哪去请像你这么好的理发师？没有客人不要紧，一个客人都没有我照样给你工钱，你以往拿多少工钱我照样给你多少！行不行？"宋丰年让步已经很大。

陆平表示这不是钱不钱的问题，"你知道我从上海跑到这么远的地方，是为了什么。"

宋丰年眼睛一亮，因为他从陆平的话得到提醒。他想到附在理发师身上的血案，是控制他最好的把柄。"我知道你是为了避难，因为你在租界杀了人，而且是日本人，所以跟着我来到和顺。"宋丰年坚定地说，他用不着再低声下气。"我那是误杀。"陆平说。

"我相信是误杀，"宋丰年拿起剃刀把玩着说，"可日本人连杀无辜的人都不眨眼，管你是误杀？"

"所以我不能侍候日本人，那很危险。"

"只要没人告发你，你就安全，"宋丰年说，"在和顺除了我，没人知道你的过去。你放心，我是绝对不会在日本人那里告你的，想都不想。"

陆平感觉自己像山羊掉进了陷阱里，被猎户救起，既可以养在家里，也可以卖给屠夫。

"但是你要帮我，"宋丰年说，"日本人一不高兴，我就会掉脑袋。我有女儿嫁给国民党的一个师长，这就能要我的命。所以我只有把日本人讨好了，才能活命。你要帮我，行吗？"

陆平看着宋丰年，说："你肯定比日本人长命。"

宋丰年照着镜子，摸摸头发，"我头发是不是该理了？"

庭院里置放着十九具日本士兵的尸体，是从前线运回来的，集中在临时搭建的棚子下。

陆平的任务是给这十九具尸体化妆整容，具体地说是要给这些尸体残缺、扭曲、破烂、肮脏的五官进行补充、复位、修整和清洗，使他们看上去像熟睡的样子。

这显然比给活人美容美发困难得多，但陆平别无选择，除非他能使这些尸体复活。

事实上陆平乐意接受这些尸体，因为他们并不比那些活着的日本士兵更令人恐怖。庭院里活动着众多的士兵，一个个看上去充满杀气，像饥饿的猛兽。只有一小部分默默守着同伴的尸体，他们的眼睛里含着悲伤，有的还流出泪水。日本人的泪水是陆平快意的源泉，但是他不能使快意流露到脸上。他神情肃穆凝重，表里不一，像一名戏子。

但是陆平触摸尸体的快感在他手上活灵活现，无法掩饰——他的手拿着刀剪，或戳或挖或刮日本兵的五官，游刃自如，像在雕刻一枚枚大印，那些涂抹在五官上的颜料就是印泥。

一张又一张清楚的面貌陆续呈现在白色的布单上，让活着的日本人瞻仰。这是死者和生者永别，或者是战友之间最后的照面。仪式之后，这些已经瞑目的战友将被抬到野外，用汽油火化。他们的骨灰将比继续和中国人作战的战友先回日本。

肥前大佐的鞠躬向着两个方向，一个向死者，一个向理发师。两次鞠躬的含义也不相同，前者是志哀，后者是致谢。肥前大佐忽然向理发师叩头，让陆平茫然失措，以为对方昏了头。

"就是你，"肥前大佐盯着陆平说，"你的做得很好，谢谢你。"

陆平的反应仍然迟钝，没有答话。他为肥前能讲中国话发愣。

"我的中国话，讲得不好？你不明白？"肥前大佐说。

陆平连忙点头，"好，明白。"

肥前大佐指着翻译官高元对理发师说："他教的，讲得不好，你怪他。"

陆平又说："好，好。"

翻译官高元上前对陆平说没事了，你走吧。

陆平离开军营，步伐显然比前一次从容镇定许多，尽管手臂发酸、腰杆生疼。那装着理发整容工具的箱子，先是提着，然后扛着，接着又用头顶着，像一名灵童被百般呵护。他不断地回头观望，引得零零星星的路人也跟着他观望，但谁都不知道这人到底想观看什么。

一股浓浓的黑烟从野外腾空而起，像一匹飞向西天的黑色绸缎或者一群吃饱了腐肉的乌鸦。

　　理发店和理发师到底还是迎来了一名尊贵的客人，尽管她来得不是时候——现在是掌灯时分，理发店已经关门，理发师在后房门外冲凉，后房是他的卧室。理发师把从井里打上的一桶水全部往有皂沫的身上浇，发出爽快的叫唤，但并不妨碍他听到敲门的声音，因为敲门的声音持续不断。

　　宋颖仪只等陆平把门开了一条缝就闯了进来，顺手关门后她就依着门板呼气，她显然在门外等着心慌。陆平也不轻松，因为如果仅是宋家的二小姐这时候来倒也罢了，但人家现在是革命军师长的姨太太，在敌占区出现，就不免让人的心揪紧。陆平把宋颖仪拉到后房，把后门也关上后，才开始问话。

　　"你怎么来了？"

　　"你怎么现在才给我开门？"宋颖仪反问，她想哭不哭。

　　"我在洗澡，"陆平说，"你看。"

　　宋颖仪看陆平只穿着裤衩，身还是湿的，开颜发笑。

　　"你来你爸知道不？"

　　"我还没回家呢，也不打算回去。"

　　"那怎么行？你回来你怎么说？"

　　"我说我回来看我爸。我说我想我爸。"宋颖仪说，她不看陆平，但是她看着他的卧室。

　　"你怎么进城？"陆平说。

　　"送我的人到了城外，就回去了。我换了件烂衣服，就混进来啰。"

　　陆平这才仔细打量久别的二小姐，"你又留长发了。"他说。

　　"没人给我剪呗。"

　　"你想剪我还给你剪。"

　　"我才不剪呢。我胆子已经够大了。冒那么大险来看你。"

　　陆平站在宋颖仪身后，把她抱住。

　　和顺理发店这天晚上就像是来了一大群老鼠，疯狂地闹着，仿佛要把房梁震塌下来才算完。

连续三个晚上，理发店的状况都是这样。

陆平说："这几天，幸好你爸不来。"

宋颖仪说："他来，我也不能见他呀。我就躲在里屋里，不出去。"

"要不，你回去看看他吧。"

宋颖仪想了想，摇了摇头，"我怎么回去呀？我爸那么胆小，见了我，还不怕得要命。日本人要是知道我回家，会害了我爸。"她说，"还是等打完日本人，我再回去看他。"

陆平不语。

"也快了，"宋颖仪说，"苏联已经出兵东北，日本人的日子不长了。"

"是吗？"陆平说，"颖仪，我给日本人做事你知道吗？你爸也是。"

宋颖仪说："你给日本人做什么事？"

陆平说："我给日本人理发。"

"嗨，理发算什么？"宋颖仪说，"除非你把国民党军队师长的姨太太交给日本人，才饶不了你。"

"那你爸呢？"

"我爸怎么啦？"

"他把胜哥给告了，"陆平说，"胜哥死了，你知道吗？"

"他该死。他害死了我姐，如果不是他想强奸我姐，我姐也不会掉下河去淹死。"宋颖仪说。

"也是，"陆平说，"胜哥这样死了也好，还算光彩。将来我死了也许名声比他还臭。"

宋颖仪堵住陆平的嘴，"不许你说死！你绝不能死，我绝不会让你死。要死我们一块死，我死了你才能死！"

陆平笑，"你看，你说的全是死。"

"好，我不说了。"宋颖仪说，她抱着陆平。

他们的拥抱从深夜到天亮。

宋丰年等陆平给客人理完发走了以后，才从口袋里掏出一份报纸，让陆平到后房去看。

陆平看到的是美国在日本扔原子弹的消息。

宋丰年跟着进到后房，忽然发现理发师的卧室第一次变得那么整洁，他只想赞许，却没想到别的。"这就对了，干干净净，多好。"

陆平说："不是闲着没事嘛，就想到收拾屋子。"

宋丰年说："等日本人走了，我们的理发店生意还会好起来。"

陆平说："我再也不用去摸捏日本人的死头烂脸了。"

宋丰年说："日本人不是没走嘛，去还得去，都要到头了，万一把日本人得罪了，搭上条命多不值得，你说是吧？"

"房间收拾得这么干净，我就是不想死。"陆平注视着床说。现在的床上虽然空寂无人，但他的回忆和幻想始终都是他和宋颖仪——他和二小姐在床上颠鸾倒凤，废寝忘食，像从冬眠期醒过来后的蛇。床上的声响依然如春雷般令人亢奋。

此刻莫名其妙的二小姐的父亲就在身边，但理发师旁若无人。

军营里的日本兵颓废沮丧到了极点，仿佛死神或末日降临。三个小时前，他们相继收到两份命令，内容几乎完全相同，就是无条件投降。所不同的是命令有一份来自日本天皇，还有一份来自被他们侵略的中国。从那时候开始，他们停止了所有的军事行动并全部撤回军营，等待中国军队的受降。

等待受降的日本兵不吃不喝，他们或静坐或静卧，神思恍惚，像无可救药的邪教徒。

相比之下，肥前大佐的行为要积极很多——他居然有空和心思去喂马和狼狗。这两只为肥前赴汤蹈火，和主人一样罪恶滔天死有余辜的动物，正在享受着丰盛的晚餐，因为肥前把士兵不动的食物都给了它们。它们摇摆着尾巴感谢主人，吃得津津有味。肥前大佐分别摸着它们的毛发，以此做最后的告别。

请来的理发师已经到了，在庭院里等着为肥前理发。

肥前对理发师已经不陌生，就像他的中文已经很流利了一样。他为理发师这时候的到来感动，并叩头致谢。"最后一次请你给我理发。"他说。

陆平理发师不温不火，和对待其他人没有两样，显得很职业化。他麻利地做理发的准备，操作步骤从头到尾一样不少。

肥前大佐在音乐和随之而起的士兵哭声的陪伴下，满足了自杀前整洁容貌的愿望。

受降部队如期而至，在中国房顶招摇了八年的膏药旗断然落地，代之升起的是中国本土上的旗帜。接受战败的日本士兵列队向捷足先登的国民党军队缴械投降。

投降的日军里没有肥前的身影，翻译官高元和理发师陆平同时指着一个方向，并走在国军官兵的前面。

虚掩的房门被一脚踢开，肥前跪倒在地，一把长剑插在他的腹部，黑血涂地。

庭院里忽然传来两声枪响。

国军士兵枪毙了肥前的战马和狼狗，他们将仇恨宣泄在这两只畜生身上。

清除汉奸的运动如火如荼。

在和顺监狱的一间牢房里，关着高元、宋丰年和陆平三个人。他们像拴在绳子上的三只蚂蚱，插翅难飞。

高元真诚地看着宋丰年，把求生的希望寄托在他的身上，因为他有一个做师长姨太太的女儿，这是他们活命的唯一一条小路。高元说我早就知道你有这么一个女儿，但是我没有告诉日本鬼。我对你够不够意思？宋丰年说够意思。高元说那你要回报我才行，你懂我的意思吗？宋丰年说我懂你的意思，可我要先得救才行。我女儿要是救得了我的话，已经把我救出去了。高元说我是说万一，万一你有活命的机会，可别忘了帮我说话，救我出去，啊？宋丰年说一定。高元得到许诺，但还是不放心，因为还有个理发师的存在，是他求生的竞争者。他同样真诚地看着理发师，希望理发师把生的机会让给他。陆平说你放心，这里有三条命，我是第三条。高元说谢谢你，兄弟。

为了表明自己的诚意和谢意，高元把自己的铺位和陆平的床位做了调换，他睡在了马桶边。还有唯一一把被他长期把持的扇子，也易给了宋丰年专用。他悉心侍候宋丰年，为他赶蚊子、扇风、按摩，像一名孝子照顾父亲。

高元态度的转变，使一向对他敬畏三分的宋丰年成为监舍的老大。他充分享用着做老大的待遇。他看着左右两个懂事的小伙，多少年来没有儿子的遗憾，在监牢里得到终结。

行刑队十一个人，站在前列的有九个，他们每人举着一把长枪，对着三个目标。

宋丰年、陆平、高元面对瞄准自己的枪口，丝毫不怀疑脚下就是生命的终点，已经没有活路可走。见惯了杀人的高元本应该冷静地面对死亡，但他的表现比另两个人更失魂落魄，原因是将被杀的人包括了他自己。相形之下，宋丰年和陆平的神态虽然不能说是视死如归，但起码眸子还见有回光返照。陆平甚至还挤出一个笑容，那是针对高元做出来的，因为他想到高元在监牢里为了活命在宋丰年和他身上所做的努力全部白费，不由得有了一丝快意。他决定将快意保持到枪响。

一骑人马飞奔而来，把阎锡山的手谕交给行刑队队长。行刑队队长把手谕内容向行刑人员做了传达。九支长枪仍旧瞄准，所变化的是只对着一个目标。

行刑队队长手起手落，九枪齐声射出子弹，全打在高元身上。

宋丰年抱着女儿老泪纵横，血缘亲情溢于言表。他女儿身边是他女婿，像恩人般看着他这名岳父和站在身后的理发师。

陆平和叶江川是第一次相见。陆平称叶江川师长，但师长却称陆平表哥，"你虽然年纪比我小，但按理我应该称你表哥才对。"他说。

被称作表哥的陆平从宋颖仪丢过来的眼色接受和认可了这个身份，并得到了善于见风使舵的宋丰年的进一步证实。"对，是颖仪的表哥。"宋丰年说。父亲的认定使宋颖仪找到了和陆平亲近的理由。她甜蜜地看着陆平的眼睛说："表哥，你什么时候回上海？你要是回上海，我跟你一起去，去看姑妈。"

陆平说："我想回去，我五六年没回去了。"

宋颖仪说："你才五六年，我长这么大都还没去过上海呢，也没见过姑妈。我要跟你去上海，就可以见到姑妈了。"她转而看宋丰年，似在征求父亲的同意，实则在做某种暗示。

宋丰年说："方便的话就去。"

宋颖仪："现在不打仗了，有什么不方便的。"

宋丰年说："你现在嫁人了，不是由我替你做主。"

宋颖仪挽过叶江川的手，说："你是说江川呀，他当然会让我去啦。他说过等抗战胜利了，我想去哪里就去哪里，想干什么就干什么，是不是说过？"

叶江川说："我说过，说过。"

宋丰年说："陆平回了上海，理发店怎么办？"

宋颖仪说："你以为理发店还开得下去呀？和顺谁不知道你们的事？你们以为你们还能在和顺待得下去呀？为了救你们我和江川费了多大劲才……不说了。"

叶江川说："多亏了阎长官开恩，你们才……幸好及时，不然……好了，都过去了。"

宋丰年盯着不知什么时候开始就和自己的女儿关系暧昧的理发师，说："你真的要回上海？"

陆平说："我说我想回去，但没说一定要回去。"

"就是，"宋丰年说，他看着在父亲和丈夫面前居然编着美丽谎言的漂亮女儿，"陆平……你表哥都不回去，你还去什么上海？"他阻止谎言的蔓延当机立断，"要去，也是我去。我把他从上海带来的，应该由我送他回去。"

"什么呀？"宋颖仪说，他对父亲的不配合感到失望，还有对情人的模棱两可的失望也包括在内。

"我看这样，"叶江川说，"上海暂时就不去了。和顺那边也不好待了，你们就留在我这吧。"他看着宋丰年和陆平，"岳父大人就安心养老，我这个小表兄呢，就给你找个事做。就在师部当参谋，怎么样？"

宋丰年抢在陆平前面表态说："不行，陆平怎么能当参谋？他是理发师，只会理发。我看我们还是去别的地方，另外开店。"

"没问题，没事，"叶江川说，作为女婿的他没有岳父的担心，他似乎对妻子的红杏出墙还蒙在鼓里，"我当兵打第一仗的时候直尿裤子，现在还不是一样当师长？"

陆平的表态至关重要，他说："我在上海当理发师的时候，也杀过人，是一个日本人，当然我想那是误杀。"

"很好！说明你有当军人的天性嘛，"叶江川说，"就好好干吧。"

宋丰年还想申明什么，女儿阻止了他。宋颖仪说："爸，年轻人的事，你不管了行不行？"

少校参谋陆平每天的工作是把师长要看的文件送给师长和把师长看过的文件收回，这是参谋长给他的任务。这个任务轻而易举，但是责任重大。师部有六个参谋，但能接触全部文件的只有他一个。参谋长谭盾说只有最可靠的人才能担当这项任务，而你和师长的特殊关系决定你的忠心无须考验。陆平说那以前呢？参谋长谭盾说以前，核心文件都是我亲自给师长送去和收回。陆平说谢谢你的信任。参谋长说谢我干什么？这是师长同意过的。

叶江川接收陆平送来的文件，放在桌上，又把看过的文件交给陆平。整个文件交接的过程也就一分钟，加上四分钟来回，在机要室或参谋长办公室还要两分钟，一共七分钟，七分钟里还有六次敬礼，这就是陆平一天的工作。也就是说除了这七分钟，所有的时间都是陆平的业余时间。

七分钟以外的陆平不再是参谋，而是理发师。

经常把陆平叫唤去理发的全是参谋，他们今天这个叫，明天是那个喊，现在你理，待会到我，五个参谋轮流使唤陆平，每人每次都能拉来六七个打算理发的人，总之让陆平理个没完，时刻充当理发师的角色。他们巴不得全师的人都知道，新来的参谋不懂军事，只会理发，而且一个连地图都看不懂的参谋，也只能理发。只有如此，才能平掉他们心中的不服，因为这个低贱的人，第一次穿军服就是少校，而他们之中谁不是从战场豁出半条命才得到这等军衔。

师长叶江川也叫陆平给他理发，是参谋们最大的成就，他们对同事的蔑视和鄙薄，在师长理发的过程登峰造极，虽然他们的恶意深藏不露。

叶江川让陆平给自己理发的用意显然与参谋们不同，因为他没有参谋们那种心理，在这一点上他的行为光明磊落。他认为陆平业余时间为他人理发是件好事，可以得到很好的人缘，值得鼓励。他让陆平给自己理发就是一种鼓励的行为，当然他的头发也该理了。

"理完发后跟我回家，"叶江川说，"颖仪今天生日，叫你和我一道回去。"

师长对陆参谋的一句家常话，让一旁听见的其他参谋感到意外，他们的鄙视变成惶恐。

宋颖仪的生日家宴不欢而散，陆平在部队的作为是宋颖仪不快乐的缘由，她显然识破军中有人拉扯陆平干老本行的意图，"这些人明明不怀好意，"她指责丈夫说，"你还偏偏去凑份？陆平本分实在被人耍，你也看不出来？什么恼你？耍我表哥还不是扫你的脸面？"

"你不说我还真看不出来，"叶江川一脸羞恼，看着陆平，"你告诉我都是谁，我明天统统把他们降了！"

"没有谁，"陆平说，"是我自己自愿的。我是理发师，三天没有人找我理发，我就手痒。"

"你别忘了，你现在是少校！"宋颖仪说，"以后，不许你再给人理发了。"

陆平不吭声。

"好了，从明天起，我不许任何人再找他理发就是。"叶江川说，他摸着自己的头，"不过，我的头以后还得陆平来理，在家里面理。他理得是好，颖仪，你看他给我理得好不好？"

宋颖仪瞅着丈夫，笑笑，"当然啦，人家十几年吃的都是理发这碗饭，还有理得不好的？"

"什么时候我把这身皮脱了，"陆平看着自己的军装说，"我还吃这碗饭。"

"没出息。"宋颖仪说。

"本来嘛。"陆平说，他站起来，"我走了。"

宋颖仪说："去哪？"

陆平说："你认为有出息的地方。"

71 师向北进军，像狼群一般气势汹汹，他们准备进攻的对象是共产党军队驻扎在晋北的一个团，这肯定是稳操胜券的一仗，连没打过仗的陆平都这么认为，尽管他有很多个不明白——不是有"双十协定"吗？国民党为什么还要打共产党？这是第一个不明白。第二个不明白，国军和共军不都是中国人吗？为什么要自相残杀？战争的双方都说自己是正义或正确的一方，为什么还要发生战争？这是第三个不明白。还有我为什么要参加战争？再有我为什么不能继续做理发师？最后一个不明白，宋颖仪为什么不生怕情人在丈夫手下有一天会因为奸情暴露而被一枪毙命？

行军路上的陆平满腹心事，冷汗直冒，看上去像一个怕死鬼。

师长叶江川看着陆平，说："别怕，跟着我，我活着，你就死不了。"

陆平说："我不怕。"

叶江川说："那你怎么冒那么多汗？"

陆平说："不知道。"

他们现在是在一辆车上，车上还有参谋长。

"不会是肾虚吧？"参谋长谭盾说。

陆平吓了一大跳。

叶江川盯着陆平，"逛窑子啦？"

陆平支支吾吾。

"逛了就逛了，"叶江川说，"只是不能让颖仪知道，我岳父你老舅也不能让他知道。"

"当然，那哪能。"陆平说，他终于说明了出汗的原因，并不再继续出汗。

从前线拉下来的尸体和伤员源源不断，就像是从洪灾中抢收回来的牲畜，密集地放在医院的不同地方。

手术房外呐喊声不绝于耳，和寂静的太平房形成鲜明的对比——那些纹丝不动的尸体，大多数也曾经像手术房的伤兵一样喊叫，曾经痛苦地挣扎，但最终死神掐灭了他们求生的呼唤，也结束了他们生命的痛苦。

陆平正在给头部受伤的官兵削发，这是手术前必要的准备，也是陆平的义务——他本来只是随师长来医院看望伤员，看到女护士给一名头部受伤的上尉削发，上尉军官龇牙咧嘴骂爹操娘，因为女护士无法避免触及他头部的伤口。

"我来试试。"陆平说。女护士马上将刀剪给他。

上尉军官看着将给自己削发的是一名少校，说："别以为你是少校，我就不骂。弄疼我，我照样骂！"

"好的。"陆平说。他拿着刀片，削起上尉军官的头发。

自始至终，上尉军官只有些许呻吟，却没有一句叫骂。看上去他仿佛与少校亲如兄弟，而与刚才的女护士苦大仇深。

女护士看着为她帮忙的少校，说："谢谢，你使我少挨几句骂。"

"没什么，这个我在行。我是理发师。"陆平说。

女护士注意陆平的军衔，"不会吧？"

陆平看见师长走远，说："我本来是理发师，糊里糊涂当了兵，而且莫名其妙一穿军服就是少校。"

"说明你与众不同或出类拔萃。"女护士说。

"你叫什么？"陆平看着用成语称赞他的女护士说。

"会棉。"

"你的名字才是与众不同。"陆平说。

又一个需要削发的伤员送了过来，陆平说："我来吧。"

会棉看着为人削发的少校理发师，两只天生忧郁的眼睛露出温暖的一点光亮，那光亮或许来自陆平手上的刀片和肩章的铜星，是刀光和星光的反射，它让其实也十分郁闷的陆平，感到一丝开朗。

1948年底，陆平的肩章已由一星变成了三星，由少校参谋变成了上校团长。而那个有着一双忧郁眼睛的会棉也已成为他的妻子——他们的婚礼在叶江川的主持下进行。

参加婚礼的人都认为，这是他们除了抗战胜利吃得最欢欣的一顿喜酒，因为婚礼上两个漂亮的女人风华绝代。

宋颖仪在婚礼上对新娘是一口一个表嫂地称呼，让新娘既受宠若惊又谦虚谨慎，"叫我表嫂我接受，因为看上去我比你大，你显得那么年轻、漂亮！"新娘说。

"你才显得年轻、漂亮，"宋颖仪说，"要不然他怎么会看上你？我陆平表哥我还不了解？"

"表哥也是帅哥嘛，"叶江川说，"他们俩是天生的一对。"

参谋长谭盾说："早就听闻叶太太能歌善舞，而新娘精通琴艺，咱们是不是请二位夫人奏歌一曲？"

宋颖仪和会棉在掌声中展示才艺，一个放歌，一个抚琴。动听的声乐让处在冬天的71师军官情绪热胀。

洞房花烛夜，其实严格意义上说已不能称洞房花烛夜，因为在这之前，陆平和会棉已经同房，提前做了夫妻，婚礼只是象征和形式。事实上这天晚上新郎和新娘也没有做该做的事情，因为陆平喝醉了。他没有行事的能力，软得像一摊泥，但嘴里却叨个不停——"我是个废人，我窝囊透了，我蠢，你也蠢，她不蠢，因为她让我娶你，她是别人的老婆，不能做我老婆，我需要个老婆，所以让你来替她……做我的老婆。"

"她是谁呀？"会棉低头看着枕在自己大腿上的丈夫说。

"她是谁？"陆平被这一问猛醒，"没有谁，我胡说八道。我是想试你，假如有那么一个人，你、你会……"

"我什么也不会。"会棉说。

"你怎么什么也不会呢？"陆平说。

"因为，我是一块棉花，我从小到大都是一块棉花，是给人止血、擦拭伤口、做衣裳的，我没有骨头，把我塞到哪都行，用做什么都行。你看，现在我做你的枕头，你枕着我，我还怕你不舒服，把我丢走。你丢走我也就丢走了，我会怎么样？我会在你丢我的那个地方，我还是棉花。"

陆平彻底地清醒了，那是滴到他额头上的清凉的泪水起的作用。棉花是蓄水的，她潸然泄漏，除非是被人刺激或伤心无限，陆平想。陆平还想，我不能让她再受刺激了。

第二天，陆平和会棉回拜叶江川夫妇。宋颖仪看着新娘肿胀的眼睛，对陆平一顿质问。她说你欺负我表嫂啦？陆平说我没有。宋颖仪说没有她眼睛怎么会肿成这个样子？陆平说那是她高兴哭的，人高兴的时候也是会哭的。会棉流了一夜的泪水，但泪水是甜的。宋颖仪说是不是呀？她看着会棉。会棉说是。宋颖仪说那就好，那我这名红娘就没有白当。

叶江川提议陆平搬到叶家来住，他的理由是男人出去打仗的时候，两个留在家里的女人互相有个伴，他申明这也是太太颖仪的意思。陆平没有同意，他说我们两家住在一起，全师官兵更以为我们结党营私，他们本来就认为我这名上校是你任人唯亲的结果。

"这有什么？"叶江川说，"封官晋爵，谁不是喜欢用自己人？世道如此。"

"可我希望我们两家还是保持一定距离为好，"陆平说，"因为我既然是上校，就要对自己的身份保持清醒。我不能住在你的家里，因为这不合适。"

叶江川没有问为什么不合适，他似乎理解了陆平的心意。按照他的理解，陆平不愿意住到叶家来，是因为他想分清楚团长和师长是有区别的，他这名上校和其他上校没有什么不同，而如果人住叶家对他这名师长的权威和形象是有损害的。

"好吧，"叶江川说，"不过，我们打仗的时候，你得让会棉过来陪陪颖仪，你知道的，颖仪是个耐不住性子和寂寞的人。"

在陆平升上校不久，师长叶江川擢升 34 军军长——这一切的幕后，得追溯到 1945 年宋颖仪为了救自己的父亲和情人，在阎锡山那里所做的奉献或者牺牲。阎长官开出的条件很简单，就是宋颖仪和他睡一觉。宋颖仪没有多少犹豫就接受了这个条件，因为在她决定来找阎锡山时，就已经做好了准备。

"来吧。"宋颖仪主动脱掉衣裳，看上去她比阎长官还想上床。

阎长官喜不自胜，像一名老奸商即将得到一幅垂涎已久的名画。他向名画走近，将名画一拥在手，然后亲着名画，用手抚摩名画的各个部位。这当然不够，他将身体扑在名画上。仿佛他是画作的主人，他在画上留下了印记。

阎长官没有食言，他果然手谕一封，仿佛那是为赎下两颗汉奸人头填写的支票，这支票也只够保住人命两条。

"你来你丈夫不知道吧？"阎长官说。

"知道。"宋颖仪说。

"可你这觉不是为他睡的。"阎长官说，言下之意，宋颖仪如果为了丈夫的升迁，还得陪他睡一觉。

"是的，我知道，"宋颖仪说，"我什么时候想要丈夫升迁，我什么时候再来找你。"

宋颖仪拿着手谕马不停蹄，从刑场上救下父亲和陆平的性命。她丈夫叶江川做不到的事情，她小女子做到了。

叶江川对宋颖仪拿到阎长官手谕的事耿耿于怀，他心知肚明却明知故问："你是怎么拿到手谕的？"

"用女人的方式。"宋颖仪说。

"什么是女人的方式？"

"就是让身体和灵魂分开。"

"你的身体放纵的时候，你把灵魂放在哪里？"

"我爱的男人身上。"

"也包括我吗？"

"如果你认为值得的话。"宋颖仪说。

叶江川陷入矛盾，他既把自己绑在耻辱柱上，但又对宝塔上的明珠顾日期盼，就像一个人一面满面笑容，一面把被打落的牙齿往肚子里咽。

四年来压抑在叶江川心头的郁结，在他当上军长后得到缓解。对他来说付出沉重代价的人是他而不是宋颖仪，因为宋颖仪是他的姨太太。现在他付出的代价终于有了回报，那中将军衔仿佛是他巨大投资所获得的利润。

但是他对姨太太和陆平的私情仍然蒙在鼓里，对陆平的提拔就是最好的说明。当然陆平的提拔与姨太太的作用不无关系，他比任何以往都需要这名能量和潜力巨大的女人，因为他知道她和阎长官非同一般的关系。

此时阎锡山已就职南京中央。

34 军也奉令调动进驻上海。

陆平站在豫园路 3 号原大世界美发馆前，像拜谒一座墓。他凝重肃静，眼睛里噙着泪水。这里埋藏着他的过去，他现在想把过去挖掘出来，但是他无能为力，因为美发馆已经更名易主，变成了一所妓院，虽然馆址犹存，但是内容已经变了，除了一个个淫荡的肉体，陆平找不到一个帮助他回忆当年和凭吊师傅亡灵的人。美发馆的历史仿佛随着他十年前出逃的当天就已经结束，因为师傅也就在那天被日本人杀害，他以自己的命替换徒弟的命，来偿还徒弟失手将日本人杀死的性命。与师傅一同受害的一定还有师傅的女儿，她不可能在日本人的屠刀下活命，虽然她避免了受日本人的糟蹋——理发师陆平英雄救美，使日本人的强奸没有得逞，并使日本人丢了性命。那把割断了日本人喉咙的剃刀后来同样在日本人的面前出现，但是再也没变成杀人的工具。他成了一名纯粹的理发师，不管是对平民、官商、纨绔，还是对八路军、日军、中央军，他都一视同仁，来者不拒，直到有一天他成为一名军人。

"长官，来吧，进来吧，玩一玩。"在门口拉客的妓女招呼陆平。

陆平如梦惊醒，意识到他站的地方不能留恋。无论是十年前还是现在，他正确的选择就是逃离。

"你离开上海有多少年了？"宋颖仪说。

"整整十年。"陆平说。

他们现在秘密依偎在上海某饭店单人客房的双人床上。房间是宋颖仪订的，约会也是宋颖仪要求。自陆平结婚以来这还是宋颖仪和陆平第一次同床共枕——两人的身体从1948年底一直分开到1949年春，从山西东进上海，才彼此交给了对方。他们的情欲因为美丽浪漫的上海而如痴如醉、高潮迭起。

"现在你终于回上海了。"宋颖仪说。

"是。"

"我可是第一次到上海。上海真美。昨天我和会棉去逛了一天，在商店买了很多东西。会棉给你买了一条围巾，给你了吗？"

"给了。"

"我让她买的。我看中给你的那条围巾，就对会棉说表哥戴这条围巾一定很好看，会棉就买下了。"

"会棉不信我是你表哥，以后在她面前别叫我表哥。"

"她知道什么啦？"

"没有。但她就是不信，她说从你看我的眼神就觉得不像。"

"叶江川就看不出来。"

"他可能在装傻。"

"无所谓，我不怕他，现在。我想和你在一起就在一起。"

"我们有多久不在一起了？"

"从你和会棉成婚以后。"

"我们以后怎么办？"

"我也不知道。我只知道我爱你，为了你，我什么都肯去做。"

"我也爱你，可我什么都不能为你做。"

"你能给我快乐，快乐就是幸福，这就够了。"

……

"哎，你回原来你住过的地方去看了没有？什么时候也带我去？"

"我去过了，可理发店已经没有了。"

"那你师傅呢？"

"死了。我杀了日本人后，师傅就让你爸带我逃走，他和你爸是好友，你爸正好来上海做买卖。日本人找不到我，就把我师傅抓起来，给……"

"你是怎么把日本人给杀的？"

"日本人奸污我师傅的女儿，被我遇上。我拉开那个日本人，他和我打了起来，我身上正好带把剃刀，不知怎么，就把他喉咙给割了。"

"你师傅的女儿呢？"

"当然也被日本人杀了，我想。"

"你其实和日本人不共戴天。"

"是的。"

"后来你给日本人做事，说你是汉奸，我就不信。"

"我那是为了你爸，为了我身边的人不再因为我而死。"

"我理解你陆平。"

"后来还是你救了你爸和我。"

"我说过，为了我爱的人我什么都肯做。只有我爱的人活着，我活着才有意思。"

"我想活着，可我现在是军人，而且在一个腐败的军队里，我不知道能活到什么时候。"

"不管发生什么，你一定得活着。你明白吗？"

宋颖仪翻身趴到陆平的身上，黑亮的长发浓密下垂，像帘子一样遮蔽自己的脸和陆平的脸。陆平伸手把发帘撩开。他看见情人的眼睛红润和忧伤。

与解放军的决战已接近尾声，南京失守，国民政府从南京迁往广州。从长江防线溃散的队伍涌在上海，被 34 军收编。陆平升任 71 师 173 旅旅长。

师长谭盾握着陆平的手，向他表示恭喜。"我发觉我党国军队是越吃败仗，老弟你是升得越快。开玩笑呵。"

"你不也升了嘛。"陆平回答过去的参谋长说。

"那是，不过没有你快。"师长谭盾说。

"我升得是快，可惜不是好时候呀。"陆平说。

"此话怎讲？"

"万一做了共军的俘虏，罪可是要按官职来算。"陆平说。

"是吗？"谭盾说，"那我是师长，岂不是比你罪加一等？"

"你不一样，"陆平说，"到了你这一级，已经纳入老爷子保护的视野。据我所知停留在黄浦江入海口那几艘轮船，是专门为你们师职以上军官及家属准备的。"

"你的消息不对吧？"师长谭盾说，"我听说那是专门用来装运黄金国宝的。"

"师长也算得上国宝级人才呀，乃党国之栋梁。"

"我哪算得上，军长还差不多，"谭盾说，"你是军长的亲戚、心腹，万一上海守不住，你是可以跟军长屁股走的。"

"我哪也不去，"陆平说，"我是上海人，保不住上海，我就留在上海做鬼。"

"佩服。"师长谭盾给旅长作揖。

解放军大兵压境，国军数十万将士困兽犹斗。

71 师作为 34 军的一张王牌，被军长捏在手里，往对手前面一甩，指望能抵挡住对手凌厉的攻势。该师果然负隅顽抗，利用解放军不用炮攻以免城市毁坏的弱点，与解放军短兵相接，展开巷战。战斗的顽强激烈迫使解放军的进攻速度放缓，并改变策略——善于用计的共军由强攻而智取，也就是说由枪战而心战，他们铺天盖地的传单和四通八达的地下党在国军的内部无孔不入，56 军 119 师、121 师相继倒戈起义。

173 旅旅长陆平亲自给部属推头剃头，以壮行色，没想到成为身边一名参谋"策反"的对象。

参谋黄是勇趁陆平给自己推头，说旅长，有人托我带口信给你。陆平说谁？

黄是勇转头，用手挡着嘴，让声音只传给陆平："共产党。"

陆平不吭声，像没听见，但手上的发剪忽然停顿。

"共产党说了，只要起义，不仅不定罪，还要论功行赏。"黄是勇说，音量有所加大。

"我怎么相信你的话？"陆平开口。

"我就是共产党。"

"你不怕我把你交给军政处？"

"怕就不是共产党。"黄是勇说。

"你不怕我怕。"陆平说。

"你不用怕，得共产党口信的不止你一个，"黄是勇说，"还有师长。"

"师长的意思呢？"陆平说。

"他还要看你的意思。"黄是勇说。

师长要看旅长的意思，奇怪。陆平心想。"我没意思，我只知道军人以服从命令为天职。"他说。

"也就是说只要师长下命令，你就服从？"黄是勇说，"师长就要你这意思。"

"师长也要听从军长的命令，对吧？"陆平说。

"对，对，"黄是勇站起来，"我这就去告诉军长……不不，告诉师长。"

"你的头不要理啦？"陆平看着参谋黄是勇只推掉一半的头发说。

陆平带着矛盾或疑虑的心情偷偷和宋颖仪相会。残酷的战争也不能消灭他们的爱情。两人的性爱在生死关头反而出奇地强烈。

陆平把共产党的口信告诉宋颖仪。

"是谁把口信传给你？"宋颖仪说。她递给陆平一杯水，好像知道他渴了。

"一个参谋，叫黄是勇。"陆平说，他喝完一杯水。

"你可千万不要上当，黄是勇是叶江川放在你身边的心腹，"宋颖仪说，"这是叶江川为了考验你，让那参谋试探你的。"

"我看出可疑了，没上当。"陆平说，"我只说旅长服从师长，但师长也必须服从军长。我这么说行吗？"

"这就对了，"宋颖仪松了一口气，"不过你们师长谭盾被共产党策反是真，但情况已被叶江川掌握，如果你掺和进去，那就惨了。"

陆平轻拥着宋颖仪，说："你又一次救了我。"

71 师师长率兵起义功亏一篑，被军长叶江川及时挫败。师长谭盾被五花大绑，推到叶江川的面前。叶江川看着跟随他多年的兄弟，挥泪如雨。他说你还有什么要求，告诉我。谭盾想了想，说我一身臭汗，你让我洗个澡吧，最好还能理个发，我这样乱糟糟脏兮兮的，不能去天堂，只能下地狱。

叶江川说："那让陆平给你理吧。"

陆平觉得这真是一次艰难的理发，难得就像整理绞成一团的渔网，这比喻还不够难，或不恰当。总之给谭盾理发是陆平多年以来最难受的一次，也是最失败的一次——自始至终，谭盾一直在笑，而陆平的手一直在抖，那把磨得锃亮的老发剪居然不听使唤，它在跟主人过不去，在谭盾的头发上搞破坏，在扫理发师的脸，让谭盾的毛发参差不齐，让首屈一指的理发师在公众面前声名扫地，丢失面子和尊严。

时间超过了正常范围，叶江川看了看表，示意理发结束。谭盾要求照镜子，说："拿一面镜子给我看，我看我这个头到底理得怎么样？"

没有人理会谭盾的这个要求，因为理发师的脸色很不好看，这不仅是关系到理发师脸面的问题，而且是关系到上校旅长的脸面问题，所有的人都看明白这一点，而且极有可能眼前这名上校，很快就不是上校了，因为他被认为在这场共产党策反活动中立场坚定。

"你连给我看你杰作的勇气和信心都没有吗，理发师？"谭盾盯着陆平说，"或许该叫你陆旅长，不，我死后，别人该叫你陆师长啰。"

"师长，不是，我……"陆平言语不清，像想解释什么，申辩什么。

谭盾会意一笑，说："我知道，我清楚。我不怪你，我理解你。你是对的，你幸好没有跟我，不然就得和我一起掉脑袋，祝贺你。"

受到谭盾安慰和祝福的陆平不寒而栗。

过了两刻钟，身上还散发着皂味的叛军首脑被执行枪决。

陆平没有走上师长谭盾的绝路或死路，但是他果然接替了71师师长的职位。

陆平四年之中连升六级，从理发师成为一名将军。

但他将军生涯的开始也是他的结束。

71师师长陆平走马上任，孤注一掷。他在军长面前立了军令状，誓死守住上海。为了让人相信他的决心，陆平给自己剃了光头，在他的带动下，其他将官纷纷仿效。"光头师"和"光头师长"的声名不胫而走，成为共军决意全力歼灭与活捉的大敌。

陆平认为他之所以成为解放军的俘虏是因为他来不及自杀。他其实已经把枪对着头，枪管顶着太阳穴，这是让意识迅速死亡的好地方，尽管开枪后心脏还有可能跳动。在精神和生命之间，他更愿意让精神提前结束痛苦。

但正是意识拒绝了他自杀的举动，它把宋颖仪和会棉从脑海里推出来，阻挡手枪的扳机不被扣动。

他在想念情人和妻子。

宋颖仪和会棉在临战前，作为军属已被送走，她们将乘船去福州，然后可能从那里去台湾。这是军统局的安排。她们被告知她们的丈夫也随后就到。颖仪会棉现在是否到了福州？她们能到台湾去吗？颖仪我爱你，对不起会棉，永别了颖仪会棉，永别了武器！

就在陆平闭着眼睛让意识主导的时候，他的枪被人轻轻地挪开，他的眼睛也在睁开。

他看见解放军星光灿烂。

叶江川带着一小队残兵逃离上海，这几乎是 34 军的全部所在。他们乔装成百姓，南下福州。

宋颖仪、会棉、宋丰年看见叶江川，两个女人异口同声："陆平呢？"叶江川摇摇头，"联络不上，我就先过来了。"

"你怎么能抛下他不管？他是你的师长！"宋颖仪说，她不再提陆平表哥。

"师长又如何？"叶江川说，"老蒋把整个大陆都丢了，我顾不上一个师长算什么？"

"你不顾我顾！"宋颖仪说。她拒绝上船，"我等他，坐下一班船走。"

"要等，我等。"会棉说。

"你等什么？你不会等，"宋颖仪说，"光等不行，还得去找、去接，你懂得去哪里找他、接他吗？"

会棉说："那我和你一起去找、去接。"

宋颖仪把会棉推上船。"我不允许两个女人一起等他！"

宋颖仪寻觅情夫之路曲折而动人，从她决意留下到闻知陆平下落的五年里，她的生命都在路上——她像一只坚韧的骆驼一样独行，她的脚印或足迹遍及华南、华东、华中和华西，她目的明确，但永远找不到目标。一开始她拦住每一个南下的伤兵和逃兵，但所有的人都对她摇头。她继续前行，看见另一种军队排山倒海般席卷南方，她当然不能向他们打听，因为这是歼灭国民党的军队。她相信国民党是完了，但是她不相信陆平会死。他一定活着，因为他答应过她活着。只要他活着，不管他潜伏在什么地方，她都要把他找到。坚定的信念支持着她，在遭遇风暴的时候，在把钱用光的时候，甚至在被收容的时候，她都没有动摇找陆平的决心。她沿途做工，时代的变迁使她从阔太太成为一个自食其力的女人。她主要的工种是收购破烂，具体地说是收购废旧报纸，这是她有可能获得陆平消息的另一条途径，她对此不遗余力——所有收购的报纸她一张都不放过，一定通读完毕，常常是通宵达旦。

终于有一天她从一张旧报纸上看到了陆平的名字。那是 1949 年 8 月中国人民解放军华东野战军出版的战报，上面登载着俘获国民党 34 军 71 师少将师长陆平的消息。而宋颖仪收购这张报纸的时间是 1954 年的 7 月。

五年没有哭过一次的宋颖仪放声大哭。她捧着这张报纸，又把它贴在胸前，像护身符似的。

但这张报纸仍然不能使她找到和见到陆平，因为她不知道他关在哪里。她的身份注定没有人把消息告诉他，更不能合法去探望他。

但是她知道应该在哪里等他，在爱情开始的地方一定可以等到相爱的人，这又是她的一个信念。

提篮桥监狱像一座熔炉，关进里面的人都是需要熔化、改造的人。改造的模式每个时代都不一样。

共产党希望关在这里的战犯首先为自己的罪孽付出代价，付出的形式是学习和劳动，通过学习和劳动提高觉悟，跟过去告别。同时通过学习和劳动，掌握技能，以便将来出去，自食其力，为人民服务。

监狱长李文斌觉得 19 号陆平是越看越脸熟，但是他想不起在哪里见过。有一天他到监狱外的理发店理发，忽然想了起来。他认定陆平就是十年前把他的头给剃了的人。他头发不理又回了监狱。

陆平被叫到监狱长的办公室，像合群的老虎被单独放到一只笼里，不知道是吉是凶。

"首先声明这不是审问你，呵，"监狱长看着有些紧张的陆平说，"我随便问，你随便说。"

陆平其实知道监狱长想问的问题，因为他对监狱长那头美发，虽十年过去但是仍有印象。

"十年前你是不是给八路军敢死队剃过头？"

"是。"

"那你记得我吗？我是那个不愿给你剃头的李文斌呀？"

"报告监狱长，我其实早就认出你了，但我不敢说。"

"哎，没什么不敢。那时候把我的头剃了我还骂你，是我不对。剃头是为了誓死抗日嘛。"

"可我也为日本人理过发，还有为国民党理过发。"

"知道吗，当年你给剃光头的我们那一连人，全战死了，就剩我一个。"

"我有罪。"

"这跟你没关系。你是理发师。"

"我本来是理发师。"

"你现在还可以做理发师，"监狱长说，"你从我开始，给我理发。"

"我不敢。"

"理发师见头发哪有说不敢的？"

监狱长很快找来了理发的全套工具，交给了陆平。

陆平重新拿起发剪的手有些发抖，那是因为激动和感动。十年前被他剃了光头的八路军终于发现了他，像锄头一样翻出了他身份的另一面，而这一面恰好是他的本质，他为此兴奋不已。但他很快平静下来，进入状态，理发师的本能和技艺已然焕发或复活，表现在肢体上。他掌握分寸游刃自如，像绘制丹青的高手。

监狱长对理发师的技艺赞不绝口："要不是我想起来，你这理发师就被埋没了。理发也是要有天赋的。"

理发师的被承认对犯人是一种促进和鼓舞。平时都剃光头以示洗心革面的犯人留起了头发，等着理发师为他们定型，这种改头换面的方式更让他们愿望着走向新生。

现在只有一个问题或难题是，理发师也长头发，他的头发也留长了起来，谁给他理发，并且有他给别人理的那么好？

难题由理发师自己解决。"以前，我都是自己给自己理。"他说。

消息传出去，监狱的操场上围满了人，他们与其说在看理发师自己给自己理发，不如说是在看魔术师的表演。

理发师面对镜子，左右开弓，他一手拿梳，一手拿剪，明确无误地梳理自己的脑袋，像本分的农民清理自己的田地，像职业棋手和自己下棋，和许多人同时下棋，像孕妇自己分娩。

操场上人如森林，但操场上静悄悄的，只有发剪运动的声音有节奏地滴答作响。每个人都屏住呼吸，像聆听催人的鼓点或钟声，像凝望和期待人间的奇观。

雷鸣般的掌声和呼叫在理发师收手后骤然响起，环绕整个监狱，这样由犯人自发的欢呼在监狱的历史上绝无仅有——因为一个自我理发的犯人创造的奇迹，因为一个自新的发型，监狱成了一片愉快的海洋。

陆平看着自己，又不像看着自己，因为那个面貌爽朗俊逸的人，是在镜子里或者眼前变得精神和崭新的。但是他肯定跟自己有关，就像画作肯定和画家有关一样。

1959 年 9 月 30 日，离中华人民共和国建国十周年还有一天，提篮桥监狱大礼堂座无虚席——在座的几乎全是曾经阻挡新中国诞生的人，他们是这个国家和人民的罪人，多数的人死有余辜，但他们全部活着，并且极有可能进一步宽大，有的甚至释放出去，获得自由。

监狱长李文斌清了清嗓子，他的嗓音通过扩音器传进每一个人的耳朵，多数人被他的嗓音弄得揪心。他看了看手上的一张单子，接着又望了望台下坐着的人，没有一个人不愿望监狱长的目光投向自己，哪怕从自己的身边飞过，他们也能捕捉得到。

陆平低着头，没有注视监狱长的眼睛。他想要是监狱长的目光降落在他身上的话，他一定会感觉像触电一样，身体发抖的。但是他没有触电的感觉，他的皮肤、血管和心灵幽冷灰暗，像接不上电源的灯具。

监狱长终于宣布特赦的人员名单——

吕人凡（原国民党军上将）

黎元君（同上）

蓝一基（同上）

宋群安（原国民党军中将）

彭民兴（同上）

……

万瑞中（原国民党少将）

陆平

陆平意外听到自己的名字。他有些茫然地看着台上，遇上监狱长的目光犹如神箭射向自己，他的身子一抖，觉得自己触电了。他再看周围，感觉自己就像一块磁铁，吸引住无数羡慕的眼眸。这时他邻座的囚友原国民党中将唐佐明捅了他一拳，他相信这一切是真的，并幸福地晕眩过去，以下的名字，他再也没有心情去听了。

……

和顺理发店换了招牌，更名为"工农理发店"。远远看去，那招牌像一把梳子，在梳理着初秋的阳光。

阳光中，两个久别的人在互相走近。那地面上的身影移动在他们的前面，比相知的情人更早地重逢。

│ **作品点评** │

《理发师》和《卧底》是凡一平的重要作品，透过文本的表层结构，我们看到的是作者极强的叙事能力。因为作为小说，首要的问题就是把一个故事讲好，把一个故事讲得耐读有趣，这是一种文学能力，既是天赋的，也是后天技术的训练，两者的奇妙结合，就会使自己诉说的故事出人意料，不可思议。在《理发师》和《卧底》中，凡一平的叙述并不追求变幻不定的叙述方式，也不追求文本叙述与小说诗意内涵的完美契合，他以平实的手法讲了一个平实的故事，但里面的张力是极大的，它解构了某种被控制的压抑，可以说，里面几乎所有的人物都处在一种控制和反控制之中。

因为一部作品能有多种解读才能称得上是优秀的作品，无疑凡一平的《理发师》是优秀的。他把这种人性的荒诞表现得更为具象化了。一个常常受制于人的人，幻想用一种坚持本色的方式在恶劣的境遇生存，这仅仅是一种理想。凡一平几乎是用一种理想的悖论来告诉了我们一个饶有意味的真理，即用幻想替代现实并非逃逸现实的最佳途径，幻想的力量后面是真实的无能。这是一种劣势的生存形态、心理形态与反抗形态。对现实的逃逸，结果是被现实罩牢。故事被作者以平实的形态所呈现，但人生与人性的荒谬性却尽在其中流露无遗。在这种书写的后面，是作者思想的灵动与锋芒毕露，在粗糙的日常事务的描写后面，是精细入微的观察与思考。

——王冰：《凡一平小说的深层意蕴——从〈理发师〉和〈卧底〉谈起》，

《南方文坛》2006年第4期

其中篇小说《理发师》则描写一个理发师从 1941 年至 1953 年间的遭遇，陆平从杀死日本鬼子的英雄，到国民党的将军，到共和国狱中的罪犯，再到普通的理发师，人间沧桑，身世沉浮，小说表达了作家对命运的偶然与必然、荒诞与无常的思考，这也是对现实的另一种观照，因而具有现代哲学的意味。

——温存超：《生长文学之树的一方红土——论河池学院对文坛桂军崛起的贡献》，《南方文坛》2005 年第 2 期

随着文坛"新桂军"的边缘崛起，作为这支文学生力军的重要一员，凡一平以其对世俗生活的深邃思考和独特的叙事指向完成了对文学高地的一次次冲锋，取得了不俗的成绩。他创作的小说曾被《上海文学》视为新市民小说的代表作，多部个人作品受到影视界高度关注，被评为"2002 年中国十大文学现象"之一，《寻枪记》《理发师》等小说被搬上银幕后均在全国引起强烈反响。

——秦延良：《凡一平小说中的身体意识形态》，《小说评论》2010 年第 A2 期

凡一平多篇写得较为精彩的小说，都不忙于安插自我个体的或带有"我们"意味的文化群体的喋喋不休的说教意图，把它们放在离情节、离故事讲述的流程很远的地方，体现出叙事的故事中心主义。他先让读者获得读故事的乐趣：理发师陆平在为不同的国族、人群理发的时候，究竟见证了什么？他和宋颖仪的情感故事最终如何发展？他怎样晋升为师长？又怎样身陷囹圄？如何被特赦？其中的曲折，催人一探究竟。

——傅元峰：《"山鲁佐德"的文学启示——论凡一平小说兼及当代小说叙事倾向》，《当代作家评论》2011 年第 3 期

瓦城上空的麦田

鬼 子

　　我六岁多快七岁那年，母亲被别的男人偷走了。当时我不知道，我只知道我们家的床上突然间空了一个人。我问父亲，我妈呢？我妈怎么空空的了？父亲没有回答。父亲只是朝我拉着那张老脸，像是拉扯着一块抹布。父亲那年已经是一个老头儿了。我母亲不老。我母亲比我父亲小好多好多，而且长得好看。我们三人走在一起的时候，很多人都在背后指点着我的父亲，说他应该是我的爷爷。但我没见过我的爷爷。我母亲也没见过我的爷爷。我不知道我的父亲为什么不去找回我的母亲。我只是发现，父亲时常一个人坐在那里，呆呆地想着什么，一边想一边狠狠地咬着牙，空空地啃着什么，啃得很苦很苦的样子。

　　过了没有多久，好像是下了一场连天的大雨，雨一停，太阳出来了，阳光刚刚照在我们家的门槛上，有人就跑过来对我说，你也七岁了，你跟我们一起到学校报名去读书吧。我跟着他们去了，我交了钱，我领到了书，我还上了两天课。第三天，我正在教室里歪头写着我的作业，父亲突然闯进来把我拉走。老师当时就站在我的旁边，那是一位女老师，长得跟我妈一样好看，胸膛也是那种高高的像两座摇摇晃晃的山。她对我父亲说，

作品信息

　　原载《人民文学》2002 年第 10 期，《小说选刊》2002 年第 12 期转载，收入《瓦城上空的麦田·鬼子悲悯三部曲》(春风文艺出版社 2004 年 1 月出版)，获《小说选刊》2000—2002 双年度优秀中篇小说奖。

你这是干吗？我父亲说不读了，我儿子他不读你们的书了。说着把我的课本统统塞到老师的山头上。女老师吓得往后退，但她拖住了我父亲的胳膊。她说你不能这样，你不能不给你的儿子读书，你没有这个权力。父亲没有跟她多嘴，他把胳膊往外一抢，就把女老师抢到了一边。父亲拉着我，直直往学校门外走去，一边走，一边骂着那位老师，什么权力？你他妈才没有权力！我听不懂他们说的权力是什么。我就像一只小鸡，被父亲紧紧地提在手里，两条小腿好像随时都要离开地面。

父亲告诉我，我们不读书了，我们到城里去！

我说城里在哪里？

父亲说，到了你就知道了。

我提着两条细细的小腿，就这样跟在父亲的身后，走呀走呀，一直走到天黑，我们才走到了瓦城，从此开始了捡垃圾的生活。

我曾以为，我的母亲也在瓦城，我以为父亲把我带到城里，不只是为了捡垃圾，同时要捡回我的母亲。但父亲提都没有提起过。直到第四年的冬天，他病倒在床上，我才从他的嘴里知道，我的母亲其实不在瓦城。我不知道父亲得了什么病，父亲也不知道，因为我们不上医院。父亲只是觉得呼吸越来越困难了，他觉得胸膛里的空气越来越稀，越来越少，越来越不够用了，就好像桶里的米一样，一天比一天少了，眼见着就要见底，眼见着就要吃没了，只等哪一天一场大风忽然吹来，那米桶就会把屁股翻起来，然后随着大风呜呜地叫着，朝另外一个世界飘去。我父亲说，真要翻就翻吧，他不怕。父亲怕的是，他翻了我怎么办。我那年才十一岁。他把我叫到床前，让我坐在他的床边，让我挨他近一点，再近一点。他说他不能大声说话了，如果大声说话，也许只能说完两句，也许两句都不能说完就断气了。我说那你就慢慢说吧，你别大声。我说你小声一点我能听见。

父亲说，我可能要死了，你知道吗？

我说我知道。

父亲说，我有一句话要留给你，你一定要放在心里，你要给我牢牢地记住。

我说只要好记，我会记住的，你说吧。

他说不，不管好记不好记，你都要给我牢牢地记住。

我说好的，那我一定牢牢地记住，你说吧。

父亲没有马上告诉我，而是把话绕到了远处，绕到死后他看不到的地方。

他说，你能不能先告诉我，我死了你怎么办？

我说回家。我说你死了我马上就回家去。

那时候我还不太喜欢瓦城，我知道瓦城好，但我觉得瓦城是别人的瓦城，不是我的。我们住的房子在瓦城并不叫房子，而是乱搭乱住的棚子，我们干的活儿在瓦城也是最脏的活儿。我不喜欢。我还是喜欢我的村子。村里有山有水，有田有地，什么都有，爱怎么玩就怎么玩。可是在瓦城，哪里都是别人玩的地方，哪个好玩的地方我们都进不去，我们只能在远处两眼傻傻地看着。父亲却因为我的回答伤心起来，他突然忘了胸膛里的空气已经不多，他的声音突然大了起来。

他说不！我死后你千万千万不要离开瓦城，你知道吗？

父亲要留给我的，其实就是这么一句。父亲的两眼跟着就流下了泪来。

他说你知道我为什么把你带到瓦城来吗？

我说知道，你是带我找妈妈来的。

父亲的声音就又大了起来，他说不！我们不找她，她也不在瓦城。她跟一个男人私奔了，他们去的是另一个城市，那个城市叫米城。

我说米城在哪儿？

父亲说米城在米城，等你长大了你就知道了。

我说，那我们来瓦城干什么？

父亲说，我是为了让你有一天能成为瓦城的人。

我说现在我们不是瓦城人吗？

父亲说不是。

父亲说，只要你自己不离开瓦城，只要你永远在瓦城住下去，总有一天你会成为瓦城人的你知道吗？他说，你别小看你现在只是一个捡垃圾的小孩，你要知道，捡垃圾也是能够发大财的，等到你有了钱了，你就在瓦城买一套房子，那时候，你就是真正的瓦城人了，你知道吗？

我没有作声。我不知道那一天会是哪一天。

父亲说你听到我的话了吗？

我说听到了。

他说你不能光是听到，你要给我牢牢地记住你知道吗？

我没有作声。

父亲忽然又急了起来，他说你记住了没有？

我说，你就是为了这个不让我读书的吗？

父亲说对。他说我们村里有那么多读书的人，你看他们有哪一个成了城里人呢？没有！一个也没有。为什么？你知道为什么吗？

我不知道为什么。我那时才十一岁，我怎么知道呢？我没有回答。

父亲也没有回答。父亲只是说，只要你不离开瓦城，我们村上的任何一个人，不管他们读过什么书，只要他们还住在村上，他们就永远也比不上你，你知道吗？

见我还是没有回答，父亲便问，你知道是谁把你妈偷走的吗？

我说我不知道。我没有见过那个男人。

父亲说，我告诉你吧，偷走你妈的那个男人，就是一个捡垃圾的。可他有钱啊，他是捡垃圾捡成了有钱人的，你妈一看到他手里有钱，脚就软了，就跟着他走了，就不要我们了。

我恍然地呵了一声，好像蒙在眼睛上的一层什么突然被撕开了，突然间什么都清楚了。

而父亲的眼睛却一直在流泪。想起母亲被别的男人偷走，父亲的眼泪总是堵不住。

他说你能向我保证你永远都不离开瓦城吗？

我答应他，我说好的，我向你保证。

父亲的眼泪这才慢慢地停在了眼角。

我父亲后来没死，后来又好好地活了下去，活了一年又一年，而且再没有生过那样的病。

说实话，如果不是因为前不久遇着了李四，我父亲如今还会活得好好的，而且还会一直地活下去，一直活到我在瓦城买下房子的那一天。

都是因为李四！

李四不是捡垃圾的。

李四和我父亲一样，也是山里的一个老头，但他们的山比我们的山还要偏远。李四的几个孩子，没有一个是捡垃圾的，他们都是瓦城真正的市民，他们都念过很多的书，他们是念书念成了瓦城人的。这一点，我父亲不能与李四相比，我也不能和李四的孩子们相比。我父亲遇见李四的那一天，是李四的生日，李四是为了过生日从山里跑到瓦城来的。那一天他整整六十。李四对我说，人的生命走完了六十，就相当于走完了一个大圆圈，往下走，那是另一个圆圈的开始，而这第二个圆圈是谁也走不完的，谁都是走完一天算一天，走完一年算一年，谁也说不准哪一天吭当一声就走不动了。他因此很看重走满六十岁的那一天，然后再点放几笼鞭炮。但天亮的时候，他便怀疑了，怀疑他的孩子们也许不会回来，也许，他们已经把他的生日给忘了，他们已经好几年没有回家给他过生日了。往年的这一天，他总是摇摇头便原谅了他们，但那天，他愤怒了！

当时他坐在门槛上。

天亮起来他就一直坐在门槛上。

他老伴也坐在门槛上。两人都默默地坐着，谁也没有吭声。

太阳快要起来的时候，他忍不住了，他问了一声，你说，他们今天会回来吗？

他的老伴当时正一动不动地望着远处的一朵白云。李四说，那是一朵湿漉漉的白云，那种白云在瓦城是永远看不到的。那种白云好像在慢慢地飘，又好像总是一动不动。他老伴经常看着那种湿漉漉的白云发呆。她没有回过头来。

她说我怎么知道呢？不回来就又是忙呗。

李四说他不喜欢她这么回答。哪一年她都是这一句，好像她已经习惯了，她无所谓了，她好像已经不再期盼着他们回来。

李四说，忙就可以不回来给老子过生日了？

他老伴没有回话。

他说那我养他们干什么？

李四说着就愤怒地站了起来。

他老伴这才回过头，然后仰望着他，就像仰望着屋头上的太阳。

李四告诉她，今天是老子的六十岁生日你知道吗？老子六十岁的生日他们都可以不回来，你说！你说我养他们干什么？

说着，他猛的一脚，踢开了老伴的双腿。他说早知道这样，当初生他们的时候，我还不如抽掉你屁股下的床板，我让他们从你的大腿那儿，一个一个地掉到床底去！

那里当然不是床底，那里只是一块很大的青石板。

他老伴知道他确实愤怒了，她看了看脚下的青石板，然后把腿拢上。

李四却不让，他一脚又踢开了。

他说生他们的时候，我们忙不忙？我们也因为忙就不要他们，就把他们统统地丢到床底，你说，你说他们还会有今天吗？

李四说着转身就跨进了屋里，然后扛出了一坛黑米酒。

那是他每年为自己的生日亲手酿制的一坛黑米酒，他说他整整陈了一年了。

他告诉他的老伴，今天这个生日，老子不在家里过了。

他老伴一下就吓慌了，她从门槛上慢慢地站起来。

她说你要去哪儿？

李四说，老子到他们城里去，我要看看他们是不是把老子的生日给忘了！

他老伴一下急了，她说他们要是真的忘了呢，他们忘了今天是你的生日你怎么办？

李四原来没有想到这一点，他被问住了。他想是呀，他们要是真的忘了今天是老子的生日，老子怎么办？

于是，他想起了身份证。

他对她吼起来，我的身份证呢？把我的身份证给我找来，快点！

他老伴却愣了，她说你要身份证干什么？

李四说，没有身份证我晚上住哪儿？

他老伴的脑子一下就糊涂了。她心里可能想，你不是去找孩子们吗？你不住在他们家里你还能住哪儿呢？李四告诉她，他们要是忘了今天是老子的生日，我就不住在他们家里，我不住，我为什么要住？他老伴说，那你还去干什么呢？李四说，我不去他们怎么知道今天是我的生日呢？他老伴说那就对了呀，你去了你告诉了他们今天是你的生日，他们还能不给你做生日吗？他们给你做了生日，你还要什么身份证，还找什么地方住呢？

李四说我为什么要告诉他们呢？他们要是忘了今天是老子的生日，我为什么还要告诉他们呢？老子拿着身份证，哪一个旅馆不可以住一个晚上呢？老子有这坛黑米酒陪着，我可以喝它一个通宵，我怕什么呢？

他老伴觉得不对头，她说那你就别去了，你还去干什么呢？说着把手伸过来，要把酒坛给他拿下来。

李四却不给，他狠狠地打掉了她的手。他说快去，快点把我的身份证找来，快点！

他老伴只好转身哆哆嗦嗦地走进了屋里。

李四说，那天她是真的被他给吓慌了，她找到身份证走出来的时候，他看到她的手在不停地打抖。他知道，那是她的心在发慌，是她的心在暗暗地打抖。但李四没有替她想这些，李四觉得她的手一抖一抖的，他看了心里难受，他指着她的手就骂了起来。

他说你这是怎么啦？你有病啦你？

他老伴没有回答。她把身份证递给他，让他快点拿走。

李四却不接。他让她把手停下来。

他说你到底怎么啦？你怕是不是？你怕什么呢？老子到城里找孩子们过我的生日，你以为我去找死呀？你怕什么呢？

她的手却越抖越厉害，那身份证在她手里抖着抖着，差点就要掉到地上。

李四更加愤怒了，他说你这样抖来抖去的，是存心让我难受呀？

他老伴把身份证塞进了他的手中。就在这时，李四看到她的眼里拉下了两滴长长的泪水。那两滴长长的泪水，就像两条长长的绳子，李四说后来一直挂在他的心中。李四说，如果在往时，他的心会被牵住的，但那天不行，他的心那天比石头还硬。他收起身份证就转身走了，他丢下她孤零零地站着。他想象不出，她那两滴泪水流到什么时候才会停下。但他知道，她会一直那么站着，可怜兮兮地看着他，一直看到没有了人影，然后收下身子，孤零零地坐在门槛上，然后伤心地哭起来。他知道她的哭声不会太大，她会把那种声音默默地压在心底。她是哭给自己听的，她会一边哭一边不停地数落着她的那些孩子，数落他们千不该万不该，不该忘了他们父亲的生日。

他想，她会那样唠唠叨叨地哭下去，一直哭到他在瓦城下车的时候。

李四在瓦城下车的时候，瓦城的太阳已经没有了。

一路上，李四都在想，他想他们一定是忘了，一定是真的忘了，但他总是希望有一个孩子还能记住，哪怕这个孩子是因为看到了他的到来才忽然想起的。他想这也没有关系，只要能想起来就可以原谅他，原谅他确实是太忙，确实是走不开，所以才没有回家给他做生日。

可这一个孩子是哪一个呢？他怎么也想不出。他站在瓦城的街头上，望着满街上班的人群，心里乱糟糟的。

李四一共三个孩子，一个女的两个男的，一个叫李香，一个叫李瓦，还有一个叫李城。

李城是他的小儿子，一直一个人过着，还没有找到对象。如果先上李城那里，弄不好门是锁着的，弄不好等到后半夜都见不到他的人影。他想不行，他不能先上李城家。他得找一个屋里有人的，那就是李香了。李四的三个孩子里，就李香是一家三口，他的孙女艳艳都快高中毕业了，这时候艳艳肯定已经放学回来了，但是她爸爸妈妈呢？他们要是不在家，艳艳会知道今天是她爷爷的生日吗？她不会知道的。她不会知道。算了吧，看来还是先上李瓦家。李瓦是李香的弟弟，李城的哥哥，结了婚，但还一直过着两个人的生活。在李四的三个孩子里，李四知道李瓦是混得最好的。李四想，李瓦可能不在家，但他的老婆谢晓不应该不在，她应该下班后就回家给李瓦做饭，要不还算什么好女人？

就这样，李四敲开了李瓦家的房门。

李瓦不在家。谢晓告诉李四，一下班李瓦就跑到瓦城酒店订桌去了。那当然不是为了他的父亲李四，而是为了他们的局长。谢晓说，那餐饭李瓦早就跟局长说好了，可局长一直没有给他时间，便一直拖着，拖到了今天。谢晓是回来拿酒的。她手里提着四瓶茅台酒。

谢晓说爸，你来得正好，你也一起去吧。

李四却不去。他说他请他的局长吃饭，我去干什么？我不去！

谢晓不知道怎么办，她掏出手机告诉李瓦，她说爸来了，你爸来了。李四坐在沙发上，但他听到了李瓦在手机里的声音。李瓦说，他来干什么？谢晓说我不知道。李瓦说那就让他一起来吧。谢晓说我说了，他说他不去。

我不去！李四又说道。

谢晓说，你听到了没有？他说他不去。那就随便他，李瓦说，那你问问他，他想吃什么，你到楼下的小炒店，给他炒两个，让他们送上去。谢晓放下手机问，爸，你喜欢吃什么？李四说不吃。他说你们吃你们的去吧，我不吃。我歇一下就走，我去你们大姐家。就这一句，谢晓的神色轻松了，她说那就随便你。她说，那我走了，他们在等我呢。李四说走吧走吧。她便下楼去了。谢晓下楼没有走远，李四就抓起了桌面上的一只茶杯，狠狠地摔在了地面上，摔得满屋都是。

李香一家三口正在吃饭，一看见李四进来，几乎同时地放下了手中的碗筷。最先尖叫的是艳艳，她说哇，是爷爷，爷爷来了！然后是李香，她说爸，什么时候到的？跟着接话的是李香的丈夫刘大奇，他说是刚下的车吧？怎么这么晚呢？

刘大奇的手很长，远远地就伸了过来，把他肩上的酒坛端走了。

李四心里说光热情有什么鸟用呢，老子想听到的不是这些。

他一屁股重重地坐在沙发上。

他说不！我是从李瓦那里过来的。

李香的嘴里呵了一声，把手停在了冰箱上。她说那你要不要再吃点？冰箱里有菜。

李四说不用。他说你们吃你们的，你们不用管我。

刘大奇说，那就让爸歇着吧。他说爸，那你看电视吧。喜欢看什么？我来帮你调。刘大奇拿起遥控器，就被艳艳抢走了。她说爷爷，我来帮你调，你说，你想看什么？李四说，你给我，我会调。李四不想调，他坐在那里就像一只被干烧的铁锅，就差没有冒火了。他胡乱地调调调，调出了一个唱歌的女人，然后把遥控器丢在了沙发上。

吃完饭，李香一家三口都出去了。

李香下岗后借钱买了一辆桑塔纳，在忙着跑出租，她恨不得三天内就把借款统统还上。

她说爸，哪天我拉你在城里逛一逛！

李四说不逛，逛逛有什么意思，我又不是来逛逛的。

李香笑了笑，就出门去了。

李香没有听出父亲的话藏着话。

刘大奇说他夜里值班，也出门去了。

他说爸，明天晚上我陪你好好喝两杯。

李四说喝什么喝？你会喝酒吗？

最后走的是艳艳，说是去补习英语，准备高考。随着房门咣一声关上，屋里

转眼孤零零的只剩了李四一人。李四坐了一会儿,也愤怒了,他摇摇头,又骂了一句:

我操你们的妈!

骂完,他抓起身边的遥控器,往地上狠狠一砸,砸得粉碎。

他让电视里的大嘴女人继续哇哇地唱着,他懒得把她关掉。

李城止牵着一个女孩的小手,在马路上散步。看见父亲的时候忽地一愣,把女孩拉住了。他告诉她,这是我爸。那女孩随即深深地鞠了一躬。她的腰很细,鞠得很深,李四等了好久,才看到了她那浮起的脸面。李四觉得还长得不错。他看了看李城手里的那只小手,心里忽然就有了一点好受。

他说你们要去哪儿?

李城说没去哪儿,吃完饭,随便走走。转身要领父亲回家,李四却把李城拦住了。他顺势在李城的胸膛上拍了拍,他说去吧去吧,散你们的步去吧,不用管我。

李城当真就停住了,他笑了笑,说,真的?那我们走了?

李四说走吧走吧,一边说一边把手挥过了头顶。

李城牵着那个女孩的小手,真的就走了,走了好远,才被李四喊了回来。

他说你先给我开门呀,你不开门我怎么进!

李城这才笑笑地跑了回来。李四心里便暗暗地骂,他说这兔崽子,有一个女孩牵着,就把给老头儿开门的事给忘了?晚上老子要训训你。可他哪里想到,门一开,李城就把他缠住了。

李城说爸,晚上你准备住哪儿?不会住在我这儿吧?

李四一听什么话,他说你什么意思?

李城说你能不能帮个忙,先住我哥我姐他们那儿,你看我这儿,就这么一张床。

李四说一张床怎么啦?你睡你的,我睡我的,我们一人睡一头。

李城的那张脸，一下就皱成了一团。他说爸，你刚才没看到呀？

看到什么？李四愣了半天才明白了过来，他说好好好，我不住，我不住，我歇一下就走。

李城这才笑笑地出去了。

这一次李四没有砸东西，也不骂，他只觉得真的像被抽走了什么筋，抽得他一身软塌塌的，一点力气都没有。他喝了半杯桌上李城剩下的茶水，紧紧地抱着那坛酒，慢慢地往外走去。

我父亲就是随后遇着李四的，那是在大街上。我和我的父亲，我们每天都遇到许多不幸的人，但没有几个被我们放在心上的，我们总是泛泛地看两眼，转身就走了，捡我们的垃圾去了。用我父亲的话说，真放在心上了，又能怎样呢？你同情他，谁同情你？我父亲的意思是，可怜的人多着呢，你同情得过来吗？

但他偏偏碰上了李四。

李四来到大街上的时候，到处已经灯火辉煌，但李四的心情却黑灯瞎火的。他扛着那坛黑米酒，两脚软塌塌地走着。他想，看来得真的找一家旅店住下了，住下了再好好地想一想，想一想这几个孩子到底都怎么啦，怎么就把老子的生日给忘了。

于是，他掏出了身份证。

然而就在这时，他发现他的手竟然也在颤抖。

他忽然就想起了早上的老伴来。他想这是怎么啦？他咬着牙，想让手上的身份证停下来，他希望它不再颤抖，可他越是使劲，身份证就越是抖得厉害。他不由骂了一句，你他妈的今天怎么啦？一边骂一边把酒坛换过去，把身份证换到另一只手上。但那只手也一样地颤抖。好像颤抖不是因为他的手，而是因为那张身份证。李四说怪了，怪了，他妈的怪了！他说这身份证他妈的到底是怎么回事？怎么这么操蛋呢，他有点不肯相信，他把酒放在地上，把身份证丢在酒坛的上边。他想他的手可能是麻木了，手一麻木，就常常不太听话，他于是来来去去地甩动着。

但一点用都没有，甩完了手，那身份证还是一样地颤抖。

我猜想，那一定是他的心在发虚，那是他的心里没底，他对他进城的事情感到了恐慌。接着他便想，他要是这样拿着身份证走进人家的旅馆去，人家会说他是有病的。他知道旅馆里都是一些漂亮的小女孩，他会把她们吓坏的。

于是他把肩上的酒再次放下来，他想先找一个地方喝它两口酒。他想喝下两口酒，他的手也许就好了，也许就不抖了。他四下看了看，最后他看到了一个地方，那是不远处的一块绿地，绿地里有两三张水泥桌，其中有一张正好空着。

他捧着黑米酒，走了过去。

因为心太急，因为手还在暗暗地抖，他把酒坛捧到嘴边，一股酒水就猛地扑了出来，满满地灌了他一嘴，还灌到了他的脸上，弄得他满胸都是，呛得他不停地咳着。

就在这时，他听到了一串嘲笑声。

那人就是我的父亲。我父亲就坐在不远的另一张桌子边。他是捡垃圾捡累了坐在那里的。

我当时不在，我到别的地方玩去了。我晚上一般不再捡垃圾。

李四把嘴边的酒擦了擦，就朝我父亲看了过来。他知道我父亲是捡垃圾的，他说因为我父亲的手里拿着一把长长的钳子。李四自己也笑了，他朝我父亲招了招手，让我父亲过来跟他一起喝酒。但我父亲坐着不动，他只是对着他笑着。父亲的那种笑其实是一种傻笑，但李四说，你父亲笑得特别有礼貌，他就捧着酒，朝我父亲走来。

喝酒吗？他问我父亲，陪我喝几口，怎么样？

他拍拍那坛黑米酒，这可是深山的黑米酒，不信你闻闻？

他哪里知道，我父亲是个酒鬼，别说是他的黑米酒，就是一般的水酒，只要有酒味，只要能闻到，走在大街上他都会悄悄地放慢他的脚步。

而李四却说，你父亲真是一个好人，他闻都不闻就点头答应了。

你父亲真他妈好！好人！

李四随即把酒坛推到了我父亲的面前，他叫我父亲喝！

我父亲却没有端起，他说换个地方吧，这怎么喝呢？

李四说好，那我到旅馆开个房，我们到旅馆好好喝去。

我父亲说不用，开什么房呀？你要是不嫌弃，到我那里去，我们慢慢喝，怎么样？

李四问都不问你家在哪儿，他抱着酒坛就站了起来。

路上，李四告诉我的父亲，说那天是他六十岁的生日。我父亲马上停了下来，他说真的？李四说当然真的。我父亲马上往街边一家熟食店走去，掏钱给李四买了一块长长的红烧肉，回家后又替李四切成了方方正正的六十个小块，整整齐齐地摆在一个菜盘里，摆在李四的面前，然后请李四下筷。

你先来，今天是你的生日，你先来！我父亲对他说。

看着那切得整整齐齐的六十个方块红烧肉，李四说，他的眼泪哗地就流了下来，他想他的那几个孩子，怎么连一个捡垃圾的老头都不如呢？

我想象不出，那六十个方块的红烧肉，我父亲切成什么模样。那天晚上我回来很晚，我走进住棚的时候，他们早就喝醉了。他们扑在桌边，响亮地打着呼噜。那六十个方块的红烧肉，早就被他们吃得精光，桌上只剩了一个空空的盘子，两个空空的酒碗，还有就是那个黑黑的酒坛。

我当时不知道那就是李四，我以为也是一个捡垃圾的，很多捡垃圾的老头，都爱找我父亲喝酒。我把他们两个一一地弄到了床上，给他们放下了蚊帐，便找别的朋友搭铺去了。我们家的那个住棚里只有一张床，那张床睡不下三个人，我不走也得走。

但我没有想到，那一走，就再也见不到我的父亲了。

那天夜里，我也喝了半碗黑米酒才离开了住棚。

那确实是一坛好酒，很香，香得我受不了，我捧起来摇了摇，我发现至少还有半坛。那酒喝进去的时候，一点都不像别的那些水酒，一点都不辣，一点也不烧，喝完了你的咽喉还是舒舒服服的。走在路上的时候，你才慢慢感到脸上有点温热，那种温热是一种全身都很舒服的温热，就像小时候把脸贴在母亲的大腿上，那是一辈子都忘不掉的一种感觉。我真想不明白，李四的孩子们，怎么就忘了那种黑米酒的滋味呢？

就因为那半碗黑米酒，我在朋友的住棚里一直睡到了第二天的中午，醒来后，我首先想到的还是那坛黑米酒。我想我父亲他们就是醒来了，也是喝不完的。我拉着那位朋友就一起往回赶。我那位朋友叫作溜子，我想让溜子也尝一尝那种黑米酒的美味。

然而，那坛黑米酒已经被他们喝光了。

我带着溜子走进住棚里的时候，住棚里一个人也没有，只闻到一股香喷喷的酒味。我指着摆在桌上的酒坛对溜子说，闻一闻，你先闻一闻，你闻闻这味道怎么样？溜子的鼻子早就吸得满屋都是呲呲呲的响声，他笑着脸，嘴巴往一旁的耳朵歪着，说他妈的这味道真的不错。说着把酒坛搂进了怀里，摇也不摇，就高高地捧了起来，嘴巴大大地在酒坛下张开着。我知道他那是禁不住了，我知道他想先喝两口再说。我没有阻拦他。我站到旁边用手护着那个酒坛，怕他一不小心砸了。

我说慢点，你慢一点，你不要着急。

谁知溜子的大嘴等了半天，只接到了一滴两滴三滴，第四滴一直挂在坛边，拍了两拍才肯落下。

溜子没有作声，他把嘴里的三滴酒细细地品了品，然后把酒坛塞进我的怀里。

我摇了摇，酒坛里，声音确实空空的。

我当时有点难堪，我觉得有点对不起溜子。我突然将酒坛举过了头顶，然后狠狠一砸，把酒坛砸得粉碎。

也许，就在那酒坛落地的时候，我父亲在大街上出事了。

我父亲他喝醉了酒，李四也喝醉了酒，他们两个老头正在大街上摇摇晃晃地走着，突然，他们站在街道中央让车的时候，父亲伸手抓住了一根从眼前飞过的木头。那是一辆装满了木头的大卡车。父亲的嘴上好像还骂了一句什么，但李四没有听到，他刚要拉住我的父亲，那木头已经把我父亲拉走了，我父亲往前趔趄了几步，狠狠地摔在了一个花坛的边上，把脑袋的一半给摔飞了⋯⋯

李四说，是我父亲拉着他上街去的。

天亮的时候，他本来要赶早回家，他抱起酒坛的时候，发现剩下的酒还挺多的。他叫我父亲找两个空瓶来，他说坛里的酒给你留着吧，我把酒坛拿回去。我父亲却抓来了两个大饭碗，咣咣地放在了桌面上，他说找什么找，喝！喝完了你把酒坛拿回去。李四说不行，我待会儿还得回家呢。我父亲笑了笑，一眨眼就把两个大碗灌满了。李四没办法，只好笑了笑，两人又喝了起来。喝完我父亲告诉他，回去干什么？找你那几个兔崽子去，我帮你！他说你既然来了，你就不能不让他们知道昨天是你的生日，走！我跟你一起找他们去。李四说他不想去，他觉得生日都过了，再找还有什么意义呢？无非是他们给你补一餐，那又怎么样呢？他说他要的不是这些。不是。一点都不是。他告诉我父亲，有些东西是永远也补不回来的。他说算了。我父亲说不能算了，怎么能就这样算了呢？他说该要的东西，你就必须要回来，不要你就永远也得不到。

我父亲拉着他，就到了大街上。

李四说，都是因为他。

他说，你父亲的死，我是有责任的。如果我不邀他陪我喝酒，他怎么会出事呢？

但我父亲倒在地上的时候，李四却没有想到我父亲已经死了。他说坛里剩下的酒，他们是平分喝掉的，两个人的醉，也是一模一样的。我父亲倒地的时候，他身上的酒恍恍惚惚醒了些，但没有完全醒来。他说在他的一生中，不知见过多少死人，但没有见过像我父亲那样死的，脑壳有一半都飞走了，飞到了远远的一边去。我父亲倒地的时候，他以为我父亲还活着，他扑过去就抱住了我的父亲，他不停地呼喊着救人呀，救人呀！一直喊到来了警察。

警察一来就把他拉走了，但他还不停地往我父亲扑回来，他让警察们帮他把我父亲快点送到医院去抢救。他说医院在哪里？你们快点帮我呀，快点帮我送到医院去，你们听到了没有！

我知道那些赶来的都是交警，是专门处理交通事故的。那些人见过的死人多着呢，什么样的死他们都看到过，他们对我父亲那块飞出去的脑壳，没有太多的惊讶。他们只用粉笔在脑壳的外边画了一个大圆圈，还有一个大圆圈，是把我父亲圈起来。李四便大声地喊叫，画什么画，你们画这些干什么？你们快点帮我送他去医院呀！他在他们的手里拼命地挣扎着。

他们告诉他，人都死了，还送什么医院。

李四还是不信我父亲已经死了。他说他们乱说。他拼命地扑腾着，叫喊着。

一个警察气愤了，把李四拉到我父亲的脑壳边。他说你看到没有，这是他的脑壳，他脑壳都飞出来了，你看到没有？

李四说我知道这是他的脑壳呀，可你看到他流血了吗？他一滴血都没有流呀，你看到没有？

李四也拖着那个警察，拖到我父亲的旁边。

那警察这才愣了一下，好像他也弄不清我父亲为什么没流出一滴血。这是李四对我说的，他说他可能一辈子都弄不清楚，我父亲为什么没流一滴血。可事实上我到我父亲倒地的街面上看过，我父亲的血流了好大的一摊。我不知道李四为什么看不到我父亲的血。可能是酒喝多了，眼睛红了，什么都看不清了。

李四身上的酒气一下就被交警们闻出了。那交警马上抓住了他，你们刚才喝了多少酒？

李四一把将那警察压倒在地，让那警察的脑袋紧紧地靠在我父亲的嘴边。他说你问问他吧，你问问他，我们喝了多少酒。

李四自己都不敢相信，他哪来的那么大的力气。但随后倒地的，便是他李四，几个警察呼啦啦上来，就把他给放倒了。

李四说，那天他是真的喝多了，醒来后，才恐慌得全身不住地打抖。他原先想回家的念头是一点都没有了，醒来后便到处奔跑着找我。是交警让他找我的。交警问他，他家里还有什么人。李四说有一个儿子。交警说，那你帮我们把他找来吧，快点。李四便到处地奔跑着。他当然找不着我。那天我不再捡垃圾，为了给溜子一个交代，我在街边的小店买了六瓶瓦城啤，喝完我们就玩别的去了。

李四为了找我，跑得全身是汗，他的脑子里一直记着一句话：让你去找人你可不能溜了，你要是不回来，我要找你的！这话当然是一个交警对他说的。他还真是怕警察等他等久了，他怕警察等急了，他跑着跑着，很快就又跑回到警察们的身边。警察们说没找着你回来干什么？再去。他就又跑了回去。来回跑了几趟之后，他决定不再跑了，他对警察说，我不找了。他说我都跑遍了你们瓦城了，我哪里都找不着他。

直到这时，一个警察才问他，他儿子干什么的？

李四说，捡垃圾的。

警察一听，脸上的表情马上就换了。

他问李四，那他是干什么的，也是捡垃圾的？

李四说对，也是捡垃圾的。

李四还告诉他们，说我们都不是瓦城的人，我们是从山里跑到瓦城捡垃圾来的。

警察接着便问道，你呢？你也不是瓦城的吧？

李四摇着头，说不是。他说我也是山里的。

那警察于是张大了嘴巴，空空地呵了一声，他说我还以为他儿子是哪单位的呢。一个捡垃圾的你怎么找？弄不好十天半月都找不着，你信不信？

李四说那我怎么办呢？

警察说，你说你怎么办吧。

李四不知道怎么办。他说你说我怎么办呢？

警察说，你还能怎么办呢？你不是他的朋友吗？你帮他送到火葬场去吧。

李四当时有点迟疑，他说我帮他送可以吗？

警察说，怎么不可以呢？他儿子你又找不着，你当然可以帮他送去呀。

李四想了想，说，好的，那我就帮他送去吧。

警察说好的，那就这样，我给你写个证明吧，否则人家也不帮你火化的。

可李四没有想到的是，那警察给他证明的时候，竟把我父亲的名字写成他李四的名字了。警察问什么名字？李四以为是在问自己，随口说李四，木子李的李，一二三四的四。那警察跟着还重复了一遍，说好，木子李的李，一二三四的四。就这样，那证明上的名字就成了李四了。其实，他在写证明的时候，应该问问身份证的。李四说，他没问，所以他就没有给他，他要是问，他会给他的，因为我父亲的身份证一直就在他的身上。他是因为在住棚里找不到我，才跑回来从我父亲的身上拿走了身份证的，他拿着我父亲的身份证到处去问人，他说你们认识这个人吗？你们认识吗？他是捡垃圾的，我想找他的儿子，他的儿子你们认识吗？那警察不问的理由，可能是李四告诉过他们，说我和我的父亲不是他们瓦城的人，说我们是山里来捡垃圾的。

那警察把写好的证明，放在一个信封里，还用订书机把信封口封好，然后递给李四，让李四跟着一辆车子，把我父亲送到了火葬场。那封信李四不敢打开，到了火葬场，他就按照火葬场的规矩，把那封信交到了一个窗户里。窗户里坐着一个光头的男人，那光头低着头忙着，忙完头也不抬，只对窗外的李四说，明天来吧，明天中午十一点。

李四一下就愣住了，他不明白。他说明天中午还来干什么？明天我没有时间了，明天我要回家去，我的家在很远很远的山里。

那光头这才竖起了脑袋来，他嘴巴张得开开的，好像窗外的李四是他没有见过的怪物。

光头说，你什么意思？你是说，告别仪式呀这些，你不给他搞了？你想马上给他火化，你想把他的骨灰马上拿走？

李四连连地点头，他说对对对，我想把他的骨灰马上拿走。

那光头当时觉得有点奇怪，就又问了一大堆什么有没有单位、有没有家属的问题。李四也觉得光头有点奇怪，他想你是警察吗？你问这些干什么？但他还是回答了他。说完那光头倒同情起他来了，他说那好，那我帮你去问问，我让他们给你加个班，好不好？最后让李四交了一些钱，给李四放了一段音乐，说是给我的父亲放的，然后让李四等着。

拿到骨灰的时候，天已经黑了。

送我父亲去的车子，早就走了。李四只好顺着来路，往城里匆匆地走着。

李四说，他本来要把我父亲的骨灰拿到我的住棚里，等着我回来。他打算等我一个晚上，如果天亮了我还不回来，他就把我父亲的骨灰放在桌子上，然后压一张纸条，简单说明一下我父亲撞车的经过，然后就回去。可是，他回到城里的时候，却突然想起了一个问题，他想，如果他手里捧着的骨灰盒不是我的父亲，而是他李四呢？弄不好他李四到现在都还被丢在那个可怜的停尸房里，他想他的那些孩子，他们会知道吗？李四感到一种从来没有过的凄凉，一种从来没有过的悲伤，他一边走，一边禁不住对着我父亲的骨灰盒默默地念叨起来。他说胡老头呀胡老头，你死了还有人帮你收尸，你死了还有人帮你去火化，如果是我李四呢？谁来帮我收尸呢？谁来送我去火化？

想着想着，李四突然愤怒了。

他说我操你们的妈！

我操你妈李香！

我操你妈李瓦！

我操你妈李城！

我辛辛苦苦一辈子，我养你们干什么？我把你们一个一个地养大，一个一个地送进了瓦城来，我让你们都成了瓦城人，可你们呢？你们把老子的生日都给忘了，我操你们的妈！

街上的行人都被他的骂声给吓住了，都以为可能是个疯子，也可能是个被抛弃的老人，都远远地闪开了。

但李四不管这些，他望都不望他们。

骂过以后，他突然在大街上站住了。

他突然觉得，他不能这样便宜了他们。他不能这样便宜了他的李香，他不能这样便宜了他的李瓦，也不能这样便宜了他的李城。他想，他得给他们一点厉害看看，就像他们小时不听话的时候，他将他们的裤子脱下来，用竹鞭狠狠地抽在他们的屁股上，或者瞪着眼猛地给他们一个耳光，一个响亮的耳光，让他们痛哭一顿，让他们在痛哭中想一想错在哪儿啦，想一想父亲为什么这样打我，想一想以后再也不能这样，否则，父亲还会脱下他们的裤子，还会抽打他们的屁股，还会给他们响亮的耳光！

老子得让他们痛哭一场！就是不痛哭，也要让他们的脑子愣一愣，让他们在心里疼一疼，让他们想一想。你们到底都怎么啦？你们对得起你们的父亲吗？

他捧着骨灰盒，转身就朝李香家走去。

他想李香你是大姐，你有什么理由记不住你父亲的生日呢？我知道你和你丈夫都下岗了，我知道你借了钱买了车，你想尽快地把欠债还上，可这就有理由把你父亲的生日给忘了吗？你看人家胡老头，人家是捡垃圾的，人家的日子难道比你更好吗？可你知道人家是怎样一个好人吗？人家一听说是你父亲的六十大寿，人家掏钱给你父亲买了一块长长的红烧肉，还给你父亲切成了六十个方方正正的小方块，人家是一个捡垃圾的啊，你难道连一个捡垃圾的老头都不如吗？

李香的家正好没人，在楼下就可以看到，她家的窗户都是黑乎乎的。他想这样好，这样等到他们回来的时候，还没进门，他们就看到了。

他不让李香的邻居看到他，他悄悄地摸上楼去，他悄悄地摸下楼来。他把我父亲的骨灰盒悄悄地放在李香家的门前，然后把他自己的身份证放在了我父亲的骨灰盒上。

他在楼下的不远处等着，等一个陌生人经过。后来他拦住了一个二十来岁模样的大女孩。他对她说，你帮我一个忙好吗？女孩说什么忙你说。他说你能不能帮我转告李香家，说放在他们家门前的那个骨灰盒，是他们爸爸的骨灰盒，是一个捡垃圾的老头送来的，你告诉她，是她的爸爸临死前吩咐我把他的骨灰盒送来的。那女孩好像被吓得身子缩了缩，远远地朝李香家的方向看去，眼光里顿时有点怕怕的。她问李四，你是说，李香他们爸爸死了？李四说对，你就告诉她，你说他们的爸爸死了，是一个捡垃圾的老头帮他们送去火化的，火化前本来要告诉他们的，但他们的爸爸死前吩咐了，说他恨他们，他只能让他们看到他的骨灰，火化前他不让他们看到他。

李四说完就走了。他想那女孩肯定会帮他告诉李香的。他想她会的。

那天晚上，我回到住棚里不是太晚，大约是九点多不到十点的时候。

远远地，我就看到有一个人坐在住棚的门前。灯光从住棚里照出来，投在他的脊背上，脸当然是看不清的，但我还是看出他不是我的父亲。一直走到了他的面前，我才发现原来是昨夜跟我父亲喝醉酒的那个老头。当时我还不知道他叫李四。

李四一直地坐着，我都走到他跟前了，他还一直地坐着，只是眼睛定定地看着我，然后问道，你是胡来城吗？

胡来城是我的名字，这是我到瓦城后一个捡垃圾的老头帮我改的。我的名字原来叫胡红一，我不知道是什么意思，反正听起来一点意思也没有，但胡来城不错，我没读过书我都能够读出很多理想的东西来。

我说对，我是胡来城。

他的两条腿便顺势往前一扑，跪在了我的面前，把我吓了一跳。

随后，他便告诉了我父亲的死，以及没有交给我骨灰的经过。

你说我还能有什么办法呢？我觉得他这种做法太荒唐了，我说你那几个孩子他们不就忘了你的生日吗，哪里用得着这样收拾他们呢？你也太毒了一点了。但细细看过他那一脸的愤怒和痛苦，你又觉得他那样闹一闹他们，也是有一点点合理的。我不想对他说得太多，一个十六不到只有十五岁的毛头小子跟一个六十岁的老头，有一些话是永远说不到一块的。我担心的只是，他那几个孩子真把我父亲的骨灰当成是他了，那我怎么办呢？但李四告诉我不会。

他说他那几个孩子绝对不会。你以为我那几个孩子他们是饭桶吗？他说，我告诉你，他们一点不蠢，他们比你，比我，比谁都聪明，他们才不会以为他们的父亲是真的死了，不会一见骨灰就以为是真的。

我当时觉得奇怪，我说那你的目的是什么呢？

他说我只是为了吓唬吓唬他们，他们看到骨灰盒的时候，肯定会想到那是我给他们闹的，但他们随后就会想起，他们的父亲为什么要这样，他们的父亲昨天是干什么来了。我相信他们想着想着，就会有人想起昨天是他们父亲的生日了。

他说，他们肯定会想起的。

我对他的这种心情表示理解，但我对他的想象表示怀疑。他却一口咬定你用不着怀疑。他不停地告诉我，他那几个孩子聪明得很，他那几个孩子很聪明。他说你想想吧，他们要是不聪明，他们要是跟其他的山里人一个样，他们能一个一个走进瓦城吗？他们基本上都是国家的干部呀，你以为他们的脑子是饭桶吗？

经他这么再三地说来说去，我又多多少少的有了一点相信。

他说你放心吧，明天早上我还你父亲的骨灰盒。

但那天晚上，我还是怎么也睡不着，我的脑子里翻来覆去的，都是父亲被车撞死在大街上的情景。就因为我没有在场，就因为我没有看到，所以父亲的惨状便显得各种各样的，每一种惨状都把我吓得半死。李四也睡不着，我发现他的身子在床上动来动去的，怎么也睡不安宁。但我们谁都没有开口。我们的嘴巴和我们的心一样难受。

天快亮的时候，我却迷迷糊糊地睡着了。等到我醒来的时候，我看见李四早已坐在住棚的门前，不知在看着什么，也不知他在想着什么。我看到的是他的背影。

李四的背影像一块石头，一动不动。

我问他什么时候了？

他说中午了。他的脸却没有回过来看我。

我说，我父亲的骨灰呢，拿回来了吗？

这时他才回过了头来。他说我在等你呢，你醒了？

我说废话，我没醒我在跟你说梦话吗？

他说我在等你呢，我们一起去拿呗。

我说你什么意思？骨灰是你放在那里的，你应该自己拿回来给我，你凭什么要我跟你去？没等他回话，我又说，去吧去吧，你去拿回来给我吧，我不会跟你去的。话没说完，我往后一倒，又躺了下去。

但他没有去。他悄悄地走到我的床边，竟走得一点没有声响，我被他突然出现的影子吓了一跳。我歪歪地睁着眼睛看着他。我没有说话。而他，有点像一头善良的老牛，不幸跌进了一个路边的坑坑里，那坑坑虽然不是很大，也不是很深，但怎么也起不来，在乞求着我的帮忙。

他说，我要是愿意见到他们，我一个人早就去了。可我不想再见到他们，也不想让他们再见到我。走吧，你跟我一起去拿吧，待会儿我也不上去，我告诉你哪是她的家，你上去拿，我在下边等着你，等你拿到了，我也不回你这里了，我回我的山里去。

看着他的那种眼神，我好像看到了他的心在流血的样子。我的心不知不觉地也就软下了。

我随即翻身下床，我不再多嘴。

我说好的，那走吧。

走了没有多远，他突然站住。他朝我回过头来，呆呆地看着我的脸。

我说怎么，不走了？

他说你还没洗脸呢。

我说洗什么脸呢，不洗，走吧。

他还是站着不走。他说去吧，你先回去洗个脸吧。

我笑了。我说你看到我那里有洗脸的东西吗？毛巾、脸盆，有吗？

他说那你就用水擦一擦吧。我们去拿你父亲的骨灰你知道吗？别让他看到你这样的脸。

我说反正他又看不到。

他说他能看到的。他说人一死就什么都能看到了，你知道吗？

我心里暗暗一笑，我说你这是什么歪理？

他说我这不是歪理。人一死真的什么都能看到。他能看到你，也能看到我，他能看到我的心，也能看到你的心，真的，他现在就等着我们去拿他回来。

听他这么一说，一股凉飕飕的东西，恍恍惚惚地在我的脑后飘起。我转身回到水龙头的下边，向很肮脏的脸上一捧又一捧地泼着水，泼了一次又一次，然后是拼命地搓，搓得一脸热乎乎的。最后，我把脑袋塞到水龙头的下边，也狠狠地洗了一次。

路上，我告诉李四，我以前也是天天早上洗脸的，后来，我妈被别的男人偷走了，我跟着父亲到了瓦城，我就再也不洗了。

李四说为什么？他觉得奇怪。

我说我也说不清楚，反正天亮起来，父亲就把我拉走了，让我跟他捡垃圾去了。我父亲说等出汗的时候抹一抹，就什么都干净了。

他说你明天可以不洗，但今天不洗不行，今天不洗，你爸爸不会认你的。

然而那天中午，我没有拿到我父亲的骨灰。

李香家的房门紧紧地关着。我在李香家的门前没有看到任何盒子，我跑到李香家的楼下，顺着院子的围墙找了一圈，也没有看到任何像是盛骨灰的盒子。最后，我拦住了一个过来的人，我说李香家都哪儿去了？那人的嗓门粗得吓人，他说你找他们家干什么？你是他们家亲戚吗？我说不是。他的眼睛便翻了翻，说走了，天一亮就回山里去了。我一愣，不由惊诧起来，我说他们回山里干什么？那人的声音就更大了，他说她父亲死了！她和她的弟弟几个，他们一家人全都回山里给他们父亲奔丧去了。你有什么事吗？有事你十天半个月以后再来吧。

那人说完往前边走去，好像有什么急事。

我站在那里愣了一下，随后，一转身就急急地离开了。

李四看见我两手空空的，远远地就迎了上来。

他说怎么啦？他们不给你是不是？

我当时已经生气了。

我说你已经死了，他们拿着我父亲的骨灰，回山里给你奔丧去了。

李四的脸色忽然就难看了起来，嘴巴张得大大的，像是要死的样子。他忽然转过脸，朝远处的什么地方远远地看着。

我问他怎么办？

他没有回答我。

我又问一句，怎么办？

他好像还是没有听到。

我于是大声地吼了起来，我愤怒了。

我说怎么办，你快说呀！

他吓了一跳，这才转过了脸来。但他摇摇头，收着身子，蹲在了我的脚下。他双手紧紧地抱着头，嘴里不断地呢喃着：他们怎么这么笨呢？怎么这么笨？

听那声音，好像快要哭了。

但我没有同情他。我感觉全身都是火，我把许多想到的气话，统统朝他的脑壳上砸了下去。我说你不是说他们不会当真吗？你不是说你那几个孩子不是饭桶吗？你不是说他们都是聪明人他们一点都不愚蠢吗？他们怎么就把我父亲的骨灰当作了你了？

突然，李四从地上站起来，大声地吼了一声：好！他说这正好让他们好好地哭几天！让他们尝尝父亲要是真的死了，那是一种什么样的滋味。他要让他们好好地想一想，想一想是否对不起他们的父亲。

我说，那我父亲的骨灰怎么办？

他说你放心，我给你保证，等他们哭够了，我保证还给你。

他不停地摇着我的肩膀，他让我相信他。

不相信又能怎么样？

你只能相信他。

后来我们才知道，李四的三个孩子，还有他的女婿、他的儿媳妇，以及他的孙女艳艳，他们六个人，从后半夜一直哭到了天亮，他们除了哭还是哭，没有人对父亲的死有过一点点的怀疑。最先回到门前的是艳艳，她马上就拨响了妈妈李香的呼机，李香跟着就拨响了丈夫刘大奇的电话，刘大奇再把电话拨到李瓦的家里，李瓦一听，马上开车跑到李城的楼下，把李城拉到了姐姐的家中。

从瓦城回到山里的路挺长的，他们捧着我父亲的骨灰，一路哭个不停。听那司机说，他们的哭声，把他弄得手也软了，脚也软了，有几次踩刹车都踩不灵了，差点把车开到了山脚下。

最惨的当然不是他们，而是他们的母亲，这一点谁都可以想象。他们的母亲就坐在门槛上看着他们回来。她被他们给吓住了。她指着李瓦手里的骨灰盒，问他这是什么？你们干吗哭成这样？

李瓦噗地一下，就跪在了母亲的脚下。

他说妈，这是我爸。

后边的五个人，也扑通扑通地跪在了门槛下，哭声哇哇地烂成一片。

你爸他怎么啦？你们干吗都跪着？老太婆顿时惊叫了起来。

李瓦说，我爸，他死了。

老太婆忽然就全身颤抖了起来，她想摸一摸我父亲的骨灰盒，她的手还没有落到上边，她的身子歪倒了。等到她醒来的时候，便哭诉着，牙齿都咬崩了。

她一个一个地敲问着：

你知道你爸到你们城里干什么吗？

你知道吗？

还有你，他跟你说了吗？

直到这时，他们还是无人想起，想起那天原来是他们父亲的生日，他们只是愣愣地看着老人家，不敢点头，也不敢摇头。

他是到你们城里过生日去的，你们知道吗！

老太婆的牙齿咬得格格地响。

跪在地上的六个人，这时突然停止了哭声。静静的，每个人的咽喉都像被人掐住了。

老人的哭声却无法停止，她一边哭，一边不停地责骂着：

你们爸是怎么死的？

你们给他做了生日吗？

是你们把他给气死的吧？

谁？

是谁把他给气死的？

她越哭越恨，越恨越伤心。她一个脑袋一个脑袋地点过去，一个脑袋一个脑袋地点过来。

你们为什么把他的生日给忘了呢？

为什么？

你们给我说呀！

没有一个开口。谁都想不起自己是怎么把父亲的生日给忘了的。他们只知道哭，好像只有哭才能证明对不起死去的父亲。于是又开始哭了起来，而且谁也不肯先停下。

说呀！

你们为什么忘了呢？

老太婆不停地骂着：

你们为什么不说话？

你们把你们爸的生日都给忘了，你们还活着干什么？

你们也都死去吧！

你们死了就自己找你们爸爸说去，你们不用跟我说，跟我说一点用都没有。

去呀，你们也都死去呀！

你们为什么不去死呢？

你们给我这么跪着干什么？

是我叫你们忘了他的生日吗？

你们给我跪着干什么呢？你们跪着干什么？……

当天晚上，老太婆就断气了。他们让她吃东西，她不吃；他们让她到床上歇一歇，她也不去；她连坐都不坐，哭完了，骂完了，她用一个布袋装了一些米，提在手里，往门外走去。孩子们都慌了，都不知道母亲要去干什么，都紧紧地跟在她的身后说，妈，你要去哪儿？你别去。他们跟在她的身边想扶她，她把他们的手——打掉。

她摇摇晃晃地往前走。

她说你们不要管我，我也不要你们管。你们爸是到城里找你们去的，你们都让他死了，你们还管我干什么，你们谁都不要管我。我不要你们管。

但孩子们还是紧紧地跟在她的身后。他们都想不出她要去哪里，都担心她脚下一空，会一头栽下路边的深沟。

天上的月亮很亮，亮得只剩下了它孤独地挂在夜空，像是动也不动。

老太婆走的不是大路，她走的是路边的那些田坎，那些细细的窄窄的田坎。一边走，一边把抓在手里的米撒些出去，一边撒，一边喊着李四的名字。

她说李四呀李四，你快回来吧，你不回来我怎么办呢？你不会丢下我一个老太婆不管吧，你不会这么狠心的，你快回来吧！她说你看到我在喊你吗？你听到我在喊你吗？听到了你就回来吧，你在月亮里听到了你就从月亮里回来吧……你要是在城里听到你就从城里回来……你在树林里听到了你就从树林里回来吧……你要是在河水里听到你就从河水里回来……我看见月亮了，月亮现在就在我的头上，我看见它冷冰冰的，那里不是你住的地方，你快点从月亮里回来吧……瓦城我也看到了，我看到瓦城也不是你住的地方，你也从瓦城回来吧……回来吧……

　　她一路走，一路喊，一路撒；一路撒，一路走，一路喊；走过了一块田又一块田，走过了一块地又一块地，她把米袋里的米撒完了，就把米袋递给身边的孩子，去，给我再拿一点来，我要给你们爸喊魂，我要把你们爸丢在你们城里的魂喊回来。头一次给的是谢晓，谢晓急急地接过母亲的空布袋，急急地往家里跑，然后急急地给母亲装了一点米跑回来，像是生怕耽误了母亲喊魂的时间，父亲的魂就真的回不来了。第二次给的还是谢晓，谢晓装了一点米又急急地跑回来。第三次，她的目光还是落在谢晓的脸上，这一次，谢晓装满了整整一大袋，装得沉甸甸的，她怕第四次喊的还是她。回来的时候，她没有把米袋递给母亲，她说妈，我帮你拿。老太婆不用，她把米袋接了过来，但她没有想到米袋那么重，米袋一沉，竟把她的身子给拉了下去，吓得孩子们的心都从喉头飞了出来，惊慌失措地扑上去，一边扶住母亲的腰一边接住米袋不让落地。他们都说妈，你放手吧，我们帮你拿。老太婆却死活不肯放手。她像驱赶苍蝇一样，驱赶着他们，她让他们去去去，都给我一边去，我要给你们爸喊魂，我要把你们爸的魂从你们城里喊回来，他是到你们那里被你们给弄丢的，我要把他喊回来。

　　老太婆接着又摇摇晃晃地往前喊过去。老太婆的喊叫一声高，一声低，一声长，一声短，最后又顺着走去的田坎往回喊来，回到门槛前的时候，她的声音突然没有了，她张着一张嘴巴，愣愣地站着，也不进门。孩子们等了一会儿，以为母亲有话要说，都愣愣地等着。谁知，老人的咽喉里突然滚出一声怪响，一股血从嘴里喷了出来，她就这样倒在了门槛上。

　　父亲如果不死，母亲怎么会死呢？

　　在随后守灵的日子里，李四的孩子们，真是不知如何痛苦才是。

　　他们先是一个接一个地忏悔着自己的不是。这个说，其实那天夜里进门的时候，他们就发现父亲的愤怒了，父亲把他们家的一只杯子给砸烂了，绝对是他砸烂的，如果不是有意砸烂，父亲会清理干净的，可父亲没有收拾，就愤怒地到大姐家去了。当大姐的随即把话接了过去，她说父亲是到他们家里去了，而且父亲也愤怒了，父亲把他们家的电视机一直地打开着，声音很大，轰轰轰的，遥控器也砸烂在了地上，但他们没有放在心上，他们想，父亲愤怒后一定是到老三李城那里去了。李城说父亲倒是没有砸烂他家的任何东西，没有，但李城也在脑子里找到了对不起父亲的地方，他说自己应该让父亲留下的，他的女朋友后来并没有住在他那里，他的女朋友说那天晚上她没有情绪。李城没有办法，李城说没有情绪就没有情绪，那你就回你家里去吧。她就回她的家里去了。李城说，他要是把父亲留在他那里，父亲是不会出事的，父亲不出事，母亲怎么会出事呢？

所以他说，他是最最该死的！于是将脑门狠狠地撞在了墙上，撞得咚咚咚地乱响。

他们就都劝他，说你用不着这么想，该死的不光是你，我们都该死，谁叫我们都把父亲的生日给忘了呢？

这时，艳艳说话了。

艳艳觉得，平时你们不都以为我是个有问题的女孩吗？没想到，你们的问题比我大多了，你们都弄出了两条人命了。

艳艳的嘴有点毒。她说，我觉得你们应该一个一个地说一遍，你们是怎么把爷爷的生日给忘了的。

艳艳的话谁都听到了，但谁都没有作声。

艳艳又说了，她把手横过去，直直地指着她的母亲，她说妈，从你开始吧，你是老大，你说，你是怎么把爷爷的生日给忘了的？

李香看着女儿，不知如何开口，也不敢愤怒。

坐在姐姐对面的李城却忽然开口了。

他说姐，你还记得前年吗？

大家的眼光便乱窜了起来，看看李香又看看李城，看看李城，又看看李香。

李城说，我说真心话吧，前年我是真的记起了父亲的生日的，不信你们问姐，姐，是吧？我是为父亲的生日专门跑到姐家去的。我说姐，后天爸爸的生日，我们要不要回去一趟？姐，你当时怎么说的，你还记得吗？

李香暗暗地有点紧张，她说我说了什么啦？我好像没有说什么。

李城说，你说了，你说回什么回，不回！你有时间你回吧，我没有时间。你当时就是这么说的。

李香的眼睛突然爆开了一样，她说你瞎编，我怎么会这么说呢？我绝对不会这么说。

李城说，姐，你当时就是这么说的。

李香说，那后来你回来了吗？你怎么不回来呢？

李城说，这就得怪你了，我是因为你不回来，我才不回的，我干吗一个人回来呀？

李香说，那你可以找李瓦呀，你跟李瓦两人一起回来不行吗？

李瓦的脸色也暗暗地紧张了起来。

李城说，我去找他，但没有找到。后来我就想，怎么就我一个想到父亲的生日呢？你们怎么没有想到呢？如果想到了，为什么没有听到谁说呢？我想了想，后来不知怎么，就懒得往下想了。去年，我说真话，我是一点都没想起，真的，今年就不用说了。

李瓦把话接了过去。他说我有一年也是想到过要回来的，我还跟朋友说好了要开他的车回来呢，朋友都答应了，说你开吧，我给你留着。后来不知碰着了一个什么事，就给忘了。这事我好像跟姐说过呢。

李香说，你什么时候跟我说过呢？你没有跟我说到过。你们今天是怎么啦，怎么什么事情都说跟我说过呀？

李瓦说，要么我就是跟老三说过的，反正我跟谁说过，我绝对跟谁说过的。

李城说，你这是瞎说，你没跟我说过，你绝对没有跟我说过。

说来说去，好像还是弄不清楚父亲的生日是怎么给忘了的。后来，就都把原因归结为太忙了，实在是太忙了，整天都在忙，忙得人的脑子都热烘烘的，像被火烧着了一样。可不忙行吗？不忙怎么活下去呢？你不忙，别人忙呀，别人就会当着你的面，把所有的好东西，一样一样地抢走，最后会把你碗里的饭也抢走，你说你不忙你怎么办？

这时，艳艳又说话了。

她说其实呀，你们也用不着光在自己的身上找原因，我觉得爷爷本人也是有问题的。爷爷太过分了，不就一个生日吗？城里人又不是什么神仙，干吗非要记住你的生日呢？

艳艳的话好像还没有说完，一个巴掌飞了过来，把她的脸给打歪了。

那是她父亲的巴掌，打得很重。

屋里突然静了下来，所有的嘴巴都闭上了，什么自己的不是，什么别人的不是，都不再议论了，能做的，只是默默地守灵。当然，在后来的几天里，他们还是决定了几件事。他们决定，回家后马上拿父母的相片去放大，然后各家摆在屋里，每家都给父母做个灵堂，一直到做完七七。七七就是七个七天的意思，就是每一个七天都要给父母的在天之灵举行一次送行的仪式，好让父母在另一个世界里得到安生。此外，还决定每年清明节都要回到山里来，回来给父母烧香，回来给父母扫坟，就是天上下着刀子也不能免掉。还有，就是把房子卖了，不卖留着干什么？卖房的钱，全都交给李城，就当是父母留给他的结婚钱。

离开山里的那一天，天刚亮，买房的人就把钱拿来了。那是一摞不薄的钱，买房的人问，给谁？你们谁点一点。老三李城走上去，说，点什么点，给我吧。他拿过钱，就直直地往门外走去，然后对着远处的山头，大声地喊叫着：

爸！

妈！

我是老三李城。

我会尽快找一个女的结婚的，你们放心吧！

在等待去拿骨灰的那些天里，我没有捡过一天的垃圾。李四也觉得我没有必要再去。那些天的饭菜，也都是他给买的。我没让他买，也没说不让他买，反正他买回来了，我就照吃不误。我为什么不吃呢？要不是因为他，我父亲怎么会死呢？吃完了我便躺到床上，我脑子想的几乎都是死去的父亲。我不停地催着李四，让他快点带我回他的山里，我想早一天把我父亲的骨灰拿到。我不敢让他一个人回去，我怕他一个人走了，不把我的父亲带回来，我怎么办呢？我到哪里去找他呢？我还不时地警告他，我说你不能一个人偷偷地回去你知道吗？你一定要带我跟你一起回去。李四总是告诉我，你放心吧。我怎么能不还你父亲的骨灰呢？我要是不还你，你说我的心里就好受吗？我又不是坏人，你看我像坏人吗？但我总是有点不太相信他。我总是担心他会一个人什么时候偷偷地跑了。睡觉的时候，我总是让他睡在里边，以为那样他夜里就跑不掉了，其实这样的想法是很天真的。那些夜里，我虽然时常因为父亲的死而睡不着，可一旦入睡，都是睡得很死的，李四要是想溜，早就溜掉了，但他没有溜。

李四这一点还是挺不错的。

我敢说，这一点城里人很少能做到。

那样的情景一直熬了十天。

临走的前一天，李四让我带着他，到商店里去走了一圈。

他说，他要给他的老伴买点吃的东西。

他没想到他的老伴已经死了。

我当然也没有想到。

我问他买什么吃的呢？

他说有一种很好吃很好吃的东西，但他忘了名字了，只知道有点像是他们山里的米糕，但山里的米糕做得没有那么软，也没有那么好吃，吃的时候有点软软的还有点粉粉的，反正是十分好吃。他问我哪里有卖？听他那么一说，我知道那肯定是云片糕，云片糕很便宜，在城里根本算不得好吃的东西。我说那种东西有什么好吃呢，一点都不好吃。我给他推荐了很多好吃的，尤其是巧克力，他却坚决不买。

他说他就买云片糕。他说，你说不好吃那是你的嘴巴，我老伴的嘴巴她觉得好吃，那就是天下最好吃的，你知道吗？

接着，他便比画着他老伴吃云片糕时的那种模样，说她总是很端正很端正地坐在门槛上，一小片一小片地把云片糕掰下来，然后一只手轻轻地提着放进嘴里，一只手在下巴的下边接着，那是以防万一，万一有云片糕的碎片从嘴边跌落，她好把它们接住。她总是吃得很香，吃得一脸甜甜的，一点都不着急，好像一个永远长不大的小女孩。

我心里便暗暗地笑他。

路上，我曾想象过李四那老伴的模样，我想我一定要好好地看一看，看一看她拿到云片糕时的模样，是不是真的像个永远长不大的小女孩。一个小女孩与一个老太婆，那是一个天和一个地呀。

你知道，我的这种想象早就提前落空。

就连李四家的那栋房屋，我都看不到是什么模样了。

那一天从清早起，买主就请来了一帮人，把李四的那栋房子给拆了。我们看到的时候，房子已经没有了，拆下来的东西乱七八糟地丢得到处都是，就像一堆垃圾。

在我的眼里，那就是垃圾。

当时，是天准备黑下来的那个时候。

前来拆房子的人，有的已经走了，收工了，回家喝酒去了；有的正扛着拆下的木头，走在李四家门前的路上。

李四远远地就站住了。

我也站住了，我站在李四的身后。

我说怎么啦？走呀，不走啦？

李四半天没有说话。

那些人也不说话，他们也远远地就站住了。

接着，有人把话问了过来，说：是四叔吗？

李四没有回答。李四愣愣地看着他那已经没有了的房子。

有人再一次把话问了过来，说：四叔，是你吗？

李四还是没有回答。

突然有人慌了起来，以为是遇着鬼了，咣地就将肩上的木头丢在了地上。

木头落地的声音很响，那声音把其他人也都吓慌了，跟随着，木头落地的声音和四散奔逃的脚步声响成一片，像是天要塌了似的。

回来，我是李四！你们跑什么跑！

李四突然朝着他们吼道。

那些人的身上都像是牵了绳子，李四那么一喊，就把他们都牵住了。

说真话，从那天晚上开始，我是真真地同情李四了。在那之前，我觉得他其实没有那么可怜，不就一个生日吗？做也过，不做也过，干吗弄得那么严重呢？我觉得他闹得太过了。可那天晚上，我觉得这个老人的命，还真是他妈的比我还苦，比我还惨！我失去的只是我的父亲，而他呢？他的老伴没有了，他的房子没有了。他，一个六十岁的老头，也在他孩子们的心中死去了，往下，他该怎么办呢？

当天晚上，李四打着火把，带我去拿我父亲的骨灰盒，他刚要揭开坟墓，被我喊住了。

我说算了，不挖了，就让我父亲埋在这里吧。

我想，我父亲他不死也死了，我拿着他的骨灰回瓦城又能怎样呢？还不如就这么留着，让他躺在这个静悄悄的深山沟里。我想，或许这还是老天爷的一种安排呢。如果哪一天我能了却他的心愿，我真的成了瓦城的人了，我再看看有没有别的什么办法吧，比如能不能把他迁进瓦城的公墓什么的。如果没有，就永远让他躺在这里吧。

李四没有多想，他只是对我说，随你的便，你自己想好。

我说那就随我的便吧，我想好了。

他说，反正这事你以后不能后悔，后悔了也不能怪我。

我说，我不会怪你的，我也不会后悔。我说你放心吧。

然后，我们来到他老伴的坟前。

他把买回的云片糕，一片一片地掰下来，一片一片地摆放在他老伴坟前的石板上。

就在这时，我禁不住问他，我说你怎么办呢？

他说，我还能怎么办呢？你说，你说我还能怎么办？

一个六十岁的老头子竟然这样回答一个毛头小子的问话，你可以想象，他的心是多么地难过，多么地凄凉，他已经不知道自己怎么办了。你说，你不同情他，你同情谁呢？我简直觉得，如果全世界只有一个人需要你去同情，那个人可能就是他李四。

我说，你不会想到死吧？

他没有回话。

我说你千万不要想到死你知道吗？

他还是没有回话。

我说，你跟我回瓦城去吧，我带你去找你的那些孩子。

他说，你说他们还会认我吗？

我明白他的意思，他是担心他们会不会因此而恨他，而不认他。我说怎么可能呢？你是他们的父亲，他们是你的孩子，他们怎么敢不认你呢？

他说，他们要是不认我，我怎么办？

我当时觉得，这个老头怎么有那么多的顾虑呢？我觉得只要他回到瓦城，只要他站在他们的眼前，他甚至不用开口，他们都会知道，这就是他们的父亲。他们怎么会不认他呢？于是我安慰他，我说在你回到他们的身边之前，你就跟我住在一起吧，反正我也没有父亲了，你就当作是我的父亲好了。你可以一直住到他们认你的那一天。

我说，我父亲的身份证不是还在你身上吗？他说是的，还在。说着要掏出来还给我。我说不用，我说你先拿着吧，在城里，没有身份证有时还挺麻烦的，一不小心，就会碰着喜欢盘问的警察，他们的手总是伸得长长的，然后问你，有身份证吗？拿来看看。

我说你就拿着我父亲的身份证吧，反正你的身份证已经没有了。

他的身份证已经被他的孩子们烧掉了，连同烧纸，一起烧在了我父亲的坟前。

他看着我父亲愣了好久，他说我拿你父亲的身份证也没用呀，谁不一眼就看出来了。

我不由愣了一下，相貌确实是个问题。我拿过父亲的身份证，说实话，在这之前，我还真的没有看过几次父亲的身份证，这一看，我吃了一惊，因为我父亲在身份证上的人头，也不太像我的父亲。当然，也不像李四。

于是我把身份证递给了李四，我让他好好地看一看。

李四也觉得怪了。他说真的不是太像你的父亲，为什么呢？

他说那有人怀疑过这不是你的父亲吗？

我说怀疑多了，但我父亲的名字是对的，这上边的地址也是对的。还有一点，就是这脸上的颧骨，还是很像的。李四便摸了摸自己的颧骨，我顺眼看了看，发现他的颧骨，也是我父亲的那种颧骨，不是太像，也不是一点不像。他说那我的名字不一样呀。我说这就简单了，有人问你，你就说你是我的父亲，你只要记住我父亲的名字，记住这身份证上的地址就行了。

他的手便深情地落在我的肩头上。我看到他的嘴巴动了动，他好像有话要说，最后却什么也说不出来，他的眼睛眨了眨，好像暗暗有泪。

回瓦城的那天早上，山里的露水挺重的，走了没有几步，脚上的裤子就湿透了。

走到一个半山腰的时候，他突然停下来，指着不远处的一块地，他说，那是我家的。

我说你家都没有了，你哪里还有地呢，你的孩子们不是把地都卖了吗？

他说没有。他说他们卖掉的只是地里的东西，不是地。地是不能卖的。我没死，那地就还是我的，我要是死了，那地就回到国家的手里，谁也不能卖。

他忽然眼光默默地望着我，他说，要不你回你的瓦城去吧，我不去了。

我说为什么？

他说我还有地，我怕什么呢？

我说你已经没有房子了你知道吗？

他说那要什么紧呢？盖一个茅棚，我就可以住下了。

我说算了吧你，你今天盖了茅棚，明天后天，你的那些孩子他们总有一天会知道你还活着的，到时，他们还得把你弄到城里去的。你已经六十了，你·个人在山里能待多久呢？

他便不再说话。

但他还是朝他的那块地走去。

我悄悄地跟在他的身后。

他是朝地里的那个稻草人走去的。那个稻草人歪歪的，眼看就要倒了。

我看到他扶起稻草人的时候，眼里悄悄地竟流下了泪来，好像他扶的不是什么稻草人，而是他那永远离开了人间的老伴，或者那稻草人就是他自己。

他让我帮他，帮他把稻草人往地里插深一点，插牢一点，他希望它别再倒下。

他说这里风大，你使劲点，免得我们一走，风一来，又倒了。

插好后他又试了几下，扯了扯稻草人的手，然后朝我点点头，算是放心了。临离开时，他又整了整稻草人身上的衣服，他的动作很细，从衣领开始，慢慢地往下顺，先是衣袖，然后是胸襟，然后是衣摆，然后是裤子，我看到他的手几乎没有放过一个地方，一点一点都做得十分熨帖；完了，才去整理那稻草人头上的帽子，完完全全地把稻草人当成了一个人。最后，他把稻草人手里拿着的那个白色的塑料口袋，也重新系了一遍。

我指着那个塑料袋问他，挂这个干什么呢？

李四只对我笑了笑，没说。

我想了想，觉得那塑料袋不可能有什么特别的意思，也许只是随便挂挂，就没有追问。

　　从地里出来，走到路上的时候，我的脑子突然被什么挂住了，我马上回过头去。这一次，我终于明白了，那个稻草人，除了头上的帽子是李四的帽子，那稻草人身上穿的衣服，那稻草人下面穿的裤子，全都是他那老伴的。我看着看着，竟像是突然看到了他的老伴了，她就站在我们的面前。

　　按理说，让李四回到他的孩子身边，不是一件太难的事，至少比捡垃圾要容易一些。你没捡过垃圾你当然不懂，但你可以想象一下，捡垃圾确实不是一件容易的事情。首先是臭，垃圾臭，捡完垃圾你一身的臭，但这些都是你自己愿意的，你怪不了谁。我说的不容易还不是这个，我是说，捡的时候你得在垃圾里不停地翻，你得不停地找，你得把你的眼睛睁得大大的，你一点都不能迷糊，你要是迷糊了，你就会除了一身的臭气，什么也没有得到。

　　然而事实上，李四的事情，简直难透了。

　　刚刚回到瓦城的大街上，我们就碰着了他的孙女艳艳。

　　那是我头一次看到艳艳，我先是看到了李四的那张照片，然后才看到艳艳的。李四的照片，比锅盖还大，他被装在一个很好看的镜框里，被艳艳抱在胸前，正从街对面的一家照相馆里出来。

　　我一下就愣住了，我想那照片怎么这么像李四呢？

　　我忽然叫李四等一等，我说你先在这里等等，你先别走。我横过街面，直奔李四的照片追去，然后把她拦住。

　　我问小姐，你这抱的是谁？

　　我真的用了"小姐"二字，别以为我是捡垃圾的，讨女孩喜欢的一些字我还是会说的。

　　她扫了我一眼，说，你认识他吗？

　　我说，我可能认识。

　　我本来想说，我应该认识。或者直接说，我认识。但我给我留了一点余地。

她便告诉我，这是我的爷爷，他死了，你知道吗？

家里死了人的人都这样，他们好像都担心别人不知道他们家里有人死了。

我心里一下就咬定了，我知道那照片上的人头就是李四，捧着李四的这个女孩，就是李四的孙女。我因此高兴了起来，我马上对她摇摇头，我说你看看那是谁？

我朝着站在街对面的李四指了过去。

李四的目光一直跟着我，他早就看到了他的艳艳了，他们的目光这时碰在了一起。

艳艳哇的一声尖叫了起来，但她马上就把嘴巴挡住了，她说真的好像我爷爷耶，怎么这么像呢？

我说不，不是像，告诉你吧，那就是你的爷爷。你爷爷他活得好好的，他没死。

我一边说一边迫不及待地朝街对面的李四招手，我让他过来。我想只要李四过来，只要他们把话对上，往下就什么都不用多说了。

可是，街对面的李四突然转身走了，而且走得很急，就像是小偷逃脱追踪的样子。我大喊了一声，哎，你干吗？你到哪儿去？

李四没有回头。李四的身影转眼就在前边消失了，被乱糟糟的人群吃掉了。

我一看急了，我丢下艳艳就朝李四追去。但那李四不知怎么溜的，怎么找都没有他的影子，等到我回头想对艳艳说些什么的时候，艳艳也早就走了，艳艳不在原来的地方了，她回家去了。我在大街上又胡乱地找了一下李四，还是没有找到。我的心里当时真是恨死了李四了！

我心里想，这老头，你他妈的，老子不理你了！

我差点在大街上自己给自己几个巴掌，我发誓他现在就是死在了大街上，老子也不理他。在走回住棚的路上，我一身都是愤怒，愤怒得不知如何是好。

一进门，我就把自己摔在了床上，可我刚刚躺下，突然有人敲门。

我说谁呀？

外边没有回话，但敲门声却没有停止。

我把门打开一看，他妈的，门口站着的就是那个讨厌的李四！

当时的天，已经黑下来了。

我说你他妈的李四，你还来找我干什么？你已经没戏了，你完蛋了，你知道吗？你错过了一次最好的机会，你知道没有？可他怎么说？他说，他是怕他的艳艳会被他吓疯在大街上。我说疯你妈，她年龄比我都大，她怎么会被吓疯呢？他说她是女的你是男的，他说在她的心里，她爷爷，我，李四，已经死了，你知道吗？我说我当然知道你死了呀，可你只要一过去，你和她，你们两人只要一说话，她就知道你真的就是她的爷爷，你真的没死，你知道吗？他说，问题是，我还没有跟她说话她就被我吓疯了，我怎么办？

他说幸亏没有过去，他要是过去了，艳艳肯定会被他吓疯的。

他一口咬定，他是为了他的艳艳。

真拿他没有办法。

我说好，那你现在怎么办吧？没有等到他回话，我又把话拦了过去，我说你不用再跟我说怎么办，我不管你怎么办了，反正你的事从此与我无关了，你不用再跟我说什么，你说了我也不听。

他愣了半天，最后问道，你真的不帮我了？

我说我帮你干什么？我不帮了。

他暗暗地叹了一口气，然后说，那我明早就回我的山里。

我说回吧回吧，明早天一亮你就回你的山里去吧。

他说那我今晚怎么办呢？我在你这里住一个晚上可以吗？

我说住吧住吧，反正明早天亮你就走了，今晚你爱住就住吧。

他爬到了床上，一声不吭地躺下了。

也不知怎么搞的，第二天凌晨，天还黑麻麻的我就醒来了。

我是怕他真的溜回了他的山里。

我看到他还躺在我的身旁，于是把他推了起来。他睁开眼睛一看，说天还没亮呢，我天亮再走吧。我说走什么走，你要是真的走了，以后你再来找我，我就真的不帮你了。

他说你什么意思？

我说我告诉你，你不要走。

他说不走我怎么办？

我说我给你想办法吧。

他说你有什么办法呢？

我说我现在还没有，我现在要睡觉。

说完，我一头睡了下去，一直睡到了中午才醒来。

我的办法还是从艳艳身上下手。

李四也表示同意。但他说，只能让艳艳告诉她的爸爸妈妈和她的叔叔们，让他们到这里来找他，他不想先去找他们。我明白他的心思，这是一个有关脸面的问题。不管怎么说，事情已经闹大了，事情的最初应该说是他那些孩子的过错，而事情的后来，则是他李四的不对了，这一点，李四心里是清楚的。我对他说，先这么办吧，不行了再想别的办法。人只要活着，办法总是会有的，我父亲活着的时候时常对我这样说。我父亲说，只要你永远记住了这句话，你就总有一天会成为瓦城人的。这个道理放在李四的身上，我觉得也是适合的。

我相信李四能回到他那些孩子的身边。

于是，每天中午的放学时间，我都跑到艳艳的学校门前，等着艳艳放学出来。

我告诉艳艳，你爷爷真的还活着，你的爷爷现在就住在我家里。

可艳艳就是不肯理我。

头一天她急急地走着，我跟她说了不到两句，她就拔腿飞跑了起来。

我当然不敢追，也不能追，我要是追上去，她要是告诉街边的人，说我是流氓，我就是不被打死，也有可能遍体鳞伤。

第二天，我告诉她，你叫你家里的人先去看一看吧，看一看就知道那是不是你的爷爷了。可是，我话没说完，她拔腿又一次跑了。

第三天，我刚要上去，她身边的三四个男孩呼地一下，把她围住了，他们的眼睛全都火一样往我的身上燃烧着，他们的手和他们的脚，都在做着一种随时出击的样子，张牙舞爪的。我哪里还敢靠近呢，我不敢，我只有远远地看着她走远。

第四天和第三天一样。我知道这样下去肯定不行了。于是，我把第五天的方法改了，我让李四把事情的经过简单地写在了一张纸上，然后装在一个信封里，我拿去交给艳艳他们学校的门卫，让他帮我转交给艳艳。

那天我躲在暗处，我看见那门卫把信封交到了艳艳的手里，我看到她把那张纸抽出来看了看，又把它放回了信封里。她四处张望了一下，她可能想看看我在什么地方，但她没有发现我。她把信封装进了书包里，就慢慢地回家去了。

回来后我告诉李四，我说这两天你就在家里待着吧，我相信他们会来的。至少有一点，我想他们会想到他们的父亲还活着，那就是李四的笔迹。

我问李四，他们应该熟悉你写的字吧？

李四说怎么能不熟悉呢？

我说那就好办了，那你就等着吧。

我说等他们把你接走的时候，你告诉他们，就说我有一个要求。

他说什么事你说。

我说你让他们给我一点钱，算是对我的辛苦和良心一点小小的回报。

他说这应该不成问题吧。

我说这很难说，到时你说了，可能就不成问题，你要是不说，不就成了问题吗？

他说你这脑子里怎么想得这么复杂呀，你不是没读过书吗？

我说读过一点，读了差不多三天。

他说三天算什么呢，三天算个鸟！

李四就这样等着，每天都在住棚附近等着，我吩咐他不要走远。我担心他们来了看不到他。但我不能等，我得出去捡垃圾。

第三天中午，我出门没有多久，他们来了。

一共来了七个人，除了李四的几个孩子和他的女婿儿媳孙女，还有一个警察。

他们是坐着那个警察的车子来的，那警察是李瓦的好朋友。那是一辆警用的面包车，面包车的头顶上装着那种可以叫唤的红灯，一路走一路叫一路放射着红色的光芒。

李四当时正在住棚不远处的路边，整理一堆我弄回来的垃圾，那是一堆转眼就可以换钱的垃圾，是我从很多很多的垃圾里捡回来的。我让李四把它们分类，哪天拉到各种不同的收购站去。

李四说，他以为那车子是路过的，没想到不是，那车子突然停了下来，把他吓了一跳。车子一停，他就看到了他们，看到他的那些孩子还有那个警察。

但他没有站起来，他就那么坐着。他只是抬起胳膊往脸上擦了擦，他想抹掉脸上的汗水，可他没有想到，他的胳膊很脏，抹过之后，他才发现胳膊上都是脏兮兮的汗水。

那警察却先说话了，他说身份证，把你的身份证拿给我看一看。

李四当然知道他的意思，但他不想理他，他觉得他的话没头没尾的，他把目光投到了孩子们的脸上。他的嘴巴紧紧地关闭着，他不想开口，他想听听是谁最先叫他爸爸。

孩子们就散开在警察的身旁，都在愣愣地看着他，没有人说话。

终于，李四发现李瓦的嘴巴连连地动了动，但是没有声音，他想他妈的，这小子什么时候得了结巴了，叫一声爸爸这么难？

李瓦的话终于出口了。李瓦说，你，你听到没有，把你的身份证拿出来。

李四猛地瞪了李瓦一眼，但他还是没有作声，他把目光转到了李香他们的脸上。

那警察又说话了。这一次，他蹲下了身子，蹲在李四的面前，声音很低，也很平和。他说大爷，你有身份证吗？让我看一看吧。

李四的心里一下舒服多了，这一舒服，李四忽然糊涂了。李四手也不擦，就从身上掏出了身份证。

那警察接过身份证的时候，那种神态谁都可以想象，高兴得就像抓到了坏人了。他一看那上边的人名，就知道不用再说什么了，他两根手指紧紧一夹，就把身份证高高地举过了他的头顶。李瓦他们没有看到那身份证上的人头，那人头刚好夹在警察的手指间，那是他有意夹的，他觉得，让李瓦他们看到那上边的名字就什么都不用再说了。

那是我父亲的名字。我父亲叫胡来。

李瓦他们全都看到了胡来这个名字，而且看得一清二楚。

那警察把我父亲的身份证狠狠一摔，摔在了李四的脚下。

然后，他转身走了。

李四想这人怎么这样呢？他看了看脚下的身份证，伸手刚要捡起，突然，有人把垃圾狠狠地踢到了他的身上。

是他的李瓦。

李瓦指着他的父亲，狠狠地警告道：

老头，好好捡你的垃圾吧！

李四的心头突然一阵绞痛，像是被刀深深地插了进去。他想愤怒地站起来，他想给他一个耳光，可他竟然站不起来。他只有一双愤怒的眼睛，狠狠地盯着李瓦，但他的眼睛盯不了多久，就被迫闭上了，因为他的另外两个孩子、他的女婿、他的儿媳，还有他的孙女，他们都愤怒地把垃圾踢到了他的身上，踢得垃圾满天飞舞，他睁不开眼睛，也张不开嘴巴，最后，一屁股倒在了地上。

随着那些满天飞舞的垃圾，李四听到的尽是恶毒的咒骂。

他们说，想过好日子是不是？做你的狗梦去吧！

他们说，死去吧老头！别以为长得像我们父亲，就可以冒充我们的父亲了！死去吧！

刘大奇还上来给了他一脚，狠狠踢在他的大腿上。

他说你儿子呢？你儿子哪儿去了？

李四心想我儿子不都站在你旁边吗？你说我儿子哪儿去了？

刘大奇说，你告诉他，要是再敢骚扰我的艳艳，当心敲烂他的脑袋！

说完，一个一个愤怒地扬长而去。

看着他们远去的背影，李四好久才从垃圾堆里坐了起来。

随后，他放声大哭。

我从外边回来的时候，李四还在乱糟糟的垃圾里坐着，我看到他两眼血红。

他说他永远都不会原谅他们，他们把那么多的垃圾都踢到了他身上，他永远都不会原谅他们。总有一天，他要让他们统统跪在他的面前，他说总有一天。好像他恨的不是他的孩子，而是几个趁火打劫的恶人。

但我告诉他，我最恨的却是他，是他李四。我说你应该对他们说话呀，你怎么能一句话也不说呢？

他说，他们都认不出我是他们的父亲，我对他们说什么呢？

他说他说不出。

我说有什么说不出呢？你首先得让他们听出你的声音呀，你可以叫他们的小名，你可以说出他们很多很多的事情。你不说他们怎么能认出你来呢？在他们的脑子里你已经死了，你知道吗？

李四却因此愤怒了起来。

他说死了怎么啦？我就是烧成了灰，他们也应该认得出来！我是他们的父亲，他们是我养大的，他们有什么理由认不出我来？

我说你他妈的做梦，你还没烧成灰呢，他们都认不出你了，你要是真的烧成灰，你说还有谁能认出你呢？

他却一口咬定，他们没有理由认不出我来。你说他们有什么理由？

事情都成了这样了，他还找理由，真他妈的有点可恨！

我说你这老头你怎么这么犟呢，你要是这么犟你就永远回不到他们身边，你相信吗？

李四没有回答，他只说，反正他们认不出我来，我回到他们身边又有什么用呢？

他说只要他们认不出他来，他就永远也不认他们。

我死也不认。他说。

他说他们只要往我身上闻一闻，他们都能闻出我是他们的父亲来。他说他们根本就用不着看什么身份证。看身份证干什么？那身份证是什么东西？就因为身份证上的名字不是我的，我就不是他们的父亲了？

这话说得还算有点道理，可道理这东西有时就是不能成为道理。用我父亲的话说，垃圾堆里的道理多着呢，那都是被城里的人们扔掉的，都变成了垃圾了。

其实，早在艳艳扛着遗像回家的那天晚上，李瓦他们就一致认为，可能有人想冒充他们的父亲。那天，他们为了艳艳在大街上的奇遇，做了整整一个晚上的分析，最后的结论是：肯定有人想冒充！这年月，什么荒唐的事情都有可能发生，不是连市委副书记都有人敢冒充吗？而且还在市政府的办公楼里开会做报告，风光了整整半个年头。他们都觉得应该提防呀，应该小心，千万不能上当，千万不能被人当成传说的笑柄。

唯独没有人想一想，他们的父亲是不是真的还活着。

所以，艳艳拿回那封信时，也没人细心地看一看那信上的笔迹，哪怕怀疑一下也是好的，那是他们父亲的亲笔呀，他们竟然视而不见。或许他们有人在脑子里想到过，但他们的心里就是不肯相信，他们只是相信：冒充他们父亲的人，终于来了！

他们觉得不可思议，一个捡垃圾的老头胆子怎么这么大呢？

李瓦当即就把电话打到了那个警察的手机上。他问他有空吗？什么时候有空，有空帮我们收拾两个捡垃圾的混蛋。他妈的，一个捡垃圾的老头竟敢冒充我的父亲，对，他说他还活着，他说他正在捡垃圾度日，真他妈的此地无银。

捡垃圾是我和李四在信里留下的疏忽，我们真的不该写，也许那样他们就不会一眼把我们给看低了。不过，当时我和李四也是想到过的，我们最后觉得，说真话也许更好些，谁想到真话反而把李四的事情给砸了。

李四的那些孩子，他们为什么会这样呢？

李四想不明白。我也想不明白。

我和李四曾经想过，是不是跟他们的职业有关呢？是不是他们的职业把他们的脑子弄成了那样？其实不是的。除了艳艳是读书的，李香是开出租车的，李香的丈夫李香的弟弟还有李香的弟媳，他们都是干什么的，我好像一直没有提到过，其实不提反而好，免得有人误解。我告诉李四，我在瓦城捡了快十年的垃圾了，我可是什么人都见过，他们都差不多，真的差不多。

可话说回来，如果我们是李瓦，如果我们是李香，我们又会怎么样呢？

我们也会怀疑吗？

会的，我们可能也会怀疑的。

但这话我没有告诉李四。

城里的很多事情，他也许到死都弄不清楚。

我也弄不清楚。

从此，我和李四，两人像两根木头，经常呆呆地站着，你望望我，我望望你，我说怎么办呢？他也说，怎么办呢？都不知道怎么办。每天晚上，我们好像都在想呀想呀，想看看还有没有什么办法，但什么办法也没有。那些天，李四也跟着我上街捡垃圾去了。那是他自愿的。我说不用，我说只要住棚里还有吃的，你就每天都睡着吧，只要你能睡出什么办法来，那就好办了。我心里想，他不可能一直地跟我往下住，他还得想办法回到他的孩子们身边去。可他觉得老是那么睡呀睡呀，可能睡死了都睡不出办法来，就跟着我上街去了。

在大街上，李四只要见到他的孩子，就会急急地往前走去，他想让他们看到他，他希望他们在看到他的时候，突然找回他们心里的印象。毕竟，他是他们的父亲呀，他不信他们真的一点都没有了印象。他不信。

但是，一点用处都没有。除了几个白眼，或者几句咒骂，没有得到更多的东西。

我说，你还是想办法跟他们说说话吧，你别光是那么愣愣地看着他们。光是愣愣地看着他们是不行的，绝对不行。

可他还是那一句，他说只要他们认不出他来，他就永远不会对他们开口。

我对他们开口干什么呢？他说。

有一天晚上，深更半夜了，他睡不着，他把我推醒。他说，你能陪我去一个地方吗？

我说去哪儿？你一个人去吧，我要睡觉。

可他还是拉着我，他说去吧，陪我去一下。他说他不能一个人去，他怕出事。

我只好迷迷糊糊地跟着他去了，但他却没有告诉我要去什么地方，直到走到了，他停下了脚步，他才悄悄地告诉我，他想听听他那李城的房里睡着几个人。

我当时没有听懂。我觉得这老头怎么这么奇怪。我说睡一个人又怎么样，睡两个人又怎么样？

他说睡一个人那就是他的老三李城一人。

我说那睡两个人呢？

他说睡两个那就不光是他老三李城了，另一个肯定是他李城的女朋友。

我说那又怎么样呢？

他便不再看我，他说你不懂，我说了你也不懂。

我说我有什么不懂的呢？你说吧！

他还是不说，他说待会儿告诉你吧，待会儿告诉你，你先给我听听，听听是一个还是两个。

李城住的是一楼，楼下的路灯全是黑的。李四拉着我悄悄地摸到李城的窗下，我们听了好久，才听到了睡的不光是李城，还有一个是个女的。毫无疑问，那就是李城的女朋友了。但那女的声音一点都不好听，有点像是猫叫。而李四心里却是甜丝丝的，我当时还想多听一点什么，他却把我拉走了。

他说行了，不要再听了。

往回的路上他告诉我，他心里最牵挂的只有这个老三了。他说他李城快三十了，他的房里如果晚上总是睡着一个人，那他以后就难了。我说难不难是他的事，他们连你都不认了，你还管他干什么呢？他就说，这你就又不懂了，再怎么说，他总是我的孩子吧，我心里不挂念他，谁挂念他呢？他妈妈没有了，他的哥哥和他的姐姐，他们这样没心没肺的，他们还会想着他吗？

这老头真他妈的不可理解。

人心其实都是不可理解的，但人心都是肉长的，就连李瓦他们也是这样。李瓦他们的心也不是那种完全的木头，真的不是。在他们的心里，他们的母亲死了，他们的父亲他们也以为死了，他们真的很伤心，他们真的感到他们是有错的，他们不知道如何才能弥补他们的过失。每天晚上，吃饭的时候，他们都会在桌上多放两个饭碗，两双筷子，喝酒的时候，还给父亲也满满地倒上一杯。每一家的电视机旁，都放着父母的照片，都镶在那种很高档的镜框里，照片的前边，就是父母的灵位。进门的时候，都会首先走到父母的面前，默默地看一看；出门的时候，也是首先走到父母的面前，默默地站一会儿，然后才转身出门，轻轻地把门关上。而且关门的声音都比以前小了，像是声音大了会吵着了父母，他们总是把门轻轻地带上，可是轻轻地带上了，那门还是响，他们就在锁头那里抹上一点蜡，在门的合页上滴几滴油，让门的声音慢慢地小下去，最后几乎没有了响声。这些是后来李四自己发现的，他先是怀疑他们的门，怎么都不像以前会发出梆梆的响声了。毕竟，李四是有经验的，他把门上的合页，一个一个地看了，还用手去摸，摸得手指上都是油。头一次，他是在李城家里看到的，他当时看着手上的油，泪水就下来了。我不知道他的心里当时是怎么想的，我没问他，我只是对他的这种说法表示有点怀疑。我说你凭什么以为这合页的油，就是为了不让门的声音太大，而不让门声响得太大，又是为了不惊动他们的爸爸妈妈，为了让他们好好安息呢？

但李四说，你不用怀疑。

他说我知道。

有一件事，我倒是完完全全地相信，那是艳艳当面告诉我的。她说，她母亲每天深夜开车回来，临睡前，都会走到她爷爷和奶奶的面前，然后默默地说着：

爸，

妈，

我累了，

我要睡了，

我要关灯了，

你们也好好歇着吧！

说完了默默地鞠上一躬，然后再把灯慢慢地关上。

她说她妈妈几乎每天晚上都要这样，而每一次都让她十分地感动。

我当时只闪过一点点的怀疑，我说真的吗？

她说当然是真的。

我便在脑子里把她母亲那种默默的样子默默地想象了一遍，并在嘴里默默地念道：爸，妈，我累了，我要睡了，我要关灯了，你们也好好歇着吧！就这么刚一念完，我还来不及在想象中把灯慢慢地关上，我的眼睛忽然一热，我悄悄地被感动了，我差点要落下泪来。

艳艳和我曾有过一次亲密的接触，当然，我说的这种亲密不是你们说的那种亲密，而是她在我的屁股上狠狠地踢了一脚，在我的大腿上踢了一脚，一共踢了我两脚。

是她自己找到我的，因为我和李四，我们俩偷偷地打开了他们家的房门。

那是李四忽然想到的一个绝招。有一天，我回家的时候，看见他蹲在住棚的门前等我。他说他的钥匙丢了，我当即就告诉他，丢了也可以进啊，你用不着这么等着。我让他把身份证拿出来，我用我父亲的身份证轻轻一插，就把锁头打开了。

他一看，两眼就惊奇地大了起来，他拿过身份证不停地看着，摸着，他没想到那身份证竟然还有那么大的用处。

突然，他喊了一声，有了！

我问他什么有了，他竟不说，只拉着我，让我跟着他走。我没想到他要拉我去干什么，直到我们悄悄地摸到了艳艳家的门前，我还不知道他要干什么。我不知道那就是艳艳的家。在那之前，我没有去过。直到他用我父亲的身份证打开了艳艳家的房门，一眼看到了电视机旁他和他老伴的遗像，我才大吃了一惊。他要是在路上把这个想法告诉我，我会死死地拉住他，我不会让他去做这样的事情的。倒不是怕他捅烂了我父亲的身份证，不是。我是怕他这种小偷的做法，要是被人发现了，问题可就大了。如果屋里有人，如果打开房门的时候突然碰着了邻居出来，结果真是不堪想象。

然而，我们进了一家又一家，而且往返进出了好几次，我们从来都没有碰到过哪家有人。我们在楼道上倒是碰到过几次楼里的邻居，但没有人把我们放在眼里。我们在开门的时候也碰着有人上楼下楼，但没有人怀疑我们是坏人，就连一丝怀疑的眼光也没有。其实他们咳嗽一声都能把我们吓得半死，但他们见了我们，好像反而把嘴巴闭上了，闭得紧紧的。

有一天，李四还为此专门问我，他说瓦城人怎么这样呢？

我说全靠他们这样，要不你早就完蛋了，你早就被当作坏人抓了好几次了。

他点点头，他说这倒是。

我问他你胆子怎么这么大呢？

他说没什么胆子，我只是想，那是我孩子的家，我怎么不能进呢？

别的，他说他没有多想。

每一次，我跟着李四走进李瓦他们的家里，李四都不让我乱走乱动，他就让我在他的身边站着。他说你别动他们的东西，你什么都别动。我跑到厕所，也就是你们的洗手间，我要撒泡尿，李四都不让，我的东西都掏出来了，他还跑过来一把狠狠地揪住我的东西，硬是塞回我的裤子里。他怕我的尿会留下异味，会让他们产生怀疑。

我说我的尿有那么臭吗？

他说臭死了，不跟你住在一起我还不知道呢，你的尿简直是臭死了，好像整个瓦城的垃圾都在你的尿里，你的尿里全他妈的都是瓦城的垃圾。

为了李四，我只好憋着。

李四的目的十分简单。一进门，他就走到他们的遗像前，先是跟他的老伴默默地说上一句什么，然后拿起他的遗像，狠狠地摔到地上，把他的遗像摔得粉碎，然后找出一些能让他们想起他的东西，丢在被他砸烂的遗像旁边。比如，他从山里给他们拿来的一些竹器；比如，他们给他穿过的一件什么衣服。有一天，我们在李香的家里，他竟把厨房里的切菜板也扛了过来，丢在碎玻璃的边上。我看着纳闷，我说你这是干什么？他指着菜板边上的铁箍说，这是我帮他们箍上的，我要不箍，这菜板早就没有了。

在李瓦的家里，我们又看到了我们写的那封信，我想把它撕了，他却叫我放手，他让我把信给他，然后他在李瓦家的书房里，找到了以前他给李瓦写的信，他把两样东西放在一起，放在那些碎玻璃的上边。

他想唤醒他们的记忆。

然后，我们回到住棚里等着。我们等着他们的动静，我们以为他们会悄悄地出现在住棚的门前，然后悄悄地把住棚的门推开，然后……然而没有，什么动静也没有。

李四不肯相信。他说我们再去，我不相信他们真的这么麻木！

就这样，我们反反复复地进出在他们的家中，每一次重去，我们都看到李四的遗像又换了一次新的，李四就再一次摔烂在地上，再一次地把那些能让他们想起他的物件，一一地摆在碎玻璃的上边。

那样的过程很痛苦，有时我看到他很愤怒，愤怒得两眼血红；有时，我则看到他默默地流着老泪，一滴滴，一串串，落在那些物件的上边。

然而，李瓦他们都把这些当做什么了呢？他们当然不会视而不见，但他们只是感到恐慌，感到一种从来没有过的恐慌。看着摔碎在地上的镜框，看着碎玻璃上的那些物件，他们只是在暗暗地发抖，他们都以为是父亲在发怒了，是他们的父亲回来显灵了。李瓦不敢告诉李香，李香也不敢问李城，李城当然也不敢跟李瓦吱声，都以为父亲怪罪的只是自己，都再一次地在心里默默地骂着自己，骂自己真他妈的该死；骂自己那天晚上为什么不问问父亲后来住在哪里，如果问一问，如果找一找，即使头一天晚上没有找到，第二天也许还是能找着的。父亲不死，母亲怎么会死呢？肯定是父亲怪罪来了，所以，他们都默默地承受着，谁都没有吱声。

这是艳艳告诉我的，因为艳艳猜到了是我们干的。

但她没有告诉他们家的大人。

那天我正在街边捡我的垃圾，我没想到艳艳会突然出现在我的身旁，一脚狠狠地踹在我的屁股上，把我踹倒在垃圾桶旁。

我回头一看，抽身就想逃跑，我怕她还有同学跟上，我怕他们揍我。

但我被她喊住了。

她说别跑，跑了明天还得找你。

我看了看四下没有别人，就站住了。

她说，你和你爸爸，你们是怎么进的我们家？

我当然不能告诉她，我装着没有听懂。我说我不知道你说什么。

她说你别装，你再装我也知道是你们。

我说你凭什么，你有证据吗？

她说我不要任何证据，你也不用慌，我只要你给我保证，以后不能再进了，知道吗？

说着，她打开那瓶拿在手里的矿泉水，递到我的手里。

我没想到会有那样的好事。你别看那只是半瓶的矿泉水，而且是她喝剩的，在那之前，有谁给我喝过吗？没有。我们整天在大街上来来往往地捡我们的垃圾，从我们身边走过的人，有大的也有小的，有男的也有女的，有是官的也有不是官的，有有钱的也有没有钱的，有谁给我喝过半口水呢？有人手里拿着的矿泉水剩下的比那还要多，可他们总是当着你的面，直直地丢进了垃圾桶里。

看着那半瓶矿泉水，我是真的有点感动，当然，我不至于感动得两手发抖，我只是忽然觉得她长得真是有点漂亮。我对她笑了笑，我说了一声谢谢。她随后把我叫到一旁的台阶边坐下。我不坐。我怎么能跟她坐在一起呢？我在她的面前站着。然后她告诉我，说她的爸爸妈妈，她的叔叔他们，是如何如何地愚蠢，只有她猜到是我们干的。

你知道我怎么猜到是你们吗？她问。

我说我不知道。

她说因为你们没有拿过任何一样东西。我说不拿东西就能证明是我们干的吗？她说当然啦，因为你们有更大的阴谋，你们想让我们觉得我爷爷还活着，你们还是想让你的爸爸成为我的爷爷。

我说那其实就是你的爷爷。

她说你别再这么说，你再这么说，我就报警去了。

我说那你去呀，你报警去呀。

她说你以为我不敢吗？我刚才就是要报警去的，可我看到你，我就不想去了。

我说为什么？是因为觉得我们可怜吗？不会吧？

她便生气地站了起来，她说你别不相信人好吗？我真的是看见你可怜才停下的。我觉得你们这些捡垃圾的还真的不容易，整天跟这些垃圾在一起，又臭又脏，能挣几个钱呢？

我说挣不了几个，一般般吧。

她说这我知道，捡垃圾如果能捡出好日子，你们也就不打我爷爷的主意了，对吗？

我说对什么对，不对！那真的就是你的爷爷。

她一脚就狠狠地飞在了我的大腿上，把我飞得远远的。

我有点吃不透艳艳这个女孩。她是真的可怜我们吗？

过了好几个晚上，我才把艳艳的发觉告诉了李四。李四听后脑袋突然一沉，掉到了大腿根上，好久才抬起了头来。他说完了，完了，他们怎么这么麻木呢？他们不是都读过书吗？他们怎么就相信那是我显的灵呢？我人都还活得好好的，我显什么灵呢？我就是死了，我也是显不了灵的呀，我怎么显呢？我一个山里的老头子，我都不相信那些东西，他们怎么反倒相信了？你们都读过什么书呀？你们有的还是国家的干部呢！你们到底干的国家什么部？

我一声不吭。

就是那天晚上，深更半夜的时候，他突然从床上悄悄地爬了起来，灯也不开，就悄悄地往外走去。我以为他是撒尿去的，但他一出门就回头把门掩上了。我心里忽然一沉，心想这老头会不会去寻短见呀？我不敢多想，也不敢把他喊住。我悄悄地就跟在了他的身后，跟着他慢慢地走着。

最后，他爬上了一段高高的城墙。那是一段古老的城墙，人们把那里叫作古南门。

我想他爬到那上边干什么呢？他要是头朝下往下一栽，那也是必死无疑的。我于是大声地喊道：李大叔，你要干什么？

我的声音把他吓了一跳，他在城墙上朝我回过了头来。但他没有作声。

我急急地朝他爬去。

他说你来干什么呢？

我说那你呢？你来干什么？

他说我睡不着，我想到这里来坐坐。

我说这么远的地方有什么好坐的呢？你不会有什么想不开吧？

他说不，我只是想到这里坐一坐。

我不肯相信。我说你不用骗我。

他说我骗你干什么呢？

然后，他把目光抛往远处，好像要在前边的黑暗里寻找什么。然后，他告诉我，这里他已经不知坐过多少次了，前前后后，都二十年了。头一次，是送他的李香进城的那一天。那一天你知道我上来干什么吗？他问我。

我摇摇头，我说我不知道。

他说，我当时只是觉得这个地方好，我想找一个高一点的地方坐一坐，我想好好地看一看瓦城。因为瓦城是我心里一直向往的地方，我早就发誓要让我的三个孩子，一个一个地都成为瓦城的人。那时他们还小。

我忽然就感到异常的惊奇，我说那你跟我父亲一样。

他定定地看了我一下，他的头接着摇了摇，他说不一样。他说你父亲怎么跟我一样呢？不一样。我和他完全不一样。

我知道他的意思。他的意思是我的父亲不如他，我不能随便地拿我的父亲与他相比。

他接着便转过了头去，继续看着远处的黑暗。他说，那天我就坐在这里，那时太阳已经下山了，但天上的白云还在，还在东一朵西一朵地飘着。我就看着那些白云，我想啊想啊，突然，我眼里的一朵白云变成了一块麦田，我发现那块麦田是从远远的山里飘过来的，飘呀飘呀，就飘到瓦城来了。

你知道我的意思吗？他问我。

我觉得这种想法蛮有意思的，我觉得有点像梦。但我不知道他说的是什么意思。

我摇摇头，我的意思是我不知道。

他说，我当时的感觉是那一块麦田就是我的李香。

我有点想乐，我不由轻轻一笑。

他说你别笑，真的。你现在还小你还不知道，在每一个当父母的心中，他们的任何一个孩子，其实都是一块麦田，等你大了，等你结了婚，等你有了小孩，你就什么都知道了。从那以后，不管是送来我的李瓦，还是送来我的李城，送到后我都会爬到这里来，我总是像现在这样坐着，然后看一看天空，看一看天边的白云，我会觉得我心中的又一块麦田，在飘呀飘呀，从山里又远远地飘到了瓦城来了。那种感觉你可以想象，那真是太幸福，太幸福了。李城是最后一个到瓦城来的，那一天，我还拿来了一瓶酒，我坐在这里慢慢地喝着，我喝一口，想一想；想一想，又喝一口。我觉得在我们那个山里，我是永远没人敢比的。我在我们那里，是最能干的，也是最被别人羡慕的。因为别人的孩子，别人的麦田，他们都在山里待着，永远在山里待着，就我李四，就我李四的孩子，就我李四的麦田，全都一块一块地飞到了瓦城来。你说，谁能跟我比呢？

没有，

绝对没有！

李四说得有点激动，说着说着，就流了一脸的泪水。

从古南门回来，我的脑子里也经常飘荡着李四的那些麦田。我想象着，如何把那些麦田，一块一块地拖下来，然后铺垫在李四的脚下，铺展在李四的身边，让李四轻轻地抚摸着它们，让李四在上边任意地走来走去，累了，他还可以躺在上边呼呼地睡着他的大觉，一直睡到月亮升起的时候，才被那些麦田慢慢地托起，托起，然后在夜风中晃来晃去，晃去晃来……

但我不知如何帮他。

李四好像也没了捡垃圾的劲头了，整天蔫蔫的，像一块一直等不到雨天的麦田。我安慰他，我说实在不行，你就真的当我的父亲好了，我们一起捡垃圾过我们的日子吧。

他却总是摇头。很坚决地摇着。

他说不，我再等他们几天，我看看他们在七七那天做些什么，我看他们还能不能让我看到希望，如果没有了希望，我还是回我的山里去吧。只要回到我的山里，只要我不死，总会有一天，会有人把话传到他们的耳朵里的。到时，他们会回到山里去的，到时，他们会自己跪在我的面前的，我让他们一个一个地跪，我让他们给我跪成一排。

我没有作声，从他的声音里，我觉得有点阴森森的，我觉得身子有点发冷。

于是，我们便数着日子，等着第七个七天的到来。

那一天，他早早地就把我推醒了。

他让我帮他去侦察，看他们各家都有些什么动静，然后回来告诉他。

我急急地就跑到了他们各家的楼下，但我看不到他们有什么与往常不一样的动静，该上班的他们还是一样去上班；该跑车的，还是一样去跑车；该上学的，也还是一样去上学。中午的时候，他们该回家的还是一样回家，接着，该上班的还是转身就上班去了；该跑车的，还是一样去跑车；该上学的，也还是一样去上学，一个下午就这样也过去了。我在他们经过的路口，注视着他们。我看不到什么值得跑回去告诉李四的事情。

我心想，完了，这李四看来要彻底地失望了。我想，我该不该把他挽留下来呢？怎么挽留？留下来又能怎么办呢？让他跟我一起捡垃圾，一直捡到死去？就这么几个问题，让我整整犯难了一天。有的问题，在阴暗的地方想不开，我就跑到强烈的阳光下，我让太阳拼命地晒在我的头顶上，我希望太阳晒着晒着，突然间就把我的脑袋晒出了一点什么想法来。可太阳把我都晒昏了，我还是想不出该怎么办。我想还是再等一等吧，我希望能等出一个李四希望得到的结果来。

李四要等待的是一个什么结果呢？

李四没有告诉我。我问过他，他说到时看情况吧，看情况再说。他说，他也有点吃不准，吃不准会不会还有希望。

临黄昏时，我才突然发现了他们的活动。

我先是发现了李瓦夫妇，他们都换了衣服，然后站在街边拦住了一辆出租车。门还没有打开，李瓦就朝里边的司机喊道：

去瓦城酒店。

看着往前开走的车子，我也飞腿朝瓦城酒店狂奔而去。

到了瓦城酒店我才发现，李城早就来了，李香一家也来了。还有一些我不认识的人，肯定都是他们的朋友。他们在瓦城酒店的一楼餐厅里，摆了大大的一桌酒菜。

我转身就往回跑去，我要回去告诉住棚里的李四。没跑多远，我便拦住了一辆的士，我怕等我跑到住棚，再和李四跑回来的时候，他们早就离开了酒店了。那是我有生以来头一次坐的出租车，也是至今唯一的一次。我让出租车先拉我回到住棚的门前，然后拉着李四，飞一样回到了瓦城酒店的大门前。

我告诉李四，他们肯定是在这里吃饭。

李四说对，他们今天是应该吃饭，跟他们在一起吃的，还应该有他们的母亲，还有我。等吃完了这一餐了，他们的母亲，还有我，就算是跟他们永远地离别了。

我说永远离别的是他们的母亲，不是你，你还活着，你还要回到他们的身边。

他说对呀，我就是要回到他们的身边，我没说我死呀，我那说的是道理。

他突然就急了起来。

我说那我们怎么办？我们也进去跟他们坐在一起吗，不可能吧？

他不再理我，他四处乱窜着，最后，窜到了一楼餐厅外边的一面玻璃墙下蹲着。从那里，可以清清楚楚地看到酒桌上的他们。

那是一面高高的玻璃墙，从顶上几乎一直装到地面上。李四拉着我在他的身后坐着，他不让我靠在他的身边，不让我与他并排。但我还是从玻璃的反光里，看到他在胸前举着一张小小的照片。那是他老伴的照片，是他在翻李瓦家的书房时翻到的，被他偷偷地收在了身上。

我知道他的意思，但我说，你这样没有用的，你还是进去吧，这可是一次最好的机会了，你进去一个一个地叫他们的小名，你告诉他们，你是他们的父亲，你手里拿着的是他们的母亲。你让他们好好地看一看。他们要是再不相信，你就一个一个地说出他们身上的印记，然后让他们一个一个地脱下他们的裤子。我话没说完，就被打住了。

他说你怎么老这么下流呢？你不能光想着这些下流的手段。

他说完狠狠地白了我一眼。

我说那你就进去跟他们说说话吧，你一说话，他们会听出你的声音的。

他摇着头，他说他不进去。

他说我进去干什么呢？我只让他们看到我，我让他们看到我难受，这就够了。因为我是他们的父亲！他说。

我说好好好，你是他们的父亲，那你就这么蹲着吧，你看他们难受不难受。

一转身，我也蹲到一边去了。

酒桌上的人都吃得挺开心的，该喝的还是一口就把杯里的酒喝掉了，该吃的，还是一嘴塞得满满的，吃得眼睛一翻一翻的，几乎都是白眼。看他们的吃相，你一点都看不出来，他们的爸爸死了，他们的妈妈也死了，这一餐，是给他们的父母送行的。

玻璃墙外的李四默默地蹲着，默默地看着，默默地在胸前举着老伴的照片。

从玻璃的反光里，我看到李四的眼泪在默默地流着，在默默地往下滴答着，慢慢地，他好像有点受不了了，他的身子好像在暗暗地颤抖，他晃了晃身子，最后把脑门重重地顶在玻璃墙上，但他手里的照片没有放下，他的眼泪还在慢慢地往下流着，他的眼光穿过泪水，还在充满希望地盯着酒桌上的孩子们。

那样的情景，我都受不了了，但我不敢过去惊动他。我的眼睛眨了眨，我也禁不住流下了泪来。

终于，李四被他们看到了。

最先看到的是艳艳，她两眼忽然一惊，随后把手长长地横到桌面上，她让他们把手里的酒杯和饭碗停下。她让他们快看，快看一看玻璃墙外边的李四。

就这样，所有的眼光都朝李四投来。

他们可能没有看到李四胸前的那张照片，因为那张照片太小了。但李四脸上的泪水呢？李四的脸那么大，他们是应该看到的。

但没有！

李四的泪水只是李四自己的泪水。双方的眼睛对视了没有多久，李瓦就招手把一个饭店里的保安叫到了面前。从李瓦那动来动去的嘴巴上，我能猜得出他跟保安说了些什么。

他一定说，去！去帮我把外边的那个老头轰走，那是一个捡垃圾的老头，他趴在那里影响我们吃饭你知道吗？一边说，一边朝玻璃墙外的李四胡乱地指着。那保安不住地点着头，然后对着玻璃，直线朝我们走来。一边走，一边朝着我们不停地扬手，嘴巴也跟着不停地说话，那意思是让我们走开走开，捡你们的垃圾去，这是饭店知道吗？饭店里没有你们要捡的垃圾，到别处去吧，走走走！人家里边要吃饭你们知道吗？他肯定是这么说的，不这么说他会怎么说呢？

我怕保安。我怕保安远过于害怕警察。他们根本不跟你讲什么道理，他们的道理是，你们这些人不能随便跑到我们这里来。

我一看不好，马上过来拉了李四一把。

李四却不理我，他把我的手打掉了。

我说再不走待会儿就要挨打。

他还是不理我。他依旧那么蹲着，手里的老伴贴在胸前。

那保安不停地敲打着李四脑门上的玻璃，让李四走开走开。

李四却不怕。

李四没有把脑门从玻璃墙上挪开。

那保安的眼睛突然就愤怒了，他接连比画了几下之后，转身就往外扑来。

一看保安那怒气冲冲的样子，我的两条腿早已惯性地往远处飞去，但我还是紧紧地拖住了李四，我使出了全身的力气，把他从玻璃墙下拖得飞了起来。

我说走吧，不走就他妈的遭殃了！

李四的身子沉沉的，他拼命地与我对抗着，我都把他拖出了好远，他还倾着身子往回扑着，想回到那块玻璃墙下。

全靠艳艳飞快地跑了出来，才把那个怒气冲冲的保安给拦住了。艳艳的手里提着一个不小的食品袋，袋里装有不少随意倒进来的吃的东西，有鱼，有肉，还有虾子等，都是一些我从来没有吃过的东西。她把那些递到李四的手里，一边推着李四快走，一边回头叫那个保安回你的酒店去，你不要管。

然后，我听到艳艳对李四说了一声大爷，她说你别哭，你用不着难过。

李四推回手里的袋子，但艳艳不让，艳艳让他拿着。她说你拿着吧，你真的很像我的爷爷，你要不是捡垃圾的，我也许会认你做我的爷爷的，你相信吗？说着，她还从身上掏出了一些钱来，硬是塞进了李四的手里。

李四当时只剩了哭，只剩了流泪，他的嘴巴哆嗦着，就是说不出一句话。

也许从艳艳的身上他感觉到了一点点温暖，回来后，李四竟不再提要回山里的事了。他整天只是默默地坐着，泪水也是要掉不掉的。我也不再问他往下怎么办，否则就等于要把他赶走。有关他的话题，我一句都不提。

默默地，又过了好几天。

但不知怎么，我的心里总像结着一块疙瘩，我觉得他这么住下去总不是办法，毕竟，他是李瓦他们的父亲，而不是我的父亲。我想我还得帮他。我决定硬着头皮，找他的孩子们谈一谈。我想让他们到我的住棚里坐一坐。我想只要坐一坐，只要谈一谈，李四就会眨眼间又是他们的父亲了。李四要的不就是他们跟他先开口吗？

出门之前，我换了一身好点的衣服，我还在大街上剪了一下头发，我让我变得干净一点，我不能让他们觉得我一身臭烘烘的，那样他们不会理我，也不会听我说话。

走过派出所门前的时候，正好碰着了李瓦。他正跟那个警察朋友聊着什么，聊得满嘴笑哈哈的。于是我站住了。我想，我先跟李瓦谈一谈吧。但我没有朝他们走上去，我说过我怕警察。我在一棵树下等着，等李瓦走开了，我再追上去。

但李瓦却先看到我了。

他朝我招招手，让我过去。

我没有过去。我也没有走开。

他便拉着那个警察，两人一起朝我走来。他们两人的脚步声挺重的，也挺响的，一步步的就像是一脚脚踏在我的心上，让你有一种要震要裂的感觉。真的。

李瓦一上来就问我，你和你的父亲，最近还有什么新的想法？

我知道他的意思，但我告诉他，我不知道你说的什么意思。我说，那真的就是你的父亲，我今天就是想找你好好地谈一谈。

李瓦的嘴里突然就嘿嘿了两声，回头对那警察说，听到没有，他还想找我谈一谈哩，他说那老头就是我的父亲。

我说真的，那真的就是你的父亲，不信你去跟他聊一聊你就知道了。

他啪的一声，一个巴掌狠狠地打在了我的脸上，把我的脸都打歪了。

我揉了揉，我把脸又扭了回来。我的泪水已经出来了，但我的嘴巴没有停下。

我说真的，你去跟他聊一聊你就相信了。那真的就是你的父亲。他叫李四。

李瓦啪的一声，又一掌打在了我的脸上，我突然感到嘴里一阵温热，我知道我的嘴里出血了。我努努嘴，我想把血吐出来，但我的双手忽然被那警察扭住了，他往后一拉，就把我铐在了身后的小树上。那树很小，摇摇晃晃的，让你想靠都靠不住。李瓦也不让我靠，他猛然一脚就踢在我的小腿肚上。我脚下一软，身子从树上滑了下来，一屁股重重地坐在了地上。

李瓦慢慢地蹲下来，蹲在了我的面前，然后问，告诉我，那老头是谁的父亲？

我告诉他，我说那老头真的不是我的父亲。我说我的父亲已经死了，你们拿回山里埋掉的那个老头，那就是我的父亲。

李瓦说，我不听你说这个，我现在只问你，我要你直接地给我回答，你告诉我，那老头是谁的父亲？

我说真的是你父亲，他真的叫李四。

他呼地就站了起来，猛的一脚就踢在我的大腿间，踢在我的东西上，让我感到彻骨的酸痛。但我不敢大声尖叫，你越是大声尖叫，他就越要踢你。我只是咬着牙，我夹紧了腿，我拿屁股在地面上胡乱地搓着。

接着，李瓦又蹲了下来，像是要慢慢地看着我那疼痛的样子，好久，才又问道：

说！那是谁的父亲？

我说不是我的。

他说，我是在问你，那是谁的父亲？

我摇摇头，我那是疼得实在太难受，但我还是说，那真的是你的父亲。

这一次，他慢慢地站了起来，然后拿眼去看一旁的警察，好像不想再理我了，可是，谁知他忽然地就转过了身来，一脚狠狠地踢在了我小腿前的骨头上。这个地方只有皮，只有骨头，只有筋，一点肉都没有，整根骨头都像被他的皮鞋踢断了一样，我疼得简直不知如何才是。往时要是伤着这个地方，我会在地上不停地跳，不停地转圈，会不停地搓来搓去，可这次，我只剩了胡乱地晃着腿，只剩了不停地歪着嘴巴。

李瓦却没有完，他随后又慢慢地蹲了下来，歪着头，嘴里慢慢地问道：

我再问你，那老头是谁的父亲？

这一次，我的嘴巴突然软了，因为我的心在不住地颤抖，我觉得李四是他的父亲他都不要，我却为了李四忍受着他的折磨，我值得吗？何况，我的手在树后边铐着，我的屁股在地上坐着，我的整个人都在他的皮鞋前摆着，我的嘴巴还能硬到哪里去呢？

我于是说，我的，我的。

我说那老头是我的父亲。

李瓦这才满足地呵了一声，然后笑了笑，然后在我的脸上轻轻地拍了拍，然后慢慢地站了起来，然后，站到一旁抽烟去了。

这一次，是那警察上来了。他一边接过李瓦给他的香烟，一边在我面前蹲下了身子。他说，你不就是不想让你的父亲再捡垃圾吗？你不就是想让你的父亲生活得好一点吗？从这点上说，你还是一个挺孝顺的孩子，我们很多人都比不了你呢。但你不能在大街上看到有人捧着一幅像你父亲的照片，你就要让你的父亲去冒充别人的父亲呀。我告诉你，我现在就可以这么铐着你，把你送到医院去，然后给你抽血，然后给你做亲子鉴定，到时候，你就等着坐牢吧，你相信吗？

我相信，我不停地点着头，我说我相信。

其实，我是怕坐牢。别人怕不怕坐牢我不知道，我觉得我这种捡垃圾的，我还是怕的好。我要是一不小心进了监狱，我还怎么成为瓦城人呢？我父亲的理想我怎么实现？

谁都可以想象，回到住棚后我是如何愤怒。我把李四狠狠地骂了一顿，然后捡起我的东西转身走了，我自己离开了我的住棚。我不管他了。我想我一个捡垃圾的，我管他那么多干什么呢！我说你这个老头，你也死去吧！你不是想回到你那些孩子的身边去吗？做你的梦去吧！没人要你这顽固的老头。就为了一个烂生日，你弄得我爸爸死了，弄得你老婆也死了，眼下就只剩了你孤零零的一个人，你的孩子也不要你了，你说你还活着干什么呢？你也死去吧！

他埋着头，没有作声。

我说你这个老头你怎么就那么顽固呢？你的孩子们他们不认你，他们是有理由的，因为你已经死了，何况你的死是你自己弄出来的，你怪不了他们。他们当然有他们的不对，可你是他们的父亲呀！你怎么就不能原谅他们呢？有一句话，说是大人不记小人过，你没听过吗？我一个捡垃圾的我都听说过，你怎么没听说过呢？你怎么光是知道指责他们，你怎么就不知道也指责你自己呢？

在我看来，只要他肯把那张父亲的脸皮撕下来，他的孩子们会原谅他的。毕竟，他是他们的父亲呀！

他却埋着头，还是没有回话。

我说我在瓦城捡了快十年的垃圾了，我还没有捡到过像你这样麻烦的。

就这一句，他竟说话了。他说你什么意思？他的两只眼睛有点恨恨地瞪着我。

他说你说我是垃圾？

我说我没说你是垃圾，我只是觉得你有点让人讨厌。

可他却一口咬住了。他说你就是说了，你说你捡了十年的垃圾了可你没捡到过像我这么麻烦的，你就是把我当成了垃圾了。

我一下竟不知道如何给他回话了，我说你他妈的李四，你就是垃圾，你的孩子们他们都不要你了，他们把你扔掉了，你说你不是垃圾你是什么？

我话没说完，他突然一个巴掌打在了我的脸上，打得我一脸火辣辣的。说实话，我当时真的想还手，但我后来忍住了，我没有把手举起来。我愣愣地站了一下，我摸了摸被打得火辣辣的脸。我说好，好！你不是垃圾，是我说错了，你的孩子们他们没有扔掉你，他们还在等着，等着你回到他们的身边。你自己想办法吧，你要是想不出办法你就死在这里，反正这个住棚我也不要了，我要去米城找我的母亲，我不会回来了。

当天，我真的就去了米城，我真的想乘机打听我母亲的消息。

我无法想象，后来的李四是怎么过的。

住棚里的米已经不多，我猜想，那天晚上的李四，可能是灯也不开饭也不煮，他就那么黑乎乎地躺着，一直躺到了第二天的早上。天一亮，他就赶到了瓦城的汽车站，然后在售票的窗口来回地转圈，他手里可能紧紧地攥着一些钱，但不会太多，也许刚够买一张回到县里的车票，也许不够。他迟疑着，是回去呢，还是继续留下，还是回到孩子们的身边？最后，他望了望车站上空的白云，也许他真的看到了白云了，于是他把钱收进了口袋，转身又回到了我的住棚里。

我猜想，后来的李四，肯定是出现在了李香李瓦李城他们家的门前，一家一家地敲打着他们的房门。他只是默默地敲打着，他绝对不会作声。他要敲打的也不是他们的家门，而是他们的良心。他等着他们出来，然后，两眼愣愣地看着他们。

反正，他不说话。

可他们呢？李香李瓦李城，他们认出了那是他们的父亲吗？

没有。

肯定没有。

在他们的眼里，李四还是那个捡垃圾的老头，而不是他们的父亲。他们对他的敲门感到讨厌，感到愤怒，他们总是梆的一声就把门关上。关门之前，或者给他一点吃的，或者给他一点钱，然后告诉他，我们这是可怜你，你知道吗？因为你长得确实很像我们死去的父亲，但你不能太过分，你不能老是这么缠着我们你知道吗？你不能这么缠着，你老这么缠着，你就太不懂事了。

去吧，捡你的垃圾去吧！

然后，把李四推到了楼道上。

有一次，李四的敲门声把李城给气疯了，他提着一把炒菜铲，差点就要劈在李四的脑门上。李城说，你不会真的想找死吧？你要是真的想找死，你就一直地往上走，你可以爬到楼顶上然后狠狠地往下摔。知道怎么摔吗？头朝下，知道吧，别脚朝下，脚朝下有时死不了。这是李城的邻居后来传说的，他们说，那个捡垃圾的老头果真就顺着楼梯往上爬，一直爬到了那高高的楼顶上，好在他没有往下跳，他只是在上边默默地坐着，坐得整栋楼的人一个个都心惊肉跳的，尤其是李城，简直吓得半死。那以后，李城就再也不敢骂他了，他总是乖乖给他递上一点吃的，然后让他走走走，走吧你。

听说，从楼顶下来的李四，后来再也不要那些吃的了，他把那些吃的全都丢在了楼脚的垃圾桶里。

出事的那一天有很多的说法，但我知道，很多都是不真实的，都是对李四的嘲笑或谩骂。我相信的只是有关馒头的那一个。

时间说是已经中午，那个捡垃圾的老头也就是他们说的我的父亲其实是李四，他正从大街边的一家馒头铺经过，那是一家瓦城很有名的馒头铺，瓦城人喜欢称它为"老馒头"。李四看着"老馒头"里的大馒头，他想他应该吃两个，他以为他身上还有钱，他张嘴对"老馒头"的小老板叫道，给我拿两个。

可是，他掏了好久，才掏出了一个馒头的钱。

他的脸色于是有点难堪，他把声音也低低地压住了。

他说我先买一个吧，我先买一个。

他拿了一个就悻悻地走了。就是那个馒头，他后来也没有吃，而是把它扔掉了。谁也不知为什么，只说他一直地拿着，一直地看着，最后就把它抛到了空中。

也许，就是扔掉馒头之后他来到了李香的家门前。他想用我父亲的身份证再一次把李香的房门打开。他想进去找些吃的？他想进去好好地躺一躺？毕竟，他是他们的父亲呀，他累了，他不想再走了，他不想再这样下去了。

然而，他却怎么也进不去。

我父亲的身份证早已软塌塌的，怎么捅也捅不开李香的房门了。李四绝望地摇摇头，恨恨地把我父亲的身份证丢进了楼道上的垃圾桶。丢出之前，他也许闭了一下眼睛，然后软软地坐在了楼道上，然后，呜呜地哭了起来，哭得颤悠悠的。

随后，他出现在了瓦城人民法院的大门里。

在他想来，他已经是走投无路了，这里，是他最后的选择。

法院大门的一旁有一个接待室，那是专门接待告状的。李四直直地朝接待室走去。

接待室里有很多人，几个法警正在不停地忙碌着，但他们几乎都看到了进来的李四，有人给他点点头，让他先找个地方坐着。

李四却不坐，他就那么站着。

他说我要告我的三个孩子！他们一个叫李香，一个叫李瓦，还有一个叫李城。

他的声音很急，他的声音很躁，他的声音把他们全都镇住了，都朝他愣愣地看了过来。

这时，有一个脑袋从旁边的门里探了出来。那个脑袋认识李四，他就是李瓦的那个警察朋友，叫李四拿出身份证的是他，用手铐把我铐在树下的也是他。他怎么无处不在呢？无处不在的警察当然是好警察了，但这天他来这里干什么？李四还没有把话说完，他就指着李四大声地喊道：

你们别听他的，这老头是一个捡垃圾的老头，他想冒充李瓦他们的父亲，李瓦是我的朋友，我见过李瓦的父亲，李瓦的父亲已经死了，李瓦的父亲长得跟他有些相似。

李四突然就愤怒了，他指着那警察也骂道，他胡说！我知道他跟我的李瓦相好，他胡说！

男警察没有理他，他冲上来就推着他往外走。他告诉他走走走，这里不是你进的地方，这里是给那些有冤的人进来的，你走吧，你想讹诈你到哪个垃圾桶边讹诈你们那些捡垃圾的去吧。走走走，不走我就把你关起来。

李四的任何抗拒都显得力不从心。

就这样，李四被那警察推拉着，一步一步地退出了法院的大门，一步一步地被推到了法院门前的大街上。

一个无可避免的后果，就这样随后发生了。

李瓦和他的姐姐李香，两人正在大街边说着什么。也许他们是无意中出现在那里的，他们不可能是有意，但他们被那警察一眼就看到了。那警察忽然就大叫了一声李瓦，然后跟李瓦招招手，像是抓住了一个什么坏人，他提着李四就直直地走到了他们的面前。

他说李瓦，你知道这老头跑进去干什么了？他到里边告你们去了，他说，他是你们的父亲。

李瓦笑了笑便朝李四凑过了脸去。

他说老头，你是不是疯了？

肯定是疯了！一旁的李香随口说道。

就在这时，李四的两个巴掌突然闪电一样，啪啪地打在了他们的脸上。

打完，李四转身慢慢地往前走去。

李四的巴掌很重，打得李香满嘴哇哇地乱叫，她想上去拖回李四，却被弟弟拉住了。他不让。那个警察也被李瓦拉住了。

他说不要去管他，让他疯去吧。他肯定是疯了。

李瓦的话李四听到了，李四听到后，李四不走了。

他突然笑笑地回过头来。

他笑笑地看着他们。

然后，脑袋一闪，撞向一辆飞奔而过的大卡车。

听说，李四的血，洒了一地。

李四的死，我是在米城的晚报上看到的。瓦城的事情怎么跑到米城的晚报上，我不知道。那张晚报就丢在街边的一个垃圾桶旁。我一看就愣住了，我的心咚咚地乱跳，好像要跳出我的胸膛，我没有多想就跑到了米城的汽车站，连夜赶回瓦城。

米城的晚报说，有一个捡垃圾的老头，有一天，在大街上看到一个女孩怀里捧着一张她刚刚去世的爷爷的遗像，他发现那张遗像跟他长得相似，于是就异想天开，想冒充那女孩的爷爷，想从此过上不再捡垃圾的生活。但是，女孩的家人们一次又一次地粉碎了他的痴心妄想，最后，那个捡垃圾的老头竟因此而发疯了，他傻傻地笑着在街上撞死在了他们面前。

这样的故事，在瓦城不会新鲜太久，三五天我就能在垃圾堆里捡到一个，不同的只是故事的真假。可谁能告诉他们故事的真假呢？你告诉给谁呢？谁相信你呢？我能够做的，就是赶快回到瓦城，回到瓦城去认领李四的骨灰。

我不领，他李四就会永远地没有人领。

火葬场的外边太阳挺大的，但火葬场的里边，却让人感到阵阵地发冷。

窗户里的那个人，还是李四原来跟我说过的那个光头。

我说，前两天有人送来了一个老头，叫作李四，记得吗？光头摇了摇，说没有。我于是发现说错了，我改口说，是一个叫胡来的老头，叫胡来，记得吗？光头还是摇了摇，说没有。我只好给他拿出了那张晚报，我让他看看那上边的文章，他这才呵了一声，然后问，你是他什么人？我一时不知如何回答。

光头说，是你的父亲吗？

我只好点点头。我怕他不给我认领。

光头的嘴里便毫不留情地骂了起来，他说你知道一个人能死几回吗？一个人只死一回你知道吗？可你怎么连父亲的死都不管呢？我说我不在家，我说我是看了报纸才知道的。光头就说，你不在家你到哪儿去了，你不是捡垃圾的吗？我说我是捡垃圾的，但我到别的城市去了，我去了一趟米城。光头便觉得奇怪，觉得不可思议，一个捡垃圾的，你到米城干什么呢？我没有回答他。我说，我父亲现在在哪儿？他说你先交钱吧，我们不能白白帮你火化你知道吗？我说行，我交钱。他就带我走了，交完钱，他们才把李四的骨灰盒交到了我的手上。

走出火葬场的时候，我却突然走不动了。我的腿突然一软，我跪倒在了如火的阳光下。

我看着手上的骨灰盒，嘴里默默地问道，李大叔，如果我不离开你，你说，你会死吗？

我把李四送回山里的那一天，一出门，天就下起了雨来，我曾犹豫了一下，但我后来想，也许那样的雨，就是为了李四而下的，就直直地往车站走去了。从瓦城到瓦县，雨没有停过，雨一路地下着；从瓦县到瓦镇，雨还是没有停过，雨还是一样地下着。从瓦镇开始，就没有车了，就要开始走路了，老天爷这才忽然地睁开了眼睛，把雨悄悄地收了起来。但我却不走了。山里的路都是石板路，并没有太多那种想象的泥泞，但我走到李四的山里，天也黑了，我住哪儿呢？我还不如住在镇上。

住在瓦镇的那天晚上，我做了一个梦，我梦见李四从后边忽然揪住了我的衣领，他说，我死了，你知道吗？我说我知道。他说你知道了你就应该替我报仇你知道吗？我说你不是自己死的吗？你报什么仇呢？他说不，我是冤死的我当然有仇，你一定要替我收拾他们。我说算了吧，他们都是你的孩子你的骨肉，你用不着这么歹毒。他说不，你要是不替我报仇，我就死不瞑目。我不答应，他就一直地拉扯着我的衣领，说一句拉一下，拉一下说一句，拉得我全身像散架了似的。我只好说好好好，我怎么帮你，你说吧，我看我能不能帮你。他的手这才慢慢地放下。他说你当然能帮我，你肯定能帮。你不是有个理想要成为瓦城的人吗？我说是，我说这是我的理想，也是我父亲的理想。他说那你就要努力，你要尽快在瓦城买下一套你的房子，然后，你就去追求我的孙女艳艳，你先是跟她恋爱，然后你跟她结婚，然后，等她的爸爸妈妈和她的叔叔都老的时候，你就像他们对待我一样对待他们……但他没有说完，我就跑开了，我嘴里说不不不，我不！我不是说我不喜欢他的艳艳，不是，我是觉得他的这种想法太他妈的小心眼，太他妈的庸俗。瓦城的垃圾堆里，每天都有很多很多这样的故事。我说没意思。然后，我就醒来了。

醒后我还摸了摸后边的衣领，我感觉有种异常的冰凉。

本来，我想把李四放进他老伴的坟墓里，让他与他的老伴永远地生活在一起的，但我后来放弃了。我想他的老伴不一定就喜欢他，因为他临出门的时候，她曾劝过他，但他不听，他要是不到城里去，她是不会死的，我想她不会原谅他的。

最后，我把李四和我父亲放在了一起。

我想，这两个老头，他们不都渴望他们的孩子成为瓦城人吗？一个早就实现了，另一个还远远地看不到边。让他们两人在一起交流交流，也许是挺有意思的。埋好后，我给他们两人深深地鞠了三躬，我说你们好好聊吧，我走了，我还得回我的瓦城去。

路过李四那块地的时候，我停了下来，我想起了地里的稻草人。

然而，那稻草人早已经倒在了地上。我觉得不对呀，当时我插得挺深的，怎么就倒下去了呢？我把稻草人扶了起来，重新插好，而且插得深深的，然后，我学着李四当时的样子，先是整了整李四的那顶帽子，然后从他老伴的衣领那里慢慢地整理下来，然后到胸襟，然后到衣摆，一点一点，细细地没有放过，就连那稻草人手中的那一个白色的塑料袋，我也给重新系好。但就是这个塑料袋，我才刚刚系好，它忽然就飞走了。是一阵风把它忽然吹走的。它先是跟着风动了动，忽然就从稻草人的手里飞走了，就像一个白色的精灵。

我想我明明是系好了的呀，它怎么就飞走了呢？

我的目光愣愣地追随着它，我有点发呆。

忽然，我好像发现了什么，我看到它飘去的前方，就是瓦城的去向。

于是，我大声地喊了过去，我说慢点，你等等我！

然后，我拔腿飞奔而去。

| 文学史评论 |

鬼子在小说中将刁斗、邱华栋、荆歌、何顿等人倾注于都市场景的注意力转移到一种带有乡土意蕴的人性和情感的关注上来，并对底层苦难充满了直面与关爱的姿态。《瓦城上空的麦田》写农民进城以后的情感经历所造成的悲剧，《一根水做的绳子》则讲述了一段比较凄恻原始的情恋。其中支撑起鬼子叙事骨架的是一种宿命的东西，已经吞噬了中国乡土文学中堆积起来的苦难经验。正如有人评价"鬼子的出现令人相信：90年代并非所有的作家都成了急功近利、追名逐利、热衷声色的软骨人，总之，鬼子赋予沉闷、枯萎的文坛以一种生气"。他的小说不追求故事讲述的现代笔法，往往在诸多类型化的故事情节中表现与命运相关的情感矛盾与人性冲突，却又透露出一种对美、善事物的坚守和追寻。他的小说有较其他"晚生代作家"更为明显的价值尺度，小说的城市化痕迹较为明显，但作者又在小说中展示出独特的审美经验和生存体验。

——丁帆主编《中国新文学史》（下册），高等教育出版社，2013，第365—366页

| 作品点评 |

《瓦城上空的麦田》却将聚焦对准这一层人物的生活状态，放大了他们变形的灵魂，以及对这个世界的叩问！鬼子的创作终于从追求空洞的技术层面上回到了对人性的关注。同样是用近于黑色幽默的艺术手法来表现荒诞，但是，作品写出了乡土社会迁徙者与都市文化发生碰撞时灵魂世界的至深悲剧。

李四是什么？李四就是漂游在城市上空的"死魂灵"！他们想融入这个高度物质文明的"现代的"或"后现代的"都市里去，成为安装在这庞然大物中的一颗小小的齿轮与螺丝钉。但是，这个被物质所麻木了的城市却永远拒绝了他们。

李四的悲剧就在于不甘心失败，而一次又一次地想唤醒子女的情感记忆，事实证明那种记忆只是一种形式，一种不能走进生活，尤其无法走进人的内心生活的摆设而已。这就是物质化城市的病根所在！人与人的隔膜，我们在大量的外国现代派作品中司空见惯了，而在中国的乡土小说里得以如此深刻的表现，还是不多见的。

——丁帆：《论近期小说中乡土与都市的精神蜕变——以〈黑猪毛白猪毛〉和〈瓦城上空的麦田〉为考察对象》，《文学评论》2003 年第 3 期

既然今天的社会是异常复杂的社会，不同的欲望表现、不同的正义同时存在，我们怎么办？需要对话，需要不同欲望表现、不同正义间的对话，在对话中创造我们今天的文化。《瓦城上空的麦田》前半部分是表现了这种思考苗头的。李四要求儿女们记住他的生日，一点可怜的精神欲望。他并不想吃儿女们的一顿饭，他只是想得到儿女们的尊重。这要求显然是正义的。但儿女们忘记了父亲的生日，也不是完全没有道理的。城里人生活节奏紧张，大家都很忙。"可不忙行吗？不忙怎么活下去呢？你不忙，别人忙呀，别人就会当着你的面，把所有的好东西，一样一样地抢走，最后会把你碗里的饭也抢走，你说你不忙你怎么办？"李四，一个农村老汉，他不太懂这些。如果父亲与儿女们对上了话，一切误会都有可能消除。悲剧就有可能不发生。但他们终于没能对话。

——程文超：《鬼子的"鬼"——说说鬼子三部中篇的叙事》，《当代作家评论》2004 年第 1 期

2002 年，鬼子在《人民文学》上发表了一个中篇小说《瓦城上空的麦田》。小说写一个山里的农民李四六十岁生日那天盼望他那三个在瓦城工作的孩子回家

庆贺他的生日。但他的孩子都没有来。李四很愤怒，带上身份证自己上了瓦城，希望用这样的特殊行为引起孩子的注意从而记起父亲的生日。但他的三个孩子都没有意识到父亲的反常，也没有想起父亲的生日。李四甚至制造了自己车祸死亡的假象，打算让孩子们醒悟。结果孩子们信以为真，以为父亲真的死了，安葬了"父亲"。最后，李四试图让孩子们相信他还活着，但孩子们不再相信，认为这是一个骗局。李四终于无法证明自己的身份，最后选择了车祸死亡。

这个故事很离奇，孩子们不相信近在眼前的父亲，却要求父亲以身份证证明自己的身份。但是，结合如今发生在中国社会各种千奇百怪的现象，却令人感觉到这个作品有一种深刻的真实。小说从社会问题入手，很像现实主义文学的思维方式，但它的出口却是现代主义的。"小说表面上讲述了像李四这样的城市边缘人、乡村局外人的故事，提供了乡村主人热切向往进入城市的欲望事实，提供了乡村社会与城市社会各自逻辑的冲突事实，提供了城市边缘人艰难的生存事实，所有这些事实都是现实存在的。然而，鬼子的写作虽然包容了这种种社会矛盾，显示了所有这些矛盾的存在，但他没有止步，《瓦城上空的麦田》将思想从这种现实主义思维超拔出来，从社会现实的提问提升为心灵问题的追问，将身份的现实主义问题转化为身份的现代主义问题，从而使这部作品产生了传统现实主义小说所不具有的思想深度和叙述精度。"

    ——黄伟林：《论新世纪广西多民族文学》，《中国现代文学研究丛刊》2012
    年第 7 期

不能掉头

映川

一

胡金水骨碌碌从床上滚到地上，硕壮的身子赫然睁着九只刀眼，使他看上去活像一条泄漏的油管。血雾很有力气地喷射到发黄的蚊帐、干爽的草席、暗黑的瓦顶，还有黄羊苍白的脸上。黄羊手里握着一把匕首，锋刃上新鲜的血珠一滴滴往下坠，黄羊听得到黏稠血珠落地的声音，就像那下了一夜的雨，在黎明时分将最后几滴雨水打在青瓦上。

胡金水的血快流干了，身体渐渐瘪下去。还有一道工序，黄羊将握刀的手重新举起来，有一点艰难，手像从面团里拉出来，拉出来落下去，

作者简介

映川（1972—），原名杨映川，生于广西百色。1990 年考入广西师范大学中文系，1997 年毕业，获硕士学位。曾任《广西日报》副刊编辑。1999 年开始小说创作，中国作家协会会员，广西第三届和第六届签约作家，主要作品有长篇小说《婚前的荣灯》《魔术师》《圣堂之恋》，小说集《我记仇》《为你而来》《狩猎季》等。小说《不能掉头》获 2004 年人民文学奖、2006 年广西文艺创作铜鼓奖，小说《我困了，我醒了》入选 2004 年度中国小说排行榜，小说《马拉松》获得第十七届百花文学奖中篇小说奖。

作品信息

原载《人民文学》2004 年第 10 期，《中篇小说选刊》2005 年第 1 期转载，收入《21 世纪年度小说选·2004 年中篇小说》（人民文学出版社 2005 年 1 月出版）、《2004 年中篇小说》（春风文艺出版社 2005 年 1 月出版）、《2004 年最具阅读价值的中篇小说》（上海社会科学出版社 2005 年 1 月出版）、《2004 年文学精品·中篇小说卷》（敦煌文艺出版社 2005 年 1 月出版）、《2004 中国中篇小说年选》（花城出版社 2005 年 1 月出版）、《2004 中国中篇小说经典》（山东文艺出版社 2005 年 1 月出版）、《新世纪优秀中篇小说选（2001—2006）》（花城出版社 2008 年 1 月出版）、《新世纪获奖小说精品大系》（时代文艺出版社 2010 年 1 月出版），获 2004 年人民文学奖。

胡金水下身的那玩意一下到了手中。黄羊掂量掂量，没几两重，他抛起来，握刀的手在空气中挽了几个刀花，那物遇刃化整为零，落英缤纷。

原来让一个鲜活的人变成一具沉默的尸首太容易。笑声从黄羊的嘴里钻出来，叽叽咕咕，嘎嘎嚓嚓，这么难听的笑和山上的老鸹叫得一模一样。黄羊被自己的笑声吓了一跳，可他控制不住，那笑声像是躲在他身体里的另外一个人发出来的。笑声让夜变得更为凄凉，黄羊迈步出门，投身于微凉的夜幕。屋外是白色雾水的世界，它们腐蚀他的身体还钻入他的鼻孔，它们像是安眠药，黄羊的眼皮突然重得睁不开，他脚步踉踉跄跄，东西不分，终于，腿一软倒在地上。

这样的睡眠是长不了的，黄羊醒来的时候周围还是一团黑暗，他直起身，呆呆坐了三分钟，前尘往事在三分钟的隧道里风驰电掣，一切鲜活重现，比花开还灿烂。黄羊把手放到鼻子底下，一道血腥味在指间如蚯蚓般焦躁地游窜。他的身体开始抖动，抖得脚下的尘土瑟瑟飞扬。他站起来在蛐蛐欢叫的夜色中飞奔，他要寻找一条河，只有一河的水才能洗掉可怕的血腥，安抚狂乱的灵魂。

不知道跑了多远的路，眼前有一条隐于草林间的河，哗哗从西向东流。黄羊不探深浅，双脚并拢跃进水里，冰凉的河水迅速没过他头顶，他张口衔住一两根飘过嘴边的水草，腥腥的，滑滑的。鱼儿舔掉脚丫里的脏泥，流水冲掉毛孔里的血腥，黄羊缓缓浮出水面，浅黄的月光抚摸他精瘦的身体，他的皮肤如初生婴儿般纯洁细腻。清风拂面，夜很安静，夜也睡着了，恍惚间，黄羊觉得什么也没发生，自己什么也没干。

但是，不可能，刀子已经刺进去，血已经流出来，一切都如这河水向前不回头。黄羊想，他只有逃，头不回地逃。

借着黎明淡金色的晨曦，黄羊看见河岸上有一条和河流一样弯曲的公路。

二

大哥，你的车到哪？

花坪。

捎我一程吧。

师傅，你的车到哪？
紫竹林。
带上我吧。

大叔，你的车到哪？
巴河镇。
巴河镇在什么地方？
远着呢，离这里有三百多公里。

越远越好，师傅，我坐后车斗，带我一程好吗？

　　开车的想路途遥远，有个伴也好，点点头让黄羊上了车。黄羊手脚并用爬上货车后面的空车斗坐下，头靠在双膝上，手抱头便睡。他已经马不停蹄地走了一个月，换了十几趟车，包括货车、班车、拖拉机，甚至还有牛车。车轮滚动，黄土飞扬，坡月镇离黄羊越来越远。他现在感觉坡月镇是一个很虚幻的东西，就像只搭了一个空落落的架子的楼房。坡月镇有一条四季充盈的河流横贯整个城镇，即使它街道两边都是葱绿的芒果树，一到夏天橙黄的果子挂满枝头，香飘百里；即使它的秀色让每一位异乡人赞不绝口，坡月镇还是虚幻的，像沐浴在雨雾中，让黄羊的记忆无法接近。

　　醒着的时候，黄羊想得最多的是母亲刘兰香。在想象中刘兰香只有一个动作，勾背坐在阴暗的屋子里抹眼泪。他想母亲怎么能不哭呢？家里的屋梁快被虫蚀空了没钱换新的，干了一辈子的水泥厂关门大吉，现在她的儿子又成了杀人犯。除了抹眼泪，刘兰香不会有多余的动作。

　　黄羊偶尔也会想起胡金水。胡金水还是那般生龙活虎的模样，一张油红的脸，一颗颗饱满的青春痘，粗着嗓子，挥动手臂，嘴皮翻飞，似乎还在教训人。这样的人早该死了，黄羊一点不后悔杀了胡金水，甚至一想起收拾胡金水的情形就莫名兴奋，他觉得这一举动是他的成人礼，是他在这世上活了二十年做的最有意义的一件事。

胡金水和黄羊同岁，这在外表上根本看不出来。胡金水比黄羊高一个半头，刚进入青春期，下巴颏的胡子就跟地里的野草一样密密匝匝。每逢有赤身裸体的机会胡金水从不放过，例如打篮球，胡金水一上场就把上身的衣服扒光，露出一身横长的黑肉。为了吸引更多的目光，他经常错位抢球，最拙劣的是无谓地与对手争球，让比赛缓下来看他和对手从裁判员的手里重新争球。在比赛场上，胡金水能感觉到周围异性烟熏火燎的目光，火力集中于他裸露发达的胸肌和结实的腹肌，当然，一叶知秋，女人们想到的会比看到的要多。没什么比这更让胡金水得意了，赢不赢球他才不管呢。

胡金水得意的地方正是黄羊自卑的地方。镇上人都说黄羊长得像他妈。按民间说法，男孩长得像母亲有出息。可黄羊的女性特征过于明显，皮肤白白嫩嫩，嘴唇红绯绯，肩膀瘦瘦削削。最要命的是，黄羊到该长胡子的年龄，一根胡子也没长出来，也没有要长的迹象。看着伙伴们嘴边一茬茬往外冒青芽，黄羊急了，听人说用刮胡刀在皮肤上经常刮拭，就能长出胡子，他从刘兰香藏钱的笸箩里偷了十元钱，上街买了一把刮胡刀和一盒刀片。直到把刀片全用钝，用断，把脸刮得脱皮发炎，黄羊脸上的胡子还是没长出来。

胡金水断言黄羊不仅上面没长胡子，下面也没毛。胡金水说黄羊下面没毛的时候，一脸坏笑，是对着全班同学说的。有的人说没见过，不能随便冤枉人。胡金水的斗志被鼓舞起来，冲黄羊招招手，黄羊紧张地往后退了两步，胡金水的眼睛鼓起，嘴里发出嗯的一声。黄羊像是被这威严的嗯的一声牵着，低头一步一挪地走到胡金水跟前。胡金水干净利索一把扯下黄羊的裤子。从来没穿过内裤的黄羊下身空荡荡展露出来，那只孤零零的鸡仔抖索索的，果然一根毛也没有。班上同学哗地笑成一片前后起伏的潮水。胡金水拍拍黄羊的肩膀，好像很赞赏他配合完成了一项出色的任务。黄羊，没什么大不了的，只要长着那玩意就行，没有掩护队，我们照样打炮，胡金水说。

黄羊不是第一次被胡金水拉下裤子，他知道这也不是最后一次，胡金水已经把扯他的裤头当作一件乐事。什么时候才到头呢？黄羊想除非胡金水死了。

胡金水还向所有人宣布一个秘密，黄羊一只卵蛋大，一只卵蛋小。黄羊的卵蛋确实一只大一只小。黄羊十四岁那年得了睾丸炎，刘兰香带着黄羊到镇卫生所看病。镇卫生所就一个人上班，皮无双兼任所长和医生。皮无双是胡金水的妈。按照当时黄羊患病的情形，只要连续打一两个星期的青霉素就可以消炎。可刘兰香拿不出钱来。刘兰香坐在皮无双办公桌的对面哀求，你先让孩子打针消炎，钱过后我一定补上。皮无双本来和刘兰香是近日无仇的，可她听说自己家的男人镇长胡大国和刘兰香有点说不清楚。自己的男人是什么货色皮无双能不清楚吗？她在胡大国那里不敢闹，对刘兰香却是早恨出油来了。皮无双说，我这是国家单位，做的不是无本生意，不能赊账。黄羊这么点大的人那见不得人的地方怎么会疼呢？没干什么见不得人的事吧？哎哟，真是造孽。

刘兰香平素就不太会讲话，给皮无双一顿夹枪带棒的讥讽弄得又羞又怒，她拉扯黄羊的手出了卫生所。没有消炎针打，黄羊老握着下身叫疼，叫得刘兰香心烦。刘兰香说，我还是去死得了，死了就听不见你叫了，我也活够了。刘兰香整日说着要去死，说得上了瘾，半夜里一把掀开黄羊的被子说，儿啊，我们一起找你爸，好不好？刘兰香的眼睛闪闪发光，夜里就像两团鬼火。黄羊吓着了，身子往床里边缩边说，妈，我不想死，我不想死。刘兰香说，别怕，我琢磨着那地方也不错，不然你爸去了怎么也不见回来过，想是被迷住，顾不上我们母子了。黄羊听着更怕了，扑通跳下床跪在刘兰香跟前说，妈，我不想死，我也不要你去死。刘兰香呆了，叹一口气，摸摸黄羊的头顶，悠悠地回自己床上去了。

黄羊躺在床上再也不敢睡，偷偷监视刘兰香，他怕母亲真的想不开找他爸去了。这时候黄羊特别想念父亲黄草。如果父亲还在，日子就不是这样了。那年，坡月镇的百鸟岩发生火灾，镇里的干部都赶去救火，黄草只是镇政府里一个打扫卫生的，也跟着去了。火势随风走，一阵突如其来的逆风把大火的方向改变了，黄草被围困在灌木和野草堆里活活烤焦。等大家把黄草从火堆灰烬里扒出来的时候，黄草已经成了一截炭了。刘兰香抱着这截炭哭了几天，才松手让亲戚拿去葬了。黄羊只有八岁，头顶缠了一圈白孝，只知道张着一张缺门牙的大嘴对天哭。

黄草不是正式职工，镇政府象征性地发了一点抚恤金。刘兰香觉得丈夫是为了国家和集体的利益牺牲的，一次一次地找镇长解决问题。镇长胡大国平素对胡搅蛮缠的妇女很有一套，刘兰香在他眼里更是一碟小菜。看刘兰香还有几分姿色，胡大国就在办公室里将刘兰香弄了。弄完后没洗手就写了一张纸条，同意镇里每月支出二十九元抚恤金给家属，但是刘兰香必须每个月都要来讨他一个签字才能领钱。刘兰香拿着单子每月跑镇政府领钱，领到钱后，她会坐在自家后院的门槛上，对着日头，嘴里一遍遍磨着一句话，断子绝孙的胡大国。

三

黄羊跳下车，膝盖一软跪到地上。他卷起裤腿，发现两条腿肿胀透明，待他把两只黏湿的球鞋除去，脚板底积了厚厚一层白色死皮，这是长时间坐车，脚不沾地的结果。他的脸也比原先肿胀了一圈，这又是没有好睡眠和好饮食的结果。黄羊坐在地上搓揉脚板，伸长脖子打量四周，这里没有山，这里的人讲话像鸟叫，走路特别快，这是什么地方呢？黄羊想连我都不知道走到哪，公安更猜不到我在哪了。

有了这么一个想法，黄羊的脚步缓下来，他不是那么急着赶路了。他买了一张地图，在地图上找出坡月镇大致的方位，然后圈了一个圈。这个小圈代表坡月镇，他不在乎走到哪，只要是远离这个圈就好。

黄羊靠打小工来维持和改善他的行走。他有时在火车站附近替人扛包，有时在客运站替人卸货。他喜欢在这两个地方干活，挣了钱可以马上走人。有雇主来的时候黄羊会奋力挤在同行的最前列，人不断往上蹦跳，嘴里把"雇我吧""雇我吧"喊得山响，雇人的还是不太喜欢雇他，雇主喜欢在人群中挑选那些个头高大、肌肉结实的。但是，从别人指缝中漏下来的活也够黄羊做了。黄羊干活的时候不惜力气。在日头下干活，别人兴许还会头上戴顶帽，黄羊绝对不戴，更多时候他还把身上的衣服除下来，半裸奋战。他希望日头把脸晒黑，把身上的白肉晒成黑肉。一开始很难，脱掉一层皮后黄羊的皮肤又会白得跟从前一样。但他坚决的不吝惜使得一身的白皮也有了脾气，不愿再被折腾，日渐黑了下去。

平时，黄羊和各色在城市里打工的人混住在一起，他们的住所一般是城市周边非法搭盖的大棚，一个大棚住二十多个人。夜里汗臭、脚味、鼾声把整个大棚弄得热乎乎、臭烘烘。睡在这样的地方，黄羊是连梦都没有的。但住在这种地方很安全，所有人只有一门心思——挣钱。从来没有人会问你从哪里来，叫什么名字。

一个叫忠伯的老头和黄羊搭档了几次，歇息时经常扔给黄羊一支粗劣的香烟。黄羊点燃香烟，吸两三口，口腔里立即抹上一层厚重的烟臭味，黄羊虽不解其味，但努力学习。忠伯喜欢跟黄羊讲人生哲理，他的主题有不要跟女人掏心窝，不要羡慕城里人，不要以为自己很特别等等。黄羊稍感兴趣的是"不要以为自己很特别"这类听起来有点现代意味的话题。忠伯说，年轻时我路过鱼塘，总有几条鱼会蹦跳起来，我就以为自己不是一般人，爬过山梁的时候往往又会有一阵凉爽爽的风吹过来，更认为我确实不是一个一般的人，以为老天爷另眼相看，我是一个做大事的人。转眼几十年过去才发现在我的生活里什么特殊的事都没有发生过，彻头彻尾就是一个普通人。

黄羊相信忠伯说的话和忠伯的感受，不过他有点疑惑，问忠伯，如果一个人杀了人，他还有没有可能做个普通人？忠伯想也没想就说，不可能，一个杀过人的人怎么可能做回普通人？即使他的外表普通，他的心情已经和普通人不一样了……讲这些话时，忠伯像是个看破世事的人，不过，一见有雇主过来，他立马把手里的烟扔掉，以不比年轻人慢的速度冲上前去。黄羊舍不得扔掉手上的烟，再吸一两口，忠伯已经被人雇走了。黄羊便想他不但会爱上这种粗劣的烟，可能还要变成忠伯这样的人。

隔一阵子黄羊会奢侈地住一次旅社，因为旅社可以洗热水澡、洗衣服，还可以美美睡上一觉。这种时候那个梦就如约来了——寒光闪闪的匕首，一刀、两刀、三刀……一共九刀，刀子如一只翻飞的蝴蝶。胡金水骨碌碌从床上滚到地上，硕壮的身子赫然睁着九只刀眼……

一开始做这样的梦黄羊总是被惊醒，额上一层汗珠，他不明白为什么发生过的事情会一点不变地在梦中上演。他把压在枕下的匕首取出来，认真打量这把刀，刀身如雪，靠刀柄的地方有一道小沟槽，里面藏了黑乎乎的脏东西。黄羊想这脏东西一定是胡金水的血和魂，刀上附了胡金水的魂，夜里那魂就溜出来钻进他的脑子。黄羊想着脊背发凉，他跑到一座桥上要把刀子扔了。桥很高，只要他一松手，刀子就会掉进深不见底的水底。黄羊盯着浑黄的水面，把捏住刀柄的指头一一松开，全松开的一瞬间黄羊后悔了，另一只手伸出去在半空中将刀子截住，刀子抓在手里，不过抓到的是刀刃，锋利的刀刃把黄羊的皮肤划破，血很快溢满整只手掌。黄羊说胡金水，你果然藏在里面，还咬了我一口，我不会把你扔了的，我一个人东奔西跑，扔了谁陪我呢？从那时起，黄羊对从刀里出来的梦就没有了害怕。

同样的梦做得太多，黄羊便不把它们当梦了，他把做梦当作看电影。每一次重播，黄羊都能发现以前没有发现的细节，比如有一次他听到胡金水叫了一声他的名字，还有一次他发现胡金水的脚在最后一刀落下去的时候抽了一抽，大脚趾蹬动把草席戳出一个洞。

黄羊在一个可以称作铁路枢纽的城市待了一段时间。这儿南来北往的车子很多，黄羊挣钱容易，便不急着离开。有一天，火车站公告栏跟前突然聚集了一大堆人，更多好热闹的人继续从四面八方包抄过来。和黄羊搭档的搬运工顾不上雇主的怒斥，撂下担子跑到公告栏前。黄羊抗不住好奇，也跟了过去。刚挤进人群，黄羊就听到有人说了一句，这小伙子斯斯文文的，怎么看也不像一个杀人犯。又有人照着上面的内容念，报告公安局通缉犯的线索，奖金十万。人群发出一阵嘴唇打架的咂咂声，更有奋勇向前的趋势，好像谁揭了榜就能拿到那十万元。如果这个杀人犯在我们这一带出现就好了，我一定能认出他来，站在黄羊前边的一个搬运工说。

虽然没看到公告的内容，黄羊已经感到大事不妙，他的心抽了一下，腿肚子也跟着抽了，脚一软，往前涌的人流立即把他挤出来。所有的人都往里挤，只有黄羊朝着相反的方向退。广场上掠过一阵风，或许没有风，不过刚从热闹人群里出来的黄羊感觉到了那阵风，黄羊想终于来了，跑了大半年，一张索命的纸还是像长了腿一样追来了。

黄羊认为他是以一种不引人注意的速度在缓慢行走，其实他的步子越迈越大，手甩得很开，根本是在飞奔。他从地下隧道进入货运的轨道，这些日子他已经把这一带摸熟了。老天爷照顾，铁轨上正停着一辆要出发的货运车，黄羊攀住扶手跃到车上。火车没多久开动了，黄羊从一堆麻包袋里站起来，眼睛匆忙收藏窗外的景色，试图在最后时刻最大限度地留住有关这个城市的记忆，毕竟，他在这里生活了一段日子，蜻蜓点水般来去匆匆的生活让他特别珍惜那种叫作熟悉的感觉。

货运车走了两天半。除了半夜偷偷在一些停靠的小站弄到点水喝，黄羊几乎没吃过东西。当车子到达目的地的时候，他已经很虚弱，没有那些麻袋支撑他的身体，他可能早倒下了。肚子是空的，听力还不错，老远的，黄羊就听到有一群人朝着火车的方向走来，从来人掷地有声的脚步来判断，这些人都是他的同行，是来卸货的。黄羊逮了机会，混入他们的队伍出了站。

这是个小站，来往的人不多，甚至没有一个像样的公告栏，但是，黄羊还是看到一张十六开的纸张招摇地贴在靠通道的大柱子上，大大咧咧地跟他打招呼，黄羊认定是那张长了腿的通缉令，他想这一次是在劫难逃了，没准前一站已经有人认出他，公安在这儿就有埋伏。难道还要跳上另一辆货运车？让人心悸的饥饿和虚弱使黄羊打消了这个念头，他想吃饱了该怎么样就怎么样吧，要上断头台也是没有办法的事。

黄羊站在离通缉令不远的一个摊点买了三只大馒头和两只茶叶蛋。黄羊注意打量卖东西的人的脸，那人根本不看他，那人的目光放在远处，搜索着潜在的客源。黄羊想如果在这里能够找到一个善良的人，和他商量，让他去告发自己领奖金，然后他们两人把赏金对半分，那该有多好啊！他那份就给刘兰香养老送终。到哪里去找这样一个人？黄羊暗暗地呐喊。

三只大馒头和两只茶叶蛋支离破碎滑进黄羊的食道。在黄羊把自己喂饱的过程中他发现没有一个路过的人把目光多投给他一眼，难道这些人都瞧不上十万元吗？那张通缉令孤单地待在那里，就像孤孤单单的他。黄羊胸中涌起一股豪气，他决定走过去看一看，看一看那上面用的是他哪张照片。他照相的次数太少了，记忆中只有两次。一次是七岁那年全家到县里的照相馆照了一张全家福，第二年父亲就死了，这张照片一直挂在自家堂屋的正中央。另外想得起的就是高三的毕业照，当时，胡金水从镇上文化馆借了一台相机，装模作样地调焦距，把全班人摆弄来摆弄去，最后，他拨动快门，飞快地跑到黄羊身边，把手搭在黄羊的肩膀上。咔嗒一声，黄羊和胡金水像难兄难弟一样搂着肩的形象定格了。现在想起来，这张照片很具有讽刺的意味。但是，黄羊认为通缉令采用这张照片的可能性比较大，因为这是他唯一的一张近照。

黄羊朝着公告走去，脚下情不自禁数着步子，一二三四五六七八，走了八步通缉令上的每一个字他都看得清清楚楚了。照片上的人不是他，那是一个学生模样的人，长得斯文漂亮，确实一点也不像通缉犯。

黄羊摸摸腰间的钱包，还有一定的厚度。他晚上住旅舍，要了一个单人间。夜里洗澡的时候，黄羊香皂打到大腿时定住了，本来光光溜溜的地段摸上去不顺畅，手掌溜到一片缥缥缈缈的东西。黄羊用水将腿上白色的泡沫冲掉，昏黄的灯光下，他看到从脚踝开始，一直延伸到腿际，一片初生的黑毛就像春天的嫩草，轻淡优雅地铺散开。他的腿不再是两条白生生的瘦腿，在奔亡的路上，它们已经硕壮起来，成为草原生长的肥沃土地。哦，草原，美丽的草原，应该歌唱的草原！

黄羊将手上的肥皂泡一股脑儿地抹到眼睛上，眼睛疼啊，杀杀地痛啊！他拉长脖子喊着，妈啊——妈啊——妈啊——泪水从眼眶冲刷而出。

黄羊第二天醒来的时候有了新的决定，他要到车站选择一趟班车，无论把他送到哪，他就在那里想方设法待下去，好好生活。

四

黄羊买了一张夜班车票，按那个售票员的说法，一觉醒来，三江口就到了。黄羊曾经听人说起过这个叫三江口的地方，那里是三条江的汇合处，又是出海口，渔民靠养鱼养虾赚钱，日子过得很富足。

黄羊最早上了车，他的座位是最后一排靠里的上铺，这是他特意选的最不招人注意的座位。黄羊一上车就头朝里，眼睛闭上，他已经很善于利用坐车的时间休养生息。黄羊右手边位置的主人一直到车快开的时候才到。那人一躺到黄羊身边，一股肉体的热量立即进攻黄羊的后背。这具肉身的主人，同时将油炸豆腐、烤牛肉、酸萝卜的味道，还有津津有味的吧嗒声、吮吸声传递给黄羊。黄羊晚饭只吃了一碗面，身后的热辣油香让他心慌，他的身子忍不住动了动。这微小的动作立即让身后的人发觉了，有脆脆的女声说，你没睡着，要不要吃点东西？黄羊尚在思忖这话是不是向他发问，一只手已经在他背上捅了捅。黄羊慌忙回转身子坐起来。一个两只手上全拿着吃的的姑娘笑眯眯地看着黄羊，手上的东西往黄羊的嘴边递。黄羊摇头摆手说，谢谢，我不要。姑娘趁黄羊张口，把一串肉塞进他的嘴里说，你不吃，我一个人不好意思吃。肉到了口中，香酥的味道被口水泡开，黄羊的牙齿情不自禁地嚼动起来。姑娘调皮地笑，吃得更起劲。一串炸豆腐，她只要咬住竹条的底端，头一偏，一整串东西就捋到嘴里去了。那些东西饱饱满满地塞住她的嘴，管不住的油水顺着唇角流下来，她尖尖的舌头偶尔跑出来溜上一圈，便将那些油水又捞进嘴里去了。

姑娘自我介绍说，我叫何甜。和一个姑娘躺在一起，肩并肩，大腿碰大腿，这种感觉很奇妙，黄羊的身体松懈了，神经松懈了，他告诉姑娘，我叫黄羊。

黄羊喜欢看这姑娘吃东西，她吃得像明媚。热爱吃小食的明媚在干什么？胡金水死了，她一定很伤心，一个女人和一个男人有了那种事，再无情也不会无动于衷。胡金水有什么好？明媚为什么会中意他？如果不是这样，胡金水也许可以多活几年。

高三那阵，同学们都忙着复习。黄羊一早就知道明媚考不上。明媚的脑子不是用来读书的，明媚的脑子绝顶聪明，却是用在打扮、吃小食上头。她会用丝线织好看的发带和围巾，发带系在她乌黑的头发上，人本来长得就好看，那些飘扬的发带更把别人的心撩得痒痒的。明媚还特别喜欢吃。她三天两头潜到人家地里偷南瓜，瓜子炒了吃，瓜瓣去皮切薄片晒干制成果脯，吃起来又甜又粉。明媚还能在叫不出名的野生植物里找出能吃的。

有一种灌木，枝叶上全是又长又黄的毛，看起来挺吓人，明媚偏让黄羊去割了一大捆。她用小刀子将这些带黄毛的树皮一一剥掉，再把绿绿嫩嫩的茎秆扔到沸水里煮，煮好了放过夜。第二天，锅里的东西变成绿色透明的羹。明媚给黄羊盛了一碗，这羹清甜里带点酸，味道好得不得了。黄羊吃的时候很担心，明媚，这东西你吃过吗？明媚说，没有。黄羊说，那你怎么知道能吃呢？明媚说，我认为它能吃就能吃，你怕中毒就不要吃了。我一个人吃死了就死了。黄羊一听抢先把一碗吃下去，告诉明媚，你先别吃，过半个钟头看我没事你再吃。明媚笑了，说你就这么怕我死啊？

明媚家和黄羊家是邻居，两家中间只隔了一堵矮墙，没事两人就隔着墙说话，明媚经常打发黄羊去帮她偷吃的，等她加工好了，她用一个小口袋装上一些从墙那边扔过来。黄羊想等他日后和明媚结了婚，他要做的第一件事就是把这墙拆了。

估计明媚过不了高考关，黄羊也懒了，虽然他心痛刘兰香付的学费，还是管不住自己懒下去，最后他如愿以偿没有考上。听黄羊没考上明媚妈还挺高兴，说没考上明年陪我们家明媚再复读一年。

刘兰香对黄羊说，没福气读书就不读了，找份工做吧。刘兰香托了亲戚朋友打听，一个在县上远房表亲递了个信，县上新建好的第二招待所食堂招工。刘兰香想在食堂干也不错，起码不愁吃了。她开始替黄羊打点行装。黄羊偷偷溜到矮墙根下喊明媚，那头明媚正在吃生黄瓜，这阵子实在是找不到什么能吃的新鲜玩意，明媚的嘴无味得很。黄羊说，明媚，县上成立二招，食堂招人你去不去？明媚听说是食堂，口里咯咯响的嚼动声停下来。当天夜里明媚家里的动静闹得挺大，明媚要进城，她妈却希望她认真复读，再考一次。明媚妈拗不过明媚就来数落刘兰香说，我怎么也是个民办老师，明媚再不济也应该读个中专吧？她怎么能和你们家黄羊一样去做个伙夫呢？刘兰香回到房里就敲黄羊的头怪他多事，头上的板栗吃得货真价实，黄羊一点也不觉得疼，反正他很快就会和明媚在一起了。

出发那天是三个人一起上路的，多出来的人是胡金水，明媚将这个消息告诉了胡金水。胡金水也没考上，但他爸胡大国马上把他安插在镇政府，专管查水表电表的。胡金水嫌这事做得没趣，明媚一招呼，他立马打点行装开溜。

早上，黄羊在自家的院里喊，明媚，收拾好了吗？胡金水的声音从明媚家那边传过来，黄羊，路上吃的我带足了三个人的，你就带两条腿上路吧。兴冲冲的黄羊当下像被人抽了一记耳光，面红气喘地呆站着。刘兰香把行李包撂到地上，用手指着黄羊的额头说，你看，你为什么人寻了方便？刘兰香担心的是工作竞争的事，黄羊想的是另一回事。黄羊一言不发回到屋里，爬上阁楼，翻开盛放父亲黄草旧衣物的箱子。他从箱子里翻出一把匕首，别在腰上。这把刀是父亲的一个朋友从新疆带过来的，特别快，每次父亲跟别人上山打猎都会带上这把刀。黄羊对这把匕首一直很是崇敬。带上这把刀某个念头就长在他心里了。

食堂招几个工种，有洗菜洗碗烧锅炉的。胡金水在面试中一连打碎几个碗被安排烧锅炉。黄羊被掌勺师傅看中，要他打下手。在所有被招的人员当中，给厨师打下手是最高级的活了，以后学好本事可以升做大厨。明媚运气最好，因为长得漂亮，调到招待所当服务员去了。

招待所把招进来的所有员工集中到一起学习内部纪律。每个人都穿着新发的白色制服，薄涤纶面料做成的，也没分大小码。胡金水因为身材高大，把制服撑得满满的，而制服在黄羊的身上就显得太浪费面料了，下衣摆差不多挨着膝头，裤腿因为挽了几圈明显短了，这样一来黄羊的身子似乎离地面更近了。

组织学习的人还没有来，胡金水坐不住了，开始发布新闻：我前天到夜眼睛发廊洗头，那个洗发妹手软软的，把我的头发洗得又香又松，我付了她十二元。昨晚快十二点的时候，我看到县文工团的那个最著名的女演员王曼丽，偷偷摸摸进了二号楼……除了黄羊，好像其他人都喜欢听胡金水胡扯，明媚还问了胡金水一句，你去发廊就是为了洗头？胡金水说，当然是为了洗头，我对那些女人没什么想法，我还没发现有谁有你一半漂亮的。明媚眼睛一眨不眨地看着胡金水，好像非常欣赏他在人前的口才和表现。黄羊忍不住说了一句，你不是说洗发妹嫌你烧锅炉的头上灰大，另外加收钱才同意给你洗头吗？

胡金水的话头一下滞住了。他一开始有点不相信地看了黄羊一眼，然后，脸上浮起笑容，脚步慢慢移过去，走到黄羊的跟前说，我头上是灰大，人家洗发妹不愿给我洗头。黄羊，我什么都没你能，就一样比你强。胡金水说着一把扯下黄羊的裤子。黄羊的裤腰本来就太肥大，胡金水一扯，裤子顺当地滑到地上，圈成一团。胡金水爆发出撕破喉咙的笑声，众人的眼睛都落到一个点上。黄羊不看胡金水，不看别人，他只看着一个人的眼睛——明媚同情地看着他。什么叫目光能杀人，这就是。

黄羊给食堂掌勺的白师傅打下手，白师傅看黄羊勤快肯干，比较照看黄羊，平时剩些好菜就让黄羊带回去吃。黄羊特别喜欢得到猪肘子、卤鸡爪、炸花生这样的菜。他能包在油纸里留给明媚吃。明媚一拿到这些吃食特别高兴，当着黄羊的面就会捉住油腻腻的猪肘子啃起来。黄羊看明媚吃比他自己吃还要高兴。明媚说如果天天都有这么多好吃的东西就好了。黄羊说，以后我把师傅的手艺学会了就天天做给你吃。明媚说光有手艺有什么用？要说手艺我不比你差。黄羊没能接上话，明媚说的是事实，这些猪肘子在家里他一年到头也没吃过几回。

　　胡金水因为烧锅炉，早上起得早，晚上睡得晚，别人都不愿意跟他一个房。他就跑去跟黄羊住一个房。胡金水喜欢谈女人，因为县招经常有县上的领导出现，也就经常有漂亮的女人出现。有一天胡金水不和黄羊谈别的女人，他和黄羊说到明媚。他说，黄羊，我怕是在县上干不长了，明媚太骚了，我担心把她肚子弄大了，她肚子一大我们就还得回坡月镇去。黄羊冷冷地哼了哼说，胡金水，你要吹牛找别的女人吹牛去，不要糟蹋明媚。胡金水也不生气，过来搂住黄羊的肩膀说，黄羊，我看出来你对明媚有意思，但这个女人又馋又骚，你是拢不住的。黄羊觉得胡金水说明媚的不是就像在谈论他老婆的不是，他跳下床，冲着胡金水挥动手臂，你再不闭嘴我就揍你。黄羊有生第一次讲这样的狠话。胡金水脾气特别地好，摆摆手说，你不信我也由得你，明晚轮到我烧夜灶，明媚肯定要来找我，你不信就来看吧。

　　第二天夜里黄羊怎么也睡不着，偷偷下了床摸到锅炉房。锅炉房的门紧闭着，黄羊的眼睛贴上去，除了红红的灶火和热气腾腾的锅炉里面空无一人。黄羊松了一口气，转身走了，经过厨房的时候，一声很细微的笑声传进他的耳朵，黄羊的脚步停住了，厨房里有女人的笑声。为防老鼠，厨房原来的窗户全封死了，另外在灶台的上方开了一个透气的口子。黄羊慢慢地爬上去，爬得很高。在这个位置屋里的一切全在眼中。胡金水和明媚躺在地上，确切地说是躺在面板上，白师傅和面的板子有门板这么大，现在变成他们的床板了。两人赤身裸体，胡金水躺在下面，他的身上撒满了萝卜干和花生米，这些东西是从橱柜里偷出来的。明媚趴在胡金水的身上，像一条母狗，舔着这些食物，从上到下。

　　那晚雾水很大，黄羊回到自己屋里的时候，全身上下全湿透了。他躺到床上，感到自己冰凉的身子渐渐烧起来，烧得他的头痛，他爬起来喝了一碗水，又打开柜子把那把匕首摸出来。他想我一定要杀了胡金水，不杀他我就要烧死了。

　　胡金水半夜回屋很快发出了鼾声，这种疲惫不堪的鼾声深深地刺伤黄羊的心。黄羊把匕首藏在被窝里，刀子已经被他的身子焐烫了。黄羊叫了一声胡金水，胡金水没有答应。于是，他慢慢起身，摸到胡金水床边。胡金水睡得很安详，一点也不知道有一把刀子正在往他的身上招呼，刀子下去很快，插到第三刀的时候胡金水才喊痛，喊痛的时候已经晚了。黄羊继续完成要完成的数目，血如雾一样喷射……

　　谁在哭？哭声越来越大，把黄羊从梦中惊醒。车厢漆黑一片，黄羊用了半分钟来适应这种黑暗，终于辨出身边的座位空了，何甜不在座位上。哭声是从下铺传来的。车上的情形很怪，尽管有人在声嘶力竭地叫喊，所有人却死一般睡着，车子在铺满昏黄月光的公路上毫无知觉地向前行驶。

　　哭的人在挣扎，每挣扎一次就被对付一巴掌。黄羊靠到外铺，头往下探看，心口吓得扑通通跳。一个矮胖男人双手压住何甜的腿脚，另一瘦干的影子扑在何甜身上，狂亲乱摸。矮胖男人发现了黄羊的脑袋，朝黄羊呸了一口说，不怕死的货，等下让你看个够。

　　黄羊缩回脑袋，仰面躺在铺位上，气喘得厉害。躺了一会儿，黄羊的气渐渐调均匀了，他突然想到一件事情——这世上还有什么事值得他害怕？杀人偿命，他活到今天已经是赚了。这个道理似乎很简单，但直到此时此刻黄羊好像才得顿悟。黄羊蹬腿翻身下床，立在两个流氓面前说，你们赶快把人放了。黄羊对自己喉咙里发出的声音不是很满意，那声音略显得有些单薄，不够威严和粗犷。矮胖子哼了一声说，就凭你，老子连你一块做。他话音未落，黄羊先发制人，把别在腰上的匕首掏出来顶到他喉咙上，手上用了劲往下一压，矮胖子疼得叫起来，不敢乱动。瘦子见矮胖子吃了亏，依依不舍地起身帮忙。黄羊哪等他动手，上前抢先在他的大腿上扎了两刀，瘦子扑通跪到地上，妈哟哟地叫。黄羊仍然把刀架回矮胖子的脖子上说，只要你们身上长的不是肉，不怕扎，再来试试我这把刀。这句话黄羊说得比先前顺畅多了，气势也出来了。两个流氓被这气势压着没敢动。

　　何甜脱了困境，抹着泪，整理衣服。黄羊对司机喊，停车，开门。司机赶紧踩刹车，车停了。黄羊踢了一脚趴在地上的瘦子说，还下得了车吗？瘦子用手撑地要站起来。黄羊把矮胖子往前一推说，你扶他。矮胖子从黄羊的匕首下解脱，赶紧上前扶起瘦子。两人挤到车门边跳了下去。

当车门关上，车子重新启动的时候全车的人好像在一瞬间全醒过来了，大家七嘴八舌议论，有的说这条路上经常发生这样的事，今晚已经不知道是第几起了；有人说应该把车子开到公安局去；有的人说刚才应该在那两个流氓的要害多来两刀……

何甜和黄羊反倒是置身事外了，他俩回到座位上静静躺着。何甜还没有完全从惊悸中恢复过来，两手紧紧地抱着黄羊的一只胳膊说，今晚如果没有你，我不敢想会怎么样。你让我见识了什么是不怕死的男人。

黄羊的脸在暗夜里红了。

何甜说，这几年，我一直在外面打工，没料到想回家过个中秋节就遇上这种事。

黄羊说，中秋节快到了？我好多年没过中秋节，连月饼是什么味道都记不得了。

何甜说，那你到我家过节吧，也让我有个机会感谢你。我家在三江口的斜阳岛，风光很好，我爸我妈特别好客……

黄羊答应了何甜的邀请，不仅仅因为何甜的热情，他实在是想家了，且把他乡当故乡。

何甜的父母都是本分的渔人，见女儿带人回来，二老赶紧出了一趟海，打回活蹦乱跳的鱼虾，弄了满满的一桌菜。听黄羊说是想到三江口找事做的，二老都很积极地推荐黄羊找何甜的伯父何海，因为何海弄了一个养虾场，正找人看管。暗地里，二老也藏了私心，觉得女儿好像挺喜欢这个小伙子，希望女儿能因此留在三江口，不到外面的花花世界去疯了。

在到达三江口之前从未见过大海的黄羊，一下被无边无际的海水迷住了，觉得这海能包容他的一切。岛上只有十户人家。海风、海水、太阳和宁静的空气是那么地富足，即使多了他一个人，他仍可以拥有饱满丰实的一份。黄羊几乎没有犹豫就接受了虾场的工作。

何海带黄羊去看虾场。他是用审视侄女婿的眼光来看黄羊的，他觉得这小伙子人长得斯文清秀，配得起他侄女。斜阳西下的滩涂地橙红一片，何海指着四五个刚砌建好的虾池说，虾比较娇气，有些人靠养它们发了大财，有些人却倾家荡产。黄羊，等池里下了虾苗，你的任务就重了，除了给虾宝贝喂料，一天要测三次水温，测一次酸碱度，事情多着呢！

何海在虾场边上盖了一间水泥砖房，屋里什么都预备好了，有床有柜有锅有灶。何海对黄羊说，这就是你的家了。一个人在这住着会有些闷，想我们的时候，你随时都可以上岛来，但你得赶紧学会划船，不会划船哪也去不了。

何海一走四周完全静下来，只有风在椰子树上穿梭的声音，黄羊觉得这片天地是属于他一个人的了。他脱了鞋在沙滩上先是走，然后是跑，飞快地跑，嘴里喊，我有家了，我又有家了，胡金水我把你杀了又怎样我还是有家了……黄羊跑了一两里路，脚板底被细沙磨得热辣辣的，嗓子也喊哑了，他把自己摔到绵软的沙滩上，仰面朝着蓝色的天空。多美的地方啊，如果能把母亲接过来一起住就更完美了。黄羊想起李逵背母的故事，李逵在梁山落脚后马上回家接老娘上山享福，可怜老娘在半道上给老虎吃了。黄羊替李逵难过，也替自己难过，他什么时候才能见着母亲，会不会永远见不着了？

入夜，海风又湿又凉，从窗户爬进来，把黄羊的额头舔湿了。火塘里有隔夜不灭的火炭，忽明忽暗地闪光，黄羊把身上的被子裹紧，对面的墙上映着他臃肿的影子，他动墙上的影就跟着动，看起来像一个垂死的人在挣扎。黄羊抽出藏在枕下的匕首，匕首的寒光晃了晃他的眼。他下床用脚尖点地行走，摸到一张床边，掀开蚊帐，对准胡金水硕壮的身体一刀、两刀、三刀……胡金水转头发出哼嗯的一声，骨碌碌地滚到地上，身上睁着九只刀眼……

这是黄羊在小屋住的第一夜，他的脑子又放了一回电影，情节和色彩是那么地生动，让他沉迷。早晨，太阳刚跳出海面，何甜就带热稀饭和海鸭蛋从岛上划船过来。她敲打门板，生生把黄羊从梦里拽出来。黄羊将门打开，眼睛眯成一条缝。何甜说，住得惯吗？有没有做好梦？黄羊拍拍额头说，做梦？哦，是做梦了，正梦到一位老朋友。何甜嘴角笑弯了，提着篮子从黄羊的身边穿过，将稀饭和鸭蛋摆到桌上。她认为黄羊的梦里有她。

　　过完节，何甜果然没有回城里打工的意思，她勤快地往黄羊这边跑，主动担起给黄羊送米送菜的任务。来的时候，如果赶上黄羊喂虾，她会从黄羊手中分一半的料，跟着黄羊的屁股把饲料一点点投入虾池里。

　　一天傍晚，何甜爸捞到一只足有八九十斤重的八爪鱼。何甜爸跟何甜妈说，老婆子，明天一大早你把这家伙拿到海鲜仔酒楼，他们最喜欢收购这样的大家伙。何甜她爸这边还没交代清楚，何甜那边已经把八爪鱼的几根大须割下来，说我带去给黄羊烤着吃，他这只旱鸭子一定没吃过这么新鲜的八爪鱼。那只失去手足的八爪鱼躺在网兜里扭动身子，二老对视了一眼，这一眼让何甜逮到了，何甜嗔怪道，小气，不就是一只八爪鱼吗？过几天我下海，赔你们更好的东西。二老笑了，说，女儿，欠我们的你赔得清吗？把你卖了也赔不清。何甜不敢再听，拿了篮子赶快跑。

　　看到何甜划船从对岸过来，黄羊已经吃了自己弄的简易晚饭，提着马灯正要去查看虾池。天比往日黑得快，海上起风了，天气预报说这几天会有暴风雨。何甜摇动橹桨的身形像风雨中舞动的一枝荷花，黄羊站在岸边，心也跟着荡漾起来。

　　船靠岸，何甜扔下木桨，举起一只篮子说，给你送好吃的来了。黄羊伸给何甜一只手，何甜握住这只手跃下船。下了船她还一直拉着这只手进屋坐到火塘边。黄羊说，你不用忙了，我已吃过晚饭了。何甜把火红的火炭扒拉开，从篮子里把收拾好的肉用铁叉穿了，架到火上说，这是你没吃过的好东西，等会儿你真不想吃，我全部代劳。等到肉开始飘香，何甜才把配料涂上去，再烤一会儿，肉金灿灿嗞嗞响。何甜专注地做事，火把她的脸烤得通红发亮，黄羊在一旁看傻了。温暖的流淌肉香的屋子，火的亮光和充满爱的女人，黄羊想这样的生活属于他吗？一个亡命天涯的人怎么可能有这样的好生活？

　　肉烤好，何甜夹了一块递到黄羊的嘴边，黄羊要用手接住，何甜说，张嘴，我喂你，不要把你的手弄脏了。黄羊听话地张开嘴。肉入口鲜嫩无比，黄羊说，真好吃。何甜说，不好吃的东西能拿给你吗？何甜又喂了黄羊一两块，看黄羊吃得香，她忍不住也往自己嘴里扔了一块，嚼了嚼说，哇——好吃死了。何甜憨馋的吃相让黄羊走神，明媚的影子像一只窜过野地的兔子，黄羊说，小甜，你真像一个我认识的人。何甜说，是个女孩吧？黄羊无言以对。何甜脸色变了，扔下烤肉的铁叉，起身走出屋子。

等黄羊追出去，何甜已经在沙滩上走了一段路。海涨潮了，一浪追一浪，追上的翻起浪花，溅得很远。何甜膝头以下的裤子全泡在水里。黄羊说，小甜，风大，你还是赶快回家吧。何甜停下脚步，剧烈抽动的肩膀告诉黄羊她伤心了，她在哭。黄羊从刚才的温柔乡里清醒过来，他让她伤心了，是因为她喜欢他，他也很喜欢她，但是他不能连累她。黄羊站到何甜身后说，何甜，你还不了解我，我不是不喜欢你，我是配不上你。何甜说，说说看，是什么地方配不上？黄羊想难道告诉她自己是一个亡命天涯，只知道今天在这，不知道明天在哪里的杀人犯？他脸上堆了苦笑说，要让我说实话吗？何甜点点头。黄羊说，难道你没发现我和别的男人有点不一样？我没长胡子，我脸上一根胡子也没有，你见过不长胡子的男人吗？黄羊认为自己没有说谎话，他说的也是事实。何甜的肩膀不再抽动，转身捶了黄羊的胸口一拳说，谁说不长胡子就不是男人了？你就知道欺负我，故意说什么配不上的话，其实你在想其他女人。黄羊说，我说的是真心话，一个没有长胡子的男人其实算不上是男人……

天空连续打了几个闪电，闪电的光暴露了正在海上积蓄力气的云层，它们已经堆了厚厚的一层。黄羊拉着何甜的手往船边走，说赶快回家，马上有暴雨来了。何甜舍不得走，说，我在海边长大的，什么天气没见过，这算不了什么。黄羊还是把何甜推到船上。

送走何甜，黄羊回屋取了马灯去看虾。和虾池还隔着一段距离，黄羊就发觉不对了，老远听到池面上发出噼噼啪啪的声音。黄羊跑动起来，他被眼前的一幕吓坏了，昏黄的虾池浮起一层白白的东西，全是垂死的虾在拼命挣扎。黄羊扑倒在虾池边。

一个通宵在暴风雨中拼命打捞，战果就只有几盆奄奄一息的虾。黄羊拒绝了所有送到他头顶上的伞和雨披，他的下半截身子泡在虾池里，手上不断重复一个动作，把虾从水里捧起来放下，捧起放下。死了，全死了，怎么会这样？黄羊喃喃道。是他亲手将一只只小虾苗放进虾池里，看着它们的身子慢慢长长，慢慢变重，就差一个月，虾子就上市了，这是胎死腹中的疼啊。

何海比黄羊冷静，从岛上赶过来他并没有做太多的挽救工作，凭他的经验，他知道这些虾是保不住了，当务之急是要找出虾死亡的原因。可能性一一排出，最后的疑点集中到新近买回来的饲料上。

黄羊说，饲料是县政府派来扶持养虾户的技术员推销的，会有问题？

何海说，附近好几家都用了这种饲料，明天去打听打听。

问题果然是出在饲料上，用了饲料的十几家虾场，都陆续出现同样的情况。十几家联合到县上去告，县政府回答说，派下去的技术员找不到了，要把人找到了才能了解情况。十几家人被打发回家等消息。

等了好一阵子也没有任何消息。何海托了县上的熟人打听，知道那个技术员叫张君华，确实已经很多天不到单位上班，连他家里人也说不知道他上哪里去了。何海说，张君华肯定是听到风声躲起来了，只有找到他，县政府才推脱不了责任。

虾池在日头下发出阵阵恶臭。黄羊每天坐在虾池边，好像嗅觉失灵了，他眼睛盯着池水，好像多看一眼就会有虾儿从池子里蹦出来。何甜受不了臭气的熏扰，躲得远远的，站在屋檐下和黄羊说话，这个黑心肝的技术员把大家都害惨了，大伯那块要起新屋的地看来是保不住了，他当时用了那块地来抵押养虾的贷款。最惨的是东头的崔伯家，他儿子出了车祸，就等着卖虾的钱来动手术，现在根本指望不上了……

第二天，何甜四处找不着黄羊。黄羊在桌上留了一张条子：我出去散散心，过几天就回。何甜想这段时间为了死虾的事，黄羊成天憋闷着，出去散散心也好。

黄羊上到县城，先到张君华家附近埋伏了几天，从早到晚，果然没见过张君华的影子，看来张君华真是跑到别的地方躲风头去了。黄羊打听到张君华有一个妹夫是县公安局局长。他断定张君华的下落这个公安局局长肯定知道。

公安局局长程树中午下班没有回家，他在单位门口的粉摊吃了一碗米粉。他这么随便地打发中餐是想到附近的一家叫康全的保健中心按摩。这一年多来他已经养成这种习惯，隔两三天就要按摩松松身子。

进了康全，换好休闲睡衣，程树躺在床上准备睡觉。平时，保健师的手只要在他的身上捏弄不到十分钟他就睡着了。这一个中午他同样睡得很香，醒来的时候嘴边挂了长长的涎水。程树擦擦嘴角，抬头看墙上的钟，刚好是要上班的时间。程树表扬替他按摩的保健师，其实也就是个小姑娘，说，不错，手法不错，你是几号？下次我来再点你。姑娘说，我是38号。程树下床换衣服，走到衣柜前，他刚舒张开的脊背突然僵住了。放置衣物的小橱柜上的锁绊已经断掉，锁头形同虚设挂在上面。程树一把拉开柜门，衣服还在，他掀开衣服，衣服底下的黑色公文包也还在。只有一样东西不见了——手枪。以前听到别人丢枪的事，总认为那些人都是傻×，这种事不会轮到自己的头上，没想到今天就来了，程树脑子里不断冒出一句话，我这个公安局局长当到头了。

程树把38号弄房里至少审问了十遍，你给我按摩的时候有谁进来过？

38号说来说去都是一个答案，我给你从头开始按，我按到腰上的时候，有个小伙子进来告诉我，有个朋友在对面的邮局等我。我看你睡着了，就偷偷跑出去，可到了对面的邮局我根本没见到我的朋友。等了一会儿我就回来了。38号回答完程树的问话，好奇地反问程树，先生，你丢了什么东西？

程树气急败坏地吼道，丢了——丢了钱包。

38号紧张地问，那你今天不能买单了？

程树拳头砸在桌上，买单？老子一会儿把你抓起来。

38号吓了一跳，趴在按摩床上哭了。隔壁听到姑娘的哭声都趴在门上看，眼里全是暧昧。程树看事情越弄越乱，拿了包冲出按摩院。回到局里，他把门关上，烟夹在手上，一支接一支地抽。他考虑这件事情要不要马上向上汇报。报了又怎么样？都是死路一条。

桌上的电话铃突然响了，把程树吓了一跳。程树不想接，它就一直响着，好像知道程树就坐在旁边。他拿起话筒吼，谁？

对方一句话就把程树的火打住了，你的枪在我手上。

程树来了精神，压低嗓音说，你是谁？为什么要拿我的枪？

对方说，我不图什么，也不想害你，只要你做一件事。

程树警惕地问，什么事？

对方说，你姐夫张君华躲什么地方去了你应该知道，现在很多人都在找他算账。你把他交出来，我就把枪还给你。

程树说，我不知道他躲在什么地方。

对方说，我不跟你讨价还价，如果三天之内张君华还没有抓到，我就把枪扔海里。

程树气顿时短了，我怎么知道你是不是骗我？

对方说，信不信由你，你也只有赌一把了。

程树确实知道张君华躲在什么地方。推销假饲料一出问题，县政府里就有人传了话，让张君华出去避避风头，张君华临走前还给他这个妹夫打了电话。

程树大义灭亲把张君华从外地押回来的事轰动了整个县城。程树的耳边没有一刻是清静的，老婆大姨的骂声不断，他此刻体会到做一个男子汉大丈夫的苦处，那就是有苦说不出，打碎的牙齿往肚子里咽。他权衡过，和丢枪的事比，姐夫的事算小事，大不了就是赔钱，而他的枪丢了，不但乌纱帽不保，事情弄大了可能还要出人命，他这番道理又能找谁去说呀！

给程树打电话的人说话算话，把枪从窗户扔到程树的办公桌上。

枪回到手上，程树心定了，威严和精明也慢慢回来。对他来说，枪被偷是奇耻大辱，他每天都在想这事，暗暗咬牙，发誓，老子一定要把你这个偷枪的贼找出来。

　　程树把事情的前因后果重新理了一遍，以一个老公安的经验，他判断偷枪人就在那些养虾户当中。从当时偷枪人打电话的口音判断，尽管那人用了假嗓子，还是听得出不是本地人。

　　程树到斜阳岛转了好几次，那些养虾户因为赔偿的事有了眉目，大都开始清理虾池，准备重新蓄水养虾。养虾人见了程树都客客气气，说上几句感谢的话。程树没有发现特别可疑的人。

　　后来，程树与黄羊碰了面。头两次程树来，黄羊都待在屋里，因为何海在，他不用出去应付。可今天何海采购虾苗去了，虾场只有他一个人。黄羊见到程树点了点头，继续测海水的盐碱度。程树背着手站在一旁看，耐心地看了半天问，何海不在？黄羊说，他买虾苗去了。程树说，我头两次来好像没见过你，听口音你不像本地人。黄羊说，我是从外地来的，何伯雇我看虾场。程树说，前段时间这一带虾发瘟，你知不知道谁的损失最大？黄羊说，每个人的损失都很大。虾不是发瘟，是吃了劣质饲料死的，大家都想把那个推销假饲料的人扔进海里喂虾……

　　程树点点头说，原来是这样……

　　黄羊从程树那里将枪偷来的时候就明白他快要与斜阳岛告别了。一个杀人犯找上公安局局长，这个险冒得太大，也许他被通缉的资料还存在人家的文件夹里，翻一翻就知道他不仅是偷枪的贼，还是个杀人犯。

　　这是在小木屋住的最后一夜了。黄羊不想将最后一夜浪费在睡觉上，他要多吸收一些斜阳岛的空气，吹一吹斜阳岛的风。虾池漾着细小的波纹，虾苗已经投放下去了。何海说，前一次算是用钱买了经验，这第二次一定有大收获。何甜说，大伯，等这些虾上市，你可要感谢我，是我把黄羊带来给你的，不然你到哪里去找这么负责的工仔。何海笑了说，如果你能嫁得出去，这批虾就算大伯送给你的嫁妆……

黄羊沿着漫长的海岸走了很远的路，天边渐渐现出一丝青青灰色，一只海鸟从崖边飞出，在海面上盘旋一圈又飞回崖石上，是要走的时候了，隔着对岸，何甜一定还在梦乡里，黄羊似乎又看到何甜在海上摇着木桨，她的身形像一朵风雨中的荷花，摆啊摆……

黄羊只带走来时带来的东西，匕首别在腰上，手上提着一只装了几件衣服的小包。黄羊以为这么早不会碰上什么人，这季节不是鱼汛期，出海打鱼的人用不着起这么早。黄羊碰上的不是起早的人，而是夜归的酒鬼。酒鬼是斜阳岛上的人，在邻村喝了酒现在才踏上回家的路。酒鬼认得黄羊，指着黄羊的脸嘻嘻笑说，老弟，是海风还是太阳把你整老了？酒鬼又摸了一把自己的下巴说，你这东西长得比老子还麻乱，后生可畏啊！酒鬼说说笑笑，撂下一股酒臭走远了。黄羊皱起眉头，他搞不懂酒鬼胡言乱语什么，难道自己的脸没洗干净？黄羊的手在整张脸上搓了一把，似乎碰到什么顿住了，手迟迟疑疑重新在腮帮和下巴上细细摸索起来，他现在知道刚才酒鬼为什么会做摸下巴的动作了。胡子，他的胡子从腮帮、下巴，积累了二十多年，用一夜的工夫钻出来，硬挺挺的像一块针毡子。黄羊掐住一根，掐紧了，用力往外一揪，黑油油的有一厘米长。第二根，第三根，黄羊连拔几根，痛得眼角溢出了泪花。

五

谁都知道张干是六山矿的老板，这就好比谁都知道矿区上那一家春衣饭庄是张干的相好宋春衣开的。据说饭庄的资金是张干出的，宋春衣好像饭庄上飘扬的那张酒幌，只是一张摆在外边给人看的旗子。

整个矿区就这一家饭庄，饭庄的饭菜有时做得好吃，有时做得不好吃，但从来不缺客人。因为，矿上那些长时间回不了家的男人，很乐意将种种实现不了的念头扔到饭庄里。饭庄卖得最好的是酒。厨房里有炒菜的师傅，宋春衣亲自给客人上菜或斟酒。有人说宋春衣本来打算请个姑娘干这份活的，但她担心店里有了其他花草，张干不安分，所以作罢了。

　　黄羊每次推开饭庄的玻璃门，看到坐在柜台边上的宋春衣，就觉得那里悬着一轮月亮。宋春衣有一张白如凝脂的鹅蛋脸，细细长长的颈脖，还有一双十指尖尖的玉手。看到黄羊进门，宋春衣会站起身招呼，给他比别人多几分的笑容，这笑容让那轮皎月冉冉升上天空。黄羊这时候总会自卑，他觉得自己身上的肮脏和粗野都毫无遗漏地在这月光下暴露了。来到六山矿，一待就是五年，自己身上还有哪个毛孔不被煤烟找到呢？连掌心最细微的纹路也被煤灰封死了。何况还有香烟和烈酒，几年来它们毫不手软地掳掠了他肌体中的坚强。想到这些，黄羊在进入春衣饭庄大门的时候，头会低下去，背会勾起来。他在矿上没有朋友，经常一个人光顾饭庄，找一张靠角落的桌子，点两个菜，喝一壶酒，想自己的事，听听旁人的闲聊。

　　今天是大年三十，店里没有一个人，黄羊推门进来，依旧是找了一张靠角落的桌子坐下了。宋春衣端了一盘菜从厨房里走出来说，你来了，再坐一会儿，还有两个菜。黄羊点点头，从碗橱里找了碗筷在桌上摆好，还从柜台里的大酒缸里斟了一壶米酒。

　　这已经是黄羊在矿上度过的第五个大年三十，矿上又只剩下他和宋春衣两个人。春节期间，矿上的人都陆陆续续回家过年。黄羊没地方可去，依旧留在矿上。宋春衣也没有地方可去，因为张干回城和老婆孩子一块过节，她只能在矿上等。两个没有去处的人就在春衣饭庄里过年三十，他们就是这么熟络起来的。宋春衣做他们两个人的饭菜，两人吃着聊着一年就过去了。

　　宋春衣一手端着一碗扣肉一手端着一盘辣子鸡出了厨房，搁到桌上。她把腰上的围裙摘了说，菜齐了，倒酒。黄羊把他和宋春衣跟前的酒杯斟满，举起酒杯说，春衣姐，我祝你新年万事如意。宋春衣笑了笑把杯中的酒一口干了说，其实没有什么话比这几个字更好了，想什么就有什么，其他什么都不用说了。

　　宋春衣重新把酒杯斟满，举杯敬黄羊说，姐祝你早日找到心上人，成家立业。黄羊也笑着把酒喝了，说春衣姐，我们同样的话都说了五年了吧？宋春衣蹙起眉头想了一会儿说，可不是，五年就这么不知不觉过去了，我想不老也不行啊。黄羊说，谁说你老，我觉得你一点没变。宋春衣说，少说我了，老弟你都三十了，你不要嫌姐啰唆，三十而立，姐帮你说一门亲事好不好？黄羊说，我一个人过得挺好的。宋春衣说，一个人过怎么会好呢？像姐这里平时热热闹闹的，等别人一家子热热闹闹的时候姐孤家寡人一个，这份冷清你也是看得见的。

黄羊说，春衣姐，有些话我说了你可别生气，你为什么一定要跟着张老板呢？为什么不找个人嫁了好好过日子？黄羊和矿上的人都不喜欢张干，每次看到张干一张干瘦无肉的脸，黄羊就觉着这人心里透着狠和硬。

宋春衣说，我从二十岁开始跟张干，跟了十几年，爱也爱了，恨也恨了，早错过嫁人的年月，懒得去想了。宋春衣说着又给自己和黄羊倒满酒，她把杯子举到黄羊跟前说，喝吧，多喝点，喝了好睡觉，睡了什么都不想了。说这些话的时候，宋春衣的眼睛溢满了五颜六色的彩光，黄羊知道宋春衣又进入那种状态了，每次喝酒喝到一定的程度，宋春衣就开始尖着嗓子唱歌。唱的是黄羊听不懂的家乡小调。唱歌的宋春衣是一个小女孩，在水上漂流，在林间奔跑。她的脸色透明，在另一个地方快乐。宋春衣的快乐只有在酒后，在迷离与虚幻之中。这种时候黄羊会在一旁静静看着，听着，他遗憾自己不能进入她的世界，与她畅游，更不能为她保住这份快乐。

酒喝干了，菜吃残了。宋春衣趴在桌子上睡着了。黄羊从柜台里取了一张小毯子盖到宋春衣的身上，把饭庄的灯熄了，门轻轻带上。

从饭庄到黄羊的住处就十来分钟的路，黄羊的脚软软地踏在地上，他也喝了不少，眼睛随时可以闭上，身子随时可以倒下，他只用一点理智把这念头控制住，其他的信马由缰。他早爱上这种飘飘忽忽的感觉了，那些过去的、现在的，呼之即来，挥之即去，他想哭就哭，想笑就笑。今夜他想着宋春衣说的话，三十岁了，他已经三十岁了。不用别人来提醒，他应该比别人更清楚。十年前的一切如同在昨天，一路奔走的不仅仅是他，还有时间。

黄羊推开宿舍的门，摸到床边，倒下。床是冷的，他的身体是热的，他知道今夜一定有梦。这几年，他收拾胡金水的那部电影已经很少播放，偶尔有的却都是有关胡金水在坡月镇上的日常生活，胡金水不是死的，胡金水是活生生的，早上起来刷牙洗脸，骑着自行车上班，下班在街边的菜场带回一两块肉……做这种梦，黄羊的心情会晴朗许多，在暗无天日的矿下挖煤，眼前也会掠过一两道彩色，因为他觉得那个在坡月镇上生活的胡金水是替了他，替他在做一个脚踏实地的坡月镇人。

今夜的梦确实离奇，黄羊梦到胡金水和明媚结婚了。胡金水穿着黑色西装，明媚穿着红色套装裙，两人并排站在家门口迎客。胡金水和明媚看上去不是特别地光鲜，脸上挂着那种大龄青年过了适婚年纪不得不仓促地凑合到一起的尴尬，这尴尬不奇怪，怎么说他们也是三十岁的人了。黄羊奇怪的是，他们怎么等到现在才结婚？黄羊虽然有疑问，梦仍继续上演。客人一一被请进内堂去就座，人群中除了一个人大家都喜气洋洋，摩拳擦掌等着开吃。刘兰香一个人落寞地坐在酒席的最后一桌，最靠边的位置上。她的眼睛没有一刻离开过胡金水和明媚，她的神情复杂，有时似乎很迷茫，有时又很愤怒。黄羊能看清母亲的白头发，电风扇的风将这些白头发吹散，吹到黄羊的手边，近在咫尺的距离，可是，当他的手伸出去的时候，抚到的却是冰凉的夜气。

黄羊醒了，他真不愿意从这种梦里醒来，因为，他和坡月镇的联系全靠这些梦来维系着。

第五个春节似乎是平静结束的，却带来了不平静的春天。张干年后回矿山特别晚，回来的时候还带了另外一个姑娘，说是他的表妹罗舒。罗舒那张脸虽然木无表情，却青春秀丽。张干让宋春衣把罗舒安排在饭庄里。宋春衣就安排罗舒做上菜的服务员。罗舒做了一两个星期突然不干了。张干来到店里找宋春衣商量，让罗舒管收银。宋春衣说，为什么？张干说，上菜的活又累又不体面，人家一个大姑娘家的做不来。宋春衣一口气堵到嗓子眼，张干，饭庄里一直都是我上菜，怎么就没听你说过不体面呢？你体恤她，让她管收钱，我干什么？张干说你看着办吧，摔门走了。

宋春衣的头一阵眩晕，她感到自己胸口里那颗心破碎得再也无法收拾了。这些年很多事情清楚，明白，她只是不愿捅破，她还想维持最后一点自尊，可张干连这点自尊都不给她。宋春衣立在空荡荡的店堂里，她摸了摸身边的一张红漆木方桌，这些餐桌椅子是她一张张从老远的地方运回来的，桌布是她用缝纫机一张张车出来的，还有厨房里的灶台，锅碗瓢盆哪一样不在她的手下滑过。这些年，她把春衣饭庄当作自己的闺房，当作家，她守在这里等一个人。既然那个人已经等不来，这饭庄要来又有什么用呢？

宋春衣把饭庄的账本收拾好，拿到张干的办公室。宋春衣将所有账本推到张干的跟前说，这是春衣饭庄这几年的账本，我把饭庄还给你。张干瞟了一眼账本说，你有什么打算？宋春衣说，离开六山矿再作打算。张干说，你用不着闹得这么僵，我张干是那么无情无义的人吗？宋春衣还没应对，罗舒出现在办公室门口，她目不斜视地走进来，拉开一张椅子坐在张干和宋春衣对面。宋春衣看着这张冷漠美丽的脸，心更冷了，转身出门。罗舒看宋春衣出门赶紧把账本捞到跟前说，我看看她这几年赚了多少。

张干已经把衣服穿上，正在系扣子，罗舒从里床翻滚到床边，伸手抱住张干的腰说，不准走。张干说，好几天没到矿上走了，左眼皮老跳，也不知道有什么事，我那几个侄儿平时就懂得喝酒，矿交给他们管我的心老悬在半空中。罗舒说，我可以帮你管。张干拿起枕边的皮包说，你先管好饭庄吧，听说现在吃饭的人越来越少了？罗舒说，这些煤黑子，我提了点菜价，他们就一个个怨气冲天，放心，过一阵子就好了，不上我那儿吃还能上哪去。

往矿上去的路上，张干的手机就响个不停，果然出事了——井下塌方。张干赶到出事的井口边，原本齐刷刷伸长脖子探往黑洞洞的井口的人群拥到他身边，七嘴八舌地要给他说明事况，有人说是放炮炸穿了顶，有人说是这段时间的大雨把土泡软了……说来说去，没一个人说得明白，张干知道真正的知情人都在井下。他问，今天下井的有多少人？一个管事的侄儿拿着登记簿翻看说，好像有八个人。

什么好像，怎么没有一个准数？下井前不都是要登记名字的吗？侄儿说，今天下井的人分了几拨，来得早的先下了，第二批刚要下去就出事了。张干听了皱着眉头一言不发。

矿警和救护队也到了，干坐着，没有采取什么行动，都等着张干他们把井下的情况弄清楚。张干的几个侄儿一边看张干的脸色，一边忙着分析下面的矿道走向。在谁也不注意的时候，一个黑乎乎的人缓缓地从井口爬上来，像从地狱里冒出来似的，走了两步栽倒在地。救护人员上前把人扶起，扛到担架上，给他喂水。张干像见了救星，两眼发光，快步凑到担架前问，下面情况怎么样？那人想坐起来，身子动动又倒下了。张干抓起一块布，亲自给那人擦脸说，不急，你先休息一会儿。有人叫起来，黄羊，黄羊。那人脸上的黑灰被擦掉，露出一张胡子青茬茬的脸，这胡子是黄羊在矿上的招牌。不少人也跟着叫起来，是黄羊。

尽管张干心急火燎，也不得不等黄羊缓过神来。黄羊在逃出险境的路上耗尽力气，而且为突然遭遇的险情心悸气短，足足休息了半个时辰才开口说话，离井口最近的平台上还有四个人，他们都活着，只是找不到出口。黄羊发布的消息鼓舞了大家，矿工们议论纷纷，赶快把下面的人救上来。

救护队的小头目问黄羊，矿道坍塌的情况怎么样？黄羊说，当时我只感觉脚下晃动，下意识就往出口跑，具体情况不是很清楚，但是那几个在井口附近的，只要有人下去给他们带路，肯定能把他们带出来。救护队还是不愿立即行动，说谁能保证下面没有坍塌了，再等等。黄羊说，不能等了，矿道里开始透水了。所有人都把目光投向张干。张干的心很乱，井下有活人不实施抢救说不过去，可弄不好又会再添一两条人命。黄羊见张干迟迟不表态，猛地从担架上站了起来说，我下去，你们赶快给我准备照明灯和绳子。一些平日和黄羊熟悉的矿工说，黄羊，这里这么多人，你逞什么能？你的命也是刚捡回来的。黄羊说，下面的地形我熟，我知道他们困在什么地方。张干的脸松弛了，看着黄羊，眼里充满了渴望，他当然希望黄羊下去，矿上出事他一肩扛着，多救出一个人，他的罪就少一分。他心里这么想嘴上还是说，你的身体吃得消吗？黄羊点点头。张干拍拍黄羊的肩膀，头转向他的几个侄儿，学学人家，平时给你们好吃好住，关键时刻一个也用不上。

一切打点妥当，黄羊说，张老板，我争取这一趟下去带回几个人，不过我有一个条件，不管我还回不回得来，你要答应我办一件事。张干和颜悦色，说吧，什么事？黄羊说，把春衣饭庄还给春衣姐，那是她多年辛苦应该得的。张干一脸尴尬，他以为黄羊会提钱的事，没想到黄羊是替宋春衣说情。张干挤出笑脸说，当着大家的面我把话说清楚，今天黄羊自愿下井替我找人，他交代的事情我一定照办。

四个小时之后，黄羊带回了五个人，比他预计的还要多一人。

张干兑现他的承诺，把春衣饭庄还给了宋春衣。

宋春衣依旧回到春衣饭庄，选了一个日子她早早关门，做了一桌好饭菜，宴请黄羊。

宋春衣在饭桌上摆的是大杯子，她说，我们今天要喝个痛快，像过春节那样。来，每人先干三大杯，喝痛快了，想说什么就说什么。

黄羊说，今天我也特别想喝，三大杯就三大杯。

几大杯酒下去，两人的喉咙和胸口都被点着了火，谁也说不出话来，手中的筷子飞快地在盘里挬夹，把各种菜蔬塞进喉咙，把酒力打压下去。一轮猛攻，等稍事休息的时候，两人坐着看着互相指着鼻子呵呵笑了。

宋春衣说，黄羊，我还没跟你说谢谢呢，谢谢你为我要回这家饭庄，不过，当时我要在场，我一定不让你下井，为张干你犯不上把自己的命送了。

黄羊说，我不是为了张干，为的是井下的人，他们一个个有妻儿老小，不像我黄羊孤身一人，能把他们救上来，我一辈子都开心。

宋春衣说，就像你帮我，你是不是也特别开心？

黄羊说，我是希望你开心，我觉得这个饭庄应该是你的，你付出了很多。

宋春衣说，其实我对张干的心早死了，这个饭庄对我意义已经不大。宋春衣酒劲上头，沉重的脑袋一顿一点地就要埋到手臂里去了。她说，想来想去，我就想不出一个可以去的地方，可到什么地方去也比这儿好。宋春衣手一挥说，我要离开六山矿，走，走得远远的……

宋春衣白皙的颈脖在黄羊的眼前晃来晃去，他很想伸出手去摸一摸，他的手伸不出去，他能帮她什么呢？把她留在身边还是让她远走高飞？黄羊给自己倒了一杯酒，一仰头扔进喉咙。黄羊还是觉得喝得不痛快，干脆拿了碗倒酒，一仰头又是一碗下肚。宋春衣用手托住下巴看黄羊，眼前这男人身上的男人味越来越浓了。五年前这小伙子刚到矿上的时候还略显单薄和柔弱，吃了几年矿上的煤灰，迅速长成一个标准的男人。矿上没有一个男人比他更威猛，更有男人味。每当他穿着单薄的衣衫，风就经常流连在他的身上，非把衣衫底下的硬块肉摁出原形不可。还有他那一脸络腮胡永远泛着青黑的光，她曾经发现他刚刮了胡子进饭庄吃饭，几个小时后离开饭庄时下巴又是青黑一片。如此旺盛的生机是从哪里来的？这么棒的男人偏偏孤身一人，就像一窟无人开采的上好富矿待在寂凉的深山中。宋春衣的目光有些痴迷了。

皎白的月亮这么近距离地照着黄羊的眼睛，他发现这月亮不像往常那样清凉，变成一轮火烧月，火焰扑扑地跳动，每一跳都牵着他的心。

两人不知不觉坐着了很久。一只蛾子从灯上掉下来，落到杯里。宋春衣醒过来，掩饰着将杯里的酒泼掉说，蛾子真多，看来又要下雨了。

黄羊的心也有些躁动，这段时间雨总是不断，我还是早些回去吧。说了这话，他人慌乱地站起来。

听黄羊说要走，宋春衣的心头莫名涌上一阵悲凉，鼻子竟酸了。她用手撑着桌子站起来说，我送你。

宋春衣摇摇晃晃像要摔倒，黄羊伸出手扶了一把，这一扶手是放在宋春衣的腰上，宋春衣的人往前倾了，黄羊突然看到宋春衣的眼里有泪水，吃惊地说，春衣姐，你——

宋春衣把黄羊推开说，走吧，赶快走吧，我送不了你了。

黄羊再也压不住，双手紧紧地叉住宋春衣的腰……他们是如何离开饭桌，是谁拉住谁的手，是谁的嘴挨上谁的嘴，是如何紧紧拥抱在一起，问他们他们也不知道……

蛾子在无人的灯下越聚越多，扑腾着翅膀往灯上撞，跌落了再飞起来，继续往灯上撞……

黄羊说，春衣姐，你是我的第一个女人，我在这个世上活了三十年，第一次晓得女人的滋味。我真的很喜欢你，很早以前就喜欢了。

宋春衣爱怜地把黄羊抱紧说，我知道你对我好，你如果不嫌姐老，姐愿意跟你一辈子。

黄羊说，姐，我有十年没回家，刚才那阵子我以为我已经回家了。啊，姐，回家的感觉就是在天上飞，在云里走……

心爱的女人躺在臂弯里，黄羊有一种强烈的冲动，将他隐藏了十年的秘密全说出来，在他和心爱的人之间还有什么秘密呢？他从此以后要轻轻松松地做一个好男人。黄羊说，我的家乡在坡月镇，我杀了一个叫胡金水的人……黄羊说他的坡月镇，说他的亲人和爱人，还有他的罪。说着说着，他的身体轻了，他轻轻飘飘地飞到云上。

黄羊是被窗外的雨声唤醒的。他翻了一个身，手触到身边的席是凉的。黄羊闭着眼睛继续躺了三十秒，想起什么不对，人忽地坐起来，屋里一片漆黑，宋春衣不在床上，她搁在床边的衣服也不见了。黄羊到厕所店堂门外去找，什么地方都没有宋春衣，宋春衣像是被这场狂暴的雨溶掉了。这样漆黑的夜她会到哪里去呢？也许——可能——黄羊记起昨夜在最狂乱的时刻，他告诉她——他杀过人，他是一个杀人犯。她是害怕逃跑了，还是告发他去了？毕竟，她只是一个女人，一个需要舒适安稳生活，需要男人支撑的弱女子。

黄羊站在雨里，一个闪电，闪过他那双聚集了云和雨的眼睛。他想起多年前忠伯说的话，一个杀过人的人是无论如何做不了普通人了。

六

黄羊是不会忘了那场雨的，就像他不会忘了十几年前他曾经把一个鲜活的身体变成一具沉默的尸体；就像他曾经把肚子里的一切倒出来交给一个女人，又在惊悚中把一切收回来，收得太快，连同一场夜雨的寒气都收进肺里。在那以后，只要空中飘散着雨滴，他的鼻子就会堵塞，他的头就会胀痛，他的喉咙就会不停地咳嗽。

逃离矿区后，黄羊一直往南走，在南方一个大城市的建筑队上做水泥工。由于他勤劳苦干、不惹是生非，工头曾经要提拔他做监工。黄羊拒绝了这种提拔，说把自己手头上的活干好比让所有人都把手头上的活干好要轻松得多。工头把这事当作酒桌上的笑话和别人说了一回又一回。

黄羊低头拌了六年砂浆。他觉得拌砂浆挺有趣，像读中学时做化学实验，把水泥、沙石等加水混合，用铲子搅拌又像是炒菜，勺子大了，锅也大了。

卢明是刚到工地上来的小孩，和黄羊搭伴拌砂浆，他没有和黄羊一样的兴致。干活的时候眼睛总往别处看，不是水加多了，就是把砂浆铲到脚面上。卢明跟黄羊说，这种拌泥浆的活我只能干一年，明年我满二十，不能再玩泥了，没出息。

黄羊说，你想干什么呢？

卢明的目光在工地上逡巡了一番，看到躲在阴处乘凉的陈七，下巴就往陈七的方向扬了扬说，黄羊哥，看到陈七了吗？人家活得多自在，不高兴骂你几句，高兴也不见得夸奖你。只要背着手在工地上走来走去就可以了，挣的钱还不少。

卢明气呼呼地发牢骚，厚厚的嘴唇周围一圈茸毛一翘一翘的。还是个孩子啊，黄羊心里感叹，他鼓励卢明，那你勤快努力一些，争取当监工吧。

卢明说，勤快就可以吗？我发现这几个监工都是工头的亲戚。

黄羊说，工头还有很多亲戚砌砖刷墙抢大锤呢，要想被重用必须先学会老老实实地干活。

卢明并不服气，手上的铲子还是一铲高一铲低，把泥浆溅得到处都是。

离春节还有半年时间，卢明就告诉黄羊，我今年一定要回家过年，把赚到的钱交给我妈存起来，估计明年我家的楼就可以往上再加盖一层，这样一来，我家的楼房就是全村最高的了。

卢明最终没有当上监工，也回不了家过年。

眼盼着春节要到，心急的人都到火车站买票了，工地上却阴云密布，一个工人因为高烧不退，送进医院没两天就死了。

这件事刚在工地上传开，所有的工人就发现不对劲了，他们得了通知不用再上工，原地休息待命。不用上工，有些人闲不住想上街溜溜，却发现所有的出入口都有人把守着。消息灵通的人奔走相告，我们被隔离了，前两天死去的那个人得的是传染病，这种传染病听说很严重，根本没有办法医治，一个唾沫星子就可以传染。

工人们领了消毒液将宿舍厕所厨房等地方消毒了一遍又一遍，每天每个人测三次体温，还能喝上两大盅板蓝根冲剂。

黄羊和卢明都很熟悉那个死去的工人，因为他是掌管伙食的常师傅。卢明把平日和常师傅的交往想了又想，想得小脸发育。卢明跟黄羊说，我怀疑我染上病了，每天打菜我都特地和常师傅套近乎，让他多给我打一些菜。都说唾沫星子能传染上病，我吃了他不少唾沫星子。

黄羊已经看出卢明这孩子心事重了，说卢明，得这种病就好比摸奖中大奖，你买过彩票吗？

卢明说买过，买过很多次，就是没中过奖，连最小的奖励五元钱也没得过。

黄羊说这就对了，得这种传染病的概率就好比中大奖，你连小奖都没中过，怎么可能中大奖呢？我们工地上有几百人，和常师傅住一个屋的李进都没事，你怎么会有事呢？

黄羊安慰卢明的话支撑不了多久，因为工地上陆陆续续有人因为发烧被送到医院里去了，和常师傅住一个屋的李进也倒下了。那天黄羊在门外的空地转了几圈，脑袋里突然像起了雾，湿湿沉沉的，他摸回房间躺到床上，就弄得气喘吁吁，额头上的汗潮乎乎一片。黄羊用体温计测了体温，39 度，心顿时凉了，他想原来是摸中了大奖，挣扎起身向守卫的人报告。

黄羊很快被送进医院。被送走前他最担心的就是卢明，他平日里和卢明最亲近，他如果得了病，卢明一定逃不掉。

黄羊的病情迅速恶化，持续高烧不退，人一时清醒一时糊涂。清醒的时候黄羊很平静，他想自己东奔西跑十几年，也不知道死里逃生多少回，这些年月算是赚来的，遗憾的是终究要做一个异乡鬼。而糊涂的时候，黄羊就回到了坡月镇，回到斜阳岛，回到六山矿，回到所有他走过的地方，看见他想见的人……

每天对着白色的墙壁和天花板，一动不能动，黄羊想自己的眼珠子一定染白了，他只是奇怪，日子一天一天地过，他的身子好像日渐轻松了。有一天，几个医生站在黄羊的床前宣布，你的病已经治愈，可以出院了。黄羊很奇怪，为什么那么多人都死了，我反而活下来了？他把这个问题拿去问医生，医生说，我们专门研究了你的病例，你以前经常感冒发烧，还得过肺炎，体内类似的抗体很强，我们估计是这些抗体让你渡过难关的。黄羊想原来多年前那场暴雨是为了这场病下的，还救了他一命。

黄羊并没有因为好起来而高兴，躺在病床上折腾的日子，他早想过人死如灯灭，过去的事一了百了，而现在他没死，有些事情就没有完结。黄羊的忧郁表现被医生理解为对前途的担心。因为很多病人治愈出院，在外面遭到歧视，工作没有了，朋友没有了，自尊心也没有了。医生们齐心安慰黄羊。

黄羊从隔离病房出来才知道，工地上先后有三十多人染上病被送到同一个医院治疗，卢明就在这三十多个人里头。

黄羊直接找到医院院长问，像我这种病愈的人体内真的有抗体吗？

院长说，是的，在一般情况下你不会再染上这种病了。院长耐心地安慰黄羊。

黄羊说，那我可不可以留在这里做护工，打扫卫生，洗床单什么的我都可以干。

院长没想到黄羊突然提出这样一个要求，他劝黄羊，你好不容易把病治好，家里人一定很高兴，你应该早点回去跟他们团聚。

黄羊说，我几十个工友现在还躺在病床上，他们有的人可能会活下来，有的人我可能以后就见不着了，我想为他们做点事情。

院长虽然不是十分相信一个工人会有这样的觉悟，但医院确实人手紧张，在黄羊签了一份不要医院负责的协议之后，院长让人安排黄羊到病房消毒和打扫卫生。

黄羊见到了卢明，他见到卢明的时候，卢明已经是一具尸体了。黄羊亲手用白布把卢明的尸体裹好，卢明细瘦的身子告诉别人，他还是个孩子。在卢明尸体火化前的一刻，黄羊摘下厚厚的口罩，让卢明能更清楚地听到他的说话，他说，卢明，你黄羊哥是个坏人，是个杀人犯，他怎么也想不明白不该死的人死了，他这样该死的人怎么没死。

黄羊是一名恪尽职守的护工，无论干什么活，他都想象着是在和一种看不见的病毒打交道，他不给它们任何存活的机会。地板洒一遍消毒液就可以，他要洒三遍，床单泡一个小时就可以，他要泡三个小时……他干起活来可以不睡觉，不吃饭，黄羊自己都认为自己是个超人。后来他的脸色出卖了他，所有看到他的人都说，黄羊，你的脸色很难看，你怎么瘦得这么厉害？

半年以后，这场突如其来的恶疾渐渐被消灭了。黄羊在医院里干得很出色，医院领导感动了，表态要给黄羊在医院里安排一个稳定的工作。黄羊很乐意在医院工作，哪怕继续做一个临时工他也愿意，这个愿望最后还是泡汤了。因为这所医院在消灭恶疾的战斗中取得了卓著的成绩，新闻媒体不断上门采访挖材料，采访医生又采访护士，报道了一系列感人的事迹。这时，就有人说，我们这里有一个特殊的人，他本来是一名患者，病愈后自愿留下来和我们战斗在一起。所有媒体的眼睛都亮了起来，他们四下寻找这位可以成为头版头条报道的主角，黄羊不得不离开了医院。

黄羊来到火车站，像过去一样，他还是迷茫，不知道该往哪个方向走。黄羊坐在一条长凳上，懒洋洋地想，从阴凉的早晨想到暴晒的下午，已经有人注意到他了，那人起码观察了黄羊一个小时，最后认定黄羊是他的顾客。那人坐到黄羊身边，屁股一点点地往黄羊的方向挪动，他的屁股在合适的位置停住了，他不看黄羊，只给了黄羊一个侧面，说兄弟，我看你精神不是很好，要不要提提神？黄羊没有反应，在想自己的事。那人干脆把头转过来对准黄羊说，兄弟，我的货是实打实的正品，包你满意。黄羊突然被动地和一个陌生人对视，他从这个人的眼里读出神秘和阴暗，脑子里冒出一个词，这个词把他吓坏了，他从椅子上站起来，一路小跑往人群聚集的地方去。那人见黄羊突然离去，一脸的迷惑。

黄羊在人堆里扎了很久，见那人没跟上来心慢慢定了，继而愤愤不平，把我当成那种人，我像吗？黄羊带着疑问上洗手间，不知道有多久没照镜子了，他要认真瞧一瞧。黄羊站在洗手间的镜子跟前仔细端详，镜中人黑黑瘦瘦，巴掌大的脸还被青茬茬的胡子遮了一半，两只大眼泡不知道是什么时候长出来的，把眼睛挤成两枚浑黄的小核。他伸伸脖子，脖子上的筋就拼命上下拉扯，跟抽风似的。黄羊全身虚软，对镜中人说，你哪像是人哪，比鬼还难看。

黄羊出来就到售票口买了票，他没有丝毫犹豫和斗争，他开始朝着坡月镇的方向前进。黄羊想，是回家的时候了，借着母亲给的身体东奔西跑有整整十五年了，该回去让母亲看看，哪怕是让她看到一个千疮百孔、破败不堪的儿子，毕竟他回来了……

七

黄羊的脚板再次踏在坡月镇的石板街上。无论在外跑了多少路，耗了多少年月，一说回家，家很快就在眼前，黄羊觉得自己好像根本没舍得跑远。

坡月镇不再是虚幻的，它又是黄羊记忆中的坡月镇了。从镇中央横贯的河流还如过去那般从容流淌，街边的芒果树在结果的季节毫不含糊地负重累累，果香四溢。

黄羊与许多人擦肩而过，他的语言，他的步伐，他的神容，本出自这里，现在又完全地融了回去，像一滴雨水，欢快地落入河里。黄羊享受着这种感觉，从镇的东头走到西头，这时候，他最希望听到有人叫唤他的名字，在坡月镇的街上大声地喊，黄羊——黄羊——，这样他的魂也回来了。

脚板其实是人身上最有记忆的部位，黄羊没有给它们任何提示，它们也一步步朝着家的方向前进。眼前就是阔别多年的家了，门前没有长满野草，墙壁没有坍塌，两扇门板是新的，上面贴的门神新崭崭威风八面。黄羊的心真真正正落到实地——屋子没败，母亲仍在。

门前有两个孩子，一男一女。两人蹲在地上玩得好好的，女孩子突然扬手打了男孩子一巴掌。女孩的手很小，打的巴掌却干脆响亮。看起来男孩比女孩的年龄大，但是他没有反抗，委屈地捂住脸说，我爸说了，男人不能让女人跨过身上的，跨了一辈子就抬不起头来了。小女孩扎着两条神气的长辫子，眼睛圆圆的，噘着嘴说，你不让我跨，就不要来找我玩，我才懒得搭理你。

男孩子是个小胖子，腮帮子肉鼓鼓的。他被小姑娘的话吓着了，眼睛流露出犹豫，苦苦斗争着是不是要改变主意。

黄羊会心一笑，弯腰对小姑娘说，小姑娘，他是你的朋友，有话要好好说，你不应该打人。

女孩子辫子一甩说，就打他，他才不是我的朋友，我奶奶说了，他们家是我们家的仇人。

仇人？这个词太重了。也许这两个孩子的父母他认识。黄羊先问男孩子，你爸爸妈妈叫什么名字？

男孩子说，我爸叫胡金水，我妈叫明媚。

黄羊的耳朵发出嗡嗡的鸣叫，近来他的耳朵时常发出这种鸣叫声，如果他的耳朵没有毛病，他就是听错了。女孩子等着黄羊问她，见黄羊不出声，主动上前说，我爸叫黄羊，我妈叫宋春衣。黄羊盯着女孩圆圆黑黑的眼睛，他想他一定是进入了鬼魅之地，这里不是坡月镇，这里是鬼居住的地方。

两扇门里飞出一个女人的声音，黄花，不要再玩了，快回屋写字。

黄羊的眼睛转向那两扇门，他不敢相信门里边说话的人也是鬼，他要看这个鬼一眼。他走上前，拍打门板。小女孩说，这是我家。说着抢在头里一边拍门一边叫喊，妈，有人找，你快开门。

宋春衣把门打开，门外的日头迫使她的眼睛眯起来，等眯合的眼睛重新睁大的时候，宋春衣和来人之间几乎没有距离。他们挨得很近。因为黄羊要比宋春衣高一个头，所以，黄羊的嘴对着宋春衣的额头，宋春衣的嘴对着黄羊的鼻子。宋春衣的脸庞还和当年一样白皙秀丽，她神色沉静，手放到心口上说，老天爷，和我想的一模一样，黄羊，我知道你会回来，出现在我的面前就是这副样子。

黄羊告诉自己，这些都不是真的，如果他不是在做梦，就是死了。可这样的结局最好，让他魂归故里，亲人团聚。黄羊一把将宋春衣抱住，抱得紧紧的，好像这样一来，那些流逝的岁月就不会从他们中间溜走。

女孩和小男孩都站在门边看两个大人。女孩子不高兴母亲与别人亲热，抱住宋春衣的大腿说，妈，你抱我。宋春衣抱起小姑娘对黄羊说，她是你女儿，叫黄花。

黄羊笨拙地从宋春衣手上把黄花接过来说，我的孩子？天啊，我有孩子了。黄羊在黄花的粉脸上狠狠啄了几口说，叫爸爸。

黄花用小手推开黄羊的脸说，讨厌。

黄羊呵呵笑说，黄花，你奶奶呢？

黄花说，她在别人家里打牌。

黄羊把黄花放到地上说，你去把奶奶叫回来好吗？

黄花点点头，撒开腿跑出门去。小男孩急忙也跟着跑，两条胖腿撇得开开的，像鸭子。

宋春衣说，这男孩是胡金水的儿子，叫胡德，比我们的黄花大两岁。

黄羊的胸口发出一声沉闷的呻吟，他脚跟晃了晃，上前抓住宋春衣的手说，春衣，我和胡金水都有孩子了，我们的血海深仇怎么算呢？他如果要还我那九刀，你又要等我多少年？人到底能死几回啊？哎呀，如果到时候我回来找不到你怎么办？胡金水上辈子和我过不去，这辈子难道还要和我过不去？……黄羊的手又湿又黏，说着话，手拉着宋春衣在屋里走来走去。他不停地翻飞两片嘴唇，唾沫星子如雨般飞溅到宋春衣脸上。

黄羊的焦躁和失态让宋春衣的心像挂了铅球，一路往下坠。六年前她来到坡月镇的第一天，她就为黄羊哭了，因为她见到了胡金水，见到了明媚，还有他们俩的孩子。可怜她的黄羊流落在外，只是做了一个杀人的梦。多么离奇——到底那个梦有多真，能让黄羊沉迷不醒。很多个夜晚，她一想到黄羊还被蒙在鼓里，不知流落到哪个地方，她的心都绞痛难忍。真相对黄羊太残忍了，残忍到她不忍心说破，可是，梦总是要醒的。

宋春衣说，黄羊，你听我说，我在坡月镇等了你六年。六年前的那天晚上，听了你的故事，我知道你已经把我当作你的人。你睡着以后，我一刻都等不了，我立即去找张干，告诉他我不再需要什么春衣饭庄，我要和你一块离开六山矿。可是，等我回来的时候你不见了。后来，我发现有了你的孩子，就到坡月镇等你，终于把你等到了。黄羊，你应该相信你眼睛看到的，它们是真实的，这是你的家，你回来了。刚才你没有感觉到我的身体是热的吗？我是活生生的宋春衣，你也是活生生的黄羊。

黄羊的眼睛迅速地眨了眨说，春衣，这几年你等我一定很辛苦，要不我们一起去求求胡金水，把前辈子的恩怨一笔勾销。黄羊突然又扑哧一笑说，其实，胡金水未必认得出我，他以为我是不会长胡子的，你看我的胡子这么长……

宋春衣忍不住打断黄羊，黄羊，你没有杀过人，胡金水好好地活着，他和明媚一直在找你，说有一天晚上你突然失踪了，再也没有回来。你的母亲一直把胡金水当仇人，认为是他把你害了。十五年前你做的只是一个杀人的梦，只是一个梦啊。

黄羊用力把宋春衣推开，他的脸变得苍白，汗水一滴滴滑落。他说，你这个臭女人，为什么跟我说这些谎话？我十五年前是真的杀了人，我现在才是在做梦，对了，我现在就是在做梦。黄羊的手颤抖着，他用了很长的时间才把藏在腰间的匕首拔出来。刀刃还是锋利如雪。黄羊十分骄傲地说，看见了没有，十五年前我就是用这把刀把胡金水杀了的，一共是九刀，我记得清清楚楚——

黄羊的话硬生生地打住了，因为他看到了刘兰香，刘兰香牵着黄花的手出现在门前。刘兰香的白发在风中飘散，和黄羊在梦中见到的一样。

刘兰香伸出双手，叫了一声，我的儿子啊——

| 文学史评论 |

杨映川的小说富于哲学内蕴，叙述巧妙多变，结构从容灵动，情节富于悬念。除了对女性生存问题的探讨，杨映川的小说也逐渐强化了其社会现实思考，《不能掉头》就超越了性别意识的束缚，有了更丰富的社会文化内涵。

——黄伟林：《多元共生》，收入刘硕良主编《广西现代文化史》，第三卷，
广西师范大学出版社，2016，第 74 页

| 创作评论 |

杨映川的小说富有才情，就在于她能叙述一个故事，能把一个故事叙述得自然贴切。在自然平淡中可以促使故事转折变异，产生出人意料的后果。看似随意的讲述过程中，总是隐含着一些活跃、变化的因素，她的叙述自然而充满活力。

——陈晓明：《逃跑的童话——杨映川小说的反现代性取向》，《南方文坛》
2002 年第 1 期

杨映川总是赋予她笔下的人物以冒险的方式去获得生活，去赢得生存。在她的小说中，冒险既是一种展露生存真相的重要手段，也是一种重要的叙事策略。她不断地制造着各种现代情感的冒险经历，让人物雄心勃勃地踏上探险征程，与各种俗世中的欲望化生存本相进行着心灵游戏，然后在游戏的过程中去发现真情

实感，去寻找自我的情感归宿。这些游戏虽然带着后现代式的无聊和空虚，有时甚至给人以一种荒诞的感受，但是它却与高度利益化的现实构成了紧密的同构关系，并对之进行了尖锐而有效的讽喻。

  ——洪治纲：《欲望时代的都市冒险——杨映川小说论》，《南方文坛》2002
   年第 1 期

  映川，她的中篇短篇的写作是一般的女作家写不出来的。她的腕力很特别，跟这几位剑客有相似之处，身上也有一种侠性，写得特别棒。

  ——白烨：《"广西后三剑客"：田耳、朱山坡、光盘作品研讨会纪要》，《南
   方文坛》2016 年第 1 期

| 作品点评 |

  但奇迹出现了，在最后，小说写到黄羊回到家乡，才发现十五年前的那桩杀人案是一个梦境。在小说的叙述技巧上，这是一个突变，利用一个意想不到的转折，促使小说的叙事发生变异，但是这一技巧不单纯只具有形式的意义，它同时可引发意义的深化。原来是一个关于少年青春成长的困惑和乡土农民苦难的叙事，是在性欲潜意识与阶级对立的潜意识水平上叙述的一个压迫成长与忍受的故事，现在，则转向了更具有形而上意味的对生命的慨叹。那个"梦境式"的技巧，起作用的依然是在艺术表现的水准上，它在历史与形而上内容指向的深化作用，不如它在艺术效果上的作用那么明显重要。因为这个技巧，使这篇小说从现实主义的线性叙事——在时间的推移中展开故事，需要重新理解和评价。在叙述和阅读的双重层面上，这篇小说向后的进展很难推向高潮，很难做出惊人之举，只有这"梦境"的确认，才突然使小说变得非同凡响。因为这个技巧，小说从单纯的现实主义叙事中解脱出来，具有了更为复杂的艺术意味。

  ——陈晓明：《新世纪优秀中篇小说选 2001—2006》（上册），花城出版社，
   2008，第 357—358 页

那么，难道说，真正的男子汉只能是一种非法性的存在吗？我以为，这个问题是映川在拯救男性的过程中从心底冒出来的。她为自己设问，并以一种彻底颠覆的方式来化解这个问题。她把最初出现的一场血腥暴力解释为一场梦境，黄羊不过是在梦中杀死了阻碍他成为男子汉的胡金水，通过这种颠覆，非法性顿时成为虚幻的存在。当虚幻的存在被说破以后，黄羊变得焦躁和失态，他惶惑不知所以，于是拯救者宋春衣就出场了。她用真情呼唤着黄羊从梦境中走出。宋春衣在这里等待着黄羊的到来，她等了六年，她等待黄羊回来一块过日子，她显然会相信这是一个真正的男子汉回到生活中来。可是，我在阅读中不会像宋春衣那样充满信心。我以为映川在问题面前采取了妥协的方式，我对她的妥协表示质疑。

——贺绍俊：《男性可堪拯救？——读映川的小说》，《南方文坛》2005 年第 1 期

映川的另外一篇精彩的小说《不能掉头》呈现的是一个男人成长的过程，这是在"巨婴"状态中的男人。从没有胡子到长了胡子，从生理到心理都在缓慢成长。黄羊一直以为他杀了人，并四处奔逃，可是，这却是一场幻想。多少年来，他在自我的梦幻中成长，最后接纳他、让他睁开眼睛的又是一个女人。

——周立民：《有的只是厌倦，哈欠连连——映川小说阅读札记》，《南方文坛》2018 年第 3 期

映川以生活的鲜活感和心灵的抒写，呼唤着男性世界的血性和精神力量，体现了她对中国女性写作的独特发现、独特表现及其不懈的艺术追求，她为今天的女性主义文学注入新血液的努力，引起了国内文坛的关注，入围颇具盛名的华语文学传媒大奖 2004 年度"最具潜力新人"奖，作品被众多的选刊和年度选本转载，《不能掉头》荣获 2004 年度《人民文学》优秀中篇小说奖。著名评论家李建军认为，映川和葛水平、晓航是 2004 年度中国文坛最值得关注的文学新人。

——张燕玲：《以精神穿越写作——关于广西的青年作家》，《南方文坛》2007 年第 4 期

九月

纪尘

我一直记得那个九月的午后，强烈的太阳将我的眼睛晒出了汗。这使我在看那片棉花地四条边上的四个人影时，产生出一种如同凸透镜般扭曲模糊的效果来。

我最后一次见到父亲的弟弟是在九月。

我记得那是九月里最炎热的一天，强烈的太阳就像高瓦数的烘焙机，一点点将大地抽干成一座地狱。我还记得白花花的太阳光下那片白花花的棉花地，齐肩高的大棉朵明晃晃有如早春的白雪。

父亲的弟弟当时就站在那片九月的棉花地里，棉花地外，则站着我、我的父亲母亲，以及冯泥泥。

那是块正方形的棉花地，它的四条边外分别是花生地、胡椒地、荔枝地和芒果地。我们四个人就分别站在与棉花地毗邻的这四条边线上。

我一直记得那天那个由我们四人组构成的奇特四边形，记得四条边上，四个人的四种奇特形象。我的视力一向很好，好得就是在五十米外都

作者简介

纪尘（1975—），女，原名蒋月英，瑶族，籍贯广西贺州富川。曾经从事医务工作，2000 年开始文学创作，2004 年参加鲁迅文学院全国少数民族作家班，主要作品有长篇小说《缺口》《美丽世界的孤儿》，中篇小说《205 路无人售票车》《九月》等，现居欧洲。

作品信息

原载《芙蓉》2004 年第 2 期，收入《新时期中国少数民族文学作品选集·瑶族卷》（作家出版社 2014 年 10 月出版），获全国首届"华夏作家网杯"文学大赛一等奖。

能清楚地看到趴在灌木丛中喘息的狗的鼻头。

然而，那天，我一向清晰的视力却突然模糊起来。我不知这是怎么回事，自有记忆以来，我的眼睛还没出现过这种情况。我抬头望望天，又低头望望脚下缩成一团的影子，心想是不是太阳太大以至把眼睛都晒出汗了？于是，我抬起手在眼睛上使劲地揉了揉，又揉了揉，揉搓间隙，我看到那几个熟悉的身影满是汗渍的眼里，呈现出那么一种凸透镜般的曲扭形象来。

首先是我的父亲。他就站在花生地与棉花地的交界处。让人惊奇的是，当时我看到的不是父亲的整体，而是，其中的某部分——嘴。对父亲的嘴，我是熟悉的，印象中，父亲的嘴就如同泥里的顽石，沉默、坚实。

嘴在父亲身上只体现过一种功能：吃。似乎只有在吃东西时他才愿意把嘴张开。许多时候，父亲的沉默寡言都让我怀疑人类发明语言的意义。我熟悉父亲的嘴，也熟悉他那岩石般黝黑的身躯。可那天，父亲身体的其余部分就像被自己给吞食掉了，除那张嘴外一无所有。不仅如此，那张嘴还呈现出一种前所未有的状态，虽然它还是那么的迟钝肥厚，但双唇几乎没停止过蠕动，它一张一合，一张一合，这张合出的两个字是"发狗"。"发狗"是父亲的弟弟的小名——在这世上，只有父亲一人这么叫他。

父亲的这种奇特形象让我惊诧不已，我迅速将视线移开，希望能在什么地方寻找到他身体的其余部分。将近一分钟的时间，我的视线在胡椒地与荔枝地之间不断徘徊。我没有找到父亲的身体。我找到的是我的母亲。刚开始时，我无法确定那个身影究竟是不是我母亲，当我的视线落到那人的腰部时，我确定了她就是我的母亲。

如同熟悉父亲的嘴，我同样熟悉母亲的腰。若是单凭胸部，我是无法辨认出她的。这不仅是因为作为儿子的我对那对几乎从未流出过乳汁的乳房太陌生，更因为在紧身衣的包裹下，这个瘦削的三十四岁妇人的胸膛和冯泥泥的一样，只是两个尖巧的花苞。

可我熟悉母亲的腰。它是她身体最引人注目的部分——不是因为纤细，而是，过于纤细。它细得就像一个畸形建筑，所有的重量只由一根小柱子支撑着。这小柱子让你永远担心天气，你会想到只要风再大一点，哪怕只一点点，就能将它拦腰截断。

与父亲一样，那天母亲的腰在我的视线里也有所改变。虽然它还是那么细那么纤弱，但无疑里面的内容比平时多了些什么。

从小学一年级我就知道，心脏是长在胸腔里的，然而那个下午，我对这个结论有了置疑。记得有书说过，当人的某个器官功能退化时，另一些器官的敏锐度就会相应地增强起来。我不知这话是否正确，但至少，在那个下午是正确的。

我看不清母亲的脸，却听到一种声音——一种类似心脏跳动的声音。那声音清晰得就像我所听到的父亲的唇语一样。不同的是，它较父亲的要更紧密也更铿锵有力。可那声音不是从母亲的胸腔，而是——从她的腰部发出来的。

这使我焦灼。我一动不动地站在原地，紧张地盯着母亲的腰。我似乎感觉到她肚皮上那淡蓝的血管在奋力弛张，感觉到那不堪重负的小柱子绷得就像一根紧弦。它应和着母亲的呼吸，渐渐急促——响亮的跳动声——介于悲伤的抽噎和亢奋的呼唤，震耳欲聋。我想只要母亲在那刻稍一动弹，那根细弦就会砰然断裂。

焦灼使我的眼睛汗如雨下，另一个人的形象也变得更模糊更奇特了。这人就是冯泥泥。我不知道冯泥泥是什么时候到来的，只记得她到来之前我们只是一个三角形，后来，她出现了。显然，在刚到来时，冯泥泥不知该怎样安置自己，她先是向左跑了几步——父亲的嘴在那儿，又向右跑了几步——母亲的腰在那儿。她跑的时候，那条蓝裙子就像一朵蓝色的云，左左右右地飘。飘到第三次，那朵蓝云便不动了。它的停滞使我们圆满地完成了这个正方形。

冯泥泥不是我们家的人，不管过去还是将来，都不是。冯泥泥是冯海军的女儿，我的同班同学。她小巧的身体在那个九月的下午，出乎意料地没被我的眼睛拆分为局部零件，而是，自始至终保持完整。可她的颜色却变了。她的头发是蓝色的，皮肤是蓝色的，就连眼睛，也成了蓝色。

荔枝在她身后落下，裂出白油般的果肉。我看到冯泥泥的眼也如我般被晒得汗流涔涔，蓝色的水珠从她眼角大颗大颗滴下，它们打在厚实的果肉上并发出一种就像火柴燃起瞬间的"哧哧"声。那是那个下午我所听到的最让人无法忍受的声音，它使我联想到某个夜晚，当父亲的弟弟看到冯泥泥臂上的瘀肿时，砸落在我脚背的那滴热泪。

这三个人三种不同寻常的形象让我产生出一种巨大的恐惧，我想自己会是什么样子呢？是不是也像我的父亲母亲只剩下某个部分——还是，统统都消失掉了？我战栗着将目光游向父亲的弟弟——我看到了自己——从那双深棕色的小眼睛里。我知道那就是自己：皮肤、嘴和鼻尖的雀斑都向我证实了这一点。我并没有消失，相反，我比任何时候都要清晰。然而那是怎样一种可怕的清晰啊，我甚至可以从那双眼中看到我眼中的他。

是的，那个下午，我看见父亲的弟弟不是通过我的双眼，而是——通过他本人的双眼。那刻我感觉我们就像冯海军远渡重洋带回的俄罗斯娃娃，我套在父亲的弟弟里面，父亲的弟弟又套在我里面。

我看到自己的身体在父亲的弟弟的眼里可怜地瑟缩着，看到父亲的弟弟的身体在我眼里可怕地膨胀着。他苍白的脸在那刻扭曲得就像一朵被放大了数倍的棉花，我几乎能看见里面几将爆裂的纤维束。

"发狗"、母亲的心跳、冯泥泥的眼泪，还有我的恐惧感，在那个下午齐齐组合成一股雷鸣般的强音，这野蛮的节奏有如蝶翅上稠厚的花粉，颤动着渗入充满阳光的宁静中。

突然，就像是音阶上突然爆发出一个尖锐的高音，所有和音戛然而止。我看到父亲的弟弟在停止的旋律中慢慢倒下，看到洁白的棉朵缀染上点点猩红。而所有余留的钢琴嗡嗡声则分别从父亲、母亲，以及冯泥泥的口中汇成一个轻飘飘的字：

雪。

我们这里是见不到雪的，永远见不到。我们这里只有一条又一条灰色的巷子，只有一阵又一阵灰色的风。我们就在这一条又一条的灰色巷子和一阵又一阵灰色的风里，快乐地追逐着一朵朵被风吹起的棉花。

读书之前，我曾以为这世上的所有地方都跟秀水镇一样，炎热、骄横。不管是凤凰街还是永新巷，不管是马鞍山还是牛背岭，凡是落下过我足迹的地方，记忆中总是不定期地充斥着一股被强烈阳光炙烤过的味道。

这种略带稻草芳香的味道既是属于我的，也是属于父亲的弟弟的。全家四口人里，只有我们为这种味道迷醉，也只有我们，如此热切地爱着这个季节。

都说一年有四季，然而，在秀水镇似乎只有一个季节：夏季。这是全年中最权威也最冗长的季节，冬天不过是一件单薄的毛衣，反复穿脱那么几次后，炎炎夏日便迫不及待地跨过春暖花开。

我们没种过棉花。我们种玉米、种花生、种菠萝、种芒果，但从不曾也没想过要种棉花。在我们看来，那种毛茸茸的白色植物只有飘雪的北方才需要，而我们，皮肤黝黑的我们只需一张凉席甚至只一张挂在树下的吊床，便可打发掉一年中二分之一的时间。

我没见过雪。我、我的父亲母亲，还有父亲的弟弟都没见过。在我的印象里，雪是属于另一个世界的。秀水镇已经大得没了边界，而雪，那种只可能在书本或是电视中才有的东西，在我的童年里虚幻得就如同空气。

然而，一九八三年的一个月夜，我，一个十岁的孩子突然对雪产生了一种不可名状的渴望。

当然那时我并不知道那种感觉就是渴望，那时我是那么地小，蜷在床上的身躯就像一团柔软的绒线。后来，当我跨进初中的校门后，我才知道那时该叫仲夏夜。

星辰羞怯的淡白色光芒从窗外透进，草丛里传出蟋蟀动情的歌唱——这声音宣示着寂静的存在。天气如此之热，偶有的几丝微风极不情愿地从窗前颤抖着拖过，仿佛热空气已将它压得不堪负荷。我蜷在床上，不时像动物那样在床上寻找位置，将湿漉漉的身体从一个地方挪到另一个地方。

　　和秀水镇大多数人的家庭一样，那时候我们的家并不宽敞。两间平房一间柴房加起来也不过就三十来平米。我的父母住一间，我和父亲的弟弟住另一间。不过，许多时候我都能独霸一间，因为父亲的弟弟似乎更喜欢天井的吊床。

　　事实上，父亲和父亲的弟弟并不相像，虽然他们都同样黝黑同样沉默。父亲是无论何时何地都沉默，而父亲的弟弟，他的沉默似乎是有内容的……就像，就像一种思考。我很喜欢看父亲的弟弟思考时的样子。特别是在傍晚，我们坐在天井里乘凉，父亲的弟弟总是捋起衣服露出里面锃亮的皮肤，默默地注视着虽然西沉却仍灼热的斜阳。

　　和许多人一样，父亲的弟弟拥有的是一双并不漂亮的眼睛，单眼皮边上打着细细的蒙古褶，睫毛很短，露出枯草般的颜色。可在沉思时，这双眼睛就显得很特别，明亮得就像天上的星，同时又空茫得如同黄昏的雾。这种奇特的双重眼神一直在我脑海中保持了很久。

　　与父亲不同的还有父亲的弟弟走路总是很慢，非常非常慢，好像他不是在走路，而是在一分一厘地丈量自己的生命线。父亲的弟弟这种与众不同的慢，让他得以发现许多我们从不曾注意的事物。他把这些事物一点点搬回家，一点点搬回家中那些粗糙的牛皮纸上。

　　当父亲的弟弟将那些形形色色的东西搬回家时，镇上便有形形色色的声音说他是个傻子。当然我们知道父亲的弟弟一点也不傻，但对他的这种嗜好，我们也无法更好地理解。我们对街上的集市或对贴在城墙上那些看了让人面红耳赤的污言秽语的热情，要远比父亲的弟弟的"画"更深。

　　据六十七岁人称"何半仙"的老街坊何玉凤说，秀水镇从来没有人画过这样的"画"。有人画山水，有人画竹，有人画神仙，但就是从没有人画那些看上去什么都不是的东西。这些"什么都不是的东西"有时是一张三条腿的桌子，有时是一个长方形的水果，更有时，只是一张张一无所有的扁平脸廓。

　　尽管我们也不认可父亲的弟弟这种跟生活毫不沾边的爱好，但我们还是宽容地对待他。特别是我的母亲，她总是将捡到的牛皮纸攒起来，而不像对待废纸那样将它们卖掉。

我们的宽容是因为家中的每一个人都喜欢父亲的弟弟，虽然谁也不知道，这喜欢中包含更多的是否是一种怜悯。父亲的弟弟在还只有三岁时，一场高热使他的左脚永远地与大地拉开了两公分的距离，这距离注定了父亲的弟弟一生都无法贴着地面行走。

我说过我们这里热的时间很长，哪怕不是仲夏夜，也一样闷热不堪。有时，为了驱赶炎热，人们每隔一段时间就跑出天井外去冲凉，以让皮肤凝起沉重冰凉的水雾。由于那时我还小，母亲怕我的身体受不了，所以每当父亲或是父亲的弟弟出去冲凉时，我就只能老老实实地待在床上。

在那个经济匮乏的年代，童年能有的娱乐实在不多，因此，倾听天井响起的哗哗流水声，就成了我的一种娱乐。

我记得那天夜已经很深了，隔壁早已传出父亲浓重的鼾声。渐渐浮升的困倦为睡眠铺下了一条幽静的道路，应该就在我进入最初的梦境时，一阵克制而又清晰的流水声将我惊醒。

其实我是熟悉那声音的，那是父亲的弟弟洗澡的声音，是流水泼向一个重心不稳的人的声音。而父亲的流水声就像他的肩膀，敦实、浑厚。

小时候的我，没有任何对女人体的感受，这不仅因为我的玩伴全是男孩，更因为在那小小的方寸之地，母亲的形象总是被紧紧地包裹在灰色的确良布料里。而我唯一对女人不同的发现，就是她们比男人更有教养——她们从不会当街站着小便。

我没有对女人身体的感受，却有着对男人身体的感受。而其间感受最深的，就是父亲的弟弟。父亲的弟弟白日里看起来与其他人并没什么不同，至多是稍孱弱稍瘦削一些。但晚上就不同了，特别是有这种流水声的夜晚，他的身体在月光下便会呈现出一种很特别的状态来，就连那只残疾的左腿，在起伏间都似乎蕴含着某种高贵动物的优美线条。这种感觉常常让我联想到牛皮纸上那些斑驳的脸廓，我想也许它们的五官就和那具月光下的身体一样，是要在某种特定环境才会清晰显现的。

我躺在床上，一边听着外面的舀水声，一边应和似的在床上辗转反侧，似乎这样做那凉凉的水意就会传到皮肤上一般。不知是我翻身的动作太频繁太响，还是为了证实我的推断，牛皮纸上的一张脸孔突然鲜活起来。

这突如其来的立体浮现让毫无防备的我一下掉进了恐惧的陷阱，我睁大眼睛对着黑夜，对着立在门边的那个人。我看到那人犀利的目光从黑暗的最远处开始，越过一道又一道的空气屏障，然后落到父亲的弟弟身上。夜是那么黑，而那双眼睛是那么明晰，它就像一束强烈的电源，专注地打在那具赤裸的身体上。

就在我惊恐至极忍不住要张口狂呼的时候，我看清了——那个人是我的母亲。

这情景使我在成长后回顾往事时，总惊诧于自己对母亲的记忆并非是那个伴着我成长的温和妇人，而是，一幅陌生的抽象画。

我想从小我就是个擅长装假的家伙，特别是那天之后我更肯定了这一点。我一声不吭地将满腹恐惧生生咽下，在床上翻了几个身，呼吸便一下冗长均匀起来。

对那个晚上最后的记忆，是母亲投在墙上被拉得细细长长的身影。记忆重现了我对于女人身体的初次感受。在那之前，我从不曾想过也从不知道母亲的腰会如此纤细，白天那些没有曲线的裁剪，使身为女人的母亲的女性风情消失尽怠。那晚母亲着的是一件贴身小背褂，绵软的内衣精确地勾出了她玲珑的乳房和纤腰下的丰臀。

我也不知道在回忆到这里时，脑海为什么要出现一个蓝色的身影。那身影有如一朵投影在宁静湖面的蓝云，出现在我的家人中间。

变了样的母亲站在门边，带着种我从没见过的陌生神情。她的嘴抿得很紧，可起伏不定的胸膛却像是随时都有可能因为控制不住而失声尖叫出来。

我朝窗外瞟去，舀水声不知什么时候已停下了，父亲的弟弟手拿着水瓢，宛如一座木雕泥塑般愣在那里，显然，他也对母亲在这个时刻出现感到意外和不知所措。

"嫂——"

这是父亲的弟弟那晚吐出的唯一一个字。

我说过我们家的人从不理会镇上人对父亲的弟弟的议论，然而那晚，当他吐出那个字后，我清楚地听到母亲从牙缝中狠狠地挤出了两个字："傻子!"

虽然那刻隔壁肖老大的天井也开始响起了哗哗的流水声，虽然母亲的声音比蚊子叫大不了多少，我还是听见了。

身着蓝裙的冯泥泥，就在这样的时刻突然显现。当然她不是真的出现，而是，从另一张牛皮纸上一下跃出来。她的出现使我对那晚其他情景的记忆被迫中断了几分钟。

这个比我大三岁的女孩，在那个阳光灿烂的日子，牵着我的手走到了父亲的弟弟面前。她坐在小凳子上，俏丽地高昂着头，她昂头的形象便那样随着一只修长的手过渡到了一张整齐崭新的牛皮纸上。

我不知冯泥泥白天的到来和母亲晚间的出现会有什么关联，当时我只为自己能将班上最好看的女同学领到家中感到得意扬扬。在冯泥泥向我的家人逐个问好时，面对经过的母亲，我扬起头骄傲地说：

"这是冯海军的妹仔!"

当时母亲的脸没什么表情，只是显得略微苍白。

"傻子!"当母亲吐出这两个字时，白天那种苍白又在她的脸上再一次显现，而我的记忆，也因此重新续接起来。

我看到母亲的姿势有所改变，她不是面向，而是背对着父亲的弟弟，手久久便抬起在脸上抹一下，一下，又一下。母亲这种罕见的模样让我吃惊。我不明白母亲为什么要骂父亲的弟弟是傻子，但隐约觉得，其中的含义和镇上人们说出的有所不同，至于不同在哪里，我却又说不上来。

父亲的弟弟仍一动不动地站在原地。一直以来，我都认为父亲的弟弟和父亲是不同的，但那一刻，我发觉自己错了。他们其实很像。父亲的弟弟那不断嚅动却什么声响也不发出的嘴唇和父亲的，其实是一样的。

母亲是在父亲发出那句呓语时离开的。时至今日，我都无法很好地确定——那究竟是父亲惯常的梦话，还是我的紧张感产生的错觉。那两个字很轻，就在母亲的眼泪落得最密集的时候响起："玉兰"——玉兰是我母亲的名字。

黑暗中，我只看到母亲的纤腰在光秃秃的墙壁上无声地一扭，便消失了。而凝聚在父亲的弟弟下巴的那滴汗珠，使那个仲夏夜变得通体透明。

天井外的流水声所带来的短暂凉爽，很快就随着母亲的纤腰一并消失了，重归寂静的夜，使第三张牛皮纸上的头像慢慢清晰起来。那是个身着军装的男人——冯泥泥的父亲冯海军。冯海军的出现通常意味着秀水镇头条新闻的出现。镇上的第一台电视就是他带回来的。他不仅带回电视，还带回许多稀奇古怪的玩意儿。比如说碟子，我们只知道其用途是盛菜，可冯海军却将它们挂在墙上，比如说那些厚厚的小玻璃瓶，母亲认为是装头油的，可他轻轻一喷，整个房间就会长久地弥漫着一种极其好闻的幽香。诸如此类的还有那种深棕色的叫"巧克力"的糖、美丽的玻璃弹珠、机器猫等等。但我印象最深的，却是冯泥泥的枕头。

对枕头这种东西，我想没有人陌生。我家就有不下五个。我们的枕芯是所有人都通用的那种薏米壳，大人们总说这种东西做的枕头有药用功效，孩子睡了不会尿床，老人睡了耳聪目明。可当我触摸到冯泥泥的枕头后，我对家中那个睡了将近十年的枕头第一次产生了最初的疏远和隔阂。

我不知道冯泥泥的枕头是用什么做的，它跟家中那些沉甸甸灰扑扑的枕头是那么地不同。那时候我已经上小学三年级了，已可以试着理解许多词组成语的含义。我的语文老师小唐，曾在课堂上用一种饱含深情的语调为我们朗读过一篇文章，我记得其中有这么一句："就像天鹅绒般地柔软。"那句话当时是用来形容一个女子的耳垂的。我当然没见过天鹅，在我童年的记忆里，这种美丽圣洁的动物就像白雪一样，是不可望也不可及的。然而，当触摸到冯泥泥的枕头，我几乎是条件反射地立即肯定了它就是老师口中的"天鹅绒"。这种确定致使我以后上冯泥泥家，最大的心愿和目的就是能抱上一抱那个枕头。

不幸的是，我对"天鹅绒"的遐想还不到一个月，它的命运就出现了巨大的转变。本来，这个枕头就像个王孙贵族般，总是保持着一种尊贵的姿态斜躺在冯泥泥家那张宽大的弹簧床上，但那天，它却像一个被从地窖里揪出的劳改犯，在冯海军手里瑟瑟发抖。

我记得非常清楚，那天，就在县委办大门口，我看到了与平时简直判若两人的冯海军。他一反往日的温文尔雅，脸色铁青地揪着那个枕头。他揪得是那么用力，血管毕现的手臂好似把全身的愤怒都集聚在了一起。

虽然高大的冯海军揪着个枕头的情景很有些滑稽，但那刻我可不敢笑。周围人们的窃窃私语，让我感觉到那是个极其严肃的场景。不一会，我那鲫鱼般灵活的身躯很快就为我找到了冯海军脸色铁青的原因：刘小慧——冯海军的妻子。

在众多的围观者中，刘小慧正紧紧地抱着一个男人的腰。我认得那个男人，他就是镇上的邮递员陆荣光。这情景让我心头一沉，倒不是为冯海军或是刘小慧，而是为那个"天鹅绒"。要知道，许多晚上，当我睡在自己硬邦邦的枕头上时，我都会情不自禁地联想到它。那真是个神奇的催眠物，在对它温暖柔软的遐想下，总让我感到就像某个神奇的夜晚般充满了希望。我想若冯海军将它撕碎的话，我可就再没有什么可想可盼望的东西了。

我不太记得那天最后是怎么收场的了，只记得刘小慧当时脸上的神情。她美丽的眼睛流露出无尽的哀求和苦恼，可尽管如此，她抱着陆荣光的双手始终不曾松懈半分。我听到人群中有人这样说：

"多下流，看这女人，多下流。"

人们的议论丝毫没影响刘小慧，相反，她的神态变得更坚定也更执着。被她抱着的陆荣光脸上看不出什么表情，只是像一块沉默的石头在炎炎烈日下一动不动。

在冯海军扬起手那刻，我看到刘小慧和陆荣光同时闭上了眼睛。不同的是，刘小慧完全是一种豁出去视死如归的模样，而陆荣光，身子不自觉地晃荡了几下，不知是想躲开还是想去保护他身后的女人。

　　出人意料的是，冯海军的手没有落到那对男女身上，而是，落到了他自己脸上。当那个极为响亮的耳光闪过，我便看到一片片白絮从空中晃晃悠悠地飘了下来。这一幕真让我百感交集，而心中那关于"天鹅绒"的绮丽幻想，亦随着冯海军手的起落完全消失了。这幻想的逝去是如此突然又如此轻易，就像巷子里叫卖的棉花糖一样，只需几下舔食，巨大的体积便一扫而空。

　　冯泥泥是在冯海军撕碎枕头的前一个月上我家的。

　　当时冯泥泥走在永新巷口，我则刚好从一棵大芒果树上滑下。那次意外的相遇让我相信了命运的巧合，也使我在此后的日子，一次次满怀期望地爬上那棵芒果树。有时远远看到有蓝色晃动，我便会紧张地做好下滑的准备，似乎全镇只有冯泥泥一人穿蓝裙子。

　　事实上，冯泥泥自那天到我家后，就再也没从那棵树下经过。她选择了另一条更为迅捷的路径——仁义巷。她只需从仁义巷的半堵残墙上跳下，就可以直达我家的天井。这是许久以后我才知道的。

　　那是我第一次和冯泥泥接触。那时我的年纪虽小，却也懂得了面对女生时所需的羞怯。从小学一年级起，教室里的每张桌子上都会有一条清清楚楚的"三八线"，那是谁也不知道的人发明的性别立场的最初对立。冯泥泥读书晚，又留过一级，因此她领先几年发育的身躯在班上便很是引人注目。

　　一次，班上一位男生跟冯泥泥说话让人看见了，第二天早上，当那个男生走进校门，便有许多人冲他发出仿佛痛苦其实欢乐的呻吟："姐姐啊，你怎么不理我？"这恶作剧令被叫的人羞得满脸通红无地自容。可后来我发现，那个男生虽然羞愧，但微微歪斜的嘴角显然含着一丝努力控制的喜悦。

　　我犹豫了很久才决定和冯泥泥打招呼。我记得当时自己说的第一句话是："我家有很多很多芒果。"说完我便低下了头，冯泥泥则显得冷静得多，她挑起眉毛响亮地问了声："是吗?"

我不太记得后来我们还说了些什么，好像是关于牛皮纸又像是关于天鹅绒，然后我们便一前一后地拐进了永新巷。大太阳下，我看到自己细瘦的脖子上支着个大脑袋。

那是我第一次在自己的家中听到"雪"，虽然此前也听人说过这种东西，但冯泥泥的叙述无疑要比他们的更生动也更可信。这个在北方出生的女孩，对冰雪的印记就像我对烈日的印记一样深刻。

我坐在闷热不堪的房间，却正有一位女孩向我娓娓讲述着一只小船穿行在僵冻的松花江上，由于薄冰底下是活水，所以每行一步便发出咔咔的声响……我极力想使自己清醒起来，以搞清楚自己究竟身在何处，是这里，还是那边？

"雪可好看了，有的像水晶，有的像羽毛，还有的像窗花呢。不但好看，还好吃，'咔'的一口，跟嚼冰糖似的。"

冯泥泥在说这句话时，伸出舌头在唇边甜滋滋地舔了一圈，仿佛真的吃了糖一般。

现在想想，也许就是冯泥泥那个舔嘴唇的动作，让我在那个仲夏夜对从未谋面的雪产生出渴望。这真是种奇妙的双重感觉，冯泥泥绘声绘色的描述让我有如身处异地。她用我们当地的方言，通过魔幻般的嗓音，在炎炎夏日里托起一座幻影般的城市，而后又缓慢地重返现实。

困倦重新袭来，月光照耀下的空气清新得好像和我以前呼吸的完全不同。浓厚的沉寂使一切细小的噪音都聚集在我耳边——那因我而起的噪音——我弯下腰滚雪球的摩擦声，我贪婪的呼吸声，以及，脚下薄冰的碎裂声……当梦中的第一朵雪飘落到我滚烫的脸颊时，我想到了蝴蝶出蛹时那透明、脆弱的翅膀。

夕阳穿过山峦旁的云朵，绚丽的色彩正由浅至深地从她的头发上依次过渡。当最后一片橘红暗下去时，我看到，她神色凝重地将一条腰带束上了腰。

我父亲的弟弟，那个永远都在房中摆弄牛皮纸的男人，他似乎走得更慢了。

他瘦削的身影仿佛再也跟不上我们，并且通常走着走着，便消失在浓密的荔枝林或是蒿草丛中。

时间在父亲的弟弟的缓慢移动下呈现出透明的灰暗，而我的记忆，总是在这渐渐前移的流程里不自觉地回退到那个被撕碎的枕头。特别是当我也习惯了一个人沉思后，我觉得，日后父亲的弟弟的某种悲剧宿命，就像那些飘散的棉絮，所有一切都潜藏在一个柔软的容器里。

那天和平时一样，父亲卷着裤筒在天井里做着些日常的小修小理，母亲出了房间几次又进去了几次，每次手中都拿着几块不同颜色的碎布。我知道母亲又要做拖把了。母亲认为碎布的唯一用途就是将它们变成拖把。她总是说："除了这样还能怎样呢？你说还能怎样呢？"

她的话通常没什么人搭理，只有父亲偶尔会抬起头望望他的妻子。那时父亲的脸便会呈现出一种茫然甚至是伤感的神情，而他的嘴唇，也变得更厚更笨拙了。

其实我曾设想过那些碎布的其他用途，说不定将它们做成布娃娃或是枕头套会更好，可每一次，我的这些念头都在母亲那种"除了这样还能怎样呢？"的幽怨语气下给打消了。母亲的话似是表明，她是尝试过别的处理方式的，但结果证明，确是"除了这样"便再也"不能怎样"了。

父亲的弟弟缓慢的脚步，就是在冯泥泥跨进我家门的第一步时从里面迈出来的。这个同步的肢体动作使得他们的身体相应地做出了同步反应，他们同时抬起头打量对方，地面上的两个身影也恰好做出同步应合。它们在地上合二为一，分不清是冯泥泥的身影先嵌入父亲的弟弟的，还是父亲的弟弟的身影先嵌入冯泥泥的。重叠的身影很快就分开了，随即那个小的便发出了清脆的笑声。

起先那笑声很细很短促，过了几秒，开始连贯响亮，然后便像扭开闸的龙头，汩汩地向外奔流起来。这突如其来的笑声让地面上的另外两个影子有所改变。更矮的那个移动起来，大大的脑袋像只好奇的雏鸟般迅速地向那个笑声靠近，而另一个，则迟疑地举起了一只手。这投影在地上的一幕，很快就随着那面位于门廊的镜子切换成另一组清晰的镜头：我在饱满的阳光下半裂着嘴盯着冯泥泥，冯泥泥在我的注视下笑盈盈地将一条小手绢递向父亲的弟弟，父亲的弟弟那张沾着炭灰的脸正窘迫万分地对着我。这个由目光连接而成的奇特三角形在我的脑海里经久不衰。

"这是冯海军的妹仔!"

这是当母亲从房里走出来时，我说出的一句骄傲的话。

接下来的情形便是冯泥泥坐到了我家的饭桌旁。这个口齿伶俐的女孩，她那好听的软京腔调使我们夹菜的频率比平时减少了许多，特别是关于她那位海军父亲的走南闯北的见闻，使得我好几次将一口饭在嘴里含了半天才吞下去。

父亲保持着那种惯常的带点苦涩的微笑，母亲专心倾听的眼神却是变幻莫测，她坐在那里，久不久便望一眼墙角的新拖把。她望拖把时神情显得有点若有所思。父亲的弟弟和平时一样，只是偶尔抬起头望望冯泥泥。然而，当我的目光经过青花瓷碗、紫菜蛋花汤，以及五双移动的筷子再次落到门廊的那面镜子时，我看到，一丝不易察觉的温柔从父亲的弟弟眼中一掠而过。

这是冯泥泥第一次到我家的经过。

刘小慧的死使这原本可能是唯一的一次经过有了继续。

我记得那天也是这么的艳阳高照，当时我正怀着一种失落的心情坐在那棵芒果树下。事实上，自冯泥泥离开我家那天，我已品尝了很久的失落。我自认跟她的交往已触犯了所有男生约定俗成的规定，然而，第二天当我怀着忐忑的心情踏进校门，却没有发现任何对我异乎寻常的言行，这种奇怪的安宁景象使我暗暗吃惊，而那准备好的满满一怀担忧亦像失败的热气球，在膨胀得就要升腾的时候轰然坍塌。也正是那一刻，我如释重负又失落地意识到，我哪怕就是牵着冯泥泥的手走在校园，我赢弱的身躯也会像一棵四处可见的狗尾草一般令人漠视。

我专注于失落的思绪是被那个男人打断的。事情发生时，那人刚好经过秀水桥。他看到刘小慧对着天空喊了一声："你这个孬种!"接着便看到陆荣光惊慌的身影和刘小慧在水中时隐时现的头发。据说刘小慧最后一次将头伸出水面时，那双美丽的眼睛始终直视太阳，直至最后被淹没。

一年后，当父亲的弟弟也像被河水吞没的刘小慧那样永远地从秀水镇消失时，我想起了他那双有着细细蒙古褶的眼睛。也是一样地直视太阳。这两双不同却又同样的眼睛，以一种使人痛苦的简单内涵固定在了阳光下。这固定让我联想到某部影片里的一个特写镜头：天上的那颗星，在覆盖着冰霜的沙漠上，在一只受伤的野兽的眼中闪着光。

虽然那天目睹刘小慧死亡的是那个失魂落魄的男人，但第一个冲到冯泥泥家通风报信的人却是我。我记得当我出现在冯泥泥家门时，面对客厅那张刘小慧放大成十八寸的艺术照，我的嘴唇哆嗦了半天也吐不出一个字。

冯海军的出走以及他出走时的神情，我都由于内心的恐惧而远离了当初的记忆，我只记得冯海军冲出门后，冯泥泥的身影就一直跟在我后面。事实上，那时我什么也没说，或是，什么也说不出来。我相信冯海军的敏感是出于对一个共同生活了十几年的女人的直觉。而年仅十三岁的冯泥泥，除了表现出本能的惊慌外，唯一能做的事就是紧紧地跟着她的同学撒足狂奔。

我不知是什么原因使我那天奔跑的脚步只懂朝向永新巷而不是秀水桥，当我在家门口停下并直至看到我活生生的父母时，才像获得拯救般地从喉咙呻吟出一句：

"你妈妈跳河了。"

说完这句话大概十秒钟，冯泥泥那响彻云霄的凄厉哭声便响了起来。当时父亲的弟弟正在屋里专心致志地削着晚餐用的地瓜，我看到他把小刀一扔，奔了出来。虽然仍是那种重心不稳的歪斜姿势，但他那时所用的速度令人吃惊。

刘小慧的葬礼第二天就举行了。她被埋在远离县城的荒地里。葬礼的时候，冯海军自始至终都站在远处的两棵梨树中间，而他的投在地面上的身影细长而孤单，仿佛这个身材高大的男人一直是以一个影子而不是以一个丈夫的身份存在。

我们家的人和其他人一样，零乱地分布在那条通往坟墓的小路，当第一铲泥落到刘小慧的棺材上时，我听到冯泥泥尖锐的哭声又一次在灿烂的阳光下飘起。

葬礼结束后，透过稀稀拉拉的送葬队伍，我回头看了看那在斜阳下微微隆起的土堆。不久以后，父亲的弟弟也如此这般地躺在了这片土地上。这种殊途同归的结局，让我意识到，这世上，只有死亡，才是可以预见的。

那次的通风报信巩固了冯泥泥对我的友谊，她灵巧的身影开始频繁地出现在我家中，尽管如此，我的失落感却没有消除，相反显得更为突出。因为很快我就发觉，冯泥泥轻快的脚步不是奔向我手中的芒果，而是，奔向那些斑驳不堪的牛皮纸的。自刘小慧死后，那些画着"什么都不是"的纸张仿佛成了这个女孩所找到的另一个枕头，虽然它不是存放在华美的弹簧床而是位于幽暗的角落，冯泥泥还是一次比一次更紧地拥抱。

古井般沉默的父亲是永远也不会改变的，改变的是家里的其他三个人。在那段日子，那些牛皮纸上形形色色的事物已完全被一张张虽然形态各异，轮廓却完全相同的面孔所取代。尽管它的线条还是那么地模糊凌乱，但看过的人再也不会说它们什么也不是，而是说，这东西看了真让人难受，就像有什么挠进了骨头似的。不仅如此，我还发现父亲的弟弟总是在月色初现的时候出门，当他回来，我看到他的双腿沾满了泥土，而身体的许多部位，有着被昆虫咬出、荆棘擦伤的茶色血痕。

失落的纠缠让我更专注于对那棵芒果树的怀念。我总是长久地坐在树下，想象着冯泥泥初次经过时的笑靥。我一直以为那朵蓝云是飘向我的。我的这种独自微笑和眼泪汪汪令镇上的人们惊讶万分，在他们眼里，这个小不拉叽的男孩的忧郁就像猫会说人话一般令人惊奇。

至于第三个人，那个手脚总在不停做着什么，神情幽怨的母亲，她似乎不再热衷于做拖把，那些碎布就像那些牛皮纸一样，在箱子里越堆越高。而那句有如每日必鸣的报时器般的"除了这样还能怎样呢？"也随着拖把数目的停止没了踪影。即便偶尔说起，也只是断断续续，而且总是刚吐出"除了……"就再也没了下文。这叹息似的"除了……"在晚风里听来，就像是为某人安葬时一声遥远的哀悼。

那些堆积在箱子里无所事事的碎布被重新利用是在一个炎热的下午。

那时冯泥泥已和我家的人相当熟稔了。特别是跟父亲的弟弟，几乎是他到哪里她就跟到哪里。我记得很清楚，那天我们在河边燃起一堆篝火，我和冯泥泥脱下衣服，在水中嬉戏。烤红薯的香味引得我们一次次从水里跑上来，当然上来的时候不忘记用手捧起一掬水。我们把水泼向父亲的弟弟，让他也分享我们的快乐。父亲的弟弟拖着残腿，笨拙地躲避着水流，水滴浇在火上，我听到火堆恼怒的嗞嗞声里夹杂着冯泥泥快乐的尖叫和父亲的弟弟欢畅的笑声。

那个下午，母亲提着竹篮在河岸边来回往返了几次。她在漂洗那些碎布。当母亲俯身舀水时，吹过的风让我不禁联想到仲夏夜的那具纤腰。虽然每次母亲来去都面目平静，但这联想和一直隐在心间的失落，让我怀着一种复杂的心理偷偷窥视着她：当冯泥泥吊在父亲弟弟的脖子，又被他满怀怜爱地举上肩头时，母亲会怎么想？会不会又在心里骂他"傻子"？我的思维长久地停留在这个地方，我阴暗同时又带着怜悯的心情度猜着母亲的心思。

在母亲第三次，也就是最后一次起身离开时，我尾随她上了岸。

那是我至今都无法忘怀也无从解释的一幕。母亲站在远处的一棵大杨柳下，当时已接近黄昏，夕阳穿过山峦旁的云朵，绚丽的色彩正由浅至深地从她的头发上依次过渡。当最后一片橘红暗下去时，我看到，母亲撑开宽大的衣摆，神色凝重地将一条腰带紧紧地束上了腰。

经过地狱般的躁动，经过星空下片刻的消失，这昏暗温湿的空间在临近午夜的时刻变成了一个奇特的天堂。我们站在那久久一动不动，然后，父亲的弟弟点燃了一支烟。

那一天非常寂静、灰暗，是一个色彩忧郁的夏日。

那天，灰蒙的街道不时吹过一阵阵夹着泥土味道的风，扬起的滚滚沙尘使得行走在仁义巷的两个男人有点卡通，他们的脚步因为不同而又同样的匆忙而一颠一颠。

身为医务人员的林景明，到仁义巷去出诊。年轻的他当时身穿浅灰色的中山服，脚蹬一双蓝色青年鞋，三七分的头发在晚风里微微飘动。我的父亲则穿着件白色背心，脚上的布鞋是母亲在半个月前制成的。

父亲在几天前，将一车芒果运到邻县去卖。卖完后父亲突发奇想，决定独自乘夜班车先回家。也正是这个突然的决定，使得他和那位几乎从来无缘谋面的国家干部相遇在了同一条路。

"谢老大，你爱人的睡眠好些吗？"这是林景明问出的第一句话。

"嗯？"显然我的农民父亲没弄明白医生的意思。

林景明皱了皱眉头："你怎么这么不关心自己的女人？"

"她，生病了？"

"你不知道？"

······

"我给她开的药加起来足够一头大象睡上十年了。"

父亲听完这话后扭过头去，看也不看林景明，半晌才如梦初醒地挤出一句："我懂了。"

父亲和林景明是在永新路口分手的。林景明继续往灯火通明的县医院走去，我父亲则一路疾走奔向家门。

那天晚上，愤怒的父亲打翻了那碗每晚必喝的绿豆汤，他岩石般沉默的嘴吐出了有生以来最长的几句话：

"你这样做是要我逼走发狗对不对？对不对？"

"就算哪天我真的睡死了，他也不会是你的，绝不会······"

对父亲的愤怒，母亲没有丝毫反应，她迷茫的眼神似乎在看着别的什么，而她的影子，由于束腰在灯下显得更细更长了。母亲的神态在那一刻让我心里涌上一股复杂的感情。我想起了她那日在柳树下的奇怪举动，她的腰已够细了，可为什么还要用腰带将它紧紧束住？她束腰的动机仅仅是为了让腰更细还是别的？她想束住什么又能束住什么？

然而与母亲的茫然相比，那个从一双毫无智慧的小眼睛里流露出无尽空虚和悲哀的父亲更令我心生怜悯。虽然我无从体会这个木讷男人的真实感受，但一种类似被抛弃的同感使我们有了某种微妙的默契。事实上，父亲的弟弟对母亲或是冯泥泥对我的抛弃都不残忍，因为这抛弃只存在于我们的臆想。残忍的是母亲。她以这种奇特的拒绝房事的方式抛弃了父亲，使他十几年的爱情化作轻烟，在盛夏的热风中一点点飘散。

那晚，一向温和的父亲在清醒状态下粗暴地解开了妻子的腰带，强行了许久未行的丈夫权利，我则相应地结束了十年的独子生涯，在第二年有了个妹妹。

冗长的夏季使我承载了太多关于滴汗的记忆。每个记忆总在那些盈盈欲坠的汗珠里不安地抖动。许多时候，当我一觉醒来并以一种极其虚弱的目光投向这个世界时，那些零星的记忆碎片总以一种滴落的方式呈现。

战栗。其中的一个碎片，随着那个月夜我落下的第一滴汗最先缓慢地走了出来。这种缓慢让我得以用一种从容的口吻来描述那片作为背景的奇异植物。对当地的许多亚热带物种，我是了解并熟悉的，然而那晚，当我看完电影经过桥边的荒地时，我见到了一片从未见过的陌生植物。

它们是如此葱茏，簇拥在枝叶中微微发白的梨形状物在我的注视下散发出一种女性气息。它的外表有如轻轻裂开的橘皮，下部裹着一层灰紫的绒毛，那绒毛好像是为了满足触摸而专门生长的，摸起来非常舒服。朝天生长的花苞饱满茁壮，叫人不禁猜测在它内部正有一个神奇的生命在生长。

我被这事物所吸引，就在我用指甲剥开它丰满的外皮并接触到里面的绵软时，我流下了第一滴汗。这汗由皎洁的月色折射到我的皮肤，转瞬演变为一阵战栗。

那真是个惊心动魄的时刻，侧身站在地里的那个男人似乎正专注于某件神秘莫测的事，对我的存在一无所知。他倾斜的身影在幽静的月光下随着裤裆里手的揉搓不断抖动，他的神情仿佛痛苦又似迷醉，时断时续的呻吟就像是用恐惧来表达的某种欢乐。灼热的空气将我的紧张感带到了极点，我屏住呼吸，整个人绷得就像手枪里待发的子弹，瞬间闪过危急的念头。

父亲的弟弟，这个在我十一岁时就死去的男人，始终保持着与镇上所有人都不协调的姿态。虽然当时我们的家破败不堪，可他那些被斥为"小资"的生活习性，却不受阻挠地在里面飘荡了二十七年。

我记得有那么一天，我们推着载满荔枝的双轮车回家，父亲嘱我等一等他的弟弟。就在我跑进树林，我惊奇地发现这个男人手里竟捧着一把鲜花。他坐在地上，那张远离阳光照晒的脸，仿佛因为某种想象而荡漾着有如湖水般微微晃动的笑容。这令我感受到无比惊讶，因为一向沉默少言的他竟会一人独自微笑，而且还笑得如此生动。而那双握着鲜花的手，随着夕照的游动渐渐呈现出一种近乎透明的粉色，那奇异的色泽使得他身体的其余部分都黯然失色了……

可现在，那双优雅的手却在一个令人难堪的部位游动……星空下的街道静谧安宁，微风时不时捎过一股沁人心脾的玉兰花香，被目光审视的陌生植物充满秘密……我紧紧攥着身边的一个粗糙鳞茎，汗湿的掌心让我感到那里面好像隐藏着一个昏沉却又充满活力的生命。突然，随着一阵猛烈的颤抖——就像子弹穿透胸膛，一切动作戛然而止。我看到他用枝叶小心地拭去手心的黏湿，在那里久久站着，然后，慢慢点燃了一支烟。

当第一个烟圈在空中飘散开时，我似乎理解了颤抖的含义：先是一下剧烈的抽搐，接着是月光照耀下宁静的空气。神秘困倦的一生就这样完美地融合在灼热的空气中，融合在簇簇鳞茎粗涩的味道中，融合在浆液闪烁的光芒中……

一道阳光射进窗幔，第一个碎片变得暗淡无光并慢慢褪去了。

一双红色的小手——另一个碎片，带着另一种颤抖紧接着出现。在我谨慎的注视下，这双手开始刷起了一条蓝色的裙子，连续不断的刷洗声在那个阳光充足的下午刺耳地响着。

在冯泥泥起身挥抖裙子上的水珠时，我清晰地看到她那在光线下收缩的瞳孔。这让我感到，我的这位女同学是多么畏惧九月的阳光。

我是通过这双小手认识那些奇异的植物的。然而，我对它的初次记忆不是如雪的洁白，而是，令人心悸的艳红。我记得它醒目的第一次出现，确切地说，记得以前在四季青旁的窥视。我的记忆是如此清晰强烈，以至那些日子所发生的一切最终都变成了一场极其逼真的幻觉。我一次次带着痉挛似的步伐在过去行走，我向着阳光，向着阳光下的那片土地努力攀登，像一尾逆流而上的鱼……

冯泥泥，这个自一到来就注定与整个秀水镇破败的气氛格格不入的洋气小女孩，在一个没有丝毫奇异迹象的夏日午后出现在我家中，我由此展开了叙述的白天，不久她又以同样的方式猝然消失，令我的叙述坠入黑夜。

冯泥泥是在父亲的弟弟被带去审讯的第二天突然失踪的，这使我原本连贯的思维一下陷入了不知所措的窘境。这困窘延绵的时间是如此长久，以至现在，当我面对上面的字迹，目光都不禁进行了胆怯的回避，仿佛这空缺是因为自己记忆的衰退，而不是冯泥泥消失的空白。

越过这失落的部分，我似乎看到这样的情景：冯泥泥挂在父亲的弟弟的脖子上，而父亲的弟弟，那个穿着圆领 T 恤，重心落在右脚的年轻人，微笑着将一束野艾菊递到她面前。他那没有遮拦的笑脸在凝望冯泥泥的时刻掠过一缕柔情，这柔情通过滴滴汗水传达到我当时一无所知的内心。我依稀记得他轻声说：

"我的，我的天使。"

"天使"，肯定是那个时代我所听到的最至高无上的赞美，它使我从此以一个孩子的虔诚，对这个从未谋面的幻象始终怀着不可动摇的信仰。

自刘小慧死后，冯泥泥和父亲的弟弟的友谊就像那片生长葱茏的棉花，无可遏止地一下疯长得漫天遍野。这是一段关于一个十三岁女孩和一个对十三岁女孩着迷的人的情谊，这情谊的狂热超出了那个以严谨为荣的时代所有可能的想象。冯泥泥，镇上为数不多的保有午睡习惯的洋派女孩，只要一觉醒来，第一个要找的人绝对是父亲的弟弟。她总是这样，一次次以不同的借口从那个面目冷峻的独身女人家中跑出，以一种鹿羚般轻盈的步伐跳下仁义巷的残墙，然后到达我家的天井。

冯泥泥对父亲的弟弟表现出的依恋，我们一直予以相当的宽容理解，有时甚至觉得有点可笑。我们的宽容来自冯海军——那个穿着海军服长年漂流在外的英俊男人，他的远行为女儿的行为做出了最得体的解释。

最先打破这种宽容的是我的母亲。那是一个清晨，我起来并走进母亲的房间，我看到母亲伫立在窗前，望着山那边天空的朝霞，仿佛被遗弃了似的满脸忧郁。当母亲转过身，我听到一阵很细的，就像线穿过针眼一样的声音：

"明年你便有个弟弟了。"

我怔了一下，这个女人有气无力的话让我吃惊，我用疑惑的眼神投向她的腰——那腰是如此纤细，我实在无法将它和一个小人联系起来。

"妹妹在你肚子里吗？"

"你想要妹妹？"

母亲问这句话时突然提高的声调吓了我一跳。现在想起来，我当时脱口而出的话实际潜在地蕴藏了一个秘密的心愿。虽然母亲说的是"弟弟"，但我口中吐出的却是与之背道而驰的"妹妹"。在我心里，这个还未降生的女性可以无限地延伸我对于"天使"的想象。

我们母子的交谈是被一个清脆的声音打断的。那个清脆的声音响过后，接着我便听到了父亲的回答。他说：

"哦，发狗上马鞍山去了。"

回答过后，这个老实农民便开始了苦口婆心的劝阻，因为若不这样，冯泥泥准会走上三公里的路去找那个跛足男人。显然，父亲的劝说对这个执拗的女孩毫无效果，她一遍遍推开父亲递过的花生、瓜子什么，将央求的目光投向我，她的意思很明显，那就是"谢小年，带我去吧，求求你，带我去吧"。

面对冯泥泥央求的目光，我的内心是多么地骄傲。我终于感受到了被人需要的快乐。可就在我为自己感到自豪的时候，母亲出现了。她走到我们中间，宽大的衣摆挡住了冯泥泥投向我的目光。我听到这个妇人柔和却不容抗拒的声音：

"不可以。"

"为什么？"

"不可以就是不可以。"

冯泥泥的身体随着"为什么"扭了三次，而那句"不可以"也跟着出现了三次。母亲说完第三句"不可以"后便转身进了房间，冯泥泥终于带着满脸的委屈犹犹豫豫地坐下了。

若说母亲的第一次不宽容是出于对冯泥泥的爱护，那么，接下来的则是因为刘玉玲。

刘玉玲，冯泥泥的姨妈，刘小慧的嫡亲妹妹，在一个知了声响彻云霄的上午敲响了我的家门。显然，刘玉玲的突然来访让母亲感到有些茫然失措。她一边殷切地起身让座，一边心神不宁地不时将额前的几缕头发向耳后撩去。

树叶在阳光下摇摇晃晃，吹过的东南风里飘浮着各种成熟果实的气息。我不知那个站在门前的黑衣女人是否闻到了，但我十岁的思维根据这些气息判断，她严肃的态度跟这沉甸甸的季节有关。

"你知道，我家没有男人。"刘玉玲说。

"嗯。"母亲吐出了一个字。

"你知道，我虽没有男人但一直守身如玉。"刘玉玲又说。

"嗯。"母亲吐出了第二个字。

"你知道，这年头做女人不容易，没有男人的女人更不容易……"

说到这，刘玉玲干枯的脸突然红了红，声音也跟着弱了下来。母亲的脸却是白了起来，她的第三句"嗯"就像弥留之际的人发出的声音，拉得十分缥缈绵长。

"谢继雄几乎每天都去敲我的门。而且是……晚上。如果……如果他真的有心，就不要老是借口找一个孩子……"

刘玉玲的声音越来越低，脸也越发红起来。

刘玉玲后来还跟母亲说了什么我不记得了，我只记得刘玉玲走时的脸色和来时一样绷得很紧。

假如，在这座秋日阳光笼罩下的小镇碰见天使，我不会感到很吃惊。真正的，唯一的天使，她的存在是可触的……

我在半夜里醒来。在睡梦中，我终于明白了为什么树上那个小小的鸟巢能如此强烈地唤起我的某个记忆。那是因为它是被精心构造的。就像我家的屋檐、门廊、脸盆架都有装饰物——木头上都雕着一些美丽的花边。

鸟巢让我想起了那些头像被精心装饰的边缘。那是一个重心不稳的男人对梦幻中的生活进行精心雕琢时留下的痕迹……

对于父亲的弟弟，他同那个十三岁小女孩之间的故事，毫无疑问，我不会从中发现什么可以使得人们称道的东西。他们那种完全处于那个年代之外的情感，对所有这一切，我能够在记忆中保留的，只有那么一个片段：父亲的弟弟，身穿整洁的白衬衣，拖着短了两公分的左腿，向着人们为他预定的决定他命运的那个方向走去。在他身后几步远的地方，是一个长着双金鱼大泡眼的男人，此人是秀水镇派出所所长，他很清楚那种场合所需的严肃，所以，他沉稳地慢慢迈着方步。远处，一个被恐惧紧紧吸附的小女孩，头发散乱地蹲在沙地上，她的裙子被撕破了，沾着血渍的布片一半已被沙子埋住，好像一个躺在空地上的伤口……

可能还有另一个片段，那就是他们留下的唯一一张精美的肖像（其他画像，都全被搜走了）。那是冯泥泥的头像，在上面，她是那么圣洁又那么地美丽，简直令人难以相信，而她微微上翘的嘴巴，多么明显的"天使"的微笑……

这些片段，这些漫长的往事，对于像我那样的一个孩子来说，在当时是无法弄得清楚的。在那个只把人类简单地划分为"流氓"或是"君子"的年代，即使是最简单的话，都可能被认为包含可怕的含义，都可能像我第一次用玻璃杯偷喝那种"苦水"一样，灼伤你的喉咙。

在棉花地发生的事，我也弄不清。从大人们的讲述中，我只能猜测，觉得他们说的事可能是"下流"的。那些大人用暗示的语言提起时，总伴随着启发性的点头。于是，我更肯定那件事定是犯了禁忌。从他们的讲述，从讲述里这样那样的形容比喻，我首先看到了一条河，它在满是光滑卵石的河床上流淌，随后是一条小路，隐蔽地通向丛林。太阳在大人们的描述下开始在那个男主角的眼中晃动，他的面颊因阳光的灼热而燃烧，这时，远处传来了骚动不安的猫叫声……这些场面到底包含何种含义，我不得而知，但随后，一切都很快地消失了。大人们发出一种就像天边橘红色云彩那样暧昧的低笑，转变了话题。

最后，我猜想，这件神秘莫测的事跟父亲的弟弟有关，这些人之所以不把这事直截了当地讲出来，那是因为谢继雄的侄子，我，谢小年就在他们中间。

虽然我的理解能力有限，但我的父母显然很清楚这些议论意味着什么。我的父亲，那个一向沉默的父亲，开始用他沉寂了将近半生的声带。我时常听到他用一种生硬的口吻训斥他的弟弟：

"你不要再跟那丫头整日厮混了，你知不知道外面的人说得多难听，我们丢不起这个人！"

母亲却一反常态地表现出了作为一个女人的大度宽容，她几乎什么都不讲，一如既往地将捡到的牛皮纸仔细地收集起来。不仅如此，她还可以一宿不睡——只为了将那些碎布片制成一个又一个的布娃娃。当然这些布娃娃不是为我未来的妹妹做的，而是，为冯泥泥做的。虽然母亲并没有像我那样偷喝那种"苦水"，可她也一样被灼伤。这灼伤就是源于对父亲的弟弟不可抗拒的爱。

这爱让我在回想往事时感到了母亲的悲哀。她用一种奇特的方式——爱屋及乌，托起心中的幻景，这幻景在她的忍耐下慢慢转换成为一种意志，她愈是发现这份爱的无望，依恋之情就愈深。因此，她若想要继续爱，就必须弄瞎双眼，弄聋双耳，还要禁止自己思考。

那段日子，由于这种令人不安的忧郁，使得我的记忆也染上了少有的冷淡色调，而也由于这种冷淡，那张被精心装饰过的画像在记忆里便显得特别鲜明。

其实，很久以来，那些存放在父亲的弟弟的木箱子里的东西，对我来说早已不是秘密。那天，我在翻阅里面那一大堆的旧报纸和小人书时，突然发现了一张肖像。可以肯定，那是父亲的弟弟最近才完成的。虽然画面只有黑白两种颜色，但却无与伦比地精致饱满。我记得当时我嘟哝出这么一句：

"冯泥泥哪有这么好看？她的牙齿难看死了。"

听到这话，蹲在一旁的父亲的弟弟简直是狂怒了，他哗地一下站起，无比激动地说：

"这世上再没有比她更好看的了！再没有了！"

父亲的弟弟所表现出的愤怒使我小小的自尊心受到了致命的一击，很长一段时间，我都因为心怀怨恨不肯开口跟他说一句话。后来，当我在遥想中再次看到这幅画时，我渐渐理解也似乎靠近了他的世界。

我感到这个神情苦闷的男人并不是那么地蛮横，他只是沉浸在我当时无法理解的孤独之中。曾有那么一段岁月，由于冯泥泥的出现，使得他对这阳光灿烂的季节深信不疑。这个季节所分泌出的甜美浓烈的气息，使人们在其中幸福地翱翔，这气息也在父亲的弟弟那具脆弱残疾的身躯里觉醒，他想要飞起来跟人们一起会合，可他失败了，被重重抛回了地面。

事实上，自上次刘玉玲走后，冯泥泥已有相当长一段时间没再到过我家。我常常看到那个严肃的独身女人的身影出现在上学的路上，她攥着冯泥泥的手，神情倨傲地从我们身边走过，仿佛那刻她牵着的不是她的外甥女而是至高无上的法则。

记得刘玉玲在上次离开我的家时，曾用一种女巫般森冷的声音发誓：

"今生再也不会踏入谢家半步！"

然而，那个下午，一只黑皮凉鞋使这个发过毒誓的女人再一次跨进了谢家。说起来这一切像是纯属偶然，但这"偶然"在如今的我看来，即是命定。它使父亲的弟弟的双脚自此站在了生与死的边界，同时又被这两者所抛弃。

那天，在去接冯泥泥放学的路上，刘玉玲新买的黑皮凉鞋在经过何玉凤的家门时不慎掉下了那条臭水沟，而那条臭水沟又把它从凤凰街带到仁义巷再带到肖老大门口，于是，我的大嗓门邻居便与那个跛着脚一步一扭的严肃女人有了对话。

"我说大妹子呀，你咋弄只鞋而不弄个绣球往哥哥这抛呢？"

"要帮就帮，少胡扯。"

"嘿嘿，忙是要帮的，不过有个条件就是妹子今晚得陪我去晒晒月亮。"

"肖老大你说话小心点，不要让老天爷今晚劈你的床。"

刘玉玲在说这话时用手指了指天，似乎老天爷正如她所说一般在俯视着天下众生。十天后，当我被带到那间阴森的楼房里时，那个长着双金鱼大泡眼的男人也是这么指着天空对我说了同一句话。不同的是，刘玉玲说话时显得虔诚庄严，那男人却是笑眼眯眯。

刘玉玲和肖老大的对话是在冯泥泥从墙上摔下来时中断的，也正是那天，我才知道，以前经常响起的碎石子声，是冯泥泥和父亲的弟弟约定的暗号。

冯泥泥奇特的出现方式使在场的人都怔住了，我、刘玉玲、冯泥泥，还有父亲的弟弟，四个人的身影就像小时常玩的游戏，"我们都是木头人，不会说话不会动"，以四种奇特的姿态定格在了阳光下。那也是一个正方形，我和刘玉玲拉成了对角线，冯泥泥和父亲的弟弟拉成了另一条对角线。不同的是，第一条对角线的两个人是站着的，而另一条对角线的两个人都保持着倾斜的姿势。在那固定的瞬间，我看到，那只黑凉鞋一直在水里漂来荡去，漂来荡去。动荡的水纹使得那个宁静的下午成了一个哈哈镜下的魔幻世界。

最先动起来的是父亲的弟弟，那迅速移动的身影在大太阳下显得是那么地可笑笨拙，就像一只跛了足却急于跳跃的大青蛙。他的移动解除了另外三个木头人的符咒，我向左望了望，又向右望了望，最后将犹疑的目光投向了那只鞋。凉鞋已脱离了漂泊的命运，重回到刘玉玲的裤管之下，只是它的主人显然对它的失而复得并没感到什么快乐，她一动不动地站在原地，脸色铁青地看着自己的外甥女以一种跛足小青蛙的姿势一瘸一瘸地奔向那只大青蛙。

接下来的情景让人难以置信，如果不是亲眼所见，我根本不能想象会有这样的事情发生。冯泥泥哭了，父亲的弟弟也哭了，到后来，当刘玉玲终于忍无可忍并不容置疑地强行将冯泥泥拉走时，那情景简直可怕。若说今生我第一次领略到什么叫"生离死别"，什么叫"绝望"，就是那个下午那两只青蛙的眼神。

接下来的日子就像不按年表出版的报纸，混乱不堪。父亲的弟弟开始陷入一种可怕的疯狂，他在房间摆满冯泥泥的画像，不停地走来走去，走来走去。一次，我试图将那些头像收起来，可父亲的弟弟，那个被称为"叔叔"的男人竟然这样威胁自己的侄子：

"若你胆敢动一动，我敢说，你就再也见不到林小倩了。"

林小倩是我新近认识的学妹，那个总是细声细气地叫着"小年哥哥"然后跟我分吃一捧葡萄干的七岁小女孩。当然，父亲的弟弟不会真的伤害小倩，但他当时的表情是那么地令我害怕，我吓得"哇"的一声大哭起来，接着便感到一股热流顺着大腿淌下。

在以前，父亲的弟弟是很疼爱我的，他以自己的方式爱着我，爱着家中的每一个人，然而随着冯泥泥的出现，他的这份爱便升到了沸点。若说刚开始的时候，我的家人还不是那么着急的话，那是因为有刘玉玲在。父母只是担心他去骚扰那个独身女人——要见冯泥泥，父亲的弟弟就必须去敲她的门。后来，当刘玉玲那次出现，情况便变得一发不可收拾。父亲的弟弟睡不着觉，吃不下饭，只一心想着怎样才能再见到冯泥泥，他总是这样自言自语：

"只要让我见到她，我就会好起来，好起来。"

父亲的弟弟这种对一个十三岁小女孩昏了头的行径，使我的家人深感羞辱。特别是我的父亲，他那张厚嘴唇重新紧紧闭上，尽力保持作为一家之长的镇静。他悄然而不遗余力地不知从哪弄来种种偏方，甚至最后，如请神般将何玉凤那双颤巍巍的小脚请进了家门。

何玉凤，这个长年身穿一件怪诞有如大斗篷的黑衣女人，迈进我家后，以一种与她年龄极不相称的锐利眼神扫视着我毕恭毕敬的父母。这眼神让我倒吸一口冷气，虽然她盯的并不是我，但我始终感到，她那双皱巴巴的小眼睛就像两道寒气四射的锋刃，紧贴在我的脊背。

这个在我童年记忆里阴森可怕的老女人，用令人发颤的声音对我的父母说了一些古古怪怪的话后，便用一种神秘的微笑示意让我过去。虽然如今已事隔多年，但在描述时，我似乎还能感到她那湿漉漉的手心。不过，当时我可不敢对她有一点反抗，只是哆嗦着跟她走进房间。只见她先是环顾一下四周，然后便伸出干枯的手指着冯泥泥的画像说：

"这可是个了不得的小妖精，和她妈妈一样，是要重新投胎才不会害人的。"

她的声音压得很低，仿佛怕谁听到似的。接着她又不知指着哪个角落说：

"就在那，你叔叔的魂被收着，若要救他，就得让那小妖精放他回来。"

我不记得我是怎样从那双老鹰般的湿爪子下逃出来的了，冯泥泥是个妖精这个既荒唐又似乎真实的事，使我的头脑如同刚打捞上来的水草，一片混乱。

天气如此闷热，尘土的味道在黄昏里同夹竹桃的败花味混在一起。我头昏脑涨地走着，直到看见一条拉在高低不齐的四季青上的绳子。绳子上面有几块布微微地飘动，那洗褪了的蓝色好像已晾在那里好几年了……

混乱的思绪让我难以分清当时自己究竟是先看到冯泥泥才看到那条裙子，还是先看到那条裙子才看到冯泥泥。何玉凤的话已把我的大脑搞得乱七八糟，毫无条理了。也正由于这种笨拙零乱，使我在看到冯泥泥那一刹的同情心也给一并搅乱，伤害感使我的愤怒变得正义。

不，与其说所看到的一切让我愤怒，不如说使我震惊。我看到站在角落的冯泥泥的身体也如我般在瑟瑟发抖，她木然举起的两只手就像失去了父母的孤儿，无助地朝向天空。更可怕的是，那双手上满是斑斑血渍。这情景让我整个地傻掉了。这时，像是为了印证何玉凤的话，一个熟悉的身影出现了。我看到了父亲的弟弟同样惊慌得手足无措。

"我怕……"

冯泥泥的声音听上去就像被风吹得四处飞散的棉絮。顺着她纤巧的腿缓缓流下的血，仿佛是从一个无影无形的伤口里出来的。

"怎么了？这到底是怎么了？"那个男声简直是半带哭腔。

"我不知道，是从那儿流出来的。"

"那儿？那儿是哪儿？"

"那儿，就是……那儿……"冯泥泥死命揪着裙角，神情愈发凄惶起来。

父亲的弟弟蹲下身，神情凝重地伸出手，顺着冯泥泥的大腿往上，往上，再往上。我看到他的眼神突然涣散迷蒙起来，他恍恍惚惚，脸上泛起一片奇异的潮红，又转成雪一般的苍白。

他摸到了"那儿"。他触电般地离开了"那儿"。

父亲的弟弟的这种神情使得那句"若要救他，就得让那小妖精放他回来。"又在我脑子里乱糟糟地响了起来。暮色是红的，非常刺眼。他们谈着话，而我，已是不能呼吸了。眼睛什么都看不清，他们的话也开始听不懂。当我终于像个梦游者一般离开那片四季青，走到大街上，走在如火如荼的晚霞中，那个盛夏的黄昏让我觉得比火星还陌生。

正是那片一望无垠的白皑皑的棉花地，天际，一轮夏日的斜阳——我们狂热梦想中的斜阳，在我们头顶，在怒放的花丛中，来回摇晃。

滴汗，使一直潜伏着的第三个记忆碎片，随着小桌中央那团丰满的鳞茎而暴露出来。

那是个半透明的茧一样的东西，丝绒一层一层精巧地叠在一起，有如一个被细心包裹的婴儿。我多么希望，在展开那些脆弱的叶瓣的同时又不引起回忆的注意，然而，当我笨拙的手指抚弄到那丝一样光滑的纺锤体时，我已经预感到，出现的将会是一个令人痛苦的东西……

在梦里，我动作的悲剧性并没有表现得那么清晰，是慢慢萌发的令人心颤的喊叫把它表达出来的。我的手指毫无分寸地剥开叶瓣，这时候，那叫喊在梦中直达喉咙——父亲的弟弟那生硬、被勒紧的叫喊……

我是在发现"小妖精"的可怕秘密的第二天被带进那幢木楼的。虽然那幢木楼我今生只进去过一次，但我相信，那里面的光线在任何季节任何时候都很暗。

那个黄昏，父亲、母亲和我都分别先后走进那幢木楼。父亲是从花生地径直被人带去的，这个胆小沉默的农民，在见到"张所长"时所表现出的镇定让人吃惊。面对那位国家干部义正词严的问话，他木讷的嘴唇竟一反常态地用一大堆流畅自如却又不着边际的话填掉了以往的沉默。诸如"今天可比昨天还要热啊……集市上龙眼的价格又降了……你看，那片乌云，说不定会下大雨……"问话的人最终被这堆言不及义的语言搞得昏昏然，而父亲的身影，也因此被不耐烦地喝了出来。父亲出来时的凝重神情，让我难以相信他在里面竟是以一种泼皮似的态度面对张所长。但现在，我明白了，那些废话其实是同难以表达的心里话连在一起的，它源于对弟弟深沉的爱，源于内心那种无声又无奈的保护本能。

我的母亲，那个腰细得盈盈一握的女人，她的表现与丈夫相反。她长时间地围着木楼外面的那盏惨淡的路灯转，仿佛一只大蛾子让灯光吸引住了一般。她走路的方式让我吃惊，就像走在一条绳索上一样，步子既迈得轻飘飘的，又十分紧张。后来我才知道，母亲的每一个动作都是"苦水"在作祟——她在同酒精做斗争。

她面部表情呆板，似乎全身只注意要做好唯一一件事——不要跌倒。当张所长出现在她面前时，我看到母亲的脸在一会儿工夫便换了好几种表情：先是害怕，继而是茫然，随后便面带微笑了。那是一种模糊而朦胧的微笑，它好像不是对张所长而是对另一个人。她笑着叫了一声"张所长"，便走进了那幢木楼。

至于我，谢小年，则是被一个身强力壮的男人强行抱进去的。我不知道我的父母在那幢楼里遭受了什么，他们从里面走出来时，那令人害怕的灰白面孔，那横放在膝盖上，几乎是灰白的，青筋毕现的手，让我感到就像是刚从神怪故事里走出来的人物一样。没等我走近我的父母，只听见这么一句："说不定那小崽子会说。"我青果般瘦小的身躯便被一双大手提了起来。当我随着那双手进入到那幢黑暗的建筑里时，一股浓烈的怪味直冲喉咙，这种味道直至我离开那地方几乎一个月，还顽强地滞留在我的胃里。

张所长，那个长着双金鱼大泡眼的男人坐在一张看起来很舒服的大椅子上，出人意料的是，他并没有我想象的那么严肃，而是，满脸笑眯眯的。他友善地朝我点点头，那双保养得很好、又白又胖的手正不紧不慢地翻着一叠纸。他一边和身边一个麻秆般的戴眼镜的男人说话，一边缓慢地将纸一页一页翻过去。当翻到写有几个十分醒目的大字"关于谢继雄奸污少女一案……"的那页纸时，大泡眼移到了我身上。

"谢小年，你是个诚实的好孩子，对吗？"

张所长和颜悦色地问我。我点了点头，心毫无主张地怦怦乱跳。

"冯泥泥是你的同班同学，对吗？"

他询问的语气愈发地温和起来。我又点了点头。

"她和你叔叔的关系是不是很……不一般？"

我傻乎乎地看着那张笑眯眯的圆脸，一时不知该如何回答。

"小朋友，你知道吗，不要说假话，要不，老天爷今晚会劈你的床的。"

张所长的声音仍是软绵绵的。但这句和刘玉玲几乎如出一辙的话让我的思维开始了可怕的延伸，我的心跳得越发地快起来。

"你知不知道你叔叔犯了流氓罪？"

这突然响起的声音吓了我一跳，一直没说话的瘦高个转向我，他可怕的眼神让我感到嘴唇发抖几乎吓得马上就要哭起来，半晌，我才小小声吐出一句：

"我叔叔不是流氓。"

"胡说！"瘦个子拍了一下桌子，"若不是流氓，怎么会摸她那里？"

我恐惧地望着这个男人。他通红的双眼让人感到"那里"似乎是个令人极其难以忍受的地方。

"冯泥泥受伤了……"

我突然想起那天从冯泥泥大腿流下的血。

"我们调查过了，你叔叔弄了她。"

他说得是那么肯定。我的眼泪几乎夺眶而出，虽然我不知道"弄"是什么意思，也不知"那里"究竟是哪里。但从他们的表情来看，这"弄"一定是一件非同小可的事。接下来的情形让我惊惧不已，瘦个子不知从哪掏出一团红彤彤的东西，他举到眼前看了看，又放到鼻尖嗅了一下，他嗅那东西时神情显得极其猥琐：

"十三岁，那瘸子可真有两下，十三岁就让他给×了。"

说完，那瘦子又将那团软绵绵的东西拿到鼻尖嗅了一下，随后便放在桌子上。我终于看清楚了，那是团棉花，那天下午冯泥泥就是用这个擦血的。

"喂，挨搞的又不是你，你哭什么?"

我不懂他们说的究竟是什么，只是害怕得眼泪又掉下来。那真是一个可怕的下午，张所长和那个"李副"轮番进攻我，他们一会自个儿聊天，一会又拍案而起。有好几次我都被吓得浑身颤抖说不出一个字。然而不管怎样，我始终流着泪不肯承认冯泥泥被父亲的弟弟"弄"的事实。若有人告诉我父亲的弟弟做了别的什么事我都觉得可能，但对冯泥泥，他压根就不可能产生一丁点伤害她的念头。

"你个小崽子这么嘴硬? 你他妈的是不是也从瘸子那尝了一点鲜!"

瘦个子显得极其不耐烦，张所长倒是没怎么吭声，他细眯着眼盯着那团棉花，嘴角的笑意越发深了。

"你知不知道现在科学很先进，公安局发明了一种仪器，只要一测就准知道谁是不是在撒谎。"

张所长突然声音温柔地这样对我说。

"像你这么聪明懂事的孩子（这句话他说得异常地温柔诚恳），当然不必要接受试验了，要知道，那可是很痛很痛的。"

听到这话，我简直绝望了，因为他们的口气是那么地胸有成竹，以至我的坚持也有些动摇起来。毕竟那天我并非一直在场，而冯泥泥"那里"为什么会流血我也一无所知。

"你好好回忆一下，那天你叔叔是不是脱了冯泥泥的裙子？"

张所长耐心地启发我。接着他讲起故事来。一个和我一样大的小孩打碎了花瓶，刚开始他不承认是自己干的，后来经过激烈的思想斗争，终于承认了。

"你猜，结果他受到批评了吗？"

张所长亲切地问我。我望着他，不知所措地点点头。

"不。他没受到批评反而得到了表扬。因为他诚实。同样，只要你诚实就不会受批评。何况，这也是在帮助你叔叔啊。"

"你有可能是忘了，不要紧，再好好想想，他有没有脱她的裙子？"

我先是摇了摇头，继而又点了点头。

张所长总算松了口气，他笑眯眯地蹲在我面前，接着问：

"他的手是不是伸到冯泥泥的大腿中间？"

我又点了点头。张所长满意地望着我，随后在自己裤裆处快速地摸了一下。

"他是不是跟着脱了自己的裤子？我指的是，脱光。"

我茫然地望着他，摇摇头。

"好吧，也许你忘了。那么，他摸了她那里多久？怎样摸？"

张所长的古怪神情让我又慌张起来，犹豫片刻之后，我鼓起勇气问：

"我说实话是不是就不被测谎了？"

"当然。"

"真的吗？"我又担心地问了一遍。

"你想想，大人怎么会骗小孩子呢？"

张所长的话让我的自信心有所恢复，我擦干眼泪，放心地说：

"他只摸了一下。"

"就一下？"

我肯定地点点头。显然，张所长对我的回答不太满意，他靠在椅子里，若有所思地看着我，似是在琢磨还有什么方法可以知道更多。

"对了，他后来将冯泥泥抱进了棉花地，是吗……对，一定是这样，他将她拖

（这次他用的是"拖"）进地里，然后……"

张所长的情绪突然高涨起来，他没有再问我，而是推理似的在那自问自答。他仿佛陷入了某种激动人心的想象，神情随着身体的摆动越发地亢奋起来。后来是那个瘦个子对我说：

"你先回家吧。"

那时我已在那幢木楼里待了将近两个小时，这突然的自由让我感到稀里糊涂。我踏着软绵绵的步伐向外走去，意外的是，我竟在门口碰见了冯泥泥。她就像个机器人般木然地跟在刘玉玲身后，小小的身躯显得极为清瘦，她面色苍白，眼神忧郁，还时不时轻轻地咳嗽。在经过我身边时，她竟像个陌生人似的一声不吭。

冯泥泥的模样令我吃惊，好像我看到的是另一个冯泥泥，是另一张面孔——一张被"弄"过了以后的面孔。那张面孔像一块锐利的玻璃，在那个夜晚深深地嵌入了我的神经。

父亲的弟弟被带走，不是在大白天的地里，也不是在大清早的敲门打窗，而是在仲夏之夜。当时他正在做一个面具，牛皮纸上面用红墨水画着圆圆的鼻头和大大的嘴，看上去十分地夸张滑稽。这面具使孩子们十分好奇，所谓的孩子，也就是我和那个从家中偷跑出来的女孩——冯泥泥。就在父亲的弟弟将那张面具套在脸上时，那些人已经走进了房间。他们走进来无须敲门，因为我的父母刚出门去送月饼，所以门是敞着的。

这种无须敲门就把人带走的场面，一年里，在秀水镇就发生过不下五次。只是这一次，作为背景陪衬的，有一轮明月，两个孩子，以及他们手中的牛皮纸面具。

站在屋子中央的，就是那个大鼻子小丑，他几乎僵在了那儿，很明显，那些人是冲着他来的。我不知道父亲的弟弟当时面部是什么表情，因为面具已将他的五官遮住了，我却看到了冯泥泥的脸色——在那刻惊恐得就像她手中的面具——一只小兔子。大约两分钟吧，只听父亲的弟弟以一种非常镇定轻松的口气说：

"小年，等下记得去帮我买一盒火柴。"

而我相应回答出的一句话则是：

"我帮你买火柴，那你得答应帮我找到那个鸟窝。"

然而，这次一别，半个月以后我们才得以再次见面。而这再次见面，就是在那片九月的棉花地里。

那真是动荡不安的半个月，父亲的弟弟的名字频频出现在人们口中，而我的家，无论什么时候，总带着一种不祥的气氛。这种气氛就似狂风后的气流，把所有门窗吹得噼啪作响。那段时间，父亲几乎每天都喝那种"苦水"，他一边喝一边摇头：

"弄错了，他们肯定是弄错了，发狗明天就会被放回来，是的，就在明天……"

母亲则每天都外出，她坚持不懈地敲刘玉玲的门，她一直抱有希望，只要能找到冯泥泥，她就可以找到事情的真相，父亲的弟弟就可以回家。可每一次，除了那个光滑锃亮的铜把手回应她的呼唤，一无所获。冯泥泥和刘玉玲就像阳光下的两滴水珠，在秀水镇消失得无影无踪。

九月的某一天，父亲突然停止了喝那种"苦水"，母亲也开始在屋里忙里忙外，他们的表现让我紧张的心稍感安慰，我甚至相信，尽管我的父母不说，他们在迎接晚上那轮宁静的明月时，一定会带有某种宽松的心情，不管怎么说，中秋之夜，父亲的弟弟该回来了。无论怎样，都该回来了。而节日之后的日子，对我，对我的父亲母亲，会比节日本身更让人快乐……

然而，现实却以其狂傲的力量，再一次前来向我们的幻想挑战了。只要说那一句传闻就够了：不用说，和周新国一样……

这句话几乎让我的父母崩溃了，周新国是镇里的老光棍，三个月前，就是因为猥亵少女被两个穿绿制服的人带走的。而现在，我们又听到一桩奸污少女的事，我觉得我永远也不会承认，那就是这个人是父亲的弟弟。

"小妖精""流氓""测谎仪"……我的内心不停地在两个画面之间挣扎，一个是父亲的弟弟，他那双漂亮修长的手，时而握着一捧鲜花，时而又颤抖地在一只大腿上游移；而另一个，没有人能认出那个跌倒在沙地上，满脸惊恐的小女孩就是那个总是快乐得要飞的冯泥泥。

我抬头仰望天花板，只见它在张所长的微笑里变成了绿色。在那张绿色大嘴的笼罩下，我的恐惧是那么强烈，我感到自己身上似乎另有一人，他就站在我思考的沼泽里，带着鄙夷的目光和享乐的微笑看着一个跛足男人正小心翼翼地擦拭着手上的血迹……

若说父母的悲伤，是因为无能为力而流的无奈的泪，那么，我的哭泣，则是因为生活的虚假。从前，我对这个世界的认识是通过书本，通过大人们脸上的表情，但是那个夜晚，我方始明白，世界一直用一种微笑向我隐瞒一些事情，即发生在那幢木楼里的另一幕——在那里，那些时而笑容满面时而拍案而起的人正疯狂地、忘我地推动着人类的语言：

"说，你会说的，是吧？说，说你碰了她……混蛋……"

而那个被审问的男人，躬着身体倚在墙角，探照灯下，他就像一只猎物，供审讯人员享用的一顿盛宴。然后，那个男人要求到那片棉花地，说是指认犯罪现场……

这清晰无误的一幕使我的恐惧感变得如此强大，以至感到心都要从胸腔里跳出来了。我脖子下的枕头也显得僵硬粗糙，就像冯泥泥身下的沙砾一样……

由于恐惧，我的行动变得不受支配起来。我一边抽泣一边使劲拧自己的手臂，直至两臂青瘀，直至指甲发白，直至附在我身上的那个人完完全全不再出声才罢手……随后，我十分激动、踉踉跄跄地向窗户走去。一轮圆月挂在天空，满天星辰朝我眨着眼，凉爽的空气使我肿胀的双手感到舒服些。

"我没有撒谎。"我突然小声地说。

这是夏季最后的炎热，热风、尘土和狗尾草阴影的毒针……他的身体向后靠去，他目光迷离，仿佛游弋在一个遥远的梦境中，在那里，九月送来了热情的微笑……

当我透过模糊不明的汗水，再次沿着记忆之河游走时，我突然想到了父亲的弟弟的死。或者，不如说恰恰相反，我想到的是，他是否能够永远不死……

那一天是那么地热，我看到父亲的弟弟回来了，果真回来了。但他不是从牛皮纸，也不是从芒果树下的吊床，而是，从九月的远方走出。

我站在河岸边，看着他将裤子挽到膝盖，在那片白皑皑的棉花地渐行渐远。我又一次感到，自己就像被悬在一个热气球下的大篮子里，父亲的弟弟、河流，以及那片土地，所有的一切是如此遥远又尽收眼底。是的，如今，我就是处于这样一个虚幻的高度来看他。他在棉花地里缓缓地走着，那幅还未来得及完成的画留在河岸旁的草地上。在阳光射向画纸的瞬间，似一道迅猛的闪电，我重又看到了父亲的弟弟的一生：天井里的水流、牛皮纸，随后是冯泥泥、雪花，接着是无垠的田野、木楼、沙砾，最后，九月……

是的，虽然那些景象呈现在我眼前，不过是昙花一现，然而我却感到了一种令人兴奋的可靠性，即从神秘的角度看，那些花朵、那些流水，甚至那两排不平行的足迹，都使得父亲的弟弟的死成为不可能。而最为神奇的是，这种可靠性不再需要证明亦无须解释。我看着父亲的弟弟，只见他已穿行过整片原野，又回到了他最喜爱的那个地方坐下。于是，我又对自己说了一遍：对，这一切瞬间景象，将永远存在……

多少年来，在绵延不绝的炎热里，父亲的弟弟的命运，就像一份持续不断的重压始终强行压迫着我的神经。如今，在这种纵观一生的景象里，我终于不知不觉地经历了这种痛苦的转变。不，这些叙述都不正确，这只不过是我二十多年来的一次漫长旅行，这旅行只有两个时刻：一个是到达某处的时刻，一个是离开的时刻。我匆忙地在这两个时刻间行走，直至某天早上，我听到一种泥土倒塌的钝声，就在我家天井外，那半堵残墙——已是一片空地了，就像一场游戏般神奇地结束了。

从木楼回来后的头几天，我一直待在"家"这座避所里。

　　关于父亲的弟弟是个流氓的说法，使我的头脑在那个夏季处于一种类似高热的迷糊状态。只有当父亲剧烈的咳嗽声响起或是母亲的叹息声，才能将我从中惊醒一下。只听到家里那扇木门在空气中嘎嘎作响，于是，惊醒的世界重又缩小到只有四面墙那么大的范围，缩小到只能听到床板和我身体之间的那种寂静无声……

　　我不知我究竟迷糊了多久，只记得有一天下午，我感到似乎好了一点儿，便坐在地板上，开始看那些压在箱底的画像。那是两个九月之间的画像，这两个相同却相隔了一年的月份，使我虚弱的头脑充满各种形象：阳光、阴影和谣传。

　　这些形象犹如实实在在的芒刺，让我疼痛不已。我似乎听到了那个男人在棉花地里行走的窸窣声。他在这一简短的行程里把他爱过、痛过、为之受过苦的往昔岁月统统集中在了一起：他和他的那个小姑娘，曾经凝视过同一片星辰，呼吸过同一种花香……

　　我坐在地板上，闭着双眼，并不企图整理一下自己恍惚的思绪。我感觉到那张遮掩在面具后面的面孔，正将一种激情悄悄地转移到我身上……我觉得自己似乎仍在一幢黑暗的木楼中踟蹰独行。那幢建筑由于这份激情开始变形，就像在已熄灭的聚光灯前，巨大的电影布景一般。而那一张又一张已模糊了的铅笔痕迹，在汗水的浸洗里，有如金属片一般明晰地呈现……

　　这些画，在一个还是十一岁的小孩眼里，是不可能触摸到里面的含义的，但由于最后的那些浓重狂乱的笔触，使得我那颗孩子的心，一直感到很沉重。我想象着父亲的弟弟在那幢木楼里，正一言不发地接受着那些粗鄙的拷问。这个被我自己强迫想象的镜头，和这些优美的画面放在一起，让我觉得是那么地荒谬，那么地没有根据，特别是在这灿烂阳光的秋日，在这芳香四溢的早晨。就在我闭上眼的时候，一声稚气十足却又令人极其难过的呼喊传来了：

　　"我帮你买火柴，那你得答应帮我找到那个鸟窝。"

　　这句话，随着时间的推移，使我愈加感觉到自己的愚蠢和孩子气。在当时那种情况下，我应该什么都不说，而应多看一眼那张面孔，把每个线条都印在心里。

一直以来，对父亲的弟弟所做的一切，在我的头脑中，都应该是一声长长的呐喊，一声野兽似的咆哮，我想将这种呼喊，这种咆哮一股脑地倾泻给他，我希望他能对我的疑问做出回答，希望他能做出解释，为自己进行辩护。

因为从这些画纸嫁接到我内心的那根枝条，虽然已随着他的死而枯萎，但一直都还在我身上，它时不时妨碍我观察事物，并把现实分成两个。就像某天在两间幽暗的小屋，透过两个不同的小孔，我所看到的两个女人一样。一个是身着白衣的女人，面目柔和，在干那种事时显得很平静；而另一个，由于她的丰乳极具肉感，以至她身体的其余部分都黯然失色了……

可是，我的这声咆哮如今依然是默默的，那是因为我已知道，这两个看似不同的女人，实际只是一个。就如同被撕裂的现实一般。这便是天使的幻象，它使你如同喝了烈酒，用一种足以迷惑人的、模糊的景象，将世界一分为二……

那一天，门是开着的。虽然自那个仲夏夜之后，我们已习惯了一回家就关门。

对于父亲的弟弟，那个令人不齿的"流氓"的再次相见，于当年的我，只是一种别后重逢的喜悦。我对那天的情况记得很清楚，就是在听到我的父母说要到那片棉花地等父亲的弟弟时，我当时所准备好的要问他的话，埋怨他为什么不给我找到那个鸟窝……

天气热得近乎发狂，火烫的干风在已被晒得龟裂的土地上刮起小股小股的沙尘，随着这沙尘而来的，还有很响亮的另一种声音——铅笔在牛皮纸上的沙沙声。

那时我并不知道，我兴高采烈要去看的，不是我所熟悉的父亲的弟弟，而是，一个指认犯罪现场的"流氓"。

我们默默地走着，随着目的地的接近，父亲的咳嗽开始一声比一声剧烈，只要热风一停，他的咳嗽声便立即以一种出奇的清晰在白晃晃的阳光下寂静地回响。地上的青草已开始点缀着几片黄叶了，这是九月的第一批黄叶。我脑子里那些沙沙声又在响起，但已经远了，弱了。

就在看到那片棉花地的一瞬间，我全身各个器官都感到，那种粗糙青涩的枝叶味道又强烈地冲了进来。我细眯着眼看着那些白皑皑的棉朵，这色泽同地里那个战栗的男人以及自己惊慌的形象定格在了那个下午……是的，我正和父亲的弟弟凝固在同一个时空里，那么地真切，那么地明白无误。

这定格的画面几乎让当时的我失去理智，于是便懵懵然地把那盒火柴从裤袋里掏了出来……火柴在我手间轻轻抖动，仿佛因为手心的汗湿开始溶化一般。而我的身体，正随着这消失的物品一起慢慢浮升……

然而，我刚刚经历的这一场幻境，转瞬又离我而去，我的大脑在不经意间又为我制造了另一个意境。我看到一位年轻人，悄悄地把门打开，然后，一个身着蓝裙的女孩谨慎地从墙上跳了下来。是的，这我曾见过千百次的场面，这两个难分难舍的秘密约会的人被我的记忆唤了出来。我看到父亲的弟弟在我的呼唤下微笑着，他双目半睁半闭，似乎已意识到，这个瞬间，便是他所预感的那个生命开始了……

我觉得我的呼喊成熟了，而头脑中那即将发出的咆哮，也在我眼前愈转愈快，但这一次，一切都变了。

就在我张开嘴的一刻，父亲的弟弟突然从画面猝然消失了——他将一把锋利的小刀，深深地插入了自己的心脏。那开在身旁的血渍，就像他平时用的那只铅笔刨刚刚卷出的几片精致的刨花。

月复一月，年复一年，光阴就这么过去了。父亲的弟弟的故事——在多年以后的一个同样炎热的夏日，由一张梦中的嘴唇讲述出来。

此时的秀水，已从一个安寂的小镇变成了喧哗的地级城市，而有一个人，却才刚刚从长长的睡梦中醒来，那微微颤动着的嘴唇，仿佛还在讲着梦中最后的那几句话：这里的每一块土地，都经历过九月的炙烤。

| 创作评论 |

也许纪尘更多流淌着瑶族人善于迁移行走冒险的血性，近年，从来只听从远方呼唤的她依然灵气逼人，一以贯之地不畏劳顿艰险，不畏不可知的下一秒，独自穿越欧亚大陆和中东，以身心独行远方，以细腻透彻的生命体验、热烈沉郁的精神思索，自内向外地实践着她的身体中的灵魂写作。

——张燕玲：《值得期待的广西少数民族青年作家》，《文艺报》2013 年 7 月 5
日第 7 版

对于作家纪尘来说，写作和行走一直是她生命的姿态，也是她激情的载体。在《海市蜃楼》《爱与寂寞》《乔丽盼行疆记》《蔗糖沙滩》等一系列作品中，纪尘都写出了女性倔强、执着的行走姿态，以及"在路上"的女人所具备的独特的美。在小说《冰之焰》中，行走也是罗烈焰的生命姿态，她的坚强和倔强注定了她无法停止行走，无尽的行走使她必须面对孤独，而孤独的行走的历程让她逐渐实现了女性的成长和对生命的自觉。

——刘铁群：《在烈焰与冰寒中成长——论纪尘的长篇小说〈冰之焰〉》，
《广西民族师范学院学报》2017 年第 1 期

| 作品点评 |

纪尘的《九月》讲述的是一个爱的故事，一个关于"坚守""背叛""死亡""成长"的诗性叙事。这个故事有四个时态：一是人与自然的哲学关系；二是人性的苏醒与人的苦难成长叙事；三是融入水和野地的生命哲学；四是人类心灵的孤独与寻找温暖的生命观照之路如影相随。

——肖晶：《从远方来，到远方去——纪尘小说的"女性成长"与"行走"主题》，《湖南科技大学学报》2011 年第 5 期

跟范宏大告别

朱山坡

过了八十岁的人都能隐隐约约地预知到自己行将来临的死期。这种说法不知对不对,反正阙天津老人相信了。这一天,他说他听到了死神渐渐逼近的脚步声,像广播里天气预报的声音一样清晰、从容和真实可信。那天他醒得比狗还早,他嫌村子太安静了,便在院子里大声嚷起来,这一次我真的要死了。他的四个儿子分别住在院子的四个方向,天气冷,他们还在捂被窝,先是他们的媳妇听到了老人的吵闹,摇醒了各自的男人。儿子们迟迟不搭理,老人觉得被怠慢了,很生气,用拐杖使劲地敲打儿子们的房门。从老大开始,敲到老四的时候,老大才从窗口里探头问,爸,你犯病了?

谁说一定要有病才死?你们的祖父祖母都来叫我了,你们母亲要带我走了,我真的要跟他们走了。老人一本正经地说,不像开玩笑,也不像在赌气。儿子们率领媳妇都跑出来,互相询问到

作者简介

朱山坡(1973—),广西北流人,曾在乡、县、市政府从事文秘工作15年,现任广西作家协会副主席。早年主要写诗,2005年开始发表小说,出版有长篇小说《马强壮精神自传》《懦夫传》《风暴预警期》,小说集《灵魂课》《喂饱两匹马》《把世界分成两半》《十三个父亲》等。曾获首届郁达夫小说奖、《上海文学》奖、《朔方》文学奖、《雨花》文学奖等多个奖项。根据其小说《美差》《灵魂课》改编的电影分别获得第25届美国圣地亚哥国际儿童电影节优秀影片及儿童贡献奖、第30届东京国际电影节亚洲未来竞赛单元最佳影片提名。小说《推销员》2017年获《雨花》文学奖,2018年第七届鲁迅文学奖短篇小说奖提名作品。

作品信息

原载《天涯》2007年第3期,《小说选刊》2007年第5期转载,入选《2007中国年度中篇小说》。

底是谁因何得罪了老人。大家仔细想了想，没有做什么令老人不高兴的事情呀，这几天，谁家杀鸡宰鸭蒸鱼都请老头子一起吃，老头子吃得也开心，还跟孙子们说说笑笑的，媳妇们也处处让着他，从不敢跟他闹尴尬，顶撞的事情更没有。儿子们想，老头子可能真的要出事了。

问题出在一个梦上。老人昨晚做了一个梦，早年去世的亲人都在梦里一一出现了，他们围坐在一张大桌子前吃饭，但还有一张椅子空着。老人说，那是留给我的椅子，你们的母亲就坐在空椅子旁边不断用衣袖拂拭椅子上的灰尘催我去坐，坐下来就刚好满满一桌子人。

儿子们百般劝导他，爸那只是梦，连牛都会做梦，何况是人，我们都梦见你能活到九十九。到了春节，老人便八十六了，上个月检查，除了纠缠了三十多年的老腰疾，什么病也没有。但自己的梦只有自己知道，老人只相信自己，才不相信儿子做了什么梦。当年你们祖父也是这样，也做了一个类似的梦，他大叫大嚷说还不想死，他没得什么绝症，一顿能吃掉一锅子红薯，我也不相信他真的会死，但第三天他真死了。儿子们说不出更有力的道理，只能用零零碎碎的话劝导老人，或干脆顾左右而言他。老人并不接受儿子们的劝导，我告诉你们，我的寿命快结束了，今天不走明天走，明天不走后天走，反正快了——人要走就像刮一阵风，眨眼间便要没了。媳妇们不知所措，要扶老人回到房子里暖和暖和。老人却执意要到堂屋上去，我要看看我的棺材。

棺材悬放在堂屋的横梁上已经五年了吧，鲜红的油漆变成暗红色了，棺材的尾部上写了一个大大的"寿"字，那是当教师的侄子写的，写得苍劲有力，入木三分，老人很喜欢这个"寿"字。五年前镇派出所来到村上为民服务，上门为老人办身份证。老人开始坚决不要，我一辈子就在米庄哪也不去，要身份证干什么！但老大劝他还是办一张身份证，人活一世，好歹也要图个身份吧。老人觉得有道理，没有身份证阎王爷的名册上找不着自己的名字，那就办个身份证吧。可是照相的时候老人突然惊倒，老人说他的魂魄被闪电掠走了，人也得死了。然后老人大病了一场，大家都以为老人要走了，但他一个月后又能走动并奇迹般地活到了今天，像一棵风烛残年的老树顽强地蔑视死神的召唤。棺木就是那年大儿子从柳州买回来的，花掉了他大半年的工钱，还请高州城里最好的棺材匠把木材造成了棺材，雕刻了龙凤呈祥和五谷杂粮，做工精细，打磨得像银器一样光滑，村里很多人都慕名而来看过，都啧啧称赞。棺材做好，老人的病却也好了。老人一辈子最满意的东西就是这副棺材，恨不得早一点躺到里面去。老人让儿子们把棺材放下来，他要亲自擦拭，察看边上的铁钉是不是松动了，有没有虫蛀。儿子们要帮他擦拭，但老人不同意，自己的东西要亲自擦拭。能亲自擦拭自己的棺材被看作是一种福分。他擦拭得异常认真、仔细和专注，比擦拭自己的身体还要用心。这一次，他知道自己真的要走了。

对于死，老人看起来很豁达、从容，但儿子们能看得出他内心还是有点舍不得。棺材已经从头至尾、从里到外擦拭很多遍了，被擦得油光可鉴、光彩照人，实在没有哪个部位需要重新擦拭，再擦拭也许棺材便要散架了，老人才放下擦布，到处走走，随便看看，像一个要离家远行的人最后看一眼与自己血肉相融的草草木木。儿子们不敢远离他半步，一直跟着他到了松岗山下。老人知道他将会埋在靠近山顶的半坡上，那也是他自己选的穴地，都已经立有坟头了，就差一块墓碑。

"你们要砍掉坟前的那两棵松树，不能让它们挡住我的眼睛，我要天天看着高州城。"

儿子们答应明天就跟阙大伟商量。因为山头和树都是阙大伟的。

老人说得马上找阙大伟，顺便跟村里的人说一声，人都要走了总得跟乡亲们说一声。儿子们知道老人古怪和固执，容不得反驳，便依他。老人蹒跚地来到阙大伟家里。阙大伟正在刷牙。老人说，我要走了，你得同意把我坟头前的两棵松树砍掉，不要让树根拱坏我的棺材。阙大伟连呸了三下，大叔你长命百岁的怎么乱说荤话！老人觉得阙大伟是在拒绝他，很不高兴，死不死我自己比你清楚！阙大伟连赔笑脸，连嘴巴上的一堆牙膏泡沫也笑破了。阙大伟说，那两棵树我早便想砍了做柴火，你放心，待会我便磨斧子。老人走了三两户，觉得累，便坐在路中间的土坯上喘息，忽然醒悟似的，对老大说，村子里数我最老，我是长辈，我要走了，应该是他们来向我告别的，我怎么会上门跟他们告别呢？祖上没这个规矩！儿子们觉得老人说得并非没有道理，米庄的传统就是这样，年轻人要出远门了须向长辈通报，年长的人要去世无须向比其小的人告别，但近年来风气不同了，亲情乡情日渐淡薄了、麻木了，有老人病得快不成了，除了亲人也鲜有人登门问候的，甚至亲人也不一定来，死便死了告什么别呀，是时候谁不要走？就像要去一趟高州城一样，懒得跟谁告别，反正到了阎王那里又得见面。但老人一定要向乡亲们说一声，活了近百年了，乡里乡亲的，没有亲情也有感情，没有感情也有人情呀，不说人，即使是牲畜也讲情义吧，阙海军家的那条老狗经常吃我扔掉的骨头，去年它临死前还来到我床前吠了几声，流了眼泪，那也算是告别。于是四个儿子便分头向乡亲们通气，恳请他们抽空来见见老人，帮帮忙，就见一下，大活人的没有什么吉利不吉利。

小年刚过，离大年近了，村里的人忙忙碌碌的，但再忙也得见老人最后一面吧，一来这也算是人情，二来嘛，谁愿意让一个行将死亡的人惦记？到了中午，来向老人告别的人越来越多，说是来告别，实际上是在安慰开导老人，根本不把他当成一个要永久离开这个世界的人。连村医阙山海也来了，给老人把了把脉说没病，无缘无故怎么会走呢？但老人倔，说真要死了，死不死我自己最清楚。那人们便不敢怀疑老人的预感，表面上都把这次当作最后的见面。村里的人谁死了谁没有死，老人都记得很清楚，哪些来见了他哪些人没有来，他心里有底。

老大告诉老人，阙明秀、阙富强在深圳打工打算不回来过年了，阙兴隆的儿子在上海读大学……在家的都来了。老人瞪了一眼大儿子，你骗不了我，还有一个人没有来。

大家一家一户地给老人数人数，村里就六十三户老老少少二百来人，都数了三遍了，没漏谁。树活一茬，人活一世，谁没有撒手人寰的时候？老人在村里即使算不上德高望重，也没跟谁结过冤家，即使早年结下的冤仇，早该化解或淡化了吧，何况老人在米庄的人缘真的不错，平日人们对他也挺尊敬的，现在到了他弥留之际，要跟乡亲们见见面，这点面子谁都会给。因此大家都来，时间宽裕一点的就跟老人叨唠一会儿，忙不过来的就匆匆忙忙跟老人打个招呼便走，老人也不见怪，还挺高兴的，觉得脸上有光。

可是，还有谁没有来跟老人告别呢？

范宏大没有来。老人胸有成竹地说。

范宏大？年纪大一点的突然想起，是有一个孤寡老人范宏大，他也许还活着，因为从没听说过他的死讯。年纪轻一点的面面相觑，不知道世间谁是范宏大。只有老人的儿子们不约而同地"啊呀"一声，像不小心突然跟谁的头撞到了一起。

知道范宏大的人都知道他十八年前便搬到县城里跟他的表侄去过了，前几年被表侄送到了养老院，再没有回过米庄，连信也没写过一封，荒草已经占领了他家的屋顶，与米庄似乎已经没有什么关系，老人怎么突然糊涂了呢？怎么说起令人尴尬的范宏大来了呢？

我知道他在县城，在米庄好好的去县城干什么，他不去县城就不会瘫，米庄的空气好，地方开阔，不应该去县城。老人说，人老了不留在米庄去县城干什么！

老大说，范宏大他回不来，也不一定愿意……

老人若有所思地说，其他人也就罢了，但宏大年纪比我大一岁，是米庄唯一一个比我活得老的人，说到底也是我的长辈，我应该主动去跟他告别，这是规矩。

老人说得在理，但儿子们认为这样大大不妥，此去县城好几十公里，老人乘不了车，连自行车也搭不了，一上车便晕头转向，走路吧，他哪能走远路？走出米庄也要停歇几回。

有人出主意说，那给范宏大打个电话吧，养老院有电话，现在拜年都靠电话了，电话能打到美国去。

老人断然否决了这个建议，范宏大又聋又哑的，连阎王叫他也听不到了……写信也不成，写信总不如见面，不见面算什么告别，我得亲自去一趟县城，告诉范宏大我要比他先走了。

老人把要做的每一件事都当作是一生中最后的一件大事，比如老四还没有儿子的时候，他把老四有后当成最后的心愿，老四有了两个儿子后，他又要兄弟合资建了二层楼的院子……有了一切，老人还想要一口柳州棺材，儿子们都满足了他。现在老人又必须向一个比他年长的老头告别，不去不成，死不瞑目。大家都知道固执是跟年龄成正比的，看来除了去一趟县城别无选择，于是便给老人的儿子出谋划策，最后一致认为用担架把老人抬到县城的方案最合适。担架好，安全、舒适、省力，去年阙老关到县城治病也是儿子用担架抬到县城去的，不过回来的时候担架是空的，只带回来一个装骨灰的盒子，小小的盒子把庞大的阙老关全装进去了。虽然阙老关变了个样子回来，免不了让人伤感，但他的两个儿子因此赢得了孝顺的美名，成了村里的楷模，老人们言必"看看人家阙老关的儿子"。然而他们没有注意到，从县城回来后阙老关的两个儿子身体垮了，看看他们的肩膀，一边高一边矮，身子都歪曲了，平日能一担子挑的谷子现在要分成两担，还要停下来喘气。媳妇们都暗地里警告自己的丈夫，不要贪图孝顺的虚名搞垮了身体，此去县城得翻多少道山梁过多少条河流跳多少个坎，你们都不比年轻时候了，万一身体垮掉了怎么办？老人嘛，一辈子大多数愿望都实现了，留下一丁点儿遗憾也算不了什么。但老人的儿子们觉得反正这是老人最后一个愿望和要求了，也要效仿阙老关的儿子，把老人抬到县城去，不是治病，只是向一个人告别。老人开始有点担心自己也会像阙老关一样，如果真是那样，就只剩下一撮骨灰，堂屋上的那口棺材也用不着了。但阙老关得的是癌症，而自己没有病，不会走他那条路的。老大从阙老关的儿子那里借来担架。老人轻轻地摸了摸，担架上似乎还有阙老关的体温，挺烫手的，老人的心不禁战栗了一下。

一切都准备好了，但在出发的时间上出现了分歧。老大说今天快去快回，还得准备年货呢。老二说今天出发不了，已经跟王屠户说好了，下午把栏里的两头肉猪卖给他，如果今天不卖，那得等到春节后才轮到宰他的猪，但春节后猪肉肯定落价。那就明天吧。老三说明天高州贩子要来收购地里的菜椒，今年的菜椒像牛卵子一样肥大，要好好地跟高州贩子讨价还价，何况也要摘了，不摘椒便老了，老了便不值钱。老四说最好过了后天再出发，因为后天是岳母八十一寿宴，人家远在北京的儿子都坐飞机回来向她祝寿，要搞得挺隆重的。老人开始还能听他们的解释，但到最后听不下去了，心里有点窝火，因为按照他们的日程，过了春节也不一定有空！他们是不是觉得什么事都比他向范宏大告别重要，只要他不是马上死去，县城的事都可以往后推，甚至他们表面上答应带他去县城，心里却盘算着怎样才能取消，或者拖到最后不了了之？也许在儿子们的眼里，根本就不必要舟车劳顿去跟范宏大告别。儿子们还在为出发时间争论不休，老人生气了。

得啦，你们都不要去，我爬着去。老人摔掉拐杖，俯下身子，做出爬行的姿态。儿子们赶紧去扶老人，旁人议论纷纷，他们终于迅速达成一致，明早便出发，家里的一切事务全权交给媳妇处置。

第二天一早，老人便躺在担架上。老大和老二抬着他上路。老三和老四一前一后在跟随着，随时准备轮换。出了米庄，一路上的人都关切地问，天津爷，去镇上看病呀？开始是老人回答不是看病，我没有病，我是去县城，向范宏大告别。后来问的人多了，老人回答的力气也没有了，便由儿子解答。担架有点晃动，原来已经走在了山路上。老人不满担架停下来的次数不断多了起来，原来儿子们在不断地轮换，不断地停下来喝水、喘气。老人突然发现自己的儿子也老了，他们都是五十上下的人了，老大已经五十三了。

儿子们平日的关系并非很好，虽然表面上没有大的矛盾，但暗地里都互相攻讦，说谁谁多占了祖上的东西，反正东拉西扯的，拢不到一块，如果不是老人坚持，他们早就四分五裂，各建各的房子去了。现在多好，四兄弟建了一座房子，结结实实的，看起来比哪一户都强大。即使老人死了，他们还拢在一起，还像一家子兄弟。但儿子们从出门到现在都不说什么话，只顾埋头赶路。老人觉得闷，便要给他们说说范宏大，但又不知道从哪里说起。老人想了想，对走在前面的大儿子说：

"范宏大呀差点做了你的父亲。"

老大身体有点热，把衣服脱了绑在担架的抬杠上，减轻了压力，但他还是给担架压弯了腰。他知道范宏大差点做了他的父亲这个传闻，但那是多么遥远的事了，听老人说出来还是第一次。因此，在洗澡溪到红桉岭这一段漫长的路上，儿子们都在听老人说范宏大，他越说越入神，抬担架的人轮换了多少次、停下来多少次他也不知道。儿子们既不插话，也不议论。

老人说，你们母亲来到米庄的那天下午，村子几乎是空的。后来才知道，陈村正在办婚宴，大地主庞四娶第三个老婆，连佃户都收到了请束，可想而知这个喜宴需要多少帮工。米庄能干活的人都跑过去帮忙了。范宏大炒得一手好菜，一大早就在庞四家的厨房里杀鸡剁肉，左手一把菜刀，右手一把菜刀，上下翻飞，兴奋得像是自己娶姨太太，竟然忘记了一件大事。

要是我的牙不痛，那天也会给庞四干活，我做饭做得好，能一锅煮几十斤米的饭，火候掌握得好，不粘不煳，米庄只有我才有这本事。可惜，我牙疾发作，痛得蜷缩在龙眼树下，胡抓乱刨，整地茂盛的狗尾草都被我拔光了，朝着陈村的方向长吁短叹。我是痛恨自己，牙疾早不发作迟不发作，偏偏在我要大显身手的时候发作了。我还为婚宴的饭不是我做的而放心不下，我担心别人做不好，把饭烧煳了怎么办。一想到此，我的牙更痛了，像断裂了一般，痛得哭了。我一辈子就只哭了这一次，因为我知道米庄的人走光了，哭得再难看也没有人看见。

但天底下就有如此凑巧的事，偏偏有人看见了我的丑态。

"一个大老爷们哭什么呀？"

我听到了女人的声音，猛一抬头，站在我面前的是一个又黑又高大的女人。女人左手提着一只花格布包，右手拉着一个个头只有她腰高的男孩。

范宏大家往哪走？这个黑乎乎的女人问。这女人真黑，脸、脖子、手脚以及看不透的身子，都是黑的，火炭一般，只有说话的时候才能看到牙齿的白。

"范宏大到陈村去了。"我往米河对岸指指，茂盛的竹林和混乱的石榴树挡住了黑女人的视线。

"张七婶你认得吧，她把我介绍给范宏大了，"黑女人说，原来她就是黑寡妇，"叫我今天来，我就来了。"

我已经听说这回事。上月，媒婆张七婶来到米庄说，高州有一个寡妇，我要把她介绍到你们米庄，可怜你们米庄光棍太多。米庄的光棍确实很多，我和范宏大是其中年纪最大的两个，人家带姑娘到村里相亲都把我们排除在外啦。张七婶自然也没有考虑我和范宏大，开始是要介绍给阙老关的，但阙老关死活不要，他宁愿打一辈子光棍也不要，他不是嫌别人黑，而是不愿帮别人养儿子。范宏大的父亲范老晫要张七婶把黑寡妇带给范宏大。范宏大有个兄弟在李宗仁部队当兵，每年都寄回好些铜板，家境不太差，他们父子又能干，种几亩地收成好，除了交租还有不少余粮。范老晫说了，谁给范宏大介绍媳妇，送十石谷作报酬。当时十石谷是不小的数目啊，我家一年粮也不够这个数！张七婶心动了。于是黑寡妇便来到了米庄。但张七婶没有来。

我一开始没有坏心眼，唤来家里的大黑狗，拍拍它的头，你去庞老爷家叫范宏大回来，他媳妇来啦。

我家大黑狗是有灵性的，米庄其他的狗早已经跑到庞四那边捡骨头了，就它留下来陪我。它明白了我的旨意，摆摆尾巴，猛一掉头，越过矮墙，穿过竹林，跃过米河，直奔陈村而去。

黑寡妇对男人的体贴超出了我的想象。她放下手中的包，甩掉男孩的手，俯下身来，关切地看我的嘴。从没有一个女人如此近距离地看我，我不禁惊慌失措。

"我看看你的牙齿。"黑寡妇要掰开我的嘴，但我死死地咬紧牙关，左躲右闪。

"我又不脱你的裤子你怕什么！"黑寡妇骂道，"我只想看看你的牙是不是虫痛。"

那男孩救了我一驾，他说要拉屎，一大早从高州来到这里，连屎也忘记拉了。我便带他去粪坑，从粪坑回来的时候，我家的大黑狗也回来了。

我问狗，范宏大回来了吗？

狗没有摆尾，意味着范宏大没有回来。

"狗日的，自己的媳妇来了他也不回来！"我骂范宏大。

黑寡妇说，算了，我到他家等，天黑他总得回来。

黑寡妇拉起孩子便走。我突然觉得不能就此让她走了。这一念头产生于刚才她凑近自己的嘴的时候，我感觉到黑寡妇漆黑漆黑的皮肤下面蕴藏着无穷无尽的女人味，够我一辈子享用的。我的坏心眼开始睁开，雪亮雪亮的。我追上去，在半路上截住了黑寡妇。

黑寡妇要从我的侧边挤过去，但我不让，无赖地把路给堵死了。黑寡妇惶惑地说，你拦我干什么，你又不是范宏大。我一本正经地说，范宏大不好，他耳朵快聋了，阎王叫他他也听不到。黑寡妇早有心理准备似的，平静地说，嫁给聋子也不要紧，关键能把我的儿子养大。我说，你不能嫁给聋子，因为你的儿子叫他他也听不见。黑寡妇果然有点迟疑。我便拉住她的儿子对她说，你嫁给我，我不仅能把你儿子养大，将来还能把他送到李宗仁的部队去当军官，指挥士兵打仗。我当时是在说谎，我哪有这个本事啊？我连李宗仁的兵都没见过。但黑寡妇是一个老实巴交的女人，竟信以为真，果然跟着我回家，成了你们的母亲。那个男孩，也就是老大，那时他才五岁，离当兵的年龄还差很远呢。

后来，我问过你们母亲，你怎么那么傻，非要嫁到米庄来，谁都知道，米庄的女人都不长命，你看，我的母亲、范宏大的母亲都活不到四十岁。你们母亲说，我不管那么多，能把儿子养大就成。因此，我明白你们兄弟在你们母亲心目中的位置。那你就相信我，不假思索就嫁给我了？我逗你们母亲。你们母亲说，我当时也知道你说的不是实话，但看得出你爱孩子，我就跟你回家，反正嫁给谁都一样，一堆黑粪有什么好挑拣的？你们母亲把自己看作了一堆黑粪。但我从不把她这样看，我把你们母亲看作了一尊神。如果天庭里有一位打呼噜比男人还响的黑女神，那么她已经来到我家了。

天下没有不散的宴席，庞老爷的婚宴迟早也得散。人们油光满面地回到米庄的时候，发现米庄多了两个人，我阙天津眨眼之间当了一个孩子的父亲。他们在我家院子里看见了你们母亲，以为是一只黑猩猩，异常惊讶，阙天津，你捡一堆火炭回家干什么？是不是怕天寒地冻过不了冬？他们还说，黑咕隆咚的，用三盏煤油灯也照不清楚你老婆。我被他们取笑得多了，竟然怀疑起自己来。但你们祖父对我说，天津，你不要怕黑，我看她是一个好女人。你们祖父这样说呀，我就放心了，再多的笑话我也不怕。后来的事实已经证明，你们母亲真是一块宝，一口气生下了老二、老三、老四，把一个死气沉沉的家变得生机勃勃。我不能不佩服你们祖父的眼光。我到哪里都说，我捡到了一块宝。

懊悔不迭的是范宏大。那天他从陈村回来，听说高州来的黑寡妇成了我的媳妇，才幡然想起，张七婶去县城之前曾经交代过黑寡妇这两天要来，一来就不走了，就是他的媳妇了，要他在家等。范宏大竟然把这事忘记了。那天他炒了很多菜，一辈子也没炒过那么多的菜，炒得很好，客人都说厨师手艺好。庞老爷也罕见地表扬了这个佃户的儿子，如果他还娶第四房太太，还会请范宏大帮忙。回来的时候，庞老爷给了他一吊赏钱，刚进门的三太太还额外地给了他一摞花格子布，对他说，范厨师，这是洋布，给你老婆做一套像样的衣服，让她穿起来也像一个姨太太。范宏大接过布匹，他聪明地想，他不能告诉三太太他没有结婚，否则她会把布收回去（后来范宏大把布送给了你们母亲，她去世那天穿的就是那块布做的衣服）。然而，这个时候他还没有想起黑寡妇今天来米庄的事，或许他的注意力还在庞老爷的厨房里，甚至在年轻貌美的三太太身上。范宏大觉得自己在庞老爷的婚宴上出了风头，长了脸面，还得到了别人得不到的实惠，从陈村回米庄的路上，他醉醺醺的，哼着小调，连我叫他，他也没听见。第二天一觉醒来，范宏大突然想起，昨天应该是黑寡妇来米庄的日子。范宏大跑到村口，正好看见你们母亲从米河里挑水回来，满满的一担水在她宽阔的肩膀上仿佛什么负担也没有。范宏大狐疑地想，米庄什么时候多了一个女人？你们母亲黑熊一样的躯体提醒了他，可能她就是传说中的黑寡妇，他张开长长的双手，拦住了你们母亲的去路。

范宏大忐忑不安地说，你是不是高州来的黑寡妇？

你们母亲迟缓地点点头。

你在替谁干活呢？

我给自家挑水，我家的水缸见底了。

张七婶没告诉你，我们的家在村尾，门前有三棵枇杷树？

你们母亲指指前面的院子说，这里才是我的家。

范宏大捶胸顿足，那是阙天津的家！

你们母亲平静地问，你是谁？

我才是范宏大。

你们母亲顿时明白了。范宏大很快也明白了。我刚起床从院子里出来，对他笑了笑。范宏大狠狠地拍打自己的脑袋，脑袋拍累了，又狠狠地跺脚，把干旱的地面跺得阵阵颤动，米庄很多人都取笑他"捡了芝麻丢了西瓜"。

范老晖觉得丢脸，把范宏大骂得狗血喷头。范宏大从庞老爷那里带回来的一大包剩菜被范老晖狠狠地摔出门外。范老晖还想将三太太送给范宏大的布匹一把火烧掉，但范宏大机智地将布挂到了屋架上，任凭范老晖用棍子怎么捅也捅不下来。看到范老晖气得快不成样子，米庄的婆娘劝慰他说，黑寡妇有什么好，像一堆牛粪，配不上你家范宏大。范老晖明白她们是在讽刺他，把她们也骂了，黑寡妇比你们都好，你们跟范宏大睡我还不同意呢——她比你们都强壮。强壮是我们米庄判断一个人好与不好的第一条标准。范老晖怎么能把黑寡妇跟她们比呢？妇人们觉得好心被当作了狗肺，干脆来一次真的嘲讽，黑寡妇才跟阙天津同居一宿，你还可以帮范宏大抢回来呀。本来就是范宏大的，怎么说是抢回来呢，应该说是叫阙天津还给范宏大。范老晖果然上门来，站在我家门外要跟你们祖父说理，但说什么理呢？你们母亲是自愿跟我的，是范宏大自己忘记了黑寡妇上门寻亲这件事，怠慢她在先，怪得谁呢？范老晖不是善于说理的人，结果跟你们祖父一句话也没说上，又把范宏大恶骂了一番，骂得很凶，你们祖父知道范老晖是骂给他听的，想劝劝他，但他不停地骂，根本不给机会，你们母亲从地里回来，范老晖看到她，才停止了骂。你们母亲以为范老晖要跟她说点什么，但他双目圆睁，浑浊的眼珠子像上了膛的子弹，一句话说不上来竟然轰然倒在地上，你们祖父跑过来一探鼻孔，说，死了。

此后的很长一段时间，范宏大都处于懊悔和自责之中，逢人便说，我不该去给庞老爷做厨活的，他娶姨太太关我什么事啊，我怎么就忘记自己的大事了啊！

范宏大也不能全怪我，刚才我已经说了，我已经派出我家的大黑狗去叫他。

范宏大也承认，我家的大黑狗确实从后门混进了庞四家的厨房。那天在那里钻来钻去的狗也很多呀，怎么知道你家的大黑狗不是来觅食的？可是，大黑狗用嘴巴咬住范宏大的裤脚，使劲地拉扯他，意思是说让他马上回来。范宏大正在做一大锅扣肉，还有堆积如山的肉等着他指挥那些笨拙的女人配料，客人们也许饿了，远没到吃饭时间便来到厨房里催厨师。范宏大自信地说，你们都玩去，这里有我们，保证时间一到，庞老爷一声令下，便上菜开饭。范宏大挣脱了大黑狗，大黑狗吼叫了几声，但范宏大还不明白，忙呀，你进来添什么乱！老郭，把这个畜生赶出去，它都跑进厨房里面来了。范宏大还突然踹了一脚大黑狗，大黑狗很生气，嗡的一声，转身跑了。跑到门外，还回头朝范宏大吠了几下，那是骂人。狗会骂人。后来，范宏大长吁短叹地说，我怎么知道它是来叫我回去的？知道它的意思就好了。

老人说，当时我撒了一个弥天大谎。你们母亲第一次跟范宏大说上话的那天，知道范宏大原来没有耳聋，只是听她说话的时候侧着左耳。我以为你们母亲知道真相后会暴跳如雷，我已经做好了最坏的打算。但你们母亲没有多少惊愕，当然也没有上当受骗后的愤激。她只是平静地对我说，范宏大也能听到我们说话。我窘迫地要解释，但你们母亲制止了我，你什么都不要说，我跟了你就是你的人了，但范宏大确实比你强壮。我承认，如果说范宏大是头水牛的话，我就是一只病猫。你们母亲说，这些都不要紧，这个家，有我就成了。我被你们母亲的大度所感动，并从你们母亲壮实的身体上找到了安全感，感觉到自己的心比谁都要踏实。

范宏大耳聋是后来的事情。他是挑盐到县城卖被炮弹炸聋的。1948 年秋后，庄稼刚刚收割完毕，有人从外头回来说，国共在县城打仗，听说县城盐缺得厉害，村里便有人到高州城贩盐到县城去卖。我本来也要挑盐去县城的，但你们母亲死活不让去，说不要赚打仗的钱，那些都是鬼钱。我跟你们母亲发火了，我说战争一结束，钱就不好赚了，你可以阻止我到高州城逛窑子，但不要阻止我发财。你们母亲并不跟我吵，而是把我骗进房间里，突然把门反锁，然后便去干活了，你们祖父和老大都不敢帮我打开房门。我大吵大闹，骂你们母亲是黑蜘蛛、黑狐狸、黑妖精，骂得很恶毒，米庄所有的人都听到了我骂人的声音，我想发财想得发疯了。那时候的门比牢门还牢固，我拼命地踢呀，但踢不烂，只是把脚踢得皮开肉绽、血淋淋的，连脚指甲都踢没了。范宏大挑着盐从我房间的窗口经过的时候，我让他帮把门打开，但他不敢，他说你媳妇不让你去你就不要去，你这个人怎么连媳妇的话也不听？范宏大自己却去了。结果，炮弹不仅炸死了他的兄长范成功，还把他彻底炸聋了。他从县城一直哭着回来，从我家门口经过的时候哭得更惨烈，估计就是那次把嗓子哭坏的。那时你们母亲正用滚烫的热水给我洗脚，她心痛地说，天津，你怎么忍心把自己的脚踢伤成这样？你以为自己的脚比门板还硬？真像一头发情的公牛。我的脚被她搔到痒处刚想笑，便听到了范宏大的哭声。

我说，范宏大你怎么啦，一个大男人哭什么？是不是被人阉卵啦？还是发财了高兴得哭啦？

但我很快便发现范宏大的耳朵有血，血从他的耳朵边流下来，腮帮血淋淋的。你们母亲啪地扔掉我的脚，惊恐地站起来，跑过去，要用我的干毛巾给范宏大包扎耳朵。但范宏大挣脱你们母亲的手，哭天抹泪的，对着我大声说："阚天津，你的命比我好，上天要让我耳聋，上天不让我娶上胡桂兰——这辈子我就只缺一个好女人。"

胡桂兰是你们母亲的名字。我很少对她直呼其名，范宏大叫了。范宏大说这句话动用了全部力气，声音不是靠嗓门和舌头发出来的，而是从心底里经过千挤万压喷出来的，说完后他竟然哑了，再也说不出话来。从此再也没听他说过一句话。他真的又聋又哑了。我暗自庆幸，如果那次我也去了县城，可能被炸死了，至少炸成个聋子、瞎子。那天夜里，我翻来覆去睡不着觉，你们母亲问我为什么睡不着呀？我说，我对不起范宏大。你们母亲又问为什么，我没有说。

我觉得自己是一个贼，偷走了范宏大的福气。如果你们母亲嫁给范宏大，兵荒马乱的，她不会让范宏大到县城去，而我就管不了那么多，肯定要去。如果那样，聋哑的是我，倒霉的是我，我哪有你们四个儿子？我说，我一辈子就只做了这一回贼。这回贼做得不光彩呀。那时候我曾经想过，等到八十岁后，我再把福气还给范宏大，让他也能沾沾福气。但你们母亲早早便死了，如果她还在，范宏大就用不着待在养老院里等死了。

我说说你们母亲，老四才三岁你们母亲便去世了，老四记不清楚你母亲的模样了吧，她也没留下相片，她说自己长得丑，不愿照相。其实你母亲除了长得黑什么都好。她真能干，像一头母牛，把里里外外收拾得整整齐齐的，一个人能干三个人的活。她从没有跟我吵过架，也没有骂过你们，没有跟村里的人红过脸，疼丈夫，疼孩子，更难得的是你们母亲特别孝敬老人。你们祖父不到六十岁便瘫痪在床了，你们祖母死得早，都是你们母亲照顾，端屎端尿，喂饭更衣，都是她。她像服侍一个孩子一样服侍你们的祖父，村里的人都羡慕我找到了一个好媳妇。这是一个多好的媳妇啊，谁给我十斗黄金我也不换。你们祖父临死的时候说，天津呀，这一辈子我满足啦，你也应该满足啦，有一个那么好的媳妇，你要知足，你要像对待你的母亲一样好好对待她，从今往后，你每年给我烧香的时候，你都得告诉我，你是怎样对待你的媳妇的。我答应你们祖父，一定要好好对待你们母亲，不让她受那么多的苦了。但想不到我的腰断了。1958年在旺镇白头岭大炼钢铁，大家知道我做饭做得好，烧锅炉也肯定烧得好，就让我烧锅炉，这个锅炉质量差，才烧上两天便散架了，我被倒塌下来的锅炉埋住，大家以为我肯定死了，那么重那么烫的石块会把我焗熟，但当人们把我扒出来后，发现我只是腰断了。范宏大把我从白头岭一路背回米庄，你们母亲伤心得哭呀，她从没这样哭过。腰断了，等于身子截成了两半。你们母亲为我的腰寻遍了方圆百里的名医，治了多年，一直好不彻底，干不了重活。男人干不了重活，这个家怎么办？你们母亲虽然能干，但终究是女人呀。我担心你们母亲担不起这个家，其实你们母亲比我还要担心。你们母亲这一辈子真苦，这个家就靠她撑着，我没有好好对待过你们母亲，让她累死了，实际上是饿死了。她干那么多的活，但吃那么少，省下的米饭都给你们吃了。1961年，眼看苦日子就要过去，你们母亲却没有挺过来，她没有让你们饿着，也没有让自己的丈夫饿着，她还偷偷给过范宏大粮食。我知道她对范宏大好，可怜他。有一次她又偷偷给范宏大送去两根烤红薯，被我看见了。我骂了她。我说你怎么能对范宏大那么好？他又不是你丈夫。你们母亲生气了，虽然她不跟我争吵，但我知道她生气了。她呜呜地哭着说，范宏大得了水肿，脚肿得像芭蕉树大，快要饿死了。我说我饿得很，还能吃十碗米饭，你为什么不给我吃？我一把抢过她手中的红薯，狼吞虎咽地吃掉了。你们母亲为此伤心了好几天，不断说范宏大可怜，他肚子里只剩下几根空肠子，像麻绳一样打结了，十几天没见他上过厕所，天下间再也没有像他那样可怜的人，都快饿死了却说不出口。后来你们母亲还是偷偷省下口粮给范宏大送去。那年年底，她在米河桥边上洗衣服，比现在的天气还冷，河面都冒烟了。那是中午，老三去河边叫她吃饭，但叫了好几声没有回答。老三看到河面上漂浮着自己的衣服，知道母亲不见了，我赶到的时候，你们母亲已经被河水送到碾米房的拱桥底了，像一头黑水牛躺在河床里，一条饿狗正在伸长脖子试探着啃她……

忽然，老四哎哟地惊叫了一声。老人回头问抬担架的老四，怎么回事？老四说脚崴了一下，好像要断了。老三帮忙把担架放下来，老四痛得呀呀直叫，卷起裤脚，右脚踝暗红，迅速肿成了馒头状。此时刚好到了冷水沟，还没有出镇境，离县城远着呢。老人叹息道，老四回去吧，你是应该参加你岳母的寿宴的。老四看看兄弟，兄弟们没有表态。老人说，老四的脚都瘸了，连自己走路都成了问题，抬不了担架啦，你们三个辛苦一点，县城总会到的。

老四满脸歉意，抓住自己的右脚不断吸冷气，好像要把所有的冷气都吸到肚子里去。老大问，你究竟还成不成？老四说，看来不成了，你看我的脚。老大随便地看了一下他的右脚，不作声。老人说，老四回去吧，去一趟县城也要不了四兄弟。老四获得解救似的，穿好鞋掉头便跑。老三对他说，你得帮着秀珠跟高州贩子讨价还价，高州贩子坏得很，我地里的菜椒是村里最好的，价钱要比别人的高两毛。老二也说到了他猪圈里的猪，一定要过秤，以秤为准，不能跟王屠户估肉，我们永远估不过他。老四一边应承一边从原路返回。老三回头看他，他走得挺急挺快的，一点也不像瘸了脚。

老人还在回忆，滔滔不绝，记忆似乎越来越清晰，数十年前的一些细节突然全想起来了，但他说得越多，就越显得去县城的路漫长。三兄弟不断地轮换着，每个人都满头大汗。大冷天的流汗不好呀，一流汗便容易着凉。果然到了一个山口中，风一吹过来老三便连续狠狠地打了几喷嚏。老大说，老三擦把汗吧，便递毛巾给他。老三抬担架便擦汗。老大和老三平时的关系僵得很，现在倒看不出有什么不对。老人觉得很欣慰，自认为是他们母亲的往事感染了他们，因此他把他们母亲的往事讲得更起劲。但不知道什么原因，老人讲他们的母亲的时候总是要把范宏大扯在一起。父亲的腰一直不好，干不了重活。母亲死后，他们还经常看到范宏大到他们家帮忙干活。范宏大干活的动作虽然很慢，但他能干很多粗活重活，像一头水牛，农忙时节，砍柴犁地，挑粪担米，上山下水……他总是一声不响地帮着干活，父亲也一声不响，两个男人似乎有一种心照不宣的默契。按照村里的说法，他们母亲弥留之际已经把范宏大今后的生活都安排好了，范宏大从此帮她家干活，她的四个儿子给他养老送终。当时村里有一种传言，说他们的母亲生前跟范宏大好上了，一妇侍二夫，有好几次他们母亲和范宏大在一起亲热的时候被他们的父亲碰上了，但一直没有得到印证，因为只有一个人可以印证，那就是他们的父亲。然而他从来没有提过这个事情，仿佛根本就没有发生过。现在老人有意说到了那段尘封了多年的往事，儿子们都想知道真相，但他们都不愿问。他们都不知道老人与范宏大究竟有多少恩恩怨怨，老人是不是要把准备带进棺材里去的秘密部分曝光呢？

老人似乎看清了儿子们的心思，说，范宏大是一个好人，其实我们心里都把对方看作了兄弟，他老啦，我想让你们把他养起来的，但他不愿意，到县城跟他的表侄，表侄却把他送到了养老院，跟一帮素不相识的老家伙在一起，岂不等于坐牢？

事实上，老人的说法不准确，范宏大并非不想待在米庄养老，是风言冷言把他逼走了。儿子们都知道，范宏大离开米庄之前，老人跟他吵了一架，还是跟他们的母亲有关。老人整个脖子粗壮成一个大喇叭，吵架声音很大，而范宏大一言不发，只是用手拼命地比画着，像茫茫大海里的溺水者。第二天天未亮，范宏大就走了。他的远房表侄在县城开了一间收购废旧物资的店铺，正需要他的帮忙。他虽然年纪大了，但力气也还大，甚至还能干重活，诸如搬运旧货物、看守店铺。半年后米庄的人们才知道他不在米庄了，他已经把那块宅基地送给了阙天津。那块地在米庄左翼的山坡上，地势平缓，视野开阔，是一块上好的宅基地，别人曾出了高价索买，但他不卖。那是范宏大唯一值钱的财产。听说他们母亲对那块地有过遗嘱——他们也不知道母亲究竟有多少遗嘱，也有一种说法是老人软硬兼施把那块地抢过来的，其中秘密不得而知，时间已经尘封了一切。现在那块地还好好地躺在那里，是他们唯一没有分割的财产，他们四兄弟明争暗斗，一直想让老人明确那块地究竟留给谁。老人心里一直想留给老二，因为老二有四个儿子，是四兄弟中儿子最多的，理应得到这块地。但每个儿子的理由都很充分，老大是长兄他更有优先权，况且听说范宏大是要留给老大的，因为老大差点儿成了他的儿子。但老人断然否认，现在地是我的，得由我支配，我想给谁便给谁。然而，老三、老四知道，老人一直在老大和老二之间权衡，根本不会考虑他们。范宏大离开米庄多少年，老人便考虑了多少年。范宏大已经离开米庄十八年了。四五年前的一个夜里，他起来轰赶小偷，却一脚踩进废旧堆，被一根钢筋刺穿了右小腿，筋骨断了一截，瘸了，干不了重活了，他的表侄把他送到了养老院。养老院好呀，吃住不愁，用不着干活，连洗澡拉屎也有姑娘服侍，省得久病床前无孝子，在家里受子女讨厌。米庄的老人们对范宏大羡慕不已，唯独阙天津老人不以为然，哪里是享福？养老院是供人待着等死的地方。

到胜利水渠的时候，老三便不成了，牙齿突然钻心地痛，痛得快喘不过气来。老大说，老三，你身体一直都不好，你不要去县城了，回去吧。老三说，我还能坚持……老大不准他坚持，要是连你也病倒了，我们还要照顾你呢，你还是回去。老人同意老大的意见。老三一边呻吟一边往回走，走得很远了还能听到他的凄惨的呻吟声，仿佛挨了刀子似的。

老二是生气走的。他生了两个人的气。老二觉得是摊牌的时候了，便跟老大说起了宅基地的问题，他要老大主动放弃宅基地，老大只有一个儿子，犯不着另起房子。老大说他儿子早就想另建房子了，宅基地归属问题得由父亲说了算。老二觉得自己胜券在握，因为连乡亲们都认为老人之所以考虑那么久，就是等老大主动放弃让给他。老二就等老人立遗嘱了，但一路上老人只说范宏大，却跟宅基地一点也不沾边。老二不耐烦了，主动提出，不想竟与老大争吵起来。老二说了很多理由，老大也说了很多理由。老二以为老人会帮他，顺便把事情确定下来，但老人却帮着老大，说老大不容易，长兄为父，老二你得尊重老大。老二说，我最有资格得到宅基地，谁让我有了四个儿子！

老人想了想说，宅基地是范宏大早年送给我们的，得征求他的意见。

老二突然感到了失望，因为范宏大肯定会站在老大一边。老二本来对去县城跟范宏大告别就持不同意的态度，只是不愿说出来而已。现在他终于把不满情绪爆发出来。他一把将担架放下来，老人一下子坐到了地上。

"我不去县城了。你们去。"老二气呼呼地说，"只有傻子才大老远地跑去县城跟一个人告别，说不定还等不到到县城便……"

老大说，你怎么这样跟父亲说话！

老二说，他在折磨我们，快死了还要折磨我们！

老大愤怒地骂，你是不是想气死父亲？

老二冷笑说，你父亲？你的父亲早就死了，他是我和老三、老四的父亲，范宏大才是你的父亲，跟我们没多大关系。

老大觉得自己受了侮辱，很生气，不断跺脚。

老人对老二的变卦始料不及，脸被气得扭曲，大声斥道，你，你滚回去！

老二就是这样跑掉的。老人让他把担架带回去，他就拖着担架头也不回地跑了，担架刮起路上的尘土随风飘扬，遮蔽了他气呼呼的身影。

老大要一个人背着瘦瘪的父亲去县城。

老人说，你能背？老人担心老大的哮喘病。老大早年是得过哮喘的，虽然近年来没见复发，但老人还是担心。老大说能。老大骨架好，他说他的亲生父亲的骨架也很好，能从龙川码头挑两百斤的盐一天回到高州城。老大弯腰，老人趴在老大的背上觉得老大真的很结实，像传说中他的亲生父亲一样结实。重新起程了。老人说，你母亲从没跟我说起过你父亲，一直到临死前也没说过。老大便跟老人说他的父亲。老人好奇而专注地听老大说话。老大说了好多关于他父亲的故事，从佝偻山说到七步溪，那么长的一段路都说同一个人，老人竟然不觉得腻烦，老人还时不时问问老大父亲的情况，老大很自豪地告诉老人他亲生父亲一些鲜为人知的细节。他是一个宽宏大度的人，跟我母亲一样，从来不跟别人吵架，如果他不死，我也宁愿天天背着他上高州城，他一辈子最喜欢的地方便是高州城。老人说，其实我也喜欢高州城，到处都是店铺和汽车。

父子二人早已经忘却了老二引起的不快。他们愉快得像去赶着看乡戏。

老大说："你知道我母亲为什么从不跟你说起我父亲吗？"

老人说不知道。他根本没有考虑过这个问题。他有点忌讳甚至自卑。

老大说，因为她觉得我父亲是世界上最完美的男人，你和范宏大加起来也比不上我父亲完美。

老人突然觉得不悦。他觉得老大忘本了。你的亲生父亲有多好？即使他真的像你说的那样好，他也只养了你五年。我不好吗？我容易吗？你们母亲死得早，谁把你们拉扯大的？谁撑起了这个家？即使我再不好，我也养大了你们兄弟四人！但老人没有把不快表露出来。他不说话。他不知道怎样掩饰他的不快。

然而，老大对老人的不快浑然不觉，还在滔滔不绝地说他的亲生父亲，说他和父亲小时候的事情，比老人说范宏大说得还多。老人又突然觉得老大说的趣事很能吸引人，让他不仅知道了老大父亲更多的情况，还让他明白他确实没有给老大美好的童年。老大美好的童年是他父亲给的，正如那块宅基地是范宏大给的一样。因此，老人不能怪老大，他怎么能怪老大呢？更不能怪老大的亲生父亲，因为正是他把福气送给他的。在老大的心中，他父亲多么完美！看，老大完全沉浸在甜蜜的满足和幸福之中，一点也不觉得背着一个人有多沉重。老人听着听着，不知不觉也充满了满足和幸福。

老大对老人说，我父亲临死前对母亲说，他死后一定要再嫁人，要嫁一个像他一样强壮的人，把儿子养大，让他成家立业。但母亲嫁给了你，你不符合我父亲的标准，母亲违背了父亲的遗嘱——母亲曾经对我说过，连范宏大都比你强壮……

老人很生气。他有理由生气。一股火气从肚子里喷薄欲出，却被他成功地压住了。虽然是寒冬，山野还是绿得养眼。来来往往的人都向他投来了羡慕的目光，真诚地跟老人打着招呼，关切地问老人得了什么病，要不要帮忙。老人突然觉得自己的心胸开阔了许多，一辈子改不了的暴躁性格好像一下子转变了。老大叫了一声："爸，真生气啦？"

老人喃喃道："死后，我怕见到你的亲生父亲。"

"不要担心，我母亲也能让你们像兄弟一样亲密相处。"老大说，"我父亲是一个宽宏大量的人。"

老人突然有点感动，又充满了期待。老大突然打了一个趔趄，狠狠地晃动了几下，差点摔倒。原来他踢到了一块隐藏在枯草中的石头。老大站稳，深深地倒吸了一口气，那声呻吟在喉咙里咕噜打转，但始终没有迸发出来。

"不要紧吧？"老人惊吓出了一身冷汗。

"不要紧……绊了一下而已。"老大笑笑说。

老人大大地松了一口气："幸好……你要小心，县城还远着呢，天黑前得赶到黑木镇，先住上一个晚上再说，我都三十年没住旅馆了，要好好地睡一睡旅馆。"

老大轻声地表示同意。但他听到了自己痛苦的呻吟。喉咙里的呻吟声从嘴巴出不去，便从耳朵找到了出口。

老大的右脚拇指被踢破了一道口子，痛得钻心，血把袜子浸透，鞋子里面湿漉漉黏糊糊的，一会便变成了冰冷。老大以为到了双头岭血便会自己止住，但过了寒竹坳，血还在渗，鞋子里像注满了冰水。

老大想，一定要坚持到黑木镇。到了黑木镇要用开水狠狠地烫洗一下这双脚，把血泡和疲劳都洗去。对了，要喝上几两黄酒，壮壮筋骨，毕竟岁月不饶人呀。老大后悔出门没随身携带酒。他咬紧牙关，挺起胸膛，步伐还是那样轻，跟刚出发时一样，不让老人察觉到他的异常。

"你哪来那么多的力气啊？"

老大似乎听到老人在他的耳边说话，是在夸奖他。老人从来不夸奖儿子，即使老大从柳州千里迢迢给他买回来一口上等棺材，他也没开口夸奖过。

老大自豪而欣慰地回答说："谁叫我有三个父亲呀。"

老大是调侃着说的，说完便等老人的反应。但老人很久也没有吱声。老大以为老人生气了，回头看看，却发现老人伏在他的背上睡着了，还发出轻微而富有节奏的鼾声。

这一睡，老人便得了风寒，鼻涕禁不住往下掉，把老大的脖子弄湿了，黏糊糊的。老大并不在乎，只有冷风灌进脖子的时候才感觉到冰凉。

老大的哮喘是到了黑木镇才复发的。老大把老人背进旅馆不久病便复发了。他出去买饭，饭买回来，老人却不忙着吃饭。他说不饿，他担心自己万一到不了县城，万一今晚便死了，先得把遗嘱立好。遗嘱果然就写那块宅基地的归属问题。老大以为毫无疑问是留给他。但老人说，还是给老二吧，他有四个儿子。老大暗吃一惊，痊愈了十八年的哮喘竟马上复发了。喘得厉害，实在受不了了，便撇下老人进了卫生院。

老人在旅馆睡不着，老是惦记着老大。他甚至开始后悔，在旅馆门外坐了一个通宵，鼻涕把地板弄湿了一大片。天亮的时候，老人终于决定修改遗嘱，把那块本来就应该给老大的宅基地还给老大。

遗嘱修改完毕，老大便从卫生院回来。他疲惫不堪，似乎连喘气的力气也凑不足了。

"没有大碍吧？"老人问。

"还成。"老大说。

老人知道老大是在硬扛："要不，我们不去县城了。"

老大说，县城我们一定要去。

老人心里也是这么想的。都快到县城了，不应该半途而废。

老人要告诉老大遗嘱改了。但老大还未等他开口便说，我昨晚在卫生院想了一宿，帮老二的宅基地设计了一张图纸，他有四个儿子，房子得这样建，钱可能要多一点，但我们都可以给他凑。

老大的设计图画在一张皱巴巴的壮阳药广告纸的背面。画得很具体，也很新颖，四个侄儿分别住哪一间都按传统规矩做了安排，甚至连卫生间、排水沟都考虑到了。

老人从没见过如此精美的设计图，图纸上面还有老大咳嗽掉落的唾沫的痕迹。

老大颇有成就感地说，老二应该满意这种设计，如果不满意我还可以修改——说到建筑设计，我比他强，他得服我。

老人赞赏地点点头，转身把遗嘱撕掉了。

老大请来了一个粗壮的民工，让他背老人到县城，一百块钱，比他干三天活好。如果老大身体允许，他是舍不得这一百块钱的。

那民工跑得飞快，老大跟在后面，差点跟不上节奏。他们到达县城的时候已是下午，正下起毛毛雨，寒风把蚊帐布一样细密的雨水吹斜了，粘在他们的身上。老人说直接去养老院。到了养老院，背老人的民工放下老人收起钱便走了。养老院坐落在县城的西北角城乡接合部。树木多得出奇，冬天也不枯黄，鸟语花香的像春天一样的景致。四面围墙包起来的养老院宽阔而平坦，一排排砖瓦结构的房子错落有致。守门的是一个老头。老人颤巍巍地走上去向守门老头致意。

守门老头正要拉开铁栅栏："你们让开点，运尸车要出来了。"

老大赶紧扶老人往外站，闪到一边不断地咳嗽。果然从斜角里冒出一辆白色面包车，看上去有点像急救车。车厢关得严严实实的，如果别人不告诉你，永远也不知道里面装着谁的尸体。

"唉，眼看着就要过年了。"守门老头惋惜地说，"隔天便要死一个。"

福尔马林的气味呛得老人重重地打了一个喷嚏，鼻涕流得更多。守门老头打量了一下老人，问老大，你也要送父亲到养老院享福？

老大赔笑说，不是，哪能？我们要找一个人……范宏大你认识吗？

守门老头不屑地"哼"了一声，范宏大？不就是那个又聋又哑的老瘸子吗？三年前就离开这里了。

老人吃惊地说，他不是一直在养老院享福？

守门老头对老人说，你是他什么人？

老人说，兄弟。

守门老头说，他交不起费用，帮他交费用的表侄，失火烧光了废旧站，破产了，养老院跟旅馆一样，交不起钱就得退房……范宏大都退了三年了，他走的时候写了一张字条给我，说自己快要死了，得回乡下跟乡亲告别，人活一世，走前总得跟谁说一声。

老人被电击了似的，重重地打了一个寒战，远远地盯着养老院里在走廊上坐着发呆的几个老头。

守门老头随手翻翻桌面说，范宏大的字条在哪啦？找不着啦，都三年了。

老大说，你知道他……他还在县城吗？

守门老头说，他不是说要回乡下告别的吗？他没跟你们告别？

老大抹了一把鼻涕。

守门老头说，老瘸子又骗人了，他还吹嘘说，他在乡下有四个儿子，幸好他没说他有四个老婆！老东西！

老人想进养老院看看，守门老头说，没什么好看的，刚死了人，那些老头老太太心情不好，不知道什么时候轮到他们，你进去他们会觉得你烦着他们，不进去了，养老院又不是录像厅，有什么看头！

老大劝老人回去，不看了，反正我们也犯不着住养老院。老人还是不舍得，喃喃说，范宏大没在啊？

守门老头不满地说，你不相信我啊？刚才运尸车运走的老头睡的就是范宏大原来睡的床，二号平房七室六号床位，不信你可以进去问问——不过，我干吗让你进去？

老人突然觉得没有必要进去了，对守门老头摇摇头。守门老头把门栅栏啪的一声拉上了。

老大背着老人走出了好几十米，忽然听到守门老头在后面喊，老大只听到自己的咳嗽，听不清楚守门老头喊什么，老人倒听明白了。那老头说，两年前，他在东门菜市北门口看见过范宏大，吃别人的剩饭剩菜，好像还做起了乞丐……

东门菜市此时已经萧条，寒风冷雨中只有稀拉的几个顾客在偌大的菜市场里挑剔地逛荡。北门是通往氮肥厂的，道路洼洼坑坑。粉店的老板热情地招呼着老大，来，来，进来吃碗米粉暖暖身，你不饿老头子也饿了。老大笑笑，算是拒绝。菜市场门口有一道弯弯曲曲的铁栏杆，只准人进不许车进。但此时铁栏杆的左侧开了一个缺口，允许自行车通行，因此这道缺口进出的人最多。老大看见了一个人，一个老头，半躺在栏杆缺口的内侧，穿着破烂的黄色雨衣，但窄小的雨衣并不足以保护他的全身，或者是他故意露出了他光秃秃的右腿。这条褐色的腿最醒目的不是涂抹了一层红药水的膝盖骨上的黑洞——一个令人恶心和震撼的黑洞，仔细看也许还能看到里面的骨头，而是写在小腿正面上的两个大大的蓝字：骨癌。这两个用正楷写成的端正得像印刷体的大字虽然久经风雨但未见褪色，使来来往往的人一眼便看见了，并足以让他们战栗一阵。现在那两个字被雨水淋湿了，显得更加清晰；顺着大腿而下的雨水灌进了膝盖上的黑洞，就像海纳百川……

虽然进进出出的人对此熟视无睹，但老大的眼睛被这个老头的腿灼痛了，吃力地往腰包里掏钱，摸出来的却是五角钱的纸币，老大有些歉意地把钱扔进了老头手中的锡碗里。好像是由于太重了，那只碗夸张地颤抖着，其实碗里面只是躺着一张一角钱的纸币，紧紧地粘在碗底。那老头并不抬头，他的头被一顶破蓑笠遮掩住了，一动不动，像一个正在晒太阳的懒汉。

老大本想就这样从那条大腿旁跨过去，但老人大声地喝止了他。

老人从老大的背上滑落，走近，慢慢地蹲下来，仔细地端详那条腿，甚至小心翼翼地用手去摸了一下。

"这是范宏大的腿！"

老人突然激动地说。老大惊愕地重新打量这个老头，并试图看清他的脸。

"我认得这条腿，它干过很多重活，曾撑起过我们的家！它也该有这么老了！"老人紧紧地抱着那条腿，涕泪纵横。

那老头抬起头来，一阵风把他的蓑笠刮歪，老大看清了他的脸。沟壑纵横，满目沧桑，像一张刚从油锅里捞起来的腐竹。老大无论如何也认不出这是范宏大的脸。

老人对那张脸说，兄弟，这十几年，你苦啊！

那张脸抽搐了一下，突然把腿缩回。老人要抓那条腿，但抓不着。

老大对那张脸说，我们专程从米庄来县城找你，走了整整两天的路……

老人还是抓住了另外一条腿，比画着说，兄弟，我们回去，我们回去好好过，我没那么快死，我才不相信我快要死了，我们都要活到一百岁——我们有四个儿子，四个媳妇，十个孙子，让他们都好好孝敬我们，我们兄弟得一起享享清福！

那张脸突然扭曲起来，两行泪水在千沟万壑中激烈地奔腾……

"你们不要相信这个老瘸子，他在这里乞讨三年了，哪有骨癌能挨三年的？我从来不可怜骗子。"忽然一个老妇凑过来对老人说，"他原来待在养老院的，菜市场的人都认得他，都没人给他钱了，也不换个地方试试。"

老人瞪了一眼那个善意提醒他的老妇。老妇觉得好心被无端糟蹋，悻悻地走了。

老人对老大说，你请人把我们都背回家去，我不相信大年夜前我们还不能回到米庄！

老人要扶起范宏大。"范宏大"突然甩掉老人的手，猛站起来，挣扎着往菜市场里跑。老人大声地喊，兄弟！兄弟……

老头跑得很急，几乎是拖着右腿跑的，但跑得很快，菜贩子们都被他的敏捷震惊了。

老人厉声地命令老大，快，快……你得把你大伯拉回来，你就是把我扔在这里，也要把他带米庄去！

然而让老人吃惊和失望的是，那老头突然回头嚷嚷着蹦了一句：他妈的什么米庄？五毛钱竟把老子的美梦吵醒了！

菜市一下子变得琐碎而有趣，人和噪音也似乎突然多了起来。春节快到了，菜市也真该热闹了。

| **创作评论** |

近年引起国内文坛关注的朱山坡，是一位有清醒文学原乡意识的慧心者。本名龙琨，却以生他养他的村庄朱山坡为笔名，这个农耕文明向工业文明过渡的城乡接合部的家乡，在他笔下成了"米庄"，一个可以永远供养作者的精神原乡。于是，朱山坡在短短几年间发表的二十余部中短篇小说，以此书写着他的乡土经验，他的"米庄"系列有着浓郁鲜明的粤桂地域的文化色彩，充满了原乡况味和野性隐忍的小说气质。

  ——张燕玲：《从鬼门关出发——崛起的玉林作家群》，《南方文坛》2009 年
   第 5 期

对于乡村命运的深切关注，是朱山坡小说创作的核心所在。在城乡的交错地带构造独特的想象空间，其矛盾丛生的、异质混融的空间结构为叙事带来了多样的审美可能性。

  ——黄发有：《边地乡村的宿命与寓言——朱山坡小说漫议》，《南方文坛》
   2010 年第 1 期

朱山坡用他的人物颠覆了我们的期待，多数的、被认为是正常的生活世界和独特的艺术角色在文本里反转。小说人物不再是作为我们所想象的现实世界里的那些少数的、特殊的个体凸显，相反这些比我们还正常的、普通的、无名的人用他们的故事将我们的注意力经由我们生活的世界引向我们自身。诗人的气质成就了朱山坡的艺术风格，他轻而易举地跳出了现实生活世界冗杂烦琐的藩篱，一种

激情经过酝酿、累积而后节制地爆发，作品出色地实现了他对我们生活世界的艺术虚构。在这样一个文字费力复制生活的写作时代，朱山坡时不时地找几个人来震你一下，叫你有那么几个瞬间，像灵魂出了窍，时间就地停止。也就是那一瞬，我们看见被自己忘记了的灵魂。而这一切又是经由小说里的那个人，那时，她/他也被震了一下，他们的灵魂也在显形。

——李一：《灵魂捕手——朱山坡论》，《南方文坛》2018 年第 3 期

| **作品点评** |

　　中篇《跟范宏大告别》是一部颇有黑色幽默的佳作，真正的主人公其实不是范宏大，而是执意要去城里跟范宏大告别的阙天津老人，告别表面上是为了履行古老的乡风民俗，其实是为了缓解或祛除内心的隐痛或罪愆，阙天津一直认为是自己偷走了范宏大的运气，改变了范宏大一生的命运，然而当他大张旗鼓地在几个儿子的护送下到达县城见到范宏大时，范宏大已经沦落为流浪的城市疯子，他对阙天津的告别充满了漠然的嘲弄和戏谑。

——李遇春：《为民间野生人物立传的叙事探索——朱山坡小说创作论》，
　　《南方文坛》2015 年第 2 期

　　他笔下的阙天津（《跟范宏大告别》），是个典型的下层人物，年轻时穷困得打光棍，一筹莫展，偶然遇到一个黑乎乎的寡妇，才成了家，养育起四个儿子。活过八十，他感到死期将至，要与所有朋友熟人一一告别，才发现只有范宏大没有见到。小说从这里切入，写出了这个下层人的不安。他要四个儿子抬他去县城寻找范宏大，费尽周折，在城里菜市场的一处角落看到讨饭的范宏大潦倒在地。当年，黑寡妇本是经人介绍来村嫁给范宏大的，是阙天津中间插杠，将黑寡妇迎进自己的家门。这一出入，扎扎实实地改变了阙天津和范宏大两人的一生，有了天壤之别。朱山坡写出这一幕，表明他对底层生活的描写并非不加保留，并不认为穷困可以获得道德的豁免。阙天津年轻时的举动，固然主要出自生存的本能，

但作者写他能够在离世前做出由衷的忏悔，要把范宏大带回家，则折射出作者的倾向，托寄了作者更看重底层人灵魂救赎的愿望。

——胡平：《朱山坡的创作优势——谈朱山坡的中短篇小说》，《南方文坛》
2016 年第 2 期

直到近日的《跟范宏大告别》，同样的民风淳朴，同样野性气质的"米庄"，同样注重建构小说的寓言，一个面对死亡拷问人性与世事的寓言，但他以诚实的笔，并更多更深地向现实的内核和人物心灵的深处开掘，而且饱含感情、从容干净，细节精妙可感。阙天津、黑寡妇、范宏大尤其丰满动人，他们在阴差阳错的命运挣扎中，却始终维系着深厚的乡村伦理和人性的宽容，他们遮蔽在日常生活里的情义拯救了朱山坡此前小说对善的绝望。曲折前行的朱山坡终于在残损的乡土世界中，发现和表现了生命的温度、宽度和深度。至此，故事与人物择善而生，坚韧而长。至此，朱山坡在根扎精神原乡的探索中，发出了自己日渐独特成熟的声音，相当不易。

——张燕玲：《以精神穿越写作——关于广西的青年作家》，《南方文坛》
2007 年第 4 期

眼睛在飞

韦俊海

我从娘胎里来到这个世界的那一天起，我就是个瞎子。

我的饭碗来自给人按摩给人快感的生活。我有三位很稳定的客户，一位是富姐马莉莉，她除了有钱没有男人，就是喜欢我。也许在下面的故事里，更多的故事是在她与我的男女关系上。

我的第二位客户是作家章伟。记得我每次给他按摩时，他都给我讲他小说里的故事，我喜欢他，直到我们成了好朋友。另一位客户就是刘江河。尽管刘江河说他在市政府里工作，但我不喜欢他。因为他是一个既有口臭又有狐臭的双臭人。由于职业习惯，双重臭味并不是我讨厌他的主要问题，主要的问题是刘江河这个人喜欢吹牛皮，我真的讨厌他。我给他按摩的时候，常常从他的谈吐中得知他是市政府里一个不小的官员，至少是一个处级干部。他的性格表现在他的嘴巴上。按摩院里的人都知道，刘江河口中除了谈政治就

作者简介

韦俊海（1955— ），壮族，广西都安人，笔名八路，"民革"成员。毕业于北京师范大学中文系、鲁迅文学院高级研讨班。中国作家协会会员。历任南丹县委宣传部、文化局干部，河池地区文联《金城》杂志、柳州市文联《柳絮》杂志编辑，柳州市文联秘书长、创编室主任，柳州市作协副主席。1982 年开始文学创作，2003 年加入中国作家协会。主要作品有长篇小说《大流放》《血女浮生》《春柳院》，小说集《裸河》《苦命的女人》《引狼入室》《广西当代作家·韦俊海卷》，诗集《异性的土地》等。小说《等你回家结婚》获 1999 年"人民文学·贝塔斯曼文学奖"，《很想看见你》获 2002 年《中国作家》小说奖。

作品信息

原载《广西文学》2008 年第 7 期，《小说月报》（中篇小说）2008 年第 4 期转载。

是谈性欲。

我现在说刘江河也许冲淡了我的主题，我可不想把他扯进来。

人们说女人漂亮女人性感，可我体验不出漂亮的标准是什么。凭着我瞎子按摩的经验，我只是认为我的手感在女人的身上游动的时候，谁漂亮谁不漂亮并不重要，重要的是凭着我的手感，去感受一个人的四肢五官。如果遇到那些肌肤柔软、滑嫩的客户，那简直是一种享受，甚至是一种幸福。那样的幸福，一个瞎子与一个眼睛明亮的正常人的感受是不一样的。

就说我的妻子韦小芬吧，她可是位眼睛明亮的女人，在我这个天生瞎子的心中，她长得既漂亮又贤惠。我们结婚后，我一直在想：攒够钱把眼治好，争取早日看到可爱的妻子，甚至还要看自己儿子呢。遗憾的是妻子韦小芬还不知道我的这个计划，她早在三天前就离我而去。去哪里了？我不知道。我向派出所报了案，可派出所至今没有她的消息，我只好胡思乱想。

我躺在床上想着我妻子韦小芬的时候，急速的敲门声打破了我的回忆，我竖起耳朵倾听门外的声音，希望是妻子回来了。

咚，咚，"杨虎炳，在家吗？开门，快开门。"咚，咚，咚。我似乎觉得那是警察的声音。我想，也许是韦小芬有消息了。

我熟练地手执拐杖，高兴地打开门才知道，来的人不是警察而是一位自称是黑子的人，他说这间房子已卖给他了，叫我搬出去，现在就得搬出去。

我说："你说什么？这房子卖出去了，你是不是搞错门牌了？"

黑子说："没错，我花了二十万买下的。白纸黑字，房子已经买了，房契也办好了，这房子已是我黑子的。"

我说："是你的？是谁卖给你的？"

黑子说："是你老婆卖的，怎么了，这事你真的不知道啊？"

我说："天呀，我怎么能知道呢！这明明是骗子，是骗子啊。"

我无法相信眼前的事实，这房子是我祖传的古宅，父母去世后这房子一直是我的，我老婆韦小芬怎么能这样对我？

我对黑子说："我是瞎子，我不知道我老婆背着我去把房子卖了，我得找她回来，你给我时间，我一定把这事向派出所报案，这是一桩诈骗案。"

黑子沉默了一会，然后说："好吧，看你是瞎子，我给你三天时间，三天后如果你不把钱退给我，我就搬进来了。"

我说："三天？我去哪里找她啊？她都失踪四天了，我去哪里找她？"

黑子说："我不管你去哪里找她，这房子已经是我的了，我就让你多住几天吧。"黑子说完就气鼓鼓地走了。

我把这事向派出所报了案，派出所说这是一桩重大的诈骗案，必须立案侦查。派出所还吩咐我，叫我协助他们把韦小芬找到。我说我会想尽办法，把韦小芬找回来。

我对派出所的人说："韦小芬是个十分恶毒的女人，她不仅背着我把房子卖了，她还带走了我在按摩院里赚下的一万五千块私房钱和我祖传下来的一块缅甸翡翠。结婚时，我亲手把那个宝贝挂在韦小芬的颈脖上。尽管我从未见过那块翡翠，但我可以感觉到那是一块价值连城的古董。"

连日来，我一直在寻找韦小芬，寻找那位曾经与我同床共枕不到十个月的老婆。可我一直找不到她。

孤独的时候，我常常打开收音机来解除我的孤独。收音机里说，当一个男人想念一个女人到极致的时候，往往会做出一定的傻事来。这句话真的在我的身上应验了。我昨天夜里就梦见自己跟富姐马莉莉做爱了。我知道那样的幻觉着实让人醒来之后感觉不一样。

事实上，马莉莉一直是我的客人。在我们瞎子按摩院里，每个人都有自己的一两个固定的客户，就好像马莉莉每天要趴到我的按摩床上让我在她肉体上弹钢琴般地弹着十指。这似乎是一种十分友好的职业。不知道那些有着一对光明的眼睛的人能否也有如此的手福？作为瞎子，我是幸运的。

闹钟的铃声准时在早晨 6 点钟叫个不停。我却依依不舍地在被子里摩挲着温暖的床单，用脚踢开那只已经发凉的热水袋，两只脚最后一次在被子里磨蹭了几下，然后以突然的速度坐起来，离开那遮盖过自己身心的、使自己最大限度松弛的地方。我的思想仍然停留在那个既可爱又有点恐惧的梦上，我一下子回不过神来。我似乎觉得一个瞎子的销魂梦的每一个动作也许和那些自称是看得见一切东西的人的行动没什么两样。

　　也许，我和马莉莉那样的行动被仁慈的上帝偷窥了。我想，上帝是不会责怪我的。相反，上帝会以一种慈爱的方式来安慰我。但这对我来说，安慰比责怪更难受。我想，之所以有那样销魂的梦，这首先得感谢我的客人马莉莉。尽管我们的主客关系已有一年之久，但我从未有过那种做爱的念头。在我们按摩院里，上上下下数十号按摩师，谁不知道马莉莉是个做服装生意的大老板。我一个天生的瞎子，哪能往人家身上想？我不知道我有什么魅力能把那样一个女人吸引到我的按摩床上让我按摩。

　　每当马莉莉躺在我的床上的时候，我指的床当然是工作床，我觉得莉莉的肉感和所有的人都不同。我的手感和我的嗅觉告诉我，她肯定是一个与众不同的女人。每当我的手像条蛇一样柔和地在她的肌肤上游动的时候，她几乎显得十分激动，似乎在轻轻地呻吟。我想，也许马莉莉是在我的按捏下享受到一种异性的快感。我似乎在她的那种快感中得到了一种从未有过的安慰，甚至是一种心理满足。正因如此，我和莉莉配合得相当默契。所以，每每她到我们按摩院之前，她都先给我打来电话，我们常常预约好时间，有时是她来我们院里让我给她舒服，有时是我到她家里给她舒服。我这里说的舒服，当然是指按摩了。除了这些，我不知道我还有什么地方吸引她。

　　凭着感觉，我要把我和马莉莉的微妙关系找回来。我想，也许马莉莉也有想我的时候，甚至也有那个相同的梦。

　　我不知道我从哪儿来的勇气，我立马起床，在床头边收拾好我日常随身携带的收音机，我把它挂在我的胸前，然后就拿起敲打路面的拐棍，我去了马莉莉的家。

　　我十分熟练地走在喧嚣的马路上，过街转巷，像个勇敢的战士在敌人的封锁线上前进。我想，如果贪婪的目光（我没有目光，我的眼中只有黑暗）像肉欲一样恶劣，如果主动去追寻梦中的情人是一种快乐的话，那么，我愿如此梦幻下去。

　　我像一个双眼明亮的人一样十分老到地走到马莉莉家的楼下。之所以我能十分顺利地走到我必须走到的目的地，那是因为我这个盲人有自己天生的感官世界。我在路上行走的时候，我当然不是靠眼睛了，我靠的是我的耳朵甚至是鼻子。也许一个瞎子的耳朵和那些眼睛明亮的人的耳朵不一样。我的耳朵至少可以感应到五十步之内的事物在变化。我把耳朵周围尽可能感觉到的东西火速地传送到我的大脑神经，于是，我的大脑里立即存储着我周围清晰的图像。我似乎觉得我附近所有的障碍都无法阻挡我的前进。我简直像那些眼明手快的人一样走在喧嚣的大街上。我不知道看得见和看不见的真正含义是什么。我只觉得像我这样一个生活在自己的世界里的人，黑暗是什么？光明又是什么？这个问题我一直在问自己，甚至也问了别人。当然我问得最多的是马莉莉。她被我问得多了，也就不耐烦起来。她常常用一句很无奈的话来搪塞我，她说："你想知道你为什么是残疾人，你必须得把你的眼睛治好。你眼睛治好了，能看见东西了，你就有可能弄清楚什么是正常人什么是残疾人了。"

　　其实，马莉莉说的话使我更加糊涂了。我认为我生活得好好的，我怎么就不正常了，我觉得她的眼睛尽管看得见东西，但对一个天生的瞎子来说，看见东西的人才是残疾呢。

　　我的大脑清晰地显示我现在的方位，大脑很神速地指挥我的双腿迈向我该去的路线，甚至指挥我的手去干我想干的事情。就好像现在一样，我知道我已经准确无误地走到马莉莉的楼下了。我的大脑老是告诉我说，还有十八级阶梯，我就可以到马莉莉的家门了。

我像往常一样按响马莉莉家的门铃，一长两短。这是马莉莉给我的暗号，她说她只要听到一长两短的铃声，就知道肯定是我来了。

果然，门未开我就听到马莉莉隔着门板对我说："瞎子炳，你怎么搞的，大清早就来敲门，来时也不打一个电话？"话匣门开。

我不知道我当时是什么样的表情，但我绝对想象得到她的表情是喜悦的。尽管我的冒失来自我那个销魂的梦，但我对马莉莉的感情也许是真诚的。至少，她在我心目中有一定的地位。

马莉莉牵我进了门。我的手触摸到她身上那薄如蝉翼的睡衣。我说："你还在睡觉？"

她说："还在睡觉。"

我说："打搅你了。"

她说："没什么，反正也该起床了。"说着，她又问我："你老婆韦小芬有消息吗？"

我说："没有。"

她说："一切交给民警，不要操心。"马莉莉说完这句话的时候，她扶我坐到床上。这样的举动和以前完全一样，只要我一进门，她就把我让到床上坐下。这次当然不例外。

我坐到床上的时候，我将我胸前的随身听从脖子上解下来，放到床头边。莉莉叫我把收音机关了。我说我不关。莉莉说为什么？我说每天早上 8 点有作家章伟的小说连播，我喜欢听。莉莉说既然如此，你就听吧，不过你得把音量调小一些。说着，莉莉给我递过一杯热乎乎的开水。她说："你今天是怎么了，也没预约就私自撞来了？"

我说我一夜睡不着。

她说为什么？

我说我想她。

她说她不信。

我说天知地知，谁有半句假话就遭雷公劈遭车祸。我知道我这样的咒语是针对盲人的。因为盲人最怕的是雷雨，甚至是车祸。所以我说我想她，这对她来说应该是件高兴的事情。

她坐到我身边，我似乎感觉到她那急促的呼吸声，甚至我似乎听到她的心在跳得厉害。她的双手在我的肩膀上触摸了一下，我将她的手紧紧地握起来。她问我为什么要这样？我说我也不知道为什么，反正我就是想那个。她说为什么现在忽然想起要那个？我说我昨夜梦到和她做爱了。

"你梦中的那个女人真的是我？"莉莉狐疑地说。

"当然是你。"我说。

"你看清楚了？"她说。

"当然清楚。"我说。

莉莉似乎沉默了几秒钟，然后她回到床上，躺在我的身边。我觉得我的手被莉莉的手紧紧地握住。她说，你真的梦见和我那个？我说是的。莉莉似乎激动起来，她喘着粗气把我的腰紧紧搂着。她说以前她也做过那样的梦。

我的十指像弹钢琴一样在莉莉的身上轻轻地弹了几遍，我从她的肌肤中唱出我大脑中原有的乐谱。然后，我的手心像北京犬的舌头一样在莉莉的身上轻轻地舔着。我觉得莉莉的肉感就好像床上的绸缎面料一样软和、华丽、温柔，甚至性感。

我对莉莉说："舒服吗？"莉莉说："当然舒服，要不然我怎么喜欢找你这个瞎子？凭着我马莉莉的相貌和钱财，至少可以嫁到北京，嫁到上海，甚至可以嫁给市长的儿子。我之所以喜欢你，是因为你诚实你憨厚，你的手感令人回味。"

我似乎被莉莉的话给打动了，至少我有两分钟走火入魔。莉莉拍打我的屁股，说，你怎么了？我才从莉莉的问题中清醒过来。

莉莉问我，她说那个刘江河的肉感怎样？我说你怎么忽然想起那个人？

莉莉说随便问问。

我说刘江河是个中年男人，皮肤像蛇皮一样粗糙，肌肉像马屎一样一颗一颗地松弛了。他是我的客户中肉感最差的一个人。

莉莉"哦"了一声，似乎把我的话记在心上。然后她又问作家章伟的肉感怎样。

我说作家章伟是年轻人，他的肉感好，有弹性，挺有男人味。

莉莉又问我她的肉感呢。

我似乎不再说什么，我张开嘴巴，目的并不是说话，而是在咬住莉莉的嘴唇。

那天早上，我那个销魂的梦终于如愿以偿。

那样的日子过得似乎很愉快，甚至过得很扎实。我常常在按摩院里忙着给我的客人舒服时，马莉莉的电话就打过来了，她说她马上开小轿车来接我。每每接到这样的电话，我当然是高兴的。现在大家都知道马莉莉很少到按摩院里来。这肯定和我有直接关系。自从我和她有了那种销魂的行动之后，我常常接到她的电话，她叫我去把眼睛治好，她说她要让人们知道她爱的男人绝对是个正常人。

其实，我知道我一直是正常人，我并不认为我有哪些地方不正常。

每次我接到马莉莉的电话，我都无比激动。马莉莉来电话的时候已是华灯初上，在我的眼里，华灯和黑夜是同等的概念。我不知道灯光和我大脑清晰的图像是否吻合。我也不知道有灯和无灯的时候天是怎样的。就好像人们所说的："瞎子的黑夜就是人们的白天。"我听了这句话，我觉得瞎子似乎和人不一样了。至少瞎子可以在黑夜或者白天都能做他想做的事，但人在黑暗中就什么都干不了。

我给那个叫作章伟的作家按摩着，我的随身听在床边正好播出章伟的小说《生活》。我高兴地将音量调大些，好让章伟和我一起享受。那个小说十分精彩，故事说的是有那么一家人，父亲是瞎子儿子是聋子媳妇是哑巴的故事。那样的故事和我们按摩院的残疾人都有着息息相关的命运。我想，天底下的故事就章伟讲得最精彩。

在此之前，我曾经和章伟达成一项协议，协议当然是口头的。

协议一：以后章伟到按摩院来按摩，只要他把他写过的小说给我念出来或者是说出来，我给章伟最好的优惠价，即每个钟点按五折结算。

协议二：我那失踪的老婆韦小芬是章伟介绍的，如果章伟帮我找回来，我给他免费按摩五十次。

章伟确实是个聪明透顶的作家。记得我和他在一年前认识的时候，他常常光临我们按摩院，并指定非要我给他按摩不可。也许，我是按摩院里最好的师傅。章伟这个人常叫我给他松松筋骨。日子久了，我们的感情也就深了。他先是给我介绍老婆韦小芬。然后，韦小芬把我的房子和钱带跑了。我找章伟说明情况，章伟先是叫我报案，我照着办了。后来没见有消息，我又去找章伟，章伟说也许韦小芬是回娘家了。

我说，韦小芬的娘家在哪里？我要去找她。

章伟说，他也不知道韦小芬的娘家在哪里。我似乎吃了一只苍蝇，感到十分不舒服。

我曾经对章伟说过，只要他告诉我有关韦小芬的消息一次，我会免费给他按摩一次。

于是，章伟似乎不写作了，他三天两头地到按摩院给我报告好消息。

章伟每来向我报告一次好消息，我就得花上一个小时给他全方位按摩。

记得章伟第一次对我说，有人看见韦小芬在一个叫作都安县的镇上做生意。我听到那样一个好消息，当然免费给章伟按摩一次。后来我跟派出所说了，派出所的人说，他们通过都安县的公安局去找了，找不到韦小芬。

那样的消息似乎过了不久，章伟第二次来到按摩院，匆匆地找我报告好消息，他说韦小芬到广东去炒股了。我又高兴地给章伟免费按摩一次，然后又去报告了派出所。派出所告诉我这消息不可靠，叫我以后不要听这消息了。

我似乎觉得我如果不是傻子，那么作家章伟就是骗子。我老婆在哪里怎么都是你章伟知道？除非章伟和韦小芬有两手？甚至我怀疑韦小芬能把我的房子卖掉，也许是章伟幕后操纵。

我猜到问题的严重性，我得找章伟谈谈。

当我瞎着双眼穿街过巷寻找作家的住地之时，我原来那种对章伟的怀疑似乎又觉得是件不可能的事情。不管怎样，我还是要讨个说法。

那天，我和章伟吵架了。从吵架的意义上分析，我想，我和作家章伟的关系并没有破裂。因为作家最后给我丢过来一句话，他说他根本就不知道韦小芬在什么地方。他之所以欺骗我是因为他看见我的精神几乎给韦小芬弄得崩溃了。所以，他才一次又一次地把韦小芬的下落编造好并虚构成他写的小说。章伟还说他是想把这个虚构的故事升华为真实的故事，章伟希望我和韦小芬是按他的小说去开展生活的，这未免有些荒诞。

章伟接着说，为了不让我在精神上过于有压力，所以他一次又一次地来按摩院说韦小芬的行踪，这样的目的当然是让我有信心有勇气生活在这个世界上。

章伟的话听起来似乎很有道理，但你真的细想起来，就觉得不妥。我对章伟说，你说你不知道韦小芬的下落，我不信。

章伟说，你不信就拉倒。和你们瞎子做朋友，真得多一个心眼。

我说，当初你为什么把韦小芬介绍给我？你是怎么认识她的？

章伟笑了笑说，你真的很想知道？

我说，当然。

章伟说，也许说出来你也不会相信，韦小芬是我老婆在鱼峰山保姆市场把她接回家的。她的家庭服务很到位。后来，我岳母娘退休了，我们不再需要保姆，就把韦小芬给辞了。她听说我们辞退她，哭了一天一夜，怪可怜的。她叫我们给她找份工作或是介绍个好人家，她说只要她能在这个城市生活下去，嫁给什么人都无关紧要，但千万不要嫁给罪犯。她还说她家是在一个叫作都安的乡村里，那里生活很贫困。她家乡具体在哪个村庄，我真的不知道。

章伟说完最后一句话，他家里的电话响了起来。我听见章伟对我打了一声招呼，他说对不起。然后，就离开我到电话铃响起的地方。凭着我的感觉，那是一个很紧急的电话。我好像听到了章伟说马上就到的声音。

一会儿，章伟过来了，他说他马上要到作协去领一个文学奖，颁奖典礼就等着他，他得先走了。说时他将一只手攀到我的肩膀上，似乎给我一种亲切感。然后，章伟说他欺骗我实在不是他的本意，他只是为了写好一部叫作《眼睛》的小说。很对不起。紧接着，我忽然感觉到我的手被他的双手握起来，我手中似乎多了一沓纸币的感觉。

章伟说，瞎子兄弟，这是八百块钱，就当是我支付你的按摩费用吧。我觉得章伟给我的钱币大大超出了我给他按摩的数量。他至少多给了我五百块。我怎么能这样敲诈他要那么多钱呢？我说我不要，我只要我该得的部分。

章伟说，收下吧，兄弟间就不用客气了。他还说，其实他不是有意这样欺骗我的。他只是为了让他的小说在虚构中去验证他要叙述的一个瞎子和一个乡下女人的故事。

说完话的时候，他把我送到公共汽车站牌下，然后他说如果有韦小芬的消息，请我马上告诉他。

那是一个天气晴朗的上午，我给章伟按摩刚结束的时候，我身边忽然有一股香水味席卷过来，我知道那肯定是马莉莉身上的味道。我知道她已经站在我身边，我朝着那股香味说：“等我几分钟，我就来。”

马莉莉似乎回答说不急，她说她等我就是。

我把章伟送到门口，章伟对我说：“下次我给你说《耳光》的故事。”

我说：“那个故事太长，我不喜欢听。”

章伟又说：“那么，你喜欢什么故事？”

我说我就喜欢那个叫作《眼睛》的故事。说完这句话，我转身回到按摩室时，我似乎听到同室的张瞎子在调戏马莉莉，他说：“马老板娘真性感，谁摸了谁舒服。”

我对张瞎子说：“张副院长说话嘴巴怎么那么臭，你是不是没有刷牙？”

张瞎子似乎听出了我的弦外之音，立即朝我大声说：“哟，哪来的猫怎么也闻出腥味来了，我说人家女人你心痛什么？”

我正准备还口说他几句，莉莉就把我扯出门去。我不记得我是怎样进那辆小轿车的。

　　莉莉并没有把我带到她的家。她说她要带我去一个朋友那里。我说为什么？她说去了就知道。

　　在我大脑清晰的图像里，我感觉到我们的小轿车好像在市区里转了七八个弯，过了几个路口，红绿灯时停了两次，我们才在一个叫作柳城花园的小区内停了下来。

　　在车子未停下来之前，莉莉对我说她要把我的眼睛治好，她要让我看见任何东西，当然是让我看见她的容貌以及她那性感的裸体。她说只要我的眼睛什么都看见了，我走到天涯海角也要把韦小芬找回来。她说如果我找不到韦小芬，我有权利向法院提起离婚诉讼。然后，我就有机会和她公开在一起，甚至是结婚。

　　我觉得莉莉的话很有人情味。尽管我很渴望光明，但我担心的是我去哪里要那笔数额巨大的医疗费。莉莉似乎看得出我的忧虑，她说她这些年最大的毛病就是有钱没地方消费。

　　也许是我们刹车的声音惊动了莉莉的朋友，或是莉莉的朋友早就恭候在门外。我随莉莉刚走出车门外，就听到一阵急促的脚步声朝我们奔来。我听到一个女人的声音，她口中连说几声欢迎欢迎。但我也听到莉莉说些客套话，好像是"打搅了""麻烦了"一类的言语。我不在乎她们说些什么，我只在乎我的眼睛是否有可能重见天日。

　　凭着感觉，我随那些女人的脚步声来到了一间宽敞的房子。待那位女主人安排我坐在一张挺舒服挺软和的沙发上时，莉莉说话了，莉莉说的第一句话当然是先向她的朋友介绍我。她说这位大哥叫瞎子炳，是位很不错的按摩师傅。紧接着莉莉给我介绍她的朋友，她说她叫文雯，美国哈佛大学毕业回国，眼科博士，人家都叫她雯博士。莉莉的话音刚落，忽然我感觉到我的手立即被一双温和柔情的手握住了。我知道那一定是雯博士的手，我正在兴奋不已之时，雯博士对我说你好。我当然也回敬说你好！

谈话在一片毫无主题的气氛下进行，这也许是雯博士和莉莉多年不见面的缘故，面对女人的唠叨，我想我是完全承受得住的。

我坐在一旁跟着傻笑。那样的气氛至少有二十分钟的时间，她们才把目光对着我，甚至针对我的瞎眼直接展开了能不能治疗的话题。

雯博士叫我躺在一张床上，我听到一些镊子碰撞器皿的响声。同时，我闻到了一股酒精味。在我们瞎子按摩院里，酒精是我们消毒洗手常用的药品，那样的气味对我来说并不难闻。我想，雯博士给我治疗眼睛真是一件难得的事情，我应当好好珍惜这个机会。

雯博士俯下身来，她的脸距离我的脸不到一根香烟的长度。我开始闻到她身上那股法国香水的味道，像那样的味道莉莉身上也有过，都说是法国女模特常用的。我从雯博士身上闻出那股莉莉身上的味道之后，我大脑清晰的图像立即出现了一个半裸女人趴在我床上让我按摩的情景，甚至我想到那个令人销魂的时刻。每到这时候，我感觉到我的自控能力是最糟糕的。我强忍着别把莉莉拽进我大脑的镜头。

尽管雯博士口上戴着口罩，但我还是感觉到她的呼吸声，这就是一个瞎子的听觉和嗅觉比正常人灵敏的优越性。我之所以说这些，是要证明我和雯博士两个人的眼睛对着眼睛是多么地近。

雯博士用她那纤细的手指在我的双眼上翻来翻去。她像翻阅书本一样在我的眼皮里反复地翻动着。我感觉到我的眼睛很酸，甚至很痛。我的眼里流出了不少泪水。雯博士叫我忍着，她说这只是最简单的检查方式了，还没到治疗阶段呢。她说治疗我这种眼病可不像拔牙那么省事。她还说瞎眼有很多种，有天生就瞎、针孔瞎、风吹瞎、药物侵蚀瞎、物体攻袭瞎、虫咬瞎等多种。虫咬瞎就是毛毛虫钻进眼里，吃掉眼里血管把人弄瞎。最好治的是白眼瞎。从眼睛上除下一层白色的东西，就像从线轴上把白线绕下来一样。有那么一根白线，突然一下子缠到眼珠上了，或是一年一年地慢慢缠上了。白眼瞎，有天生的也有后天被环境污染而瞎的。

像我这样的眼睛，雯博士很有把握地说我得的是天生白眼瞎，良性。她说我的眼睛可以治疗得完全可以看见东西。

说实在的，看不看见东西对我来说至关紧要。因为我一生下来什么都看不见，一切事物都在我大脑里显现出它的模样。所以，"看见"对于我来说是件十分陌生的事情。到底看见以后是什么？我当然也不知道。

雯博士说治我这样的眼睛，得在手术中把我的眼珠翻个里外上下，再翻个上下里外。一直翻到能把眼里的白网膜线全部绕到线轴上并割切清楚白网膜。到那时可疼得厉害。好像往伤口上撒辣椒粉。尽管在手术中打了麻药，但眼神经和眼血管仍是最敏感的。

也许麻药真的起到作用。我昏昏沉沉地觉得我的头一片嗡嗡声，我开始觉得浑身发抖，大腿抽筋，乳头奇痒。犹如金属耐不住强酸的侵蚀，我再也不能硬着头皮充好汉。

我不知道我昏昏沉沉的样子是否可爱，我也不知道当时我呼叫了句什么。我从半昏睡的状态中听到雯博士赞美我，她说瞎子炳，你好比一棵树，浇上水就发芽。手术完后，我给你用清澄澄的泉水泡上蕨根，解毒消炎，再用蓟罂粟洗眼睛给你止痛。到那时你的两只眼睛就会发出生命的光芒，甚至你的眼睛会在你这棵大树的身上生出绿芽。

我似乎进入了一条幽深的时空隧道。我觉得我被骗了。我似乎看见月亮是一个小女孩，她生下来的时候就是瞎子。她闪着光想要看着我，可我又看不见她。月亮生下来只有指甲那么大，她用指甲慢慢地抠掉我眼睛上的黑影。我感到我的眼睛火辣辣地疼痛。月亮跑到哪里去了？黑咕隆咚的屋里只有苍蝇嗡嗡地对我说话。苍蝇说："瞎子炳，小鸟盗走了你的光明，把你抛在无边无际的黑夜之中。你在黑暗中等待着丢盔卸甲的美国军队举手投降。希特勒把涂了蜂蜜的战刀送给你。基督徒把盗版的《圣经》送给了你。突厥人割下自己的耳朵，拿耳朵当航船，漂过不知名的大海，到君士坦丁堡去送死。"

我从昏睡中惊恐地醒来，当时我吓了一跳。可事实上我跳不起来，甚至连动手动脚的机会都没有。我被捆绑在手术床上，四周好像都有固定的物体卡住我的脖颈、肩膀、双手和双腿。我无法挣脱雯博士为我布下的机关。我像一头无法自卫的困兽，双眼疼痛得使我尿撒裤裆。

我对雯博士说是否再加大麻醉药品，可雯博士说人的身体对麻醉药是有极限的。她说我的身上麻醉药量已超标，并说我已经说了很多梦话，不能再注射麻醉药了。她叫我再忍一忍。

雯博士手执一把锋利的柳叶刀在我的眼珠上刮来割去，我似乎觉得那锋利的柳叶刀像条泥鳅在我眼中游动。

那样的折腾不知道过了多久，我听到雯博士柔和的声音。她说："眼睛里的云翳好像结在猪油上的薄皮层，只要把那层东西刮走，你就有见光明的希望。现在云翳已被挪走了，最难受的已经过去了。"

雯博士以外科医生惊人的灵巧把蒙在我眼睛上的白网线膜绕到牙签上。每根牙签上都绞满了我眼中的白网膜体，拂去我眼睛中的云翳。

那样的细活在雯博士纤细的手指上又过去了两个钟头，雯博士说："好了，手术完成了，一切都很顺利。"

我听到雯博士说完这句话的时候，我才觉得我的双眼空洞洞地显得轻松起来。尽管当时仍然什么都看不见，但我相信我的运气是最好的。

马莉莉这时的心情也许比我还要高兴。我感觉到她在我的手术床边拍起手来大声欢呼。她在我的手心上吻了一口，声音很响也很性感。我敢肯定莉莉是当着雯博士的面亲吻我的。

雯博士动作十分娴熟地在我的眼睛里滴上药水，然后又挤上药膏。我感觉到我的眼睛上覆盖着凉冰冰的植物叶子。也许那是一种大黄叶片或是两面针叶片。我感觉到那些叶子盖在眼睛上着实舒服了许多。

我的手紧紧地握着莉莉的手。似乎想从莉莉的手心里要回一种爱情的力量，只有那样的力量才能支撑我痛苦的选择。我想，这种痛苦的选择都是为了"看见"。但我最怕的是一旦我看见了，那些看见的东西完全和我大脑里固定的东西模式不一样之时，我去找谁弄回我的瞎子世界？也许瞎子本来就比那些不是瞎子的人生活得另有一番情趣。这样的问题想来也不是那么糟糕，但它绝不可能为人们所理解。

雯博士利落地在我的脸上裹着纱布。我摸着脸上裹着的厚厚一层纱布，我似乎觉得我的脑袋像团大沙球一样显得有点沉重。

有人把我抬到一张轮床上，但她绝对不是雯博士也不是莉莉。那个人把我推到一个地方忽然停了下来，她把我又交给了另一个人。她对那个人说：这是一个刚动完眼膜手术的病人，至少要在这间暗室里待一个星期，不要给病人看见外面的光，必要时只能开室内的五瓦红灯。另外，今天和明天病人肯定发高烧，请给他吊上青霉素、NaCl生理盐水和打消炎退烧针，具体的护理及用药量都在病历卡上，哦，对了，雯博士交代了，对这个病人要特别关照。

莉莉那几天没有做生意，她一直陪着我。开始，我烧得连说梦话。听莉莉说我一直在呼喊韦小芬的名字。怎么会这样呢？

我很不好意思地对莉莉说对不起。莉莉是个聪明人，她听到我说对不起之后，她说："没什么，韦小芬找不回来，是你的心病，我怎么会怪你呢？"

莉莉的这番话像一颗卵石击破平静的水面，不软不硬地击中我的心脏。我不知道怎么办才好。其实，护理我的那个护士说我在梦话中骂了一个叫作韦小芬的人是骗子是强盗甚至是鸡。我想也许就是如此，我似乎还有一定的印象。

在暗房一个星期对我来说并不是一件很难的事。因为我本身就一直在黑暗中生活着。而且，我每天有随身带的收音机做伴。我常常在寂寞中打开收音机，试图通过收音机里那些甜滋滋的女人的声音来抚平我心中的烦恼。尽管这样，我还是处在极度的痛苦之中。我的痛苦实际是一种难受，当然是眼睛里长出新生的肌肉的一种难受，那些新生的肌肉在眼里痒得就像跳蚤进裤裆，挠也不是不挠也不是。

我痒得直咬住嘴唇，我的手六神无主地抬起来，试图将绷带里的痒虫抠出来。每当我抬手的时候，莉莉就伸出温暖的手来阻止我的行动。当然，那个护士也阻止过我的行动。我想，好端端的一个人怎么说割掉眼膜就割掉了？也没有任何商量，弄得我难受了一个星期。如果是平时，不用说是割眼睛，就是打流感预防针，我也不会去。之所以我现在这样听人摆布，是因为女人的号召力已经远远超过男人了。她们已经不像生活在万恶的旧社会那样被男人欺负。现在女人百倍受宠，她们的魅力也许比金钱更具有实用价值。

我所说这些，当然针对两个女人。一是可恨的韦小芬，另一位当然就是马莉莉了。现在所发生的一切，都是为了以后的"看见"，看见以后才好去寻找回韦小芬，找韦小芬无非是送她上法院，要回房契，要回一万五千元私房钱和家传的那块价值连城的缅甸翡翠。

莉莉说她爱上我并不希望我是瞎子，要我和她一样成为正常人。

我一直认为我就是一位正常人，我不知道我的眼睛明亮之后"看见"两字意味着什么，只是等待光明的到来。

拆掉缠在头上绷带的那天，好像是外国人的一个什么节日，那个护理我的女护士的手机忽然在我耳边响起来。我听到那个女护士对着电话里的人说了一些悄悄话，但我听得最清楚的一句是"圣诞快乐"。

我想，我拆掉绷带的那天肯定是圣诞节了。

在我周围的人至少有十来个，他们可能都是雯博士的实习生。我感觉到我像一尊摆设在橱窗里的模特，任由行人观赏。

雯博士每拆下我眼上的一圈绷带，就对她的学生说上几句我根本就弄不懂的医疗术语。从周围的人群中，我的听觉和我的嗅觉告诉我，莉莉就站在我的身边。

我想，在这关键的时刻，莉莉一定比我焦急。我听到她问雯博士，她说："把绷带拆掉就马上看见东西了吗？"尽管这是一句没有主语的话，但我听得出来，这是莉莉在问雯博士。

雯博士似乎挪了一下纤细的手指，她说："在这个节骨眼上，光芒比利箭还要恶毒。不过，绷带拆掉后，病人必须在黑暗的房屋里待上三两天，让眼睛逐渐适应周围环境，并在黑暗的光亮中慢慢恢复到看见天然光亮。"

我就那样睁着眼睛在黑暗的房屋里待了两天，我似乎觉得这两天我的眼睛灰蒙蒙的和以前的黑茫茫不一样，似乎觉得我的周围都有障碍，那些障碍好像要倒下来把我压住那样恐怖。

雯博士和莉莉来到我身边。我把我周围尽可能压下来的障碍物说给她们听。雯博士几乎跳了起来，她很激动地拍打一下双手，她说："瞎子炳，你已经看见东西了。那些不是什么障碍物，而是房里的东西和屋面上的墙。恭喜你看见了！"

我听到雯博士说的话，但我并没有立马高兴起来，我觉得我看到的东西似乎都是一种障碍。它完全不像我眼瞎时的大脑图像。

这时，墙上的一盏红色的电灯亮了起来。雯博士介绍说那是红色的灯光。我似乎被那种叫作红色的光线刺进了眼睛，我的眼睛一下就流出不少泪水。

也许，我第一眼看见的应该是雯博士或是看见我曾经爱过的女人马莉莉。

我看见雯博士和莉莉的时候，我几乎疯了起来。我怎么也想不到两个女人与我大脑原有的图像完全不一样。她们是那样地吓人，简直就是个怪物。

我闭上我的眼睛，慢慢地恢复我瞎子的感觉。也许，原来的我才是很完美的。

莉莉求我睁开双眼，她叫我睁开双眼看看，她说那是墙上的电灯，那是红色的光线，那是红色的窗帘。

我似乎对红色情有独钟。很小的时候，我就知道五星红旗。五星红旗是我们的国旗。老师说过了，红色代表革命的先烈，是用鲜血染红的。所以说，红色对我来说是个特别的颜色。于是，我睁开双眼，看着红色的灯光和红色的窗帘。

我失望了。

我对红色的失望首先是它与我大脑以前储存的图像完全不一样。我大脑里的红色图像是血，血和水几乎同时在我的脑中出现，尽管血带腥味而水却无味，但它们应该是水的颜色。所以我的眼睛看见的第一种红颜色是我心目中的水的颜色。至于水的真正颜色是什么，我得到的答案就是莉莉给我端来一盆水，她说这就是水，水是没有颜色的。

我看见水在盆中晃动之时，我才发现在我原来大脑储存的图像里，没有颜色的水应该是和青菜叶子一样的颜色。于是，我把水的颜色当成是绿色了。

我不知道是我的视觉感有毛病或是看见东西的那些人有毛病。反正，我觉得我现在不是人而是一头只有嗅觉的狗。

雯博士站在我面前，我口中一直在叫喊着，我叫她还回我先前的那份感觉。我说你还我那两只什么都看不见的眼睛，我不需要看见你们看见的世界。

后来我听到莉莉说我那天看见东西的第一眼的恐惧样，她说我那种不适应第一眼的光明而惧怕周围的环境的反应，真让人不可理解。

雯博士飞过来一只手，那只突如其来的手似乎令我毛骨悚然。我本能地抬起双臂阻挡着对方伸过我头顶的手，我低下头把双眼一闭，似乎那突如其来的障碍物消失得无影无踪。

雯博士觉得我的动作也许过于滑稽，就张口大笑起来。我看见她咧嘴大笑的时候，嘴巴露出一排恐怖的牙齿，牙齿在那口门洞里显得幽深可怕。我不敢再睁眼看看眼前的怪物。

就在此时，雯博士的那只手在我的头顶上把窗闩弄得吱吱地响，一会儿，门窗被雯博士打开了。屋内瞬时透亮起来。我开始由恐怖渐渐地回神到好奇。尽管我的眼睛很不适应那种刺眼的光，但我还是朝着窗外看去。

一只小怪物噗噗地拍打着翅膀，在窗台外吱吱唧唧地叫着，从声音去判断，我觉得它肯定是一只小鸟。我大脑里储存的小鸟图像根本不是那么一回事，是什么我也说不清。

那只小鸟像片落叶似的落在窗台上，之后，又火速地飞进屋里吱吱唧唧地转了一圈。然后飞出窗外，最后落在一枝树丫上。

在我的印象中，我曾经捉过鸡且宰过鸡，我知道鸡和鸟是一样的。现在看见那只小得像拳头一样的怪物，也叫作鸟，我真觉得人们有毛病而不是我有毛病。

房门开了，莉莉搀扶着我走出大门，试图把我引到一片草坪中的花园。我怎么也走不出五步路。我看见我眼前的路面都是障碍物。我必须寻找随我多年的拐棍，我知道我没有拐棍是走不了路的。尽管我已经看见东西，看见路面，但我不敢抬腿下步。我似乎觉得眼前的路面是深不可测的水面，我必须依赖我的拐棍。

我的双腿一高一低地磕磕绊绊地走了两三步。我怕路边的大树倒下来砸到我，我怕我身边的高楼倒塌下来把我埋了。我很不习惯看见眼前的东西。我绊了一跤，跌得我直想骂娘。

莉莉扶我起来，待我站稳脚跟，便给我解说哪儿是树哪儿是山哪儿是房哪儿是河……

其实，尽管她对我说了人们称谓过的不少物体，但我一直认为莉莉她是对牛弹琴。我没有买她的账。因为她向我说的那些东西，我只要闭上双眼，我的大脑就自然而然地涌现出清晰的物体图像来。不过，我的图像和现在看见的实体完全不一样。我觉得看得见东西之后反而不好。莉莉说我的这种思维和我的一切行动都是反动的。我不知道她这样评价我是否妥当。

我根本不要莉莉搀扶我，我只要把眼睛闭上，我就行走如风地走到花园中的石凳上。我发现闭上眼睛就和我先前还是瞎子时一样轻松，凭着听觉和嗅觉，我走起路来根本就没有磕磕绊绊的狼狈相。现在想起来，我觉得我一个正常人被不正常的人弄得不正常了。

莉莉似乎生气了。她生气起来也是十分恐怖的，就好像天上的雷声一样可怕。

我听到莉莉生气地吼着说："想瞎还不容易吗？只要现在你想瞎，用手指甲抠掉眼睛里的瞳仁，到时什么都看不见了。"

我一气之下，曾试图抬手将那颗闪光的瞳仁抠掉，但被莉莉阻止了。莉莉将我的双手死死地卡住，并扑在我身上悲伤地哭泣。本来十分气愤的我被莉莉这般拥抱和哀求，我的心又软了。我不敢张开双眼看见如此不协调的动作，我只是闭上眼睛去享受我得到一个女人的哀求的快感。

那已是我眼睛看见东西之后的第三个星期，也就是说在我从一个不正常人变成一个正常人的第21天，我开始做好寻找妻子韦小芬的打算。

我曾经给562××02打过七次电话。那样的电话不是什么人都可以打得进去的。因为那是作家章伟家里的电话，章伟是不轻易把电话透露给身边人的。大家都十分了解他，都知道他每天伏案写作不给外人打搅。

电话铃响了很长时间，我终于听到章伟的声音。我说我是瞎子炳，我的眼睛可以看见一切事物了。

章伟先是惊讶地说，你是不是疯了，怎么能开国际玩笑？

我说我怎么疯了？

章伟说，你怎么骗我说你的眼睛明亮了呢？

我说我不骗你，我的眼睛真的给一个叫作雯博士的眼科医生治好了。

我感觉到章伟在电话那边又激动起来，他说他为我能走进正常人的生活而高兴，他说他恭喜我。

我说我要到都安县去找回韦小芬，我问章伟有韦小芬的相片吗？

章伟说他根本就没有见过韦小芬有过相片。

我无奈，我只能告诉章伟说我明天就起程去都安县一趟。

章伟说你去都安肯定糟糕。

我说为什么？

章伟说那是大海捞针，除非你找到韦小芬的相片。

我对着电话痴痴地发着呆，似乎觉得寻找韦小芬是件并不容易的事情。这时，电话里的章伟也许因为听不到我的声音而担忧起来。章伟说你怎么不说话？你说话呀。章伟的呼叫声让我回过神来，我对章伟说："没有韦小芬的相片，简直就是纸上谈兵。"

章伟似乎从"纸上谈兵"的字眼里找出新的办法，至少他有理由说出我曾经拥有韦小芬的相片。他问我，你与韦小芬的结婚证在家吗？

我说应该在。

章伟说到底在还是不在？我叫章伟等我一分钟，我搁下电话翻了床头下的篾席，果然翻出了一本被人们称作红颜色的证书。我想，那一定是我和韦小芬的结婚证。我高兴地提起电话筒对章伟说结婚证书现在就在我手上。章伟叫我打开看，他说里面就有我和韦小芬的结婚照。我打开那本证书，发现贴在上面的照片被人撕掉了。我一时火冒起来，我知道那肯定是韦小芬干的。我把眼前的事情告诉章伟，我说我无法理解韦小芬为什么要那样做。章伟说，相片撕走了不要紧，只要结婚证在就好办。章伟叫我把结婚证带到韦小芬的家乡，通过当地派出所找到她。

我想，章伟真不愧是一个聪明的作家，我决定按照他的方法去试一试。

那天晚上我在马莉莉家里过夜，也就是说在此之后我还得在她家过夜。那天晚上的感觉着实糟糕透顶。之所以这样，那是因为我看见光明之后对莉莉的感受不论是从肉感或是手感都变了味，甚至觉得性感方面都有所不同。以前我大脑里储存过的和莉莉做爱时的美好图像已经消失得无影无踪。现在睁开双眼和莉莉在床上做起那个事情，就好像一个动作麻利的屠夫在宰杀一头陌生的猪。尽管那头猪在屠夫的拥抱下嗷嗷呻吟，但那样的行为实在令人恶心。我想，如果我现在还是一个瞎子，那该有多幸福。我所说的幸福，当然是指性方面。

莉莉也许看出我的茫然，她沮丧地坐在那个绣花的枕头上，在夜深人静的时候轻轻地哭泣。她问我怎么了？

我说我正闭起双眼在寻找以前的感觉。

她说只要你的感觉找回来了，你就上来吧。最后，她补充了一句话，声音很小，像耳边飞过的蚊虫，她说："我需要的不是一个瞎子，我要的是一个五官端正的男人。"说着，她就钻到被子里，脸面仍朝着我。

那天夜里，尽管我多次闭目去寻找瞎子时的图像，但我一直找不回来。因为我已经是一个五官端正的人了。

那是我第一次在莉莉的床上规规矩矩地待了一夜。

天亮了。那天早上的太阳很好看，莉莉说是红彤彤的。但我到现在一直分不清赤橙黄绿青蓝紫。我前面说过，我大脑里对红色的印象是血，血又是和水混为一体。我怎么都不能把那一些抽象的颜色和实物相比。那天早晨的太阳对我来说只是很好看，另外就是暖洋洋的。

为了去一个叫作都安县的地方寻找我的妻子韦小芬，莉莉送我到了汽车总站。人们像蚂蚁一样毫无规则地涌动着。远远地，我看见章伟站在站台上向我和莉莉招手。我们朝他走了过去。

双方简单地打了招呼之后，我才知道章伟明天就要离开我们的这座城市而调动到省城去了。他说他这次一走，也许我们一辈子都难见上一面。所以，他说他是专门来车站送我的。

章伟说他要送给我一样东西。

我问他是什么？

他笑着说，你猜。

我怎么能猜得出来。我想了几秒钟，然后我说一定是韦小芬的相片。

章伟摇了摇头说不是。

我没有心机去和章伟做游戏，我直截了当地说，是什么东西就快拿出来。

站台上的喇叭里呼叫着："前往都安的乘客上车了。"章伟这才紧张起来，他从包里抽出一沓未发表的小说复印稿，他说他有先知先觉，他已经把我这次去都安将要发生的故事都写在小说里了。他叫我将这部小说留下来，他说以后我和莉莉生了孩子，也好给我们的孩子读一读。

我说我不信，我说我一定要找回韦小芬。

章伟说小说里的韦小芬死了。

我说我不信。

章伟根本不在乎我是否信他，他说这小说你拿去。说着，他掉头就走了。那是我与章伟的最后一次见面，以后再也没见过。

那是章伟送给我的一部叫作《眼睛》的小说。小说以我为主人公，讲一个天生的瞎子如何将眼睛治好后又如何不适应眼睛明亮的世界而要求再次将双眼弄瞎去过瞎子美好的爱情生活的故事（我想，这是章伟以我为题材的虚构小说）。

后来，这部小说出版了。有关我去都安寻找韦小芬的那个故事，确实让章伟写进去了，而且写的故事和我去寻妻的故事是吻合的。尽管我读不懂小说里的文字，但我从我的收音机里听到连播《眼睛》的小说。于是，我在每天早上8时就准时锁定频道，听听有关《眼睛》的故事。

……那天早上，尽管冬天的太阳已经暖融融地挂在天上，但我的心仍是冷冰冰的。因为我将要调离这座古老的城市而前往省城工作了，这对于一个热爱自己家乡的作家来说就好像热恋自己的情人一样永远不舍得离开。虽然在那样的城市中我没有多余的情人，但我毕竟有几个相好的朋友。值得我怀念的朋友当然是瞎子炳。

我目送着瞎子炳上了那班前往都安的长途班车。

瞎子炳上车后，他的脑袋好像蜡黄的南瓜一样从车窗里伸出来，呆呆地对着那个叫作马莉莉的女人傻笑。我似乎觉得瞎子炳的目光愈拉愈长，一直拉到我的眼珠里。我向他挥了挥手，好像是生离死别似的。

车子启动了，车子离开了我们生活的城市，向桂西南方向的山区公路行驶。车子到了一个叫作红水的汽车站吃午饭的时候，瞎子炳才从司机那里知道，从红水到都安还有六十里路，再需要两个小时，瞎子炳就可以赶到那个令人神往的都安县城了。之所以说那是一个令人神往的地方，那是因为都安那个地方生育了一个叫作韦唯的歌星。瞎子炳心想，也许，韦小芬和韦唯还沾亲带故呢。

车子又轰轰地发动了，像只甲虫一样向前爬行。一位年轻的女人在车前向司机招手，示意她要到都安去。司机似乎已经习惯旅客急于回家的心情，随手就将气刹门的机关一撤，那车门就一个劲地"喊"了一声，门也就自动地开了。那个女人动作敏捷得像只猴子，轻轻一跳就跳进车厢里。女人红扑扑的脸蛋瞬时露出一个轻微的笑靥，她趔趔地摇晃着身体往过道里寻找空位。

凑巧，瞎子炳身边就空了一个位子，那女人在瞎子炳身旁坐了下去。也许是女人的屁股过于肥大的缘故，她险些坐到瞎子炳的大腿上。

瞎子炳似乎轻轻地往里挪动了十来公分的位置，把更多的空间让给那个肥臀女人。

肥臀女人坐稳后，才意识到应该给她身边的瞎子炳点头致谢。瞎子炳面对肥臀女人轻轻地点点头，礼节性地笑了笑，就扭头去看窗外的山色了。

当肥臀女人与瞎子炳面对面地微笑时，肥臀女人立马惊讶起来。她的心咚咚地跳得厉害，她几乎不敢面对瞎子炳。这是为什么？瞎子炳当然不知道。

之所以肥臀女人有如此恐惧的心态，那是因为她就是韦小芬。

韦小芬觉得她老公是个瞎子，而身边的男人却是个双眼明亮的汉子。她觉得眼前的男人怎么长得跟自己的瞎子丈夫一样，使人不可信。她只是狐疑地感觉到天底下竟有这么一个男人的长相几乎和她的瞎子炳没什么两样。她觉得如果不是自己的眼睛有问题就是身边的男人有问题。她悄悄地瞄了瞎子炳，过一会又悄悄地瞄了瞎子炳。她的眼睛像幼鼠一样害怕见到瞎子炳的目光。尽管如此，她还是有恃无恐地看着身边的男人。这也许就是一个女人的心眼。

韦小芬的举动很久才被瞎子炳发现，瞎子炳觉得身边的女人真有意思，他便扭过头来眼睁睁地看着身边的韦小芬，甚至是目不转睛。

韦小芬遇到瞎子炳的目光，真有点无地自容。她低下头，脸瞬时红了起来。瞎子炳似乎什么也没有意识到就闭目养神了。

车子在山间公路上颠颠簸簸地转了几道弯，当车子向右急转弯的时候，车子的离心力把瞎子炳的身体甩向左边，紧紧地挤压到韦小芬的右肩上。韦小芬似乎有"忍辱负重"之感，总觉得身边的男人似乎和瞎子炳没什么两样。她曾试图开口跟瞎子炳说话，但都难以启齿。

车子的离心力又重重地把韦小芬的身体甩向瞎子炳的怀抱的时候，瞎子炳很不好意思地把韦小芬推到她的座位上。那是韦小芬唯一一次可以说"谢谢"的机会，但她没有说。

如果韦小芬在那种离心力的错觉下能大胆地与瞎子炳说上一句话，那么，瞎子炳肯定会听出韦小芬的声音来。可韦小芬和瞎子炳谁也没有开口，这也许就是天意。

车子好像吉卜赛人的大篷车一样在山险路窄的石碴路上喘着沉重的粗气，颠簸的车厢里至少有三位乘客呕吐，一股馊酸味在车厢内弥漫着。车子颠簸得很厉害，瞎子炳和韦小芬在拥挤的摇晃中相依着。瞎子炳很不好意思，他尽可能地将自己的身体保持平衡，但都被车子的离心力给拽往韦小芬身上去。想来，真的有点滑稽，甚至像是一场游戏。

我想，也许此时的瞎子炳和韦小芬就像城市里匆匆回家的过客一样擦肩而过。甚至他们像两只南来北往的蚂蚁在独木桥上相遇，它们彼此嗅嗅对方的腺体，碰碰对方的触角。之所以那样，是因为蚂蚁都想知道对方是雌还是雄。甚至，在蚂蚁的眼里，只有性才是它们相互吸引的东西。

我想，也许那是动物界的一种本能罢了。

遗憾的是瞎子炳现在不是瞎子，他嗅不出韦小芬身上的味道，他的听觉和嗅觉早就随着他眼睛的明亮而退化了。

相反，韦小芬也无法确认在她眼前的男人就是瞎子炳。因为瞎子炳毕竟是瞎子。

车子又颠簸起来，咣当咣当地发出令人烦躁的声音，像台老掉牙的破机床，稍不小心就要散架似的。

车子里坐着四十四位乘客，在我的家乡里，四十四就是"死死"的意思，那是一个极不吉利的数字。在那个天气晴朗的日子里，坐在车子里的四十四位乘客中，谁都不会想到那是个魔鬼的日子。

悲剧终于发生了。车子翻下十八米深的沟壑里……

我真是万幸，我瞎子炳没有死。我除了一些皮外伤和轻微的脑震荡外，没有伤筋动骨的痛苦。

那天，我和车里的人根本就没有想到要发生那样的事故，一切都在一瞬间发生。我好像记得车子翻下沟壑的一瞬，也许我还保持一定的清醒，我紧紧地握住椅栏随车而下。那时的我是双目紧闭的，只有那样，我才回到瞎子的感觉世界中。因为瞎子的黑暗是美好的。车子往下翻滚的时候，我大脑的图像立马显示出我是在空中飞行，我似乎觉得我像天空的雄鹰一样轻松地飞翔。那样的感觉也许只有几秒钟，我被身边的肥臀女人死死地抱住了。我的重心被那个女人重重地压拽着。我曾试图要甩开她，但都无济于事。也许那是肥臀女人的求生本能。她好像是一位不会游泳的人掉入河中且抓到一根求助的稻草一样死死地抱着我。只有那样，也许生存的希望就更大。

是的，谁不希望死神到来之前有个救命的依靠呢？我瞎子炳当然也是如此。我被肥臀女人抱得喘不过气来的时候，我松开紧握椅栏的双手转去死死地抱住那个女人。那时的我才从"飞机"中感觉到死亡的恐怖。求生的本能告诉我，抱住那个女人，也许就是希望。

我在昏昏沉沉的朦朦胧胧的黑咕隆咚的人堆中忽然发现了清晰的图像，我的大脑的图像告诉我，我抱着的女人不管是手感或是肉感，甚至是女人身上的气味都是韦小芬的，真不可思议。我不知道我当时为什么还处在瞎子的感觉世界里，在理性和本能的驱使下，我在女人的身上细腻地摸了一遍，我先是嗅嗅她头上的头发，再摸摸她的眼睛，摸摸她的鼻子，摸摸她的耳朵，甚至是用我的嘴唇去碰碰她的嘴唇。我的感觉再次告诉我，这女人肯定是韦小芬，这女人就是我还没有离婚的妻子。

我几乎想吼叫起来。我睁开双眼看着那个我从未见面的妻子时，我恐怖得直想哭。眼前的韦小芬已经死去，而且死相十分糟糕。我从她的颈脖下第一次看见那块缅甸翡翠，它在韦小芬的领口露出一线光芒。当时，尽管我抱着韦小芬并呼叫了她的名字，但都无济于事。我想，她是为我而死的。不管从哪个细节分析都可以证明她是为保护我才将我紧紧包裹着，她为我而垫底为我而悲壮地牺牲了。在这里，也许我用"牺牲"二字很夸张，但那着实是我的心里话，我在韦小芬的脸上绝对不能看见"死"字。如果那样，我会觉得我对不起她。另外，如果没有韦小芬包裹着我，也许，死的人应该是我而不是她。

生存下来的人都被另一辆豪华的班车拉走了，重伤和轻伤的人也被医院里派来的救护车拉走了。剩下的是七位死者在沟壑里安然地沉睡着。一些被称作交通警察的人在为那架破烂不堪的车子和那些死去的人拍照。从那些死者中，人们发现肇事司机死相很祥和，好像一个劳累过度的农民躺在石缝中睡觉。

据交通警察和法医鉴定，觉得肇事司机是从车里跳出来后撞到石头而断了颈脖才死的。他的身上没有血垢，和那六位同行者完全不一样。

我并没有跟那些有幸生存下来的人返回城里，我没有把派出所对韦小芬立案侦查的事告诉交警，毕竟，韦小芬是为我而死的，我没有必要在这里出卖她。我和那些正在处理交通事故的警察说我是死者的丈夫，我从口袋中拿出我和韦小芬的结婚证书在手中晃动着，试图让他们看到我手上的证明，可那些警察根本就不理会我。我想，也许我像路边的一泡牛屎，似乎让人瞧不起。

大约一个小时后，事故处理小组的警察才主动找我问韦小芬和我的关系，我把结婚证递给一位似乎是头头的警察，他看了我的结婚证，便问我结婚照片为什么撕掉了？我尴尬地说不出所以然。那个警察笑着说是不是吵架时撕掉了？我忽然觉得这句话很好回答，我立刻说是的，我们吵架时她撕掉了。警察不再问什么，就给我办了认尸手续。也就是说我在这之前或是以后我必须是韦小芬的丈夫。我有义务为她处理后事，甚至我还可从事故处理办公室那里拿到一笔数目可观的人身伤亡安置费。

显然，那笔人身伤亡安置费是我应该得到的，但我却遇到了麻烦。

在办理领取手续的那天，一个叫作马仔的男人带着十来个村民到我住的县政府招待所，把我打了一顿。村民说韦小芬是马仔的老婆，他们十九岁订婚二十岁同居，二十一岁的时候马仔赌博成性把韦小芬赌输给盘村的王老九。韦小芬过契给王老九的第二天就失踪了。

那个叫马仔的男人说韦小芬失踪后，他被王老九拿着砂枪上门逼债，险些把命给搭上。幸好王老九在柳城被人家砍死了，才解除了冤家。马仔说到"冤家"

的时候，他似乎愤怒起来，两眼死死地盯着我，然后他点上一支烟，烟雾吐在我的脸上久久没有散去。马仔接着说，他找韦小芬已近两年了，好不容易才把韦小芬从柳城找回来，在村里补办了六十桌的筵席。如今韦小芬死了，那两万元的死者补偿费应该属于他马仔而不属于我。

我在那群怒视凶猛的汉子面前不敢说什么，实际上我也不想说什么。我知道现在说什么都是无用的，他们不就是想要那两万元补偿金吗？我对马仔说那笔钱你能领走你就拿走吧，我让给你就是了。

马仔几乎笑了起来，带着他的十多个弟兄朝着大街上拥去。

后来我才知道马仔在县里闹事的经过。马仔并没有领到那笔钱。

之所以马仔领不到那笔钱是因为他和韦小芬并不是合法的夫妻关系。他们在县里闹了一阵子，而且还动手打了民警。

马仔和他的几个兄弟都被公安局拘留了。

马仔被公安局拘留的同时，他一直强调他是韦小芬的老公。公安局听到韦小芬的名字，才忽然想起被通缉的韦小芬。

公安问马仔："韦小芬卖房屋得的二十万元在哪里？"

开始马仔不说，公安局再次逼问，马仔很坚决地说他不知道。

于是，公安局派人到马仔家搜查，果然，在韦小芬的鞋垫下找到了二十万的活期存折，存款人是韦小芬，马仔看到存折的时候，他的嘴巴瞬时变成了个"O"字。

马仔骂道："他妈的，这死婊子，怎么有这么多的钱还要回来。"公安问他是真不知道还是假的不知道？马仔说他真的不知道，如果他知道的话，这钱至少他要花上三五万，首先是还债。

后来经过公安民警的分析，韦小芬的钱马仔确实不知道。

我终于松了一口气，韦小芬的案件终于水落石出。

我回到柳城的第二天，我下岗了。

我之所以下岗是因为我已经不是瞎子，准确地说我已经不是残疾人。

那天，我在悲痛之中到了按摩院，那个主管我们的张副院长像疯子一样对我傻笑，尽管他仍是一个看不见任何东西的瞎子，但他大脑里对我的图像却清晰得让人捉摸不定。他对我说："杨虎炳，你下岗了。"

张瞎子的话像根鞭子硬邦邦地抽了下来，尽管我感到有点痛但我根本不在乎。我问张瞎子，我说张副院长，公司为什么要辞退我？

张副院长说，辞退你是因为我们的城市有很多瞎子要安置要就业。你已经不是瞎子了，你的床位已安排给新的医生接管了。

我瞬时觉得天旋地转起来，我似乎觉得我被涮了，甚至涮得赤裸裸的难以见人。我知道，在瞎子按摩院里，只有瞎子才拥有那份旱涝保收的工作。我对张副院长说，还有别的挽救渠道吗？张副院长说渠道当然有，你到民政局找马局长问问，马局长是我们的院长，他有权做出决定。

我和马莉莉到龙城超市买了一些市面上最时兴的鹿龟酒、脑黄金、盖中盖口服液和两条红塔山，趁着《晚间新闻》还没播完就去敲了民政局马家辉局长家的门。

正好，开门的就是马家辉。他看见我和莉莉的时候，先是惊讶然后才是喜悦。他惊的是想不到我杨虎炳会登他的家门，喜的是他看见了莉莉那张可爱的笑脸和我手中的礼物。

马局长把我和莉莉迎进屋里，第一句话就说恭喜我有双明亮的眼睛。还说只要有双好眼睛，什么喜事都送到我身上。马家辉的一番话把我要说的话给堵死了，我似乎不知说什么。

我对马局长说我能有什么喜事？马局长说还不喜吗？你看你身边的女人，如果你是瞎子，你能和她交朋友吗？看见你杨虎炳能和正常人一样有着自己的生活，我马家辉高兴啊！

我说我现在正常吗？我怎么不觉得？

莉莉在旁边焦急地说，马局长，瞎子炳这次来并不是报什么喜事。他只是为按摩院的工作来找你。你想想，一个在按摩院工作了十多年并拥有不少客户的主治医生，怎么能叫下岗就下岗呢？

马局长觉得莉莉的话似乎让他很难为情，他说："瞎子炳已是个正常人而不是残疾人了。按照瞎子炳现在的状况，已经不属于我们民政部门管理了。这是局领导和残联协调后做出决定的，我马家辉也觉得这个决定是明智的。我看哪，这也许是对杨虎炳重新就业更有好处。"

尽管我和莉莉送了不少礼也说了不少情，可马局长的原则性却很强，他并没有答应给我回去上班的请求。他把我送出他的家门时，他对我冷冷地丢过来一句话，他说："如果想回按摩院工作，除非你的眼睛瞎了。"

是的，"除非你的眼睛瞎了"这句话一直刺激着我。我为什么不做我以前的人不做我坦然的工作呢？我为什么要眼睁睁地看见人间百态后才被涮下岗呢？我为什么不回到我的盲人世界去复制我的人生？这当然是一时的气话。

我给市政府的那个刘江河打电话，前面我已经提到过刘江河这个人，他是个处级干部。我每次给他按摩时他总是喜欢谈政治谈女人，甚至谈性欲。我没有求他帮过什么忙，我只是想通过下岗这件事情去咨询咨询他，也许能从他那里找到回单位上班的理由。可我在电话中把事情的前因后果给刘江河说清楚的时候，他说他是对这方面的政策吃得很透。他所说的道理和民政局马局长的道理几乎一模一样。最后，他说我瞎子炳的出路有两条：第一条是到工商、卫生部门办理一个个体经营的营业执照，要求办个按摩室；第二条就是他愿意帮我的忙。

我和莉莉商量。莉莉开始同意刘江河说的第一点意见，叫我自己开一家按摩室。我觉得莉莉的话虽然有理，但我不想做个私营企业者。也许我的观念很陈旧很迂腐，但我求的却是一个稳稳当当的工作。我知道我和莉莉在观念上存在着一定的差异，甚至常发生一些争吵。不过，为了铁饭碗，我想得更多的当然是希望回我的单位上班，毕竟，那是一家旱涝保收的事业单位，能在那样的单位工作，有退休金也有养老保险金。

当然，我那样的想法被莉莉说是异想天开，说是除非太阳从西边出来。我没有办法也没有后台，我只好听由莉莉的安排。

莉莉叫我跟她到城区民政部门办理结婚登记。我说我不去，我现在对结婚还没有兴趣。莉莉说如果现在不想结婚也可以，但我跟她必须像夫妻一样生活，我说这就是眼睛明亮的人常做的事吗？莉莉说是的，现在都兴这样过了。我说随便吧。

莉莉把她的三家服装店转让给别人，在市政府秘书长刘江河的帮助下，我们在五星街口租了一幢三层楼的房子，开了"红楼美容按摩院"。

很凑巧，那样的门面恰好在我原来的按摩院对面。莉莉花了十八万元把那幢房子里里外外都装修了一遍，使那幢房子焕然一新。

典雅的室内设计、合理的布局以及整体效果都很好，甚至相当专业相当到位。和街对面的瞎子按摩院比起来，我们"红楼院"要强得多。

红楼院是红楼美容按摩院的简称，楼上楼下一共十二间房，我们用一楼做美容厅，二楼做按摩厅，三楼是服务小姐的临时住房。

开业前，莉莉招了三位美容小姐，莉莉分别给她们起名林黛玉、林妙玉、林巧玉。另外还招了七位按摩小姐，她们的年龄都不超过十九岁。莉莉也分别给她们起了花名，叫春花、秋花、梅花、兰花、菊花、荷花，最小的且最漂亮的那位小姐叫茉莉花。我看见招来的七朵花似乎都没长绿叶，我说的绿叶是衣服，甚至是裤子。因为她们身上穿的衣物甚少，个个都袒胸露背浓妆艳抹地被莉莉招进红楼院。

尽管我的大脑里储存过这个世界上我所接触过的物体的图像，但我现在所看见的那些女人和我原来瞎子的图像却格格不入，我有点好奇，总想多瞄她们几眼，也许那样，我才觉得有眼睛和没有眼睛着实不一样。

那天，开业的时间是在晚上8点钟，西瓜一样大的红色灯笼一共挂了九十九盏。红墙、红窗、红帘、红灯笼显得热烈、富贵、祥和。

红楼院真不愧红楼花香，那天的宾客尽管满座，生意显得十分兴隆，但并不生财。因为我们开业的第一天都是一些老朋友来捧场，所以，莉莉不给收费，就是说我们当晚的经营是免费服务的。我想，也许那是莉莉做生意的一种手段，虽然第一天的费用损失了，但那样的损失会给今后带来更大的财富。

第一位送花篮的就是刘江河——那位市政府秘书长，刘江河的花篮往红楼大门一摆，紧接着就有数十个花篮摆上来。我不认识字，也不知道是什么人什么单位来庆贺。不过，从那些到场庆贺的人来看，他们的来头肯定不小。

在一阵阵的鞭炮声和宾客的热闹声喧器之后，来庆贺的客人都被莉莉引到各个房屋里去美容甚至去按摩了。我在二楼的主按房等待着刘江河，因为在我眼瞎的年月中，刘江河已是我两年的固定客户，我知道刘江河肯定来让我按摩，我相信他一定会到我的床上来。

遗憾的是我在那样热闹的夜晚接不到一个客人。开始我觉得是不是我的哪里出了毛病，后来我才知道我错了，我错就错在我不应该是男人。

我发现每一间按摩房的门闩都闩死了，至少有四十分钟的时间我是孤独地坐在我的按摩室内想入非非。好长一段时间的孤独迫使我下楼去找莉莉，但都找不到她。每间房都反锁了，都说瞎子的耳朵很灵敏，我用耳朵去听每一间房门的声音，试图从声音中找到我的老婆莉莉。我几乎从每间房内都隐隐约约地听到一些轻微的女人的呻吟。从那些呻吟的声调里，我似乎想起和女人做爱的声音。我的耳朵本能地告诉我，莉莉开的是妓院，这是光明里的黑暗啊，我不愿看到这样肮脏的场面，我愿回到我瞎子的干净的世界里。

我立即闭上眼睛，找到了我瞎子时的感觉。我要用瞎子的嗅觉和瞎子的听觉去找出屋内清晰的图像。那样的感觉尽管和瞎子时的感觉相差悬殊，但我还是感受到里面发生的事情。

我朝三楼狂奔而上，我在三楼走道上呼喊马莉莉时，我看见莉莉从睡房里走了出来，莉莉说，你喊什么喊？你发疯啦。

我并没有在乎莉莉对我说什么，我双手推开跟前的莉莉直冲进房间，我的双眼四处搜寻，试图从屋内找出别个男人来。莉莉跟在我身后，说，怎么，吃醋了？

我并没有发现莉莉和别的男人有做爱的迹象，我问莉莉说你到底做的是什么生意？莉莉说做美容按摩生意。我说为什么都把房门闩了？莉莉说那是客人的事情。闩就闩吧，反正我是按钟点收费。

我说每个钟点多少钱？莉莉说一百元。我说服务小姐拿多少？莉莉说分文不拿。我似乎觉得我的耳朵有问题，一时听不清莉莉的话，我疑惑地问，服务小姐每月工资拿多少？莉莉说分文不拿。我说为什么？莉莉说小姐的工资是从客人的口袋里拿的。小姐服务好了，客人高兴了，小费是一百一千地给她们，我们当老板的绝不能眼红。

我似乎悟出其中更深层更隐蔽更荒淫的含义。我说你莉莉现在不是什么美容院的老板，而是红楼院的老鸨，你开妓院你想死！

莉莉将食指对着嘴唇轻轻地"嘘"了一声，示意我小声一些。莉莉说你大声胡说什么？我怎么是老鸨呢？我实话告诉你吧，这个红楼院的真正老板是刘江河，他是红楼的龟头，龟头你知道吗？就是和鸨母一样的老板，他是大股东。今天晚上来的都是他的朋友，那些人来头不小，他们都是红楼的保护伞，有钱赚我们就赚，知道吗？

我似乎觉得我不应该看见眼前所发生的一切。甚至我觉得我应该回到我原来的瞎子世界中去，我觉得在瞎子的世界里没有黑暗，没有肮脏，没有腐败，甚至没有邪恶。我想，我为什么要看见东西呢？我为什么要看见眼前的黑暗看见眼前的肮脏交易呢？我要回到瞎子的世界里，只有那样，我才不会下岗，我才有我原来的图像和原来的空间。

我看着红色的房间、红色的楼道、红色的灯笼、红色的地毯，还有红楼的主人，我觉得一切都显得陌生起来。我觉得我和莉莉并不是红楼院的主人而是红楼院的一张抹手布。甚至我是战场上的一块靶子，让刘江河瞄准让敌人点射。

我朝楼下跑了下去，跑到二楼的转弯处，由于速度快，我撞倒一个人，我几乎吓了一跳，被我撞倒的正是刘江河，他身边站着林黛玉。我知道他们刚做完交易。

我没有对刘江河说对不起，我也来不及看那位林黛玉，就急匆匆地往一楼跑下去。

刘江河叫我站住，刘江河说我和莉莉的对话他都听见了，他说如果我把红楼的内幕说出去，他就像踩死一只蚂蚁一样杀死我。刘江河停顿了几秒钟，似乎在看我的表情、反应，我好像不在乎他的要挟，只是转身朝楼下跑去。刘江河从我背后狠狠地丢过来一句话，他说："你瞎子炳生来就应该是个瞎子，眼睛亮了多碍事。"

我跑进街心，消失在黑茫茫的夜幕里。

| **作品点评** |

《眼睛在飞》的内容和主题可以概括为一句话——即表现"黑暗中的光明与光明中的黑暗"，这部小说因此具有极为深刻的社会认识价值与现实批判意义。小说对于瞎子的感觉和心理活动的刻画，相当细致生动，十分到位。从某种角度上看，《眼睛在飞》算得上一部意蕴深刻而有益于世道人心的社会生活寓言。

——温存超：《执着的守望与成功的转型——韦俊海小说论》，《南方文坛》
2012 年第 5 期

特蕾莎的流氓犯

陈谦

一

特蕾莎?

她微低下头，将额头靠向墙上的镜面，眯起眼看镜中的自己。

脸真白啊。苍白，眼下有些干。她屈了食指，反过来贴到眼边，轻揉那些细纹。该去做脸了，她想。每次做了脸出来，简直能听到皮肤毛细血管收缩的声音——那些细小的皱纹几乎在瞬间被导入的营养驱散，留给她数日的面若桃花。

你是特蕾莎?她侧过脸来，朝镜中的自己很淡地一笑，然后撩撩额前短发，又笑了一下，那笑就冷了，还带上些许讥诮，些许轻蔑。那发色染成深栗红，在灯下，她引为得意的低调的栗红显出酒色，浮泛上来，竟还有些光泽。很细的眉，天生的细，天生的长，直埋进额边的发间。她儿

作者简介

陈谦（1962—），笔名啸尘，生长于广西南宁，广西大学工程类本科毕业。1989 年春到美国留学，取得爱达荷大学电机工程硕士学位。她曾作为一名芯片设计工程师供职于硅谷高科技公司。陈谦的代表作有《无穷镜》《爱在无爱的硅谷》《特蕾莎的流氓犯》《繁枝》《我是欧文太太》等，出版著作有长篇小说《爱在无爱的硅谷》、中篇小说集《覆水》与散文集《美国两面派》。《望断南飞雁》获 2009 年度人民文学奖；《繁枝》获 2012 年度人民文学奖、《中篇小说选刊》2012—2013 年度优秀中篇小说奖及第五届《北京文学·中篇小说月报》奖，并入选中国小说学会 2012 年度中国小说排行榜。中篇小说《莲露》入选中国小说学会 2013 年度中国小说排行榜。

作品信息

原载《收获》2008 年第 2 期，《小说月报》2008 年第 6 期转载，《北京文学·中篇小说月报》2008 年第 5 期转载。入选中国小说学会 2008 年度中国小说排行榜，获首届郁达夫小说奖提名奖。

时暴晒在南宁亚热带的烈日下，听人们说，看看看，这个妹仔的眉儿！还有她的皮肤，白得能看到皮层下淡青的血管，任亚热带的烈日如何暴晒，都不会变黑——它们不属于边陲，不属于南宁。那里的女人皮肤黝黑，颧骨高耸。她因此是出众的。那时她不是特蕾莎，她甚至不晓得在这个世界上，还有这样古灵精怪的名字——那时大家叫她阿梅——教授古文的父亲给她起的学名是静梅。

她于一九六九年上小学。在师院附小场院里那棵巨大的苦楝树下报名当天，收表格的女工宣队员徐师傅接过孩子们的报表，看到文绉绉的名字，都建议小孩子当场就改。前面那个娇里娇气的雯雯摇身一变成了卫红；身后那个说话猫一样小声的丽丽也当即改成了永红。

她拿不定主意，给挤到桌边，咬着笔死想。这时她看到将上四年级的哥哥静松在人群外朝她挥手：我改成劲松了！新鲜出炉的劲松拨开人群，站到她身边喘着大气喊：暮色苍茫看劲松，乱云飞渡仍从容！静梅为自己竹竿一样细长的哥哥高兴起来，一笔一画地将自己的名字写成"劲梅"。

她在那个夏天穿起木薯蚕丝的衣裳，质体粗大的经纬上染出大红底色，稀疏印上白色的梅花，蜡染的效果一般。那梅花长在肥短刚劲的粗干上，健硕，昂扬。这李铁梅在《红灯记》里的行头，在那个夏天成为南宁的时尚，她暗认的自我身份。

现在，她是特蕾莎。

她的衣橱里没有一点儿的花色。各式的黑，各式的白，各式的灰，涂填着她的四季。她十七岁离开南宁，去长沙，国防科技大学；去广州，华南理工学院；然后远去英伦，让中国边陲之地的劲梅摇身变为剑桥半导体物理博士。在去向加拿大的飞机上，她望向大西洋在阳光下泛出的无际无涯的灰白，特蕾莎这个名字海豚一般跃上来。她立刻擒牢它，摇身一变，跟一九六九年那个夏天一样，只在瞬息之间、一念之下。

她在蒙特利尔郊外住下来，又开始盘算下一个要奔向的地方。人家看她一个适婚年纪的女子，总是三个箱子，马不停蹄的样子，都诧异她的野心。她哪里是有野心？她只是不敢回望来路。那路上有一只怪兽，天涯海角追赶着她。她只要不回头，就不用面对它。但她绝不能让它超上来，吞噬掉她。

她只能飞奔。

在蒙特利尔这个常让她想起欧洲的地方，她学会了法语。她住在河边褐色的公寓楼里，夹藏在异国的风寒中，寂寞而安全。她的住处有着长长的回转围廊。在蒙特利尔短暂的夏季，她一个人在回廊上，手里拿着一瓶啤酒枯坐，让夕阳在江面上打出的细碎金片刺得眼睛生疼。她逃得够远了。父亲去世。母亲去世。在父亲和母亲的追悼会上，长辈和儿时的朋友们见到她，都围上来，安慰她，又赞叹她。阿梅阿梅，他们亲切地叫她，你变得这样有出息了！她握着他们伸过来的一双双手，真心地哭起来了。她晓得，她今生大概再也不会见到他们了。她吞下自己的泪水，得到一阵解脱。她从此再也没有回南宁。

她对所谓的爱情没有向往。她看男人的眼神像是在看一杯清水，连心思都是淡的。她想她或许也是爱爱情的，却爱不上男女之情。她约会过一些男人，在她年过三十之后，她跟他们出去吃饭、喝酒、看戏、郊游。但是她跟他们的关系全在肉体接触之时停下来。她惧怕他们的手，他们的手伸过来，穿过她的衣领、解脱她的纽扣、扯开她的拉链，令她听到怪兽在清冷的月夜下嘶吼一般，她让那吼声吓住了。她想过像欧美女人那样去看心理医生。可是，她们要寻找的是不知名的怪兽；她却认识那只怪兽。

直到她遇到家明。那还是秋天，蒙特利尔很早就冷了，她在冷得令人头痛的寒风里，决定去华盛顿参加一个半导体业界的国际学术论坛。家明在硅谷的惠普实验室任研究员。他穿一套藏青色西装，站在大会的讲台上，谈芯片的合格品级控制。她喜欢他镜片后那一双简单得透明的眼睛。它们太简单了，一张，一合，泻出的全是光明。那双眼睛扫过来，看到她，停了一秒，又越过去。她低头去看会议日程表上他的名字，拼音将她对光明的感觉抽离了，她用笔在他的名字上画了几个圈。

她在早餐台上碰到家明，竟有心跳的感觉。她跟家明聊起来。她对家明说，你的西装很好看，但不要配白色的棉袜啊。家明腾地坐直了，看她。她知道，她一上来就先越过了线，向他倚靠过去。她微笑着说，最安全的是只买深色袜子，袜子颜色要深过裤子。噢，你到底是英国来的，家明后来说。不是的，她不是英国来的，她来自中国的边陲之地——南宁。你恐怕都没听说过吧？很多芒果树，很多扁桃，菠萝木瓜香蕉，酷暑和潴热，白热化的天色，疯长的植被铺天盖地，碗口大的朱槿花红白黄粉。金包铁、银包铁、五步蛇、竹叶青，数也数不清的毒蛇，它们一口能要人一命，但她没说。他比她小三岁，来自西安。南宁西安，简直是天作之合。当她知道他的年龄时，她第一个反应是：那么一九六九年，他才四岁？这个想法让她像是看到一杯水结成坚冰后的晶莹，那剔透的晶莹诱惑她想触摸它的质感。

家明在清冷的月夜里陪着她从华盛顿纪念碑下来，走到林肯纪念堂前，向她求婚。她在月光下警醒地站住，侧耳寻听。怪兽没有出现？她的耳里只有喷泉哗哗哗的轻声，安宁混着喜悦散在水珠里，将她溅湿。她对躲回蒙特利尔公寓里这样的想法生出恐惧。家明从身后拥住了她。阴影这个词被挤压出来。那你要找光源的，当顶光出来的时候，阴影遁匿无踪，她对自己说。那一年，她三十三岁，披一头长发，转过身来，果然一地清辉。

她答应嫁给家明，来到硅谷。在黑夜的深腹，她将自己三十三岁的处女之身献出。每一次跟家明的肌肤之亲，都浸在暗夜的深黑里，不能有光亮。她惧怕那久违的怪兽突然出现，自己跟它裸裎相见。

她成了英特尔芯片质控研究的第一线科学家，很快又成为荣获英特尔年度突出成就奖的攻关小组头儿。她穿着盛装，飞到圣地亚哥海滨豪华度假营地，从总裁手里接过人们戏称为"英特尔的奥斯卡"的奖杯，并在三十五岁那年生下女儿亮亮。亮亮这个名字脱口而出，家明，亮亮，全是光明。她守着两片光明，融进硅谷无边的阳光中。样样都在轨道上。她已经很久很久没有听到那怪兽的嘶吼了，它给甩到太平洋去了吧。

她将目光从镜子里收回，看看表，刚到五点。北加州的秋季，天黑得早，五点一过，天光几乎散尽了。这里是斯坦福购物中心内的一间法式咖啡屋。她回过头去，看向左边，一排明净的玻璃橱柜，里面精致的各种法式小点心粉嫩诱人；柜台后，磨咖啡的声音起起伏伏。墙色是明黄，地下是黄色红色小瓷砖块混铺出的无规则花案，桌椅面也是同调花色，桌椅都是铁质的腿脚肢干。顶上的大吊灯亮了起来，灯光透过花蕾样的铁雕灯罩四下洒开，在黄红的基调上打出暧昧而温暖的光色，令她觉得安全，又有点儿感动。

她穿着深黑开司米毛衣，一条黑色薄呢裤，一双浅筒靴子，戴着一条蒂凡尼心形碎钻项链。你就是特蕾莎？她将脸侧过来：阿梅，你变成女人了，一个蛮漂亮的女人。

她低下头，手伸到手袋里，触到一张折叠起来的报纸，很薄。她捏了它一下，又放开，将手掏出来，很轻地搓搓脸。

特蕾莎！绿茶拿铁！她听到年轻女店员清亮的声音，举了举手。果青色的绿茶拿铁就被送到了台上。

她已经当了很多年的特蕾莎了，一切都是个好啊。还要回到阿梅那儿去吗？她皱皱眉，低头喝拿铁。

她是来等他的——她的流氓犯，那个死追着她的怪兽，那个一体两面的人。她的流氓犯，这个称呼一直给锁在她的心底，她以为已经锁出了斑斑铁锈。可当她哆哆嗦嗦找出钥匙，插入，啪嗒一下，弹指之间，它轻灵洞开，通向一条漫长幽黑的隧道。她终于和怪兽狭路相逢。出乎她意料的是，这个想法不仅没有击倒她，还让她镇定下来。她挽起了袖子，冷漠地笑笑。是时候了，她决定迎上前去。

她已经看过那张照片很多遍了：王旭东，中国当代著名青年史学家，现应斯坦福东亚中心特邀，在斯坦福大学访问，从事"文革"研究。照片中的男子有一张削长的脸，戴一副无框眼镜，目光沉静。她从那沉静里读出了一分焦虑，两分凶煞。她将报纸举到灯下，再看。就是他了！王旭东。她的流氓犯。噢，他出息了，成为中国著名青年学者了？这个消息让她既安慰又心酸。她真愿意自己能钻进他的瞳仁里，从那儿看出来：是怎样的当代史？又是怎样的"文革"？

她接着看到他出现在旧金山湾区的中文电视台里。他穿着一件铁灰色高领毛衣，侃侃而谈。她的记忆在他出现的瞬间变得有点儿模糊，她盯着屏幕，大气不出。他脸上的线条全拉直、发硬了，长大成人了。她有点儿恍惚，像？或不像？她闭上眼，急寻着倒映在记忆底片上的影像，但是光太强了，将底片打出一片雪白。关灯！关灯！她几乎要脱口而出。她张开双眼的时候，咬紧了双唇。

他终于看到她了，他看出镜头外的眼光跟她的目光交汇的瞬间，她看到了他眼里极大的惊慌，他甚至还打了个冷战。她从沙发上站起来，背着家明和九岁的亮亮在起居间里的说笑声，疾步走向卫生间。她站在那个小小的封闭空间里，捏了捏拳头，又出来。

家明从亮亮的拼图堆里抬起头，说，你很冷吗？她松开紧抱在胸前的双臂，摇摇头，转过身去，她能感到家明探询的目光扫过她的背影，然后停留在电视屏幕上。她这时听到他在电视里说，他青年时代随当军人的父亲在广西待过。她闭上了眼睛，等他下面的话。可这句话很快滑过去了，像是说走了嘴。可她到底是接住了！噢，这个人还在你们广西待过呢，家明说，声音里有一点嫉妒。家明没有去过广西，那个她自幼生长的地方。

她不响，盯着荧屏看她的流氓犯。她看到他的脸色尴尬了一下，随即就过去了。他后来从华东出发，山南海北流浪，去过很多很多的地方。为什么流浪？那个娇媚美丽的台湾来的女主持人天真地问。他犹豫着，忽然凄凉地一笑，说，我一直寻找一种真相。她憋住一口气，等他下面的话，他看向她，很慢地说，时代的真相。你找到了吗？她几乎是和那个美丽女主持人同时开口的。我会一直找下去——这有点儿答非所问了。但她听懂了。

在那个夜里，她再一次听到了怪兽的嘶吼。那吼声低哑，呜——呜呜——呜，带着回声，绵远又凄凉。她决定要见到他，她要当面告诉他，她对他是愧疚的。或许，只有这样，她才能从怪兽的嘴里夺回余生的和平。

在那个夜里。穿过三十一年的时光隧道，她再一次清晰地看到那个早晨，南宁郊外夏日的早晨，在一扇被疯长的九里香淹没的烂木门后，他向她招手。她在那个早晨路过后来成为她的流氓犯的王旭东家的小洋房时，只有十三岁。

她看到她的流氓犯坐在侧门的台阶上看书。他穿一件很旧的圆领汗衫，灰白的短裤，足蹬一双深蓝色泡沫底人字拖鞋，双膝并在一起，头低下去，在看一本书。她注意到他的手在抓着小腿的痒。南疆的夏天，有很多的小默蚊。她是去教授宿舍区找同学文惠，那个暑假里，她们迷着学剪纸。文惠的姐姐在市里体校练羽毛球，带回很多剪纸样品。很多年后，文惠去了日本。她们偶有联系，却从不提那个夏天。

那是一九七五年的夏天，她来了例假。她的父母原来都在郊外的那个师范学院教书。那个夏天，她的父亲带着哥哥劲松去了学院在桂北全州县的分院，她和母亲留在南宁。母亲暑假里到学院在近郊邕宁县①的五七农场锻炼，周末才回来。她颈上挂着钥匙，一日三餐吃食堂。

她的流氓犯的父亲是三八式干部，刚从驻扎在桂东的部队到学院当军代表，任革委会副主任。那父亲腆着个大肚子，却酷爱看篮球，几乎全身心在抓学院的篮球队，带着他们到处打友谊赛。她的流氓犯的母亲也是军代表，在学院隔壁的财经学校当党委副书记。那是个身材和脸庞都很修长的高瘦女人，总叼着一支烟，脸色给烟熏得青黄。她永远是修剪整齐的齐肩短发，两边卡着粗长的铁质发卡。听大人们说，她当年曾是海南岛琼崖支队娘子军连里的小女兵。她的流氓犯是这个女人最小的儿子，这个女人上面三个儿女，分散在北京、上海、广州当工农兵学员。在那个年代，这是特权之一种。

她在她的流氓犯家院外的冬青树旁站下，他是那么专注，在看他的书。她看了看四周，没有人。她抬头望着冬青树，墙上方伸出来的番石榴熟了，她看了好

---

① 2005 年 3 月，南宁市调整部分行政区，邕宁撤县设区。

多天了。她没想到，她竟然是先叫了他：我能不能摘一个番石榴？她的声音很轻，嫩嫩的，有些抖。

她的流氓犯抬起头，她看到了他修长的脸，跟他母亲很像，但那肤色很白，跟他母亲又不大一样。他表情有点儿吃惊，迟疑了一下，很淡地说，噢，你摘吧。她从来不跟班上的男同学说话的。她在那个早晨，跟他说了，主动的，镇定的。

他看着她踮起脚来，却够不着树上的果实，表情有点儿惊讶。他比她高三个年级，在师院附中的高中部念书，跟她哥哥劲松同级不同班。她看到他白框眼镜后面一双很冷的眼睛，有些发怯。他站起来，说，我来吧。那声音糯糯的，带着桂东口音。她听着他的人字拖鞋啪嗒啪嗒地敲打她的心室，懒散地试探着那门锁的暗语。她得到了四只番石榴，红心的。你以后想吃就自己摘吧，它们很招鸟的，鸟一来就到处拉屎，很讨厌的。他说着，歪了歪脑袋。他的声音里有一种凄凉。她用衣角小心地将它们擦过，一路吃着走去文惠家，脚步后来就有些跳跃。那果实很甜，混着一种鸡屎的怪味儿——南宁土话里是叫它鸡屎果的，吃多了会便秘。

很多年后，在剑桥的一个查经班上，有一天她忽然神情恍惚，说她见过伊甸园的禁果，很甜，却有一种怪味儿，吃多了会便秘。话一出口，她眼里便噙了浅浅的泪，她张了张口，说，其实那蛇是在人的心里。导读的牧师一愣，在众人反应过来之前，转移了话题。

后来，每一次，她经过旭东家，都要去摘番石榴，因为他准过的。有时他在台阶上看书，有时他不在。没见他时，她便弄出很大动静，他就会出来，到院子后面帮她摘，一边说话。有时他出来，双手背到身后，倚着墙看她在番石榴树间穿行，也没有动作，却开始有些笑容。靠他房间的窗前，有一棵巨大的朱槿，开满了碗口大的艳红的花，长长的花蕊伸出来，惹得黄黄白白的蝴蝶飞来飞去。很多年后，她看到朱槿成了南宁市花的消息，眼前立刻冒出那堵灰黑的墙，无数朵硕大的朱槿花喷出血一样的艳红，溅满他身上那件月白色的圆领汗衫。

她在那个夏日的早晨，捧着番石榴果将要离开时，忽然折回头，问他每天那么专注，都看什么书？他就让她看他的书，厚厚的一本，纸质很粗，边都给翻卷了；书名是《苦菜花》。他后来同意她将书带走，让她千万不要声张出去。他们之间有了共同的秘密。

她在《苦菜花》里，看到哺乳期的村妇将喷射出奶水的乳房塞到解放军伤员嘴里这样的细节。在十三岁的那个夏天里，她胸前正生出隐隐的微疼，两棵春天梅树枝头茸茸的细嫩花苞，在心口两边遥相对称，破土而出。她紧护着它们，生怕它们如书里的村妇那般突然膨大，乳汁四射。想到她的流氓犯也曾看到过这样的字句，她心惊肉跳。她在书中还看到了"黄花闺女""妓女"这样的字眼，似懂非懂。《新华字典》说：妓女是卖淫的女子。那卖淫又是什么？她终于忍不住告诉了文惠。文惠屏住气，瞪大双眼，然后摇头。文惠却知道黄花闺女指她们，因为她们没有跟男人好过——文惠的姐姐在市里上学，文惠的姐姐已经用七十公分的文胸。文惠的皮肤让亚热带的湿气熏得油黑发亮，长长的睫毛像一对蜻蜓扑来闪去，被小伙伴们叫作"黑牡丹"。很快，她看到文惠桌上也有了从流氓犯家中树上采下的番石榴，从被鸟叮出的小孔里，可以看到里面粉红的心。它们全是酸的，她想。她认得它们的。但她不问，不是不想，是不愿。

终于有一天午后，她跟她的流氓犯走进了他家的纱门，到了他的小屋里。他从床下拖出两大箱书，有《红楼梦》《青春之歌》《迎春花》等，还有大摞的《大众电影》。他盘坐在地板上，说他是寂寞的，哥姐比他大得多，父亲的军旅生活很动荡，他从来交不上稳定的朋友，这些书是他的世界。他说着，神情变得有些哀伤。她点着头，跪到地上，扑到了箱子边上，贪婪地翻起来。

她意识到，当她跪下来时，裙子下露出的长腿，让流氓犯的眼睛亮了一下，她心下竟是欢喜的。她后来再来，蹲下翻书时，她会有意识地将裙子撩一撩。她喜欢他冷冷的眼睛，在她假装不经意地撩起裙角的时候，发出的那温和的光。这个十三岁的夏天，她朦胧了解到裙脚起落间的微妙。

在一个雨后闷热的下午，她的流氓犯从她身后抱住了她。她的身子发抖，他摸过她平坦的胸部，红梅花蕾在胸前忽然挺拔起来。他细长冰冷的手指拧住那微小的花苞，轻轻地捏转。她感到窒息，眼睛瞪大了，不敢眨。当他的手要从她的前襟伸入时，她推开了他，逃脱出来，一路狂奔到池塘边的竹林里，呼呼喘起大气，短衫的红色被汗沁成了深棕。

那个夜里，她做了一个怪梦。她被一条蟒蛇缠住。它从她的大腿间缠绕而过，盘缠而上，将她箍得不能喘息。她在黑暗中惊醒，一身的汗。她的手揩过自己身体，顺着蟒蛇爬过的地方，一直向上。她第一次感到了一股来自身体深处的痉挛。她惊恐地睁大眼睛，却只望见黑暗，无边的黑暗。

第二天她又进了他的家门。他坐在床边，没有碰她，却示意她撩开裙子。她看到他的脸上有一种几乎可以叫作温柔的表情。她顺从地撩起裙子。她穿着一条母亲车缝的花布短裤，上面有宝蓝和粉红的蝴蝶。他轻叫了一声，跪过来搂住她的腰，眼镜滑落到鼻尖上，看上去痛苦又滑稽。他的手摸过她的裤头，在拉它的松紧带。她自己也没想到，她竟哭了出来。他放开她，她还在哭，却不知道是欢喜还是悲切。她听到她的心，从胸腔深处一级级往上跃跳着，最后卡在她的喉中。她的哭声大起来，她想将那心哭出来，让她能顺畅呼吸。他捂住她的嘴，说，不要哭，不要！什么都没发生过，你走吧。再不要来了。

她就再也没有找过他。她让文惠来自己家中玩，她怕走过那栋浓荫覆盖的房子，虽然她想念着它。很多次，她都想跟文惠讲旭东的事，但恐惧让她忍住了。

文惠却来得越来越少。她有一种直觉，却死抵着，不愿去验证。终于，在文惠几乎从她的视线里消失的时候，她在一个酷热的下午，走向她的流氓犯的家。她穿过冬青墙，推开那扇九里香攀附着的后院门，绕到他家后院里。看到文惠的书包搁在阳沟边，她的心狂跳起来。她大声叫着文惠的名字，没有应声。她拨开朱槿枝丫，爬到流氓犯的窗台上，从外面看进去。隔着纱窗，屋子很暗，她将脸贴到纱窗上，鼻子里立刻充满铁锈的腥气。她看到文惠坐在旭东腿上，他们搂抱在一起。她看到他们的嘴唇贴合在一起，那么忘情。文惠轻握着旭东搭在她胸前的手，两只少男少女纤细柔嫩的手搭在一起的样子，温存静好。文惠的头微仰起来，头发垂散开来，和她浅棕的脸浑然一体，真像一朵让湿热的空气催发后怒放的黑牡丹。你们要流氓！她在窗台上叫出了声，带着令她自己震惊的哭腔。

她不知道自己为什么这样大哭着奔远。她觉得受到很深的委屈，很深的伤害。她是捂着肚子一瘸一瘸地奔远的，像被一支毒箭射中。很多年后，她才想明白，那是嫉妒。

她哭着奔到文惠家里。文惠的母亲正在一张竹躺椅上打盹，膝上搁着一本书。她拉着那个穿着月白的确良短袖衫的女人的手，哭叫着文惠的名字。文惠母亲蹲下来，焦急地摇着她的手臂，说，文惠怎么啦？她不是天天下午都去你那儿做功课吗？天天天天！她哭得更响了。

文惠很快被带去医院检查。同一个宿舍区的好几个女孩，这时都说出了类似经历。作为第一个举报的女孩，她被附小的工宣队，学院的保卫科、班主任、校长等拉去问了又问。她的细节从来没有变过，只有在问到是否被非礼过时，她没有犹豫地说：没有！那些女孩都去医院检查了，好像也没查出什么。她不知是要检查什么，却为自己不用去医院而高兴。

她在流氓犯的母亲找到她那天才为他哭了起来。那个母亲将她带进自家客厅，点了一支烟，让她将整个过程再说一遍。她这时已经驾轻就熟，能平静清晰地将事情说得非常流畅。那母亲安静地听完，弹了弹烟灰，皱着眉说，小姑娘，你肯定你说的都是实话？是的，阿姨，她点点头。那母亲走过来，蹲下，平视着她的眼睛，又问了一句，告诉阿姨，你说的肯定是真话？她咬紧嘴唇，在烟雾里又点点头。那母亲转过头去，看向流氓犯的房间——房间的纱门上垂着苹果绿的绸帘，很慢地说，好在他还没满十八，不过，他差不多也就算完了。这句话令她哭了起来。她听到那母亲轻叹一声，长长地吐出一口烟，在烟雾里眯起眼睛，却也没有求她，或暗示她改一个说法。

后来她看到她的流氓犯王旭东站在全校批斗会上。她跟着班级的队伍入场时，王旭东已被押到那个粗陋的水泥舞台中央，胸前挂着一个粗陋的大纸牌，上面用毛笔潦草歪斜地写着"少年流氓犯王旭东"。事态发展到那个时候，人们似乎都忘了事情的发端。她坐在第一排，身子一直在抖。她真不愿意成为王旭东和流氓犯这两座孤岛间的那座桥，但她就是那座桥。王旭东踏过它，成了她的流氓犯。

有人开始领喊口号，一片稚嫩清脆的声音轰然而起："无产阶级专政万岁！打倒流氓犯王旭东！"他被宣布开除学籍，扭送到师院在近郊邕宁县的五七农场劳教一年。宣判时王旭东抬起头来，斜眼向台下寻望。他的目光扫过人群，在她的脸上停住了。她看到他的双眼积出两潭深怨。他盯牢她，再一眨，那深怨翻成愤恨，她的身子抖得更厉害了。这时他的背后同时伸上两只戴着红袖章的臂膀，将他的头用力压下，同时台上传来"你老实点儿"的吼声。口号声又起来了："王旭东不投降，就叫他灭亡！"他再一次倔强地拧了拧脖子。又一只手臂伸上来，揪住他的头发，往下一扯，他的脑袋又被用力压下去。他抬抬眉，泪水就下来了。

那两行泪水化作怪兽，三十年都不曾停止对她的追逐。她后来想过的，她其实是喜欢他抱住她的那种感觉的。她按他的示意，向他撩起裙子的时候，她的震惊里是有着快乐的，还夹带着几丝甜蜜的刺激。她那年只有十三岁，她就有了嫉妒。她为了她十三岁的嫉妒，利用了那个时代。

二

他穿过长廊，看到自己的身影让回廊深处不同方向折出的微光拉长，倒映在前方玻璃门上。那门皇家气派般高阔沉重，每日清晨都让人擦得光可鉴人。他的身影映上去，菜绿，修长，恍若幽灵。他握住包铜的长把手，目光斜向远处的大草坪。远方树丛后灯火阑珊之处，是活色生香的斯坦福购物中心。

秋夜将临未临之际，草坪呈沼泽之色。要抵达那光明，先要穿越这黑色沼泽。他推门而出，立刻觉到了风，赶紧将衣领竖起，再望向那将要穿越的沼泽。

他看到了两滴泪。左边的那滴先夺眶而出，顺着那张泛满月色清光的少女之脸且行且停，最终汇合了右边那滴，决堤而去，漫过岁月在江心垒出的沙堆，模糊了他的双眼。

他在台阶上坐下，别过头去。

胡佛塔顶灯还未启明，在将暗未暗的黛蓝天色里，被天际微光勾出的轮廓剪影般分明。台阶上方的大门洞开，在路灯未上的时刻，幽深黑暗。

他刚从那里面走出来。这个下午，他听了二战史实研究会主办的日本老兵悔罪讲演。计划同时讲演的另一日本老兵，因对战时具体行为的承揽，有犯下违反人道罪之嫌，不符合美国入境规定，签证被拒。这日讲演的老兵，当年刚被征召，还未起程二战就结束了，其演讲重点落在良心自责上。老兵说他不能将责任全部推给军部，自己作为一个盲从的走卒，当年很相信战争宣传，年龄一到，就主动报名要求上战场。"我虽然没有上过战场，但如佛家所云，心动就是身动，我跟那场残酷的战争是有孽缘的！"——老兵最后哭了起来，令在场的人都感到意外。

他悄然而退，穿过走廊出去吸烟。多年来，这哭诉声常在梦中将他惊醒。那声音从清稚、尖厉，渐变深沉、迟钝，如今已接近这老人嘶哑的悲绝。这哭声不是他的梦魇，是安慰。他以它证明自己存活的价值。他想，这个老人今天解脱了，在他公开表白的时候。而自己的机会不曾到来，或许永远也不会到来？这个想法让他摁灭了烟头。

他带着烟气转回资料馆。他总是埋在东亚资料馆的故纸堆里钩沉世事。这恒温的阔大厅堂里，常只有他一个人在桌架间穿行，抄录、疾写，一如在这样一个深秋的下午所为。条状的窄窗间隔很密，看累了，他就呆望外面被窗格割裂的北加州光亮的天色。你找什么？我可以帮你什么？温和的女馆员有时会过来问。他摇头。他英文水准有限，能读，能听很多，但讲不出他想要说的很多意思，所以他多半时候沉默。如今，这里的人们都已习惯了他那伏案而书的修长背影。他们也都知道了，他是来做"文革"研究的。

王旭东？他在美国大使馆接受面谈时，一身彩色花绸裙、烫着短短鬈发的美国女领事，叫着他的名字读看他的资料，然后用中文说，我读过你的书。他无话，女领事抬了抬眼，有点儿惊讶，又说：你写的跟人不同。他笑笑，没有按美国人的习惯回谢，也没问她以为有何不同，看上去有点儿矜持。女人在纸上哗哗地写着，也不看他，声音飘过来，你关注每一个人在那场运动中的位置，你很会掏他们的内心，试图拼成一个画面：这是每一个人的"文革"，对不对？他浅笑，说，你讲的是我没想到的。他客气了，很客气，其实心里得意，他期望女领事会说得更多。

你到美国去，有什么新的设想？她搁下笔，问。这是个聪明的女人，他想。他看着她的眼睛说，这些年，我觉得最有意思的是采访那些如今年纪在四十五到五十五岁间的漂亮女人，我相信这样的女人在动荡的时代，一定比常人遭遇更多的故事。女领事的笔停下来，直看着他。他以为会被拒签了。她才说，你能告诉我 why？这句夹了一个英文单词 why，非常合宜。他说，我觉得你不用我解释。在动乱的时代，一些从来没有机会接近权力的人会夺取权力，权力的副产品是夺取他们以前从来没有机会接近的漂亮女人。在那样的乱世，美人的命运最能反映这一时代的真实。嗯？她很轻地哼了一声，示意他说下去。动乱时代，强盗，心思险恶的人往往得道，他们最终的目标，无非是权力和美人。是，政治和性无处不在，无时不有，但时代险恶之际，人性有更多的表演机会……女人镜片后的双眼瞪直了，几乎迸出火花。有意思，太有意思了！噢，美国那里去了很多合你采访要求的中国女人，希望你在那里会有更多更新的发现。她哗哗地签发了他的签证，最后说，祝你好运，期待你的新书！

他有新发现了吗？他在美国遇到了那些当年的美人，可她们比在中国的同龄人更不易接近。她们中有人礼貌地说过，所有的噩梦都甩到太平洋里了，失忆了，她们享受这般失忆。作为"文革"研究者，他懂得那后面的千言万语。这些曾经的美人，在新大陆重新做人。在加州明亮的阳光下，她们房前青草如茵，篱墙边各色玫瑰盛开。她们穿牛仔裤，开休闲车，养儿育女，遛狗逗猫；她们讲英语，念学位，大多工作，少许相夫教子，按各自的愿望活在另一世人生里。她们在这个社会里移植后重新开花结果，在将老未老之际，一样美若天仙。他不敢也不忍去打扰她们的美梦。是的，每个美人儿都有历史，何况在那个时代顶雪开花的美人儿。他作为历史的挖掘者，面对这样的旧美人新江山，主动关掉了他的掘土机。

他退到故纸堆中，回到出发点。在斯坦福、在伯克莱加大，他看到那些完整的"文革"第一手资料，如面对美人一样激动而沉醉。在那些史料中，甚至有广西各地造反派油印的传单。隔着四十年的岁月，那些印在赤橙黄绿的粗糙纸张上的宣传单已经发脆。他翻阅时习惯戴上橡胶指头套，慢慢将纸页拈起。直到有一天，他看到了广西融安县枝柳铁路建设指挥部的宣传单。他屏住呼吸，脱下指套，触摸了那印在深桃红草粪纸上的文件。他的指头触到了纸里粗糙的茅草结，让他想起在融江的江心洲上被茅草划伤的条条血痕。他立刻合上了书页。

这些年来，他走过那么多地方，就是没再去广西。在中国东游西走多年后，他将足迹所到之处用各色填满，广西成了一片苍白的破桑叶，突兀地躺在地图的左下角。他眯起眼，辨认那白桑叶后的百孔千疮。那里有过惨烈武斗，发生过人寰惨剧。而他在"文革"期间，竟是到过那里的——这成为他的秘密，他家庭的秘密。连他的妻子莲，那个贤惠温柔的东北媳妇儿，都不知晓。

他短暂而青嫩的少年时光让融江上决堤的洪水冲成七零八落的尖利碎片，再也无法整合。它们散落在他一路的行程里，冷不防就割痛他，却让他不敢叫出声来。

那只是一个夏天，很短的夏天，可是那个夏天变成了一把刀，插到他的喉管深处，让他不敢对它发出声响。

你要将它拔出来的——父亲离世前，母亲离世前，都说了这样的话。母亲更说，我看见了，你从那个夏天起，再没有真正地笑过，真是可怜的孩子。你不到二十岁，眉心就有了这个"川"形。如果要赎罪，你已经赎过了。那不是你的错，是时代的错。母亲为他开脱。

时代？那个时代是个多么巨大的黑洞，它吃得下所有的黑暗和血泪，他想。我们不能都推给时代，他说。母亲流出了泪，说，那就算是你父亲的错吧。他再不说话，轻抚着母亲的手，在即将离世的母亲面前，他不愿这样谈论已经过世的父亲。

那是一九七五年的夏天。他常幻想，他可以忘掉那夏天。

那年他十六岁。在铁道兵某部当师政委的父亲，随铁道大军进驻位于广西融安县融江边上的国防三线重点工程枝柳线广西段指挥总部，他从大连到广西看望父亲，打算在那儿过暑假。

父亲是抗战时入伍的老革命，参加过淮海战役。在朝鲜战场上遇到他母亲时，已经在山东莱州老家跟发妻有了一儿一女。响应号召上前线的母亲，那时还是医学院一年级学生。这个身材修长，眉目姣好的青岛姑娘，在炮火纷飞的战场跟山东老乡首长擦出火花。当部队撤过鸭绿江时，医大女生已未婚先孕；首长一踏上祖国大地，第一件事就是去信老家休妻。随即母亲生下了大哥卫东。也许受生活作风问题的影响，父亲没有如别人那样直接晋升，却平调到最艰苦的铁道兵部队。父亲愣是不屈服，跟随施工部队转战南北，打出几场工程攻坚战，直升到师政委位置。所付代价是生活颠沛流离，家人不能团聚。

母亲生下大哥卫东后，转学到大连念完医学院，留在大连一所军区医院工作，一直做到院长，直到离休。她选择不随军，给人们的说法是对孩子的教育比较好。母亲很少到铁道兵前线阵地去，每年只有父亲回大连作短暂探亲。后来陆续有了姐姐爱东，二哥向东，再到他，旭东，便是这对朝鲜战争夫妻最小的孩子。"文革"开始后，父亲回家的日子越来越少，到了寒暑假，他和哥哥们就结伴到父亲转战的铁道建设一线探亲。姐姐爱东嫌那里生活条件苦，跟母亲一样不愿出远门。

一九七五年的夏天，大哥卫东已到哈尔滨军工学院当工农兵学员；爱东在沈阳军区文工团拉小提琴，二哥向东则刚入伍，在福建当海军。

他的梦里，常常出现这样的镜头：火车被隧道鲸食着，一吸，一吐，光明是短暂的，黑暗是漫长的。他在硬卧上昏睡，也不知走了多少时日，在鲸鱼最后一次呕吐后，他看到赭红的山地。南疆的土竟是红的，这记忆怪异又深刻。他从柳州火车站下车，由军用吉普接走，一路沿着融江向北开去。山间道上，到处是衣衫式样繁复的少数民族。他跟着警卫班的小张学着辨认壮、苗、侗、瑶、仫佬、毛南各族。在北方大雪纷飞的季节里，他吃惊地面对那里遍野的苍绿，还有女人光着的脚丫。

他之所以选择再去一次融安，是之前在那里度过的一个春节留给他太深印象。那年春节，广州军区丁司令到枝柳线建设工地慰问劳军。作为师政委的儿子，他也没见过那样的排场和阵式：一色的军用吉普，绵延数十辆，将这个少数民族地区的小县城碾得尘土飞扬。漫山遍野受阅的军人阵仗，山呼海啸的口号声、军号声、锣鼓声，盛装的各少数民族载歌载舞的队伍。用毛竹从县城外十多公里搭起的一个个披红戴绿的凯旋门下，鞭炮声不绝于耳。庆功宴摆在县委大院里，从大礼堂一直摆到院子里。融安闻名的特产金橘在餐桌中央堆成小金山。酒席上，军人们勾肩搭背，狂吃海喝。丁司令在他父亲等的陪伴下，一桌桌敬酒过来。丁司令慰劳战士们的是真正的茅台；他也是第一次喝到真正的茅台。酒席上，有人狂笑，有人悲号，看在他这个少年眼里，怪异又滑稽。他像鱼一样游在亢奋的人海里，不舍得停下。直吃到实在憋不住，才离席去找厕所。

从临时搭建的厕所里捂着鼻子跑出来，天色有些暗下来，他循着哄闹声寻去，却转错方向，闯到在县委后院临时搭盖的厨灶间。在那里，他第一次见到小梅。

十四岁的李红梅长着一张圆圆的脸，两只圆大的眼睛特别突出。她穿着桃红的灯芯绒套衫，上面还圈着浅黄花边，有一点儿短小。手臂上戴着两个深蓝的小袖套，扎着两只翘翘的羊角辫，半旧的咖啡色裤子有点儿短了，脚上是一双半旧的黑灯芯绒布鞋。她从厨灶间门口伸出头去，向院内偷偷张望，表情好奇而又小心翼翼。你是谁！你想干什么？他从她身后一吼，想要吓她。她转过头来，瞬间，他感到了自己身体奇妙的变化。这变化来得非常突然，将自己吓着了，下意识地用手挡向下腹。但这感觉又令他兴奋，身子都有点儿抖。你到底是谁？干什么的？他的声音软下来，带上了温情。后来小梅说，她从来没有听过这样清脆正统的普通话，温存地从一个瘦削文静的少年口中说出。

我是李红梅，她退进厨间。隔帘后面有剁菜的声音，有人在说唱喊笑。灯直射下来，她搓着手。她整个脸盘眉眼跟年画上常见的漂亮女娃很像，只是她的皮肤带一种浅淡的棕色，在灯下泛出淡淡的光亮。他盯牢她看。这里见到的女孩多半青瘦黑黄，她是个异类。

还李铁梅呢！他笑起来，他看到她圆润的脸在灯下一晃，就发出微光，他生出想去捏一把那脸蛋的冲动，但忍住了。心"怦怦"跳着，问自己怎么会这样

"流氓"。她说，不是，是红梅，大家叫我小梅。小梅，你好！他伸出了手，她的手在胸前捏紧了，不敢动。我是王旭东。晓得的，你是王政委的小儿子。她的口音里有很重的南音，不像本地人的口音，让他听得新奇。嗯？他微皱眉头，发出很重的鼻音。大家都知道的，她说。

他问，你要不要跟我去吃一顿？小梅赶紧后缩，说，不行不行。我不可以的。这时里间有人在喊小梅！小梅！快来帮择菜！小梅转身就撩了帘子进去了。他才将他的手从下腹移开。

春节期间，他又好几次专门走过那厨灶间，却再没有看到小梅的身影。他向一个在食堂工作的女人问起李红梅，女人让他在板凳上坐下，一边择菜一边说，那是县教育局里从柳州下放来的老李家的妹仔，好漂亮是哇？他点点头儿。女人又说，那老李老婆当年在广州念大学时，还是校花呢。一家人蛮可怜，老李是脱帽右派，一向很倒霉，到这县里来，只能在教育局刻刻钢板。那老婆原来在柳州教中学，嫁得这样的老公，也只能跟来在县委食堂卖饭票，人还傲得很。一个好宝贝的独仔，到三江侗寨里插队去了。

三江在哪里？他问。在融江的上头啊，那里偏得很，再出去就是湖南的大山，以前好多土匪的，冤家一打，还吃人呢。穷得很哇，大山难得有平地，一个石窝里种上三五棵玉米，几棵菜。说不好，女娃生得这么好不是好事体，命有得苦呢。你看她娘就晓得，人强命不强，有什么用？唉，这小女原来一直跟外婆在南宁上学，可怜年前外婆死了，只得来融安随娘老子。女人说着摇起头。他听得心隐隐作痛，却不知如何反应，起身悄然离开。

在那乱世，军医大院外山摇海啸。家里的哥姐去串联，去造反，人影难寻。母亲管不住那几个大的，就更盯牢他，最乱那几年，几乎天天带在身边，不让他随便出军医院大门一步。这样的保护，使得乱世的风雨打到他身上时已几无痕迹。如今，这真实的世事，突然在南疆的山道上撞到面前，他不知如何应对、思想。

回到大连，他时常回味那个浩大的军中盛宴，那清风中的飞尘。因母亲管得严，他没有很多朋友，他多半的时候只能是自我回想。也只有母亲愿意倾听。他告诉母亲，那里的山是青白的峻险，土是红色的赤贫；融江穿城而过，岸边很多少数民族的吊脚楼。凤尾竹低矮茂密，将江水映成碧绿。朱槿花硕大艳丽的花朵，沿着河岸高低错落地怒放。一些江湾上，翠竹蔽过江面，江水清澈见底，忽然抬头，就是万仞峭壁。山民就凭垂下的青藤攀岸而上，采药挖宝。母亲听得这些安静下来。只是偶然，非常偶然，那件桃红灯芯绒衣和浅棕圆润的小梅的脸会浮在他的梦里。直到一次，他醒过来时，触到那下腹的一片湿滑，融安便成了一个诡魅，让他强烈地怀想起来。

一九七五年夏天，他再次来到融安县城的时候，融江下游融水县境内的铁路建设工段发生大塌方，父亲带着指挥部人马在第一时间奔向事故第一现场。他被警卫员小张接来，在县委大院深处的小砖楼住下。南方夏季的潮热令他深感不适，大院里又碰不到同龄的孩子，就是有一两个年龄相近的，部队里官阶森严，让本来就不熟的孩子们也玩不起来。小张按他的要求，将他领到县委图书室看书。因父亲的交代，他被特许进入不对外开放的内部图书室，他在那里翻到了《青春之歌》《迎春花》《苦菜花》，还有一些苏联文学作品。他将它们扛回家中。

等待父亲归来的那些天里，他白天看书，练毛笔字，傍晚就像这个县城所有的孩子一样，奔到江边游泳。刚开始警卫员小张还一定要陪他游，后来发现他的水性非常好，就不再坚持，且融江经过县城一段水不深，他就可以自己出来了。他常顺着江水往上游游去，那儿有一个小小的瀑布，四周翠竹蔽日，瀑布下方不远处有个小小的沙洲，上面有对岸农民种的萝卜。他有时游过去拔一个萝卜，到江水里洗了啃完，再到树荫下的草地上躺一会儿，然后游回来。

在一个回游的傍晚，他在水中看到了河边小道上推着一辆自行车慢走的小梅。他从水中浮出来，朝她喊叫：李红梅！小梅！她穿着自制的布褂短裙，红色的。她循声望向江面，立定。他游向岸边，看到她惊喜的眼色。

这时，他看清楚了，小梅身上的布褂是无袖的，肩上那截还收裁进去，两只圆润的手臂随意搭在车头，在夕阳的光影里放出浅铜色微光。他再游近些，看到她手臂起落间，腋下翻覆的暗影。她一只脚搭到脚踏上，裙子缩到膝边。在北方的城市里，女孩子夏天穿凉鞋也要套一双丝袜的，他从不曾这样直接地近距离看过女孩子的肌体。那奇异的感觉又回到身上，他沉潜下去，只敢将头露出来。

小梅放下自行车，沿小道走下来，在水边一块礁石旁坐稳，等他游过去。他在夕阳中看到她的脸瘦长了些，羊角辫剪去了，只在脑后扎一个小小的马尾。一对眼睛还是那么圆亮，一闪一闪，让人发晕。他很想说，他很想念她，很挂念她，见到她很高兴，但他什么也没说。只在水中和下身的感觉周旋，脸上傻笑。

小梅说她暑期在县罐头厂打零工，剥四季豆，一天挣六毛钱。比我哥在三江好多了，他一天才挣一毛钱啊。她说，她可以将暑假挣的钱，给哥哥买很多好吃的寄去。他听得有些难过起来，忽然说，不要怕，我让我爸爸把他调回来！她睁大了眼问，可能吗？当然！他说。小梅温柔地笑起来，说，我只有这么一个哥哥。她告诉他，她在此地没有什么朋友，语言不大通，当地孩子感兴趣的事情跟她也不一样，母亲又管得很严，好孤单。她说她很怀念刚去世的外婆和南宁的那些表亲同学，但好难回去了，她叹气。

她问他关于大连的事，关于大海。她叹一口气说，我都没见过大海呢，我外婆说要带我去北海的，但等到她都走了，我们也没去成。现在我们是越走离海越远了！他在水中说，不怕的，将来你有机会呢，到大连找我！她笑起来，说，大连！跟天那么远！我好想念城市，在南宁，我们夏天也是天天傍晚到邕江里游泳的。他说，你现在也可以游啊，邕江有融江美吗？她说，嗯，毛主席在邕江游过的，随即摆摆手，说，不一样了，心情不一样了，我都忘了城市的生活了。她的眼帘垂下来，好像要哭，让他心疼。

他们一个水里，一个岸上地聊着。天色黑下来，星星出现在天幕上。就着黑，他在水里张开四肢，饱胀的感觉不再被压抑，慢慢地吐出一口口长气，它们变成水泡，在水面上旋散。这时他听到了远处传来女人呼唤"小梅！小梅！"的叫声。啊，是我妈！小梅跳起来跑回岸上的小道，骑上自行车离去。他潜入水中，耳边仍是那个低沉的女声，嗡嗡嗡的。他不敢相信那声音竟发自一个传说中的漂亮女人的喉间。

他和她这个傍晚起，几乎天天在江边相见。他父亲从融江回来后，小张就更不管他了。她从罐头厂下工回来，将自行车放到江边，就下到岸边跟他闲聊。他带给她二十五元钱，让她给哥哥买罐头去，那是母亲在他离开大连时塞给他的。她死劲推托，说，绝不可以，她母亲知道会很生气的。他又带一些禁书给她看，她将它们塞在包里，偷偷带来带去。共同的阅读，让他们有了新的话题，他们谈那些故事，也谈那里面的男女感情。话题变得有点暧昧。他也游得离江里的人群越来越远。

　　后来她听从他的鼓动，书包里放了毛巾和自制的布质游泳衣裤，下工回家的路上，也下水和他一起游。她的水性更好，两人一起，游到上游的小瀑布前，又转到江心洲，有时坐一会儿，有时拔个萝卜来吃。她的泳衣是粉红花的短裤和套头衫，那肤色在夏天的河水里愈发深了，竟显出了异国情调。她那年刚刚发育，泳衣打湿后，紧贴到身体上，胸前微微凸起，让泳衣在胸前变出立体的花色。他常常低下头，不敢直视。

　　直到一个黄昏，他再没能忍住，在江水里抱住她。他十六岁了，他想，又算，她十四。他母亲生下大哥卫东时，也不过十八岁啊。他闭上了眼睛。她温软的身体倒在他怀中，自己也没有想到，他吻住了她的双唇。她勾着他的脖子，浮起来，他看到她深色的长腿，在江水中展开。他的手从水底伸向了那个 V 形的底点。她在水中扭动起来，他们搂抱成一体。她在他的肩上臂下滑移，鳗鱼一般。他们的身体在水的清凉中烧出温热，相互纠缠着，向江心的沙洲漂去，最终搁浅在沙滩边。

　　在傍晚的天色里，他看到了她透湿的棉泳衣下，两颗花蕾般的果实凸起。他的手捏住了它们，她叫出了声，那声里有着一种畅快。这畅快传染了他，他的身子贴下去，在她的身体上挣扎，不知要去向何方。他再次吻牢她，突然想，他要将她带出去的，带离这蛮荒山地，去很远很远的地方。她在他的身下扭动起来，似乎要叫。他没有放开，他让他的欲望推到绝境，他觉得他的游泳裤裂开了。他去拉她的手，移向他的坚挺。她的手死抵着，他的坚硬贴到她的大腿，她的身体在他身下急速扭动。他想控制她的移动，就更压紧下去。他又去抓她的手，没抓牢，突然，他腾空而出，将自己也震住了，他翻侧起身，看到那白色的浆液，抵达她唇上。她翻过身去，趴在沙地上，哭了起来。他去拉她的手，想劝慰她，她用手捂住脸，死活不松开。他看到两滴眼泪，从她的指缝间流出。

河岸上传来呼叫小梅的声音。是我妈妈！小梅惊吓地坐起。她的身上一片污迹，沾着泥沙，狼藉斑斑。她跳下水，不停地擦洗。天黑下来，他看着她游过江岸，很安静的一会儿，然后是母亲的呵斥声，闷雷一样从水面上滚来。他跳入水中，潜到江底里，旋转，再旋转。浮出江面时，他想到明天就回大连。

第二天中午，他看到父亲由县委许书记陪着走向办公楼，小梅的母亲扯着小梅的手，安静地跟在后面。他躲在房里，低伏在窗边往外看。他看不清小梅的表情，只见她短裙下的长腿，步伐凌乱。小梅的母亲穿一件白衫，一条黑绸裤，高挑身段，头发盘起来，露出长长的脖子，脸的轮廓好美。他们走到指挥部办公室里，很久才出来。他吓得一直哆嗦。

父亲出来，立刻回家找到他，将门摔上，揪起他的衣领，先是一脚踢到他大腿上，再回身又扫上他的小腿，他当即跌坐到地上。父亲大声吼道，你他妈的跟我老实讲，你都干了什么好事？

他缩着身子，说，没有，我们只是游泳。父亲原本就长的脸拉得更长了，鼻孔里久未修剪的毛都翘起来，厉声说，你知道吗？强奸少女，要坐牢的！弄不好要杀头，你他妈的死到临头还不讲实话！他哆嗦着说，我没有做什么，我没有做。还说谎！父亲一个巴掌过来，侧身一转，皮带就抽了出来，在空中噼啪一甩，又一甩，是更响的一声。父亲吼出声，男子汉敢做敢当！你不要让老子瞧不起你！真的没有！他说，抱住了头。那人家女孩子身上的……反正要去医院验的，你到时哭都来不及！父亲厉声又一吼。他哭出了声，说，不是的，是她主动的！他自己也没有想到，说了这样的话，嘴唇哆嗦起来。可是他没有就此打住，他看到父亲变得青黑的脸，又接着说，她说要我帮忙托你将她哥哥调回来，就一直跟我接近。昨天，昨、昨天晚上，她，是她褪我的裤子的……够了！不要再讲了！这么可怜的人家，你还搞人家的女娃！他妈的，这些年你妈是怎么管教你们的？你给老子滚！小心老子抽死你！啪！父亲用皮带朝桌上狠抽一记，一脚蹬翻了椅子。

父亲让警卫员小张将他带走，随后追到走廊上对小张又说，这小子你一定给我看牢了，不让他再出这院子一步。

三天后，他被通知立刻回大连。离开融安是在下午，父亲将他送到大院门口，他问，爸！小梅……父亲盯了他一眼，低声严厉地说，别再提了，好在医院也证明没有事，你给我回去，再没有什么小梅！他说，爸，我那天说的不是真的，不是小梅……父亲拦住他，说，这都不重要了。他说，小梅不会有什么事吧？他们一家好可怜。父亲狠盯他一眼，说，你晓得就好。他们也是今天走。到哪里？到三江去。他的泪水下来了，父亲说，这对大家都好。他们自己选的，一家人可以在那里团聚。但那里更山了啊！是我跟她讲的，让你帮他们调回城里的，爸爸，你可以帮他们的！他叫起来。父亲铁青了脸，不出声。

爸，我说的不是真的。父亲立即打断他，说，我说了，这不重要。你自己注意，不要再闯祸了。听爸爸一句话，一个男人要有大出息，就要管得住他那个鸟玩意儿！你记牢了，这是历史的教训，血的教训！

沿着融江，在县城外的岔道上，他们的吉普车往南去柳州。一辆向北的卡车开过，他看到坐在卡车后面一些简单家具边的小梅一家三口。他不敢摇下车窗，只隔着泪眼望去，看到小梅靠在母亲肩上，风将她的头发吹散，挡住了大半个脸。在会车的瞬间，小梅的脸变成一扇被风吹摇的蒲葵叶，不停地拍上他的眼帘。她没有看到他，或是不愿看他。少年短浅的人生经验没有让他意识到，那面被风撕裂的蒲葵，也许将是她留在他记忆里的最后影像。他低下头，捂着脸哭起来。

他在第二年春天，改动年龄后直接当兵去了黑龙江。广西，融安，融江，小梅，都在现实里淡去。一九七八年枝柳线全线通车，父亲转业回到大连。他也考上大学到了南京，再没有人提过那段故事。直到父亲离世前，老人主动提起，他曾派人打听过那家人的下落。有说他们"文革"后回柳州了，又有说回南宁了，后来又有人说那漂亮妹仔念完大学去了美国。总的来讲，没有坏的消息。他不知道，是不是父亲在安慰他。

他没有勇气去找小梅，也没有勇气去证明父亲的交代。直到那日，在旧金山湾区华语电视台的访谈之后，他接到了电话，那个叫小梅的女孩——如今是女人，找上来了。他只失口说了一声广西，隔着三十二年的光阴，她一眼就认出了他。他后来想过，也许在那个夜晚，他并不是失口，他那黑沉沉的潜意识，被聚光灯突然照着了。

我是小梅，广西来的。她在电话那头很轻地说。那声音是陌生的，但口音是熟悉的。他想他们同时流下了眼泪。

是的，那是每一个人的"文革"。他准备了那么多年，就为着说一声道歉。这道歉还有意义吗？它不过是形式。但形式也很重要。不然他不能完成那个仪式，越过那道坎。

他再望向那片隔开斯坦福购物中心的魅黑沼泽，问自己，王旭东，你准备好了吗？

三

一滴裹在光圈中的橄榄色从镜子右下角浮出，立刻被她的目光锁定。

光点飘游在深远的廊柱间，被不同方向的光源追逐，扭曲，切割，吞没，又吐出，鬼火一般。她盯牢它，忽然心生安慰。这么多年，她在漆黑漫长的时光隧道里屏息疾奔，后有狂追而来的怪兽，旁边是此起彼伏的楚歌。此刻隧道尽头终于闪出光，一束绵软、若有若无的微光。她睁大双眼盯牢它，生怕眨眼之间，它便泯灭，令无尽的黑暗又堵牢隧道的出口。

光点停在店门前。店里暧昧的暖黄穿过玻璃，将它变成一柱纯粹的菜色。修长、细弱、了无声息，如秋塘里通体浸透的一枝荷秆，"啪"的一下，拍到眼前。他的手伸向门把，又缩回，退出一步，抬头去看店牌。鼻端上方的无框眼镜打出两道高光，稍纵即逝。南方闷热黄昏里，雨云底急短的闪电一般。他微蹙起眉，侧身从窗外向里望。隔着三十年的岁月，她迎见的仍是两潭浓稠的幽怨，一如那夏季的午后，他背负着粗陋的大木牌站在粗陋的水泥高台上，拨过少男少女越扬越高的呼叫口号的声波，望向她的瞬间。

馥郁袭人的九里花香，铺天盖地扑来，令她眩晕。她转过头去，明亮的高镜里倒映出一个仓皇出逃的白衣少年，闪出冬青丛后，番石榴果落如雨。他的手臂张开，用力剥离亚热带阳光里疯长的荆藤。手在荆棘间开成白色的朱槿，衣衫渐成褴褛，在黏稠的热气中，飘似一杆凄凉的白旗。他被那白旗纠缠，渐行渐险，终于踏上那条她亲手搭出的长栈，奔向水中的孤岛。四周鳄鱼成群。白旗在孤岛上旋转，终于被风撕裂成碎片。栈桥崩裂，天涯绝路，他在那里成为她的流氓犯。

她侧过脸，犹豫着是否要起身离去。但他已经拉开门，堵住她的去路。她安静地靠回椅背，双臂在胸前抱着。有点儿冷。黑色开司米毛衫映上她月白的脸色，让她看上去简直是寒冷。最好他不能认出她来，如果他认不出她来，她就顺势离开？为从急迫在后的怪兽口中争出自由，她今日选择迎面出击，却终于获得机会发现，扣动扳机需要的力气和胆量，比奔跑更消耗人。她已经躲在光明里那么久了，其实可以一直躲下去的。也许有一天那个怪兽也会老死，然后被无尽的光明埋葬。

他径直走过来，没有一点儿犹豫。自然得还抬了抬右肩，一边扯着那双肩包滑落的肩带，一边灵巧地穿过台凳间的空隙，沉着地向她走来。他盯着她看，步子很稳，确像是习惯长途跋涉的行者。大概没有人猜得出，他去过那个孤岛的吧？他在看她，盯牢了她，表情无辜得令人心碎。她别过脸去。

他一眼就从店里的三张东方面孔中认出了她。暖黄的墙面，暖黄的圆台上面紫红的碎花片，衬着她的黑白，对上了那夜她在电话里的声音，令他心下生出一个响指般的急短钝痛。他微眯起眼睛望向她。对一个广西女子而言，她太白了，轮廓也太分明，一点一撇一捺，毫不拖泥带水。只有那双眼是像的，它们是鱼形，尾巴翘上去，给她的冷色调出几缕恬然。这不是典型的广西女子容颜。但她肯定是广西的，至少在这三张东方的面孔里，她是。那种广西女子的味道：羞怯、闲适，随遇而安又无所适从。他轻哼出一声，绷严的脸随即垮下，像微微一笑。他在前世里只经过那山高皇帝远的红土之地短短两次，果真晓得，又记得，那里的女子是什么味道？

这已不是融江畔缓缓抽芽的那枝红梅。她的脸变长了，也漂白了，像一只童趣十足的土陶，脱胎淬炼成另一个瓷器，土陶凸显质感的粗糙都打平了，折出精致的微光，令人意外，却说不出好坏。他见过红梅初放夺目的花蕊，它竟在时光里开放成如此静好的白梅，使他讶异。令他安慰的是，这仍是一个美人，一个气质出众的美人，是他最有兴趣采访的那类美人。她们是他的因，也是他的果。

她站起来，伸出手迎向他。她做出笑的表情，那两条鱼尾翘得更高了，她的笑做得自然。在剑桥的论坛，在英特尔的年度颁奖典礼台，在国际政要出席的国际高科技峰会讲台上，她从来不曾怯场。希望今天也不会。你好！她听到自己得体的柔声，心下惊异他的镇定。

"旭东"两字抵至舌尖，没有被她叫出声。她爬上他家窗台上叫过的，鼻子里全是纱窗上的灰尘和铁锈的腥味儿，细细的小腿被墙台上粗粝的水泥沙砾面磨得生疼。她那稚嫩甜蜜的嗓音，早已随风而逝，只留下她心底结成的一颗黑痣——流氓犯，她的。他的手在她的手中，被她捏紧。她的心忽然很软，有点儿像那个初秋的黄昏，她从护士手里接过刚刚出生的女儿亮亮的瞬间。她哭了出来的——当她接过亮亮的时候。她很想上前轻拥他一下，可手臂只抬到一半，就落到他的臂上，只轻拍两下。

他很淡地一笑，露出整齐的牙齿，跟他的身材成比例似的细长。他的眼睛却没有笑，只抬一抬眉，便溢出深怨。抢在他开口之前，她说，就叫我特蕾莎吧。这话令她飘起来。他的脸上显出天真，噢，好名字，有大慈悲的。她一愣，就想到特蕾莎修女那张饱经风霜的脸，穿过表情悲苦的人群，为众生求着神的垂爱、神的悲悯和宽恕。她的目光有瞬间的模糊。

他们立在灯下，离得很近，他的气息逼过来，令她的双肩抽动了一下。她弯下腰，提起裙脚。他朝她抬抬下巴，那瘦削的少年的下巴，示意她将裙脚扯起来，再扯起来，再高一点儿。他跪下去了，将脸凑近来，他带着九里香令人发晕的少年的气息包裹住她。她甩甩头，看向顶灯，那光明刺得她眼疼，她觉得手心有点儿黏。

你要喝点儿什么？她轻声问。他挪着椅子，将双肩包搁下，一边脱下橄榄色的咔叽长外套，一边说着，我自己来。他们一齐走向柜台，镜中映出好看的一对，留住她的目光。他抬头看墙上花花绿绿的大看板，表情茫然。她走过去，跟在他身后低声说，我来，我是地主。他侧目看到她握着钱包的手，白皙修长，上面有些青筋若隐若现。指甲剪得很短，微微有些抖。红梅那双少女的手是丰腴的，在清凉的融江水中划过，指间岔分着江水，如那远处截流溪水的涧石。那湿软的手最后环上他的肩背、脖子、缠紧，又滑开，温软如鱼。可那样的手，却让时间削成这样。它们其实更好看了，却已属于另一世人生，跟他脱离了关系，虚幻得失真。

你要什么？她问。他不再坚持，说，那就要咖啡吧。

只要咖啡？加点儿什么？

就咖啡，如果有茶更好。

有的。

那就要热茶。有什么茶呢？

我推荐大吉岭，喜马拉雅山脚下印度产的。红茶，说是红茶中的香槟呢。

那好，就要大吉岭。

她又点了一块绿茶慕丝、一块芒果慕丝。一绿一黄，被糖浆裹得发亮，装在精致的小盘里，上面点缀着细巧的巧克力条，像橱窗里的人造饰品。他打量它们，不忍动手。这芒果没有广西的香，但已经很好了，你尝一下吧！她咬字很准，没有一点儿广西腔。时间又漫上来，湮没了那每一句感叹、每一个腔调，都要拖上的"嗳"音。连口音也漂过水，他有点儿感伤，苦笑了一下。

茶端来了，雾气漫过两张表情尴尬的脸。他取下镜片，拿起台上的纸巾擦拭。

他感觉到她打量他的目光，抬起头，朝她笑笑。那个白衣少年瘦削而五官模糊的脸，修长的身架和那通体的孤怨，在她眼前慢慢复活，又似是而非。他的脸形没变，只是皮肤暗成深色，眼角嘴角都有了细纹，头上已生出疏浅的华发。

她说，都有点儿认不出了，她描述的是他看她的表情。他将眼镜戴上，看到她眼里的一层薄泪，说，如果在路上碰到，我真是完全认不出你了。她动动嘴唇，噢？她遇到故人旧友，大家都说，你怎么都没变？都没变，为了这个幻象，她一直努力让她的容颜刻定在时光里。"茫茫人海"，她喜欢这四个字。她想象过无数次，就在那茫茫人海中，某一天，他会突然从后面拍她的肩：你像海豚，在茫茫人海里一跃而出，被我擒住。

她噙着薄泪，点点头，说，不奇怪，已经过去三十年了。他将很小的一块芒果慕丝叉上，正往嘴里送，听到她的话，手停在唇边，微眯着眼看她，说，最后一次见到你，是在枝柳线上。

她一怔。你后来给送到枝柳线上了？在她的少年时代，枝柳线是一个名词，代表艰难困苦、刀山火海、奋斗献身。设备和技术那么落后，靠的是肩背手扛的人海战，那一线的地质条件也不适合建铁路，常闹塌方、泥石流，爆破事故更是家常便饭。学校里来过枝柳前线英雄报告团，主席台上全是失去了腿脚、手臂，炸瞎了眼睛的英雄。有个女民兵队长，右腿炸飞了，在台上，说到她的铁姑娘队友被压在土方里，只露出个脑袋，但她们就是全体上阵，也无法及时将那十九岁的姑娘扒出。"她就死在我们面前！"铁姑娘队长忽然崩溃，在台上号啕大哭，让他们听得发抖。可他那时只是一个少年！

她拿起杯子，热气冒上来，她透过那热雾看向他，我真的很难过，我非常抱歉，我一直等着有一天能够向你当面道歉，等了这么多年。

他一愣，口中溢满芒果的香气。他没有细嚼，囫囵吞下，甜腻在喉道里堵上，赶紧拿起茶杯喝一口。热气漫升，镜片上一片迷蒙。风中一枝红梅摇曳，灰尘飞卷过，水落石出的暗夜，随风扑面而来，河石沉落，岸边水花刻出的石纹，漂出一朵素净的白梅。他晃着脑袋，恍惚无着。

应该说对不起的是我。你们一家被下放去三江，就是因为我。当然，也，也还有我父亲。他去世前还提到过，他好些年都托人问过你们一家的下落，还是他告诉我，你到美国来了。你不能想象，这消息简直让我们如释重负——不是为我们自己。我今天能见到你，能当面向你表达我的、我们一家对你的歉意，我想我父母在天之灵也会欣慰的。他说得很慢，很镇定。他为这个时刻，准备了近三十年。

她低头拭泪，不是为他的话，是为那世事。他们的父母都不在人世了，只有他们活化石一样地存活着，要见证那个时代。她真愿意，她早就忘了它们。

她将被泪水浸湿的纸巾搓成小团，捏在手心，它令她感到安心。噢，你都讲哪儿去了？我和我妈后来去了桂北分院，跟我爸爸和哥哥团聚。全州比三江那种山区要好得多。分院在绍水镇上，那里因为有野战军，供给和条件都还好的。她停住，没有告诉他，她再也不敢跟军人的孩子接近。他们每一个人，都让她联想到她的流氓犯，像是她的前科。她看到他张大了眼睛，直愣愣地看着她。他的眼睛好大，让她有一瞬的走神。

后来听说，你们家转去桂林的野战军医院。我到长沙读书那年，碰到一个你们大院来的女生，向她打听过。她说你们又转到湖南，从那里又去了成都，就下落不明了。她说你的哥姐都很出色，只有你因为小时候犯过错，一直不大顺。我一听，就再也不敢打听。I can not handle the truth, just can't（我对付不了真相，根本不行）。她说着，用那手心里几乎溶开的纸团，揩了揩鼻子。

他双手交叉抱在胸前，安静地看着她，像一个局外人。他的沉着安慰了她。我也会想到你母亲，她真是个好女人，我常想起她，觉得很对不起她。我做了母亲之后，更能体会到她当时的心情。很少女人能做到她那样的。她肯定希望我会说出另外的情形，让那糟糕的局面改观，把你从绝境里救出来。她有这个能力的，也有这个特权，但她放弃了。她很了不起。她让我一个孩子坐下，很平等地谈话。她甚至没有暗示我，或引导我说一句假话。她只是拼命抽烟，拼命抽……最后，她说，那他就差不多完了！就是到那时刻，她也面不改色……她用手掌挡住了脸，头侧下去。不能哭，绝不能哭出来，她在心里急速地提醒自己，手心一片黏湿。

他起身离去，又很快回来。将一杯热茶和一沓纸巾推到她手边。看她优雅地将茶杯端拿起来，他吁了一口气。他这时已看清整个画面，竟生出几分快意，为自己又逃过一劫。随即手脚有些发凉。但那是另一个深渊。也许再没有机会了，再没有。

她的情绪有些平稳下来，他示意她喝茶。她点点头，乖巧地喝了两口，放下杯子，安静地看向他。他怕她又要哭，赶紧说，那是时代的原因，你那时还是个孩子，怪不得你。这话让他心口尖锐一痛。

她歪了头看他，说，我是常想，将它推给时代，很多人都是那样做的，由此寻得太平。像你我的父辈，像你我的兄长。

你不是他们，你不能这么说的，他打断她。

她迟疑了一下，点头。但它让我得了强迫症，是强迫症。它扣在心上，我一不小心，它就钳我的心一下，生疼生疼，那种感觉太可怕了……它又像一个怪兽，伏在道旁，可能在你人生最得意的时刻，冷不防跳出来偷袭，让你的自尊瞬间挥发。有时我真的很想不通，自己为什么会被它困扰成这样。其实，拿它跟那个时代那么多惨绝人寰的悲剧比，它……再说，那时我那么小，那么封闭的社会环境，没有人教导，我们都不知道怎么面对那青春的事情。喜欢一个男孩子，感觉非常惊悚，又暧昧，又是那么刺激，那么小的躯体不能控制的。被人一勾引……

她停顿一下，他的脸色变青了，盯着她看，眼神是凉的，像是有点儿不屑，这不屑刺痛了她。她说，你到底比我大，又见多识广，你可以不做那些事的，你还，你勾引了那么多女孩。在那种时代，你做那样的事情，女孩子们……不是我去说，迟早也有别的女孩会去说的……

他迎着她的目光，很轻，却是很慢地说，特蕾莎，你认错人了。

他看到她的鱼形的眼里跳出两点光，随即暗出无边的黑、无边的暗。他又朝她肯定地点点头。她像一个休克的病人，翻了一下白眼，然后眼睛又慢慢聚焦，最后盯牢他的眼睛，嘴微微开启。

他很轻地说，真对不起，非常对不起。如果我可以安慰你，那就是该告诉你，像美国人讲的，我其实穿过你的鞋子。他看她皱起眉，侧头向前靠过来，像是要肯定自己没有听错。

他凄凉地一笑，也前倾了身子，很轻地说，我虽然不是你的那个王旭东，但我做过你指责的那些事情，是在广西。在你们广西偏远的融江水上。他停下来，好像又坐在母亲床边，成为一个孤寂的少年。他的心被什么钳住了，像她形容的那样，换一个姿势，就被钳得刺痛。他的眼里染上淡淡的雾色。他的手比画起来，那江流，那岸边的修竹、茅草，江心的萝卜洲，悬崖上的青藤，水中的卵石，那枝被时代洪流冲载到他的江心洲上的稚嫩的红梅，被他猛兽般的青春欲望拦腰折断。他安静地躺在江水里，看到南国天幕上的点点流星急落，浅粉的花瓣四散，顺流而下。那水流，和她的泪汇在一起，决堤而去，淹没他们的青涩时光。

他停下来，看她直坐着，脸上泛出青白的光。他低头去喝大吉岭，吞到嘴里是一片冰凉。

旭东！她轻叫了一声。见他愣着不语，她拿杯子，去柜台加了热水，回来递给他。他忘了道谢，低头喝茶，不敢看她。他听到她说，我真愿意我就是她，你就是他。这么多年，我一直将他认作我的流氓犯。

他抬起头，安静地握着杯子，看她。她转着手里的空杯子，目光越过他，有点儿散：很多年前，在剑桥，我听牧师讲到"赎罪"。我儿时对旭东做下的事，就成了一个十字架，压到心上。我就想，有一天要找到他，要真诚地当面向他道歉，讲出我的忏悔，我才能得救。如果你就是他，我们有过今晚的谈话，我就可以解脱了。

唉，那个夜里看到你出现在电视里，对我来说，就已经放下一大半。我想，你都能来美国访问了，你的人生不会过得很差的。如果我今晚不来，也就很可以了，如果我对自己不那么苛刻的话。你可以不揭穿的。她说着，想做出轻松的样子笑笑，却没笑出来。

他想告诉她，未必。当她从道歉开始，转到指责，他就晓得，她还有很长的路要走，哪怕今夜里，她遇到的果真是她的流氓犯。但他没有说出来。他只点点头，附和她：我懂。我也一样。我父亲去世前还说过，听人说，她去了美国；很好。父亲是带着这样的消息离世的。只是现在，还是没有答案。

我们就是彼此的答案。她很轻地接上一句。他沉吟片刻，有点儿犹豫地说，你不用很担心你的王旭东的，我可以告诉你，以他那样的家庭背景，他今天过得不错的概率是很大的。我这么多年做研究，调查的数据都是有统计意义的，它们也支持我的这个说法。就像你，那样的家庭背景，那样的成长环境，使你不会掉到洪水里去，你不可能过得很差的。你的王旭东，一样的道理。而红梅，她的家庭背景本来就是黑五类，我那何止是雪上加霜，简直是置人于死地。

她听懂了他的话，那个可怜的红梅的命运，才是可怕的悬念。她不知道该怎么安慰他，手脚有些发凉。她那一身纯黑，将她的一脸雪白衬得更冷。

我这些年，寻访过很多你们这个年龄段的女士。这个过程，有时我会很夸张地幻想为一个自我救赎的过程。不要笑，很矫情吧，但我在说事实。我大学念的是历史，毕业后留校教书，日子可以过得很平静，但是，我少年时代做下的事情，一直咬噬我的内心。那种感觉之磨人，它没法跟别人说的，但跟你讲，你肯定懂。它让我看到一点，那么大的一个时代背景里，那么多的悲剧。其中很多，很可能就是由像我和我的家庭的人参与造成的。

她看到他眉头拧成了一个结，下意识地抬手摸了摸自己的前额，触到一片光滑。他瞥她一眼，声音越发有些冷：我们是故意的吗？至少我不是的，但是我犯下了，我和我的家庭在那个时代中参与了制造悲剧。我们该推给时代？都是时代的可耻？这样做，好容易。但是我这里——他指指他的心口，说，它不得安宁。这种问题想不得，越想越惶惑。我愿意我是个想得开的人。想不开，我就想做点儿什么。哪怕回山东老家看看我的异母兄姐，也让人踏实得多。我后来念研究生，很自然就选了"文革"研究。常年在路上，天南海北地跑。我想找出真相，想看一看，在动乱的时代里，时代巨大的悲剧是怎样一笔一画地给写出来的。

可是，像你说的，我真能面对真相吗？那些当年美人的命运，令人悲欣交集。她们之中，结局好坏的比例，跟掷铜板一样，五十对五十，这是个多么大的悬念。你，是好的这个五十，那么，你想想……我只有求上帝保佑她了。我这三十年，不停地忏悔。我过得越好，我的哀伤越深。今天下午，我才听了一个日本二战老兵的报告。他一直强调他对自己在战争时期盲从军部的忏悔。他连战场都没有上过……

他停下来，看向她，像在等她的回答。她小心地问，有时我也会想，忏悔也只是寻求解脱，还是为了自己，也许这就是我们寻不到安宁的原因？我不敢多想，想得多，会钻牛角尖。

你是做研究的，你也知道，做科学研究的人，在试验室里留下的一本本原始记录是多么重要。它们也许一时用不上，也许永远用不上，但是，做了，就是对科学的尊重。我做那些采访、记录，人家说对后人会有什么重大的意义，我看也未必。他苦笑一下，说，这就是萧伯纳讲的，The only thing we learned from history is that we learned nothing from history（我们从历史中学到的唯一东西，就是我们从历史中没有学到任何东西）。见她一愣，他摆摆手，又说，但是，我还是要做记录，它是对我经历的时代的一种交代，是对生命中碰到的人们表示尊重的一种形式吧，我愿意这样想。作为个人的标准，我想，哪怕这辈子再也见不到红梅，如果我能在合适的时机，将自己的故事告诉我的妻女，那么我可能就真的走出来了？也许永远也不会说，这点，我还没想清楚。他取下眼镜，在衣角上擦擦，对着灯光照了一下。

她看他将眼镜戴上，才说，你做的那些工作，你的那些记录，会很有价值的。你说的这些，让我想起芝加哥大学经济学教授史蒂文·莱维特（Steven Levitt）最近很畅销的一本书，叫作 Freakonomics（《搞怪经济学》）。他做的研究，就是从各种记录资料里，挖掘发现人的行为模式。像我们英特尔，还有谷歌等都请他来演讲过，听众非常踊跃。人家都说，他将来可能会因此而获诺贝尔奖呢。

噢？我倒要看看这本书。他从双肩背包里掏出笔和笔记本，让她将书名写下。图书馆该找得到的，她将笔记本递回给他时，加了一句。他接过，用笔在上面画了几下。她在一旁吞吞吐吐地说，我，还有句话不知该不该问……他抬眼看她，点点头，那眼神有暖意。你觉得，你那时对红梅有很深的感情吗？她问。他的眉头又皱起来，看上去有点儿困惑。

就是说，你今天回想，你跟红梅，有没有那种叫爱情的东西？她又加一句。他的心又给钳了一下。他想过，要将红梅带出那个山地的；他也真诚地承诺过，他要帮助她那个可怜的家庭……他停在那儿，好一会儿才说，我在这里听过耶鲁大牌教授哈罗德·布鲁姆（Harold Bloom）的学术报告，他说，我们今天所理解的浪漫爱情，是莎士比亚一手创造的。可那时，我们读过莎士比亚吗？我只读过《苦菜花》。她呆住，女主角娟子在山路上与试图强奸她的坏人搏斗……她也读过那本书的，她却没说。

他的目光变得温和起来，偏了偏脑袋，说，那么你呢？你对他有吗？她抬抬眉，心又给钳了一下。她哭着奔向竹林的那个夏日午后，有一个瞬间，她想过的，她多么愿意坐在王旭东腿上的是她！那个非常流氓的想法，让她生出巨大的恐惧和绝望，她抱紧一竿修竹，听竹叶跟她一起哭得沙沙作响。

见她没答他的话，他笑起来，说，你可以不接受我的采访的。她也跟着笑了笑，心下却生出些许不安。他摆摆手，从背包里掏出一本书，说，这是我写的一本书，作为那个时代过来的人，大概你会感兴趣的。黛青色的封面，叠嶂隐隐的山峦依稀可辨，上面竖排着一行潇洒的行书："另一种历史的故事"。"王旭东著"这几个小号的印刷体，老老实实地缩在封面角边。

她小心地翻开扉页，递过去给他，说，一定好好拜读，给我签个名吧。他掏出笔来，表情庄重地在上面写下："每一个人的'文革'，王旭东"。停了一下，他又哗哗添上几笔，才双手递回给她。

她看到"王旭东"的下面，画出一道破折号——"特蕾莎的流氓犯"。她轻轻揿了一下眼角，没有让泪水流下来。谢谢！她说着，将书小心地放进包里。这是一本暂时还不能和家明分享的书，她想，忽然有些难过。

他们走出咖啡店的时候，天色已是漆黑。他们在门口握手道别，退出去一步，又同时倾过身子，轻拥住对方。他在她的背上拍了拍，她才松开了手，鼻子有点儿发酸。

她说，谢谢你来。改天请你到我家来做客，我们算是老乡吧？他淡笑，说，谢谢。我有你的电话，我们再联系。

她转身走向停车场，告诉自己不要回望。她很深地吐了一口长气，看到远方的天色泛出些许墨蓝。她跟那头怪兽失之交臂，她轻拍胸口，再吁了一口气。她突然想，该叫住他的，让他千万不要将她、将他们今天的谈话，还有这个夜晚，记到他未来的书里。就当作他们不曾见过。她愿意在茫茫人海里，跟他彼此错过。

这个想法令她转过头去。她望向回廊深处，一个人影也没有，一切都变得虚幻起来。她有些恍惚，突然，她的视野里出现一团黑影，渐渐逼近，带着凄厉的嘶鸣。

她立刻蹲下来，让怪兽"腾"地从自己的头顶上飞跃而过，奔向前方更深的黑暗。

她扶着廊柱慢慢站起来，转过身去，与怪兽背道而行。

| **创作评论** |

《覆水》《特蕾莎的流氓犯》和《望断南飞雁》可以称为"性别三部曲"。这是因为尽管这三个小说有迥然相异的思想内涵，但有一个一脉相承的共同点，那就是小说中的女性都很强势，小说中的夫妻性别力量对比，有"阴盛阳衰"之势。

——黄伟林：《"飞起来了"以后——解读陈谦的"性别三部曲"》，《南方文

坛》2010 年第 2 期

陈谦写小说，完全是一种爆发型的状态。一旦冲刺，她就赋予了自己神奇的
能量。她的作品，绝没有专业作家的雕琢，也并不在意遣词的技巧，但是她似乎
天然地具有一种抽丝剥茧的细腻逻辑，同时又灌注着丰沛的情感血肉。她对"生
活的暗流"有着超乎寻常的感知，只要她的敏感触觉与自我内心的纤细灵性碰撞，
就会熔铸出一道夺目的文学火焰。

　　——陈瑞琳：《向"内"看的灵魂——陈谦小说新论》，《华文文学》2013 年
　　第 4 期

看陈谦的小说，有时会觉得是在看某种心理侦探小说，开始看起来天经地义
的一切，随着作品的展开渐渐变得摇摇欲坠，甚至会在某些时候出现极大的反转。
大部分时候，小说则在人心的两端来回摆动，既认识到个人实现的必要性，也没
有轻易地否定每种文化携带的不同经验内涵，有时甚至还会探究某种个人实现的
合理性。

　　——黄德海：《试走未行之路——关于陈谦的小说》，《南方文坛》2018 年第
　　3 期

| **作品点评** |

《特蕾莎的流氓犯》在叙述上的另一个暧昧之处，在于男女主人公的会面及
其相互陈述，到底是旧识重逢还是陌路相识？乍看似乎是前者，但随着叙述的展
开，读者发觉两人的所历所述似乎又是各自不同的故事，只不过两个故事的主人
公都叫王旭东和小梅。

　　——宋炳辉：《陈谦小说的叙事特点与想象力量》，《中国现代文学研究丛刊》
　　2012 年第 8 期

小说中的文字经常似乎是淡淡的，像是飘过的秋风中随手摘来，但却是越读越觉得浓得化不开。这文字始终处于一种下沉的语调中，是经过了三十年的沉淀，早已在装满岁月沧桑的大染缸里浸泡透了的，一个轻轻的浅浅的提取，都渗透出浓浓的压抑的情绪，浓浓的沉沉的伤感，始终让人有一种抚摸着那一块若隐若现的深痛的感觉。

　　——黄惟群：《一部值得推荐的优秀小说——〈特蕾莎的流氓犯〉赏析》，
　　　《南方文坛》2009年第2期

　　陈谦很多跟那个特殊时代相关的小说，都是建立在这个自我反省的基础上的，并没有企图推卸责任，就像《特蕾莎的流氓犯》里的那个长大后的女孩后来明确的，"她为了她十三岁的嫉妒，利用了那个时代"，"我是常想，将它推给时代，很多人都是那样做的，由此寻得太平。像你我的父辈，像你我的兄长"；或者就像那个长大后研究历史的男孩意识到的，"我少年时代做下的事情，一直咬噬我的内心。那种感觉之磨人，它没法跟别人说的……它让我看到一点，那么大的一个时代背景里，那么多的悲剧。其中很多，很可能就是由像我和我的家庭的人参与造成的"，因此他想找出真相，"想看一看，在动乱的时代里，时代巨大的悲剧是怎样一笔一画地给写出来的"。

　　——黄德海：《试走未行之路——关于陈谦的小说》，《南方文坛》2018年第
　　　3期

档案

黄咏梅

一

我喜欢将很多难以理解的事情一律都归结为——命运所致。其实，这不是我的新发现，我们管山人早就说过："同人不同命，同伞不同柄。"如今，我每天跟命运打交道，每天对许多看得见摸得着的命运进行检查、保管、周转，我对命运的魔力深信不疑。

我大学毕业时，由于所学专业冷门，得以直接分到了这里的人才交流中心档案科。我们托管着广州一个区十万人的档案，也就是说，在我座位后边的那间大房子里，熟睡着十万人经历的命运。不少档案在我们这里一睡就睡上个十来二十年。这些档案都记载着每个人曾经的人生阶段。设想一下，如果每个纸袋装着十年时间，十万人，就是一百多万年的时间在我们手里保管着，二十

作者简介

黄咏梅（1974—），曾用笔名草暖，出生于广西梧州，1995 年本科毕业于广西师范大学中文系，1998 年获广西师范大学文学硕士学位，曾任职广州《羊城晚报》。10 岁开始写诗，出版诗集《寻找青鸟》《少女的憧憬》等，有"少女诗人""校园作家"之称。著有小说集《少爷威威》《走甜》，长篇小说《一本正经》等。多篇作品被《中华文学选刊》《小说选刊》《小说月报》《作品与争鸣》等刊物转载，其小说《负一层》《单双》分别进入 2005 年和 2006 年中国小说学会年度小说排行榜，《病鱼》获得 2018 年 3 月第五届汪曾祺文学奖。

作品信息

原载《人民文学》2009 年第 6 期，入选《中国当代文学经典必读·2009 中篇小说卷》（百花洲文艺出版社 2014 年 2 月出版）、《2009 年中篇小说》（春风文艺出版社 2010 年 1 月出版）。

年就是二百多万年，三十年就是三百多万年……这样一算，你说多么震撼！然而，这些纸质的档案袋看起来却并不那么震撼，它们一只一只被编好了号，躺在岁月的温床里，不到主人叫醒，就一直沉睡不起。

我一点都不夸张地跟我父亲炫耀，我们管理这些档案，比他在家养一头指望着卖钱过年的猪要小心百万倍。当我父亲听说，我们为了给档案做恒温、干燥、防虫、避光等措施，每年都要耗费上百万，我父亲顿时吓坏了。他死死认定我的工作是一项伟大而高级的任务，从他经常对我母亲唠叨的话中，我听出了骄傲。他总是说："别老去烦小伢，十万人的事都拿在他手上，一搅糊涂了，做错事饭碗就不保了！"

我父亲不知道，其实跟一个个纸做的档案袋相处，并不是一件难事。它们多半时间都很乖，顺着序号，倒头大睡，也不管这里边曾经有过多么沉重的记录，或者多么辉煌的见证。它们睡着的时候，我就当它们是小狗小猫。可是，一旦它们醒来，我们的神经就绷得紧紧的，因为要小心地将它送还到主人指定的寄托地点。稍有错漏，那个人的命运就被打乱了，那么，我们自己的命运也就一塌糊涂了。

你真的是难以想象，广州这个地方，人口流动有多么快。每天我们叫号办理，经手这些陌生人的来来往往，给新来的编号存档，给出去的涂销转档。这些新旧命运的进进出出，就像我老家管山屋门前那条小溪一样淌个不停。

我经手的家乡人的档案并不多。半个月前，一个叫刘长武的夹着个公文包应号到了我柜台。当我拿起他的身份证核对，我看到了我们管山县。我的心里一阵激动。不瞒你说，虽然离开家乡已经好几个年头了，但是偶尔邂逅老乡，心里都还会热乎乎的。这个刘长武，从外表上已看不出一丝我们管山县的迹象了。他的头发往后倒，露出一个油光发亮的大脑门，一开口满嘴的烟臭，嘴唇乌黑发紫，这里人称这样的嘴唇为"酒精嘴"。总之，已经看不出我们管山县山清水秀养出来的胚胎啦。倒是他一张口，才暴露了管山人民的血统。他带着浓浓的管山口音，一般人是不太能分辨的，但是这口音就如密码暗号一样，被我一对就对出来了。

再加上他在激动的时候，一口一个卵蛋地叫着，我听着再熟悉不过了。

刘长武将一封调档函拿给我。我按照程序确认过所有条件之后，就到档案室去找他托管在这里十一年的档案。他的名字好找，在 L 柜，C 栏，W 列。不到十分钟，我就将那只黄黄的档案袋找到了。按照身份证上的出生年月，这个四十三岁的刘长武，除开在这里睡了十一年的时光，至少有十来二十年的记录在这轻轻的袋子里边。但是，无论他有怎么复杂的经历，无论他的模样经过怎样的七七四十九变，无论他怎样翻越了九九八十一座大山来到这里，他都是我们管山人。档案就是这么奇妙，从哪里出发，走到哪里，跟到哪里，忠实于你的经历，谁也修改不了。

我拿着刘长武的档案回到柜台，打算核对之后装进一个指定的机要信封，按照刘长武调档函上注明的地址投递出去，这时我的老乡刘长武着急了。他眼睛死死盯住那只档案袋，并且粗鲁地制止了我。他一再强调他要自己带走档案。我告诉他档案是不能自己带走的，万一拆了，弄丢了，或者修改了，这可是很严重的事情。刘长武一概不听我的解释，他死活要把那只档案袋带走。他看着我手上的那份档案，恨不得要将它一口吞进肚子里。我只好耐心地跟他解释起有关规定。可是这个刘长武哪里会听，他蛮横地咆哮起来——

"托管费都交了好几千，我拿回属于自己的东西，难道不对吗？"

没等我开口解释，他又塞了我一句："你们不就是变着方法要收钱吗？邮递费多少？五十块够不够？一百块？"

说着，他真的从口袋里掏出一堆钱，挑出了一张百元钞票朝我柜台里扔。

那张一百元彻底扔掉了我的耐心。我依着我的血性，呼地一下从椅子上腾了起来，眼睛死死地盯着我的老乡刘长武，朝他用管山话吼了一句："今天你要真能拿出去，我卵都不信！"说完，我将手上那份档案狠狠地摔在了柜台上。

刘长武那乌黑的"酒精嘴"上下颤抖了好几下。他并没有被这区区一句管山话耽误，他的目标太明确了，以至于我早就确定，这个家伙的档案里一定有着某个重要的"污点"。我说过，档案这种东西，大部分时间是沉睡的，只要一醒来，关键时候却是个炸弹，它可以将一个人的命运炸得面目全非。刘长武转走档案，一定有他必须要用的地方，要是我猜得没错的话，他就是想趁机将那个"炸弹"除掉。

刘长武确认我们是老乡之后，态度马上缓和了下来，他急速地压制了自己的暴躁，改用迂回的方式跟我讨价还价。他告诉我，他从管山出来二十多年了，打工、做生意、搞物流等都干过，漂了二十多年了，也混得不那么像回事，好不容易托人找关系找到个安稳的单位上班，也就指望以后养老有保险。麻烦的是，新单位一定要对档案进行政审才接受，他害怕机会被别人占了，所以才这么着急。

刘长武完全操起了管山话，一边说，一边从口袋里掏出香烟递过来，顺便也掏出了一张名片，还说以后认下了老乡，就多出来喝酒。

说实话，就算我想帮我的老乡刘长武我也没法帮。这是我们的纪律，我的脑袋上方，一支摄像枪二十四小时指着我呢。

好说歹说，当刘长武最终知道我还是帮不上他的时候，他恢复了原来的暴躁。管山人民直来直去、缺乏耐心的本性从他的血管里奔流出来。他用公文包使劲地敲着柜台，一边敲一边朝我嚷道："你今天捏着我的档案，别以为就捏着我两只卵蛋，你走着瞧，有种你永远捏着，我让你老娘死都没人送终！"

刘长武一嚷，我们的头儿就跑过来了。他让刘长武冷静一点，有什么事情跟他讲，他是这里的负责人。

刘长武跟着我们头儿走开之前，指着我说："你这个工人要收我的保护费，说只有收了保护费才把档案交给我。"

我想我的老乡刘长武一定是看拙劣的黑帮电影看多了。

像刘长武这样的事情并不少。隔三岔五，就有人来我们人才中心闹着要把档案带走。我们这里不是银行，更不是寄存包裹处，要放就放，要取就取。我们将档案视作一个人身份的证明，比身份证还要详尽的证明。要不是这样，为什么我们从读书开始，就总是很害怕老师对我们说——如果你们违反纪律，这个处分就会记录在案，成为你一辈子的污点！大学的时候，我们有一个老师说过一句话，让我记忆很深。他说，就像每一架飞机都有一只黑匣子，记录着每一次操作数据一样，你们从一出生到死，都背着一只袋子，记录着你们的荣誉和错误。所以，那时候，我们对那只谁也没见过的档案袋充满了神秘，甚至恐惧。

当然，现在我觉得档案其实并没那么神秘。它只不过是一点一滴地见证了一个人的人生阶段，包括他的思想、举止、成就或者过失。然而，人们并不见得喜欢翻旧账。无论是谁，就连我那大字不识几个的母亲，也都害怕别人老是记起她那年在生产队烧锅时偷偷给我们先留出的一大碗红烧肉，更害怕别人指证她为了给我交学费，将几包芝麻掺了沙子卖给收购站。这样的事情，我母亲总是怕别人会记着，并且影响她现在好不容易过上的有面子的生活。但档案才不管你怕不怕。从某个方面看，它很像我们管山人不懂得拐弯的性格，有什么说什么，说什么记什么。

二

即使我大伯在他的后半生跟他那病一样的懊恼和肉痛纠缠不止，我也不会有一丝一毫的怀疑，不是我大伯亲手将堂哥送给了别人，而是命运将我堂哥抱走了。

刚工作的头两年，为了打发孤独，我频繁地参加同乡会的聚餐。我那个在广州的堂哥李振声是从不出现的，但是他不出现并不代表他不存在。在座的每个人都会提到李振声，每个人都清楚地知道，聚会的场地、饮食等费用，都是李振声包办的。我们吃着李振声的菜，打着饱嗝，彼此叙旧、畅想；我们喝着李振声的酒，脸红红地谈交情、谈互助，所有管山县的儿女们都沾染到了李振声的财气。酒足饭饱，话多的时候，我还吹嘘地告诉那些离得比较远、不知情的老乡，李振声是我堂哥，亲亲的堂哥。他们听了之后，就好像找到一个快要引爆的炸弹一样，吃惊得半天回不过神来。然后就一直围着我，他们围着我的目的，不外乎求我找我堂哥李振声办事。我心里发虚地一一推托说，我堂哥为人很低调，你看，他出了钱都不来喝酒，这么有面子的事他都不出现，是因为他做事情从来都很谨慎，他是做大事的人……

有好几次，我看着电视里的本地新闻，冷不丁就看见了我堂哥李振声的脸。他在记者采访时，淡定、稳重地回答着关于广州房地产的问题。透过高清图像，我如此近地看着这张脸，一张中年男人的脸。有的时候大概头晚熬夜了，黑眼圈特别明显；有的时候大概是上火了，嘴角下方长出了一颗痘痘，可是这些一点也没有影响到屏幕下方打出"某某房地产公司副总经理李振声"这样的字幕所带给我的激动。在我看来，那字幕变成了"管山县梅林村李振声"，我的堂哥因为他的赫赫有名而在我心里直接成了我们梅林村廖姓家族的一员。

同时，我也逐渐体会到了我大伯那种肉痛的心情。在我因为没能赶上单位集体分房末班车，注定终生要辛辛苦苦为买一套房而奋斗的时候，我就会想，要是我的大伯没有把李振声送给别人，要是我的堂哥曾经带着我在村头的田埂边打过架摔过跤，要是我的堂哥曾经带着我在鱼塘里一丝不挂地摸鱼，然后摸着对方的小鸡鸡嬉笑过，要是我的堂哥曾经在过年烧炮的时候把我带在身边去吓村里的女孩……唉，要是，要是李振声真的是我堂哥，那我起码能少奋斗半辈子。每当这些时候，我都有如我大伯一般地肉痛。我肉痛的时候，就会跑到楼下的游戏室玩上一个通宵，做一个通宵的勇士，在魔兽世界里称王称霸，然后一身疲惫地回到租住的单身公寓，洗个澡，无精打采地上班。当下午的太阳照到我办公桌的时候，你说巧不巧，那门玻璃上印着的"人才交流中心"几个小字，被阳光穿透、拉远、分离之后，竟然将"人才"两个字逼到我的电脑边，其他几个字就依着方向排列到别的桌上去了。这样，我心里就觉得踏实起来，就会想起我父亲那句话——要不是小伢勤力读书，现在早就在家盯牛屁眼了。事实上，我们村的确有很多人都过着上一辈那样的生活，盯着牛屁眼，春耕秋收，日出日落。这就是多数农民的命运。

我不止一次地试图向我父亲和我大伯讲关于命运的道理，因为他们总是在我春节回家的时候争吵不休。我大伯顽固地认为，李振声身上流着他的血，就跟一张按了手模的欠条一样，走到哪儿他都得认账。他还认为，我跟他儿子李振声既然在一个地方工作，肯定很熟悉，他让我去找他儿子。我父亲则摆着一贯压倒他的气势，一口拒绝。他说，小伢在广州要努力工作挣钱，又不是去走亲戚的。再说，人家李振声会要认我们这些穷亲戚？做梦吧！说着，他睥睨着我大伯。我大伯一听到做梦，立即表现出一种羞愧来。

我大伯的确在一个秋天的夜晚，做了一个比白天发生的事情还清楚的梦。对于一个农民来说，做一个刻骨铭心的梦，是多么地不容易。梦醒之后，我大伯披了件衣服，摸黑打开了大门，坐到门前的晒谷场上，将后半夜坐完了。他把那个梦朝着冷清的月亮，照来照去，仿佛辨别一张百元钞票的真伪。他跟我父亲说，他梦到自己死了，他的儿子李振声跪在他的床头，哭着给他上供，有鱼有肉有酒，还有一辆大得吓死人的黑汽车。

从来没有做过这样的梦啊，奇怪啊。我大伯喜滋滋地对我父亲说，那是阎王爷托梦来告诉他，他的儿子李振声不会丢下他不管。

我父亲为了打消他要回儿子的念头，狠狠地丢了他一句："活着的时候都没享儿福，到死了还就享到了？什么鬼道理？"

别看我大伯是我父亲的哥哥，可是他在我父亲面前，总是显得胆小。每当被我父亲责怪，我大伯都是一副唯唯诺诺的样子，他倔强而小心地笑着说："鬼有鬼的道理，人的道理在那里，就是走不通！"

我父亲看不起他，又塞了他一句："有本事你找鬼来讲道理啊，找啊，你能找来鬼讲道理，我卵都不信。"

我大伯不理会我父亲，依旧对那个如电视机画面一样清晰的梦深信不疑。他的眼睛习惯性地朝远处的岭脚望去，咧开了嘴微笑不止，仿佛昨天晚上的那一场梦又出现了。

我父亲后来跟我说，我大伯的话也不是没有道理。按照我们这里的说法，宗族的血统不能混淆，阴间的祖先，只能享用真正子孙的祭祀。反过来说，子孙的祭祀，只能是真正的祖先才能享用。我父亲给我说了村里人经常说起的故事，说的是村头王三根那老头，清明的时候带着儿子去祭祀他家祖先。当天夜晚他家祖先托梦来跟王三根说，东西全被村里刚死去的那个磨豆腐老六吃光了，肉都被他一刀刀割了来吃，衣服也被他一件件捡去穿了，他们一口都没吃上，一件都没穿成。王三根醒来之后，肉痛得要命，一怒之下，问他老婆到底怎么回事，他老婆吓得半死，最后承认儿子是她跟磨豆腐老六私通生下的。

我父亲把故事说得仿佛真的发生过。在我看来是为了说明一个村里人集体相信的道理：人一死了，活着的时候一直弄不清楚的事情，都水落石出，真相大白。

我父亲还说，看来大伯非要到阴曹地府里，才能享到他儿子李振声的福啦。

在比我小时候还贫穷还饥饿的二十世纪六十年代初，我大伯养下了三个女儿一个儿子之后，实在穷得养不起李振声了，他决定将这个刚出生没几天的男伢送给李村的李善房，拿他的话来说就是——当个人情送给李家。可谁也没料到，那李振声一生下来就是念书的料，一路念书一路考第一。大学毕业后到广州混来混去，到一家房地产公司，几年工夫就当了个经理，挣起了大钱，连带着李善房一家也跟着发财啦。可我大伯呢，三个女儿不争气，一一嫁到了隔壁村，过起了跟我大伯母没两样的生活。按说，他还有一个儿子可以指望，却没想到，那儿子高中没读完就跟着村里人到外边打工，一年不到，就在城里跟人打群架，生生被人捅死了。所以，我大伯指望后代改变命运的梦想从此破灭了。

李振声在被李家养大的过程中，从来没有回过我大伯家，也没有正儿八经地瞄过我大伯一眼。我大伯有好多次，找了点借口到李村去，绕到李善房的屋前。李善房让是让我大伯进屋了，可是，却没让我大伯见李振声。李善房总是借口说李振声到小河边看书去了，不在屋。其实就算李振声在屋，他也不会探出脑袋来。李善房还口口声声地说他的儿子是个怪胎，除了书上的字之外，谁都不想看。最后他把我大伯送出门外的时候，还很严肃地对我大伯说，以后不要来看了，这样的怪胎，送人就送人了，没什么可值得看的。那个时候，李振声早已经名声在外了，他在我们村里考县重点，分数出奇地高。李振声不仅是老师的骄傲，更是李家的珠宝。李家就像捂着一颗珍珠一样，将李振声严严实实地捂在家里，不让我大伯接近一步。

我们总是听到我大伯骂李善房没良心，当初是看在他家没有一口男丁的分上，可怜他才把儿子送给他的。连亲生老子看一眼都不让，这天下哪里有这样的人啊？

我大伯后悔死了。他说，当初就不该做这个人情的，亏大啦！

要知道，我们这个村，跟中国千万个自然村一样，除了贫穷，还大量地繁殖人情，过节走乡串亲的队伍是非常壮观的。过年的时候，我们这里最隆重的节目就是"炮期"。"炮期"这种传统风俗，是以每个家族为单位进行的一种集体大串门。轮到哪个家族摆"炮期"，乡邻们就会拎些礼物来赶"炮期"，吃肉喝酒，当然，更大的意义在于联络感情。比如说，按照约定，每年的正月初四，是我们廖姓家人的"炮期"，那一天，我们廖姓家人就开始张罗了。一桌又一桌的流水席，在晒谷场上从早摆到晚。只要有人来了，就开一桌。谁家摆得多，就证明谁家人际关系好。就好像收获季节，谁家晒谷场谷子堆得多，谁家就收成好。所以，"炮期"往往成为各家各户收割人情的时刻。

在人情这块大土地里，我大伯可以说颗粒无收。因为他早已经无心耕耘，远亲近邻之间杂草丛生，都长出了隔人的篱笆。我大伯认为，做那些事情有卵用，死去的儿子也活不回来了，送人的儿子也要不回来了，做来干屁啊！

不过，在村里人眼里，我大伯不爱做人情主要是因为他太精巴了。别的不用说，单是到菜园里看，你就能感觉到他的菜园是用精巴做肥料的，那些植物结出来的果实也是精巴的果实。每一寸土地能利用上的都利用上了，密密实实的。站在那上边，仿佛脚下布满的根须都是一个个饥饿的婴孩，争相吮吸着每一滴乳汁。在菜园外边，冷不丁你还会发现，那里竟然种起了一棵高高的小树。起初你不知道它是什么，直到某一天，几只石榴神气地挂在小树上，张灯结彩的，不消细看，在那几只果上，都划着一个歪歪的"龙"字。

我大伯叫廖廷龙。廖是我们村的大姓，"廷"是族谱里的辈分，只有"龙"字是区别于他跟我父亲、我堂叔这些同辈的字。所以，在石榴上划"龙"字，谁都混淆不了，那就是我大伯廖廷龙的石榴。

不仅仅是石榴，我大伯总要给自家的东西都做上"龙"字记号，生怕那些东西落到了别人手上，自家不认自家了。斗篷、雨靴、箩筐、饭碗等这些日用品自然是"龙"字号的，鸡鸭鹅牛等家禽家畜身上也早早地漆上了"龙"字。更可怜那些应季的瓜果，长到鸡蛋大小，我大伯就用耳掏的另一头，在它们身上划上了"龙"字。这些有着记号的瓜果，在"龙"字的捆绑之下，一点一点挣扎着长大起来。我大伯似乎将这个"龙"当凭证，有凭证，东西有根了，就都跟着他叫廖廷龙了。

我大伯的精巴是出了名的。倘若有人路过一个菜园，渴了，扯下一根黄瓜来，恰好园主人看到了，那人就给自己台阶下——这黄瓜怕不是"龙"字号的吧？或者我们这些小孩子，稀罕地分到一点糖果，人家要，不给，人家再一说——你姓龙的？就不好意思了，心不甘情不愿地分给了人家。

关于我大伯喜欢在庄稼、牲畜上做记号这些事情，村里的人一旦说起，就好像在扯地里的花生一样，一扯就能扯出一串来。扯出来的这些事情，枝枝叶叶，大都围绕着我大伯那个送了人的儿子。

丢，有本事廖廷龙在他儿子身上也写个"龙"字？

他能要回李振声，我把卵割下来送给他！

过年的时候，人们认出了李振声的小汽车开过我们梅林村，一个刹车也没留下，直接往李村开去了。我大伯就被围观的人嘲笑起来。他们怂恿我大伯在李振声那辆黑色的小车上，划上个"龙"字，那样，谁都抢不去啦。我大伯像那头他经常牵着的、身上用白油漆刷着"龙"字的老黄牛一样，沉默地、眼睛朝下地扫来扫去。最后，他只好靠到矮墙角，用背蹭了蹭痒，把烟掏出来，似听非听、不远不近地，听着人群议论起他的儿子李振声的钱财、大方之类的事情。这些事情，总让我大伯肉痛好一阵子。

基本上，我大伯打我大伯母的原因，都是因为我大伯肉痛。每次我们看到我大伯从屋里扭着我大伯母往晒谷场上打，我大伯母都无声无息，仿佛我大伯的手拍打的是我大伯母多出来的那个影子。直到有人去劝我大伯住手，追问之下，我大伯母才伤心地吐出几句话。唉，谁都清楚，说来说去，都是些小事，不是我大伯肉痛那条因为没藏好被猫叼走了的腊鱼，就是肉痛那坛酒糟放多了做坏了的米酒。遇到这样的小事，我大伯的肉痛就像病一样发作。我母亲事后总是劝我大伯母，随他，随他，把儿子都送人了，还发了大财，他不肉痛谁肉痛？这样一劝，我大伯母也就默认了。

三

一个冬天的夜晚，李振声忽然给我打了一个电话。我才知道，原来在我每天出入的档案库里，一直躺着我的堂哥李振声的档案。躺了十六年了，就在L柜，Z栏，S列。

我说过，我对命运的事情总是尤其敏感。像我这样的一个农村孩子，得以离开那个穷乡僻壤来到这个大城市，是我，而不是隔壁跟我一起玩大的廖团结，这就是命运对我友好而深情的一个拥抱。我把李振声的档案躺在我办公室这件事情，同样看作了命运对我友好而深情的一个拥抱。我可以借此机会跟李振声联系上，用我母亲的话来说就是——做做人情。可是我父亲和我大伯却不这么认为。当得知李振声要我帮他转档案的时候，他们兴奋不已。在他们看来，这是一种血缘的、不可逃避的关联。

李振声在电话里约我到天河城见面。他说那里有一家日本料理，菜品不错，环境很好，我们到那儿聊。说实在的，我有些紧张，好像被一个大人物接见。

去之前，我把我们约见的事情打电话给家里通报了。那样，我就不是一个人去见李振声，而是带着我们廖姓家族的人一起。我大伯和我父亲一左一右地坐在我两边，我们三个人成一排坐在沙发上，对面是我那成功人士堂哥李振声。

大概是出来时间太长了，李振声的管山话有点失灵，他一会儿管山话，一会儿普通话地跟我讲话。这样，他一个人仿佛变成了两个人。正如我听人讲过的，李振声的口才很好。我母亲早就说过，一张利嘴走遍天下。我的堂哥就是用一张利嘴混成了广州的富商。

李振声长得一点不像我大伯，倒有几分我大伯母的影子。最突出的是那口稍微暴露牙龈的牙齿，不说话的时候，微微做出抿嘴的努力才能将牙齿全部覆盖起来。由于我大伯母不怎么爱说话，她长期抿嘴的姿势就成了她嘴巴的形状。李振声爱说话，所以每当他抿起嘴来，我都觉得他在努力地朝我大伯母的嘴型靠拢。

李振声不仅不像我堂哥，他连管山人都不像了，他很像一个地道的广州人。我早就发现，就算广州外地人多得满街都是，但是真正的本地人，他们相互之间是一眼就能辨别出来的，因为他们无一不散发着一股本地气息。那气息跟李振声极其相似。他们貌似随便的衣着其实暗地里很昂贵，他们貌似待人很热情其实暗地里划着距离线，他们貌似很随和其实暗地里瞧不起别人，他们貌似平庸其实暗地里却是极其有来头的人……李振声也是这样的。当他随随便便地往沙发上一靠，就是一个普通人。但是他用眼睛看着我，却正好把一根线划在了饭桌的一半距离之处。这饭桌倒很像每天我坐着的柜台，一半是顾客的领地，一半是我的。我和我堂哥就透过这柜台上一个无形的窗口谈话。

我果然没有猜错，李振声要转走档案。他告诉我，自从大学毕业后，他就一直在公司里干，刚开始由于频繁地换公司，档案居无定所，转来转去也嫌麻烦，只好托管到人才交流中心，这一托管就是十六年。十六年来也没想到过用档案，也没什么大碍。最近，政府物色他到建设领域的某局当一把手，已经开始操作调动了。这个时候就想到要档案了。

"当公务员跟在公司就是不一样，所有证件齐备了，审查完，才能上任。你都知道的，公务员总是不自由的。"李振声几乎花了吃饭的一半时间跟我讲公务员这一行当的热门，为了说明他之所以放弃赚大钱的机会而跑到清水衙门去的原因。他说这些的时候，我一直在盘算，如果我将他的话都转达给我父亲和我大伯听，他们一定会觉得这孩子脑子出问题了。他们只要听说当了公务员每月工资就降低好多，一定打死都不会同意的。

当然，这些都不是李振声找我的重点。他的重点在我们将各自面前那一壶温热的日本清酒喝光之后出现了——李振声提出要亲自把档案带走，而不是用机要递走。经验告诉我，那份躺在我单位 L 柜、Z 栏、S 列有着一个固定编号的李振声的档案里，沉睡着一个定时炸弹，沾着一个迫切需要清理掉的污点。那一定是过去的李振声一个不可告人的秘密。

关于这个秘密，李振声只说那是在大学时候犯下的一个错误。那时候他跟所有男孩子一样血气方刚，做什么事都不计后果。等到做下了，后果出现了，已经来不及啦。那个学生处的老师指着他的鼻子说了一句——记过处分是小事，记在档案却是一件大事，白纸黑字，一辈子都涂不掉的！

大概由于那一辈子涂不掉的白纸黑字，李振声像抛弃手足一样将档案抛弃掉了，将此后的人生及时地关闭在档案。要不是他步入中年得以成为国家干部，他一定会将那份记录了自己某次耻辱的档案变为"死档"。在我们的档案库里，这样被人终生抛弃的"死档"并不少。

即使李振声不是那个刘长武，他是我大伯的儿子，是我亲亲的堂哥，也是我们管山人的骄傲，我也不知道该如何帮助他。当我表现出为难的神色时，李振声却表现得很有耐心，他说："不着急，回去慢慢想，调档函要到过完年后才发，还有时间。你回管山过年吧？"

我的堂哥果然是个做大事的人。他才不会像刘长武那么猴急，更没有刘长武那么暴躁。他将事情说完之后，就再也没提起过。可这种轻描淡写竟然有千斤之力，压在了我的心上。

分手之前，我终于开口问李振声有没有回去看过我大伯。

李振声看着我，想了想，仿佛明白了些什么，回答说："要是你今年过年回家，我们一道去看看吧。"

年前，李振声果然说要驾车回管山，约上我一道。我很犹豫，我还没有想出能帮他转档案的方法呢。可是我的父亲却坚持让我跟他一道回，他说："李振声跟你一道回，就是要来看你大伯。你大伯这辈子就盼这一天了，你不帮他谁还能帮他？"我听了之后很生气，朝我父亲吼了起来："我帮个卵啊，我又不是玉皇大帝，说能帮谁就帮谁，他那么有钱都不帮帮我们，我的饭碗不保谁帮我？我买不起房谁帮我？"自从我到城里工作以后，我的父亲就没再大声教训过我，他既帮不到我也管不了我。于是，我父亲在电话那头就没声气了。

坐上李振声那辆黑色奥迪车，我听他说有十四个小时的车程。看起来，他对这条路很熟悉。我坐在副驾位置，这样，我就感觉我的堂哥跟我并驾齐驱，一起翻山越岭，往家乡开去。

一路上李振声倒跟我说了不少他在广州的事情，广州的房地产生意、广州建筑的优点缺点等等。他那很放松的神态和语调，仿佛伸出了一只不远不近的手，轻轻地搭在我的肩膀，让人亲不起来，又冷不下去。

没话题了，李振声就教我看车。春节期间，每一条公路都虫子一样地爬满了往故乡赶的车。我算是领教了李振声的本事，几乎每一辆车他都能认得清清楚楚，牌子、型号、功能、价位、品质等等。只要一辆车出现在车窗外，他就会很快地将那辆车搞得清清楚楚。更厉害的是，他还将人家的出处都认出来，凭借车牌，他可以准确地告诉我，这是长沙的，那是九江的，这是徐州的，那是江门的……就算一个地图上很不起眼的小城市的车牌他都没弄错。

最绝的一次，李振声指着前面一辆银灰的丰田车，我一看是"粤A"的车，忙抢着说，这不就是广州车吗？他笑了笑说，是广州市政府的车。天啊，他连人家单位都弄得清楚。他告诉我，广州那些军区、武警、政府、公安、消防等单位的车，都很容易识别。

这些车在李振声的眼里仿佛都不是车，而是一个个路人，贴着标签的路人，他们的身份、地位、个性等等，他一眼能将人家的老底翻出来。他认车的时候，像极了我每天到档案库里找的那些贴了编号的档案袋，几乎一眼就能知道它的出处了。

回到梅林村，已经是深夜十二点了。按照地面上的积雪，我断定雪是不久之前停的，车轮不时被厚厚的积雪弄得吱吱响。

李振声将车直接开到我们家的晒谷场上，来路留下一道很深的车痕。我们家那条养了十三年的老狗，一边吠着一边跑到那些车痕边嗅来嗅去，也不知道是不是嗅出了广州的气味，它兴奋地喘着气，在雪光的照亮下，可以看到它干瘪的肚子一下一下地起伏不停。

堂屋的灯亮着。我还没把行李从车上卸下来，我父亲已经走到了车边。看到他，李振声礼节性地下了车。我注意到他没称呼我父亲，只是很冷地跺着脚、搓着手、抖着身体、吸着冷气，做出一副热烈地要将这寒冷抖掉的动作。在这一系列动作里，顺带朝我父亲点了点头。

我的父亲一贯是个很有霸气的农民，他在我们村里的声誉很高，面子很足，但他此刻却变得有些笨拙，不知所措地说了句："来家啦。"

李振声又哈着冷气，唉了两声，算是回答。

等我卸完行李，我父亲拎起一个大包，朝前走了。李振声对我说他先回去了，太晚了，改天再过来。

我和父亲在雪地里，目送着那辆黑色的"粤A"车发动好，一歪一歪地开往李村的方向。我父亲自言自语地说了一句："嘿，这伢，发了大财也还是个伢子样啊！"

等我们拖着行李进了屋，我才惊奇地发现，我大伯就坐在里边，蹲在一只火桶上。要知道，农村的大雪天，月亮升起来之后，人们晚上九点以前就压床上了，天大的事情也等太阳升起来再办。我父亲朝我大伯摆谱地说："家去吧，家去吧，明天再说，小伢一路上困死了。"

我大伯看到我，好像心里放下了一块石头，咧开了嘴，点着头。跨出火桶的时候，一条腿差点伸到了底下的炭火里，掀起了一阵炭灰。那炭灰将我大伯呛了一大口，他一边咳着，一边从我们家后门的厨房里穿过去。他咳得眼泪都出来了，用袖管在眼角边揩了揩。咳嗽声在寂静的村路上，显得特别响亮，我大伯中气十足地边咳边走远了。后来，声音已经变得很依稀了，谁知道猛地又剧烈了两声，仿佛其实已经咳够了，最后还故意来那么两下响的，响得像两声吆喝。

四

我跟李振声一道回家的那年春节，廖姓家族的"炮期"还没到，我们家晒谷场就热热闹闹地围住了不少村民。我大伯像游街一样，牵着他那头牛，牛的两侧各吊着两笼鸡，一路晃悠来到我家。从我大伯家到我家这一路，村里人就好像牛背上的芒刺一样，一路走一路带，越带越多，一直聚到我家晒谷场上。等我跑到晒谷场上一看，差点笑了出来。我大伯那头牛，像个被剃光了头的癞痢，肚子光秃秃地站在雪地上。鸡被关在鸡笼里，仔细一看，也是光着个脊背，背上的毛无端被人剃掉了。

我大伯将牛肚子上、鸡背上漆着的"龙"字全剃掉了。他是来我家做人情的。看样子，我大伯真的很不习惯做人情，他招呼我父亲出来之后，就腼腆地将那头牛系到草垛上，跟我家的牛并排站在一起。牛倒没有感到害羞，连招呼也没相互打一个，默契得就如两兄弟。

我大伯一直没跟我父亲说什么。旁边的人看着我大伯的一举一动，仿佛他们是我大伯请来作证的。我父亲吸着根烟，挺着他在村人眼里一贯霸道的大肚子，二话不说，就站在我家门口，跟其他人一样，看着我大伯。

就在这个时候，人群里踅出个软塌塌的人来，是那个经常跟我大伯赌钱的农安顺。他朝我大伯嚷了句："输大啦？输的啥？"农安顺还以为我大伯将牛都输了。我大伯没搭话，朝我父亲走了过来。这是大雪天的早上，雪经过一夜的低温凝结，才遇到朝阳，还没活过来，死板板硬邦邦的，我大伯的雨靴敲在雪地上边，尽管力气不大，但远远就能听到咄咄咄的声音。

我后来才知道，我父亲只是告诉我大伯，帮李振声转档案的事情，不是一件好办的事情。第二天，我大伯就把牛牵来了。

"牛都牵来了，你不晓得肉痛？"我父亲是这样嘲笑我大伯的。

我大伯很不好意思地笑了笑，看看我父亲，又看了看我，半晌才说："自家人，哪里会肉痛，又不是给外姓人。"

我父亲一听这话，笑了，说："李振声算不算外姓人？"

我大伯窘得要命，就没再吭声了。

我大伯的牛那年春节是在我家过的。它很快就熟悉了我们家的草垛，并且很是留恋地一直围在草垛边，也许因为肚皮上光秃秃的，特别怕冷，所以，比起吃草它更喜欢将肚子贴在草里，取暖。我父亲说，等那牛的毛重新长起来，再让我大伯牵回去，漆上个"龙"字，其实还挺威风的。

到了廖姓家族"炮期"那天，我们家流水席开了一桌又一桌。现在，我母亲不再嚷着烧几十桌菜太累人这样的话了。我用钱从镇上请了两个烧锅的来，帮我母亲张罗。我母亲在厨房里，扎着围裙，指挥官一样神气。

下午，我们远远地就看到李振声那辆"粤A"从岭下爬了上来，那个时候雪已经化得差不多了。我们这里有个习惯，化阳的时候是不出门的。雪一般是在十点之后就开始化阳了，一化阳，仿佛解了魔咒一样，雪跟泥坚持了一夜的僵持就妥协了，马上变成了一对相互缠绵的冤家，顺带着将人的脚也绊住了。其实这种糊嗒嗒是最讨厌的时刻，所以，除非不得已，人们都会选在化阳之前出门，不然就被留下来，一直留到太阳下山，再度结冰，地面再度硬朗起来。看起来，那辆"粤A"车是饱受了雪和泥的折磨，一路挣扎着开到我家门口的，它光亮的身上，溅满了泥巴，脏兮兮的。

我的堂哥李振声从车后备厢搬出了一箱酒，又搬出了一大盒包装很漂亮的礼品，最后又像变魔术一样，搬出了一台取暖器。大概因为人太多了，他没在流水席上停留，而是叫来几个小孩将那些东西一直跟他搬到屋里。

说来也奇怪，李振声一旦离开那辆黑车，一旦走进我们屋，一旦坐到了我们家那只具备二十年以上历史的火桶上，我父亲作为长辈的威严就好像候鸟一样飞了回来，他坐在椅子上，认真地跟李振声说话。

我父亲心里一有事，烟离不了手。似乎那些烟不是从胸前的口袋里掏出来的，而是从心窝里掏出来的。心事也就被他一根接一根地燃着了，燃着燃着仿佛心里就亮堂了。烟叶是我母亲留出一块地来特意给种的，所以，我父亲抽烟就像喝井水一样方便。他一根接一根地抽，话却一句一句地越发少。

在我父亲那些话当中，我确切地成了李振声的堂弟。我父亲告诉李振声，堂弟在广州，有能帮得上的，一定要帮助的，广州人那么多，随随便便哪里会去帮一个人的？你们是堂兄弟，要互相帮助。

我父亲的话连三岁小孩都能听出来。他一直在强调我们之间的关系。先是我们堂兄弟的关系，接着是我们廖家叔伯的关系。我父亲说话简直就像我们剥棉花，把那些还没完全脱壳的棉花，一下一下地抽出来，一旦白晃晃的棉花完全裸露出来，又白得让人不忍接手。说实话，我父亲的话，真的白得让人难以接口。

我堂哥真不愧是个做大事的人。他一直得体地微笑着，只顾应承，似乎从一开始，就下定了决心，说什么都是一个反应，点头、微笑、应承，做足一个后辈的样子。从我们一路开车聊天所得到的信息里，我知道我的堂哥李振声经常出入领导家里，就连市长家待客室的那张椅子他都坐过，他哪里会对一个农民感到紧张啊。看他那副很熟络的样子，不知道的人，还以为他在进行每年一次例行的走亲戚呢。

后来，我父亲让我先带李振声去看我大伯。我父亲说，他们把门关了之后，也到大伯家，点过炮就吃团圆饭。他还说，大伯今年在管山百货店下血本买了一盘一万响的炮，可以从树顶一直挂到泥地上呢。

那一年，我们廖家的炮的确是在我大伯家点的。按照我们这里的习惯，"炮期"当天，所有的宴席都结束了，就会商量好在一家点炮，等同于一个晚会的闭幕式。点完炮，各家的前门就必须关起来，人都必须待在屋里，一家人忙了一整天才得以围起来吃个团圆饭。迷信的说法是，点炮将年这个鬼从家族里轰跑，谁家都不能收留的，一口饭也不能给鬼剩的。

当李振声和我下了那辆"粤A"车，走进我大伯屋，我没料到，李振声仿佛变魔术般，从一个后辈变成了一个下乡慰问送温暖的官员。

要是当年我大伯母没把李振声送走，这屋里的一切东西都应该是李振声所熟悉的。侧屋里那张敞着蚊帐的小床是他睡过的，屋角那把竹椅子没准也是他从小到大坐的，更不要说我大伯那双皱巴巴的手，一定是他经常牵着蹚过小河坝的手。然而，李振声现在如同走进了一个我们这里随处可见的贫苦农民的家。

李振声握住了我大伯的手，得体地向我大伯和我大伯母问寒问暖，问这问那，几乎把我大伯家的一年四季都问了个遍。今年家里庄稼如何，床褥有没有垫电热毯，水管有没有结冰，诸如这些问题。我大伯也如实地一一回答。不仅回答了，还带李振声到处看了看，就像是在接待一个参观的客人。

我那沉默的大伯母，似乎还没来得及动感情，就被李振声这副架势搞蒙了。她只是一直抓着李振声递过来的那只颇有些厚度的大红包，站在屋子与厨房的交接处，做梦一般地看着眼前发生的事情。

好在没多久我父母就到了。我父亲一来，我大伯就积极地张罗挂炮了。他那过于积极的样子，在我看来，似乎是在一种困境中得以解脱。他在自家的庭院里走来走去，敏捷地将那串长长的鞭炮从树上挂了下来。他还从屋角落搬出一根长长的树杈，熟练地将那贴着鞭炮的树枝撩到一边，免得被炮炸了。不时地，几只背上写着"龙"字的大白鹅，嘎嘎叫着围拢我大伯，我大伯一跺脚，立马散开了。

我大伯让我点炮。我把炮引点着了，退回到屋门口，所有人都注视着大树的方向，安静地等待着爆响。然而，那炮引实在是太长了，我们廖家人就整齐地站在那里，一动不动，足足等了一分钟。那一分钟的安静，显得特别长久，我听到身后我堂哥李振声发出了轻微的叹气。我相信我大伯也听到了，他不知道对谁轻轻说了一句："卵毛都没那么长！"

炮终于从地面一直烧到了树顶，烧到最后那一响，所有的人都迅速地跳进了屋里，并且迅速地将大门关上了。我们认为，年那只鬼被我们关在了门外，在那些烟雾缭绕的地方，被炸得魂不附体，四处乱窜。

还没等到开席，我的堂哥李振声做出了一个让我们都很意外的决定，他说他先回去了，要去看另外一个亲戚，明天一早就开车到县城办事，办完事就从县城回广州了。我们心里都很不舒服，但却没有一个人阻止得了他。

后来，还是我大伯说了句："大门关上了，吃过再走吧。"李振声看了看我大伯，眼睛里毫无犹豫，又转过头来看着我，极为难极抱歉地说："这次实在太匆忙了，下次吧，我从后门走。"我们这里的人，谁都知道，穿过厨房，家家户户的后门都可以绕过一个冷巷，直接通到前门外。

我大伯手里正好拿着一只要摆起来的崭新的酒杯，听完李振声的话，又悄悄地把它放回橱柜里。后来我父亲又再三挽留，李振声还是微笑着坚持要走。说真的，只要看到他那个微笑的样子，你是不会跟他计较的。我不得不佩服我的堂哥李振声，更进一步地相信，他从一出生被送给别人到现在混成一个成功人士，是因为他天生就是做成功人士的料，可怜我大伯当时不具备那样的眼力。我甚至怀疑，李振声不是我大伯的亲生儿子，他们搞错了。

李振声跟我们告过别，就要往后门走的时候，我那一直沉默的大伯母猛地冒出了一句："前门走，前门走，头一次来家的客人，走过后门以后就不来了。"

我大伯母的话提醒了我大伯，他立刻将李振声的手臂拉了过来，很是用力地硬拽着他到前门。

那一年，我们廖家第一次破例为我堂哥李振声开了一次前门。我们将他送到门口，看着他在雪地里发动起那辆黑色的"粤A"，在院子里掉了个头，一溜烟开走了。

我父亲一直对那次开门耿耿于怀。还好那一个整年，我们廖家并没有遇到什么坏事。我父亲经常埋怨我大伯，应该命令他留下的，你这个当老子的，家都没有个家规了，卵没用的。我大伯听了之后，只懂得嘿嘿地笑，仿佛老子在替儿子受罚一样，无怨无悔。

等我过完年回到广州后，我父亲的电话就追来了。他仿佛受了惊吓一般低声告诉我，在李振声送来的取暖器的盒子里，有一只大红包，数了数，里边放了五千块。"五千块，半个万哩！"我母亲在一边嘀嘀咕咕地说："半个万，要不要还给人家？也不知道你大伯那里给了多少。"

在我们农村，做人情都有个规矩。小辈包给上一辈的红包，无论有钱没钱，都一视同仁，不能多给也不能少给，一碗水端平，这样才不容易出纠纷。所以，做人情之前，他们总是要商量，一商量，谁都捂不住的。我的堂哥李振声包红包，就破了小辈的规矩。

最后还是我做了决定，将那半个万先留着，事情办不成，再退还给人家。

<h1 style="text-align:center">五</h1>

这几天，我对帮助我堂哥拆掉档案里的那个"炸弹"进行了全方位的思考。我明确告诉李振声，在柜台上顶着摄像枪镜头去消灭他档案里的那一页"污点"，那是绝对不可能的事情，我不是魔术师，不可能将一页白纸黑字变走却毫无痕迹。我堂哥也非常同意，他说那样一旦被发现了，饭碗都保不住了。我一听就来气了，我郑重地告诉他："这还不仅是饭碗的问题，销毁档案是犯法的，要吃牢饭的，你以为我们的工作是搞耍的？是要故意给你们制造麻烦的？我们每天都戴着法律这顶帽子的！"这样一说，我堂哥李振声立刻表现出万分感激的样子，"对对对，实在给兄弟添麻烦了，你经验丰富，想想办法，做事情总是要有人帮忙，我们两兄弟以后在广州，一定要互相帮助的，对不？"

在此之前，我还从没干过这样的事情。不过我堂哥有一张利嘴，在他对我们档案库工作东问西问之下，我们两个人，就好像玩拼图一样，一点一点地将一个完美的方案想出来了。

那天下午，我趁帮一个叫林学兵的人转档案的时候，先是在 L 柜，到 X 栏、B 列里找到那人的档案，接着又在 Z 栏、S 列很快地翻到了李振声的档案。据量起来，我猜那档案袋里根本就没多少页纸，当我想到就是这几页纸当中，其中有一张，必然记载着我堂哥李振声的不良记录，我的心不知道为什么怦怦怦地跳了起来。

我将这两份档案叠合在一起，左右望了一下，很快就按照计划将这两份档案一起带进了我们档案库里唯一的一个厕所。这个厕所平时没什么人用，因为我们人才中心五层楼的每层拐角的地方，都设了厕所。档案库占据了一整层楼，厕所自然也就固定在那里了。偶尔遇到找档案的人一时内急，也会用这个厕所。

这个厕所是我和李振声设计的方案里最重要的一个环节。我必须在没人看见的情况下，进到厕所，关上门，迅速地将李振声的档案袋打开，迅速地将那页不良记录找到，撕掉以后，丢进马桶，放水冲走。那样，走出厕所的时候，我堂哥李振声的历史就堂堂正正、一清二白，即使摆到法官的面前也找不到一点蛛丝马迹。

当时，我和堂哥李振声商量到这个环节的时候，他既兴奋又迟疑。他知道，那样一来，他那一页不良记录就完全暴露在他的堂弟面前，说不定还会暴露在他管山县梅林村廖家面前，暴露在他那个亲生父亲面前，他就会像一个穿开裆裤的小孩一样，被大人指着刚刚尿完的小鸡鸡笑着说："卵毛还没长出来，就学会耍流氓啦。"但我堂哥李振声不得已地做出一副轻描淡写的样子对我说："唉，其实也没什么大不了的事情。就是嘛，那个时候年轻，对女人特别好奇，从小到大没见过女人的奶，连老娘的奶都没机会见，所以，在大学里，偷偷爬进过女生浴室，看女生换衣服，头一回看到了女人的奶，逃跑的时候被人发现了，受了处分。"

我对我堂哥李振声那页不良记录曾经做过很多猜想。我想，按照他从小就那么优秀来看，在大学里即使犯错误，一定也是高级错误。比如说带头闹事这一类的，我万万没想到我堂哥李振声犯的竟然是这样的低级错误。要是我堂哥晚生几年，跟我一样，念大学的时候，一群同学跑到街上就能看到两块钱连场放映的三级片，想看女人的奶还不简单？

我认为我堂哥太不值得了。放弃档案不说，最后还搭上我也要为那两只奶冒一次险。不过，这些话我没好意思说出口，因为我堂哥最后说了句话，让我感到很难过，他说，从小没亲娘的人，对女人似乎特别感兴趣。

在厕所里，我紧张地将那只档案袋打开，企图要寻找到那页不良记录，你知道我看到了什么？用一句过时的话来说就是——大好山河一片红！我一页页地看到了李振声的资料：

一、党团资料：管山一中出具的加入共青团的证明。读管山高中时写的一份入党申请书。几份思想汇报。一份入党介绍信。

二、高考后的资料：一份管山高中毕业生登记表。一份高等学校招生政治思想品德考察表。一份高等学校招生统一考试考生体格检查表。一份高等学校招生志愿表。

三、大学的资料：历年来的成绩单。大学生信息表。几份获奖及奖学金登记。

就这些，没了？没了！

我堂哥一直在寻找的那张不良记录压根就没有！

说实在的，我感到了深深的失望，要知道，我父亲在我采取行动之前，几乎每天给我打一次电话，仿佛这是我们廖家人共同面对的一次紧张的战斗。

我不承认这是一次徒劳的冒险，正如我始终不相信命运是会开玩笑的。命运怎么会开玩笑呢？命运是那么严肃认真、白纸黑字地记录在案，老老实实地待在我每天必经的档案库里。命运也确确实实地起到过重大的、极其负责任的作用。这一点，从我堂哥从小送给别人，到现在又要找回我们廖家就足以证实了。

我只是对我堂哥说，搞定啦，里边的不良记录已经被我冲到马桶里了，想找都找不回啦，要在记忆里才能找回啦！他高兴得手舞足蹈，连声说，好兄弟，真是帮我大忙啦！当听到他这话的时候，我的心里猛然一松。我相信我的高兴和轻松跟他一样多。我多次听人说过，亲人之间的感情是有感应的，因为他们流着同一个源头的血，基因与基因之间是会相互触碰的。此刻，我完全能体会到我的堂哥那种如释重负。我是这样说服自己的，无论我怎么说出这件事情，结果都是——解决了。

我堂哥李振声某一天拿着调档函到我们中心办理调档，他轻轻松松地跟别人一样，索取号码，等候。当电子语音叫出他手上的号码时，他是被叫到了我的同事的柜台上办理。那份在这里沉睡了十六年的档案，被一个陌生人堂堂正正地装进了一只机要信封，寄往了李振声未来命运的归宿地，抵达了他要开始的另外一段精彩人生。

很长一段时间以来，我都跟我大伯一样，在做一个梦。只不过，由于这个梦过于现实，因此也显得很真实。我认定李振声有一天会帮我，因为他无论如何都欠我一个人情。我们管山人，一年到头都喜欢做人情。人情不是白做的，是种瓜得瓜，种豆得豆的盼头。我希望李振声有一天能开口，让我买到一套便宜房子。在我看来，他们这些房地产商人，买房子简单得像庄稼人用自家的棉花给自己做棉袄一样。

调走档案之后，我好几次给我堂哥李振声打电话，约他聊天，或者想要去他家玩，他都以刚到新单位太忙乱的借口拒绝了。再后来，他干脆就将我的电话转到了秘书台语音信箱。最后一次拨打他的电话号码，竟然就是空号了。

李振声的档案一转走，只在我们人才中心留下了曾经托管的记载，电脑查找得出的结论是：参数无效。我的堂哥李振声在我的生活中从此留下了一个查无此人的记录。

有的时候，我会很懊恼。懊恼的时候我做过很歹毒的设想，我想我应该跟那些黑帮电影学一招，我只要告诉李振声，他那一页不良记录我始终没有销毁，我还捏在手上。我可以让它消失也可以让它出现，就好像我手上捏着他李振声的卵蛋一样，我完全可以把李振声的命运当作人质。

我跟我父亲抱怨堂哥。我父亲也没办法，只是连声叹气说："唉，你大伯这个儿子，就是个没良心的东西，从小到大都这样，连人情都不懂。"

我的懊恼无处消散，只好朝我父亲吼了起来："那卵人哪里懂得人情，他从头到尾就知道走关系！"

我父亲哪里知道，在农村里走人情这种事情，一旦被挪到大城市里，就成了走关系了。而关系是多么脆弱，多么容易断的一种东西啊，它没有什么血缘之分，更没有什么情感可言。它就是屋檐下，蜘蛛捕食时，紧锣密鼓的一次织网。

今年冬天，我们管山县整个地区的冰雪比任何一个冬天都厉害。据报纸上说，这是五十年不遇的一次灾害。我坐在卧铺大巴上，跟着一连串的车流，在高速公路上排队回家。熬了两天两夜之后，才回到我们梅林村。一看见家门，我觉得我像一个流窜犯，刚刚得以逃脱困境。我累得要命，话没多说，一进家就躺在床上睡了过去。

我那一睡把他们都吓死了，我从当天的黄昏时分一直睡到了翌日的黄昏时分。听我父亲说，在我睡觉过程中，我大伯来看我好几回了，每次我父亲都很不耐烦地像赶苍蝇一样把他赶走了。我父亲知道，我大伯就是想来问问他的儿子李振声今年有没有回家。

大年初一一早，我站在门口，看到我大伯牵着那头漆着"龙"字的牛，穿着雨靴，经过我们家门口，往岭脚那边去了。我跟我大伯打了个招呼，大概他没听到，没应我。

我母亲神秘地笑笑，说："又到农安顺家赌去啦，我早就说过，牛归还了他，他总有一天还会去那边。"

一直到晚上，我大伯都没有回来。在我们要关大门睡觉的时候，我大伯母过来寻我大伯。我母亲没好意思提农安顺，就说："他怕不是又往岭脚去了？"

我大伯母当然明白我母亲话里的意思，但是她很肯定地说："要是那样鬼才去寻他，今早他喝了一大口滚油茶，把天堂烫脱了一大块皮，还长出了一个大泡，说是到山里弄草药去了。"我们这里人将嘴巴里上腭最嫩的那个地方称为"天堂"，一直说惯了，当我给广州的同事用起这个名词的时候，他们都觉得不可思议。农村里也知道这个世界上有个最虚无、最美好、最不可解释的地方叫"天堂"。在他们眼里，农民从一出生到长大，就只会指着看得见摸得着的东西，一路认识过来，一路认识到老。我当时被他们问蒙了。要知道，我打小就把这个看得见摸得着的部位叫"天堂"，而且我也像这里的人一样，认为烫到"天堂"是个非常不吉利的事情。

我们为我大伯整整担心了一夜。我甚至问我父亲："冰雪天，豹子不会出来觅食吧？"我父亲没搭话，只是一根一根地抽烟，一夜没睡。

好在，第二天清晨，太阳还没出来，云朵在天上也还慵懒得要命，我就听到了一阵咄咄咄的声音，之后就看到我大伯跟那头牛一道，从坡下爬上来了。

一看到我大伯，我父亲就跑到雪地里，朝他嚷了一句："伢子来家啦，还不快跑？"

我大伯一听，像一根点燃了的炮引一样，窸窸窣窣地马上燃了起来。他连牛也不顾了，跑得很急，但是却不快，因为地面结了一夜的冰，太滑啦，我大伯跑得很受限制。在他快经过我父亲身边的时候，只听到"噗"一声，我大伯的屁股落地，摔了一大跤，惹得我父亲一阵开怀大笑。他朝我大伯走了过去，一伸手，将我大伯半抱半拉了起来。

我父亲笑得眼泪水都出来了。我大伯从我父亲的笑声里，意识到这是一个圈套，随后也跟着笑了起来，两人变得大笑不止。

我母亲看着这一幕，也笑了，她说："这两兄弟，笑得连隔夜的冻鱼都鲜了。"

| 创作评论 |

黄咏梅的写作超越了个人化的女性私密体验，却保留细腻的观察、体验和想象，并且将之冷静地呈现为疏离的状态，从而更为冷静地融合了外在的客观情形与内在的心灵波动。与同时代许多作家一样，她有着极其强烈的现实感和当代感，用一种似乎轻盈飘忽而实际上滞重黏稠的文字展示出时代转型过程中的碎片、缺失、遗憾与温情。而她独特的地方也许在于，明确自觉到当精神救赎无能为力的时候，作家所应该审慎地保持的谨小慎微和谦卑，却也并没有逃避到怀旧与欲望的恣肆当中，这可能反倒能够成为在心灵板结层面撬动出一丝裂缝的杠杆——意

识到生活的不完满，也不妨碍继续去热爱它，如果在世无所作为，那拯救就从敞亮它开始。

——刘大先：《状态与情绪——黄咏梅论》，《新文学评论》2017 年第 2 期

| **作品点评** |

黄咏梅作品对都市的否定和对乡村的留恋，当然不仅在物质生活上，其内涵更在于文化和精神层面。《档案》典型地表现了这一立场。成为城里人的儿子连亲生父亲都不愿意相认，甚至不惜采用欺骗的手段；而作为农村人的父亲尽管被欺骗，却始终对儿子怀着深厚的亲情。不过总的来说，黄咏梅正面叙述乡村生活的作品不多，它更主要作为城市黑暗的比较对象，用来营造其感伤和怀旧的气氛。她更多的笔触在于对城市生活和文化的揭露和批判。

——贺仲明：《爱的"隐身登录"者——论黄咏梅的小说》，《南方文坛》
2010 年第 5 期

黄咏梅在《档案》这部小说里所要表现的，不仅是某个社会问题，而是对现代社会与传统社会两者间巨大差异的感喟，小说叙述者"我"介于农业文明和都市文明的交叉地带，他既不可能像他的父母那样在"走人情"的传统风俗中安身立命，又没有能力像他的堂哥那样在"走关系"的现代理性中栖身。可以说，《档案》的深层意蕴写出了现代人精神家园的崩溃和心灵情感的荒芜。当失去了情感的故乡，现代人的心灵去哪里栖居？

——黄伟林：《悲悯情怀的诗意象征——黄咏梅小说创作论》，《梧州学院学报》2011 年第 3 期

黄咏梅的许多小说中，都存在着乡土与都市、传统与现代、血缘情感与利益关系、往日惯性与未来诱惑之间持续的角力、拉扯，踩在历史转换点上的主体则不幸成了角斗场，来回地消耗于两股力量之间。这里存在着两种文化心态、两种

生存逻辑之间的深刻断裂：对于宏大历史叙事来说，我们凌空俯视到的不过是一道参差蜿蜒的裂缝，它终将在更为剧烈的地壳运动中轰然闭合；但对于生活在具体日历纸上面的生命个体来说，这道狭长的裂缝却是不可估测的深渊，真实具体，难以跨越，甚至一不小心就被吞没其中。要终结这种痛苦的内耗，需要以血泪和冰雪充满一代人的一生。

在这种视角的观照之下，《档案》一篇就具有了相当的象征色彩：大伯与堂哥的血缘关系完败给了堂哥与养父之间的法律亲属关系；"我"本来以为帮堂兄处理掉麻烦就能与之重新确认亲属纽带，这样的幻想随着堂兄留给"我"的电话成为空号而宣告彻底破产。究其本质，乡村的"人情"早已异变成为都市的"关系"，"血缘谱系"在"利益谱系"面前变得一文不值，两个世界、两种逻辑之间发生了巨大的断裂，堂哥这个体面又无情的形象成了此种断裂的完美符号。

——张柠、李壮：《后抒情时代的都市边缘人——黄咏梅近期中短篇小说研究》，《中国现代文学研究丛刊》2014 年第 12 期